국학美來학술총서

현대시의 존재론적 해명

이 성 천

국학자료원

책머리에

한 시인의 작품세계를 온전하게 이해하는 일은, 그가 기대어 서 있는 언어철학의 배경을 지속적으로 탐구하는 작업과 크게 다르지 않을 것으로 오랫동안 생각해왔다. 시는 언어를 매개하는 예술양식의 한 분과이고, 언어는 인간의 사유체계와 밀접하게 연계된 것으로 여겨진 까닭이다. 사유의 전환이 심각하게 제기되어 온 현대사회에서 언어에 대한 관심이 보다 적극적으로 환기되는 근본 원인도 이와 무관하지 않을 것이다. 철학의 사유체계야말로 본질적으로 언어의 문제에 직결된 기초 사안이 아니었던가. 이러한 사실은 전통적 형이상학의 진위명제가 존재 대상에 대한 인식 주체의 언어판단으로 결정되고, 그 판단 과정의 유일한 접근통로가 언어였음을 고려하면 아주 쉽게 확인된다. 모든 철학적 판단과 인식은 언어적 구성물에 지나지 않으며, 이런 측면에서 언어철학은 곧 철학적 사유체계 그 자체를 의미하기 때문이다. 철학은 "언어로 인한 우리의 지적인 당혹감과 싸우는 것"이라는 비트겐슈타인의 지적도 결국 동일한 맥락에서 설득력을 가질 수 있는 것이다.

잘 알려져 있듯이 전통적 철학의 한계는 언어와 존재, 즉 사유와 존재의 관계가 왜곡되어 있다는 데 그 한 원인이 있다. 전통적 철학에서 언어는 이미 존재 이전에 주어져 있으며 존재의 본질은 이 주어진 규정적 개념에 의해서만 파악된다. 이로 인하여 형이상학적 전통에서 인식 주체의 존재 사유는 존재자에 대한 개념 규정으로만 머무르게 되고, 존재의 본질적 의미는 은폐되고 망각된다. 하이데거의 말처럼, 서구 형이상학의 역사는 이처럼 존재 망각이 심화되는 과정에 불과하다. 이에 따라 현대 철학에서는 존재의 본질적 의미를 상실한 기존의 언어(사유)체계를 거부하고 사유와 존재, 언어와 존재 사이의 정당한 관계를 수립하기 위해 다양한 철학적 작업이 모색되어 왔다. 플라톤과 소크라테스에서 헤겔에 이르는 기존의 사유 양식을 해체하고, 그 기원으로 돌아가 철학의 제반 문제를 점검하고자 했던 철학적 시도들은 이러한 노력의 일환에 다름 아니다. 이런 의미에서 오늘날 철학은 여전히, 이른바 해체주의적 관점에 서 있다고 말할 수 있으며, 궁극적으로 그것은 새로운 언어에의 개방 혹은 새로운 사유에의 진입이라고 진단해 볼 수 있는 것이다.

　이 책이 현대 언어철학과의 관련성 속에서 현대시가 지니는 존재론적 의미를 우선적으로 살펴보고자 한 이유도 여기서 찾을 수 있다. 이 같은 접근 방법은 한국 현대시의 기원적 지점, 더 나아가 오늘날 서정시 장르

고유의 존재론적 특성을 이해해보기 위함이다. 이성적 · 개념적 언어로 축조된 현대 세계에서 시는, 시적 언어는 새로운 사유의 방법으로서 서구 형이상학의 한계를 직시하고 나름의 비판적 역할을 수행해왔다.

상식적 차원의 이야기이지만, 시는 과학적 언어로 규정된 현실의 언어와 달리 함축적이고 내포적인 언어 기능을 특징으로 한다. 단적으로 말해서 시적 언어는 일상의 문법적 차원에서 소통되는 과학 언어와 분명하게 구분된다. 이 말이 시적 언어가 일상 사회에서 결코 소통되지 않는다는 것을 뜻하지 않음은 분명하다. 다만 시적 언어의 주된 기능이 기본적으로 존재의 본질적 의미를 드러내는 동시에 존재 고유의 의미를 끊임없이 생성할 수 있어야 한다는 것을 강조하고 싶다. 그것은 일상 언어적 기능, 다시 말해 단순한 정서적 표현 도구 및 기호로서 전달 수단 이상의 의미를 지닌다. 언어철학적 측면에서 볼 때, 존재를 존재하게 만드는 것이야말로 시적 언어의 본질이라고 할 수 있다.

이 책이 <현대시의 존재론적 해명>이라는 다소 거창한 제목을 갖게 된 연유도 이에서 비롯한다. 나아가 이 책에서 다루고 있는 시인들의 작품이 보다 광의의 존재론적 차원에서 새롭게 구명될 수 있기를 바라는 것도 같은 이유이다. 그들의 작품이 지닌 고유한 존재사유 및 작품 내부의 발생론적 장치들이야말로 존재에 본질적 의미를 부여하고자 하는 현대 언어철학의 최종적 의도와 일차적으로 부합하는 것으로 판단하기 때문이다. 이렇게 본다면, 책에 등장하는 시인(비평가)들과 그들의 작품은 제각각 동시대 언어철학의 사유구조와 일정 부분 등가를 이룬다고 하겠다.

이 책의 제1부는 한국현대시사에서 시와 철학의 관계에 대한 본질적 물음에 민감하게 반응하는 황동규 시인에 관한 연구의 종합이다. 하이데거의 존재사유를 중심으로 황동규 시세계의 시작과 끝에 이르는 구조를 체계적으로 규명하고자 했다. 하이데거 철학의 시적 적용을 통해 '세계-내-존재'로서 시인인식의 발현은 물론, 존재 탐구의 방법적 통로와 존재 망각의 수직적 구도 등으로 이어지는 세부 주제들에 대한 설명은 지난 반세기의 세월을 건너 온 황동규의 시세계를 새롭게 조명하는 계기가 되어줄 것으로 기대한다. 다만, 오래 전에 써두었던 글인지라 최근 발표된 시인의 작품들을 포괄하는 후속 작업의 필요성을 절감하고 있다.

이 책의 제2부를 이루는 일곱 개의 장은 20세기 초 만해 한용운의 윤리적 상상력에서 1940년대의 재만 시인을 거쳐 최근 북한시의 동향에 이르기까지 광범위하게 펼쳐져 있다. 각각의 상이한 내용들로 구성되어 독자적인 주제를 향하고 있는 이 글들은 사실, '한국 현대시의 존재론적 배경'이라는 하나의 틀로 제시하기에는 조금 어려운 점이 없지 않다. 하지만 제2부의 글들이 호명하는 개별 시인과 작품들이 나름대로 문학과 철학의 접경 지역에서 끊임없이 사유하고 있다는 이유를 변명거리로 삼기로 한다. 이 글들 중 '재만 시인 심연수 문학의 실증주의적 고찰'은 논제가 지시하듯이 유일하게 실증주의적 분석을 시도한 연구이다. 글을 쓸 당시, 제법 발품을 많이 들였던 것으로 기억된다.

또 다시 국학자료원의 신세를 지게 되었다. 출판 환경의 어려움을 번번이 감수해 준 정구형 대표와 저자의 게으름을 벌써 여러 차례 눈감아 준 우정민 편집자에게 진심으로 미안함과 고마움의 마음을 전한다.

2015년 8월 새 학기를 앞두고
저자 씀

목차

제2부
한국 현대시의 존재론적 배경

제1부

황동규 시의 존재 사유와 철학적 구조

시와 철학의 만남

1. 들어가는 글

시는 '시적 언어'로 이루어진 문학예술 양식이다. 시의 구조에 있어서 문학적 상식에 속하는 이 진술은, 그러나 오늘날 시 장르의 본질적 성격을 규명하는 중요한 언어철학적 의미를 내포하고 있다.

"현대 철학의 특징은 언어에의 전환"[1]이라고 할 수 있을 정도로, 언어의 문제는 현대 철학의 주된 흐름 가운데에서도 핵심 주제에 해당한다. 야스퍼스의 『언어』, 하이데거의 『언어에의 도상에』, 가다머의 『진리와 방법』, 비트겐슈타인의 『논리 철학 논고』 등 현대 철학의 주요 논자들이 언어와 관련된 저작을 남기고 있다는 사실은 이를 예증한다. 또한 이들 외에도 대부분의 현대 사상가들의 철학적 물음(존재론, 인식론, 윤리론)이 언어와 깊은 관련을 맺고 있다는 사실을 감안하면, 현대 철학에서 언어가 차지하는 비중은 가히 지배적이라 할 수 있다.

---

1) Keller, A., Sprachphilosophie, Freiburg/München, 1979, 이기상, 『하이데거의 실존과 언어』, 문예출판사, 1991. p.15 에서 재인용.

현대 철학이 이처럼 언어의 문제에 주목하는 것은 오늘날 철학의 당면 과제와 언어가 밀접하게 연관되어 있기 때문이다. 주지하듯 현대의 철학은 새로운 사유에의 전환을 요구받고 있다. 플라톤 이래의 서구 형이상학적 전통은 이제 서서히 종말을 고하고 있으며, 이에 따라 철학자들은 이성 중심적 역사 이후의 새로운 철학적 대안을 마련하느라 분주하다. 90년대를 전후하여 한국 사회에서 본격적으로 논의되기 시작한, 이른바 포스트모더니즘 철학의 성행은 이러한 담론 인식의 결과이다.

서구 형이상학의 전통에 대한 회의에서 비롯된 포스트모더니즘 철학은 보편적 이성 중심의 사유 비판을 근간으로 한다. 포스트모더니즘은 이제까지 철학적 논의과정에서 규정된 '진리'에 대한 전면적 재검토를 뜻하며, 근본적으로 그것은 서구 형이상학의 해체와 재조정을 의미한다. 포스트모더니즘으로 대변되는 철학적 패러다임이 기존의 형이상학적 전통에 기반 한 여타의 철학들과 결별을 선언하는 것도 이 지점이다. 그로 인하여 오늘날 철학은 인식론, 존재론, 윤리론 등 모든 철학적 방법론의 영역에서 사유의 전회를 감행하고 있다.

사유의 전환이 심각하게 제기되고 있는 현 시점에서, 언어에 대한 관심이 새삼 환기되는 근본적인 이유도 바로 여기에 있다. 일반적으로 철학의 사유체계는 언어의 문제에 직결되어 있기 때문이다. 전통적 형이상학의 진위 명제가 존재 대상에 대한 인식주체의 '언어판단'으로 결정되고, 그 판단과정의 유일한 접근통로가 언어였음을 고려하면 이러한 사실은 쉽게 확인된다. 따라서 모든 철학적 판단과 인식은 언어적 구성물에 지나지 않으며, 이런 측면에서 언어 철학은 철학적 사유체계 그 자체를 의미한다고 할 것이다. 철학은 "언어로 인한 우리의 지적인 당혹감과 싸우는 것"[2]

---

2) Fann, K. T., 황경식, 이운형 역,『비트겐슈타인의 철학이란 무엇인가』, 서광사, 1997, p.121.

이라는 비트겐슈타인의 지적도 이러한 맥락에서 설득력을 가질 수 있다.

전통적 철학의 한계는 언어와 존재, 즉 사유와 존재의 관계가 왜곡되어 있다는 데 그 한 원인이 있다. 전통적 철학에서 '언어'는 이미 존재 이전에 주어져 있으며 존재의 본질은 이 주어진 규정적 '개념'에 의해서만 파악된다. 이로 인하여 형이상학적 전통에서 인식 주체의 존재 사유는 '존재자'에 대한 <개념 규정>으로만 머무르게 되고, 존재의 본질적 의미는 은폐되고 망각된다. 서구 형이상학의 역사는 이처럼 존재 망각이 심화되는 과정인 것이다. 이에 따라 현대 철학에서는 존재의 본질적 의미를 상실한 기존의 언어(사유)체계를 거부하고 사유와 존재, 언어와 존재 사이의 정당한 관계를 수립하기 위한 다양한 철학적 작업이 모색되고 있다. 플라톤과 소크라테스에서 헤겔에 이르는 기존의 사유 양식을 '해체'하고, 그 기원으로 돌아가 철학의 제 문제를 점검하는 철학적 시도들은 이러한 노력의 일환이다. 이런 의미에서 오늘날 철학은 '해체주의'적 관점에 서 있다고 말할 수 있으며 궁극적으로 그것은 새로운 언어, 새로운 사유의 개방이라고 할 수 있다.

현대 언어 철학과의 관련성 속에서 오늘날 시적 언어가 지니는 중요한 의미도 바로 여기서 찾을 수 있다. 이성적 · 개념적 언어로 축조된 현대 세계에서 시는, 시적 언어는 새로운 사유의 언어로써 서구 형이상학의 한계를 직시하고 나름의 비판적 역할을 수행하고 있는 것으로 판단되기 때문이다.

일반적으로 시적 언어는 과학(개념)적 언어로 규정된 현실의 언어와 달리 함축적이고 내포적인 언어 기능을 특징으로 한다. 단적으로 말해서 시적 언어는 일상의 문법적 차원에서 소통되는 과학 언어와 분명하게 구분된다. 그러나 이 말의 의미는 결코 시적 언어가 일상 사회에서 소통되지 않는다는 것을 뜻하지는 않는다. 옥타비오 파스의 지적대로, "시인이 속한 집단이 무엇이든지 간에, 시인의 언어는 집단의 언어"[3]인 까닭이다. 다만 여기서 말해두고자 하는 것은 현실 언어에서 일탈한 시적 언어의 주된 기능은 기본적으로 대상(존재)의 본질적 의미를 드러내는 동시에 아울러 존재 고유의 의미를 끊임없이 '생성'하여야 한다는 것이다. 이 점에서 시적 언어의 근본 성격은 현실 언어의 문법 체계로부터 일탈하려는 데 있으며, 일상 언어적 기능, 다시 말해 단순한 정서적 표현 도구 및 기호의 전달 수단 이상의 의미를 지닐 수 있다. 언어 철학적 측면에서 볼 때, 시적 언어는 존재를 '존재'하게끔 하고, 존재의 본질적 의미는 시적 언어를 통해서 발현될 수 있는 것이다. 시어가 지닌 이러한 고유한 기능이야말로 대상 존재에 본질적 의미를 부여하고자 하는 현대 언어 철학의 최종적 의도와 일차적으로 부합한다. 현대 언어 철학적 담론의 자장 안에서 시적 언어, 더 나아가 시 장르가 지니는 의미도 여기서 자연 발생한다.

한편, 시적 언어의 현대 철학적 의미는 궁극적으로 시인의 존재 가치를 규명하는 문제로 확대 재생산된다. 시인은 '시적 언어'를 소통시키는 행위 주체이다. 또한 그들은 사회 규범적 언어 질서에 길들여지지 않고, 현실 비판적 사유를 끊임없이 추진하는 존재들이기도 하다. 따라서 시적 언어를 다루는 시인의 사유 체계란, 어떤 의미에서 철학의 사유구조와 등가를 이룬다고 할 수 있다. 시인들이란 본질적으로 문학과 철학의 접점에서 사유하는 존재들인 것이다. '세계 내 존재'이면서 세계 밖을 꿈꾸는 자 바로 시인인 것이다.

현실 언어가 존재의 본질적 의미로부터 격리되고, 이로 인해 언어와 존재가 더 이상 일치하지 않는 오늘날의 현대 사회에서 시인의 존재 가치는 새삼 그 중요성을 인정받고 있다. 아울러 '시의 위기' 담론이 가속화되어 가는 현시점에서 이 같은 시인의 기원적 성격은, 역설적으로 그들의 존재

---

3) Paz, O., 김홍근, 김은중 역, 『활과 리라』, 솔, 1998, p.49.

이유로 작용하기도 한다. 이런 측면에서 현대의 시인들에게는 문학과 철학 혹은 이상과 현실 사이의 간극을 충족시켜야 할 의무가 이미 운명적으로 주어져 있다고 할 수 있다.

이 글이 황동규의 시세계를 연구 주제로 삼은 것도 바로 이러한 이유에서이다. 전후 한국 현대 시사에서 시와 철학의 관계에 대한 본질적 물음에 민감하게 반응하는 시인 중의 한 사람이 바로 황동규 시인인 것으로 여겨지기 때문이다.

황동규(黃東奎, 1938~)는 1958년 「十月」, 「동백나무」, 「즐거운 편지」로 등단[4]한 이래 현재까지 지속적인 詩作 活動을 하고 있는 시인이다. 지금까지 그는 첫 시집 『어떤 개인 날』(1961)에서 『悲歌』(1965), 『나는 바퀴를 보면 굴리고 싶다』(1978), 『악어를 조심하라고?』(1986), 『미시령 큰바람』(1993), 『우연에 기댈 때도 있었다』(2003), 『꽃의 고요』(2006), 『겨울밤 0시 5분』(2009)을 거쳐 『사는 기쁨』에 이르기까지 도합 열 다섯 권의 시집과 3권의 시선집[5]을 상재했다. 또한 십 수 년 전에는 그의 문단

---

4) 황동규 시인은 1958년 <현대문학> 2월호에 「시월」, 11월호에 「즐거운 편지」와 「동백나무」가 각각 미당 서정주에 의해 추천되어 문단에 데뷔했다. 미당은 '추천의 글'에서 서구적 지성을 흉내 낼 줄 밖에는 모르는 당시 우리 시단에서 황동규의 시에 보이는 지성의 움직임은 매우 중요한 것으로 평가하고 있다.

5) 이제까지 발표된 황동규의 시집 및 시선집은 다음과 같다.

≪시집≫
『어떤 개인 날』, 중앙 문화사, 1961.
『悲歌』, 창우사, 1965.
『평균율 1』, 창우사, 1968.
『평균율 2』, 현대문학사, 1972.
『나는 바퀴를 보면 굴리고 싶어진다』, 문학과지성사, 1978.
『악어를 조심하라고?』, 문학과지성사, 1986.
『몰운대행』, 문학과지성사, 1991.
『미시령 큰바람』, 문학과지성사, 1993.
『풍장』, 문학과지성사, 1995.

데뷔 40주년을 기념하는 황동규 시 전집6)이 간행되기도 했다.

그동안 황동규의 시는 한국 현대 시사에서 독자적인 맥락을 형성해 왔다. 그의 시에 보이는 독특한 양식적, 구조적 특성과 절제된 비유 기법은 김수영, 김춘수, 김종삼 등의 시인들과 더불어 한국 현대시의 존재론적, 의미론적, 방법론적 지평을 확대한 것으로 평가된다.

황동규의 시세계는 초기시에서 현재에 이르기까지 매 시기별로 다양한 시적 변모 양상을 보여준다. 우선 그의 초기시는 과감한 상징과 묘사를 동반하여 실존적 개인의 불안한 내면세계를 탐구한다. 중기에는 대사회 편향적인 성격을 강하게 드러내는데, 이 무렵 그의 시는 개인적 차원에서 사회 역사적인 차원으로, 즉 삶과 세계를 날카롭게 통찰하는 비판적 인식으로 나가고 있다. 이후의 시편들에서는 시인의 정체성에 대한 자각과 함께 삶과 죽음의 초월적이며 형이상학적인 영역에 이르기까지 그 시적 사유의 지반을 확대, 심화하고 있다. 이 점에서 황동규의 시세계는 일단 전후 한국 현대 시사의 새로운 가능성과 독자적인 계보를 구축했다고 할 수 있다. 일전에 그에게 내려진 "20세기 후반의 한국 시사(詩史)"7)라는 문단의 한 평가는 이러한 사실을 함축적으로 반영한다.

『외계인』, 문학과지성사, 1997.
『버클리풍의 사랑 노래』, 문학과지성사, 2000.
『우연에 기댈 때도 있었다』, 문학과지성사, 2003.
『꽃의 고요』, 문학과지성사, 2006.
『겨울밤 0시 5분』, 현대문학, 2009.
『사는 기쁨』, 문학과지성사, 2013.

≪시선집≫
『三南에 내리는 눈』, 민음사, 1975.
『열하일기』, 지식산업사, 1982.
『견딜 수 없이 가벼운 존재들』, 문학과비평사, 1988.
6)『황동규 시 전집 I , II』, 문학과지성사, 1998.
7) 김주연,「역동성과 달관」,『몰운대행』해설, 문학과지성사, 1991.

그럼에도 불구하고 아직까지 황동규 시에 관한 연구는 아직 본격적이고 종합적인 논의의 장을 마련하지 못한 것으로 판단된다. 그 간에 황동규의 시세계를 주목한 연구 논문들이 꾸준히 발표되어 왔으나, 대개의 경우 그의 시세계의 전체적 면모를 드러내기에는 미흡한 실정이다. 특히 황동규의 시세계에 대한 종합적 논의를 표방하며 발표된 최근의 학위 논문들마저도 엄밀하게 말하자면, 기존의 논의 수준에서 크게 벗어나지 못하고 있다.

이러한 원인으로는 크게 다음과 같은 사항을 지적할 수 있다.

첫째, 현재 그가 어느 문인보다도 활발히 문단활동을 진행하고 있다는 점이다.

둘째, 그의 시가 현재까지도 시 의식의 확대와 구성 원리의 방법적 갱신을 모색하고 있어서 완결된 형태의 논의 방식이 실질적으로 사전에 차단될 수 있다는 점이다.

셋째, 기존의 논의들이 단편적인 이미지 연구와 각각의 시기에 나타나는 시세계의 특징 혹은 '여행시'나 '사랑시'와 같은 특정 주제를 분석하는 작업에 치우친 탓에 그의 시세계의 총체적 이해를 도모하는 데는 실패하고 있다는 점 등을 우선적으로 들 수 있을 것이다. 이와 아울러 황동규 시에 대한 중심 논의들이 '시적 변모 양상'과 '시인의식의 거듭남'의 측면에 주로 집중되어 있어, 그 동안의 연구자들이 그의 시에 내재하는 지속성의 원리를 간과해 왔다는 사실도 분명 그 한 이유로 작용했던 것으로 보인다.

이처럼 황동규에 대한 지금까지의 연구는 포괄성, 전체성을 획득하지 못했다는 측면에서 일정한 한계를 노정하고 있다. 근자에 들어 몇몇 연구자들이 황동규 시의 종합적 성격을 규명하는 방향으로 논지를 전개하고 있으나, 아직까지 그의 시세계를 총체적으로 탐구하는 수준에는 도달하지 못하고 있다. 따라서 황동규의 시에 대한 앞으로의 연구는 그의 시에 나타나는 시적 변모 과정과 지속성의 원리를 한꺼번에 아우르며 전개되어야 할 것이다.

이 글에서는 황동규 시에 나타난 존재론적 의미 양상에 주목함으로써 그의 시에 대한 종합적 접근을 시도하고자 한다. 이 글이 황동규 시의 존재론적 의미에 주목하는 이유는, 무엇보다도 이러한 연구 작업이 그의 시의 변화와 동일성의 두 측면을 동시에 보여줄 것으로 기대하기 때문이다. 앞에서 언급한 대로 이제까지 황동규 시인은 어느 시인보다도 시와 철학의 관계에 예민하게 반응해 왔다. 그의 시는 초기 시인 존재의 불안 의식을 드러내는 단계에서, 중기 이후에는 사실적 삶에 대한 해석을 바탕으로 한 시인의 실존적 상황 인식의 문제로, 다시 70편의 연작시 『풍장』의 시 세계에서는 삶과 죽음의 본질적 관계에 대한 물음으로 확산되는 양상을 보여준다. 또한 1990년대를 전후 한 시편들에서는 '여행'과 극서정시 이론을 적극적으로 도입하여 시인의 정체성에 관한 존재 탐구를 시도하고 있다. 그의 시세계는 지속적인 변화를 거듭하고 있으면서도, 한편으로는 존재론적 의미망 안에서 시적 동일성의 원리를 간직하고 있는 것이다.

이렇게 볼 때, 결국 이제까지 황동규 시의 시적 변모 과정은 궁극적으로 '존재론적' 차원에서 마련되고 있다고 할 수 있다. 따라서 황동규 시의 존재론적 의미에 대한 연구는 그의 시의 종합적 성격을 규명할 수 있을 뿐만 아니라, 이제까지 황동규 시의 주된 특성으로 언급된 '시적 변화'의 내적 동인까지도 밝힐 수 있을 것으로 여겨진다. 아울러 이러한 본고의 작업은, 더 나아가 시와 철학의 본질적 관계의 이해에 도달할 수 있을 것으로 기대된다.

2. 선행연구의 경로

이제까지 황동규의 시에 대한 기존의 연구들은 다양한 각도에서 접근 방법을 마련해 왔다. 이로 인하여 현재 황동규 시에 대한 연구 성과는 단편적인 인상 비평의 글에서부터 학위 논문에 이르기까지 상당히 축적된 상태이다. 황동규의 시에 관한 그간의 연구를 검토해 보면 대략적으로 다음의 두 가지로 크게 나누어 정리할 수 있다.

1) 시적 변모 양상을 고찰한 연구

첫째는 시적 변모 과정을 추적한 글들이다.

황동규의 시는 각각의 시기마다 뚜렷하게 변화되는 양상을 보여준다. 황동규 시인 스스로도 그간의 대담, 산문, 자전시 해설 등을 통하여 자신의 시세계가 '변화'의 측면에 주안점을 두고 있음을 여러 차례에 걸쳐 적극적으로 표명한 바 있다. 이러한 사정으로 인하여 지금까지 황동규 시세계의 중요한 성격을 '변화'와 '거듭남'8)으로 설명하는 것에 대부분의 논의들이 모아진다. 여기에 관련된 연구 논문들, 다시 말해 시적 변모 양상의 측면을 주제로 다룬 연구들이 다른 논의들에 비해 양적으로나 질적으로 압도적인 우위를 점하고 있다는 사실에서도 이 점을 분명하게 확인할 수 있다. 이들 연구는 대체로 황동규 시의 변화 과정에 있어 시적 구조와 주제 및 이미지의 변모 양상을 적극적으로 검토하고 있다. 또한 시기

---

8) 시 전집과 함께 간행된 『황동규 깊이 읽기』(문학과지성사. 1998)는 시인과의 대담, 기행기, 비평, 에세이 등으로 꾸며져 있는데, 황동규에 비평을 모아 놓은 2장의 큰 제목이 '거듭남의 미학'이라는 것은 이러한 사실과도 무관하지 않다.

구분의 문제9)를 비롯해서 각 시기별 성격10) 등을 주목하고 논지를 전개하고 있다. 여기서 한 가지 눈에 띄는 점은 황동규의 초기시를 다루는 평문들마저도 대부분 그의 시적 변화 과정에 논의를 집중시키고 있다는 사실이다.

이러한 상황과 관련해서는 다음과 같은 이유를 추론해 볼 수 있다. 황동규 시에 대한 본격적인 논의는 마종기, 김영태가 가담한 3인 공동 시집 『평균율』 1, 2가 간행된 1970년대 이후에 본격적으로 시작된다. 1970년대 이전의 시기, 즉 첫 시집 『어떤 개인 날』에서 『비가』에 이르는 10년 동안에는 그에 대한 본격적인 연구 논문의 형태는 거의 발견되지 않는다고 해도 과언이 아니다. 따라서 황동규의 시세계는 일단 『평균율』 간행 이후에 집중적으로 논의되기 시작하였다고 할 수 있다. 그런데 『평균율』에서

---

9) 고형진, 「삶과 문학의 치열성, 그리고 끊임없는 시적 갱신의 여정」, <작가세계>, 1992. 여름.
   박목연, 「끊임없이 새로움을 찾아가는 시인의 삶, 시인의 시」, <문학사상>, 1991. 6.
   박혜경, 「선험적 낭만성으로부터 긍정적 초월의 세계관으로 이어지는 긴 여정」, <오늘의 시>, 1995. 하반기.
   성민엽, 「황동규『악어를 조심하라고?』」, <동아일보>, 1985. 4. 26.
   하응백, 「황동규 시의 변화 - 시기 구분 문제와 관련하여」, <시와 시학> 1998. 가을.
   이외에도 이제까지 쓰인 학위 논문의 경우 대개가 시기 구분의 문제를 전제하고 논의를 전개하고 있다(강웅순, 『황동규 시연구- 죽음 의식과 극서정시 중심으로』, 경원대 박사, 2004.; 송태미, 『황동규 시 연구』, 경희대 석사, 2000.; 원종임, 『황동규 시 연구』, 동덕여대 석사, 1999.; 김영계, 『황동규 시연구』, 중앙대, 석사, 1998.; 최영원, 『황동규 시 연구』, 숭실대 석사, 1995.; 유지현, 『황동규 시 연구』, 고려대 석사, 1992).
10) 김인환, 「시인의 삶도 소중한 문화」, <시사저널>, 1994. 3. 24.
   김재홍, 「자유로의 귀환」, 『한국 현대시인 비판』, 시와 시학사, 1994.
   김정웅, 「불 담은 얼음 같은 시인」, <문학정신>, 1986. 11.
   김종길, 「시인과 현실과의 거리」, <문학과 지성>, 1972. 가을.
   김주연, 「역동성과 달관」, 시집 『몰운대 행』 해설, 문학과 지성사, 1991.
   윤재근, 「황동규론」, <현대시학>, 1978, 11.
   이동하, 「체험과 상상력」, 『집 없는 세대의 문학』, 정음사, 1985.
   이재오, 「현실 인식과 꿈의 정체」, 『한국 현대시 연구』, 민음사, 1989.

보이는 시인의 시적 인식이 이전의『어떤 개인 날』,『비가』등의 작품 세계와는 변모된 양상을 보인다. 따라서 이 시기 논자들의 연구 방향은 자연스럽게 시적 변화양상을 분석하는 방향으로 치우치게 되었으며, 이후에도 논지의 핵심은 자연스럽게 시적 변모 과정에 대한 탐구로 집중되었던 것으로 생각된다. 여기서 황동규 시세계의 변화 과정을 다루는 주요 논문들을 살펴보면 아래와 같다.

황동규의 시의 변모 과정에 대한 연구는 김용직[11]에서 처음 발견된다. 김용직은 첫 시집『어떤 개인 날』에서 세 번째 시집『평균율 1』에 이르는 초기 황동규의 시 세계를 세 단계로 나누고 각각의 특징을 면밀하게 검토하고 있다. 그는 황동규의 시가 "우리의 고유한 말씨를 날로 하고 거기에 개인적인 서정의 무늬를 교직하고자" 하다가, 이후 "『비가』에 이르러서는 좀 더 관념적인 어투를 쓰는 쪽으로 기울어지게 되었고", 이후에 이러한 그의 시 세계는 인간의 일반적인 문제에 관심을 보이는 방향으로 확대되었다고 설명한다. 이 글에서 그는 황동규의 시가 데뷔 이후 자기의식의 필연성을 매개로 한 논리적 근거 위에 변증법적 지양의 길을 걸어온 시인으로 긍정적으로 평가한다. 김용직의 이 글은 황동규 시 세계의 주요 특성으로 이해되는 시적 변모 양상에 천착하여 논의를 전개한 최초의 평문이라는 점에서 중요성을 지닌다. 김용직의 이 글과 유사한 논지 전개 방식을 취하는 논자로는 이성부, 김병익, 유종호 외에 김현[12], 김우창[13],

---

11) 김용직,「시의 변모와 시인」,『문학과 지성』, 1971, 여름호.
12) 김 현,「한국 현대시에 대한 세 가지의 질문」, <현대문학>, 1972. 6.
    ____,「시와 방법론적 긴장」, 시집『나는 바퀴를 보면 굴리고 싶어진다』해설, 문학과지성사, 1978.
    ____,「고통의 시 1,2」,『우리 시대의 문학』, 문장, 1980.
    ____,「의미 없는 세계에서 살기」, <현대문학>, 1984. 8.
13) 김우창,「내적 의식과 의식이 지칭하는 것」, 시선집『열하일기』해설, 지식 산업사, 1982.

남진우14), 문혜원15), 박덕규16) 등이 있다.17)

　이성부18)는『어떤 개인 날』에서『평균율 2』에 이르는 황동규의 시가 개인을 극복하고 자기를 포함한 다수 민중의 감각과 정서로 나가고 있음을 지적하면서도 그의 시에 지나친 비약과 독단으로 인해 난해성의 문제가 발생하고 있음을 지적한다. 또한『평균율』이후 황동규의 시가 집단의 구원이라는, 잊혀진 우리의 감정과 정서를 획득, 개발하고 있다는 점을 긍정적으로 평가한다.

　김병익19)은 황동규의 초기 시에서 드러나는 '정신의 궤적'을 살피고 있다. 여기서 그는 황동규의 시가 "인간의 절대를 향한 비극적인 자세를 모티프"로 하여, 그 비극과 대결하려는 지적의지를 드러내는 과정으로 이해한다. 그리고 이 과정에서 황동규의 시가 개인적 고뇌의 차원을 넘어서서 삼남으로 대변되는 이 땅의 '우리 모두'에게로 확장되고 있음을 발견한다.

　유종호20)는 시집『악어를 조심하라고?』의 해설을 통해 황동규의 초기

---

14) 남진우, 「한 삶의 끝, 한 우주의 시작」, 시집『풍장』해설, 문학과 지성사, 1995.
15) 문혜원, 「비극적 세계와 개인의 삶」, <외국문학>, 1989. 겨울.
16) 박덕규, 「탐색하는 지성과 서정적 인식」, <현대 시세계>, 1992. 3.
17) 이외에도 다음의 글들이 황동규 시의 변모 양상을 다루고 있다(성민엽, 「난해한 사랑과 그 기법」, <작가세계>, 1992.; 여름. 신대철, 「황동규의 '돌을 주제로 한 다섯 개의 흔들림'」, <심상>, 1975. 1.; 오규원, 「황동규의 '탈'」, <현대시학>, 5권 4호. 유중하, 「생사장, 그 길」, <실천문학>, 1992. 봄.; 이승하, 「70년대의 우리시 2: 산업화 시대의 시인들」, <현대시학>, 1992.; 장석주, 「투명함과 잉잉거림」, 한국문학, 1989.; 정과리, 「여행/유배와 망명」, 시선집『견딜 수 없이 가벼운 존재들』해설, 문학과 비평사, 1988.; 조영복, 「조임과 풀림의 상상력」, 『1970년대 문학연구』, 예하, 1991.; 진형준, 「서로 떨어져 모여 살기」, <문학사상>, 1988. 12.; 최하림, 「문법주의자의 성채」, <창작과 비평>, 1979.; 봄. 하현직, 「이미지와 자세의 친화력」, <현대시학>, 1986. 9~12.; 홍신선, 「지성, 차디찬 불꽃」, <현대문학>, 1980.4., 「술과 불」, <시와시학>, 1998. 가을).
18) 이성부, 「個人의 克服」, <문학과 지성>, 1973, 겨울.
19) 김병익, 「사랑의 변증과 지성」, 시선집『삼남에 내리는 눈』해설, 민음사, 1975.
20) 유종호, 「낭만적 우울의 변모와 성숙」, 『악어를 조심하라고?』해설, 문학과지성사, 1986.

시를 꿈과 사실 사이의 불균형에서 오는 낭만적 우울로 요약하고, 그의 시가 모호한 낭만적 우울과 예감에서 출발하여, 중기 이후 차츰 경험의 구체성을 획득하여 시적 명료성을 지니게 되었다고 평가한다. 유종호의 견해는 황동규 후기시의 주요한 특성으로 지적되는 '시적 진술의 명쾌함'을 제시하고 그의 시의 변모 양상을 구체적인 작품 분석을 통해 밝혀낸 것으로 여겨진다.

이후의 논의에서도 황동규 시의 변모 양상 및 시기별 특성에 대한 연구는 꾸준히 진행되어 왔는데, 하응백을 비롯한 이남호, 최동호, 하현직 등의 연구가 여기에 해당한다. 이들 연구는 시기 구분 및 후기 시를 주로 고찰하고 있다.

지금까지 황동규의 시는 크게 4시기로 나뉘어 논의되어 왔는데, 이러한 견해를 체계적으로 전개시킨 논자는 하응백[21]이다. 황동규의 시 세계에 대하여 지속적인 관심을 보이고 있는 하응백은 황동규의 초기 시세계에서 후기의 시세계에 이르기까지 황동규 시의 특징을 '거듭남의 시학'이라는 관점에서 접근하여 네 단계로 구분하여 살피고 있다. 주로 주제와 형식적 측면에 초점을 맞추어 살펴 본 그의 이러한 견해는 황동규 시의 변이 과정과 시기별 특징을 구체적으로 분석하고 얻어진 결론이라는 점에서 의미를 갖는다. 특히 하응백의 이러한 견해에 대해 황동규 시인 자신이 직접적으로 수긍하고 있다는 사실[22]은 그의 주장에 무게감을 더해 준다. 그러나 하응백의 글은 황동규 시세계의 변화 동인에 대한 내적 필연성을 설득력 있게 해명하지 못한다는 한계를 동시에 지니고 있다.

후기 시를 주로 고찰한 글로는 최동호와 이남호의 평문이 주목된다.

---

21) 하응백, 앞의 글.
22) 황동규, 하응백, 「대담: 거듭남을 찾아서」, 『황동규 깊이 읽기』, 문학과지성사, 1998. p.23.

최동호[23]는 시선집 『견딜수 없이 가벼운 존재들』을 언급하는 자리에서 황동규의 시세계가 종전과는 다른 면모를 보이고 있으며, 시적 구성 즉 시적 화법이 새로운 방법으로 시도되고 있음을 지적한다. 이 글에서 그는 황동규의 시를 형식적 측면에서 독립된 서정시, 연작시, 하나의 표제 아래 짧은 소제목들이 지닌 변주 형식의 시, 극서정시로 크게 나누고, 특히 "서정시의 정태성을 극복하고자 차용한 시인의 극서정시" 이론에 주목한다. 이 과정에서 그는 황동규 시세계의 새로운 시적 양식에 관심을 기울이면서, 시인 의식 변화에 대한 새로운 논의의 단서를 마련하고 있다. 아울러 시집 『몰운대행』을 언급하는 글에서는 황동규의 시적 전개 과정이 안이한 달관주의로 흐르지 않고 탄력적인 시적 긴장으로 자신의 시세계를 개진하고 있음을 밝히고 있다. 최동호의 이 글들은 황동규 후기시의 변모 양상을 명료하게 이해하는데 많은 도움을 주고 있다.

이남호[24]는 황동규의 후기시를 살펴보는 두 편의 글에서, 시집 「악어를 조심하라고」와 「몰운대행」에 실려있는 시편들이 '존재의 가벼움'이 한층 심화되는 모습을 보여준다고 평가한다. 이 글들에서 그는 황동규의 초기 시가 보여준 "겨울의 삭막하고 엄숙한 정신적 풍경"이 「악어를 조심하라고」에 이르면 '봄의 따뜻함'으로 변모하는 것은 시인의 가볍고 따뜻한 마음과 존재의 가벼움에서 기인하는 것으로 설명한다. 아울러 시집 『몰운대행』을 고찰하는 글에서 그는 황동규의 시가 '존재에 대한 통찰'을 통해 '존재의 가벼움에 대한 시적 의미'나 "그 시적 화법이 어떤 경지에로 정리되어 가는 것처럼 보인다"라고 평가한다. 이남호의 두 편의 글은 황동규

---

23) 최동호, 「사람과 사람 사이에서 숨쉬는 시들」, <문학사상>, 1989. 11.
_____, 「개구리와 투구게의 시학」, <오늘의 시>, 1991. 상반기.
24) 이남호, 「길 위의 시, 그 가벼운 행로」, <현대시세계>, 1989. 봄.
_____, 「현실에 대한 관찰과 존재에 대한 통찰」, <문학과 사회>, 1991. 가을.

시의 존재론적 의미를 부각하면서 시인 의식의 내적 변모 과정을 밀도 있게 탐구한다는 점에서 긍정적으로 평가된다.

진형준[25]은 황동규 시의 시적 인식 태도의 변모는 대상 사물과의 거리 없애기 쪽 보다는 대상과의 확실한 거리 확보의 방향으로 자리 잡혀 있다고 규정하고 황동규의 후기 시세계가 "의미 파악의 노력 자체를 비웃는 긍정적 반어주의로서의 선禪의 길"에 접어들고 있다고 파악한다. 그리고 이러한 황동규의 시적 태도는 의미론적 질서를 부여하려 하지 않는다는 점에서는 "있는 그대로의 세상 보여주기의 태도"이지만, 그 태도에 의해 이 세계가 새롭게 내게 말을 걸고 나라는 존재의 질적인 변모를 끊임없이 부추긴다는 의미에서는 동적인 힘을 지니고 있는 태도로 평가한다. 진형준의 글은 황동규 시의 변모 원인을 그의 시작 태도와 연관시켜 구체적으로 설명하고 있다는 점에서 나름의 의미를 부여할 수 있다.

한편, 하현직[26]은 "황동규 시의 요체는 시의 본질에 대한 확신"임을 우선적으로 지적하고 이 점에서 그의 시가 무엇보다도 "시대에 대한 갈등을 반영"하는 것으로 간주한다. 또한 『나는 바퀴를 보면 굴리고 싶어진다』로 대표되는 1970년대 황동규의 시가 '어느 의미에서 상황을 꼬집으면서도 지혜롭게 살벌한 현실을 비켜가는 자세를 통하여 이미지와 자세를 동시에 성취하고 있음을 평가한다. 하현직의 이 글은 시기별 구체적 작품을 통해 황동규 시세계의 특성과 변모 과정을 고찰하고 있다는 점에서 나름의 의미를 지닌다.

---

25) 진형준, 「서로 떨어져 모여살기」, <문학사상>, 1988. 12.
26) 하현직, 「이미지와 자세의 친화력」, <현대시학>, 1986. 9~12.

2) 주제론적 측면에서 접근한 연구

둘째는 주제론적 측면에서 접근을 시도한 글들이다.

이들 연구는 황동규 시세계를 꼼꼼하고 정밀하게 분석하고 있다는 점에서 공통점을 지닌다. 이 경우, 그의 시를 시기별로 구분하고 각 시기에 나타나는 주제의 특성에 대해 논의하는 연구가 많은데, 구체적으로 살펴보면 다음과 같다.

제1기는 젊은 날의 고뇌와 시인의 비극적 세계관에 대한 연구이다. 여기에 대한 논문은 주로 『어떤 개인 날』에서 『비가』를 중심으로 논의가 전개된다. 제2기는 시인의 현실 인식과 관련된 연구들이다. 주로 『평균율』에서 『나는 바퀴를 보면 굴리고 싶어진다』에 이르는 시집을 대상으로 한다. 다음으로는 1980년대에 발표된 『악어를 조심하라고?』와 『풍장』에서 1990년대 초 『몰운대행』, 『미시령 큰바람』까지의 시집을 대상으로 하는 글들이다. 이 글들에서 먼저 주목할 점은 선禪사상과의 관련성이다. '선禪'적 사유 구조는 1980년대 이후 황동규 시에 나타나는 중요한 특징이다. 그의 후기 시에 나타나는 삶과 죽음의 본질적 관계 규명, 극 서정시 이론, 여행의 시적 도입 등이 이러한 연장선상에서 다루어지고 있다.

마지막으로는 『미시령 큰 바람』 이후에서 『우연에 기댈 때도 있었다』에 이르는 작품 세계이다. 이와 관련된 글들은 주로 시인의 정체성과 삶의 본질적 의미, 초기시에 자주 등장하는 '외로움'을 변증법적으로 극복한 '홀로움'의 세계에 대한 설명이 주를 이루고 있다.

주제론적 측면에서 접근한 글들이 주로 다루는 세부 과제는 사랑, 자유, 삶과 죽음, '외로움', 시간의 흐름(소멸), 여행 등이다. 특히 중기 이후의 시세계에서는 '죽음'에 대한 인식론적 전환과 시인의 정체성 문제, 아울러 여행을 매개하여 삶의 존재론적 의미를 규명하는 연구 작업이 꾸준히 시도되고 있다. 이들 연구는 일반적으로 시적 변모 과정에서 나타나는 이미지 분석 및 구조적 형식을 파악하는 작업과 병행되는 경우가 적지 않다.

이광호[27]는 <황동규 '사랑 노래'의 재인식>이라는 부제가 붙여진 평문에서 황동규 시의 구조적 특성과 자기 갱신의 동력을 사랑이라는 극적 형식과 결부시켜 고찰한다. 이 글에서 그는 황동규의 시를 사랑의 담화라는 주제론적 측면에서 접근한다. 그리고 사랑의 의미에 내장된 대화성과 극적 양식이 황동규 시 세계의 중요한 구성 원리를 제공하고 있다고 주장한다. 또한 다른 지면[28]을 통해서 그는 황동규의 시를 여행의 기록으로 읽고, 그의 시에 나타나는 여행의 의미와 형식은 황동규의 고유한 문법과 밀접한 관련을 맺고 있다고 파악하면서 그의 여행은 입사적 형식과 현실 탐구라는 측면에서 열린 사유를 지향하는 소요의 형식이라고 규정한다. 한편 정과리[29]는 '바람' 이미지의 생성과정과 의미를 여행시와 연계하여 분석하고 있다.

성민엽[30]은 황동규 시의 중심이『太平歌』,『熱河日記』,『나는 바퀴를 보면 굴리고 싶다』의 세 시집에 놓여 있다고 보면서, 그의 시의 핵심적 의의인 '난해한 사랑'으로부터 다양한 반어적 태도가 비롯되며, 그 난해한 사랑은 현재에도 계속 변주되고 있다고 설명한다. 성민엽의 이 평문은 황동규의 시세계에 나타난 '동선회'의 문제를 비판적으로 제기했던 평론가 유중하의 「생사장, 그 길」[31]에 대한 일종의 반론의 형식을 띠고 있다.

---

27) 이광호,「극적인 사랑의 담화」, <시와 시학>, 1998, 가을.
28) _____,「기행의 문법과 시적 진화」, <작가세계>, 1992. 여름.
29) 정과리,「여행/유배와 망명」,『견딜 수 없이 가벼운 존재들』해설, 문학과 비평사, 1988.
30) 성민엽,「난해한 사랑과 그 기법」, <작가세계>, 1992, 여름.
31) 유중하의 이 평론은 "황동규가 30년동안 걸어온 '길'을 되돌아보며 성민엽 형에게" 라는 부제에서 암시되듯, 성민엽에게 보내는 편지글의 형식을 취하고 있다(유중하, 「生死場, 그 길」, <실천문학>, 1992. 봄).

김현[32]은 평균율 동인들의 시를 분석하고 한국 현대시의 문제점을 지적하는 자리에서, 인생의 의미와 극복과정을 보여주는 황동규의 시가, 현재는 보편화된 정서로 승화되지 못하고 개인적인 경험의 차원에 머무르고 있어 독자 대중에게 감동을 전하는데 한계를 보이고 있다고 진단한다. 김현의 이 글은 앞에서 언급된 이성부의 글과 상반된 결론을 내리고 있다는 점에서 흥미롭다.

김종길[33]은 『평균율 2』에 보이는 황동규의 시편들이 현실감각을 분명히 드러내고 그러면서도 그것을 날것 그대로 도입하는 것이 아니라 삭혀서 재구성하고 있다고 긍정적으로 평가한다. 그러나 황동규 시의 모호성과 난해성, 시어의 상투화 및 개념화의 경향에 대해서는 우려의 목소리를 내고 있다.

반면에, 최하림[34]은 1960년대 말 이후 황동규의 시에는 고아체어미古雅體語尾가 사라지고 현재형 어미가 강하게 나타나고 있으며, 그 현재형 어미가 진행되고 있는 현실 인식의 바탕 위에서 황동규의 시가 쓰여지고 있음을 지적한다.

정효구[35]는 한 시인이 서정시 양식에 대화의 구도 혹은 극의 구도를 전개한다는 의미는 장르와 장르간의 길트기 정신의 반영, 현대인들이 세계를 존중하고 타인과 공존하려는 민주적 의식의 작용, 서정시의 양식 안에서 객관적 세계를 가능한 현실감 있게 묘사하고 표현하려는 리얼리즘 정신의 수용, 자아와 세계간의 긴장 속에서 이룩되는 균형정신의 소산, 자유분방하고 생기발랄한 것을 추구하는 현대인들의 심리 반영, 일상어와

---

32) 김 현, 「韓國 現代 詩에 대한 세 가지 質問」, <현대문학>, 1972. 6.
33) 김종길, 「시인과 현실과의 거리」, 『문학과 지성』, 1972. 가을.
34) 최하림, 「문법주의자의 성채」, <창작과 비평>, 1979. 봄.
35) 정효구, 「황동규 시의 연극성」, <작가세계>, 1992, 여름.

구어체를 살려 서정시를 범속한 현실과 밀착시키려는 시도 등의 성격이 내포되어 있음을 설명하고, 『악어를 조심하라고?』 이후 황동규의 시가 이러한 내용에 부합하고 있으며, 이러한 의미에서 그의 시는 연극성을 지향하고 있다고 지적한다. 이 글에서 그는 황동규의 시에 두드러지게 나타나는 인용부호의 문제를 극적 방법과 연관 짓고 이러한 시적 특성이 황동규가 정신의 해방과 해탈, 자유와 초월의 정신을 추구하는 시정신의 변모와 관련성을 맺고 있다고 주장한다. 정효구의 이 글은 황동규 시의 구조적 특성과 관련된 일부의 논문들이 추상적으로 접근하고 있는데 반해, 대화와 극의 정신으로 일관되게 파악하여 그의 시에 보이는 극적 구조의 의미를 구체적으로 제시하고 있다는 점에서 높이 평가된다. 특히 이러한 그의 연구는 『악어를 조심하라고?』 이후 황동규 시 세계의 성격을 중층적으로 이해하는데 중요한 단서를 제공한다.

황동규 시의 이미지 분석을 시도한 글들 중에서는 장석주의 평론이 돋보인다. 장석주[36]는 황동규 초기시의 시공간에 수용된 이미지의 생성과정과 의미를 체계적으로 분석하고, 초기 황동규 시의 비극적 세계 인식을 폭넓게 고찰하고 있다.

대담[37] 및 시인의 일상적 삶의 태도와 관련된 산문형식의 글들[38]도

---

36) 장석주, 「사랑과 고뇌의 확대와 심화」, <월간문학>, 1979. 3.
37) 박주택, 이성천, 「'시간' 속에 비친 시인의 시간」(대담), <시를 사랑하는 사람들>, 2004. 11, 12월호.
　　황현산, 「황동규의『풍장』에 관하여」, <문학과 사회>, 1995. 겨울.
　　이문재, 「득도의 상태는 유지하지 않겠다」(대담), <작가세계>, 1992. 여름.
　　이경호, 박철화, 「수동적 깨달음으로부터 능동적 깨달음에 이르기까지」(대담), <문학정신>, 1990, 4.
　　김승희, 「바퀴를 굴리는 사랑주의자」(대담), <문학사상>, 1979. 9.
38) 황동규에 관한 산문은 특히 김현의 다음 글이 인상적이다(김현, 「황동규를 찾아서」, <심상>, 1974. 9., 「상호데생 : 황동규-루오의 광대」, <현대문학>, 1973. 8).

황동규 시 연구의 한 축을 이루고 있다. 여기서는 황동규 시 세계의 전반적인 성격을 개인의식과 집단의식의 갈등과 화해의 문제로 파악하고, "반복회피와 총체적 삶의 인식"이라는 결론을 이끌어 낸 김재홍[39]의 글이 주목된다. 대담의 형식을 취하고 있는 이 글은 짧은 분량임에도 불구하고, 첫 시집『어떤 개인 날』에서『나는 바퀴를 보면 굴리고 싶어진다』에 이르는 황동규 시 세계의 시적 구성 원리를 구체적으로 밝히고 있다는 점, 단발적이기는 하나 황동규 시의 존재론적 의미를 처음으로 제기하고 있다는 점에서 문제적이다.

그 밖에 16편의 학위논문이 있다. 이 중 황동규의 시세계에 대해 최초로 쓴 신대철의 논문[40]은 베르그송 등의 시간 개념을 중심으로 「小曲」연작과 「정감록 主題에 의한 다섯 개의 變奏」를 분석하고 있다. 최근의 학위 논문으로는 강웅순의 연구가 있다. 강웅순[41]은 두 편의 학위논문을 통해 황동규의 시세계의 특성을 지속적으로 분석하고 있다. 그러나 강웅순의 논문은 일정한 부분에서 창의성과 참신성이 다소 미진해 보일 가능성이 제기될 수도 있다.

학위 논문으로는 이연승[42]의 것이 주목된다. 이연승은 시의 화자 연구를 통해 황동규 시 세계의 성격을 규명하고 있다. 이연승의 논문은 꼼꼼한 작품분석과 정교한 이론 전개로 긍정적 평가를 얻는데 성공하고 있다.

이러한 평가 이외에도 황동규 시에 나타난 문제점을 지적하고 있는 글들이 다수 발견된다. 이들 연구는 특히 몇 편을 제외하고는 대부분 그의 초기시에 보이는 시적 관념성과 과도한 감정 분출로 인한 시적 긴장력의

---

39) 김재홍, 「반복회피와 총체적 삶의 인식」, <문예중앙>, 1983. 겨울.
40) 신대철, 『詩에 있어서의 시간문제』, 연세대 석사, 1976.
41) 강웅순, 『황동규 시연구』, 경원대 석사, 2001.
      _____, 앞의 책.
42) 이연승, 『황동규 시의 화자 연구』, 이화여대 석사, 1995.

이완, 후기시에 나타난 초월적 달관주의와 '현실 인식 부재'에 대한 비판으로 집중되어 있다. 대표적인 논자로는 황정산, 유중하, 정효구 등을 들 수 있다.

황정산[43]은 1980년대를 전후해서 발표된 황동규의 시가 "현실에서 관념적 초월의 세계로 옮겨가"고 있다고 지적하며, "이것은 '정신적 깊이의 획득을 획득' 또는 '우주론적 달관'이라는 말들로 흔히 미화될 수는 있겠지만, 영원 불멸하는 우주적 질서, 자연질서에의 지향이라는 객관 관념론에의 귀의이며, 60년대 초기시가 보여준 주관적 내면 탐구와는 또 다른 차원의 현실도피에 다름 아니다"라고 날카롭게 지적한다. 이 글에서 그는 "관념적 체계 속에 서 있는 자는 관념적 이상과 속악한 현실이라는 관념적 이분법만을 사고하게 되고, 그 경우 현실은 그 풍부한 물질적 통일성을 상실한 채 형해화된 관념으로만 나타나게 되어, 현실 인식의 축소와 추상화는 피할 수 없"다는 점을 전제하고, 이 시기 황동규의 몇몇 시편들에 대해 "시의 인식내용은 빈약하기 짝이 없"으며, "이는 관념적 인식하에서는 피할 수 없는 것"으로 진단한다. 황정산의 이 글은 이 시기 황동규의 시에 대한 대다수 논자들의 긍정적 견해와는 달리, "관념으로의 회귀와 현실의 소멸"이라는 황동규 시세계의 한계점에 대해 주목하며 논의를 전개하고 있다는 측면에서 긍정적으로 평가할 수 있다.

유중하[44]는 서간체 형식을 띤 「생사장(生死場), 그 길」에서 황동규 시의 '동선회'를 비판적으로 검토하며, 시력 30년에 이르는 그의 시가 "일련의 문인화에서 보는 소요유(逍遙游)"의 수준에 그치고 있다고 평가한다. 황동규의 초기 시세계에서 『풍장』에 이르기까지의 시편들을 대상으로 하는 유중하의 이 글은, 이른바 '민족 문학론'의 관점에서 본격적인

---

43) 황정산, 「다시, 풍자인가 해탈인가」, <문예중앙>, 1991. 가을.
44) 유중하, 앞의 글.

비판을 가한 최초의 글이라는 점에서 주목을 요한다.

지금까지 황동규의 시세계에 대한 기존의 논의들을 살펴보았다. 연구사 검토를 통해 드러나는 것처럼, 그 동안 황동규 시에 관한 연구는 대략적으로 크게 두 가지 방향에서 진행되었다. 우선 시세계의 변화 과정에 대해 논자들의 관심이 가장 많았음을 알 수 있다. 또한 각 시기별 시적 특성을 부각하며 개별 주제론의 차원에서 접근한 글들도 상당수 발견된다. 결과적으로 황동규 시에 대한 기존의 논의는 '시적 변화'의 측면을 염두에 두고, 초기 그의 시가 지적 조작을 거친 절제된 이미지와 상징의 언어를 구사하여 개인적 영역에서 사회적 영역으로 관심을 확장시켜 왔으며, 80년대 이후에는 선적 사유를 동반하여 '정신의 달관과 역동성의 깊이'로 변모했다는 내용으로 정리할 수 있다.

이 같은 논자들의 연구는 황동규의 시세계를 파악하는 데 많은 기여를 하고 있다. 뿐만 아니라 각각 논의는 나름대로 논리적 타당성을 지닌다. 그러나 이들 선행 연구는 다양한 경로를 통하여 깊이 있는 논의가 이루어졌음에도 불구하고, 대개의 경우에 시적 변모 과정과 시기별 주제의식을 분석하는 일에 주력하고 있는 탓에 몇 가지의 문제점을 안고 있다. 무엇보다도 황동규의 시에 내재하는 지속성의 원리를 놓치고 있으며, 이로 인해 그의 시세계의 종합적 면모를 충분히 드러내지 못하는 한계를 노출하고 있는 것이다. 이에 따라 본고에서는 기존의 연구 결과를 적극적으로 수용하면서도, 선행 연구가 다루지 못했던 지속성의 측면을 시세계의 변모 양상과 함께 집중적으로 탐구해 보고자 한다. 즉, 황동규의 시에 나타나는 변화와 동일성의 원리 두 측면을 존재론적 의미 고찰을 통해 살펴보게 될 것이다.

3. 연구의 접근 통로

거듭 강조하지만, 이 글의 궁극적인 목적은 황동규의 시세계를 존재론적 차원에서 접근하여 분석하는데 있다. 여기에서 말하는 '존재'의 용어는 그 쓰임에 따라 매우 다양한 의미의 폭을 지닐 수 있다. 넓게는 사전적 정의로 '현실에 실재로 있음, 또는 의식으로부터 독립하여 외계에 객관적으로 존재함'이라 할 수 있다. 또한 "형이상학적인 의미로는, 현상 변화의 기반이 되는 근원적인 실재"45)로 규정된다. 이 글에서는 이러한 존재의 일반 개념을 일단 인정하면서도, 세부 논지 전개에 있어서는 하이데거 철학의 '존재' 개념을 차용하기로 한다. 즉, 본고 논의의 이론적 배경이 되는 것은 하이데거의 존재 철학이다.

황동규 시세계의 종합적 면모를 살펴보려는 이 논문이 하이데거의 존재 철학을 이론적 근거로 삼은 것은 세 가지 이유에서이다.

첫째는 황동규의 시세계에 투영된 시인 의식과 하이데거 철학의 존재 사유가 밀접하게 연관된다는 사실과 관계된다. 선행 연구 검토에서 살펴보았듯이 그 동안 황동규의 시는 크게 4시기로 구분되어 논의되어 왔다. 이러한 시기 구분을 본격적으로 제기한 논자는 하응백인데, 그는 황동규 시세계를 내용과 형식 및 주제에 따라 네 단계로 나누고, 각각의 시기별 특성을 주시하면서 시적 변화 과정을 투명하게 제시한다.46)

---

45) 한글 학회 편, 『우리말 큰 사전』, 어문각, 1992.
46) 황동규의 시세계에 대해 하응백은 다음과 같이 시기별로 구분하고 있다.
   제1기―젊은날 황동규의 우울한 내면 기록 : 첫 시집인 『어떤 개인 날』(1961)부터 『비가』까지, 제2기―상징에서 알레고리로의 이동, 사회 현실에 눈뜨는 시기 : 1960년대 후반의 『태평가』(1968)부터 1970년대 후반의 『열하일기』(1972), 『나는 바퀴를 보면 굴리고 싶어진다』(1978)까지, 제3기―여행시의 적극적 도입과 극서정시 양식의 개척, 삶과 죽음의 순환론적 인식 : 『풍장』 연작이 시작된 1980년대부터 본고는 이러한 하웅백의 시기 구분에 기본적으로 동의한다. 이에 따라 본 논문의 구성 방식은 잠정적으로 하웅백이 설정한 시기 구분을 따르기로 한다. 시력 47년에 이르는 황동규의 시세계를 전반적으로 살펴보기 위해서는 내용별, 형식별, 주제별 특성을 단계적으로 나누어 살펴보는 작업이 우선적으로 요구될 수밖에 없는데, 이 때 하웅백의 시기 구분은 매우 유효한 것으로 여겨지는 까닭이다. 따라서 본고의 전개 방향은 불가피하게 하웅백의 논의 전개 방식과 일정 부분 부합하게 될 것이다.

그러나 이 글은 시적 변모 양상에 무게 중심을 두고 논의를 개진한 하웅백의 시기 구분에 대해서는 부분적으로 입장을 달리 한다. 다시 말해서 하웅백이 시기별 '단절'의 의미를 크게 강조하며 시적 변모 양상에 대한 논의를 전개하고 있다면, 본고에서는 황동규 시에 나타나는 '지속성'의 측면, 즉 존재론적 의미 차원의 연속성에 일단 주목하고 이를 바탕으로 그의 시의 변화 양상과 '지속성' 및 '연속성'의 원리를 함께 아우르며 살펴볼 것이다. 여기서 황동규 시세계의 시기 구분을 간략하게 제시하면,

1) 제1기 – 존재론적 불안 의식의 표출 : 『어떤 개인 날』(1961), 『비가』 (1965)

2) 제2기 – 사실적 삶에 대한 해석 및 실존의 상황 인식 : 『태평가』(1968), 『열하일기』(1972), 『나는 바퀴를 보면 굴리고 싶어진다』(1978)

3) 제3기 – 여행시와 극서정시를 통한 존재 탐구의 방법적 통로 마련 및 삶과 죽음의 인식론적 전환 : 『풍장』, 『악어를 조심하라고?』(1986), 『몰운대행』(1991), 『미시령 큰바람』(1993)

『악어를 조심하라고?』, 『몰운대행』(1991), 『미시령 큰바람』(1993)까지, 제4기 – 정신의 무중력 상태, 자유 지향 : 『풍장』(1996) 후반부 작품과 『외계인』(1997) 이후(하웅백, 앞의 글, p.40).

4) 제4기 − 존재의 자기 확인 혹은 존재 망각의 근원적 극복 : 『외계인』

(1997), 『버클리풍의 사랑 노래』(2000), 『우연에 기댈 때도 있다』(2003)

로 정리된다.

본고가 이 같은 시기 구분 및 연구 방법을 도입한 이유는 무엇보다도 황동규의 시세계의 전반적 성격이 존재론적 차원에서 일관된 흐름을 보이고 있다는 판단에서이다. 특히, 이러한 황동규 시의 존재론적 의미는 앞서 언급한 바대로 하이데거 철학과 연계될 때 보다 적극적으로 설명할 수 있다. 대략적인 예를 들어보면, 황동규의 『어떤 개인 날』과 『비가』로 대표되는 제1기 시세계는 존재의 '불안 의식'을 강하게 표출하고 있다. 또한 『태평가』에서 『풍장』 이전으로 말해지는 제2기의 시세계는 사회 현실에 관심을 보이면서 세계 내 존재로서의 시인 인식이 확산된다. 이후 『악어를 조심하라고?』와 『몰운대행』, 『풍장』, 『미시령 큰바람』 등이 쓰여진 제3기 시세계에서는 삶과 죽음의 근원적 문제를 '여행시'와 선(禪)적 사유와의 연관성 속에서 전개하고 있으며, 『외계인』 이후 시기로 규정되는 제4기 시세계에서는 존재 망각의 근원적 극복이라는 차원에서 '홀로움'의 미학 및 시인 존재의 자기 정체성 문제를 환기한다.

여기서 알 수 있듯이 황동규 시세계는 하이데거의 존재론적 범주 안에서 끊임없는 시적 변모를 거듭하고 있다. 그의 시는 하이데거의 존재론적 사유와 연계될 때 변화와 지속성의 의미를 동시에 획득할 수 있는 것이다. 불안, 허무 의식, 양심, 빛, 비극적 세계관, 삶과 죽음, 시간, 시인 존재의 정체성 등, 황동규 시세계를 이해할 때 자주 동원되는 단어나 문구들이 하이데거 철학의 주요 개념들인 현존재의 불안, 니힐리즘, 양심, 빛의 철학, 존재와 시간, 수평·수직 구도, '죽음에의 선주' 등과 일정하게 대응하고 있다는 점을 상기하면, 이러한 사실은 더욱 설득력을 갖게 된다.

둘째는 하이데거의 존재 철학과 선적 사유 체계 사이의 유사성과 관련된다. 황동규 시인은 『풍장』 연작이 시작되는 80년대 들어 선禪 사상에 높은 관심을 보인다.[47] 그로 인해 이 시기에 발표된 그의 시들은 선禪적 상상력을 강하게 표출하고 있다. 그러나 이 사실이 『풍장』 이후의 그의 시가 하이데거 철학과 완전히 결별한다는 것을 의미하지는 않는다.[48] 왜냐하면 현대 언어 철학의 자장 안에서 하이데거의 존재론은 선禪과 불교의 유식학 또는 노장사상 등과 같은 동양 철학과 매우 유사한 사유 구조를 보이기 때문이다. 이 점은 하이데거의 '존재 생기 사건', '존재 사유' 등의 개념과 도道와 선禪적 '깨달음'의 본질적 의미를 환기하면 단적으로 확인할 수 있다. 또한 최근 하이데거의 존재 사유와 동양 철학, 그 중에서도 선사상과의 비교 연구에 관한 단행본과 논문[49]들이 자주 출판되고 있다는 사실을 통해서도 이 점은 분명하게 증명된다. 현대 철학의 담론에서 하이데거 철학과 동양 철학은 이미 존재론적 접점을 마련하고 있는 것이다.

---

47) 다음과 같은 시인의 산문 글들을 통해 이 점은 보다 직접적으로 확인할 수 있다. "80년대 초 아직 한글로 된 서적이 서점에 출몰하기 전 나는 학교 동료인 심재룡 선생에게서 빌린 영어판 『조주록』 『벽암록』 들을 읽기 시작했다. <중략> 선은 어렸을 때부터 기독교 교육을 받은 내 마음의 자물쇠들을 많이 벗겨 주었다."(황동규, 자전적 에세이 「창고(倉庫)가 없는 삶」, 『황동규 깊이 읽기』, 문학과 지성사, 1998. pp.40~41).

48) 기존의 선행 연구들은 대개의 경우, 선(禪)사상에 대한 시인의 깊은 관심을 '시적 변화'의 뚜렷한 징후로 보고 논의를 전개하고 있다. 그러나 황동규시의 존재론적 의미를 살펴보는 본고에서는 이러한 견해에 대해 분명하게 입장을 달리한다.

49) 하이데거와 동양 사상의 유사성을 다루고 있는 주요 저서로는 한국 도가 철학회 편, 『노자에서 데리다까지』, 예문서원, 2001.; 김형효, 『하이데거와 마음의 철학』, 청계, 2001.; 한국 하이데거 학회 편, 『하이데거 철학과 동양사상』, 철학과 현실사, 2001.; Hempel, H.P., 이기상, 추기연 옮김, 『하이데거와 선』, 민음사, 1995.; Steffney, J., 김종욱 편역, 『서양 철학과 선』, 민족사, 1993 등이 있다. 앞의 두 권이 하이데거의 사상을 중심으로 노장 철학과 불교 등 동양철학과의 연관성을 서술한다면, 뒤의 세 권은 특히, 하이데거의 철학과 선적 사유체계를 직접적으로 비교한 후 그 유사성을 밝히고 있다.

따라서 제3기 시세계에 나타나는 황동규 시의 선禪적 상상력은, 이제까지 진행된 거의 대부분의 논의처럼 '시적 변모 양상'의 측면만을 부각해야 할 성질의 것이 아니다. 오히려 황동규의 시에 나타나는 선禪적 상상력의 표출 양상은 하이데거 철학과의 밀접한 연관성을 보여주는 분명한 계기로 작용한다.

셋째는 황동규 시와 시론의 본질이 전반적으로 '시간성'을 매개한다는 것과 관련이 있다. 하이데거의 철학에서 존재에 관한 물음은 '시간성'에 대한 이해를 필수적으로 동반한다. 그에게 존재와 시간은 절대적으로 분리될 수 없는 근본적인 탐구 과제이다. 하이데거의 전기 주저 『존재와 시간』이 존재와 존재자의 차이를 '통속적인' 시간과 '근원적 시간성'의 차이를 근거로 분석하고 있음을 고려하면 이러한 사실은 쉽게 파악된다. 따라서 황동규 시에 나타나는 '시간성'의 문제는 그의 시를 하이데거 철학과 연관해서 이해할 수 있는 한 이유가 된다. 황동규의 독특한 시론인 극서정시 이론도 이러한 '시간성'과 연관해서 생각해 볼 수 있다. 서정시는 어떤 의미에서 순간의 미학, 즉, 정지된 시간의 풍경을 지향한다. 그러나 황동규는 이러한 유형의 서정시 양식을 '거부'하고 어떤 정황이 제시되고 시적 자아가 그것을 통과함으로써 내적 변화를 경험하게 되는 극서정시 이론을 주장한다. 이는 그의 극서정시 이론이 잠정적으로 '시간'의 문제를 동반하고 있음을 보여준다. 시적 자아의 변화는 궁극적으로 시간의식을 매개하지 않고는 이루어질 수 없기 때문이다. 이러한 연장선상에서 극서정시 이론이 발표된 이후의 그의 작품들은 극서정시 이론에 대한 일종의 실천적 차원의 글쓰기로 추론해 볼 수 있다. 아울러 황동규의 시세계에서 '시간성'의 문제는 최근에 올수록 더욱 부각되는 형편50)인데, 그가 여전히

---

50) 본고에서는 『우연에 기댈 때도 있었다』 이후에, 계간지와 월간지에 산발적으로 발표된 몇몇 작품들을 연구대상에서 제외하였다. 작품의 수가 워낙 제한되어 있기 때문에 본격적으로 다루기에는 무리가 있다고 판단했기 때문이다. 그러나 여기서 잠

'현재 진행형 시인'이라는 점을 감안하면, 그의 제5기 시세계는 '시간성'의 문제를 매개하고 전개될 가능성이 충분히 열려 있다는 예측을 해볼 수 있다.

이상의 세 가지 사항이 본고가 황동규 시에 나타난 존재론적 의미 양상을 연구하는데 있어, 하이데거의 존재 철학을 이론적 근거로 삼은 이유이다. 이에 따라 이 글에서는 향후 다음과 같이 논의를 전개할 것이다.

먼저, 다음의 장에서는 하이데거 존재 철학의 사유 체계를 존재물음과 존재론적 차이, 현존재의 본래성과 비본래성, 불안의 근본 기분 등의 개념을 중심으로 상세히 기술하고, 이후 황동규 시 분석에 그의 철학을 차용하게 된 동기를 분석방법의 체계성과 같은 구체적 경로를 통하여 다양하게 밝힐 것이다. 하이데거의 존재 사유와 황동규 시의 상관성에 대한 분석은 그의 시에 나타난 존재론적 의미 양상을 연구하기 위해서는 반드시 선행되어야 할 작업이다.

이후의 논의에서는 황동규의 제1기 시세계와 제2기 시세계의 주요 특성을 하이데거의 주요 철학적 개념과 관련시켜 논의 하고자 한다. 우선 『어떤 개인 날』과 『비가』를 대상으로 하여, 이 시기 시인 존재의 '불안' 의식과 '불안'의 정체를 하이데거 철학의 '불안' 개념과 연계해서 살펴볼 것이다. 세부적으로는 시의 구조적 측면과 '빛'의 시각 이미지, '부름의 소리'에 관한 청각 이미지 분석 작업을 병행하기로 한다. <'세계 내 존재'로서의

깐 언급해 보자면, 최근 황동규의 작품들은 분명 이전과는 다른 시적 경향을 보여준다. 특히 근래에 시인은 의식, 무의식적으로 '시간성'의 문제를 강하게 부각하고 있다. 한 예로, 지난번 <문예중앙>(2004, 가을)에는 '작은 시집'과 함께 '시간 속에 시간이 비친다'라는 제목의 <시작노트>가 첨부되어 있다. 제목이 환기하듯, 이 글에서 시인은 '삶의 의미는 시간을 떠나서 존재할 수 없다'는 점을 거듭 강조하고 있다. 이즈음 황동규 시의 창작 원리는 '시간성'과 밀접하게 연계되고 있는 것이다. 여기에 대해서는 다음의 대담을 참조할 것(박주택, 이성천, 황동규, 대담 「'시간' 속에 비친 시인의 시간」, <시를 사랑하는 사람들>, 2004, 11, 12월호).

시인 인식>에서 주로 다루는 내용은 황동규 제2기 시세계의 주된 특성으로 거론되는 시와 현실의 상관성이다. 여기서는 개인의 내면적 세계에서 벗어나, '세계 내 존재'로서 시인의 실존적 상황 인식 문제를 규명해 보기로 한다. 이후의 논의에서는 황동규 시인의 시적 기원이자 영원한 지향점인 '사랑시'에 대한 탐구로 나가게 될 것이다.

<존재 탐구의 방법적 통로>는 우선『풍장』연작시 분석을 통해 삶과 죽음의 인식론적 전환 과정을 확인하고자 한다. 또한 황동규의 여행시가 존재 탐구의 방법적 통로로써 시인 인식의 확산과 밀접한 연관성이 있음을 제시할 것이다. 이와 아울러 그의 '극서정시'에서 시적 자아의 변모과정을 추적하고 이후 극서정시와 '시간성'과의 관계를 분석하게 될 것이다. <존재 망각의 근원적 극복과 정신의 수직구도>에서는 시인의 정체성을 새롭게 탐구하고 있는 제4기 황동규 시세계의 성격을 소제목이 환기하듯이 '존재의 자기 확인과 정신의 수직 수도', '자유 지향성과 홀로움의 미학'이라는 주제 아래 살펴볼 것이다. 그리고 나머지의 논의는 궁극적으로 앞서의 내용을 전개한 연구의 귀결점을 제시하고, 이제까지의 연구 성과와 한계점, 남은 과제들에 대하여 제시하게 될 것이다.

마지막으로 <시인 의식의 변모 양상>에서는 보론의 형식으로『꽃의 고요』이후에 발표된 작품을 중심으로 최근 황동규 시의 특장을 검토해 보기로 한다.

이와 같이 본고가 황동규의 시세계를 4시기로 나누고, 황동규 시의 존재론적 의미를 살펴보는 일은 황동규의 시를 지속적으로 산출하게 한 중층적인 동인動因을 탐구하고, 시세계의 변모 요인의 복합적 층위를 파악하며, 그가 추구한 문학과 삶의 방향성을 탐구하는 동시적 작업의 의미를 지니게 될 것이다. 또한 시와 철학의 문제가 90년대 이후 한국 시사의 중심부에서 직접적으로 논의되어 온 만큼, 이러한 시기 구분 및 연구 방법의 설정은 나름의 현재적 의미를 지닐 것으로 기대한다.

황동규는 현재에도 활발한 시작 활동을 하고 있는 현재 진행형 시인이다. 이런 이유로 황동규 시세계에 대한 어떠한 논의도 당분간은 완결된 형식을 지니기 어려울 것이라는 점을 부인할 수 없다. 그러나 현재까지 발표된 그의 작품51)만으로도 황동규 시세계는 일단 하나의 원환을 마련했다고 할 수 있다. 특히 1998년『황동규 시전집 1, 2』간행 이후 황동규의 시는 나름의 독자적인 세계를 구축하고 있는 것으로 여겨진다. 이러한 측면에서 황동규의 시세계가 비록 현재 진행중임을 감안하더라도, 종합적 연구의 필요성과 그간의 연구 성과에 대한 정리 작업은 절실한 것으로 생각된다. 이미 학계의 일각에서는 황동규 시세계의 전모를 파악하고자 하는 시도가 진행되고 있다. 또한 앞으로의 연구도 속도를 더 해갈 것으로 판단된다.52)

이 글은 지금까지 발표된 그의 시집 및 시선집을 연구 대상으로 한다. 따라서 이 글의 주 텍스트는 문학과 지성사에서 1998년에 간행된『황동규 시전집』1, 2권과, 전집 이후에 발표된『버클리풍의 사랑 노래』,『우연에 기댈 때도 있었다』등의 시집이 될 것이다(『꽃의 고요』이후의 작품에 대한 논의는 보론의 형식으로 첨부한다). 아울러 전집에 수록된 작품이라 할지라도 필요한 경우에는, 이전에 발표된 개별 시집을 참고하기로 한다.

---

51) 황동규가 그 동안 발표한 시는『황동규 시전집』(1988)에 수록된 430편과 이후『버클리풍의 사랑 노래』의 50편,『우연에 기댈 때도 있었다』의 60편, 최근에 확인된 40여 편 등 총 580여 편이다.

52) 황동규의 시를 연구 대상으로 한 학위 논문은 비교적 근자에 들어 활발하게 쓰여지고 있다. 특히, 2004년에는 그의 시세계를 연구한 최초의 박사 학위 논문이 발표된 바 있다(강웅순, 앞의 책).

하이데거 철학의 시적 적용

1. 하이데거 철학의 사유 체계와 현재성

하이데거는 오늘날 현대 철학사에서 가장 주목받는 철학자의 한 사람이다. 그 이유는 여러 가지가 있겠지만, 우선 그의 철학이 플라톤 이래의 전통적 형이상학의 토대를 철저하게 해체해 들어갔다는 점, 그로 인하여 사유의 전환이 심각하게 요구되는 오늘날 철학적 담론의 중심에 그의 사상이 놓여 있다는 점, 서구 근대성 비판과 대안을 모색하는 과정에서 새롭게 제기된 노장老莊사상, 불교 선禪사상 등의 동양 철학과 그의 사유체계가 유사한 구조를 보이고 있다는 점 등을 주요 원인으로 꼽을 수 있다. 또한 이와는 별도의 방향에서 그의 용어와 개념들이 워낙 난해하고 사유체계 역시 심오하고 방대하여 오늘날에도 여전히 다양한 해석의 가능성을 남기고 있다는 것도 그 한 이유가 될 수 있을 것이다. 하이데거는 과학철학, 종교, 심리학, 문학, 예술에 이르는 모든 영역을 시적 애매성을 곁들인 생소한 문체로 표현한다. 이로 인하여 현대 철학사에서 그의 저서들은 지금까지도 가장 어려운 고전 중의 하나로 거론되고 있다.

하이데거가 현대 철학에서 주목받는 이유는 이 모든 조건들이 복합적으로 어울려 작용했기 때문이다.

2. '존재 물음'과 존재론적 차이

하이데거의 철학이 다양한 영역에 걸쳐 막대한 영향력을 끼치고 있음에도 불구하고, 그의 철학적 관심은 오로지 '존재(存在, Sein)'의 문제이다. 하이데거는 서구 형이상학의 한계를 비판하면서 그의 철학의 방향을 존재의 의미에 대한 탐구로 규정한다. 그것이 인간 존재이든, 존재 역사이든, 존재 언어이든 그의 철학적 사유는 존재론[1)]의 차원에서 마련된다. 하이데거의 철학적 사유는 존재 사유 그 자체라고 할 만큼, 그의 사상을 이해하는데 있어 존재의 의미는 절대적으로 중요한 요소이다.

> 하이데거의 사유를 이해하는 데에 있어서는 무엇보다도 존재물음의 의미를 가능한 분명히 알고 있는 것이 꼭 필요하다. 첫째로 확실히 해야 할 것은 여기서 그저 모호하고 불투명하게 「존재」에 대해 묻고 있는 것이 아니라 존재의 의미에 대해, 다시 말해 우리가 「존재」 내지는

---

1) 하이데거 전기 사상의 중심을 이루는 『존재와 시간』은 본래 존재의 의미를 탐구하려는 목적에서 의도되었으나, 그것이 미완으로 그치는 탓에 결국 인간 현존재의 본질에 대한 연구에 머물러 있다. 하이데거의 후기 사상, 즉 '전회' 이후에서는 존재의 의미에 대한 물음이 역사적인 형태를 띠고 나타나며 또한 존재를 언어와 동일시함으로써 언어의 중요성이 강조된다. 이 점에서 하이데거의 철학은 인간 존재, 존재 역사, 혹은 언어(존재)에 대한 탐구로 이어지는 존재론적 사유과정이라 할 것이다. 이때 존재론이라 함은 인식론에 대비된다는 의미가 아니라, 존재와 사유를 분리시키지 않는 것을 뜻한다.

「존재한다」고 말할 때 도대체 무엇을 의미하고 있는지에 대해 묻고 있는 것이다. 이 물음은 사람들이 그들의 말함과 사유함을 관통하고 있는 존재에 대해 이야기할 때, 무엇을 그들이 의미하고 있고, 무엇에 대해 그들이 이야기하고 있고, 무엇에 그들이 말을 건네고 있는지를 묻고 있는 것이다. 하이데거의 물음은 존재가 무엇이냐? 가 아니라 언제나, 우리는 「존재」라는 낱말로 무엇을 의미하는가 이다.[2]

하이데거의 철학은 '존재 물음' 그 자체에 대한 체계적인 물음이라고 특징지을 수 있다. 하이데거의 철학을 이해하는데 있어 '존재 물음'이 중요시되는 이유는, 그것이 기존의 전통 철학과 그의 철학이 극단적으로 갈라서는 분기점으로 작용하기 때문이다. 하이데거에 의하면 이제까지 전통 철학의 역사는 존재의 의미를 망각하고 존재 대신 인간을 포함한 존재자 일반에 몰두해서 그것에 관해서만 사유해온 사상적 방황의 연속이다. 플라톤에서 니체에 이르기까지 전통 형이상학은 '이론적 고찰의 대상으로서 눈앞에 존재(das Vorhandensein)'하는 존재자(存在者, Seiende)들 자체에만 관심을 쏟았을 뿐, 그 존재자들이 드러나게 되는 과정에는 주의를 기울이지 않았다. 즉 전통적인 존재론은 '존재 물음'의 근본적 문제를 망각하고, 하나의 특정한 시간적 의미에서 현전現前하는 존재자를 존재로 알고 사유한 '존재자적 사유'였던 것이다. 그러나 하이데거에게 존재는 영원불변하고 고정적인 보편적 실재가 아니다. 그에게 '퓌시스', '로고스', '알레테이아'로 칭해지는 존재는 하나의 역동적 사건과 과정으로 인간을 포함한 존재자 일반을 "진리 그 자체(알레테이아, Aletheia)"로 조명하고 정립하는 "원초적인 진리의 빛(퓌지스, Physis)"이다. 따라서 하이데거에게

---

2) Demske, J. M., *Sein, Mensch und Tod. Das Todesproblem bei Martin Heidegger*, Freiburg/München, 1979, p.21; 이기상, 『하이데거의 실존과 언어』, 문예출판사, 1991, p.57에서 재인용.

존재에 대한 전통 철학적 물음 방식, '존재하는 것(存在者, Seiende)'은 무엇인가의 물음은 자연스럽게 '존재자의 존재', 즉 '존재(存在, Sein)'란 무엇인가의 근본 물음 방식으로 바뀌어 진다. 모든 '있는 것'에 대해서 그것의 '있음', 즉 '그것이 어떻게 있는가'라는 존재 방식을 묻고 그것을 근원적으로 해명하는 것이 다름 아닌 존재론의 본질[3]이라고 하이데거는 주장하고 있는 것이다.

이러한 존재가 이해되기 위해서는 우선 존재자와 존재에 대한 본질적인 차이성을 드러내는 것이 급선무일 터인데, 하이데거는 <지역 존재론(die regionale Ontologie)>과 <기초 존재론(die fundamentable Ontologie)>으로 이를 각각 구분하여 사용한다. 그리고 이러한 구분을 그는 '존재론적 차이(Ontologische Differenz)'로 명명한다. 하이데거의 '존재론적 차이'란 존재와 존재자가 본질적으로 다르다는 것을 의미하는 말이다. 궁극적으로 하이데거의 존재론은 이러한 '존재론적 차이'를 인식함으로써 시작된다. 그의 전기 주저 『존재와 시간』은 존재와 존재자 간의 차이를 주제화함으로써 궁극적으로 존재 일반의 의미, 즉 '존재자의 존재'를 드러내고자 하는 시도에 다름 아니다. 하이데거는 '존재의 의미에 대한 물음의 개진'이라는 제목이 붙은 이 책의 서문에서 '존재자의 존재는 그 자체로서 하나의 존재자인 것은 아니다', 혹은 '존재는 존재하고 있는 사실과 존재하고 있는 상태 속에 실제성, 사물적 존재성, 존립, 타당, 현존재 속에, 또한 <주어져 있다>고 하는 것에 숨겨져 있다'[4]고 밝힘으로써 이를 분명히 한다. 하이데거의 『존재와 시간』에서 존재와 존재자의 차이에 대한 경험은 '근본적인 탐구 방법과 그 구도'이다.

하이데거에 따르면 '존재는 항상 그 어떤 존재자의 존재이다'.[5] 존재는

---

3) Heidegger, M., 전양범 역, 『존재와 시간』, 시간과 공간사, 1992. pp.4~5 참조.
4) Heidegger, M., 위의 책, pp.28~29.

존재자와의 차이에서 경험될 때 비로소 은폐된 비본질의 본질을 드러낼 수 있으며, 존재자는 존재에 의해 혹은 존재 그 안에서 존재자가 되며 그것으로 보여지게 된다. 존재는 '존재론적 차이'로 말미암아 인간과 신을 포함한 존재자 일반과 질적으로 구별되는 그 무엇이지만 인간 현존재는 물론이거니와 존재자 일반과도 필연적으로 공존6)하는 것이다. 그렇다면 '존재자의 존재'는 어떻게 파악될 수 있을까. 바로 여기서 하이데거 존재론의 핵심 개념인 '현존재(Dasein)'의 개념이 등장한다.

하이데거의 존재 물음은 거의가 '인간'이란 존재자를 향하고 있다. 인간은 그 고유한 특성상, 지각하는 동물, 식물을 포함한 모든 존재자들 가운데서 유일하게 존재를 사유하고 존재에 대한 이해를 필연적으로 수행할 수 있는 '세상에서 가장 범상한(to deinotation)' 존재자이다. "모든 존재자들 가운데 오로지 인간만이, 존재의 음성으로 부름을 받고 '기적 중의 기적7)', 즉 존재자가 존재한다는 사실을 체험할 수 있다."8) 하이데거는 '존재 이해를 갖는 존재자'라는 의미에서 인간이라는 이 존재자를 '술어적으로 현존재(Dasein)'라고 표현한다. 현존재는 인간이란 세계의 모든 존재자들의 고유한 존재가 드러나는 장이며, 그러한 장으로서 인간에게는 '모든 존재자들을 그 자체로서 존재하도록 해야 하는' 과제가 부과되어 있다는

---

5) Heidegger, M., 위의 책, p.32.
6) 김종두, 『하이데거에 있어서 존재와 현존재』, 서광사, 2002. p.38.
7) '기적 중의 기적'은 원래 순수 의식, 혹은 선험적 주체성을 가지는 '인간의 의식'에 대한 후설의 표현이다. 그러나 하이데거가 '기적중의 기적'이라고 부르는 존재는 인간의 의식적 차원이 아니라, 실존 혹은 현존재의 방식으로 존재한다. 따라서 하이데거가 후설의 이 표현을 의도적으로 사용하고 있다는 사실은 그가 그의 스승격인 후설의 현상학적 토대 위에서 자신의 해석학적 현상학을 전개하고 있으나, 궁극적으로는 후설의 현상학에 문제점을 제기하고 이를 극복하려 하고 있다는 것을 보여준다. 하이데거가 『존재와 시간』의 표지 안에서, 이 저서를 "에드문트 후설에게 바침-그에 대한 존경심과 우애심에서"라고 쓴 헌사는 이런 측면에서 묘한 뉘앙스를 풍기고 있다.
8) Heidegger, M., 이기상 역, 『사유란 무엇인가』, 서광사, 1984.

사실을 가리킨다.9) 이에 따라 존재론적 차이는 바로 이 인간 현존재(Dasein)를 그 교량으로 삼지 않으면 결코 규명될 수 없다.

현존재는 다른 존재자 사이에서 출래하는 데 지나지 않는 하나의 존재자는 아니다. 현존재가 존재적으로 두드러져 있는 것은 오히려 이 존재자에게는 자신의 존재에 있어 이 존재 자체로 '관계를 맺어' 간다는 것이 문제라는 사실에 의해서이다. 그러나 그렇다고 하면 현존재의 이와 같은 존재 기구에는 현존재가 자기 존재에 있어 이 존재에로 태도를 취하는 어떤 존재 관계를 가지고 있다는 사실이 속해 있다. 더구나 이것은 이것대로 현존재가 어떠한 방향으로 표면에 나서서 자기의 존재에 있어 자기를 양해하고 있다는 것을 말한다. 이 존재자에게 고유한 것은 자기의 존재와 함께, 또 자기의 존재를 통해 이 존재자가 자기 자신에게 개시(開示)되어 있다는 것이다. 존재 양해 내용은 그 자체가 현존재의 하나의 존재규정성인 것이다. 현존재가 존재적으로 두드러져 있다는 것은 현존재가 존재론적으로 존재하고 있다는 사실 때문이다.10)

현존재로서의 인간은 항상 자신의 존재를 문제 삼으면서 존재한다. 현존재가 존재론적으로 존재하고 있다는 것은, 단순히 '전(前)존재론적'으로 존재하고 있다는 것을 의미하는 것이 아니라 존재를 '이해'하는 방법에 있어 존재하고 있음을 의미한다. 현존재는 존재를 문제 삼는 존재자로서 어떠한 경우에도 그에게는 존재와 존재의 의미가 개시開示되고 드러나 있다. 이러한 현존재의 본질은 그의 실존에서 발견할 수 있는데, 하이데거는 현존재가 갖는 특유한 존재 방식, 즉 존재를 근원적으로 밝히기 위해서 다른 모든 존재자를 이해하는 동시에 자신의 존재 조건을 문제 삼는

9) 박찬국, 「에토스와 진리」, 『하이데거와 윤리학』, 철학과 현실사, 2002, p.25.
10) Heidegger, M., 앞의 책, p.36.

인간 고유의 존재 방식을 '실존(Existenz)'이라고 지칭한다. 실존은 현존재가 세계−내−존재로서 세계 안에 존재하면서 자신의 존재를 문제 삼는 방식으로 존재하고 있음을 의미한다. 다시 말해서 실존이란 현존재가 이미 세계 속에 존재하고 있다는 현존재의 피투성11)(被投性, Geworfenhelt)과 더불어 그것이 자기 자신과 맺는 관계 혹은 자기 자신의 존재와 맺는 관계를 뜻한다. 이와 같은 현존재의 피투성에 대한 하이데거의 실존론적 분석은 현존재로서의 인간이 단순한 사물과 같은 존재자가 아니며, 또한 도구적 존재자가 아님을 드러낸다. 인간의 이 실존적 성격이야말로 다른 모든 존재자들과 인간의 본질을 합당하게 구별해주는 특성인 것이다. 이런 의미에서 하이데거는 존재자는 인간이 없이도 존재하지만 존재와 존재의 개현인 세계는 그것을 자신의 거주지로 삼는 인간 없이는 존재하지 않는다고 말하고 있다.12)

세계 안에 '내던져져 있음'의 방식으로 실존하는 인간은 항상 자기 자신을 자기의 실존적 범주에서 이해하며 이러한 존재관계에서 존재를 이해하는 존재이다. 즉 인간은 자신의 존재와 그 근거로서의 세계를 향해 '외립(外立)'하면서 존재론적 관계를 맺고 살아가는 실존이다. 이런 의미에서 하이데거의 인간 현존재 분석은 인간의 구체적인 삶 자체에 대한 탐구이자, 인간의 '사실적인 삶에 대한 해석학(Hermeneutik der Faktizität)'이다. 오늘날 하이데거의 존재론을 특히 '실존철학(Existenz philosophie)'이라고 부르는 것도 그의 철학이 곧 '실존을 매개적 통로로 하는 존재론'13)이기 때문인 것이다.

---

11) 피투성(被投性)이란 인간 현존재는 그가 원하든 원하지 않던 간에 원래적으로 세계 속에 '내던져져 있음'으로 자신이 존재해야 함을 '떠맡아야'하는 과제가 부여되어 있음을 의미한다.

12) 박찬국, 앞의 책, p.68.

13) Heidegger, M., 앞의 책, p.5.

3. 현존재의 본래성과 비본래성

다시 말하지만, 현존재의 본질은 그 실존 속에 숨어있다. 현존재로서의
인간은 항상 그것의 존재자로서 본래적인 것(Eigentlichkeit)과 비본래적
인 것(uneigentlichkeit)의 가능성에로 자신을 '던짐(Entwurf)'으로써 실존
하는 방식을 취한다. 뿐만 아니라 현존재는 언제나 자기가 '처해 있는
(Befindlickkeit)' 가능성에로 '기획 투사함(企投, Entwurf)'으로써, 즉 피투된
상태에서 기투해 감으로써 '그때 그때마다' '언제나' 어떤 '기분(Stimmung)'
을 가지고 살아가게 된다. 그리고 그 기분을 통해서 현존재는 세계 안에
던져져 있는 '그때 그때마다의 나의 것', 자신의 존재 상황을 이해한다. 이
런 점에서 볼 때 "기투해 가면서 아는 이른바 기투적 이해는 언제나 기분
적 앎에 의해 선험적으로 규정되어 있다는 측면에서 '기분 지어진 이해
(das gestimmte Verstehen)'"14)이다.

인간은 항상 어떤 상황에 던져진 존재, 즉 상황-내-존재다. 다른 한
편으로 인간은 자신이 처한 상황을 이해하고 해석하면서 그 안에서
자신의 목적을 실현해 간다…… 그러나 인간이 상황에 던져져 있다는
것은 그가 항상 어떤 기분 속에 처해 있다는 것을 의미하며, 이러한 기
분 속에서 개시된 상황 안에 처해 있다는 것이다. 그에게 상황은 단순
한 상황이 아니라 어떤 특정한 기분 속에서 개현되어 있는 상황이다.
이 경우 하이데거에게 특히 문제가 되는 기분은 개인의 자의적인 변
덕스런 기분과는 다른 소위 근본 기분(Grundstimmung)으로서 인간이

---

14) 하이데거 존재론에서 '이해(Verstehen)'는 인간의 의식, 인식과는 구분되는 실존의
한 근본 양상으로의 이해이다. 즉 그것은 인간의 인식 방식 중의 하나가 아니라, 인
간의 실존 방식 중의 하나이다. (염재철, 「하이데거의 사상 길의 변천」, 『하이데거
의 철학세계』, 철학과 현실사, 1996, p.30.)

처한 근본상황을 근원적으로 개시하는 힘을 갖는 기분이다.[15] (밑줄
강조 필자)

    '근본 기분(Grundstimmung)'이란 인간 각자의 자의적인 변덕스런 기분
이 아니라 인간의 실존과 그 안의 세계를 근본적으로 규정하는 기분을 의
미한다. 하이데거에게 현존재의 근본 기분은 단순히 현존재의 내적인 정
조情調로서 이해되는 것이 아니라 모든 존재자와의 관계에서 그때 그때마
다 '존재의 소리 없는 음성'에 귀를 기울이는 통로로서 의미를 갖는다.[16]
현존재는 이 근본 기분을 통하여 본래적인 것(Eigentlichkeit)의 가능성에
로 나갈 수 있다. 그러나 하이데거에 따르면 인간 현존재들은 '우선은 그
리고 대부분의 경우'에 본질적으로 이러한 근본 기분으로 도피하여 비본
래적인 방식으로 존재한다. 대부분의 인간은 이 진정한 자신의 근본 기분
에 관심을 기울이는 대신, 역으로 그것을 의식적으로 억압하고 그가 속한
사회 역사적 환경 속에서 주어진 일상적 세계의 일부로서만 이해하는 일
상인(日常人, des man)의 자격으로 '수평적인 관계'[17]로 살아간다. 대개의
세인들이 그러하듯 인간은 일상 생활에서 일어나는 잡다한 사태들에 대
해 깊이 있게 경험하지 못하고, 피상적으로 말초적인 '호기심(Neugier)'
을 충족하는 방식으로 '잡담(Gerede)'을 늘어놓거나, 자신의 호기심을 충
족시키기 위해서 한 사물, 혹은 사건에 오래 머물지 않고 보다 자극적인

---

15) 박찬국, 앞의 책, p.100.
16) 근본 기분(Grund-stimmung)은 '존재의 소리'를 의미하는 Seins-stimme으로부터 파
    악된 것이다(박찬국, 「마르틴 하이데거」, 『현대 철학의 흐름』, 동녘, 1996, p.74).
17) 하이데거의 철학에서 말하는 '수평적 관계'란 현존재가 존재와 더불어 존재와의 관
    계인 자신의 존재, 자신의 실존을 망각하고, 아니 그것을 회피하고 도피하여 주위
    의 존재자들 속에서 살아가는 것을 가리킨다. 이와 반대로 본래적인 자기 자신과
    자신의 존재 근거인 존재자체를 문제 삼으며 살아가는 방식을 '수직적 관계'라고
    한다(김종두, 앞의 책, p.366 참조).

새로운 사물, 사건을 찾아 배회(Heimatlosigkeit)한다. 이에 따라 인간은 한 사물, 혹은 하나의 사태에 대해 분명하고 일관된 해석을 할 수가 없게 되며, 이로 인해 그가 어떤 상황 판단에 임하게 되었을 때 그의 판단은 매 사에 확고한 기준이 없는 양면적인(ambivalent) 자세로 '애매 모호성 (Zweideutigkeit)을 띠게 된다. 하이데거에게 이처럼 세인(des man)의 삶 이란 세계와 깊이 있는 관계를 맺지 못하고 어떠한 의미도 없이 떠도는, 그저 새로운 자극적인 대상을 찾아서 끊임없이 부유하는 공허하고 권태 적인 삶에 지나지 않는 것이다.

'우선 그리고 대부분의 경우(zunächst und zumeist)' 현존재는 이와 같은 '잡담(Gerede)'과 '호기심(Neugier)' 그리고 '애매 모호성(Zweideutigkeit)' 으로 특징지어지는 비본래적인 삶의 방식으로 살아간다. 그러나 현존재 는 본질적으로 자기 자신과 그것의 근거인 존재와 존재론적 관계를 맺고 있는 실존이다. 따라서 현존재의 무의식 혹은 잠재의식 가운데는 항상, 그러나 때로는 갑자기, 실존과 외존으로서 존재와의 은밀한 관계를 갖는 진정한 삶을 희구한다. 또한 이미 그러한 삶을 이해하고 있다. 그렇기 때 문에 현존재는 진정한 삶에 비추어 진 호기심, 잡담, 애매성으로 관철된 현재의 삶에 대해 공허감과 권태를 느낄 수 있는 것이다.

> 현존재는 존재의 진리의 처소, 존재의 자기 개현의 현장이므로 그 는 필연적으로 존재의 진리 안에 거주하고 있고 존재의 빛 속에 서 있 을 수밖에 없다. 그러나 그는 존재자 일반을 그들로 개방하고 정립하 는 우주적인 개방의 힘과 존재자 일반을 그들로 조명하는 우주적인 빛의 힘인 존재와의 관계에서 순전히 수동적인 자세를 취하고만 있는 것은 아니다. 그는 존재의 우주적인 진리의 역사, 빛의 역사에 수동적 으로뿐 아니라 능동적으로도 참여하고 있다.[18]

---

18) 김종두 위의 책, p.64.

물론 이것이 비본래적인 방식으로 존재하는 타락한 현존재가 이러한 공허감과 권태의 궁극적인 근거에 대해 묻고 있다는 것을 의미하지 않는다. 그들은 가끔씩 자신을 찾아오는 공허감과 권태가 자신의 비본래적인 삶의 방식에서 기원한다는 사실을 여전히 자각하지 못한다. 앞서 언급한 대로 그들은 공허감과 권태와 철저하게 대결하려기보다는 다양한 흥밋거리를 찾아 그것에서 벗어나기에 바쁘다. 사정이 이러하기에 인간들의 삶은 언뜻 보기에는 바쁘고 생기 있는 삶처럼 보여지지만 사실은 빈약하고 공허하다.[19] 그로 인해 인간은 자기 소외와 자기 상실의 상태를 맞이하게 되는 것이다. 그렇다면 비본래적인 모습과 그릇된 실존 양식으로 삶을 살아가는 현존재가 그것에서 벗어나 참되고 본래적인 방식으로 살아갈 수 있는 근거 가능성은 무엇인가. 이 물음에 대해 하이데거는 '불안(Angst)', '우려(Sorge)'[20], 혹은 죽음이라는 현존재의 근본 기분이라고 대답한다.

타락한 존재 양태로 살아가는 현존재도 그의 마음속 깊은 곳에서 자신도 의식하지 못하는 가운데 은밀히 존재와 관계를 맺고 있기에 실존적 '불안의 기분'이 엄습한다. 근본기분으로서의 불안은 심리적인 '공포'와는 질적으로 상이한 인간이 의식적으로 조성해 내는 것이 아니라 갑자기 우리를 엄습하는 것이다. 인간은 의식적으로든 무의식적으로든 그들의 비본래적인 삶과 존재 방식에 회의를 품으면서 진정한 존재 방식을 희구한다. 인간 현존재에게는 항상 자신의 본래적인 존재 가능성이 문제인 것이다. '불안'은 현존재가 이제까지 자신을 이해하는 준거로 삼았던 모든 허위적인 가능성들을 파괴한다. 현존재는 철저하게 자기 자신 앞에 직면하게 되며 자신의 심연으로부터 자신의 고유한 본질을 발견하도록

---

19) 박찬국, 앞의 책, pp.56~57 참조.
20) 일반적으로 '우려'로 번역되어 있는 'sorge'는 연구자에 따라 해석이 다양하다. 가령, 소광희는 'sorge'를 통상적으로 규정되어 온 '우려', '염려'가 아닌 '마음 씀'으로 해석한다(소광희,『시간의 철학적 성찰』, 문예출판사, 2002. p.549 참조).

촉구되어진다. 불안은 현존재의 실존을 철저하게 기분 지우고 있다. 그러나 사실 인간은 이 실존적 불안으로 말미암아 의도적으로 존재와의 관계를 벗어나서 존재자들과만 관계를 맺는 타락한 삶을 살고 있는 것이다. 인간은 일상적인 비본래적인 것의 가능성들에 집착함으로써, 이러한 불안으로부터 도피하고자 하는 것이다. 인간은 존재라는 '기적중의 기적'과 존재와의 관계 그 자체인 진정 엄청난, '세상에서 가장 범상한' 자기 자신 앞에서 느끼는 불안감을 달래기 위해, 존재와 자기 자신으로부터 '도피'하여 취하기 쉬운 존재자들 가운데서 비본래적인 자신, 세인 가운데 한 사람으로서의 자신으로 살아가는 것이다.

　비본래적인 방식으로 살아가는 그러한 인간의 삶 가운데에서도 '양심'은 살아 있다. 그의 마음속에 깊이 새겨져 있는 양심이 그로 하여금 거짓되고 비본래적인 자신에서 벗어나 참되고 본래적인 자기 자신과 자신의 존재 근거인 존재 자체에게로 귀환할 것을 지속적으로 촉구한다. 그러한 실존적 양심이 그의 마음속에서 살아 있는 한 여전히 존재의 본질적인 관계를 맺는 현존재로 남아 있게 되는 것이다.

　이상에서 상술한 바와 같이 인간 현존재는 언제나 본래적인 것(Eigentlichkeit)과 비본래적인 것(uneigentlichkeit)의 두 개의 가능성을 자신의 본질로 삼는 존재자이다. 이런 의미에서 하이데거가 말한 현존재의 본래성과 비본래성은 각각 별개로 존재하는 것이 아니라, 항상 가능성의 방식으로 그것 안에서 공존한다. 존재는 이러한 "현존재의 개방성 속에서 자신을 개방하고 은폐하기도 하며 자신을 개현하고 회수하기도" 하는 것이다.

　　존재가 자신의 진리의 빛의 역사를 우주 내의 모든 존재자들 가운데 전개하되 그에 의해서 '파송된 자'인 인간 현존재, 존재 자신에 의해 투척함을 받고 '세계라는 광 공간' 속으로 '피투'되었으며, 그것으로 피투되되 또한 동일한 세계를 나름대로의 독창적인 방식으로 새롭게, '기투'하게끔 피투되어 있는 현존재를 매체로 그렇게 한다. 즉 '항상 이미' 세계 속으로 피투된 상태에서, 그리고 항상 동일한 세계 속에서 그것을 또한 능동적으로, 독창적으로 기투, 개방, 정립, 설정, 건립하여 존재자 일반의 '세계' 위에 투사하는 현존재의 존재 능력(Seinkönnen)을 통해 그렇게 하는 것이다. 그의 그러한 존재 능력, 다시 말해서 그의 능동적인 '세계 기투'와 '존재자 일반 위로의 세계 투사' 활동을 통해서 '존재의 조명 과정'과 그의 '조명된 영역'을 뜻하는 세계가 하나의 역동적인 사건, 빛의 사건으로 일어나게 된다. 그러한 의미에서 현존재는 '피투된 기투력(geworfener Entwurf)' 그 자체라 할 수 있는 것이다.21)

인간 현존재와 그의 정신사가 곧 존재의 자기 개현 및 자기 은폐의 현장과 무대다. 존재의 역사는 따로 있는 것이 아니고 인류의 정신사가 곧 존재가 자신을 개현함과 동시에 은닉하는 과정, 존재 자신의 역사이며 존재의 자기 파송사다. 플라톤에서 니체와 마르크스, 그리고 시술 사상에 빠져 있는 현대 과학자들에 이르기까지의 인류의 정신사는 존재 망각의 역사였으며 정신적 방황의 역사였으나 그럼에도 불구하고 그것은 어디까지나, 존재 자신, 역사 그 자체 혹은 역사적인 '자기 파송사' 또는 '섭리자'라고 할 수 있는 존재의 역사다. 그러므로 인류가 지금까지 존재 망각의 행각은 "존재 자신의 업무에 속하며 그의 본성의 자기 파송으로 말미암은 것이다. 그러므로 올바로 인식된 존재 망각은 아직 개방되지 않은 채 있는 存̶在̶(Sein 이란 글자 위에 큰 X자가 덮여 있음)의 임재 함은 말하자면 아직 채굴되지 않은 보화들을 간직하고 있으며 적절한 발굴자만을 기다리고 있는 보물의 약속과도 같다".22)

---

21) 김종두, 앞의 책, pp.63~64.
22) 김종두, 위의 책, pp.78~79.

하이데거의 철학에서 존재를 안다는 것과 존재의 의미를 안다는 것 사이에는 아무런 실질적 차이가 존재하지 않는다. 그에게 존재는 현존재가 존재하는 한에서 존재하는 것으로 인간을 포함한 우주내의 모든 존재자들을 그들로 조명하고 개방하는 원초적인 진리의 빛이자 진리 그 자체이다. 그러나 하이데거에 따르면 전통 형이상학자는 물론 현대의 철학자, 과학자, 일반인 등 이제까지 모든 인간들은 이러한 존재, 존재 고유의 의미를 망각하고 살아왔다. 그들은 존재 그 자체와 그것의 진리의 빛은 의식하지 못하고 그 빛으로 드러나는 인간을 포함한 존재자들만을 의식하며 그들에 대해서만 사유하고 있다. 그로 인해 현대사회는 그 찬란한 기술문명이 가져다주는 외적인 풍요로움에도 불구하고 본래적 고향 상실의 허무의식이 팽배해지게 되었으며, 아울러 현대인은 삶의 무의미와 불안, 공허감으로 인한 정신적 위기 상황을 맞이하게 되었다는 것이다. 따라서 하이데거는 오늘날 현대인들의 가장 심각한 문제인 실향성(Heimatlosigkeit)과 정신적인 '궁지'(Ausweglosigkeit)를 극복하기 위해 이제 존재 망각의 역사를 극복하고 자신의 '본향(Heimat)'인 '존재 곁(Nähe des Seins)'으로 되돌아와야 한다고 말한다. 그것만이, 진리의 빛의 사건인 존재만이 불안과 공허감으로 극도의 정신적 방황을 겪고 있는 현대인들을 '극단적인 니힐리즘'[23]의 어둠에서 구원할 수 있는 유일한 치유책이라고 그는 진단하는 것이다. 이런 의미에서 하이데거의 존재 사유는 전통적 형이상학에서 의미하는 존재론적 범주를 벗어나 있다고 할 수 있다. 오히려 하이데거 철학의 존재론은 전통적 철학의 그것과는 달리 사회·역사 비판의 장에서 적극적으로 이해될 수 있다. 존재 사유를 통해 인간의 본질적 삶의 의미를 탐구하고자 하는 그의 철학은 오늘날 과학 기술 정보의 홍수 속에서 맹목적인 삶을 추구하는 현대인들에게 진지한 삶에 대한 반성적 사유의 시간을

---

23) Heidegger, M., 박찬국 역,『니체와 니힐리즘』, 철학과 현실사, 2000, p.123.

가져온다. "문제가 많은 우리 시대의 가장 큰 문제는 우리가 아직 생각(사유)을 하지 않고 있다는 점이다."는 하이데거의 이 말은 이러한 측면에서 시사하는 바가 크다.

4. 하이데거 철학과 황동규 시세계의 상관성

존재 물음을 통해 인간 현존재와, 시대 역사의 본질을 탐구하는 하이데거의 철학은 이러한 측면에서 본고의 주제와 밀접하게 연관된다. 뿐만 아니라 그의 철학은 황동규 시에 나타난 존재론적 의미 양상을 살펴보고자 하는 본 논문에 매우 유효한 분석 방법틀을 제공할 것으로 기대된다. 왜냐하면 그의 철학적 사유체계는 황동규 시세계의 존재론적 의미 구조와 매우 유사한 양상을 보이기 때문이다. 하이데거의 존재 사유와 황동규 시의 상관성, 다시 말해 본고가 황동규의 시세계를 분석하는데 있어 하이데거의 철학을 적극적으로 도입하게 된 동기를 대략적으로 제시하면 다음과 같다.

첫째는 황동규의 시세계에 투영된 시인 의식과 하이데거 존재 사유의 유사성과 관련된다. 이제까지 황동규의 시가 지속적인 '변화'를 추구해왔다는 것은 주지의 사실이다. 초기 시세계에서부터 최근의 작품에 이르기까지 그의 시는 분명, 다양한 변모 과정을 보이고 있다. 그러나 황동규의 시세계는 '변화의 길' 속에서도 존재론적 의미 차원에서 어떤 연속성을 간직하고 있다. 그의 시는 변화의 측면과 함께, 지속성의 원리를 내재하고 있는 것이다. 이를 시기별로 나누어 구체적으로 살펴보면 다시, 아래와 같이 정리할 수 있다.

1) 『어떤 개인 날』과 『비가』로 대표되는 황동규의 제1기 시세계는 시인의 '불안' 의식을 강하게 표출한다. 이 시기 그의 시에서 자주 발견되는 '이상한 빛'과 '부름의 소리'는 시인의 불안 의식을 함축적으로 드러내는 시어들이다. 황동규의 제1기 시세계가 '빛'의 시각 이미지와 '부름의 소리'와 같은 청각 이미지를 동반하며 시인 존재의 '불안'의식을 환기하고 있다는 것은 중요한 의미를 지닌다. 그의 초기시에 나타나는 시적 특성, 즉 '불안' 의식, '빛'의 이미지, '부름의 소리'는 하이데거 철학의 핵심 용어인 '불안의 근본기분', '빛', '존재의 부름'의 개념들과 일정하게 대응하며, 그의 시와 하이데거 철학 세계의 유사성을 암시해주기 때문이다.

2) 황동규의 시와 하이데거 철학의 관련성은 이후의 시세계에서도 지속적으로 확인할 수 있다. 『태평가』, 『열하일기』, 『나는 바퀴를 보면 굴리고 싶다』 등의 시집이 발표된 1970년대 제2기 시세계에서, 황동규의 시는 비판적 현실 인식을 강화한다. 이 시기 그의 시는 풍자와 알레고리적 표현 기법을 통해 억압적이고 폭력적인 현실 상황을 적극적으로 묘사하고 있는데, 이는 '사실적 삶의 해석'을 바탕으로 한 실존 상황에 대한 시인 인식의 확산이라는 존재론적 의미를 부여할 수 있다.

3) 황동규 시인은 『풍장』을 전후한 제3기 시세계에서 '죽음'을 두려움 혹은 공포의 대상으로 인식하지 않는다. 시인에게 죽음은 삶의 다른 이름이며 삶의 연장 지점인 것이다. 이에 따라 80년대 이후 그의 시는 '죽음'을 적극적으로 수용하는 한편, 삶과 죽음을 단절의 관계가 아닌 연속적 공간으로 파악한다. 이는 하이데거의 철학적 범주에서 '죽음에로의 선주(先走)' 개념을 통해 설명이 가능하다.

4) 삶과 죽음을 순환적 관계로 파악한 황동규 시인은 이후 제4기 시세계에서 『외계인』, 『버클리풍의 사랑노래』, 『우연에 기댈때도 있었다』 등의 시집을 통해 '홀로움', '자유 지향성', '정신의 깨달음', '시인 존재의

정체성'을 질문하고 시적 자아가 거듭나는' 면모를 보여준다. 이러한 시인 의식의 변화는 '비본래적' 삶의 방식을 지양하고 '본래적' 삶을 지향한다는 점에서, 이 역시 하이데거 철학의 입장에서 적극적으로 다루어질 수 있다.

이상의 논의에서 이제까지 황동규 시세계는 하이데거의 존재론적 범주 안에서 끊임없는 시적 변모를 거듭하고 있음을 알 수 있다. 그의 시는 하이데거의 존재론적 사유와 연계될 때 변화와 지속성의 의미를 동시에 획득할 수 있는 것이다. 불안의식, 무상감, 허무, 양심, 빛, 비극적 세계관, 삶과 죽음, 시간, 시인 존재의 정체성 등, 황동규 시세계를 이해할 때 자주 동원되는 단어나 시구들이 하이데거 철학의 주요 개념들인 현존재의 불안, 니힐리즘, 양심, 빛의 철학, 존재와 시간, 수평·수직 구도, '죽음에의 선주' 등과 일정하게 대응하고 있다는 점은 이러한 사실에 더욱 설득력을 갖게 된다.

1980년대 들어 황동규 시인이 선禪 사상을 비롯한 동양철학에 경도되었다는 사실은 역설적으로, 본 논문의 주제와 하이데거 철학의 상관성을 증명하는 두 번째 계기로 작용한다. 이미 잘 알려져 있듯이, 황동규 시인은 『풍장』 연작이 시작되는 1980년대 들어 선禪 사상에 높은 관심을 보인다. 그로 인해 이 시기에 발표된 대부분의 그의 시편들에는 선禪적 상상력이 강하게 표출되어 있다. 그러나 이러한 사실은 『풍장』 이후의 그의 시가 하이데거 철학과 완전히 결별한다는 것을 의미하지는 않는다. 왜냐하면 현대 언어 철학의 자장 안에서 하이데거의 존재론은 선禪과 불교의 유식학 또는 노장사상 등과 같은 동양 철학과 매우 유사한 사유 구조를 보이기 때문이다. 이 점은 하이데거의 '존재 생기 사건', '존재 사유' 등의 개념과 도道와 선禪적 '깨달음'의 본질적 의미24)를 환기하면 단적으로 확인할

---

24) 하이데거의 철학과 선(禪)사상 내지는 동양 철학의 사유 체계가 지니는 유사성과

수 있다. 현대 철학의 담론에서 하이데거 철학과 동양 철학은 이미 존재
론적 접점을 마련하고 있는 것이다. 따라서 제3기 시세계에 나타나는 황
동규 시의 선禪적 상상력은, 이제까지 진행된 거의 대부분의 논의처럼,
'시적 변모 양상'의 측면만을 부각해야 할 성질의 것이 아니다. 오히려 황
동규의 제3기 시세계에 나타나는 선禪적 상상력의 표출 양상은 그의 시와
하이데거 철학과의 밀접한 연관성을 보여주는 분명한 이유로 작용한다.
결국 본고가 하이데거 철학과의 상관성을 밝히는 두 번째 이유는 하이데
거의 존재 철학과 선적 사유 체계 사이의 근접성에 기인한다.

셋째는 황동규의 후기 시편들과 그의 대표적인 시론인 '극서정시(劇抒
情詩)' 이론이 잠재적으로 '시간성'을 매개한다는 것과 관련이 있다. 90년
대 이후 황동규의 시세계를 언급할 때 반드시 동원되는 주요 단어 중의
하나는 '극서정시'다. 황동규 시인은 시집 『몰운대행』을 전후 한 후기 시
세계에서 극서정시 이론25)을 적극적으로 도입하고, 자신의 '서정시'를 어
떤 정황이 제시되고 시적 자아가 그것을 통과함으로써 내적 변화를 경험
하게 되는 '극적인 장'26)으로 제시한다. 궁극적으로 그의 '극서정시' 이론
은 고정불변의 시적 상황을 거부하고 '시간의 흐름'에 따른 시적 자아의
변화에 의미를 두고 있는 것이다. 이렇게 볼 때 서정시의 정태성을 극복

근접성에 대해서는 하이데거 자신뿐만 아니라 독일과 일본을 비롯한 한국의 많은
연구자들이 거듭 강조 했던 사실이다. 궁극적으로 보면 하이데거의 '존재 생기', '존
재 물음' '존재의 본질' 등의 철학적 개념은 노장 사상의 '도(道)' 혹은 선(禪)사상의
'깨달음'과 의미가 상통한다.
25) 황동규 시인은 1992년에 발표된 「알레고리와 상징의 밀회」라는 글을 통해, 자신의
극서정시 이론을 구체적으로 정리해 놓고 있다.
26) 이와 관련해서는 다음의 대담 글이 시사하는 바가 크다. 황동규는 이문재 시인과의
대담에서 "요즘 시들은 '상태'시의 범주에서 벗어나지 못하고 있"음을 지적하고
"시가 죽지 않고 살아나는 한 방법으로 시 안에 극을 집어 넣는 일" 즉 "반전이나
깨달음, 거듭나기 등, 시 안에서 무슨 일인가 일어나는 시"로써의 극서정시 형식을
제시하고 있다(이문재, 「득도의 상태는 유지하지 않겠다」, <작가세계>, 1992. 5).

하기 위한 과정에서 제기된 그의 극서정시 이론은 시적 상황과 대상사물들을 '동사적'으로 이해[27]하는 것으로 볼 수 있다. 그리고 이 점에서 그의 극서정시劇抒情詩 이론은 실존 범주를 '근원적 시간성' 속에서 '동사적'으로 이해하는 하이데거의 철학과 매우 유사한 것으로 여겨진다.

하이데거의 철학에서 존재에 관한 물음이 '시간'의 이해를 필수적으로 동반한다는 것은 주지의 사실이다. 그에게 시간은 절대적으로 존재 혹은 '현존재'[28]와 분리될 수 없는 근본 탐구 과제이다. 하이데거가 그의 대표적

---

27) 사소한 지적일수 있으나 일전에 시인은 평론가 김재홍과의 대담에서 '형용사보다는 동사를 좋아하'는 것으로 진술한 바 있다(김재홍, 「반복회피와 총제적 삶의 인식」, <문예중앙>, 1983, 겨울). 황동규 시인이 1958년 데뷔 이래 47년 이상 꾸준한 시작활동을 해오고 있고, 이제까지 그가 발표한 작품이 570 여 편을 넘어서고 있음을 감안하면, 그의 시에서 동사나 형용사의 활용도를 구분하는 것 자체가 무의미한 것일 수 있다. 그가 형용사보다 동사를 선호한다는 사실은 그저 단순한 문제로 지나칠 수 있는 것이다. 그러나 본고가 다소 무리인줄 알면서도, 이같은 그의 '발언'을 여기서 소개하는 이유는, 그의 '동사' 선택의 문제가 시간 의식과 관련해서 하나의 '참조 사항'으로 활용될 가능성이 있기 때문이다. 가령, 품사론의 차원에서 동사는 일반적으로 사물의 움직임을 지시하는 용언으로, '대상 사물의 성질이나 어떠한 상태'를 나타내는 형용사와 구분된다. 형용사가 사물의 상태, 즉 '시간성'을 매개하지 않는 현상적 측면에서 이해될 수 있는 용언인데 비해, 동사는 시간성을 내재 한 행위주체의 순간적 움직임, 혹은 지속적 운동성을 나타내는 것으로 이해할 수 있다. 즉 동사는 형용사와는 달리 '시간성'을 잠재하고 있는 것으로 간주할 수 있는 것이다.

28) 현존재Dasein는 볼프 Chr. Wolff가 한 존재자의 실재, 있음, 현실 등을 뜻하는 중세의 용어 existentia를 번역한 말이다. 또한 이것의 상관 개념인 essentia(한 존재자의 본질)을 그는 Sosein이라고 번역하였다. 이때 이 개념 쌍은 인간을 포함한 모든 존재자에 무차별적이다. 다시 말해 개개의 존재자는 모두 무차별적으로 existentia와 essentia를 갖는다. 그러나 하이데거는 인간은 존재 양식의 관점에서 그 밖의 다른 존재자와 다르다는 점에 주목한다. 그로써 그는 이 Dasein이라는 용어를 특출난 존재 방식을 지닌 인간에만 한정시켜 이 용어에 전혀 다른 의미를 부여한다. 그에 따라 또한 종래의 이 용어가 갖고 있는 무차별적 의미는 인간이 아닌 다른 모든 존재자에 귀속시켜 그것을 눈앞의 것Vorhandens, 그것의 존재방식을 눈앞에 있음 Vorhandenheit 내지 눈 앞의 존재 Vorhandensein라고 새로운 용어로 대치하여 지칭한다. Hempel, H. P., 이기상 · 추기연 역, 『하이데거와 禪』, 민음사, 1995. 참조.

저서인『존재와 시간』에서 '존재'와 '존재자'를 '통속적인' 시간과 '근원적 시간성'의 차이를 근거로 분석하고 있다는 사실을 고려하면 이 점은 분명하게 입증된다. 특히, 그에게 현존재의 실존성은 '근원적 시간성' 속에서 <동사적>으로 이해되어야만 설명될 수 있다.

> 현-존재Da-sein의 존재로서의 실존은 <거기에(現)>의 존재Das Sein des Da로서, 즉 각자 자기 자신의 있음이 문제가 되고 있는 삶의 현장(거기)인 <여기 지금>으로서 끊임없이 <동사적>으로 이해되어야 한다. 이때 하이데거가 현존재 분석론에서 정리 작업한 실존에 대한 존재론적 규정성-<죽음에로 향해있음>-은, 눈앞의 존재에 대한 범주적 규정성과 달리 실존 범주Existenzial라고 지칭된다. 따라서 실존 범주들은 범주적 - 존재론적이 아니라 실존론적 - 존재론적이다. 이 실존 범주들도 물론 동사적으로 이해된다.[29]

인용문에서 확인할 수 있듯이, 하이데거의 철학은 현존재의 실존적 구조를 '시간성'과 결부시켜 설명한다. 다시 말해서 하이데거의 현존재는 시간성을 매개할 때만 실존적 의미가 부여된다. 하이데거는 우리가, 혹은 전통적 형이상학이 일반적으로 이야기하는 과거, 현재, 미래의 시간을 <지금의 연속>으로서의 통속적인 시간으로 이해한다. 그의 이러한 시간 의식에 따르면 <지금>인 현재를 기준으로, 과거는 <더 이상 아닌 지금>, 미래는 <아직은 아닌 지금>으로 규정된다. 이러한 새로운 관점에서 보면, 통속적 시간 규정은 근원적 시간성의 파생적 시간 규정일 뿐이다. 즉, 우리가 지금(현재), 당시(과거), 즉시(미래)라고 말할 때, 우리는 이 말 자체를 의미하고 있는 것이 아니라, 오히려 우리가 현재화하고 있는 것, 간직하고 있는 것, 기대하고 있는 것을 염두에 두고 있다. 그러나 그에

---

29) Hempel, H. P., 이기상 · 추기연 역, 위의 책. p.23.

의하면 이때의 현재화함, 간직함, 기대함은 우리 인간 존재의 행동 관계에서 파생되는 것들이다. 우리는 어떤 것을 기대할 때 언제나 이미 우리의 가장 고유한 존재 가능과 행동 관계를 맺고 있다. 다시 말해 언제나 우리가 우리 자신의 가장 고유한 존재가능을 기대하면서 행동 관계를 맺고 있기 때문에, 우리는 '즉시'라고 이야기하면서 이미 어떤 것을 기대한다. 우리는 언제나 우리의 존재 가능을 기대하면서 우리 자신에게로 다가오는 것이다. 하이데거는 이 <자신에로 다가옴>을 근원적 의미에서 '도래'라고 부른다. 마찬가지로 우리가 <당시>라고 말할 때 우리는 언제나 이미 그것과 행동 관계를 맺고 있다. 우리는 이미 우리 자신 그것으로 '기재旣在해 있는 것이다. 도래의 측면에서 우리가 우리 자신의 한 가능성에서부터 자기 자신에로 다가올 때, 동시에 우리는 또한 언제나 우리가 그것으로 기재해 있는 바 그것으로 되돌아온다. 하이데거는 이 <자신에로 되돌아옴>을 근원적 의미의 '기재'라고 부르는데, 이 <자신에로 되돌아옴>이 비로소 우리로 하여금 지나 가버린 과거의 어떤 것을 간직할 가능성을 열어준다. 이렇듯 기재란 과거에서처럼 어떤 것이 지나가버려 더 이상 있지 않음이 아니라, 말 그대로 자기 자신이 그것으로 존재했던 바 그것으로 존재하고 있음을 뜻한다. 따라서 하이데거에게 우리가 흔히 사용하는 과거, 현재, 미래는 근원적으로 인간 존재의 시간성에로 소급되는, '존재자'와 관련된 파생적 시간 규정일 따름이다. 따라서 하이데거는 현존재의 존재인 실존을 실존론적, 존재론적으로 분석하는 가운데 뒤좇고 있는 존재 개념 또한 끊임없이 동사적으로, 시간적으로 이해한다.[30] 결국

---

30) 이와 관련된 사항에 대해서는 다음의 내용을 참고할 것. "하이데거의 전기 사유에서 현존재Dasein는 우선 우리 자신이 그것인 그런 존재자에 대한 명칭이다. 그러나 현존재는 이 존재자의 특출난 존재 방식을 고려하여 붙여진 이름이다. 이 존재자의 있음(존재)은 우리가 아닌 그 밖의 다른 존재자가 존재하는 양식과 달리 이 존재자에 의해 끊임없이 염려되고 문제되고 있다. 이 존재자에겐 그 자신 어떻게 존재해

하이데거에게 존재는 근원적 시간성 속에서 동사적으로 이해할 때, '존재론적 차이' 개념을 규명할 수 있는 것이다.

황동규 시인의 극서정시 이론은 바로 이러한 측면에서 적극적으로 부각될 필요가 있다. 왜냐하면 그의 극서정시 이론이 '시간'을 매개하고 있다는 사실은, 하이데거에게 <동사적으로 이해되는> 현존재의 실존적 범주 개념을 염두에 둘 때, 그의 시세계를 지속적으로 하이데거 철학의 '시간' 개념과 결부시켜 이해하게 하는 한 계기를 마련해주기 때문이다. 따라서 황동규 시인의 극서정시가 '시간성'을 매개로 시적 자아의 변화를 도모한다는 점은 그리 간단한 문제가 아니다. 왜냐하면 이 사실은 그의 시를 하이데거의 철학적 범주에서 이해할 수 있는 또 하나의 가능성을 보여주기 때문이다.

이상의 세 가지 사항이 본고가 황동규 시에 나타난 존재론적 의미 양상을 연구하는데 있어, 하이데거의 존재 철학을 이론적 근거로 삼는 결정적

야 하는가 하는 존재 이행 Seinsvollzug이 끊임없는 관심사이다. 말하자면 이 존재자는 각자 자신의 존재(그 때마다 나의 것)를 떠맡아, 자신의 존재를 존재하지 않으면 안 된다(존재해야 함). 이러한 존재를 하이데거는 실존Existenz이라고 지칭한다. 이렇게 볼 때 그것들은 <언제나 이미>라는 선험적 완료의 성격을 갖는다. 예컨대 현-존재는 그때 그때의 실존적 존재 이행에 앞서 언제나 이미 - 즉 실존론적 -존재론적으로─<죽음에로 향해 있음>이다. 이렇게 볼 때 현-존재는 또한 현실 존재가 아니라 가능존재이다. 그러나 자신의 실존과 더불어 이미 현존재에게는 존재자 전체에로의 침입이 일어나고 있다. 그러기에 그때마다 어떤 한 존재자와 행동 관계를 맺기에 앞서 그는 이미 존재 일반에 대한 이해를 갖고 있다. 존재자에 앞서 존재자를 규정하고 있는 존재 이해가 인간 현존재에겐 이미 열려 있다. 따라서 현-존재 Da-sein는 존재의 <거기에Das Da des sein> 즉 존재의 열어 밝혀져 있음이다. 실존에 대한 실존론적 분석은 궁극적으로 바로 이 선험적으로 열어 밝혀져 있는 존재의 의미 해명을 지향하고 있다. 따라서 동사적으로 이해되어야 할 현존재, 현존재의 존재인 실존을 실존론적 존재론적으로 분석하는 가운데 뒤좇고 있는 존재 개념 또한 끊임없이 동사적으로, 이 책의 저자가 거듭 되풀이하여 주장하고 있듯이 시간적으로 이해되어야 한다(Hempel, H. P., 이기상 · 추기연 역, 위의 책. pp.23~24 참조).

이유이다. 하이데거의 존재 사유와 황동규 시의 연관성에 관한 이 장의 연구 작업은 그의 시에 나타난 존재론적 의미 양상을 분석하기 위해서는 반드시 선행되어야 할 논의 과정이라 하겠다.

황동규 시에 나타난 불안의 정체

1. 불안 의식의 표출 양상

황동규의 최초 시집 『어떤 개인 날』(1961)은 시집 제목이 환기하는 표층적인 분위기와는 달리, 전반적으로 어둡고 우울한 '겨울'의 이미지가 주조를 이룬다. 500부 한정판으로 간행된 이 시집은 청춘기 시인의 정신적 방황과 고뇌, 불안, 외로움, 정열, 허무의식이 투명하게 반영되어, 젊은 시절 시인의 내면 의식을 엿볼 수 있다. 특히 시집 전반에 걸쳐 압도적으로 분포되어 있는 어둠, 밤, 눈, 얼음, 겨울, 입김 등 어둡고 차가운 이미지의 시어는 이러한 첫 시집의 성격을 분명하게 드러낸다. '어둠'과 '차가움'의 이미지로 점철된 『어떤 개인 날』의 시적 분위기는 그의 두 번째 시집 『비가』에 이르기까지 지속되는데, 이로 말미암아 황동규의 제1기 시에 나타나는 일단의 특성은 '밤'과 '겨울'의 이미지 혹은 '어둠'과 '차가움'으로 대변되는 시적 분위기에서 찾을 수 있다. 총 30편의 작품이 수록된 『어떤 개인 날』의 서두부에 위치한 「겨울 노래」는 이러한 황동규 초기 시 세계의 성격을 압축적으로 보여주는 작품이다.

미소

너의 집 밖에서 나무들이 우는 것을 바라본다.
얼은 두 볼로 불 없이 누워 있는
너의 마음가에 바람 소리 바람 소리.
내 너를 부르거든
어두운 뒤꼍으로 나가
한겨울의 꽝꽝한 얼음장을 보여다오.
보라, 내 얼굴에서 네 무엇을 찾을 수 있는가.
네 말없이 고개를 쳐들 때
하나의 미소가 너의 얼굴에, 하나의 겨울이 너의 얼굴에.
아는가
그 얼은 얼굴의 미소를 지울 수 있는 것이
우리에게 있는가.

불

나보다도 더 겨울을 바라보는 자여,
목 위에 타오르는
얼굴을 달고
막막히 한겨울을
바라보는 자여,
무모한 사랑이 섞여 있는
그런 노래를 우린 부르자.
언젠가 오 우리 여기 있다, 대답하고
얼은 우리의 일생에 우린 올라서자.
귀기울이지 않아도 바람 소리 바람 소리
그 속에 서 있는 우리는
손잡고 조용히 취한 사내들의 목소리가 되어 있으리.

—「겨울 노래」 전문

인용시는 황동규 시인이 1958년 <현대문학>으로 추천을 완료한 이후, 처음으로 쓴 작품이다. 전 2연으로 구성된 위의 시에서 우선적으로 눈에 띄는 것은 겨울의 차가운 이미지를 환기하는 시어들이 빈번하게 출현한다는 사실이다. 「겨울 노래」라는 시제가 환기하듯 이 시에서 시인은 '얼은 두 볼', '꽝꽝한 얼음장', '막막한 한겨울' 등과 같은 시어들을 동반하며 청춘기의 삭막한 '겨울'을 노래하고 있다.

먼저 1연의 '미소' 편에서 시의 화자는 '너의 집 밖에서 나무들이 우는 것을 바라본다'. 이어서 화자는 '내 너를 부르거든/어두운 뒤꼍으로 나가/한겨울의 꽝꽝한 얼음장을 보여'줄 것을 당부한다. 여기서 화자가 "'너'라고 부르는 사람은 친구일수도 있고 애인일 수도 있으며, 또는 같이 추위 속에서 고통받는 동시대인"일 수도 있다. 그러나 이 시에서 '너'의 정체[1]는 그다지 중요한 의미를 지니지 않는다. 왜냐하면 「겨울 노래」를 비롯한 황동규 초기시의 일련의 '겨울시편'들은 어떻게 너와 나를 포함한 "'우리'가 추위로 암시되는 겨울을 이겨내는가에 초점이 맞춰져 있기 때문"이다.[2] 따라서 이 시의 1연에서 우선적으로 주목할 점은 '내 너를 부르거든/어두운 뒤꼍으로 나가/한겨울의 꽝꽝한 얼음장을 보여다오'라고 화자가 추위에 대한 정열적인 대응을 요구할 때, 혹은 화자인 '내'가 나무들이 우는 것을 바라보며 '보라, 내 얼굴에서 네 무엇을 찾을 수 있는가'라고 물었을

---

1) 「겨울 노래」의 '너', 또는 『어떤 개인 날』의 전편(全篇)에 등장하는 '너' '그대' '당신' 등과 같은 2인칭 대상의 정체에 대해서는 다음의 글들을 참조할만 하다. "「겨울노래」에서의 '너'는 性이 개재되지 않은, 同性으로 볼 수도 있는 그런 對象이었던 것 같아요. 당시의 나에겐 아마 同性愛的 要素가 있어나봐요. 性보다 더 性的인 갈망 - 그것이 늘 친구 친구를 시속으로 부르게 했고, 그것이 『어떤 개인 날』 전편에 꽉 차 있는 그리움으로 나타났던 것 같아요. 人間과 人間이 만난다는 것이 중요하지 꼭 男子와 女子가 만나는 것만 중요한 건 아니니까."(김승희, 황동규 대담, 「바퀴를 굴리는 사랑主義者」, <문학사상>, 1979, 9. p.175).
2) 황동규, 자전적에세이 「창고가 없는 삶」, 『황동규 깊이 읽기』, 문학과 지성사, 1998, p.62 참조.

때, 과연 '너'가 이 추위에 맞서 '미소'지을 수 있는 용기와 열정을 간직하고 있는가 하는 것이다. 이 시 1연의 후반부에서 "네 말없이 고개를 쳐들 때/하나의 미소가 너의 얼굴에, 하나의 겨울이 너의 얼굴에/아는가,/그 얼은 얼굴의 미소를 지울 수 있는 것이 우리에게 있는가"와 같이 시적 화자가 현재적 상황을 세 번에 걸쳐 반복적으로 묻는다는 것은 이 점을 우회적으로 보여준다. '너'와 '나' 우리가 <겨울>의 상황을 '미소' 지을 수 있는 의지와 힘, 즉 정신적 차원의 극복을 이 시의 1연은 강조하는 것이다.

이러한 시적 상황은 2연의 '불' 편에서도 유사하게 전개된다. 2연에서 시적 화자는 스스로 겨울의 상황을 적극적으로 받아들이고, 오히려 겨울을 이기고 있는 너와 나를 추위를 이기고 '불'이 되는 존재로 파악한다. 그리하여 '막막한 한겨울을' '목 위에 타오르는/얼굴을 달고' '무모한 사랑이 섞여 있는/그런 노래를 우린 부르자./언젠가 오 우리 여기 있다, 대답하고/얼은 우리의 일생에 우린 올라서자.'라며 '겨울 노래'를 부르고 있다. 1연에서와 마찬가지로 2연에서도 화자는 '귀 기울이지 않아도 바람 소리 바람 소리'가 배음으로 깔려있는 한 겨울에 '그 속에 서 있는 우리'의 정열적 자세를 적극적으로 요청하는 것이다.

2. 시인의 불안의식

이처럼 황동규의 첫 시집 『어떤 개인 날』은 여러 평자들의 지적대로 '가혹하리만큼' 겨울과 추위라는 한계 상황에 놓여 있다. 시집에 실린 대개의 시편들에는 '펑펑 눈이 오'(「한밤으로」)거나 '눈이 그쳤을 때, 바람이 불'(「얼음의 비밀」)고 있으며, 인용시에서와 같이 도처에 '한겨울의 꽝꽝한 얼음장'(「겨울노래」)이 자주 발견된다. 『어떤 개인 날』의 "도처에 등장하는 겨울, 눈, 얼음 등등의 차갑고 쓸쓸한 이미지와 떠남, 쓰러짐, 막막함 등등의 우울한 몸짓은 묘하게 조화되어 일관성 있는 한 분위기를 형성"[3]하는 것이다. 겨울의 차갑고 황량한 이미지는 이 시기 시인의 우울한 내면 풍경과 전후의 비극적 시대상황을 반영하는 것으로 여겨지는데, 그로 인해 이제까지 '겨울'의 시적 상황을 노래하는 황동규의 제1기 시세계는 '겨울의식 혹은 凍土의식'(김재홍), '낭만적 우울과 예감'(유종호), '비극과 대결하려는 지적 의지'(김병익) 또는 '비극적인 세계 인식'(장석주) 등의 평가를 수반한다.

1
내 잠시 생각하는 동안에 눈이 내려 생각이 끝났을 땐 눈보라 무겁게 치는 밤이었다. 인적이 드문, 모든 것이 서로 소리치는 거리를 지나며 나는 단념한 여인처럼 눈보라처럼 웃고 있었다.
내 당신은 미워한다 하여도 그것은 내가 당신을 사랑하는 것과 마찬가지였습니다. 당신이 나에게 바람부는 강변을 보여주면은 나는 거기에서 얼마든지 쓰러지는 갈대의 자세를 보여주겠습니다.

2
내 꿈결처럼 사랑하던 꽃나무들이 얼어쓰러졌을 때 나에게 왔던 그 막막함 그 해방감을 나의 것으로 받으소서.
나에게는 지금 엎어진 컵
빈 물 주전자
이런 것이 남아있습니다.
그리고는 닫혀진 창
며칠 내 끊임없이 흐린 날씨

---

3) 이성부, 앞의 글, p.822.

이런 것이 남아있습니다.
그리곤 세 명의 친구가 있어
하나는 엎어진 컵을 들고
하나는 빈 주전자를 들고
또하나는 흐린 창밖에 서 있습니다.
이들을 만나소서
이들에게서 잠깐잠깐의 내 이야기를 들으소서.
이들에게서 막막함이 무엇인가는 묻지 마소서.
그것은 언제나 나에게 맡기소서.

3
한 기억안의 방황
그 사방이 막힌 죽음
눈에 남는 소금기
어젯밤에는 꿈 많은 잠이 왔었다
내 결코 숨기지 않으리라
좀 더 울울히 못 산 죄있음을.

깃대에 달린 깃발의 소멸을
그 우울한 바라봄, 한 짧고 어두운 청춘을
언제나 거두소서
당신의 울울한 적막 속에.

　　　　　　　　　　　　　　　　　　　－「기도」 전문

　시인의 진술에 따르면 「겨울 노래」에서 「달밤」 「기도」 등을 거쳐 「어떤 개인 날」에 이르는 일련의 '겨울 시편(詩篇)'은 추위 속에서 살며 그 추위가 암시하는 무기력과 싸운 정열의 소산이다. 이로 인해 이 시기 시인의 불안한 내면의식을 드러내는 그의 겨울 노래는 간혹, '어떤 보이지 않는 훈기'에 쌓여 있다는 느낌을 준다.4) 위의 인용 시는 이 점을 분명하게 보여준다.

이 시에서 화자는 '내 꿈결처럼 사랑하던 꽃나무들이 얼어 쓰러진' 겨울의 '그 막막함' 속에서도 '해방감'을 느끼고 있다. 「기도」에서 겨울의 '막막함'은 오히려 시적 화자에게 '해방감'을 불러오는 계기가 되고 있는 것이다. 이러한 화자의 모순된 진술을 가능하게 하는 원인은 겨울의 막막함을 적극적으로 수용하고 이를 정신적으로 극복하려는 그의 태도에서 비롯된다. '당신이 나에게 바람부는 강변을 보여주면은 나는 거기에서 얼마든지 쓰러지는 갈대의 자세를 보여주겠습니다', '그 막막함 그 해방감을 나의 것으로 받으소서', 혹은 '이들에게서 막막함이 무엇인가는 묻지 마소서./그것은 언제나 나에게 맡기소서' 같은 대목들은 이 같은 화자의 정신적 자세를 보여준다. 이 시에서 화자는 '참 치사하게 추운 겨울'의 황량함을 현재 자신이 처해 있는 현실의 상황으로 받아들이고 '막막한' 삶 자체에 대한 대답과 책임을 스스로 지겠다고 말하고 있는 것이다. 그러기에 겨울의 '막막함'은 시의 화자에게 '해방감'과 동일한 것으로 인식될 수 있다.

이러한 연장선상에서 이해할 때, 이 시에는 특히 '내 당신은 미워한다 하여도 그것은 내가 당신을 사랑하는 것과 마찬가지였습니다'와 같은 모순 어법을 많이 발견할 수 있는데, 이는 '겨울'이라는 '결핍' 상황에서 '내 결코 숨기지 않으리라/ 좀 더 울울히 못 산 죄 있음을' 인정하고 이에 적극적으로 대응하는 청춘기 시인의 정열을 역설적으로 보여준다고 하겠다.

---

4) 박혜경은 이러한 이유를 황동규의 초기시들이 그려 보여주는 겨울 풍경이 "낭만적 동경과 그 동경의 좌절이라는 정서적 문맥 안에 놓여 있는 것이기는 하지만, 그 낭만적 동경의 좌절이 현실과 의식의 마찰에서 비롯된 어떤 정신적 위기감의 소산이라기보다는 청년기 특유의 선험적 정서의 틀안에 놓여 있는 것"으로 본다(박혜경, 「선험적 낭만성으로부터 긍정적 초월의 세계관으로 이어지는 긴 여정」, <오늘의 시>, 1995. 하반기, pp.90~91참조). 황동규의 초기시가 '청년기 특유의 선험적 정서의 틀 안에 놓여 있다'는 박혜경의 견해는 타당하다. 그러나 다소 추상적이고 관념적이기는 하나, 이 시기 황동규의 시에 보이는 '훈훈한 겨울', '따뜻한 눈'의 이미지는 암울한 시대 현실의 위기감을 정신적으로 극복하려는 시인의 열정적 태도에서도 부분적으로 기인한다.

어느 겨울날

눈이 그쳤을 때, 바람이 불 때, 내 외롭지 않을 때
나는 갔었다, 너의 문 닫는 집으로
얼은 벽에 머리 비비고 선 사내에게로
너의 입가에서 웃음으로 바뀌는 너의 서 있는 자세에로..
나를 성에 사이로 이끌던
헐벗은 옷 틈새의 웃음 소리, 내민 살의 내민 살의 웃음 소리.
네 앞에 누가 잠잠할 수 있을 건가.
누가 네 머리 비비는 웃음을 끊고 싶지 않을 건가.
허나 배반하고 말았다, 눈을 가리고 얼은 듯이 쓰러지며
배반하고 말았다, 나를 벗어나려 하는 말들을.

얼음위에서

　네 웃으며 집을 나간 후에 지친 듯이 눈이 멎고 저녁은 사라지고 내 혼자 바라보는 어둠 속으로 걸어가는 너의 모습, 친구여, 어둠 속에 가만히 귀를 기울이는, 친구여, 이미 취한 것도 아닌 비틀대는 무릎을 꿇고 엎드려서 배 밑에 깊숙이 얼어 있는 땅의 맥을 짚어보는, 쓸쓸히 기다리는, 그러나 아무런 대답없는, 우리의 모든 사랑이 일시에 배반당하는 것 같은, 그래 머리를 먼 땅 위에 부딪고 마는 친구여, 그때마다 나는 이른 잠에서 불현듯 깨어 불을 켜고 너에게 편지를 쓴다.
　나는 외롭지 않다. 너는 머리를 흔들어라. 기다린 건 언제나 오지 않았다. 친구여, 엎드린 얼굴을 들고 이제 흥미없이 일생을 살아버리는 자의 웃음을 보여다오. 그 웃음이 끝날 때에는 내 조용히 새로운 웃음을 만들어주마.

—「얼음의 비밀」 부분

「얼음의 비밀」은 추위가 환기하는 시인 내면의 결핍과 그 결핍에 대응하는 시인의 정열적 자세를 가장 잘 보여주는 작품이다. 여기서 먼저 이 작품에 대한 시인의 자전적 해설의 한 대목을 살펴보기로 하자.

> 첫마당은 「겨울 노래」 첫 마당 '미소'하고 거의 비슷한 상황이라고 할 수 있다. 그러나 "얼은 벽에 머리 부비고 선 사내"와 "헐벗은 옷 틈새의 웃음소리, 내민 살의 내민 살의 웃음 소리" 같은 표현이 보여주듯이 상황은 더 급박해져서 「겨울 노래」에서는 '너'를 밖으로 불러냈으나, 이번에는 "나를 벗어나려 하는 말들을", 다시 말해서 '너를' 불러내려는 '나'의 말들까지 끝까지 자제하기에 이르는 것이다. 그리고 그 대신 화자 자신이 눈을 가리고 언 듯이 쓰러지고 마는 것이다.
> 둘째 마당은 어둠 속에서, 그리고 얼음 위에서, 절망적으로 머리를 언 땅에 부딪고 있는 친구의 모습을 꿈꾸고, 혹은 상상하고, 절망조차 마지막 카드가 아니라고 편지 쓰는 화자를 보여준다. 절망의 웃음을 웃어보라고 하고는 곧 새로운 웃음(이 부분을 상세히 이해하기 위해서는 이 마당의 시작 자체가 "네 웃으며 집을 나간 후에"임을 상기할 필요가 있을 것이다)을 새로 만들어주겠다고 나서는 것이다.[5]

위의 예문에서 확인되듯, 「겨울 노래」의 시상과 전반적으로 유사하게 전개되는 「얼음의 비밀」은 '겨울'의 혹독한 상황 속에서도 깨어 있으려고 하는 황동규 시인의 정열과 의지를 형상화 한 것으로 볼 수 있다. 즉 이 시에서 시인은 '어둠'과 '우울함', '외로움'과 '헐벗음'의 정서로 뒤덮힌 시대에서 내면의 '불안'을 느끼면서도 그 '불안'의 심리를 능동적으로 타개하고 있는 것이다. 인용시의 마지막 대목에서 '나는 외롭지 않다. 너는 머리를 흔들어라. 기다린 건 언제나 오지 않았다, 친구여, 엎드린 얼굴을 들고 이제 흥미없이 일생을 살아버리는 자의 웃음을 보여다오. 그 웃음이 끝날

---

5) 황동규, 「폐허의 겨울」, 앞의 책, p.73.

때는 내 조용히 새로운 웃음을 만들어주마'라는 화자의 전언은 이 시기 삶을 대하는 시인의 모습을 극명하게 보여준다.

이상의 논의를 소략하게 정리해 보면, 황동규의 초기시에서 '울음' '외로움', '막막함', '소멸의식', '헐벗음'으로 표상되는 겨울의 계절적 이미지는 궁극적으로 청춘기 시인의 우울하고 불안한 내면 의식을 표출하는 것에 다름 아니다. 이 시기에 황동규의 시에 나타난, 삶을 대하는 시인의 진지한 자세와 정열적 태도는, 결과적으로 불안의식의 정신적 극복이라는 상황을 전제하고 있는 것이다. 따라서 '겨울 노래'로 상징되는 황동규 초기 시편들 전반에는 시인의 불안 의식이 잠재되어 있다고 할 수 있다. 평론가 김현은 이를 두고 겨울을 배경으로 한 시인의 불안 의식, 즉 마음의 '상처와 울음은 그의 초기시의 생명력의 상징'이다"라고 우회적으로 규정하고 있다.

3. '불안'의 정체와 '빛'의 상징

황동규 시인의 이 같은 불안의식은 근원적으로 어디서 기인하는가. 이 질문은 매우 중요한 의미를 함축한다. 왜냐하면 이 물음은 황동규 시세계의 '지속성'과 '연속성'을 부각하는 것일 뿐만 아니라, 궁극적으로 본고가 시적 변화 양상의 측면만을 강조하는 기존의 논의들과 갈라서는 최초의 지점이기 때문이다.

황동규의 초기 시세계를 고찰하는 기존의 연구들이 이제까지 그의 시를 "아직 실존적인 체험의 언어로서 삶을 받아들이기 이전에, 책을 통해서나,

혹은 그와 유사한 간접적인 체험의 통로를 통해서 삶을 추상화해 내는 청년기 특유의 순수한 열정으로부터 솟아 나온" <선험적 낭만성>의 세계(박혜경), "우울한 젊은이의 신경과 감정이 섬세하게 그러나 모호하게 퍼져나가"는 <낭만적 우울과 예감>의 시(유종호), "청년의 감성으로 사랑이나 우수 등을 다룬" 시(하응백), "청년기 특유의 감성적 허무 의식과 비극적 세계 인식이 순도 높은 표현을 얻고 있는" 시(남진우) 등으로 평가하고 있다는 것은 주지의 사실이다. 더군다나 이 시기의 시편들을 젊음, 청춘, 등의 단어와 매개하며 설명하는 시인의 '자전시 해설'은 선후 관계를 떠나, 이들의 논의에 무게를 실어주고 있다.

황동규의 제1기 시세계에 대한 이러한 기존의 논의는 분명, 나름의 타당성을 지닌다. 여러 논자들의 지적대로 그의 초기시는 명백히 젊은 시절 시인의 정서와 감성을 적극적으로 반영하고 있기 때문이다. 그러나 이러한 견해들은 황동규 시의 지속성의 측면을 염두에 둘때, 일정한 한계를 보일 수밖에 없다. 황동규의 초기시에 나타나는 불안과 우울, 허무 의식, 외로움의 정서를 시인의 말대로 '한 젊은이가 실의기'에 겪는 일반적이면서도 동시에 특수한 현상6)으로만 한정하려 한다면, 생물학적 나이가 축적되는 이후의 시세계에 대한 연구는 필연적으로 '변화'의 측면을 전제하고 접근 할 수 밖에 없는 까닭이다. 또한 그렇게 되면 젊은 시기에 데뷔 한 모든 시인의 시세계는 근본적으로 '시적 변화' 차원의 접근 방법이 우선시 될 수 밖에 없는 것이다. 따라서 황동규 제1기 시세계의 성격은 결코 '젊음'과 '낭만'적 성격의 측면만을 고려하여 분석할 수 없다는 것이 본고의 판단이다. 이에 따라 본고는 이 절에서 하이데거 철학의 중심

---

6) 하이데거의 철학적 관점에서 보면 이는 인간이 처한 근본 상황을 근원적으로 개시하는 힘, 즉 근본 기분과는 상이한 '개인의 자의적인 변덕스런 기분' 정도로 규정할 수 있을 것이다.

개념인 '불안'을 매개하여 존재론적 차원에서 이 문제에 대하여 새롭게
접근해 보고자 한다.

> 우리 헤어질 땐
> 서로 가는 곳을 말하지 말자.
> 너에게는 나를 떠나버릴 힘만을
> 나에게는 그걸 노래부를 힘만을.
>
> 눈이 왔다, 열한시
> 펑펑 눈이 왔다. 열한시.
>
> 창밖에는 상록수들 눈에 덮이고
> 무엇보다도 희고 아름다운 밤
> 거기에 내 검은 머리를 들이밀리.
>
> 눈이 왔다, 열두시
> 눈이 왔다, 모든 소리들 입다물었다, 열 두시.
>
> 너의 일생에 이처럼 고요한 헤어짐이 있었나 보라
> 자물쇠 소리를 내지 말아라
> 열어두자 이 고요 속에 우리의 헤어짐을.
>
> 한시
>
> 어디 돌이킬 수 없는 길가는 청춘을 낭비할 만큼 부유한 자 있으리오
> 어디 이 청춘의 한 모퉁이를 종종걸음칠 만큼 가난한 자 있으리오
> 조용하다 지금 모든 것은.
>
> 두시 두시

말해보라 무엇인가 무엇인가 되고 싶은 너를.
밤새 오는 눈, 그것을 맞는 길
그리고 등을 잡고 섰는 나
말해보라 무엇인가 새로 되고 싶은 너를.

이 헤어짐이 우리들 저 다른 바깥
저 단단한 떠남으로 만들지 않겠는가.
단단함, 마음 끊어 끌어낸……
너에게는 떠나버릴 힘만을
나에게는 노래부를 힘만을.

—「한밤으로」전문

'겨울 속에서 서 있는 靑年 詩人'[7] 황동규의 불안 의식은 간혹 위의 인용시에서처럼 '어둠'의 이미지로 환치되어 나타나기도 한다. 시제에서 환기하듯, 이 시의 화자는 '고요한' 겨울 밤을 배경으로 '너'와의 이별을 준비하며 우리의 '헤어짐'에 대하여 말하고 있다. 일반적으로 '헤어짐'의 단어에는 슬픔과 아쉬움의 감정이 묻어나기 마련이다. 그러나 이 시에서 '너와 나'의 헤어짐에는 결코 그러한 정서가 개입되지 않는다. 왜냐하면 「한밤으로」에서의 '헤어짐'은 시적 화자에게 새로운 출발을 의미하기 때문이다. 마지막 연의 '이 헤어짐이 우리를 저 다른 바깥/ 저 단단한 떠남으로 만들지 않겠는가'와 같은 대목은 이 점을 분명하게 입증한다. 이 같은 시적 화자의 결의에 찬 목소리는 현재 이 시의 화자가 헤어짐을 결코 수동적으로 받아들이는 것이 아니라, '무엇인가 무엇인가 되고 싶은' 어떤 목적을 가지고 반드시 가야만 하는 길임을 암시해 주는 것이다. 이것은 이 시의 종결어미가 ~하리, ~하지 않는가, ~하리오 등의 단호한 의지형 어미, 혹은 ~하라, ~하자 등 명령조의 권유형 어미로 이루어져 있다는

---

7) 김승희, 앞의 글, p.174.

사실에서도 분명하게 확인할 수 있다. 이 시에서 화자의 '헤어짐'은 힘차게 '노래'되고 있는 것이다.

그렇다면 「한밤으로」에서 화자의 '헤어짐'은 무엇을 의미하는가. 시적 화자가 '이 헤어짐이 우리를 저 다른 바깥/저 단단한 떠남으로 만들지 않겠는가'라는 확고한 신념을 갖고, '우리의 헤어짐'을 끊임없이 주장하는 이유는 무엇인가.

한 가지 단서는 의외로, 이 시의 시간적 배경인 '밤'과 그 '밤의 어둠'을 밝히는 '빛'(등燈)의 대립 관계에서 찾을 수 있다. 「한밤으로」를 비롯한 황동규의 초기 시세계에서 '밤(어둠)'과 '빛(밝음)'의 대립적 이미지는 매우 상징적인 의미를 지닌다. 그것은 어둠과 밝음이라는 단순한 색상 이미지의 대립을 넘어 그의 시의 심층적, 존재론적 분석을 가능하게 한다.

따라서 이 시에서 밤과 어둠, 빛과 밝음의 존재론적 의미를 밝혀내는 일은 곧 '헤어짐'의 의미를 규명하는 작업과 동일하다. 그리고 그것은 동시에 황동규의 초기시에 지속적으로 나타나는 불안의 '정체'를 파악하는 일에 다름 아니다.

> 하이데거에 따르면 존재는 분명히 존재한다. 빛과 빛의 세계는 분명히 실재한다. 존재는 하나의 빛의 사건으로 지속적으로 우리 마음 속에서 일어나고 있고 우리들 가운데서 일어나고 있다. 그리고 우리를 매체로 해서 우주 전체에서 지속적으로 일어나고 있다. 존재는 빛의 사건이다. 진리의 빛의 사건이다. 그러한 빛과 빛의 사건인 존재만이 정신적으로 극도도 피폐해져 있고 빛없이 살아가고 있는 현대인들을 어둠에서 구출할 수 있다. 존재라는 빛과 빛의 사건만이 그들이 의식하지도 못하고 있으나 분명히 앓고 있는 정신적 중병, 치명적인 중병을 치유해줄 수 있다. 존재는 빛이며 현대인들을 위한 구원의 원천이며 그들의 중병을 위한 유일한 치유책이다.[8]

---

8) 김종두, 위의 책, p.7.

하이데거Heidegger, M의 철학적 사유 체계에서 '빛'(어둠)9)은 곧 존재 사유 그 자체를 의미한다. 왜 그런가. 이 질문에 답하기란 매우 쉬운 일이다. 왜냐하면 하이데거는 그의 저서 곳곳에서 계속 빛에 대해 이야기하기 때문이다. 다소 과장한다면 하이데거의 철학은 빛에 대해서만, 오로지 빛에 대해서만 생각하고 이야기했다고 할 수 있다. "그 이유는 그의 철학은 존재에 대한 사상이자 존재 사유 그 자체였고, 존재라는 개념은 서구 형이상학에서 '빛'이라는 용어로 번역될 수 있기 때문"10)이다. 하이데거 자신이 고백한대로 존재는 평생토록 그의 유일한 관심의 대상이었다. 이것은 곧 빛이 평생토록 그의 유일한 관심의 대상이었다는 말에 다름 아니다. 그의 사상은 존재 사유이자, 빛의 철학인 것이다.

이러한 연장선상에서 이해할 때, 하이데거의 철학에서 '어둠'이 의미하는 바도 비교적 자명해진다. 그의 철학적 사유 영역에서 '어둠'이란 바로 존재의 '밝힘'이 아직 진행되지 않은 상태를 지시한다고 할 수 있다. 이 경우 존재성의 '밝힘'(개방)이 아직 진행되지 않은 상태라는 표현은 반드시 밝은 빛 안에 들어서는 것만을 뜻하지 않는다. 그것은 하이데거에게 있어 '어둠' 자체 즉 존재자 일반이 이미 '빛의 결핍'을 의미하는 것은 아니기 때문이다.

여기서 중요한 사실은 하이데거적 의미의 빛, 즉 존재자의 존재성은 현존재의 불안 경험을 통해서 나타난다는 것이다. 다시 말해 "불안이란 기분을 통해서 우리가 그 동안 안주해 온 일상적인 세계는 의미를 상실"11)하게 된다. 하이데거는 이러한 사태를 불안이라는 근본 기분에서 현존재는 존재자

---

9) 하이데거의 저서를 읽을 때, 흥미로운 점은 그의 철학적 중심 개념들 거의가 대칭 개념을 갖는다는 사실이다. 예를 들어 『존재와 시간』에는 실존—퇴락, 탈은폐—은폐, 망각—기억, 빛-어둠 등의 개념들이 함께 등장한다.
10) 김종두, 앞의 책, p.6.
11) Heidegger, M., 전양범 역, 앞의 책, p.257.

전체가 '있다'는 사실의 '기적'을 경험하게 된다는 말로 가리킨다. 불안이란 기분이 엄습하기 이전에는 '존재자들이 존재한다'는 사실은 단순히 그것들이 우리의 눈앞에 존재한다는 것을 의미했으며, 또한 그것들은 전혀 우리의 관심의 대상이 되지 않는다. 그러나 이제는 존재자가 존재한다는 사실 자체가 경이롭게 '빛'을 발하는 것으로 우리에게 드러나는 것이다.

이러한 하이데거 철학적 의미의 빛과 어둠, 불안의 개념들은 분명 황동규 시세계에 나타나는 존재론적 의미를 설명하는데 있어 매우 유효하다. 특히 '빛'과 '어둠'의 대립적 이미지를 극단적으로 제시하고 있는 인용시「한밤으로」는 적절한 예에 해당한다. 가령, 눈오는 어두운 밤을 배경으로 '등(燈)을 잡고 섰는 나'의 상황과 '무엇보다도 희고 아름다운 밤'에 '거기에 내 머리를 들이밀'고 있는 화자의 모습은 언뜻보면, 다소 추상적일 수 있다. 그러나 이 시는 하이데거 철학의 관점에서 빛과 어둠의 의미를 환기하며 접근하면 쉽게 이해가 가능해진다. 이 시에서 빛과 어둠의 상징 이미지는 존재의 불안(어둠)을 경험한 시인 존재가 '비본래적인' 삶과 일상적인 존재 방식에 회의를 품으면서 진정한 존재 방식(빛)을 회구하는 양상으로 볼 수 있는 것이다.

이렇게 보면, 「한밤으로」에서 '불안(어둠)'의 정체'는 시인 존재가 빛을 갈망하는 계기이자 전제조건이 된다. 존재의 '빛' 밝힘은 어둠이라는 메타포를 전제하지 않고서는 성립되기 어려운 까닭이다. 따라서 황동규의 초기 시에 나타나는 빛과 어둠, 더 나아가 불안과 정열, 헤어짐의 심층적 의미는 상호 밀접한 관련성을 지닌다고 할 수 있다. 다시 말하지만, 그의 시에 나타나는 이러한 시어들의 성격은 청춘기 시인의 정서 분출이라는 단순한 차원을 넘어, '비본래적'(어둠) 삶에 <불안>을 느낀 시인 존재의 '본래적'(빛) 삶을 향한 존재 탐구에로의 여정(헤어짐)을 상징적으로 보여주고 있는 것이다.

결국 이 시에서 '헤어짐'의 의미는 어둠으로 표상되는 불안의 근본 기분을 경험한 현존재가 존재의 '밝힘'에로 나가는 과정으로 볼 수 있다. 그 결과 이 시에서 화자는 '무엇인가 무엇인가 되고 싶은' '우리의 헤어짐'을 힘차게 노래 할 수 있었다. 이제까지 황동규의 시는 주로 밤의 시간에 생성되었는데, 시인에게 '밤'(어둠)이 습작 시절부터 "정신 속에 힘있는 자장을 가진 존재"[12]로 인식되는 이유도 바로 여기에 있다.

한편, 이러한 관점에서 접근할 때 이 시가 시간을 지시하는 시어를 의도적으로 노출하고 있는 이유도 충분히 설명할 수 있다. 이 시의 2, 4, 6, 8연은 각각 '열한시' '열두시', '한시' '두시 두시'로 제시되어 앞 뒤에 오는 연을 연결하며 시간의 흐름을 강조하고 있는데, 하이데거의 철학 세계에서 시간의 문제는 무엇보다도 존재 탐구의 근본 과제인 것이다.

> 이즈음 와서는
> 나의 빈 머리 한구석에
> 이상한 빛이 머뭇대곤 한다.
>
> 빈 속엔 이상한 것들이 날려와 쌓인다
> 신문지, 실 풀어진 책장들,
> 쓰레기 태우는 불.
>
> 바람에 나직이 방이 기울고
> 벽에 걸린 창도
> 창에는 무서리친 저녁
> 서리위에 남은 햇빛도
> 혼자 떠서 얼 때

---

12) "「시월」이 태어나기 훨씬 전부터 밤과 물은 내 정신속에 있는 힘있는 자장(磁場)을 가진 존재들이었다고 할 수 있다."(황동규, 「<시월>과 그 언저리」, 앞의 책, p.27).

가만히 벽 위에 올린 손을 거두어
문을 미는 어느 저녁
골목길엔 문들이 닫히며
놀처럼 텅 빈 마음을 쓸어가는
몇 마디 말.
아직 빛이 남은 하늘엔
몇 마리 안쓰러이 날으는 새.

새여 새여, 위태로움이여
머리 위에 안타까이 남은
시간 있도다.

거친 들에 씨 뿌린 자는
들을 잊기 어렵나니
어찌 견딜 수 있는 곳을 가려 아직
너의 집이라 하랴.
삶을 얼마나 금(禁)하면 언약이 없다 없다 하랴.
남몰래 미친 자의 얼굴을 쓰고
가죽 얇은 장고를 치며
겨울 제사(祭祀) 맞는 동네를 벗어나
바위 위에 바위 있는 골짜기 찾아가
놀다 쓰러졌다 멀쩡하게 돌아와
제상에 오를 것인가,
"굴비처럼 비늘 달리고 메마른 자 예 있노라."

얼음 위에 고단히 몸 기울일 때
머릿 속 캄캄한 곳에 머무대는
이상한 빛.
　　　　　　　　　　　　　　　　　　　　－「비가 제5가」전문

황동규의 시를 존재론적 차원에서 접근할 때 그의 초기시에 자주 등장하는 '빛'[13]과 '어둠'의 대립적 이미지는 거듭 강조하지만, 매우 중요한 의미를 지닌다. 이러한 '빛'과 어둠의 상징 이미지는 황동규의 두 번째 시집 『비가』에 실려있는 위의 인용시에서도 꾸준하게 발견된다.

황동규 시인의 두 번째 시집 '『비가(悲歌)』는 괴물이다'[14]. 시인에 따르면 그 동안 여러차례 손질'[15]한 『비가』[16]는 그가 '허무주의와 싸운 기록'이자 '한 인간의, 영혼의 상태를 보여주려 한 시도이다.

　　사실 내 문학이 앞날에 계속 의미를 갖는다면, 상당한 부분이 『비가』와의 싸움에서 얻어진 것이라고 생각한다. 당시 나에게 다가왔던 허무주의와 싸워서 생긴 일종의 전쟁터이기 때문이기도 하겠지만, 그 전쟁 후의 저 괴로운 뒤처리를 감당한 기록이기 때문이다.[17]

---

13) 황동규 시에 나타난 '빛'의 모티브에 최초로 주목한 글은 이재오의 「현실인식과 꿈의 정체(『한국 현대시 연구』, 민음사, 1989)이다. 그는 이 글에서 황동규시의 '빛'을 밝고 조화로운 세계에 대한 열망의 표현으로 보고 있다.

14) 황동규, 「비가(悲歌)」, 앞의 책, p.105.

15) 그만큼 이 시집에 대한 시인의 애정은 각별하다고 할 수 있다. 그럼에도 불구하고 그의 시집 『비가』는 그 동안의 연구에서 오랫동안 주목의 대상이 되지 못했다. 최동호는 이러한 원인을 "일차적으로는 그 시가 지닌 난삽성 때문이고, 이차적으로는 그 뒤에 전개된 현실 상황의 악화로 그가 사회적인 시를 쓰게 되었기 때문"으로 보고 있다(최동호, 「전통과 시인의 비평적 정열」, 『삶의 깊이와 시적 상상』, 민음사, 1995, pp.349~350).

16) 황동규의 두 번째 시집 『비가』는 그 제목에서부터 마리아 릴케의 『두이노의 비가』를 연상케 한다. 이러한 사실은 그의 시에 나타난 존재론적 의미 양상을 하이데거의 존재철학적 관점에서 살펴보는 이 논문에 시사하는 바가 크다. 왜냐하면 하이데거의 예술 철학은 휠더린, 트라클, 게오르게 등의 시와 더불어 릴케의 시세계에서 많은 자양분을 얻고 있기 때문이다. 이러한 사실은 라이너 마리아 릴케(1875~1926년 12월 29일)의 20週忌를 맞아 하이데거가 기념 강연한 「시인의 사명은 무엇인가」에서 보다 직접적으로 확인할 수 있다. 참고로 필자는 황동규 시인의 한 대담에서 그의 시세계와 하이데거의 철학적 연관성을 제기한 적이 있다. 그 당시 시인은 이러한 필자의 문제 제기에 대해 일정 부분 수긍한 바 있다(박주택, 이성천, 「시간 속에 비친 시인의 시간」(대담), <시를 사랑하는 사람들>, 2004. 11, 12).

17) 황동규, 앞의 글, p.105.

이 같은 시인의 진술은 앞서 살펴본 '불안'의 개념과 연계해서 이해할 때 많은 것을 암시해준다. 왜냐하면 하이데거에게 있어 '불안'은 '허무주의' 혹은 '무상감' 같은 용어들과 직접적인 연관성을 보이기 때문이다.

> 니힐리즘(허무주의)의 본질이란 하이데거에게는 존재 망각 이외의 것이 아니다. 그러면 니힐리즘은 어떻게 극복될 수 있는가? 니힐리즘의 극복이란 존재자 전체의 충만한 존재에 대한 경험에 의해서만 극복될 수 있다. 이는 하이데거에 따르면 현대에서 이러한 존재가 자신을 고지하는 장인 '불안'과 경악(경이)이란 기분에 적극적으로 진입하는 것에 의해서만 가능하다. 불안이란 근본기분에서 존재자 전체에 대한 모든 종류의 과학적 지배란 무의미한 것으로 나타난다.[18]

하이데거에 의하면 일반적으로 우리 인간의 진정한 존재, 즉 우리가 구현해야 할 본래적인 가능성은 우리의 지적인 이성을 통해서 알려질 수 있는 것이 아니라 오히려 '불안'이라는 '근본적 마음상태(근본 기분)'을 통해서 자신을 고지한다고 말하고 있다. 그에 따르면 우리는 갑자기 자신의 삶에 대한 한없는 <무상감>과 <허무감>에 사로잡히게 되는 순간들이 있다. 이러한 순간에는 우리 자신의 삶과 우리가 그동안 가치 있게 생각해온 모든 활동과 존재자들이 무가치하게 느껴지게 된다. 이때 인간은, 인간인 '내'가 아무 이유도 근거도 없이 '존재하고 있다'는 사실 앞에 직면하게 된다. 그동안 나는 나의 존재에 대해서 자명하게 생각하면서 나의 관심은 눈앞의 존재자들에 향했던 반면에, 불안이란 기분에 사로잡히면서부터는 그동안 의미있고 가치있다고 생각한 모든 존재자들이 의미를 상실하게 되고 나는 '내가 아무 이유도 근거도 없이 단적으로 존재한다'는

---

18) 박찬국, 「니힐리즘의 기원과 본질 그리고 극복에 대한 니체와 하이데거 사상의 비교고찰」, 『하이데거의 철학세계』, 철학과 현실사, 1997, pp.311~312.

적나라한 사실 앞에 직면하게 되는 것이다. 이 경우 '나의 존재는 그 어떠한 존재자들로 환원되거나 대체될 수 없는 낯선 것으로서 드러난다.'[19] 따라서 하이데거에게 존재의 불안이란 어떤 측면에서 근본적으로 허무감 또는 무상감의 단계를 거친 이후에 경험할 수 있는 것이다.

시집 『비가』는 이러한 인간 존재의 불안의식을 독특한 시형식으로 표출한 작품이다. 이 점은 위의 인용시 「비가 제5가」를 통해서도 대략적으로 파악할 수 있는데, 이 시의 도입부와 후반부에서 각각 출현하는 '나의 빈 머리 한구석에 이상한 빛', '머릿 속 캄캄한 곳에 머뭇대는 이상한 빛'의 이미지는 이 점을 잘 보여준다고 하겠다. 빛과 어둠의 상징 이미지는 '창에는 무서리 친 저녁'의 '이상한 빛'의 이미지로 변주되어 두 번째 『비가』에도 지속적으로 나타나고 있는 것이다. 특히 "수그러진다 수구러진다/악몽(惡夢)이 나다니는 머리/머리 속 빈 들판에 불을 피우고/여러 번 막막히 엎드렸던 오후"같은 구절을 담고 있는 「비가 제2가」는 이같은 시인 존재의 불안의식을 '불'의 이미지로 변주하여 제시한 작품이다.

4. 존재의 '부름'

「한밤으로」에서의 '헤어짐'이 '무엇'이 되고 싶은 화자의 충동에서 감행된 것이라면, 「어떤 개인 날」의 화자는 '무엇에 얽매여 살 것 같'은 예감에 사로잡혀 있다. 특히 이 시는 마지막 연의 소제목이 '박명의 풍경'으로

---

19) 박찬국, 「하이데거의 가능성 개념」, 『하이데거 철학과 동양사상』, 철학과 현실사, 2001. p.298~299 참조.

설정되어 있어 「한밤으로」와 시간적으로 연결해서 읽을 수 있게 한다. 일반적으로 박명薄明의 사전적 의미는 '해가 뜨기 전이나 해가 진 뒤 얼마 동안 주위가 환한 정도로 밝은 현상'[20]을 뜻한다. 따라서 이 시의 맥락상 여기서의 박명은 일몰 후의 시간을 지시하는 것으로 볼 수 있다.

미명(未明)에

아무래도 나는 무엇엔가 얽매여 살 것 같으다
친구여, 찬물 속으로 부르는 기다림에 끌리며
어둠 속에 말없이 눈을 뜨며.
밤새 눈 속에 부는 바람
언 창가에 서서히 새이는 밤
흰한 미명, 외면한 얼굴
내 언제나 날 버려두는 자를 사랑하지 않았는가.
어둠 속에 바라지 않았는가.
그러나 이처럼 이끌림은 무엇인가.
새이는 미명
얼은 창가에 외면한 얼굴 안에
외로움 이는 하나의 물음,
침몰 속에 우는 배의 침몰
아무래도 나는 무엇엔가 얽매여 살 것 같으다.

저녁 무렵

누가 나의 집을 가까이한다면
아무것도 찾을 수 없으리
닫은 문에 눈 그친 저녁 햇빛과
문밖에 긴 나무 하나 서 있을 뿐

---

20) 한글학회, 『우리말 큰 사전』, 어문각, 1992.

그리하여 내 가만히 문을 열면은
멀리 가는 친구의 등을 보게 되리.
그러면 내 손을 흔들며 목질(木質)의 웃음을 웃고
나무 켜는 소리 나무 켜는 소리를 가슴에 받게 되리.
나무들이 날리는 눈을 쓰며 걸어가는 친구여
나는 요새 눕게보단 쓰러지는 법을 배웠다

박명(薄明)의 풍경

눈 멎은 길위에 떨어지는 저녁 해, 문 닫은 집들 사이에 내 나타난다. 아무것도 움직이지 않는다. 나는 살고 깨닫고 그리고 남몰래 웃을 것이 많이 있다. 그리곤 텅 비인 마음이 올거냐. 텅 비어 아무데고 이끌리지 않을 거냐. 우는 산하(山河), 울지 않는 사나이, 이 또한 무연한 고백이 아닐 거냐. 개인 저녁, 하늘을 물들이는 스산한 바람 소리, 뻘밭을 기어다니는 바다의 소리, 내 홀로 서서 그 소리를 듣는다. 내 진실로 생을 사랑했던가, 아닐 건가.

—「어떤 개인 날」 전문

전 3연으로 구성된 이 시에서 우선적으로 주목할 점은 1연의 시적 구조이다. 이 시의 1연은 '아무래도 나는 무엇엔가 얽매여 살 것 같으다' 라는 화자의 고백으로 열리고, 닫힌다. 즉 '아무래도 나는 무엇엔가 얽매여 살 것 같으다'는 시인의 불안한 운명적 예감이 1연의 맨 앞과 마지막에 각각 배치되어 반복적 순환 구조를 보이고 있는 것이다. 이 시의 첫 연이 불안 의식에 사로잡힌 시인의 운명적 예감을 순환적으로 반복하고 있다는 사실은 시사하는 바가 크다. 왜냐하면 이러한 사실은 황동규 제1기 시 세계의 주된 특성, 더 나아가 앞으로 그의 시세계의 전개 방향을 예고해 주는 것으로 여겨지기 때문이다. 특히, 이 작품이 황동규 시인의 첫 시집 『어떤 개인 날』의 표제시라는 점을 감안하면, 이 대목이 함축하는 의미의 중요성은 매우 크다고 할 수 있다. 이러한 사실은 다음의 인용시편들과 함께 이해할 때 더욱 분명해진다.

> 누가 와서 나를 부른다면
> 내 보여주리라
> 저 얼은 들판을 걸어가는 한 그림자를.
> 지금까지 내 생각해 온 것은 모두 무엇인가.
> 친구 몇몇 친구 몇몇 그들에게는
> 이제 내 것 가운데 그중 외로움이 아닌 길을
> 보여주게 되리.
>
> ―「달밤」 부분

> 그러던 어느날 누가 내 젊음에서 날 부르는 소리를 들었노라. 나직이 나직이 아직 취하지 않은 술집에서 불러내는 소리를.

> 날 부르는 자여, 어지러운 꿈마다 희부연한 빛속에서 만나는 자여, 나와 씨름할 때가 되었는가. 네 나를 꼭 이겨야겠거든 신호를 하여다오. 눈물 담긴 얼굴을 보여다오. 내 조용히 쓰러져 주마.
>
> ―「이것은 괴로움인가 기쁨인가」 부분

황동규 초기시의 또 다른 존재론적 특성은 시적 화자가 대상을 알 수 없는 누군가의 '부름의 소리'를 끊임없이 듣고 있다는 사실이다. 가령, "어느날 누가 내 젊음에서 날 부르는 소리를 들었노라. 나직이 나직이 아직 취하지 않은 술집에서 불러내는 소리"는 좋은 예에 해당한다. 그의 시에서 이 '부름의 소리'는 앞의 인용시 「어떤 개인 날」에서처럼 '아무래도 나는 무엇엔가 얽매여 살 것 같으다'는 시인의 불안감을 야기한다. 그러나 이 시들에서 시인은 불안감을 느끼면서도 한편으로는 이 불안감에 '이끌림'을 당하고 있다. 더욱이 '누가 와서 나를 부른다면' '내 보여주리라'라고 다짐한다거나, 「이것은 괴로움인가 기쁨인가」의 마지막 대목에서처럼 "날 부르는 자여, 어지러운 꿈마다 희부연한 빛 속에서 만나는 자여, 나와 씨름할 때가 되었는가. 네 나를 꼭 이겨야겠거든 신호를 하여다오. 눈물 담긴 얼굴을 보여다오. 내 조용히 쓰러져주마"라며 적극적인 자세를 보이기도 한다. 그렇다면 이 시들에서 '부름의 소리', 는 무엇을 의미하는가. 인용한 시편들을 제대로 읽어내기 위해서는 우선 '누군가' 부르는 소리의 진원지와 '부르는 자'의 정체가 파악되어야 한다.

> 하이데거는 존재의 목소리에 존재가 귀를 기울이는 것이 철학함이고, 이것이 존재의 교응이라고 했는데, 그 교응은 결국 존재가 말하고 존재가 듣는 그런 순환을 뜻한다. 그러나 말하고 듣는 것이 서로 일치의 동일성만을 구축하는 것이 아니라, 거기에 어떤 일말의 차이와 일탈이 일어나게 된다.[21]

'존재가 부른다'든가 이에 대해 인간은 응답한다 혹은 밝힌다 등의 진술은 하이데거의 전형적인 메타포적 표현('손상되지 않은 목소리의 말 걸어옴')이다. 하이데거는 인간의 존재 연관이라는 인간의 탈존적 본질을, 모든 존재자 가운데서 인간만이 유일하게 '존재의 음성'에 의해 부름을 받은 채로 모든 '놀라움들 중의 놀라움'인 '존재자가 존재한다'는 사실을 경험한다고 말한다. 여기서 탈존은 다른 존재자들과의 관련성 속에서 인간이 자기 존재를 전개하는 것에 앞서 이미 인간이 다른 존재자들의 존재 이해 속으로 불려들여져 있음을 가리키는 말이다. 그러므로 실존 개념이 인간의 주도성을 함축한다면, 탈존 개념은 인간이 아닌 다른 존재자들의 존재의 주도성을 함축한다.

이 때 유의할 것은 모든 존재자 가운데, 다시 말해 동물과 식물을 포함한

---

21) 김형효, 『하이데거와 마음의 철학』, 청계, 2000, p.40.

모든 생명체들 가운데 인간만이 유일하게 존재의 음성을 들을수 있다는 점이다. 이 말은 하이데거가 말하는 '기적중의 기적'인 존재를 인간만이 체험할 수 있다는 것과 동일한 의미를 지닌다. 물론 모든 인간 현존재가 '기적중의 기적'인 존재를 경험할 수 있는 것은 아니다. 두려움 혹은 공포와는 상이한 '불안'의 근본 기분에 사로잡혀 비본래적인 삶의 존재 방식을 청산하고 '인간 속의 현존재' 속으로 침투해야만, 존재의 빛을 밝히는 "거룩한 자" 즉 존재론적 체험을 할 수 있는 것이다.

그러나 많은 경우 현존재인 인간은 '타락한' <세인>의 삶을 살아간다. 자신의 '본향'을 잃고 비본래적인 자신으로 존재하게 된다. 존재를 망각하고 존재의 부름을 듣지 못하거나 존재와 대면하지 못한 채 '애매모호한' 일상의 삶을 살고 있는 것이다. 결국 세상에서 가장 범상한, 존재 이해를 갖는 존재자만이 존재의 음성을 들을 수 있다.

이렇게 볼 때 위의 시들에서 들려오는 '부름의 소리'는 하이데거 철학적 의미의 '존재의 음성'으로 이해해도 무방할 것이다. 존재론적 차원에서 보자면, 이 '부름의 소리'에 반응하며 "이제 내 것 가운데 그 중 외로움이 아닌 길"을 찾아나서는 시인의 행위는 '불안'의 근본 기분에 '젖어' 존재 (빛)의 밝힘을 추구하고 있는 현존재의 행위와 동일한 것으로 간주할 수 있는 까닭이다. 세번째 인용시 「이것은 괴로움인가 기쁨인가」의 '날 부르는 자여, 어지러운 꿈마다 희부연한 빛속에서 만나는 자여'와 같은 대목에서 보여지는 '빛'의 의미를 새삼 환기한다면 이러한 해석은 더욱 설득력을 얻을 수 있다.

이상의 논의를 종합해보면, 황동규의 초기 시에 나타나는 '불안'의 정체는 하이데거 철학의 존재론적 측면에서 의미를 규명할 수 있다. 또한 황동규의 초기 시세계에 등장하는 빛의 상징 이미지와 정체불명의 '부름의 소리'는 시인 존재의 불안의식과 밀접한 관련 양상을 보여준다고 할 수 있다. 즉 황동규의 초기 시에서 '빛'의 상징 이미지는 존재 탐구 그 자체를 의미하며, 「어떤 개인 날」과 「달밤」, 「이것은 괴로움인가 슬픔인가」에서 보이는 시인의 불안한 운명적 예감과 '부름의 소리'는, 잠정적으로 하이데거적 의미에서 '존재의 부름' 혹은 일종의 '존재에의 말건넴' 행위로 볼 수 있다.

'세계 내 존재'로서의 시인 인식

1. 사실적 삶에 대한 해석

황동규의 첫 시집 『어떤 개인 날』과 두 번째 시집 『비가』가 현존재인 시인의 존재론적 '불안' 의식을 다룬 기록이라면, 『평균율』 1, 2를 전후한 시점에서 그의 시는 대사회 편향적인 성격을 강하게 드러낸다. 이는 이 무렵 시인의 관심이 개인적 차원에서 사회 공동체적 영역으로, 즉 '개인 의식'에서 점차적으로 사회 역사적 현실을 다루는 '집단의식'의 문제[1]로 확대되고 있음을 암시한다. 이러한 상황에 대해서는 표층적 차원과 심층적 차원에서 크게 두 가지 이유를 생각해 볼 수 있다.

표층적으로는 황동규 시인이 '첫 외국행에서 대타적으로 한국인이라는

---

[1] 이 문제에 대해서는 김재홍의 대담 글을 참조할 것. 김재홍은 이 글에서 황동규의 시 세계에 대해 초기 개인의식의 단계에서, 후기시로 넘어오면서 집단의식의 문제로 확대되고 있다고 진단한다. 또한 대담(1983)을 전후해서 발표된 황동규의 시들이 죽음의 문제에 천착하고 있음을 주목한다. 이러한 사실에서 이 시기에 이미 그가 황동규 시기별 성격을 중심으로 시기구분의 문제를 염두에 두고 있었음을 추론해 볼 수 있다. 김재홍, 앞의 글, p.258.

자의식을 강하게 가졌고, 귀국하고서도 박정희 3선 개헌과 유신이라는 상황에서 한국의 정치적 후진성을 통감'2)한 것과 무관하지 않을 것이다. 또한 심층적으로는 개인의 내면 세계에 밀폐되어 존재의 불안의식을 경험한 '세계 내 존재' 시인의, 사실적 삶의 해석을 바탕으로 한 실존 상황에 대한 인식 확산이라는 의미 부여도 가능할 것이다. 다음에 인용된 시편은 이러한 이 시기 황동규 시의 특성을 단적으로 보여준다.

> 말을 들어보니
> 우리는 약소민족이라드군.
> 낮에도 문 잠그고 연탄불을 쬐고
> 유신안약(有信眼藥)을 넣고
> 에세이를 읽는다드군.
>
> 몸 한구석에 감출 수 없는 고민을 지니고
> 병장 이하의 계급으로 돌아다녀보라
> 김해에서 화천까지
> 방한복 외피(外皮)에 수통을 달고.
> 도처철조망(到處鐵條網)
> 개유검문소(皆有檢問所)
> 그건 난해한 사랑이다
> 난해한 사랑이다
> 전피수갑(全皮手匣) 낀 손을 내밀면
> 언제부터인가
> 눈보다 처 차가운 눈이 내리고 있었다.
>
> ──「태평가(太平歌)」 전문

2) 하웅백, 앞의 글, p.42.

인용시는 『평균율 1』[3])에 실려 있는 「태평가」이다. 황동규의 제2기 시세계를 논의할 때 거의 빠짐없이 등장하는 「태평가」는 『비가』의 세계에서 벗어나 시인의 관심이 사회 역사적인 문제로 확산되는 과정을 보여준다. 시인의 "군대 체험이 중추를 이루는" 「태평가」는 1964년 그가 군대를 갓 제대했을 때 쓰여진 작품으로 알려져 있다. 병장, 계급, 방한복, 철조망, 검문소, 전피 수갑 등의 '군대 용어'들이 이 시에서 한꺼번에 등장하고 있다는 사실은 이러한 사정을 반영한다. 그러나 무엇보다도 이 시에서 주목할 것은 황동규가 자신의 군대체험을 '도처철조망', '개유검문소'의 상징 시어들과 결부시켜 당시의 시대상황을 구체적으로 형상화한다는 점이다. 이 시어들은 시제 「태평가」가와의 모순 관계, 불일치성을 환기함으로써 박정희 군사 독재정권 초기의 억압적이고 폭력적인 당시 분위기를 효과적으로 드러내고 있는 것이다. "눈보다 더 차가운 눈", "낮에도 문 잠그고 연탄불을 쬐고"와 같은 표현들은 이 시기의 암울한 시대 상황을 함축적으로 표현하는 시구들이다.

시의 화자에 따르면, 이러한 현실에서 시인의 임무는 '사랑'을 회복하는 일일 것이다. 그러나 제3공화국 초기의 위압적 현실에서 시인에게 사랑의 회복은 아무래도 간단하지 않은 일이다. 황동규 시인은 이 무렵의 자신의 심경을 "난해한 사랑"으로 표현하고 있다. 시인에게 이 시기의

---

3) 마종기 · 김영태와 함께 낸 3인 시집 『평균율』 1, 2의 황동규 편은 『王道의 變奏』와 『열하일기』의 제목으로 각각 제시되어 있다. 『王道의 變奏』와 『열하일기』는 이후의 시선집에서 각각 『태평가』와 『熱河日記』로 구분된다. 그런데 몇몇 평문들, 심지어는 학위 논문조차도 이에 대한 구체적 언급이 없이 『평균율1』의 황동규 편을 『태평가』로 기정사실화 하고 있다. 이러한 오류는 1차 자료의 확인 작업을 생략한 채, 2차 자료(『전집』)에 전적으로 의지하는 데서 발생한 것으로 추측된다. 전집의 시인 연보에는 "1968년(31세) 시집 『태평가』를 출간한다"(하응백 엮음, 『황동규 깊이 읽기』, 문학과지성사, 1998, pp.322~323)로 기록되어 있다. 이는 명백한 오기(誤記)이다. 『태평가』는 마종기, 김영태와 같이 발간한 3인 공동시집 『평균율 1』의 황동규 편이다.

사랑은 의미를 알지 못해서 '난해한' 것이 아니라, 그 의미의 명확함에도 불구하고 실천할 수 없기에 "난해한 사랑"이었던 것이다. 기실 「태평가」가 발표될 무렵에 쓰여진 황동규의 시들은 궁극적으로 조국의 현실과 관련된 이 '사랑' 앞에서 무기력해져 있는 시인의 실연의 기록으로 읽을 수 있다.

「태평가」가 한반도에서 시인이 직접 체험한 조국의 현실에 대한 기록이라면 「삼남에 내리는 눈」은 영국 유학중에 목격한 조국의 모습을 형상화한 작품이다. 황동규 시인은 1966년 대학원을 마치고 영국의 에든버러 대학으로 유학을 떠난다. 「삼남에 내리는 눈」을 비롯해서 「전봉준」, 「이순신」, 「이중섭」, 「북해의 엽서1, 2」, 「친구의 아내」 등 일련의 4행시들은 이 때 쓰여진 작품들이다.

> 봉준이가 운다 무식하게 무식하게
> 일자 무식하게. 아 한문만 알았던들
> 부드럽게 우는 법만 알았던들
> 왕 뒤에 큰 왕이 있고
> 큰 왕의 채찍!
> 마패 없이 거듭 국경을 넘는
> 저 보마(步馬)의 겨울 안개 아래
> 부챗살로 갈라지는 땅들
> 포들이 얼굴 망가진 아이들처럼 울어
> 찬 눈에 홀로 볼 비빌 것을 알았던들
> 계룡산에 들어 조용히 밭에 목매었으련만
> 목매었으련만, 대국 낫도 왜낫도 잘 들었으련만.
> 눈이 내린다, 우리가 무심히 건너는 돌다리에
> 형제의 아버지가 남몰래 앓는 초가 그늘에
> 귀기울여보아라, 눈이 내린다, 무심히,
> 갑갑하게 내려앉은 하늘 아래
> 무식하게 무식하게.
> ― 「삼남에 내리는 눈」 전문

시인의 현실 인식이 뚜렷하게 드러나는 이 시는 구체적인 역사적 사실을 매개함으로써 시적 형상화에 성공하고 있다. 그 동안 시인 스스로가 산문 글들을 통해 자주 밝혀 왔듯, 이 시는 드물게 그의 역사의식과 사회 정치적 정황에 대한 관심을 적극적으로 드러낸다. 따라서 작품의 근간을 이루는 주조는 당연히, 우리 민족이 겪어온 아픔과 이에 대한 분노이다.

이 시에서 시인은 '전봉준'과 동학혁명의 좌절, 그리고 삼남 백성들의 억눌림을 본다. 이 시에서 '우는 봉준'이는 역사적 인물 전봉준 한 개인뿐만이 아니라 이 고장 전체 백성들의 슬픔을 대변하고 있는 시어이다. 그렇다면 이 시에서 <봉준>이는 왜 슬퍼하고 있는가. 그것은 '무식하고', '부드럽게' 울 만큼 교활하지 못하고, '찬 눈에 홀로' 쓰러져 '볼 부빌 것을' 미리 파악하지 못한 회한과 후회와 억울함 때문이다. 전봉준의 죽음 원인은 당시 사회의 지배 계층인 사대부와 사대주의적 정신 계층의 조류에 편승하지 못하고, 그 거대한 현실 세계를 대상으로 '무식하게' 항거했다는 데서 기인한다. 차라리 '부드럽게 우는 법'을 알고 제국 열강들의 역학관계를 파악했더라면 그는 죽음을 맞이 하지 않았을 것이라는 시인의 판단이 이 시에는 격앙된 어조로 표출되고 있는 것이다.

'왕 뒤에 있는 큰 왕'은 물론 민심의 상징이며, 그 민심의 '채찍'이야말로 모든 억압과 착취와 부조리를 척결하는 힘이기도 하다. 그러나 '마패 없이도 거듭 국경을 넘'나드는 청국 군대의 말발굽(步馬)아래 이 땅은 '부챗살'처럼 갈라지고, 마침내는 전쟁의 소용돌이 속에 잠겨 버리고 만다.[4] 또한 민중은 항전 끝에 하나 둘씩 쓰러져서 '찬 눈에 홀로 볼'을 부빈다. 상처투성이인 몸, 뿔뿔히 흩어진 몸들을 눈위에 눕히고 해체와 죽음의 때를 기다려야 한다. 그러나 이 죽음은 '계룡산에 들어 조용히 밭에 목매이는' 무저항적 죽음이 아니다. 사력을 다해, 오직 동지적인 결속으로 뭉쳐

---

4) 이성부, 「개인의 극복」, <문학과 지성>, 1973, 겨울, p. 824, 참조.

싸우다가 어쩔 수 없이 당한 죽임이며 억울함이다. '대국 낫도 왜낫도 잘 들었으련만'의 구절에서 시인은 이 싸움의 의미를 역설적으로 표현한다. 그리하여 마침내 또다시 삼남의 눈발 속에 '우리'는 무심하게도 돌다리를 건넌다. 눈은 돌다리 위에도 '형체의 아버지가 남몰래 앓는 초가 그늘'에도 내리고 있다.

그러나 이 '무심한' 눈발 속에 '우리'는 이미 지난날의 뼈아픈 민중의 힘을 보았고 그 슬픔을 보았다. 그러므로 이제 남는 것은 분명하다. 현재적 삶을 사실적으로 해석하고 그것을 꿰뚫어 보는 일이다. 여기까지 오면 시인의 의도는 분명해진다. 아울러 이 작품의 성과 또한 가벼운 것이 아님을 알 수 있다. 그냥 '무심히' 내리는 '눈'은 이제 이 시에서 단순히 자연으로서의 눈이 아닌 것이다.

이처럼 「삼남에 내리는 눈」을 전후한 황동규의 시는 초기 시세계에서 보여주던 관심과 그 양상을 달리한다. '불안'의 정서를 통해 시인 존재의 내면을 표출하는 단계에서, 역사나 민족 혹은 세계에 대한 이해의 차원으로 그 관심의 폭을 넓혀가고 있는 것이다. 물론 이러한 그의 시적 특성은 '사실적인 삶'에 대한 구체적 이해를 동반하며 나타나고 있다.

> 바람이 분다
> 추억의 배면에서 사라지는 섬세한 섬들
> 그리고 이 땅,
> 누가 생각해 줄 것인가
> 광명도 없고
> 우리의 어려움을 지켜줄 우리도 없는 하루 이틀을,
> 우리의 무한을 등지고 선 불없는 밤을,
> 없는 큰 성이 무너진
> 없는 폐허를,

없는 불행을, 없는 생을,
실로 아무도 생각할 때가 없을 것인가.
                                    ―「비망기(備忘記)」 부분

또 가을이다
이상한 산이 바뀌지 않는다
그대의 슬픔에서 수많은 철새가
비산한다 깃을 풀고, 거듭 광풍의 일보전(一步前)
한지(韓紙)에 자꾸 번지는 눈물자국
우리의 주인공이 다시 죽는다.

도시의 중심에는
쥐 얼굴에 범눈을 지닌 자들이
한 획의 실수도 없이
농담도 없이 인기척도 없이
도장을 찍고
그대와 최후로 만날 약속을 한다.

문을 열고 보아라. 잠시 조용하다.
달빛에 가려진 구름 뿐
순진한 조정(朝廷)도 육도(陸島)도 없다.
슬픔도 없다. 책에서 보지 못한
개가 한 마리 씩씩하게 지나간다.
                                    ―「허균」 1 전문

　　위의 인용시들은 이러한 사실을 잘 보여준다. 먼저 「비망기」를 살펴보
자. '비망기'란 조선시대 왕들의 메모 명칭을 지칭한다. 이 시에서 화자는
1960년대 남북으로 갈라진 폐허의 조국, 그럼에도 '우리의 어려움을 지켜
줄 우리도 없는', '이 땅'의 삶 몇 구절을 마치 그 '큰 성'의 주인 혹은 왕이

되어 스스로 기록하고 있다. 이 시는 황동규 초기시세계의 한 특징인 관념적이고 추상적인 이미지들이 다소 배제되고, 대신에 구체적이면서도 일상적인 시어들이 등장하고 있다. 또한 시적 어조 역시 암시적인 어조에서 간결한 산문체의, 다소 직설적인 어조로 옮겨지고 있다. 예를 들면 '이 땅/누가 생각해줄 것인가/광명도 없고/우리의 어려움을 지켜줄 우리도 없는 하루 이틀을'과 같은 대목이 여기에 해당한다. 이러한 사실들은 이 시기 그의 시적 관심이 현실의 구체적 세계로 옮겨져 있다는 것을 증거한다.

「비망기」, 「태평가」와 함께 「허균 1」은 황동규 중기시의 한 특성인 알레고리적 풍자의 세계를 예비하는 작품이다. 황동규 시인은 대략 이 작품을 전후하여 그의 시에서 '부정적 유토피아주의'[5]라고 불릴 수 있는 어둡고 폭력적인 70년대 현실과의 싸움을 본격적으로 확대한다.

「허균1」은 이 시가 삼선 개헌 이후에 쓰여졌다는 사실 하나만 염두에 두더라도, 그 시적 전언을 쉽게 파악할 수 있다. '이상한 산이 바뀌지 않는다', '한지에서 자꾸 번지는 눈물 자국', '광풍의 일보전(一步前)' 등의 구절은 1970년대 초 독재 정권하의 암울한 현실 상황을 우회적으로 묘사하고 있는 것이다. 시인은 이 같은 시대 정황을 역사적 인물 허균의 죽음과 연계시킴으로써 현실의 위기감을 밀도게 제시한다. 이런 상황에서 이 시의 '주인공'이자 '우리의 주인공'인 허균은 다시 살아온다 하더라도, 결국에는 '다시' 죽을 수밖에 없는 것이다.

첫째 연에서 보이는 암울한 현실 정치에 대한 풍자는 2연에서도 계속되는데, '도시의 중심에서' '농담도 없이 인기척도 없이/도장을 찍'는 '쥐 얼굴에 범 눈을 지닌 자들'의 정체는 쉽게 짐작이 가고도 남음이 있다. 마찬가지로 3연에서 '구름에 가려진 달빛'이 아니라 자연 현상조차 거꾸로 나타나는 '달빛에 가려진 구름', '책에서도 보지 못한' '씩씩하게 지나가는 개',

---

5) 김 현, 앞의 글, p.427.

'순진한 조정'이라는 시구들은 이러한 시인의 시대의식을 미루어 짐작하게 하는 역설적 표현들이다. 그리고 이 같은 역설은 분명 사회 역사적 현실 인식을 바탕으로 한 동시대 정치적 상황에 대한 알레고리적 풍자에 다름 아니다.

2. 실존의 상황 인식

시와 현실의 관계를 언급하는 데 있어서 반드시 그것이 극복과 지양의 논리를 내세우며, 부조리한 현실과의 긴장된 대결구도에서 접근할 필요는 없을 것이다. 흔히 한국 근현대시사에서 현대시의 현실 응전력을 논할 때, 참여와 순수라는 대립적 구도가 무의식적으로 전제되어 왔음은 주지의 사실이다. 그러나 황동규의 시는 근본적으로 이러한 경직된 대립 구도 자체를 거부한다. 그는 서슬퍼런 군사독재를 체험하고 소외받는 민중의 삶이 충분히 노출되던 현실 속에서도 자신만의 독특한 시적 방식으로 타개 방법을 마련한다. 1970년대 중반에 발표된 그의 시선집『삼남에 내리는 눈』에는 긴장감을 잃지 않고 있는 모순 어법을 통해 상황적 문제성을 극명하게 제시하기도 하고, 이미지의 구체성을 통해 시적 의미의 윤곽을 선명하게 보여주기도 하는 여러 시편들이 수록되어 있다. 황동규에게 있어서 1970년대 이후의 '산업화 시대는 상상력의 확대와 시정신의 고양을 동시에 이루어낸 시기'인 것이다.[6]

---

6) 권영민,『한국현대문학사』, 민음사, 1993. pp. 255~256.

아아 병든 말(言)이다.

발바닥이 식었다.

단순한 남자가 되려고 결심한다.

마른 바람이

하루종일 이리 저리

눈을 몰고 다닐 때

저녁에는 눈마다 흙이 묻고

해 형상(形象)의 해가 구르듯 빨리 질 때

꿈판도 깨고

찬 땅에 엎드려

눈도 코도 입도 아조아조 비벼버리고

내가 보아도 무서워지는

몰려다니며 거듭 밟히는

흙빛 눈이 될까 안될까.

－「계엄령 속의 눈」 전문

「계엄령 속의 눈」은 비판적 현실인식이 강화된 이 시기 황동규 시세계의 정점을 이루는 작품이다. 「흙빛 눈」이라는 제목으로 <동아일보>에 처음 발표[7]된 이 시는 외부 현실의 부조리함과 이에 대응하는 시인의 모습을 복합적인 의미 구조를 통해 형상화하고 있다.

먼저 이 시가 '아아'라는 감탄사를 통해서 시작되고 있다는 사실에 주목하자. 이 시는 '아아'라는 감정적 어사를 작품의 도입부에 위치시켜 놓음으로써, 이 시기 정치·사회적 정황이 영탄사 없이는 쓰여지기 어려운 시대임을 함축적으로 보여주고 있다. 이와 더불어 '병(病)든 말'은 '계엄령'으로

---

7) 「계엄령 속의 눈」이 씌여질 무렵의 1970년대 정치 상황을 시인은 「흙빛 눈」으로 제목을 바꾸고 강도를 줄여서 발표할 만큼 억압적인 시대, '창작의 즐거움은 간 데 없고 힘 없는 말장난을 해야하는' 사회로 규정한다(황동규, 「계엄령 속의 눈」, 앞의 책, pp.172, 참조).

상징되는 억압과 폭력 앞에서 무력할 수 밖에 없는 현재의 정황을 구체적으로 환기시키는 표현이다. 또한 그것은 언어마저도 자유롭게 사용할 수 없는 절대적 위기 상황 앞에서 '말'의 한계를 절감한 시인의 내면을 상징적으로 묘사하는 대목이기도 하다.

'병든 말'이 난무하고, 그로 인해 '꿈판도 깨'져 버린 부조리한 세계에는 허위와 폭력과 기만적 술책 등이 있을 뿐이다. 아울러 '마른 바람이/하루 종일 이리 저리/눈을 몰고 다니'고 '해 형상(形象)의 해가 구르듯 빨리 지'는 그 낯선 공간에는 비정상적이고 뒤틀린 인간만이 온전한 삶을 살아갈 수 있다. 이러한 상황속에서 시의 화자는 '발바닥이 식는' 고통스러운 자의식의 층위를 드러내며 그 기만적인 세계에 스스로 편승, 동화되려는 반어적 자세를 취하고 있다. 화자는 '단순한 남자가 되려고 결심'하거나 '찬 땅에 엎드려' '눈도 코도 입도 아조아조 비벼버리'는 과장된 몸짓을 보여주고 있는 것이다. 그러나 이 시에서 화자는 억압적이고 경색된 시대 상황을 직접적인 육성으로 거칠게 비판하지 않는다. 오히려 '단순한 남자가 되려고 결심한다'고 말하며 스스로를 그러한 상황에 편입시킴으로써, 자신이 처해 있는 현실의 상황에 대한 부정적인 인식을 우회적으로 표출한다. '단순한 남자'가 되려는 시적 화자의 결심에는 과장스러운 몸짓과 반어적인 의미가 담겨 있어, 오히려 자아와 불화를 이루는 세계에 대한 반항 의지를 내포하고 있는 것이다. 이러한 시인의 과장된 태도와 반어적 어조[8]는 억압적 현실에 대한 거부의 의사에 다름 아니다. 아울러 그것은

---

8) 이광호는 황동규의 시에서의 반어적인 어조의 목표는 '드러난 것'과 '숨겨진 것' 사이의 갈등에서 빚어지는 긴장으로 전제하고 그것은 모순되고 역설적인 진술에 의해서만 현실의 복합적인 진실을 드러낼 수 있는 발상을 내포하고 있다고 설명한다. 그에 따르면 이러한 발상은 궁극적으로는 개인의 자유로운 자기 실현을 관철시키고자 하는 의지와 연관된다. 것이다(이광호, 「어조의 사회적 차원」, 『위반의 시학』, 문학과지성사, p.257).

'발바닥이 식어'가는 상황9)의 엄혹성으로 인해 비극적인 긴장감을 유지할 수 밖에 없는 시인의 고통스러운 내면이기도 하다. 이 시에서 '흙빛 눈이 될까 안될까'라는 자조적 물음을 동반한 시인의 과장된 몸짓과 반어적 어조는 자아와 현실 사이의 대립적 긴장을 촉발시켜, 종국에는 시인의 실존적 정황을 강조하는 기능을 담당하고 있는 것이다.

이처럼 사회 역사적 차원의 문제를 다루는 이 시기 황동규의 시세계는 대상과 세계를 객관적인 시각으로 바라보면서도, 한편으로는 시인의 반성적 인식을 개입시킴으로써 시적 긴장감과 비판적 거리를 동시에 확보하고 있다. 그의 시는 화자의 우회적인 상황 진술과 반어적인 구조를 통해 중층적이고 복합적인 시적 의미망을 획득하고 있는 것이다.

1) 서울 1972년 가을
이 악물고 울음을 참아도 얼굴이 분해되지 않는다. 이상하다. 마른 풀더미만 눈에 보인다. 밤에는 눈을 떠도 잠이 오고 바람이 자꾸 잠을 몰아 한 곳에 쌓아 놓는다. 1972년 가을, 혹은 그 이듬해 어느 날, 가는 곳마다 마른 풀더미들이 쌓여 있다. 풀 위에 멧새가 죽어 매어 달리고 누군가 그 옆에서 탈을 쓰고 말없이 도리깨질을 하고 있었다. 여기저기 그리고 내가 서 있는 자리에, 마음 모두 빼앗긴 탈들이 서로 엿보며 움직이고 있다.
                                                                    ─「세 줌의 흙」 부분

2) 나는 요새 무서워져요. 모든 것의 안만 보여요. 풀잎 뜬 강에는 살없는 고기들이 놀고 있고 강물 위에 피었다가 스러지는 구름에선

---

9) 황동규 시인은 이 부분을 다음과 같이 설명하고 있다. "'발바닥이 식었다'는 물론 계엄령 속에서 자신의 발바닥이 식어오는 것을 직접 전신으로 느낀 한 지식인의 고통스러운 마음의 상태를 보여주는 것이겠지만, 한참 신나는 상태를 말하는 발다닥에 땀난다라는 숙어를 뒤집어 놓은 것일 수도 있다는 사실을 상기하면 도움이 될 것이다(황동규, 앞의 글, p.174).

문득 암호만 비쳐요. 읽어봐야 소용 없어요. 혀 짤린 꽃들이 모두 고개 들고, 불행한 살들이 겁 없이 서 있는 것을 보고 있어요. 달아난 들 추울 뿐이에요. 곳곳에 쳐 있는 세(細) 그물을 보세요. 황홀하게 무서워요. 미치는 것도 미치지 않고 잔구름처럼 떠 있는 것도 두렵잖아요.

─「초가(楚歌)」 전문

이전의 시세계에 비해 분명, 1970년대 이후 황동규의 시들은 세계 인식의 태도가 좀 더 치열하고 구체적인 방식으로 나타난다. 그러나 이 시기 그의 시들은 사회적 대립의 성격을 강하게 환기하고 있기는 하나, "그 드러냄의 방법은 직접적인 방법이 아닌 굴절된 방법이며, 굴절된 드러냄의 시적 방법론 자체가 하나의 문학적 저항"[10]으로 나타난다. 인용시 1)은 '서울 1972년 가을'이라는 소제목을 설정하여 구체적 시대 배경을 제시하고 있다. 이 시에서 시인은 우의적이고 암시적인 표현기법으로 자신이 처해 있는 외부 정황의 황폐함과 불구성에 대해 언술하고 있다. '눈을 떠도 잠이 오지 않고' '풀 위에 멧새가 죽어 매어 달'리며 '이 악물고 울음을 참아도 얼굴이 분해되지 않는' 부조리하고 기이한 삶의 정경에 대한 묘사 부분이 바로 그것이다. 아울러 '가는 곳마다 마른 풀더미들이 쌓여 있는' 건조한 분위기와 '멧새'의 불길한 죽음 이미지는 피폐한 현실의 정황을 압축적으로 보여준다.

'탈'은 이 시의 둘째 연 '들불'에 나오는 '복면'을 상기시키는 단어이다. 이 시기 황동규의 몇몇 시편에서 주요 소재로 등장하는 '탈'은 척박한 현실과 그 시대를 살아가는 동시대인들의 어두운 내면의 초상을 함축한다. 이 시에서도 '탈'은 일반 사람들이 복면 쓴 자들의 세상에 살다가 스스로 자신도 모르는 사이에 복면 쓴 자가 되어가는 상태를 보여준다고 할 수 있다. 즉 '탈'은 '복면'과 함께 유신시절 훼손된 개별 존재를 상징하는

---

10) 강웅순, 앞의 책, p.45.

시어인 것이다. 따라서 "여기 저기 그리고 내가 서 있는 자리에 마음 모두 **빼앗긴** 탈들이 서로 엿보며 움직이고 있었다"는 시적 언술은 시대의 폭압성과 현실의 불구성에 대한 시인의 비애감을 간접적으로 표출한 것으로 간주된다.

여기서 한 가지 짚고 넘어가야 할 것은 두려움과 공포, 무서움은 복면으로 얼굴을 가린 자들에게도 오지만, 사태의 내면(안)이 분명히 들여다보이는 현실 그 자체에서도 온다는 사실이다. 이 시기 황동규의 시편들 중에서 「초가」처럼 이 점을 극명하게 보여주는 작품도 없다.

현실의 알레고리를 독특하게 제시하고 있는 인용시 「초가」는 사면초가四面楚歌의 위기적 시대 상황에 대한 시인의 비판적 의식을 강하게 표출하고 있다. 이 시에 등장하는 시적 대상들은 뒤틀리고 굴절되어 비정상적으로 나타난다. 인용한 시에서 유신 시절의 암울한 정치적 상황과 음울한 탄식은 이미지의 직조를 통해서 '혀 짤린 꽃'과 '살 없는 고기'를 양산하고 있다. 또한 '곳곳에 쳐 있는 세(細)그물'은 시인으로 하여금 공포와 '황홀한 두려움'을 느끼게 한다. 물론 이 때의 황홀함은 역설이다.

이 같은 괴기스러운 모습들은 비정상적으로 구조화 된 동시대 현실의 내적 구조를 환기해준다. 알레고리적 기법으로 묘사된 "풀잎 뜬 강에는 살 없는 고기들이 놀고 있고 강물 위에 피었다가 스러지는 구름에선 문득 암호만 비치"는 '안'의 모습은 시인의 시선에 의해 포착된 이 시기 현실 내부의 풍경에 다름 아니다. 시인은 이 시에서 '겉'으로 드러난 허위적 세계, 즉 왜곡되고 변질된 시대의 구조 때문이 아니라 오히려 '안'의 풍경이 '보임'으로써 무섭다고 말한다. 현재 시인은 사물의 안이 보인다는 사실 보다도 사물의 '안'이 그의 눈에 선명히 비치기 때문에 더욱 두려움과 무서움을 느끼고 있는 것이다.

한편, 「초가(楚歌)」에서 감지되듯, 황동규의 제2기 시세계의 한 특성은 시인의 관심이 정치·사회적인 지평으로 뚜렷하게 확산되고 있으면서도, 한편으로는 개별 존재의 문제가 여전히, 강하게 분출되어 있다는 점이다. 이러한 사실은 이 시기 그의 시가, 사실적 삶에 대한 이해를 동반하며 '독립적 존재자로서 세계 내부를 만나는' 과정이었다는 존재론적 의미를 부여할 수 있을 것이다.

> 존재자의 존재가 현존재에서 이해될 수 있기 때문에 현존재는 존재자의 독립성, 즉 '즉자성', 일반적으로 실재성 따위의 존재 성격도 이해할 수 있고 개념화할 수 있다. 오직 그 때문에 '독립적' 존재자는 세계 내부적으로 만나는 것으로서 둘러보면서 접근 가능하다.[11]

시제가 지시하는 의미 외에도 풀, 바람, 흔들리다 등의 시어들을 통해 김수영 시인과의 관련성을 강하게 환기하는 「김수영 무덤」, 하이데거의 횔더린 강연 소제목 <주제가 되는 다섯 개의 말>을 연상케 하는 「정감록 주제에 의한 다섯 개의 변주」와 「돌을 주제로 한 다섯 번의 흔들림」[12], 외설적 요소가 함유된 「수화(手話)」 등은 이러한 황동규 제2기 시세계의 한 특성을 단적으로 보여주는 작품들이다.

---

11) 강학순, 「하이데거의 근원적 생태론」, 『하이데거와 자연, 환경, 생명』, 철학과 현실사, 2000, pp. 24~25.
12) 황동규의 두 번째 시집 『비가』와 마리아 릴케의 『두이노의 비가』에서 제목의 유사성을 발견할 수 있듯, 「정감록 주제에 의한 다섯 개의 변주」와 「돌을 주제로 한 다섯 번의 흔들림」도 하이데거가 1936년 4월2일 로마에서 가졌던 강연 「횔더린과 시의 본질」의 소제목 <주제가 되는 다섯 개의 말>과 유사하다는 사실은 흥미롭다. 이들 제목의 유사성은 릴케의 『오르페우스에게 바치는 십행시(十四行)』와 황동규의 『비가』에 실려있는 「십사행(十四行)」에서도 찾을 수 있다. 황동규 시인의 전기 시세계 작품들에 릴케의 흔적이 두드러지게 나타나고 있다는 사실은 이후의 논자들이 주목해서 다루어야 할 과제이다.

작은 돌

큰 돌이 작은 돌을 쳐서 부서뜨리는 것을 보았습니까. 마음 흔들린 돌들이 머뭇대며 눈길을 돌리는 것을 보았습니까. 뜨겁고 아픈 빛 사라지고 등들을 보이며 모두 함께 식어가는 저녁 무렵, 돌 하나가 스스로 물 속으로 뛰어드는 것을 보았습니까. 물 가장 자리에선 새들이 황망히 날고 길들은 문득 얽혔다 풀어지고 다음엔 틀림없이 밤이 되는 그런 시각에 아무 곳에도 매달리지 않고 돌 하나가 남몰래 물 속으로 뛰어드는 것을 보았습니까.

항상 더불어

이렇게 울지 않는 놈들은 처음 본다. 면상(面相)에 완전히 긴 금간 놈도 울지 않는다. 묵묵히 묵묵히 서 있을 뿐. 한낮의 햇볕 갑자기 타오르며 움직이던 그림자들 문득 정지하고 서로 마주보며 살던 무리들 수레에 포개져 실려갈 때도 이들은 묵묵히 서 있다. 누군가 땀 흘리며 얼굴을 지운다. 먼저 입과 코가 지워지고 눈이 지워지고 기억의 가장 자리 표정이 지워지고 드디어 '너'도 '나'도 지워진다. 가만히 주위를 둘러보라. 어느샌가 '우리'만 남아, 아 항상 더불어 살아야 할.

　　　　　　　　　　　　　　　　　　　　－「돌을 주제로 한 다섯 번의 흔들림」부분

　인용시는 「돌을 주제로 한 다섯 개의 흔들림」 가운데 처음과 두 번째 '흔들림'이다. 이 시는 황동규 제2기 시세계의 주된 특성인 알레고리적 표현 기법을 통해 억압적이고 폭력적인 현실상황을 제시하고 있다. '큰 돌이 작은 돌을 쳐서 깨뜨리는 것을 보았습니까', '면상에 완전히 긴 금간 놈도 울지 않는다' 등의 알레고리는 그것이 의미하는 내용을 별로 힘들이지 않고 이해할 수 있는 것이다. 황동규의 산문에 기대면 "'흔들림'은 그 당시 삶 속에서 '뿌리 뽑히지 않은' 삶의 상징"[13]이다. 시인에게 결코 '뿌리 뽑힌 것들은 흔들리지 않는다'.(「김수영 무덤」) 그렇다면 이 시의 '마음

---

13) 황동규, 앞의 글, p.187.

흔들린 돌'이 지시하는 의미도 쉽게 파악된다. '마음 흔들린 돌'은 '다들 망가지고' '망가져 가는' 시대의 현실 속에서도 삶의 '뿌리'를 놓치지 않은 존재이다. 그런데 이 시에서 '마음 흔들린' 그 '돌 하나'는 갑자기 '머뭇대며 눈길을 돌리'고 '남몰래' '스스로 물속으로 뛰어들'고 있다. 이러한 '돌'의 행위는 무엇을 의미하는가. 여기서 "'남몰래' 물속으로 뛰어드는 이미지는 남의 시선을 끌기 위한 행위보다는 남몰래 만드는 결단과 행위를 더 깊다고 생각해 온 화자의 마음의 상태를 잘 보여준다고 할 수 있다."[14] 그것은 흔들리는 삶을 살아오던 '돌'의 '세상 뜸', 즉 불합리한 현실 질서를 초월하려는 화자 의지의 표명이다. 이 때 중요한 것은 '마음 흔들린 돌'의 '세상 뜸', 다시 말해 화자의 초월 행위(의지)가 '뜨겁고 아픈 빛 사라지'는 '저녁 무렵', 혹은 '길들은 문득 얽혔다 풀어지고 다음엔 틀림없이 밤이 되는 그런 시각'에 벌어진다는 점이다. 이러한 사실은 「돌을 주제로 한 다섯 번의 흔들림」의 주제의식이 일정 부분 앞의 1절에서 논의한 존재론적 의미를 내포하고 있다는 것을 뜻한다. 특히 <항상 더불어>의 마지막 부분, 즉 "먼저 입과 코가 지워지고 눈이 지워지고 기억의 가장자리 표정이 지워지고 드디어 '너'도 '나'도 지워진다. 가만히 주위를 둘러보라. 어느샌가 '우리'만이 남아, 아 항상 더불어 같이 살아야 할"에 대한 시인의 자전적 해설이 "이 시는 '너'와 '나'가 사라지고 '우리'만 남는 그런 상태에도 경계의 눈초리를 보내고 있다. 공동체에 너무 매달리는 개성이 거부되는 삶도 결코 바람직한 삶이 아닌 것이다."라고 적고 있다는 점을 감안하면 이러한 본고의 시 분석은 나름의 설득력[15]을 지닐 것으로 판단된다.

---

14) 시인은 이런 화자의 마음 상태가 '세상 뜸'과 멀리 있지 않다고 전한다(황동규, 위의 글. p.190).

15) 이 시기 황동규의 시에 나타난 존재론적 의미 차원의 '흔적'은 다양한 경로를 통하여 확인할 수 있다. 가령, 시인은 김재홍과의 대담에서 「정감록 주제에 대한 다섯 개의 변주」을 언급하며 "나는 무엇인가라"는 실존적 문제 의식에서 이 시가 비롯되었음을 밝히고 있다.

3. 실존적 사랑의 담화

황동규 시세계의 중심축을 떠받치고 있는 주제 가운데 하나는 '사랑'이다. 데뷔작 「즐거운 편지」에서 마지막 시집 『우연에 기댈 때도 있었다』(2003)에 실려 있는 「쨍한 사랑의 노래」에 이르기까지 그의 시는 지속적으로 사랑의 문제에 천착해 왔다. 황동규 시인에게 있어 사랑16)은 그의 시적 기원이자, 영원한 지향점이다. 이런 측면에서 그는 가히, 김승희의 주장대로 사랑주의자'17)라고 불릴만 하다.

이제까지 한국 현대 시사에서 사랑의 주제는 한을 매개로 전개되어 왔다. 가령 그 동안 전통 서정시 계열에서 사랑을 노래한 작품들은 '님의 부재로 인한 기다림'이라는 수동적 미학으로 수렴된다. 이러한 사랑시의 '고전적' 정서 표출은 「진달래 꽃」의 소월은 물론이거니와 「님의 침묵」의 만해, 미당, 박재삼에 이르기까지 일관된 면모를 보인다. 그러나 황동규의 시세계에서 사랑은 기존의 전통 서정시 계열에서 볼 수 있었던 것과는 그 성격을 달리한다. 이 시인에게 사랑은 더 이상 '애인이 떠나가고 화자는 뒤에 남아 가는 사람에게 사랑을 호소하는 상황'으로 제시되지 않는다. 그의 사랑시에는 '전통을 따르려는 마음의 자세'와 함께 '전통에서 벗어나려는 몸부림'이 들어 있다.

이광호는 '사랑'이라는 사건은 언제나 극적인 양식을 필요로 한다.18)

---

16) 김현은 황동규 시인의 '사랑'을 다음과 같이 규정한다. "그(황동규)는 그가 옳다고 생각하는 이념을 갖고 있다. 이것은 그가 그의 생활에 그의 의미를 부여해가는 노력의 과정에서 얻어진 것인데, 그 이념을 그는 法 또는 사랑이라고 부르고 있다." (김현, 「한국 현대시에 대한 세 가지 질문―<평균율> 동인을 중심으로」, <현대문학>, 1972. 6. p.301).
17) 김승희, 앞의 글. p.173.
18) 이광호, 앞의 글. 참조.

세상에 존재하는 사랑의 이야기들은 각기 한 편의 드라마를 품고 있다. 일반적으로 사랑이 '극적이다'라고 말할 때, 여기에는 두 가지 의미가 포함되어 있다. 우선 하나는 그것이 근본적으로 '대화적'이라는 것이다. 극의 형식이 대화로 구성되어 있다는 것은 더 설명할 필요가 없으며, 모든 사랑은 근본적인 소통을 욕망하는 존재들간의 창조적 대화이다.[19] 이러한 연장선상에서 두 번째, 사랑은 일종의 존재의 근본기분이다. 사랑의 본질이란 일상적 존재의 '기분지어진 이해'를 전환하는 근원적 힘이며, 하이데거적 의미에서 사랑은 현존재의 '근본 기분'을 드러나게 하는 최고의 사건이다. 그래서 어쩌면 사랑이야말로 세계 안에 기투되어있는 현존재의 '그때그때마다'의 어떤 '기분'을 '근본 기분'으로 전환하게 하는 잠재된 힘일지도 모른다.

본고는 이 장에서 황동규 시에 나타난 사랑이라는 극적인 형식을 통해 실존의 자기 갱신의 노력과 한계, 시의 구조적 특성을 살펴보고자 한다. 황동규 시의 사랑이라는 주제에 관해서는 이미 수많은 논의가 있어 왔다.[20] 시인 자신도 '극서정시' 이론에서 자신의 '사랑시' 작업을 설명[21]한 바 있다. 우선, 황동규의 '사랑 노래'의 한 기원[22]을 이루고 있는 「즐거운 편지」를 살펴봄으로써 이러한 논의의 가능성을 타진해 보기로 한다.

---

19) 이광호, 앞의 글. 참조.
20) 이런 측면에서 특히 주목할 만한 비평은 김병익의 「사랑의 변증과 지성」, 그리고 정효구의 「황동규 시의 연극성」이다(하응백 엮음, 『황동규 깊이 읽기』, 문학과지성사, 1998, 참조).
21) 황동규 시인이 '사랑'의 주제를 극서정시 이론을 통해서 설명한다는 점은 결코 그냥 지나칠 수 없는 문제이다. 왜냐하면 이 사실은 사랑의 극적인 성격과 그의 극서정시 이론이 매우 유사하다는 것을 암시해주기 때문이다.
22) 황동규 시인은 자신의 시적 출발점을 '사랑시'로 규정한다. "예술의 역사는 대체로 격세 유전을 통해 이루어지기 때문에 내 출발이 3김(김수영, 김춘수, 김종삼)과는 달리 연애시인 것은 조금도 이상하지 않다."(황동규, 「즐거운 편지의 얼개」, 앞의 책, p.38).

1

　내 그대를 생각함은 항상 그대가 앉아 있는 배경에서 해가 지고 바
람이 부는 일처럼 사소한 일일 것이나 언젠가 그대가 한없이 괴로움 속
을 헤매일 때에 오랫동안 전해오던 그 사소함으로 그대를 불러보리라.

2

　진실로 진실로 내가 그대를 사랑하는 까닭은 내 나의 사랑을 한없
이 잇닿은 그 기다림으로 바꾸어버린 데 있었다. 밤이 들면서 골짜기
엔 눈이 퍼붓기 시작했다. 내 사랑도 어디쯤에선 반드시 그칠 것을 믿
는다. 다만 그때 내 기다림의 자세를 생각하는 것뿐이다. 그 동안에
눈이 그치고 꽃이 피어나고 낙엽이 떨어지고 또 눈이 퍼붓고 할 것을
믿는다.

－「즐거운 편지」 전문

　황동규 시인의 데뷔작 「즐거운 편지」는 고은 시인 식으로 표현하면 일
종의 '문학지망자의 연상 지향성으로 나타난 순정'[23]이다. 고은은 전후
1950년대 공간에서 그 당시 문학인들이 연상의 여인에 대한 '무조건적인'
사모의 감정을 이렇게 표현한 바 있다. 대개의 경우에 문청시절, 이유 없
는 연상여인에 대한 흠모는 누구나 갖고 있는 경험의 일부일 것이다. 「즐
거운 편지」의 탄생 배경도 기본적으로는 이러한 맥락에서 이해가 가능하
다. 실제로 시인의 데뷔작 「즐거운 편지」에는 고등학교 3학년 여학생에
게 바쳐진 '무모한' 짝사랑의 흔적이 남아 있다.

　일반적으로 짝사랑의 추억은 누구에게나 마음속의 아름다움으로 남아
있다. 그것이 비록 실연의 아픔이 배어있는 슬픈 기억의 일부라 할지라도,
지금은 상대조차 알 수 없는 철들기 전의 풋사랑에 불과하더라도 그 사
랑의 추억은 언제나 들뜬 감정을 불러오고 매혹적인 분위기를 연출한다.

---

23) 고은, 『1950년대』, 청하, 1978. p.266.

많은 사람들이 짝사랑의 경험을 가슴 속 깊이 간직한 채 가끔씩 음미하며 평생을 살아가는 것도 이와 무관하지 않다. 그들이 꺼내 놓은 옛사랑의 추억, 거기에는 항상 은은하고 감미로운 서정이 맴돌고 있다.

짝사랑에 대한 추억이 이처럼 아름다울 수 있는 이유는 그것이 현재적 삶의 위안으로 작용하기 때문이다. 대개의 경우 옛사랑은 개개인의 무의식 속에서 순수한 열정으로 가득 찬 그리움의 공간으로 기억된다. 마치 온갖 불순물이 빠져나간 판도라의 상자처럼 그 기억의 '상자'는 순결하고 정갈한 희망적 삶의 이미지로 충만하다. 따라서 오래 전 그 사랑에 대한 추억의 공간은 대부분의 사람들이 가끔씩 찾아갈 수 있는 마음의 휴식처로 각광받는다. 짝사랑, 그것은 일상의 고단한 삶을 살아가는 현대인들에게 지친 영혼을 위로 받을 수 있는 정신의 충전지대로 각인된다.

그러나 사실 짝사랑의 '진실'은 반복되는 기억의 행위 속에 잊혀지기 십상이다. 기억의 반복적 효과는 오히려 그 시절의 사랑에 있었을 법한 갈등과 배신, 고뇌와 상처의 흔적을 '시간'의 이름으로 지워버린다. 경험의 진실이 망각된 자리에서 지나간 과거의 어두웠던 사랑은 현재의 아름다운 사랑으로 새롭게 체험되는 것이다. 그래서 짝사랑의 추억은 언제나 아름답지만, 동시에 참으로 쓸쓸한 것이기도 하다.

그렇다면 황동규 시인의 사랑 노래의 출발점인 「즐거운 편지」는 이러한 짝사랑의 추억을 어떻게 노래하고 있는가. 시인의 산문을 참고하면 이 시는 공식적 데뷔작 「시월」보다 먼저 쓰여진 작품이라고 한다. 그러나 이런 이유만으로 이 시를 황동규 시의 어떤 원적으로 규정할 수는 없다. 보다 중요한 것은 이 시에 보이는 짝사랑의 흔적, 즉 이 시의 연애시적 틀이 황동규 시의 중요한 구성성분이 된다는 점이다. 물론 '이 시가 한국의 연애시 가운데 고전적인 문학성을 갖춘 몇 안 되는 작품의 하나'라는 사실도 참조될 수 있다.

(「즐거운 편지」는) 어떻게 보면 우리 시 전통에 대한 또 하나의 자연스럽고 온전한 변주라고 할 수 있다. 그러나 이 작품에는 전통을 따르려는 마음의 자세와 함께 또한 전통에서 벗어나려는 몸부림들이 있다.

　　　　　　　　　　　　　　　－「즐거운 편지'의 얼개」 p.38.

"애인이 떠나갈 때 언젠가 자신의 마음을 알아주어 되돌아 올 것을 한없이 기다리겠다고 노래하는 한국의 전통 연애시에는 '내 사랑도 어디쯤에선 반드시 그칠 것을 믿는다' 같은 구절은 들어갈 틈이 없다. 그 **구절 속에는 사랑을 비롯한 모든 것의 본질은 원래부터 있어 온 것이 아니고 우리 삶의 선택 속에서 끊임없이 새로 만들어지는 것이라는 실존주의의 명제가 들어 있는 것이다. 본질이 미리 주어지지 않는다면 인간에게 영원한 것은 이미 있을 수 없다.**

　　　　　　　　　－「동서양 틈새에서 글쓰기」, pp.312~313. (강조 필자)

산문에 나타난 시인의 진술대로, 이 시는 한국 전통 서정시의 '자연스럽고 온건한 변주'이면서, 동시에 '전통을 벗어나려는 몸부림'이 함께 들어있는 시이다. 1연에서 화자가 사랑하는 일의 '사소함'을 '해가 지고 바람이 부는 일'에 비유한 것은 사랑이 아주 자연스러운 인간의 사건임을 말해 준다. 그러나 앞의 산문에서 시인의 말처럼, 여기에는 거대한 '자연현상을 사소한 일에 치부하는' '아이러니'가 발견되기도 한다. 사랑의 사소함은 자연의 사소함에 비유됨으로써 그 사소함의 의미를 극복하게 된다. 그러니까 사랑은 사소하지 않으면서도 또한, 사소한 사건이다. '사랑의 사소함'과 '자연의 사소함' 사이의 이러한 아이러니는 1연에만 국한되는 것이 아니다. 그것은 이 시를 포함하여 황동규 사랑시의 중요한 존재론적 의미의 기저를 이룬다.

2연에서 화자는 '기다림'에 관하여 말하고 있다. 기다림은 한국 전통 서정시의 문맥에서 님의 부재 앞에서 사랑을 지키려는 시적 자아가 취하는 일반적 태도이며 일종의 정신이다. 그런데 2연에서 시인은 사랑의 그런 재래적 문맥에 몇 가지 아이러니를 개입시킨다. 우선 2연의 진술들은 '그대'를 향하는 것이 아니라 '나'를 지향하며 나를 향하고 있다. 이 시에서 '내가 그대를 사랑하는 까닭은 내 나의 사랑을 한없이 잇닿은 그 기다림으로 바꾸어버린 데 있었다.'라고 화자 고백할 때, 그 고백은 차라리 '나 자신'을 향해서 발화되고 있는 것이다. 그래서 '내가 그대를 사랑하는 까닭'은 '그대'에게 있는 것이 아니라 '나' 스스로 설정한 자세에서 비롯된다. 그리고 '밤이 들면서 골짜기엔 눈이 퍼붓기 시작했다'라는 묘사에 이어, '내 사랑도 어디쯤에선 반드시 그칠 것을 믿는다'라는 극단적 단정이 나온다. 자연 현상에 관한 이 일반적인 묘사는 사랑에 관한 화자의 단호한 태도를 보여주기 위한 시·공간적인 근거가 된다.

이와 같은 단정은 사랑의 사소함에 관한 진술의 연장이면서 동시에 기다림의 영원성에 관한 일상적이고 재래적인 관념의 전복이다. 물론 이 단정은 사랑의 <무상감>에 대한 불안한 예감과 관련된다. 그런데 이 단정은 사랑이라는 사건 역시 고정불변의 실체가 아니라 변화하는 자연현상의 일부임을 보여주어 그 사소함의 아이러니를 다시 한 번 상기시킨다. 이런 문맥에서 보면 이 시는 사랑의 절대성과 영원성의 측면에 바쳐지는 시가 아니라, 사랑의 '사소함'에 관한 시이다. 이 시는 재래적인 연애시의 어법을 차용하면서도 사랑이라는 관념의 무게를 가볍게 만드는 변용을 선취하고 있는 것이다. 이러한 아이러니는 이 시의 제목에서 이미 충분히 암시되어 있다. 왜 부재하는 님을 향해 보내는 '나'의 전언이 '즐거운 편지'일 수 있었는가. 님의 부재 앞에서 흘러나오는 처연한 연가가 차라리 즐거울 수 있는 원인은, 그것이 「어떤 개인 날」(1961)에서 이미 흘러나오기 시작한 황동규 사랑 노래의 의미와 연관된다.

내 마음 안에서나 밖에서나
당신이 날것으로 살아 있었기 때문에
나는 끝이 있는 것이 되고 싶었습니다.

선창에 배가 와서 닿듯이
당신에 가 닿고
언제나 떠날 때가 오면
넌지시 밀려나고 싶었습니다.

아니면 나는 아무것도 바라고 있지 않았던 것을.
창밖에 문득 후득이다 숨죽이는 밤비처럼
세상을 소리만으로 적시며
남몰래 지나가고 있었을 뿐인 것을.
— 「소곡3」 전문

나의 이 기다림이 즐거운 약속과 같은 것으로 바뀌어질 때, 몇 번인
가 연거푸 보는 연극의 마지막 막과 같은 것으로, 그것이 끝날 무렵 해
서는 언제가 개선가 같은 것이 들려오곤 하였지마는, 또 강 언덕에 며
칠 밤새 퍼붓는 눈보라와 같은 것으로 바뀌어질 때, 나는 지나가리, 숲
속에 겨울이 지나가듯이. 붐이 와 여기저기 황홀한 첫 꽃들을 여는 것
을 남모르게 보다 슬그머니 지나가버리리.
— 「소곡8」 전문

'소곡'이라는 제목이 암시하는 바와 같이 인용시들 역시 사랑의 사소함
에 관한 작은 노래들이다. 「소곡3」에서 화자는 '당신이 날것으로 살아 있
었기 때문에/나는 끝이 있는 것이 되고 싶었습니다.'라고 노래한다. 그리
고 그런 진술에서 '선창에 배가 와 닿'고 '창밖에 문득 후득이다 숨죽이는
밤비'의 이미지를 부여한다. '나'에게 있어 '당신'은 '날 것'으로 존재하기
때문에, 다시 말하면 사랑은 살아 있는 사건이므로 '나'는 '끝'을 예감하고,

마침내는 '끝'을 욕망한다. 차라리 '아무것도 바라고 있지 않았던 것처럼', '내'가 '당신'을 간절히 원하지 않은 것처럼, '내' 사랑은 '남몰래 지나가'는 은밀한 사건이다. 「소곡8」에서 「즐거운 편지」의 아이러니는 '- 같은 것'의 반복되는 직유를 통해 보다 선명하게 표현된다. '기다림'이 '즐거운 약속과 같은 것으로 바뀌어'지는 역전 현상, 그리고 그것이 '연극의 마지막 막과 같은 것'으로 되어지는 역전, 그리고 그 '끝날 무렵'에서 '개선가 같은 것이 들려오'는 역전 상황이 다시 발생한다. 이 역전들은 모두 재래적인 연애시의 의미에 대한 '뒤집기'이자 동시에 사랑의 깊은 아이러니에 관한 진술이다. 그리고 다시 '눈보라'와 '겨울'의 자연현상에 관한 묘사와 곧이어 들이닥치는 '황홀한 첫 꽃들을 여는' 봄의 장면들을 사랑의 시간성과 그 변화의 동력을 '눈보라'에서 황홀한 첫 꽃으로 전이되는 이미지로 표현한 것은, 사랑의 '기다림'과 '끝'에 우울과 소멸이 아닌 즐거움과 생성의 의미를 부여하는 황동규 사랑시의 극적 구조의 비밀이 드러나는 장면이다.

꽃나무여 꽃나무여
적은 열매의 약속으로
수많은 꽃을 밖으로 내어민
어둡고 어두운 우수(憂愁)여
그 어둠 속에
벌떼 울 듯
수만의 봄이 오래
집중된다.

― 「비가 서시」 전문

「비가 서시」는 물론 연애시적 화법을 빌리고 있지는 않다. 그러나 앞의 시들에서 나타난 바 있는 이미지의 반전, 그리고 역전적逆轉的인 비유들은 충일한 구조를 가진 서정시의 한 전범을 만들어낸다. 단지 '적은 열매의 약속으로', '수많은 꽃을 밖으로 내어민' 것으로 '꽃나무'를 표현한 것은 꽃과 자연의 생리에 관한 아름다운 진술이다. 그러나 그 진술은 '꽃나무'의 보조관념으로 '어둡고 어두운 우수'를 내세움으로써 독자를 낯설게 만든다. 여기서 발생하는 정서적 충격은 후반부 4행의 절묘한 표현을 통해 변주된다. 하나의 '꽃나무' 속에 아니, 그 '꽃나무'의 '어둠' 속에 '수만의 봄이 오래/집중 된다'는 진술은 자연과 삶의 반복성에 관한 주제를 담고 있다.

「비가」 연작 전체를 관통하고 있는 다소 과장된 어법의 <허무주의>를 상기한다면 이 행들에서 보이는, '수만의 봄'을 지나는 것은 결국 한 번의 봄을 경험하는 것과 하나도 다를 바가 없다는 진술은 '봄'이라는 절정의 시간이야말로 가장 죽음에 인접해 있다는 것을 의미한다. 그러나 이 시를 다른 측면에서 접근하여 읽으면 하나의 봄은 수만의 봄을 머금고 있는 것이기 때문에 살아낼 가치가 있고, 어떤 봄도 수만의 봄만큼이나 아름답고 그래서 통과할 의미가 있다고 해석할 될 수도 있다. 그렇다면 이 시의 후반부 4연은 삶의 허무감과 동시에 그런 삶을 이해하고 살아가야 하는 실존의 본질적 문제를 함께 말하고 있다고 하겠다.

4. 실존적 사랑의 한계

황동규 시인은 1980년대 들어 시집 『나는 바퀴를 보면 굴리고 싶어진다』, 『풍장』, 『몰운대행』, 그리고 시선집 『견딜수 없이 가벼운 존재들』 등에서 현실의 문제보다는 본질적인 세계에 대한 관심을 적극적으로 심화시킨다. "그는 이전 시기 그의 시의 특성인 현실의 문제성을 야유하기

보다 자신이 키워온 사랑이라는 테마를 바탕으로 삶의 본질에 대한 질문을 시작한다."24)

가을 들면서 잔 비가 뿌려도
무지개가 제대로 떠지지 않았습니다.
저녁 안개 가끔 낄 뿐
햇빛 속에서도
보이지 않게 걸을 수 있었습니다.
모르는 새 마음이 조금씩 식더군요.
지하철에서 석간을 읽고
읽던 기사 좌석에 놓은 채 일어서
마을버스를 타고 아파트로 돌아왔습니다.
꽃가게의 꽃들이 풀죽어 웃고 있고,
아무 일도 없었습니다.

((사람 살려!))

― 「비린 사랑 노래6」 전문

황동규의 '사랑 노래' 연작 시편들은 "시는 쓰러지고 시인만 남을지도 모른다"25)는 위기감 속에서 쓰여졌다. 황동규 시인은 한 때, 직장일과 '기계적 글쓰기' 등의 이유로 시적 위기를 맞게 된다. 이같은 시인의 상황은, 현존재는 일상생활에서 일어나는 잡다한 사태들에 대해 깊이 있게 경험하지 못하고, '호기심(Neugier)'을 충족하는 방식으로 '잡담(Gerede)'을 늘어놓거나, 자신의 호기심을 충족시키기 위해서 한 사물, 혹은 사건에 오래 머물지 않고 보다 자극적인 새로운 사물, 사건을 찾아 배회(Heimatlosigkeit)하였다는 하이데거식의 설명을 부여할 수 있을 것이다.

---

24) 권영민, 앞의 책, 같은 곳.
25) 황동규, 앞의 책, p.41.

이에 따라 시인은 한 사물, 혹은 하나의 사태에 대해 분명하고 일관된 해석을 할 수가 없게 되었고, 이로 인해 그가 어떤 상황 판단에 임하게 되었을 때 그의 판단은 매사에 확고한 기준이 없는 양면적인(ambivalent) 자세로 '애매 모호성(Zweideutigkeit)'을 띠게 된다. 그것은 마치 세인(des man)들의 비본질적인 삶이 그러하듯, 세계와 깊이 있는 관계를 맺지 못하고 어떠한 의미도 없이 떠도는, 그저 일상의 새로운 자극적인 대상을 찾아서 끊임없이 부유하는 공허하고 권태적인 삶에 지나지 않았다는 의미를 부여할 수 있는 것이다.

이러한 상황에서 그는 자신의 시세계를 다시 살피기 시작했는데, 이때 찾아 낸 것이 바로 '사랑 노래'이다. 그는 사랑이라는 정서의 원초적인 움직임 안에서 본래적 삶의 진리를 이해하고자 한 것이다.

> 가을 들면서 잔 비가 뿌려도
> 무지개가 제대로 떠지지 않았습니다.
> 저녁 안개 가끔 낄 뿐
> 햇빛 속에서도
> 보이지 않게 걸을 수 있었습니다.
> 모르는 새 마음이 조금씩 식더군요.
> 지하철에서 석간을 읽고
> 읽던 기사 좌석에 놓은 채 일어서
> 마을버스를 타고 아파트로 돌아왔습니다.
> 꽃가게의 꽃들이 풀죽어 웃고 있고,
> 아무 일도 없었습니다.
>
> ((사람 살려!))
>
> ―「비린 사랑 노래6」 전문

이 시기 황동규 사랑 시들은 그 공간이 일상으로 내려와 있는 경우가 많다. 추상화된 자연 공간 대신에 시인은 생활 세계의 한복판에서 극적인 사랑의 계기들을 발굴한다. 「비린 사랑 노래6」에서의 '무지개가 제대로 떠지지 않'는 공간은 낭만적인 사랑의 신화가 더 이상 존재하지 않는 무미건조한 일상의 자리이다. 그 자리에서 '모르는 새 마음이 조금씩 식'어 가는 것은 당연할지도 모른다. '지하철에서 석간을 읽고/읽던 기사 좌석에 놓은 채 일어서/마을버스를 타고 아파트로 돌아'오는 생활에서 사랑의 열망 따위는 찾아볼 수 없다. '꽃가게의 꽃들이 풀죽어 웃고 있고/아무 일도 없었습니다'라고 표현되는 그 생활들은 사랑의 괴로움과 열광도 퇴색되고 무화된 공간, 어떤 영혼의 통증도 감지하지 못하는 그런 풍경이다. 이 무기력하고 비본질적인, 다시 말해 '수평적 관계'로 구조화 된 일상의 자리에서 이 시의 화자는 '사람 살려!'라는 외마디 비명을 돌발적으로 토해낸다. 그럼으로써 아직도 시적 자아의 내부에서 살아있을지 모르는 사랑의 존재를 역설적으로 증거한다. 이 무렵 황동규의 사랑노래가 '비린' 냄새가 물씬 풍기는 '비린 사랑 노래'일 수밖에 없는 이유가 바로 여기에 있었던 것으로 생각된다.

> 그대를 노래에 등장시키지 않으려고
> 여러 세상을 돌아다녔습니다.
> 동해에도 가고 남해에도 갔습니다.
> 해남군 토말에도 갔습니다.
> 한번은 트럭을 피하려다 차를 탄 채 바로
> 논 속으로 들어갔습니다.
> 안경이 벗겨져 차 속에 뒹굴었고
> 벨트 멘 어깨가 얼얼했을 뿐
> 정말 아무 일도 없었습니다.

엔진을 막 죽인 상처난 차를
다른 사람들과 함께 서서 구경했습니다.
—「더 비린 사랑 노래3」 전문

이젠 『춘향전』도 시들고
『로미오와 줄리엣』도 사그라들었습니다.
이몽룡이 강남에서 차를 몰고 있고
성춘향이 종로에서 늙어갑니다.
로미오는 로마 교외에서 펜싱 도장 관장이 되고
줄리엣은 로마 중심 스페인 계단 근처에서
부틱을 열고 있습니다.
조금 비쌌지만 타이 하나를 골랐습니다.
그들 모두 아무도 이제는
소설이나 극 속에 들어가려 하지 않습니다.
고통스런 애인 역보다는
역시 그냥 사는 게 좋겠지요.

정말 좋을까요?
종이백에 타이를 넣고 나오다 갑자기 되돌아서며,
현기증을 느꼈습니다.
—「더욱더 비린 사랑 노래4」 전문

「비린 사랑 노래」는 '찬란한 연애담'이 바래지고 속화되는 그런 시대 의식의 산물이다. 이런 시대의 사랑 노래는 일상적 시간으로부터, 즉 실존 상황으로부터의 근원적인 탈주의 꿈과 관련될 수밖에 없다. 극적인 사랑의 실천이 더 이상 가능해보이지 않는 시대에 시인은 어떻게 다시 사랑 노래를 부를 수 있을까? 그것은 1980년대 중반부 이후의 황동규 시인의 사랑 노래의 밑자리에 자리잡고 있는 질문이다. 시의 화자는 대개 두 가지 방식으로 사랑의 순간을 되돌리고 있다. 우선 하나는 그의 수많은

'여행시'들에서 드러나는 바대로 '여행'이라는 이탈의 방식을 통해 일상적 공간에서 찾기 힘든 영원성과 절대의 순간을 만나려 한다.26) 「더 비린 사랑 노래3」에서 '그대를 노래에 등장시키지 않으려고/여러 세상을 돌아다녔습니다'라는 의미심장한 진술은 '사랑 노래'와 '여행시' 사이의 관계를 암시해 준다. 그의 사랑 노래와 여행시는 모순 관계에 있기 보다는 일정한 상동성을 갖고 있다. 사랑의 순간이 현실로부터 문득 벗어나 극적인 계기를 발견하는 순간이라면, 그것은 여행의 시간과 깊은 연관성을 맺고 있으며, 사랑 노래의 의미론적 궤적은 그의 여행시의 전개와 상동성을 갖고 있다.27)

두 번째는 일상의 시간 속에서 지극히 사소한 우연적 사건 혹은 행위를 통해 현상적 자아의 순간적 이탈을 경험하는 것이다. 「더욱더 비린 사랑 노래4」에서 '비싼 넥타이'를 사는 행위 혹은 '종이백에 타이를 넣고 나오다 갑자기 되돌아서며,/현기증을 느끼'는 순간이 그런 경우에 해당한다. 이 '현기증'의 순간은 일상의 시간 바깥으로 한 발 비껴나서 문득 시적 자아의 근원적인 정체성을 깨닫게 되는 그런 순간이다. 그런데 이 '여행'과 '현기증'의 순간에는 모두 죽음의 계기가 숨어 있다. 「더 비린 사랑 노래3」에서 화자는 사고를 당하고, 자신의 '상처난 차를/다른 사람들과 함께 서서 구경'한다. 사랑의 순간이란, 죽음에 관한 정화된 의식의 순간처럼 '비본질적'이고 세속적이며 현상적인 자아로부터 본질적이고 근원적인 자아를 대면하는 낯선 시간이다.28)

---

26) 이광호, 앞의 글, 참조.
27) 황동규에게 있어 여행은 시의 중요한 모티브로 작용한다. 하지만, 더욱 문제인 것은 그것이 일상의 규범을 벗어나 지각의 갱신을 이룩하려는 어떤 '정신적 가출'이라는 점이다. 그리고 그 여행은 초기의 입사적(入社的) 형식과 현실탐구의 형식으로부터 후기의 생체험 속에서 얻어지는 열린 사유를 향한 소요(逍遙)의 형식으로 전환된다(이광호, 「기행의 문법과 시적 진화」, 『위반의 시학』, 문학과지성사, 1993).
28) 이런 배경에서 황동규의 중요한 시적 성취인 『풍장』 연작시가 쓰여졌다는 것은 두

시집『외계인』이후에 황동규 시인은 지칠 줄 모르는 왕성한 시적 활동성을 유지하면서 시의 내부에서 극적인 계기를 부여하는 특유의 작업을 이어가고 있다. 다음과 같은 시는 여행시와, 일상의 시편들과 죽음에 관한 사유가 사랑 노래 속에서 삼투되어 있는 흥미로운 장면을 보여준다.

복사꽃 조팝꽃 산벚꽃 싸리꽃
꽃 물결 때문에
길들이 온통 뒤엉켰구나.
그 길에 엉켜 앞뒤 못 보고
아파트 거실의 찌든 살 한 덩이
떠돌지 않고 돌아왔다면
어대를 어찌?

가슴에 주렁주렁 꽃채 매단 큰 재 하나 넘으면
작은 재들 머리에 꽃동이 이고 떠돈다.
처음 보는 재도 낯익은 재 같아
벼랑 가까이 끌려가다 아슬아슬 놓여난다.
발 바로 앞에서 산까치 한 마리 현란히 난다.
벼랑이란 바로 날기 시작하는 곳.
그 날음에 눈 퍼뜩 떠져
벼랑 반보(반보) 앞
살떨림 한번 격하게 격하게 그대 몸 훑지 않았다면
그대를 어찌?

— 「그대를 어찌?」 전문

말할 필요가 없다. 「풍장」 연작에서도 여전히 빛을 발하는 극적인 구성은 시를 생(生)의 드라마로 만들고 있다는 점에서, 그의 사랑 노래의 근본 구성 원리와 연관된다. 삶 속에서 어떤 상징적인 죽음의 계기를 발견하고 그것을 통해 존재의 전환을 이루는 것은 사랑노래 가운데 펼쳐지는 드라마와 다르지 않은 것이다.

첫 번째 연에서는 '아파트 거실의 찌든 살 한덩이'로 묘사되는 일상적 영역과 '꽃 물결 때문에/길들이 온통 뒤엉'킨 여행의 공간이 마주하고 있다. 두 번째 연에서 시적 화자는 '벼랑'의 순간을 만난다. '벼랑'은 여행의 매혹이 이끄는 어떤 극한적인 지점이다. 그 매혹은 너무나 강렬하여 죽음의 위험마저 도사리고 있다. '벼랑 가까이 끌려가다 아슬아슬 놓여'나는 지점이 바로 그 여행의 한 정점이다. 그런데 여기서 화자는 그 '벼랑'에 '바로 날기 시작하는 곳'이라는 시적 이미지를 부여함으로써 극적인 의미의 반전을 성취한다. 물론 그 전환을 가져오게 하는 것은 벼랑 앞에서 날아오른 '산까치 한 마리'이다. 그래서 '벼랑'은 추락의 위험을 숨긴 자리가 아니라 비상의 기점이 된다. 이 순간 화자는 '눈 퍼뜩 떠져', '살떨림 한번 격하게' 경험하게 된다. 이 시에서 특히 흥미로운 것은 '그대를 어찌?'라는 '교묘한' 표현이다. '그대를 어찌?'라는 시구 안에는 너무나 많은 진술들이 숨겨져 있기 때문에 그 문장은 읽는 이들의 상상력이 적극적으로 개입되어야만 완성될 수 있다. 한편, 이 시는 '그대를 어찌?'라는 표현 때문에 '일상과 여행'과 '추락과 비상'에 관한 시이면서도 동시에 어떤 연애시적 분위기로 감싸이게 된다. 바로 이것이 이 시의 진술에 생기 있는 대화성을 부여하는 시적 장치이다.[29]

> 내 그대에게 해주려는 것은
> 꽃꽂이도
> 벽에 그림 달기도 아니고
> 사랑 얘기 같은 건
> 더더욱 아니고
> 그대 모르는 새에 해치우는
> 그냥 설거지일 뿐,

---

29) 이광호, 앞의 글, 참조.

얼굴 붉은 사과 두 알 식탁에 앉혀두고
간장병과 기름병을 치우고
수돗물을 시원스레 틀어놓고
마음보다 더 시원하게, 접시와 컵, 수저와 잔들을
물비누로 하나씩 정갈히 씻는 것,
겨울 비 잠시 그친 틈을 타
바다 쪽을 향해 창 조금 열어놓고, 우리 모르는 새
언덕 새파래지고
우리 모르는 새
노래 유채꽃이 땅의 가슴 언저리 간지리기 시작했음을 알아내는 것
겁 없이.

―「버클리풍의 사랑노래」 전문

지극히 단조롭고 일상적인 공간에서 가슴 벅찬 사랑의 그 '존재론적 생기 사건'은 이제 한계점에 도달한 것으로 여겨질 수도 있을 것이다. 그러나 황동규의 시에서 사랑은 언제나 사소한 일상 속에서, 그 사소함의 힘으로 존재 그 자체를 갱신하고자 한다. '그대 모르는 새에 해치우는' '설거지'와 '우리 모르는 새' 일어나는 자연의 저 소박하고도, 그러나 그 장엄한 변화에 기대어 '사랑'의 이름으로 '본래적' 삶의 자세를 배우는 것, 그런 '범상한 존재자'들의 생체험 속에서 벌어지는 극적인 사랑의 시간들을 시인은 여전히 주시하고 있는 것이다.

시적 사유와 존재 사유

1. 삶과 죽음의 인식론적 전환

미당 서정주가 <현대문학>지를 통해 황동규를 추천한 결정적인 이유는, "서구적 지성을 흉내 낼 줄 밖에 모르는 당시 우리 시단에서" 그의 시가 서구적 지성에 대한 깊은 이해를 가졌다는 판단[1]에서 비롯된다. 전후 한국 현대 시사에서 '지적 사유의 시' 또는 '형이상학파 시인'[2]을 언급할 때 황동규 시인이 자주 거론되어 왔다는 사실은 이 점과도 무관하지 않다. 초기 황동규의 시는 분명 한국 서정시의 전통에서 벗어나, 서구적 지성에 시적 기반을 두고 있었다. 그러나 사반세기의 세월이 흐르고 『풍장』을 전후해서 발표된 그의 시들은 오히려 동양철학에 대한 깊은 관심을 보인다.

1980년대 이후 동양철학, 특히 선禪적 사유 체계에 대한 깊은 관심을 보이는 것과 동시에 시작된 황동규의 『풍장』은 죽음의 세계, 혹은 삶과

---

1) 서정주, <현대문학>, 1958, 2.
2) 조남현, 「근대화와 70년대 시」, 『한국 현대시 연구』, 민음사, 1989. p.645.

죽음의 본질적 관계에 대한 탁월한 시적 탐구의 결과이다. 연작시『풍장』
은 죽음의 주제를 일관되게 살펴보면서도, 황동규 시세계의 존재론적 의
미망을 연속적으로 확보하고 있다는 점에서 집중적인 고찰을 필요로 한
다. 황동규의『풍장』은 '죽음이라는 어둡고 비극적인 소재를 아주 직접적
으로 다루고 있음에도 불구하고 오히려 밝고 긍정적인 세계관을 훨씬 경
쾌한 어법을 빌려 표출'3)하고 있다. 황동규는『풍장』연작 시편에서 죽음
을 삶의 시간에서 분리된 이원화된 공간으로 간주하지 않는다. 시인에게
죽음의 의미는 시간의 단절이 아니라 지속이며 삶의 분절이 아니라 궁극
적으로 삶의 완성이고 이해이다.『풍장』에서 시인은 하이데거 식의 '죽음
에로 선주(先走)'함으로써 오히려 더욱 풍요롭고 절실한 삶을 마주한다.
연작시『풍장』은 이전 제2기 시세계와의 뚜렷한 주제의식의 변모양상을
보여주는 동시에 존재론적 의미 차원의 지속성을 확보하고 있는 것이다.

　황동규의『풍장』에는 인식론적 전환을 통해 삶과 죽음의 관계를 유연
하게 바라보는 시인의 모습이 분명하게 드러난다. 그러나 무려 14년에 걸
쳐 쓴『풍장』연작이 삶과 죽음의 관계에 대해 단일하고 집중적인 시인 의
식의 결과로 산출된 것이라 보기에는 많은 무리가 따른다. 황동규는『풍
장』의 서문에서 "'가까운 이들의 죽음이' 모두 어느 샌가 죽음 편에서 보
기 때문에 더욱 절실해진 삶의 황홀 쪽으로 방향을 틀고 있던『풍장』의
흐름을 다시 죽음 쪽으로 되돌려놓곤 했다"4)라고 말하고 있다. 이는『풍
장』연작 시편들에 어떤 의식의 흐름이 있음을 암시하는 것으로 여겨진다.

---

3) 남진우, 「한 삶의 끝 한 우주의 시작」,『풍장』해설, 문학과지성사, 1995.
4) 이 점은 또한 다음의 대목에서도 증명된다. "초월은 결국 초월을 하지 않는 곳에 있
　다는 것을 깨닫기 위해 14년이 걸렸다."(p.3) 황동규는 이 연작 시집을 간행하면서
　기존 시집에 실려 있던, 「풍장」 1부에서 3부에 해당하는 시편들을 부분적으로 고치
　고 있다. 그러나 이는 흐름을 배려하거나 의미의 길을 보다 자연스럽게 만들기 위한
　것으로 볼 수 있는 까닭에, 改作이라고 보기에는 무리가 있다(황동규, 「풍장을 위하
　여」,『풍장』, 문학과 지성사, 1995, p.5).

황동규 시인은 『풍장』을 전 4부로 구성했다. 이 중 1부에서 3부까지의 시들은 각각 『악어를 조심하라고?』, 『몰운대행』, 『미시령 큰바람』에 실렸으며, 4부의 시들은 1995년에 시집 『풍장』이 간행될 때 새롭게 추가된 것들이다.

본고는 이 장에서 『풍장』의 주제가 삶과 죽음의 화해의식을 보여준다는 기존 논의의 타당성을 인정하면서도, 『풍장』의 전체 작품의 하나하나가 죽음과 삶의 화해를 보여준다는 견해에 대해서는 입장을 달리하고자 한다. 오히려 본고의 생각으로는 『풍장』에 실려 있는 대부분의 시편들은 삶과 죽음의 인식론적 전환의 과정에 놓여 있다고 본다. 삶과 죽음의 진정한 화해, 죽음에 대한 인식론적 전환은 『풍장』의 마지막 부분에 가서야 비로소 성취되는 것으로 간주하는 것이다. 이러한 측면에서, 「풍장1」은 서시에, 「풍장70」은 종시에 해당한다고 할 수 있다.5) 1부에서 4부를 이루는 시편은 각각 16, 18, 18, 18편인데, 이 같은 체계의 안정성 역시 『풍장』 연작에 어떤 구성적 틀이 있음을 증거하는 것으로 볼 수 있다.

이에 따라 본고는 이 장에서 황동규 시인이 『풍장』에서 삶과 죽음의 인식론적 전환을 이루는 과정을 살펴보고자 한다. 『풍장』의 1부에서부터 4부에 이르기까지는 시인 의식의 각각의 단계에 대응하는 것으로 간주하여, 시간에 따른 변화를 화자의 모습과 관련지어 검토할 것이다. 따라서 여기서의 논의 순서는 『풍장』의 기본 구성을 따라 전개하기로 한다. 먼저, 「풍장」의 1부를 다루는 부분에서는 가상적 공간을 상정함으로써, 죽음의 세계에 친화되고자 하는 시적 화자의 모습을 살펴보고자 한다. 이 과정에서 황동규 시인에게 삶과 죽음은 여전히 이항대립의 공간으로

---

5) 『풍장』을 다룬 많은 논자들이 「풍장1」을 서두에, 「풍장70」을 결론에 제시하고 있다. 이는 『풍장』의 구조적 안정성을 암시하는 것이다. 남진우, 앞의 글. : 황치복, 앞의 글. : 홍정선, 「풍장, 죽음에 대한 경이로운 인식」, <현대문학>, 1995, 11, 참조.

남아 있음을 증명해 보일 것이다. 『풍장』 2부에는 삶과 죽음이 분리된 관계라 아니라는 시인 인식이 보다 적극적으로 표출되고 있다. 이 시들에서 화자는 죽음의 세계에서 개체가 '소멸'하는 것이 아니라 전체에 통합된다는 것을 깨닫는다. 그럼에도 불구하고 이 때 보여주는 삶과 죽음의 화해는 여전히 추상적인 것인데, 이 시기 「풍장」 연작 시편들에서 섬세한 감각의 수용보다도 시적 화자의 성급한 감탄, 영탄 어사가 먼저 터져 나오는 것도 바로 여기서 기인한다. 『풍장』 3부의 논의에서는 삶이 해체되면서 참다운 죽음에 이르는 과정을 드러내 보일 것이다. 이러한 논의 과정에서 자신의 분열된 몸을 내려다보는 화자의 모습이 자주 제시되는 것 역시 바로 여기서 기인한다. 이 시편들에서 화자는 자아의 정체성을 전체에 흩어놓기 위한 시적 전략으로 제시된 화자인 것이다. 『풍장』 4부에는 '죽음에로의 선주'를 통해 죽음을 내적 계기로 수용한 화자가 등장한다. 여기서 삶과 죽음의 인식론적 전환 과정을 체험한 화자는 죽음의 세계에서 다시 삶의 세계로 돌아온다. 『풍장』 4부의 화자는 일상의 삶에서 죽음의 기운이 미만해 있음을 인식하고, 이를 통해 삶의 아름다움과 소중함을 긍정하는 화자인 것이다.

2. '죽음'과의 경계 지우기

풍장은 '대기에 시신을 노출'시킴으로써 자연스럽게, 천천히 육신을 대기 중에 흩어놓는 장례 의식의 한 방법이다. 대기 중에 흩어짐으로써 망자는 세계에 자신의 육신을 나누어 준다. 존재는 순간적으로 사라지지만,

사라짐으로써 더 큰 존재에 안기는 것이다. 시신의 점진적인 탈골을 통해 풍장은 삶의 흔적을 오래 간직하고, 죽음의 일상성을 부각시킨다.[6) 반면, 시신을 불로 태우는 화장은 육체를 단번에 지워버리고, 땅에 묻는 매장은 육체를 망자의 세계에 가두어버리며, 물에 떠나보내는 수장은 육체의 모습을 급격히 훼손시킨다. 이것들은 시신에 인위적인 조작을 가한다는 점에서 죽음의 폭력성을 부각시킨다. 이런 의미에서 '풍장'의 시적 차용은 죽음을 삶의 계기로 수용하기 위한 황동규 시인 고도의 시적 전략이며, 장치였던 셈이다.

> 내 세상 뜨면 풍장시켜다오.
> 섭섭하지 않게
> 옷은 입은 채로 전자시계는 가는 채로
> 손목에 달아 놓고
> 아주 춥지는 않게
> 가죽 가방에 넣어 전세 택시에 싣고
> 군산에 가서
> 검색이 심하면
> 곰소쯤에 가서 통통배에 옮겨 실어다오.
>
> 가방 속에서 다리 오그리고
> 그러나 편안히 누워 있다가
> 선유도 지나 통통소리 지나
> 배가 육지에 허리 대는 기척에
> 잠시 정신을 잃고
> 가방 벗기우고 옷 벗기우고

---

6) 황동규는 풍장에 관해 다음과 같은 설명을 덧붙인다. "풍장은 황해나 남해의 섬에서 아들이 보름이고 스무날이고 고기잡이 나갔을 때 부모가 세상을 뜨면 매장하지 않고 그가 돌아와 얼굴이라고 볼 수 있게 하기 위한 장치라고 할 수 있다."(황동규, 「풍장」, 앞의 책. p.224).

무인도의 늦가을 차가운 햇빛 속에
구두와 양말도 벗기우고
손목시계 부서질 때
남몰래 시간을 떨어뜨리고
바람속에 익은 붉은 열매에서 툭툭 튀기는 씨들을
무연히 안 보이듯 바라보며
살을 말리게 해다오.
어금니에 박혀 녹스는 백금 조각도
바람 속에 빛나게 해다오.

바람을 이불처럼 덮고
화장(火葬)도 해탈(解脫)도 없이
이불 여미듯 바람을 여미고
마지막으로 몸의 피가 다 마를 때까지
바람과 놀게 해다오.

-「풍장1」 전문

실존에게 있어서의 죽음은 일종의 '봉인된 영역'이다. 동시에 모든 인간에게 죽음이란 불가피한 것이며 불가해한 것이다. 따라서 죽음 없는 삶이란 결코 존재하지도, 의미화 되지도 않는다. 왜냐하면 모든 인간들은 예정된 죽음을 살고 있으며, 모든 존재가 마지막으로 체험하는 것, 아니 마지막으로 체험되는 것이 죽음인 까닭이다. 생명체들의 삶 속에는 이미 죽음이 내재화되어 있는 것이다. 이런 측면에서 죽음의 전제조건은 곧 생명이라고 할 수 있다. 그러나 살아 있는 존재는 결코 '사실로서의 죽음'을 경험하거나 이해할 수 없다. 존재가 이해할 수 있는 것은 고작해야 삶에 내재화되어 있으면서 삶을 따라다니는 '확신'으로서의 죽음이다. 그럼에도 불구하고 죽음은 받아들여져야 하는 것이다. 따라서 죽음의 의미화는 죽은 뒤에 일어나는 것이 아니라, 항상 살아 있을 때, 그것이 '바로 지금-

여기'의 삶에 어떤 영향을 미치는가에 의해서 나타나게 되는 것이다.

황동규는 『풍장』 연작시에서 죽음을 삶의 연장선상에서 이해[7]하고자 한다. 이에 따라 「풍장1」에서 시적 화자는 세상을 뜬 이후에도 "옷은 입은 채로 전자시계는 가는 채로/손목에 달아 놓기"를 희망한다. 시인은 죽음을 '화장'과 '해탈'에서 벗어난, 바람[8]과 거침없이 노는 경지 또는 절대 자유의 경지로 표출하는 것이다. 과연 이 시에서 화자는 삶과 죽음의 경계를 무화시키고, '물리적 죽음'이라는 중력의 법칙에서 벗어나기를 시도하고 있다. 마지막 연의 "바람을 이불처럼 덮고/화장도 해탈도 없이/이불 여미듯 바람을 여미고/마지막으로 몸의 피가 다 마를 때까지/바람과 놀게 해다오"의 구절은 이러한 시인의 의식을 압축적으로 표현한다. 하지만 일반적으로 삶과 죽음의 화해는 쉽게 이루어질 수 있는 성질의 것이 아니다. 이 화해가 초월이나 달관을 넘어서기 위해서는 죽음과의 친화를 이룰 수 있는 계기적 토대가 삶의 시간 안에서 '가장 범상한 존재'로서의 현존재인 인간에 의해서 마련되어야 한다. 죽음에 대한 두려움과 공포, 온갖 부정적 양태가 극복되지 않은 채 죽음을 이해한다는 것은 거짓 이해이자 이른바 '존재자'에 대한 이해이며, 궁극적으로는 존재 본질의 은폐에 불과한 것이다. 실상 「풍장」 연작에는 죽음에 대한 어쩔 수 없는 공포, 비본래적 삶의 양상, '살아있는 자의 황홀함' 등 삶과 죽음의 관계에 대한 온전한

---

7) 이 점은 시인의 육성을 통해서도 직접적으로 확인할 수 있다. "「풍장」 연작시만 하더라도 죽음의 문제만을 다루는 시가 아니에요. 궁극적으로는 삶에 대한 내 나름의 시적 성찰이지요. 삶의 의미를 다양한 각도에서 조명하기 위해 죽음의 문제를 함께 제시하고 있는 것입니다. 「풍장」 연작 시편들에서 오히려 죽음은 삶의 본질에 다가가기 위한 시적 통로라고 해도 무리가 없을 것입니다."(박주택·이성천, 「시간 속에 비친 시인의 시간—황동규 대담」, <시를 사랑하는 사람들>, 2004.11/12호).
8) 정과리는 황동규 시의 바람을 그의 시적 "근원이며 과정이며 지향이고, 죽음이며 각성이고, 고통이며 의지이고 회원이며, 인식이고 실존이며, 또한 화자 자신이고 타인들"로 규정한다(정과리, 앞의 글, p.132).

이해에 도달하기 위해서 지양되어야 할 몇몇 부정적 모순들이 함축되어
있다. 가령 다음의 인용시들은 이 점을 비교적 투명하게 보여준다.

> 그대와 나 숨을 곳은
> 숨죽이고 헤매다 광도(光度) 낮은 저녁 도착한
> 명왕성(冥王星) 밖 폭포 소리 그치고
> 싸락눈 조심히 뿌리는 곳.
> 옷 벗은 버드나무들이
> 무릎까지 머리칼 늘어뜨리고
> 신비하고 쓸쓸하게 눈을 맞는 곳.
>
> 누군가 전보를 치고
> DDD 전화를 걸어오고
> 밤 하늘 별자리 통해 메시지를 보내오지만.
> "모두 용서한다 돌아오라 돌아오라."
>
> 용서라니!
> 채찍 그림자만 보고도
> 문득 속력을 내는
> 저 그림자 나라의 빠른 말들 가운데
> 가장 이쁜 말 '용서'를 타고
> 돌아갈 수는 없겠지.
> 말을 내리며 둘다 다같은 방향으로
> 고개를 떨굴 수는 없겠지.
>
> 차라리 태양을 향해 분별없이 달려가
> 겁나는 꼬리를 하나씩 달고
> 이른 저녁 하늘에 나타나
> 생채기처럼, 낙인처럼, 아물다 말다 사라질 것인가?

겁없이 하늘에 뛰어든 우리
아 하늘 귀신 못 면하리라.

-「풍장 6」 부분

명왕성은 "태양계 가장 바깥에 있는 별이면서, 명부(冥府)가 있는 별"
이다. 이 시에서 그곳은 모든 소리가 '그친' 장소이며, '신비하고 쓸쓸한'
죽음의 지대이다. 인용시에서 누군가가 죽음의 '저 그림자 나라'로 떠난
'그대와 나'에게 신호를 보내고 있다. 그들은 지금 죽음의 세계를 향해
"모두 용서한다 돌아오라 돌아오라."라며 "전보를 치고", "DDD 전화를
걸어오고", "밤하늘 별자리 통해 메시지를" 보내온다. 「풍장6」에서 산자
와 죽은 자의 경계선은 '전보'와 '전화' 같은 시어들이 지시하는 거리만큼
이나 명확하다. 하여 살아 있는 존재들은 죽음의 세계에 진입한, "겁없이
하늘에 뛰어든 우리"를 끊임없이 귀환시키려 하고 있다. 그러나 '우리'는
"저 그림자 나라의 빠른 말들 가운데"에서도 "가장 이쁜 말 '용서'를 타
고"서도 "돌아갈 수"가 없다. 왜냐하면 이 시에서 삶과 죽음은 단절된, 즉
이원화된 공간으로 이미 설정되어 있는 까닭이다. 인용시의 '하늘 귀신',
'사라짐', '돌아감' 등의 시어가 환기하는 의미는 삶과 죽음이 무의식적으
로 분리된 세계임을 우회적으로 암시해주는 것이다. 이러한 사정은 다른
몇몇 시편들에서도 발견할 수 있는데, 가령 「풍장8」에서 "죽은 자들이
모여 산다는 곳으로/안경 없이 찾아가다 문득 길을 잃"는 대목이라든지,
「풍장11」의 화자가 "살아 있는 것"이 "겁 없이 황홀"한 일임을 고백하는
것 등은 여기에 해당한다. 이렇게 볼 때 결과적으로『풍장』의 1부는 삶과
죽음의 본질적 이해에 대한 무한한 가능성을 열어놓으면서도 한편으로
일부 시편들은 죽음에 대한 불안과 두려움을 여전히 극복하지 못하고 있
는 것으로 여겨진다. 1부의 시편들에서 대부분의 화자는 삶과 죽음의 관
계에 대한 유연한 상상력을 발휘하고 있지만, 다른 측면의 화자는 여전히

삶의 편에서 본 죽음의 쓸쓸함과 안타까움, 동시에 삶의 황홀함을 노래하는 것이다.

3. 삶과 죽음의 인식론적 전환 과정

죽음은 한시적인 삶을 완성하여 영속적인 것으로 만드는 것이며, 개체를 전체에 통합하여 보편성을 갖게 하는 것이다. 자아는 죽으면서 더 큰 자아에 포함된다. 풍장을 통해 자연 속에 흩어진 망자의 몸은 이제 자연의 몸을 이룬다. 『풍장』 2부를 이루는 시들에서 시인은 삶과 죽음이 둘이 아니라는 견해를 적극적으로 피력한다.

> 늦가을 저녁
> 발목이 깊은 낙엽에 빠지고
> 시냇물 소리도 낙엽에 빠지고
> 바람소리까지 낙엽에 빠지는
> 늦가을 저녁.
>
> 걸음 멈추면
> 소리내던 모든 것의 소리 적멸,
> 움직이던 모든 것의 기척 소멸,
> 문득 얼굴 들면
> 하얗게 타는 희양산 봉우리,
> 소리없이 환한.
>
> 주위엔 저 옥보라색

빛들이 몸 가벼운 쪽으로 쏠리다 맑아져
분광(分光) 그만두고 스펙트럼 벗어나 우주 속에 사라졌다가
지구의 하늘이 그리워 돌아온
저 색!

─「풍장 25」부분

내 세상 뜰 때
우선 두 손과 두 발, 그리고 입을 가지고 가리.
어둑해진 눈도 소중히 거풀 덮어 지니고 가리.
허나 가을의 어깨를 부축하고
때늦게 오는 저 밤비 소리에
기울이고 있는 귀는 두고 가리.
소리만 듣고도 비 맞는 가을 나무의 이름을 알아 맞히는
귀 그냥 두고 가리

─「풍장 27」부분

　위의 인용시는 이 점을 단적으로 보여준다. 이 시의 시간적 배경은 세상의 모든 사물이 소멸하는 늦가을 저녁이다. 작품에서 '늦가을 저녁'의 풍경을 주로 묘사한 2연과 3연에는 상실과 부재의 정서를 한껏 분출하는 '낙엽', '소멸', '적멸' 등의 시어들이 배치되어 있다. 한 가지 특이한 점은 상실과 부재, 소멸과 적멸의 흔적이 지나간 시의 전반부가 후반부에 이르면 어느새 "소리 없이 환한" 이미지로 거듭난다는 것이다. "모든 것의 소리 적멸"과 "모든 것의 기척 소멸"로 압축된 시적 분위기는 4연에서 시각적 이미지를 동반하며 "우주 속에 사라졌다가/지구의 하늘이 그리워 돌아온/저 색!"의 형국으로 되살아나는 것이다. 『풍장』 연작이 궁극적으로 삶과 죽음의 본원적 관계를 염두에 둔다고 할 때, 이러한 사실은 재생과 소멸, 삶과 죽음의 일원론적 사유의 연장선상에서 읽기에 무리가 없다. 즉 이 시의 화자에게 삶과 죽음은 이처럼 서로의 자리를 바꾸어가며 현재에도

지속적으로 순환되고 있는 것이다. 죽음을 삶의 일부로 인식하는 이러한 시적 화자의 모습은 인용한 「풍장27」에서 더욱 선명하게 나타난다. "내 세상 뜰 때/우선 두 손과 두발, 그리고 입을 가지고 가리 어둑해진 눈도 소중히 거풀 덮어 지니고 가리./허나 가을의 어깨를 부축하고/때늦게 오는 저 밤비 소리에 기울이고 있는 귀는 두고 가리."라는 시구가 보여주듯 이 시의 화자는 신체의 분열을 통하여 삶과 죽음을 연속선상에서 파악하고 있음을 암시하는 것이다.

> 아내가 내 몸에서 냄새가 난다고 한다.
> 드디어 썩기 시작
> 먼저 입이 썩고
> 다음엔 항문이 썩으리.
> 마음을 마알갛게 말리는
> 저 창밖의 차분한 초겨울 햇빛
> 입도 항문도 뭉개진
> 어느 봄날,
> 돈암동 골짜기 정현기네 집
> 입과 항문 사이를 온통 황홀케 하는 술
> 계속 익을까?
>
> ─「풍장 33」 부분

시의 화자에 따르면, 어느 날 "아내가 내 몸에서 냄새가 난다고" 야단이다. 화자는 "드디어 나도 썩기 시작!"하는구나 생각하고 탄식한다. 노화한 탓에 '노인' 특유의 냄새가 나기 시작한 모양이다. 그러나 이후의 시상 전개에서 화자의 탄식은 금방 긍정적인 어사로 바뀐다. 냄새는 육신의 무너짐이지만 한편으로는 육신의 성숙이기도 하다. 열매가 익으면 향기를 피우며 떨어지듯, 육신도 그럴 것이다. 이런 까닭에 인용시의 화자는 몸의 노화 현상을 술이 익어가는 것에 비유한다. 그에게 친구의 집에서 먹었던 술은 입에서 항문까지를 온통 녹여버릴 정도로 황홀하다. 그래서 그는 썩어 온 몸이 무너져 내리면, 그 술과 같은 '황홀함'이 있지 않겠는가 하고 생각한다. 이 시의 화자에게 죽음이란 황홀경에 빠지는 일처럼, 긍정적으로 인식되는 것이다.

> 문 밖을 나서니 시야의 초점 계속 녹이는 가을 햇빛.
> 간판들이 선명해라
> 지나치는 사람들도 선명해라
> 책을 들고 걷는 저 여자의 긴 손,
> 차도(車道)에 바싹 나와 아슬아슬
> 저 흙덩이의 어깨까지 선명해라.
> 그 어깨를 쓰다듬는 시간의 손가락도.
> 눈이 밝아졌구나,
>
> ─이 시체를 끌고 가라.
>
> ─「풍장 45」 부분

죽음의 의미를 삶 속에 통합하기 위해서는 먼저 죽음의 세계에 대해 상세하게 이해되어야 한다. 황동규는 『풍장』의 1부에서 그것을 바다라는 공간을 축으로 그려 보인 바 있으며, 2부에서는 신체의 분열 이미지를 통한 개체의 전체에로의 통합으로 드러낸 바 있다. 하지만 삶과 죽음의 이러한 화해는 화자의 주관적 상상력에 의해 재구성된 화해일뿐이어서 여전히 진정한 화해라고 말하기 어렵다. 죽음을 통합하는 진정한 길은 실존적 삶의 부정성을 지양하는데 있기 때문이다. 하여 이제 그는 삶의 '해체'를 통해 죽음을 그려 보인다. 『풍장』 3부를 이루는 시편들의 세계에서 여전히 화자는 의식의 주체이지만, 이때의 의식은 여러 층위로 분열된 자아들의 의식이다. 시적 자아는 작은 자아로 나누어짐으로써 죽음에 포섭되는 한편, 죽음으로써 더 큰 자아에 포섭된다. 엄밀히 말하자면 이 때 나누어지는 것은 화자의 의식이 아니라 화자의 '바라 봄'이다.

인용시의 화자는 "며칠 병(病)없이 앓았다." 그리고 앓고 나서 삶을 새롭게 보기 시작한다. 길을 나선 화자에게 사람들은 선명하다 못해 투명하게 보인다. 이윽고 화자는 한 여자와 마주쳤다. 아니 그 여자의 '흰 손'과 '흙덩이의 어깨'와 마주쳤다. 인간들의 육체를 의도적으로, '흙덩이'에 불과한 것으로 인식하는 이 대목의 진술은 「풍장」 시간 의식의 한 단면을 여과 없이 보여준다. 삶과 죽음의 본질적 관계에 대한 화자의 인식은 여자의 '어깨를 쓰다듬는 시간의 손가락'을 통해 이루어진다. 무너져 가는 몸을 통해 화자는 '시간'에 대한 새로운 인식과 다가올 죽음을 상상적으로 목도하는 것이다. 인간의 삶을 지배하는 한 요소인 죽음은 이 시에서 이처럼 구체화 된다. 이처럼 황동규는 3부의 시편들에서 몸을 구성하는 각각의 신체 기관들을 독립된 '주체'로 다루고 있다. 각각의 신체 기관이 제 나름의 목소리를 내는 순간, 화자는 몸의 분열을 상상적으로 체험하며 육체가 풍화되어가는 과정을 현실에서 선취先取한다. 이 과정을 통해 그의 시는 삶의 세계에서 죽음의 세계에 대한 이해로 이행하게 된다.

4. 죽음에로의 '선주(先走)'

한편, 『풍장』 4부에 이르면 시인이 죽음을 삶의 한 부분으로 수용하면서, 삶의 소중함과 아름다움을 새삼 확인하는 장면을 자주 목격할 수 있다. 예를 들면,

동작 그만, 하면 세상 슬몃 눈에 들어와 어두워질 때,/"세상에서 만
난 사람들 하나하나 확연했어./예쁜 덧니까지도!"

─「풍장 56」 부분

어디서나 발 멈추면/마르는 풀의 꺼지는 불이/인간의 마음을 덥힌다.

─「풍장 57」 부분

봉암사 찾아가다 쌍곡에서/차 몰고 막 천상에 오르려다 만 친구를
만나/천국보다는/희양산 저녁 하늘과 땅이 만나는 곳이 더 아름답다
고/발목까지 빠지는 낙엽 밟기가/천국의 카펫보다 더 환희롭다고/하
늘로 오르다 말고 떨어지다 마는//확실치 않은 인간 같은

─「풍장 61」 부분

언제부터인가 말없이 다가오는/인간의 뒷모습

─「풍장 64」 부분

등의 시편들이 그것이다. 4부를 이루는 시들의 화자들은 일상적인 삶
을 영위하는 화자이다. 그들은 죽음의 세계를 '바라보는' 화자도, 영탄의
어조에 들떠 있는 화자도, 분열된 자신을 쳐다보는 화자도 아니다. 이런
점에서 『풍장』 4부의 화자는 황동규 시인 자신에 가장 가깝다고 할 수 있
다. 시인은 4부에 이르러 비로소 일상적인 삶에 내재해 있는 죽음을 목도
하는 한편, 거기에서 삶의 황홀을 발견하고 있다. 이 시기 시인에게 소중
한 것은 죽음을 안고 있는 삶 그 자체인 것이다. 이렇게 보면 4부에 이르
러 황동규는 죽음을 온전히 이해함으로써 비로소 삶과 죽음의 인식론적
전환의 완성을 이룩한다고 할 수 있다. 결국 『풍장』의 전 과정은 삶과 죽
음의 인식론적 전환을 경험한 시인이 '죽음에로의 선주'를 통해, 죽음을
삶에 통합함으로써 삶의 소중함과 아름다움을 깨달아가는 과정이라 할
수 있다.

죽음을 전제하지 않는 삶, 혹은 죽음을 끝없이 유예하는 삶은 어찌 면 무차별한 죽음의 시간에 끌려가는 삶이다. 그러나『풍장』의 4부에 도달하면 시인에게 죽음은 더 이상 삶의 밖에서 삶의 정체성을 위협하는 외면성의 세계가 아니다. 삶의 내적 계기로서 죽음을 이해하면서, 죽음은 삶의 일부 또는 삶의 연장선상에서 적극적으로 받아들여진다.『풍장』4부에서 보이는 이 같은 시인의 삶과 죽음에 대한 인식론적 전환 양상은『풍장』이 마무리될 무렵인 1990년대를 전후하여 발표된 다른 시편들에서도 자주 발견되는 중요한 특성이다. 특히 이 시들은 1980년대 초반부터 시인에게 절대적으로 영향을 끼쳐왔던 선禪적 사유체계, 혹은 선적 상상력에 크게 의지하는데, 이는 궁극적으로 이 시기 그의 시편들이 하이데거 철학의 존재 시론의 관점[9]에서 접근할 수도 있음을 의미한다. 하이데거는 전회 이후의 후기사상에서, 진리와 비진리를 유와 무의 이중주처럼 엮고 있다. 그래서 그의 철학적인 사유는 '유/무, 고통/기쁨, 삶/죽음, 우정/고독, 대립/화해, 숨음/나타남, 구원/위기' 등의 이중성을 한 단위로 인식하는 방향으로 전개되어 나간다. 그리하여 그는 로고스로서의 진리를 '모음'과 '갈라짐'의 이중주로서 해석하는데, 이런 로고스의 이중주는 선적 상상력과 노장적인 도道의 '불일이불이不一而不二'의 사유법[10]과 크게 다르지 않은 것이다.

> 죽음 앞에서 파괴되지 않는 것은 아름답다
> 전쟁 영화에서도
> 무너지지 않고 죽는 인간들은 아름답다.

---

9) 언어에 대한 존재론적인 관점을 중심으로 시 언어의 본질 문제에 대해 접근한 글로는 김유중의 논문을 참조할 것(김유중, 「존재시론의 기본 전제」, <한국문학평론>, 2009 하반기).
10) 한국 도가 철학회 편(2001),『노5자에서 데리다까지』, 예문서원, 18쪽 참조.

무너질 듯 무너질 듯 범람하지 않고 흐르는
견고한 그대 12음 기법,
그 속을 걸어서 걸어서 발광체(發光體)가 되는
저 긴 인간 꾸러미
　　　　－「쇤베르크의「바르샤바에서 온 생존자」를 들으며」전문

아 인간의 발이 바닥에 채 닿지 않는 외로움
그 외로움을 찾아 선인장도 없는 사막을 뚫고 달려 왔다.
해발 표고 마이너스 95미터를 하염없이 걸어도
빛나는 소금 골을 눈이 찡하도록 걸어도
죽음의 골은 계속 내 발을 받아주었다.
죽음은 두 발을 허공에 내어준 외로움도
산 자의 것으로 되돌려 준다.

죽음에도 능선이 있고
능선에 뜨는 달이 있다.
자브리스키 포인트에 오른다.
달빛 속에 색감 조금씩 바꾸는
노랑 둔덕, 검정 둔덕, 파랑 둔덕들이 황홀히 서있을 뿐
어디를 보아도 버려진 시간은 없다.
　　　　　　　－「죽음의 골을 찾아서」부분

　통상적으로 사람들은 죽음을 한 생명체가 세상에 태어나서 일정 기간
의 생애를 끝내고 사라져 없어지는 것으로 생각한다. 그들은 죽음을 현존
적 삶의 마감, 그 이상의 의미로 간주하지 않는다. 그러나 하이데거에 의
하면 죽음이란 '현존재'의 현재와 무관한 먼 미래의 사건이 아니다. 죽음
은 '본래적' 삶의 방향을 결정하는 절대적인 힘으로, 현존재의 삶 속에서
현실적으로 작용한다. 죽음은 일상인들의 세속적 시간을 깨뜨릴 수 있는
유일한 '사건'인 것이다. 그에 따르면 모든 현존재가 죽음에 대해 '불안'을

갖는 것은 사실이다. 그러나 현존재의 죽음에 대한 '불안'은 자신이 세상에서 사라질 것이라는 두려움 때문이 아니라 존재와의 관계 훼손, 즉 '자신의 존재 능력을 죽음이라는 최대의 한계상황 앞에서 상실하지 않을까 하는 데서 오는 정서'다. 그러한 실존적 정서로 말미암아 현존재는 죽음으로 끝나는 자신을 최대한으로 긍정하며, 그것을 그대로 순수하게 보전하려고 최선을 다하는 것이다. 그는 죽음으로 인해 자신의 삶이 마감된다는 것을 분명히 의식하지만, 죽음에 '선재'적으로 대처함으로써, 다시 말해 "죽음에로의 선주先走"함으로써 오히려 자신의 짧은 삶에 최대한의 의미를 부여하려고 노력할 수 있는 것이다.

이상에서의 논의를 정리하면, 연작시 「풍장」 및 죽음을 소재로 황동규의 시편들은 단순히 죽음의 문제만을 다루는 시가 아니라고 할 수 있다. 궁극적으로 그것은 삶에 대한 시인 나름의 시적 성찰이다. 즉 시인 자신의 말대로 삶의 의미를 다양한 각도에서 조명하기 위해 죽음의 문제를 함께 제시하고 있는 것이다. 따라서 이 시들에서 죽음은 오히려 삶의 본질에 다가가기 위한 시적 통로라고 해도 무리가 없다. 다시 말해 삶의 문제를 보다 적극적으로 부조하기 위해서 죽음을 경유했다고 할 수 있다. 물론 삶과 죽음에 대한 황동규의 시적 사유의 완성이 일순간에 이루어진 것은 아니다. 앞서의 논의에서 살펴보았듯이 14년에 걸쳐 쓴 『풍장』 70편은 그 세월의 시간을 따라 일정한 진전을 보이며 전 4부로 완성되었다. 황동규의 『풍장』은 세월의 흐름에 따라 삶의 경험과 연륜을 축적한 시인 의식이 동양사상과의 접목을 통해서 「풍장70」에 이르러 하나의 원환을 완성한 것이다.

모든 인간은 종국에는 삶의 한계, 즉 죽음에 도달한다. 유한 존재자인 인간에게 가장 확실한 사실은 삶의 끝에 죽음이 놓여져 있다는 것이다. 삶을 향한 인간의 행보는 죽음을 향한 그것과 언제나 동일하다. 때문에 삶의 종말을 의미하는 죽음은 언제나 인간에게는 공포의 대상으로 다가온다. 그러나 이상의 논의에서 확인했듯이 황동규 시인에게 죽음은 더 이상 삶의 단절과 공포의 대상으로 인식되지 않는다. 그의 시에서 죽음은 여전히, 삶의 또 다른 이름일 뿐이다. 그러기에 시인은 위의 인용 시에서처럼 "죽음 앞에서 파괴되지 않는 것은 아름답다", 또는 "죽음에도 능선이 있고/능선에 뜨는 달이 있다."라고 단정적으로 말할 수 있었던 것이다.

존재 탐구의 방법적 통로

1. '여행시'와 존재 인식의 확산

황동규는 여행의 시인이다. 그의 시세계에서 여행은 빼놓을 수 없는 중요한 시적 구성 요소이다. 초기시에서부터 최근의 작품에 이르기까지 여행의 흔적은 그의 시에 선명하게 각인되어 있다. 그의 시에 '돌아다님' 혹은 '떠돎',의 모티프는 산문까지 포함해서 그야말로 황동규 시인의 삶 '도처'에 깔려 있다. 한가지 유의할 점은 황동규 시인에게 있어 여행은 시의 중요한 모티프로 작용 하지만 이광호의 지적대로, 더욱 문제적인 것은 그것이 일상의 규범을 벗어나 지각의 갱신을 이룩하려는 어떤 '정신적 가출'이라는 점이다. 황동규에게 여행시는 풍물시로서의 단순한 여행시가 아니라 세계인식의 넓이를 확보하고 깊이를 획득하기 위한 방법적 장치이자 창작방법론에 해당한다. 물론 부분적으로 그러한 풍물시와 기행시적인 단순함과 평면성을 보여주는 경우가 없지는 않다. 그러나 전체적으로 보아 그것은 상상력의 운동성과 독창성을 확대하고 존재인식의 확산과 깊이를 획득하기 위한 창작방법론의 성격을 지닌다는 점에서 의미를 지니는 것으로 평가된다.

황동규 시인의 여행은 이 무렵의 특징만은 아니다. 그의 시에서 여행은 초기시세계에서부터 『우연에 기댈 때도 있었다』에 이르는 제4기 시세계에까지 지속적으로 보여진다.

> 걸어서 항구에 도착했다.
> 길게 부는 한지(寒地)의 바람
> 바다 앞의 집들을 흔들고
> 긴 눈 내릴 듯
> 낮게 낮게 비치는 불빛.
> 지전(紙錢)에 그려진 반듯한 그림을 주머니에 구겨넣고
> 반쯤 탄 담배를 그림자처럼 꺼버리고
> 조용한 마음으로
> 배있는 데로 내려간다.
> 정박중의 어두운 용골들이
> 모두 고개를 들고 항구의 안을 들여다보고 있었다.
> 어두운 하늘에는 수삼개(數三個)의 눈송이
> 하늘의 새들이 따르고 있었다.
>
>   ─ 「기항지1」 전문

인용시는 황동규 시인의 청년 시절 여행을 집약하고 있는 「기항지」이다. 이 시의 화자가 "걸어서" 도착한 곳은 항구이다. 이 시는 항구의 사실적인 풍경 서술과 행위 묘사를 하는 것으로 시작되어, 차츰 화자의 마음의 상태를 드러내고 있다. 이 시에서화자의 마음 상태는 불빛이 낮게 비치는 것을 보고 긴 눈 내릴 것이 몸으로 느껴질만큼 예민해져 있다. 그리고 그 예민함은 현재 화자가 외롭다는 것을 암시한다. 화자의 예민한 시선이 가 닿은 곳은 '항구의 안을 들여다보고 있는' 배의 모습이다. 이 시의 화자에게 항구가 '우리 감히 삶의 품이라 부르는 곳'으로 인식된다는 점을

감안하면, 이는 궁극적으로 이 시의 화자가 인간의 한계와 삶의 실존적 범주를 자각하고 있음을 암시한다고 할 것이다.

호머도 굴원도 떠돌이 시인,
신발 성한 날 어디 있었으랴?
그들이 귀찮은 신발 벗어놓은 곳,
삶의 맨발에 뛰는
환한 실핏줄
　　　　　　　　　　　　－「시인은 어렵게 살아야 2」 부분

민박집 입구에서
방금 친구 차에 밟힌 벌레가 신선하게 꿈틀댄다.
꿈틀대는 것이 별나게 환한 이 저녁
민박집 마당에는
저세상 꽃처럼 핀 선홍색 개복사나무.
섬돌 위엔
보이지 않는 신발 한 켤레.
산벚꽃성(城) 너머론
신발 신고 뜬 구름 한 조각.
　　　　　　　　　　　　－「시인은 어렵게 살아야 3」 부분

위의 인용시들에서 '삶의 맨발', '신발' 등의 시어는 상징적인 의미를 지닌다. 앞의 「기항지」에서 시인의 여행이 일상을 벗어나 삶의 이면을 탐색하는 과정에 주력하고 있다면, 이 시들에서 이것들은 우회적으로 시인의 여행이 단순히 물리적 공간 이동의 차원을 넘어선 '마음의 비상'을 보여주기 때문이다. 즉 세속적 욕망에서 벗어나 진정한 삶의 의미를 찾고자 하는 화자 의지를 이 시어들은 함축하고 있는 것이다.

1
아 바람!
땅가죽 어디에 붙잡을 주름 하나
나무 하나 덩굴하나 풀포기 하나
경전(經典)의 글귀 하나 없이
미시령에서 흔들렸다.

풍경 전체가 바람 속에
바람이 되어 흔들리고
설악산이 흔들리고
내 등뼈가 흔들리고
나는 나를 놓칠까봐
나를 품에 안고 마냥 허덕였다.

2
초연히 살려 할 적마다
바람에 휩쓸린다.
가차없이
아예 새상 밖으로 쫓겨나기도.
길동무가 되어주는 건 흠집투성이의 가로수와
늘 그런 술집 간판뿐.
(내 들르는 술집은 옮겨다니며 줄어든다
아예 간판을 뗀 곳도)
점점 바람이 약해진다.

3
이젠 바람도 꿈속에서만 분다.
아니다, 꿈 바깥에서만 불다 간다.
나 몰래 술집 간판을 넘어트리고
가로수를 부러트리고

꿈의 생가(生家)를 무너트리고
바람은 꿈 없이 잠든다.

4
바람을 생각할 때마다
나는 작은 새 하나를 꿈꾼다.
바람이 품에 넣다 잊어버린 새
날다가 어느 순간 사라질
고개 들고 하늘을 올려다보면 벌써 보이지 않는
그런 얼굴 하나를.

그 얼굴은 녹슬지 않으리라
과연?

—「미시령 큰바람」부분

『몰운대행』과 『미시령 큰바람』은 황동규 여행시의 정점을 이루는 시집이다. 그만큼 이 시집들에는 '몰운대', '미시령', '오어사(吾魚寺)'를 비롯해 "여러 세상을 돌아다닌"(「더 비린 사랑 노래3」) 시인의 시적 여정이 집약적으로 드러나 있다. 황동규의 여덟 번째 시집의 표제작이기도 한 인용시는 이 시기 그의 대표적인 '여행시'로 평가되는 「미시령 큰바람」이다. 이 시는 시인이 한 여행길에서 맞이한 엄청난 바람의 경험을 "아 바람!/땅거죽 어디에/붙잡을 주름 하나, 나무 하나, 넝쿨 하나, 풀포기 하나,/경전(經典)의 귀 하나 없이,/미시령에서 흩들렸다."고 강렬하게 표현한다. '미시령의 큰바람'은 시인을 거세게 흔든다. 그리고 세차게 불어오는 거침없는 바람 속에서 시인은 바람 그 자체에 대해 경탄한다. 거처를 떠나 자유롭게 낯선 곳을 기웃거리는 황동규의 여행의 의미가 그렇듯이 미시령에서 만난 엄청난 '큰바람'은 일상 속에 갇혀 있던 시인에게 삶에 대한 깊은 충격을 가져 오는 것이다. 그렇다면 바람의 '무엇'이 시인에게 깊은 인상을 준 것일까. "초연히 살려 할 때마다/바람에 휩쓸린다./가차없이,/아예 세상 밖으로 쫓겨나기도" 한다는 시구절은 이 물음에 대한 대답으로 간주된다. '바람' 속에서 시인은 스스로가 얼마나 보잘 것 없고 미약한 존재인가를 새삼 깨닫고 있는 것이다. "바람을 생각할 때마다/나는 작은 새를 꿈꾼다./바람이 품 속에 넣다 잃어버린 작은 새./날다가 어느 순간 사라질,/하늘을 들여다보면 벌써 보이지 않는,/그런 얼굴을"의 대목은 화자의 심리상태를 보여준다.

이상의 작품들을 통해 볼 때 여행을 모티프로 하는 황동규의 시는 단순히 통상적 의미의 여행시로 규정하기 어렵다. 일반적으로 여행시는 '풍물'을 주로 소개하는 것인데 그의 시에는 그런 요소가 배제되고 시적 자아가 새로운 경험을 통해서 자신의 삶을 어떻게 변화시키는가를 보여주기 때문이다. 다시 말해서 그의 시는 일상을 떠난 시적 자아가 삶의 새로운 의미를 어떤 방식으로 만나고 발견하는가, 또 일상을 어떻게 변화시키고 있는 가의 문제에 중점을 두고 있는 것이다. 인용시 「기항지」는 이 점을 비교적 분명하게 보여준다. 이 시는 단순히 여행지의 풍경을 적은 것이 아니라, 남해안에 있는 몇 개의 항구를 돌아다니면서 느꼈던 정서를 표현하고 있다. 즉 여행을 매개해서 당시 시적 자아의 변화의 측면에 주목하고 있는 것이다. 따라서 황동규의 이른바 여행 시편은 여행을 이용해서 일종의 '새로운' 시를 쓴 것이며, 시적 자아의 변화를 일으키는 계기로 볼 수 있다. 여행을 매개해서 그의 시는 일상의 공간에서 미처 담지 못한 생동감, 긴장감, 진정성 등의 문제를 강화하고 있는 것이다. 이 점에서 황동규의 여행 시편은 새로운 체험을 통한 시인 의식의 확산 과정으로 볼 수 있다.

2. 극서정시의 시간 의식

전통적으로 서정시는 대상에서 순간적이고, 정적인 상태의 포착을 통해 영원을 갈구한다. '서정시의 본질'은 어떤 대상의 순간적 포착을 통해 영원한 상태를 보는 '초시간적' 것이다. 이런 의미에서 서정시는 순간의 미학, 즉, 정지된 시간의 풍경을 지향한다고 할 수 있다. 아울러 서정시를 비롯한 예술 작품은 반복되지 않는 영원한 순간의 충만 속에서 태어난다.

시집 『악어를 조심하라고?』(1986), 『견딜수 없이 가벼운 존재들』(1988), 『몰운대행』(1991), 『미시령 큰바람』(1993)을 전후 한 제3기 시세계에서 황동규 시인은 이러한 유형의 '전통적 서정시'를 '거부'하고, 여행의 모티브와 함께 그의 시에 '극서정시' 이론을 적극적으로 도입한다. 이에 따라 『악어를 조심하라고?』 이후의 시세계에는 여행을 매개한 시편들과 '극서정' 작품들이 주조를 이루고 있다. 한 가지 주의할 점은, 황동규의 후기 시세계에서 여행의 모티브와 서정시의 극적 구조는 자주 동시적으로 발현된다는 것이다. 이는 그의 여행 시편들과 극서정시 이론이 시 구성 양식에 있어 상호 보완적 관계에 놓여 있음을 암시한다.

> 1
> 사람 피해 사람 속에서 혼자 서울에 남아
> 호프에 나가 젊은이들 속에 박혀 맥주나 축내고
> 더위에 녹아내리는 추억들 위로
> 간신히 차양을 치다 말고
> 문득 생각한 것이 바로 무반주(無伴奏) 떠돌이
> 폐광지대까지 설마 관광객이?
> 지도에서 사라지는 길들의 고요.
> 지도를 펴놓고 붉은 볼펜으로 동그라미 하나를 치고

방학에도 계속 나가던 연구실 문에 자물쇠 채우고
다음날 새벽 해뜨기 전 길을 나선다.

<중략>

왜 자장은 강원도 산골에서 세상을 떴을까?
입적지(入寂地) 미상의 의상도
강원도 산골의 행려병자가 아니었을까,
이곳 어디쯤에서?
가파른 언덕을 왈칵 오르자
해발 1280m의 만항재.
태백시 영월군 정선군이 서로 머리 맞댄 곳.
자글자글대는 엔진을 끄고 차를 내려 내려다보면
소나무와 전나무의 물결
가문비나무의 물결
사이사이로 비포장도로의 순살결.
저 날것,
도는 군침!
황룡사 9층탑과 63빌딩이
골짜기 저 밑에 처박혀 보이지 않는다.
바람없이도 마음이 온통 시원하다.
잠시 목숨 잊고 험한 길 한번 마음놓고 차를 채찍질해
정암사를 순식간에 지나서
정선 쪽으로 차를 몬다.

5
몰운대는 꽃가루 하나가 강물 위에 떨어지는 소리가 엿보이는 고요
한 절벽이었습니다. 그 끝에서 저녁이 깊어가는 것도 잊고 앉아 있었
습니다.
새가 하나 날다가 고개 돌려 수상타는 듯이 나를 쳐다보았습니다.
모기들이 이따금씩 쿡쿡 침을 놓았습니다.

(날것이니 침을 놓지!)
온몸이 젖어 앉아 있었습니다.
도무지 혼자 있는 것 같지 않았습니다.

　　　　　　　　　　　　　　　　－「몰운대행」부분

　황동규의 독특한 시론인 극서정시劇抒情詩 이론은 단적으로 말해 '극'을 내장한 서정시에 관한 시론이다. 즉 서정시에 '극적 구조'를 끌어들임으로써 시적 반전이나 시적 화자의 깨달음, 거듭나기 등과 같은 시적 변화를 유도하는 양식이다. 그의 극서정시 이론은 서정시의 '정태성'을 극복하기 위해 쓰여진 것이다. "'전통적인 서정시'는 변화가 없으므로 극적인 구성을 통해서 시의 질적인 변화를 도모하겠다는 것"이 바로 극서정시에 대한 시인의 생각인 것이다. 여행의 모티브를 매개한 위의 인용시는 이 점을 분명하게 보여주는 대표적 작품이다.

　「몰운대행」은 전 5연 80행으로 구성된 비교적 장시이다. 극적 구조에서 보면 이 시의 1연은 발단, 2연과 3연은 전개, 4연은 전환, 5연은 결말 부분에 해당한다. 먼저 1연에서 시의 화자는 '사람 피해 사람 속에서 혼자 서울에 남아' 추억을 곱씹는 세계를 떨치고 '무반주 떠돌이' 여행을 나선다. 2연의 화자는 '폐광'에 당도하여 폐광과 '기묘한 관계'를 맺는다. 3연에서 화자는 죽음을 상징하는 폐광을 벗어나 '자장 율사'가 "진신사리를 봉안했다는 정암사 가는 길"에 올라 있다. 화자는 자신의 행로를 사원을 떠나 높고 진정한 자아 실현의 세계로 비상하고자 했던 자장과 의상과 같은 고승의 이미지와 일치 시키고자 하는 것이다. 그러나 4연의 전환 단계를 거치고 마지막 연에서 화자는 아직 때묻지 않은 자연의 일부를 스스로의 삶 속에 간직하고 있음을 깨닫는다. 그리고 그 깨달음은 삶에 대한 경외감으로 환치된다. "몰운대는 꽃가루 하나가 강물 위에 떨어지는 소리가 였보이는 그런 고요한 절벽이었습니다. 그 끝에서 저녁이 깊어가는 것도 잊고 앉아 있어습니다."라는 시의 마지막 구절은 이러한 화자의 심리 변화를 명료하게 드러내준다.

황동규 시인에게 '극서정' 계열의 시는 이 시기에만 나타난 것은 아니다. 시속에 어떤 변화의 장을 제시하는, 이른바 극서정시는 이전에 발표된 작품들, 특히 『나는 바퀴를 보면 굴리고 싶어진다』에서도 자주 발견된다.[1] 가령 이 시집에 실려있는 「지붕에 오르기」, 「바다로 가는 자전거들」, 「겨울의 빛」은 대표적인 작품에 해당한다.

> 사람 사이에 사람이 들켜 사람이 될 때
> 들키지 않았다면
> 사람 사는 거리를 옅은 안개처럼 떠돌며
> 보이는 것과 보이지 않는 것의 중간에서
> 보이는 것을 그리워하는 안 보이는 것이 되어
> 혹은 하회(下回)을 싸고 도는 낙동강 물이 되어
> 하회탈을 비출 수 있었을 것인가?
> 웃는 탈 우는 탈 성난 탈 들을 동시에 비추는,
> 그 뒤에 숨어 있는 또 하나의 탈을 비추는.
>
> 눈이 내린다.
> 눈송이 하나하나가 어둠 속에서
> 눈 내리는 소리로 바뀌는 소리 들린다.
> 가본 부석사와 못 가본 부석사가 만나
> 서로 자리를 바꾸는 광경이 나타난다.
> 창의 단추를 다시 잠그고 자리에 누워도

---

1) 그러나 이전에 발표된 작품들이 시들이 극적 구조를 의식하고 쓰여졌다고 보기에는 많은 무리가 있다. 몇몇 시편들에서 극적 구조 양식을 보이고 있으나 본격적 의미에서의 '극서정시'는 『악어를 조심하라고?』에 나타나는 것으로 간주된다. "서정시만으로는 양이 차지 않는다" "극(劇)적 구조를 지니고 싶다"는 『악어를 조심하라고?』시집 표사의 구절은 이 점을 명료하게 보여준다.

들린다. 들린다. 창의 고리를 벗기고 다시 눕는다.
내 감춘 모든 것이 나에게 들켜
부석사가 되고 더러는 떨어져 나가
하회가 된다.
다시 가보아야 하리.
가는 길은 사람 사이에서

　　　　　　　　　　　　　　　　　－「겨울의 빛」 부분

　전 11연 105행으로 구성된 「겨울의 빛」은 이제까지 발표된 황동규의
시들 가운데 소제목이 들어있지 않은 시로는 가장 긴 시이다. 이 시는 황
동규 시인이 '극서정시' 이론을 본격적으로 제기하기 이전에 발표된 작품
임에도 시의 요소 요소에서 극적 구조를 발견할 수 있다. 이 시의 핵심 시
어, 즉 "열쇠 말은 '들키기'"[2]로 볼 수 있는데 이 말을 따라가다 보면 인용
시의 시적 전언을 분명하게 파악할 수 있다. 먼저 1연에서 시인은 숨지 않
고 들켜야 비로소 자기 자신이 될 수 있다는 삶의 한 원칙을 제시한다. 2
연에서는 기억 속에 있던 '조그만 무지개 다리'들이 들켜 되살아난다. 3연
에서는 우리도 결국 들켜야 '숨쉬며 우리가 되는' 존재라는 생각이 마음
속에서 형상화된다. 그러나 들킴은 들키지 않으려는 노력과의 오랜 싸움
끝에 일어나는 불꽃과도 같은 것이다. 4연에서 6연까지는 들키지 않고 사
는 삶의 유혹에 관한 이야기이다. 물론 들키지 않은 존재는 '들켜서 자기
자신이' 되는 존재보다는 외적으로 훨씬 안정되어 보이고 더 많은 존재로
보일 것이다. 그러므로 우리는 한사코 내면 속을 들키지 않으려고 발버둥
치는 것이다. 그리고 때로는 이런 노력은 관념적인 것일 수 있다. 그러나
7연에 오면 화자는 이러한 형이상학적인 명상을 잠시 멈추고 자신을 되돌
아보는 '극적' 전환을 이룬다. 그 전환은 8연 첫 행의 '지금도 우리는 숨어

─────────────────

2) 황동규, 「'겨울 노래'에서 '봄 노래'로」, 앞의 책, p.202.

있다'는 자각에 이르게 한다. 마음을 열어 놓았다고 생각하고 대범하게 행동을 해도 우리는 아직 '들키기' 전의 상태에 놓여 있는 것이다. 마치 9연에서 '흰나비가 흰 꽃에' 숨어 있듯이 우리도 자신에게 들키지 않고 숨어 있는 것이다. 숨었다 들켜서 흰 꽃에서 떨어져 나가 흰나비로 날아갈 때, 흰나비는 비로소 흰나비가 된다. 10연에서는 들킴과 들킴을 통한 자기 변화를 가장 절실한 예로 표출한 '노래 데모'의 상황이 제시된다. 이어 11연에서는 현실과 이상이 만나는 것으로 형상화 된 '들킴'의 모티브가 반복된다. 이처럼 「겨울의 빛」은 제2기 시세계의 시집에 실려 있으면서도 황동규 제3기 시세계의 한 특성인 극서정 양식의 구조를 취하고 있다. 이 점에서 「겨울의 빛」은 황동규의 극서정시의 기원을 이루는 작품이라 할 수 있을 것이다. 아울러 이후 황동규의 시는 궁극적으로 그의 독특한 시론인 극서정시 이론의 '실천적' 단계에 해당한다고 할 수 있을 것이다.

3. 거듭남의 시학

한편, 황동규의 극서정시가 시적 자아의 일종의 '거듭남', 즉 시적 변화 과정을 염두에 두고 쓰여졌다는 사실은 그의 극서정시 이론이 시간을 매개한다는 것을 의미한다. 어떠한 경우라도 정지된 순간 속에서 '거듭남'은 일어나지 않으며, 시간의 흐름을 배제한 변화란 결코 발생하지 않는 까닭이다. 따라서 황동규의 극서정시 이론은 잠정적으로 '시간'의 문제를 동반하고 있음을 알 수 있다. 아울러 황동규의 극서정시에 나타나는 '시간성'의 문제는 그의 시를 하이데거 철학과 연관해서 이해할 수 있는 한 이유가

된다. 하이데거는 시간과 존재의 문제를 끊임없이 대상화한다. 이를 통하여 그는 인간 존재에게 시간은 단순히 주어진 것이 아니라 스스로 '시간화하고 있는 시간'임을 역설한다. 스스로 시간화하고 있는 시간이란 우리를 앞으로 떠받쳐 나가고 있는 그것이다. 이 때 흥미로운 것은 황동규 시인이 자신의 초기 시세계에 대한 김승희와의 대담[3]에서 이와 유사한 주장, 즉 '시간이 시간이 되는 그런 상태'를 언급하고 있다는 점이다. 시인은 「겨울노래」의 2연 부분의 해설에서 "불을 한참 바라보다가 '네가 불이되고 나도 불이되는' 의식 변화를 통해 우리는 그저 주어진 인생이 아니고 '오 우리 여기 있다'고 외치면서 얻은 일생이된다는 것이죠. 시간이 취한 것 같은 상태, 아니 시간이 시간이 되는 그런 상태" 즉 시간이 시간이 상태를 설명하고 있다. 이로 미루어 볼 때, 황동규의 극서정시 이론은 부분적으로는 1980년대 이전 시기부터 마련되고 있었다고 할 것이다.

---

3) 김승희, 앞의 글. P.175.

존재 망각의 근원적 극복과 정신의 수직 구도

1. 존재의 자기 확인과 정신의 수직 구도

숫봄, 숫봄! 혼자 김포 들을 질러 달려왔다.
공연히 검색하려 드는 순경 때문에 기분 좋아
(나를 수배자들처럼 젊게 보다니!)
양옆에 노랑색 쏟아놓은 길을 내처 달렸다.
여자 하나만 기다려도
대여섯 기다리듯 출렁대는 버스 정류장들을 지나
(참 바로 스친 그 여자 옷 노랑색이었지).
하늘은 땅에 온통 푸른색과
명도(明度) 조금씩 다른 노랑색들을 부어놓고
이따금씩 분홍색도 칠해놓고,
마구 끼여드는 차에 사나워지려다 만 인간의 속을
늘푸른 색으로, 출렁대는 시간으로, 칠해놓고.

<중략>

4
실비가 멎었다.
운동화 주워신고 지하수 펌프에 가서
경중경중 뛰어본다.
아랫도리가 가볍게 젖는다.
네댓 개의 작은 무지개가 동시에 젖는다
뛰어오르는 위치에 따라 색감 바꾸는 무지개들.
경중경중 뛴다.
이번엔 어린것하고처럼 젖은 자미(紫薇)나무와 손잡고
경중경중 뛴다.
무중력 상태!
지구가 굴러온다.
뉘 알리?
지금 혹시 지구인을 만나면 화다닥 놀라
그의 마음속에 머리 박고 숨으리.

- 「외계인2」 부분

황동규의 제4기 시세계에 해당하는 『외계인』(1997), 『버클리풍의 사랑 노래』(2000), 『우연에 기댈 때도 있었다』(2003) 등의 시집에서 우선적으로 눈에 띄는 특징은, 시인 존재의 정체성 문제를 비롯해서 초월 정신, 자유 지향성, 홀로움의 시어들이 자주 발견된다는 점이다. 이러한 시적 특성은 성격은 대략 『풍장』의 후반부와 『미시령 큰 바람』 이후에 발표된 시편들에서 간헐적으로 등장하고 있으나, 시집 『외계인』 이후에서부터 본격적으로 등장하는 것으로 볼 수 있다. 따라서 시인존재의 정체성, 정신의 수직구도, 자유지향성과 '홀로움'의 시어들은 황동규의 제4기 시세계를 이해하는 키워드로 놓여 있다.

인용시는 「외계인2」의 첫 연과 마지막 4연이다. 먼저 1연에서 '숫봄'이라는 시어는 주의를 필요로 한다. '숫봄', 즉 '숫'의 시어는 이 시의 제목인

'외계인'과 밀접한 연관되기 때문이다. 이 시의 시인에게 세계와 세계 안의 모든 사물은 처음 태어난 숫사물, 숫세계로 인식된다. 시인은 모든 사물을 처음 대하는 '외계인'의 존재에 다름 아닌 것이다. 시인이 스스로를 외계인의 존재로 파악하는 이러한 시적 방법은 고정관념과 편견으로 가득 찬 세계에 대한 전복적 사유를 가능하게 한다. 그리고 그것은 황동규의 시에서 삶의 방식의 문제로 확산된다.

하이데거는 현대인들이 단순한 존재자들과의 '수평적인' 관계로 살아가는 어둠 속에서의 실존방식을 청산하고 존재와의 진정한 '수직적인' 관계로 '빛' 속에서 살아가는 빛나는 자신을 되찾을 때가 되었다고 역설한다. 여기서 수평적인 관계의 삶이란 비본래적인 방식의 삶을 지칭하며 수직적 관계는 존재의 본래적 방식의 삶을 의미한다. 다시 말하자면, 수평적 관계란 현존재가 존재와 더불어 존재와의 관계인 자신의 존재, 자신의 실존을 망각하고, 아니 그것을 회피하고 도피하여 주위의 존재자들 속에서 살아가는 것을 가리킨다. 이와 반대로 본래적인 자기 자신과 자신의 존재 근거인 존재자체를 문제 삼으며 살아가는 방식을 '수직적 관계'라고 한다.

『외계인』, 『버클리풍의 사랑 노래』, 『우연에 기댈때도 있었다』 등의 시집이 중추를 이루는 제4기 황동규의 시편들은 정신의 수직적 관계를 지향하고 있다. 주의할 점은, 황동규의 시세계에 나타나는 '정신의 수직이동'은 이 시기 그의 시세계에만 보이는 특성이 아니라는 점이다. 시인 정신의 수직 구도는 그의 데뷔작인 「시월」에서도 표출되는데, 이러한 사실은 그의 시가 존재론적 측면에서 일관된 의미망을 획득하고 있음을 분명하게 증명한다. 여기서 황동규의 데뷔작 「시월」을 살펴보자.

시인 자신이 '자전적 해설'에서 밝혀놓은 것처럼 「시월」은 젊은이의 작품이다. 그만큼 「시월」은 당시 젊은이들의 시가 빠져들기 쉬운 구체적 경험과 유리된 추상적인 표현들이 어렵지 않게 발견된다. 이러한 사실은 황동규가 대학 1학년 재학 중인 스무 살의 나이에 문단에 데뷔했고, 데뷔작이 바로 「시월」이었다는 사실을 감안한다면 더욱 설득력을 얻게 된다. 「시월」은 분명 갓 습작기를 벗어나 "문학이 가볍냐 생(生)이 가볍냐/ 혹은 가을밤이 가볍냐 재보던"(「편지3－마종기에게」) 문학 청년의 치기가 배어있는 젊은 시인의 작품이다. 그럼에도 불구하고 이 시의 전체적인 면모는 시인의 해석과는 달리, 어떤 측면에서 젊은 시인의 작품이라는 제한적 관점으로만 살펴보기에는 많은 무리가 있다. 이 시가 비록 황동규 시인의 고백대로 젊은 시절의 작품이고, 작품의 곳곳에서 그러한 특징들이 뚜렷하게 나타나고 있는 것은 사실이나, 이 작품은 전적으로 그것에만 경사되지 않는다. 젊은 시인 황동규의 「시월」은 어떤 측면에서 결코 '젊지'만은 않은 것이다.

1
내 사랑하리 시월의 강물을
석양이 짙어가는 푸른 모래톱
지난날 가졌던 슬픈 여정들을, 아득한 기대를
이제는 홀로 남아 따뜻이 기다리리.

2
지난 이야기를 해서 무엇하리.
두견이 우는 숲 새를 건너서
낮은 돌담에 흐르는 달빛 속에
울리던 목금(木琴)소리 목금 소리 목금 소리.

3
며칠 내 바람이 싸늘히 불고

오늘은 안개 속에 찬비가 뿌렸다.
가을비 소리에 온 마음 끌림은
잊고 싶은 약속을 못다 한 탓이리.

4
아늬,
석등(石燈) 곁에
밤 물소리

누이야 무엇 하나
달이 지는데
밀물 지는 고물에서
눈을 감듯이
바람은 사면에서 빈 가지를
하나 남은 사랑처럼 흔들고 있다.

아늬,
석등 곁에
밤 물소리.

5
낡은 단청 밖으론 바람이 이는 가을날, 잔잔히 다가오는 저녁 어스름. 며칠 내 낙엽이 내리고 혹 싸늘히 비가 뿌려와서…… 절 뒷울 안에서서 마을을 내려다보면 낙엽 지는 느릅나무며 우물이며 초가집이며 그리고 방금 켜지기 시작한 등불들이 어스름 속에서 알 수 없는 어느 하나에로 합쳐짐을 나는 본다.

6
창밖에 가득히 낙엽이 내리는 저녁
나는 끊임없이 불빛이 그리웠다.

바람은 조금도 불지를 않고 등불들은 다만 그 슬픈 향수와 같은 것
에 싸여가고 주위는 자꾸 어두워갔다.
이제 나도 한 잎의 낙엽으로 좀 더 낮은 곳으로, 내리고 싶다.
－「시월」 전문

스무 살 시인의 작품으로는 「시월」은 차분하고 안정적이다. 우선 이 시
의 전체적인 분위기는 '젊음'이라는 단어가 환기하는 이미지와는 상반된
양상을 보인다. 이 시에서 시인에게 삶은 생동감 넘치는 '출발의 계절'로
써의 봄이 아니라, '마침표의 계절' 가을로 인식된다. 「시월」은 '삶이 가
을이라는 한 마침표의 계절을 거치는 모습의 하나를 시적으로 보여'[1]주
고 있다.

일반적으로 시의 구조에서 동일 문장, 혹은 단어의 반복나열은 강조의
의미를 지니는 경우가 많다. 그러나 이 시 2연에서 '목금(木琴) 소리'의 반
복은 강조의 의미라기보다는 여운의 효과를 발생시키고 있는 것으로 판
단된다. '목금 소리 목금 소리 목금 소리'가 반복 진행될수록, 오히려 목
금 소리는 점차적으로 희미해지는 느낌을 준다. 이는 시월이 전체적으로
안정된 구조를 이루게 하며 독자들에게 차분하게 읽히게 되는 요소로 작
용한다.

시적 구조의 안정감과 차분함은 분명 「시월」의 한 특성이다. 그러나
이 작품에서 보다 중요하게 취급되어야 할 문제는 수평적인 구도로 전개
되던 이 시가 마지막 연에서 수직적으로 일탈한다는 것이다. 가령, 독백
의 형식으로 마무리하는 이 시의 마지막 행에서 '이제 나도 한 잎의 낙엽
으로 좀 더 낮은 곳으로 내리고 싶다'는 구절이 바로 여기에 해당한다. 이
에 대해 시인은 '일반적인' 시간이 수직적 시간으로 몸을 바꾸는 순간, 즉

---

1) 황동규, 위의 글, p.25

습관적으로 살다가 <좀 더 낮은 곳으로 내리고 싶다>라는 돌출적인 생각 혹은 정서는, "한 젊은 인간이 자기다운 깊이를 갖기를 바라는 마음의 상태였을 것"2)으로 회고하고 있다.

「시월」과 관련해서 이 부분에 대한 논의는 이제까지 다양한 논의를 생산해왔다. 가령, 신대철은 베르그송의 시간적 구조와 관련하여 이 구절을 수평적 시간에서 수직적 시간으로의 변모로 바라본다. 반면에 하웅백은 황동규의 1기와 2기 시를 비교 분석하는 과정에서 "제1기는 수직선에 해당하며 제2기는 수평선에 해당하는 것"으로 보고 있다. 하웅백의 이 같은 평가는 '보편적 우리'에 관심을 보이기 시작하는 2기 시의 특성을 개인적 차원에서 쓰여진 1기 시들 비교하는 과정에서 제시되고 있다. 따라서 이 부분에 대한 설명은 신대철의 논의가 중심을 이룬다. 신대철의 이 같은 분석에 대해 시인 자신이 이 시를 쓸 '당시의 내 의도에 가까운 것 같'다는 고백을 동반하고 있어 설득력을 지니고 있다. 그러나 신대철의 논의는 수평 시간에서 수직 시간으로 이동하는 내적 추동력을 설명하기에는 다소 설득력이 떨어진다. 또한 황동규의 다른 시편들과 연계해서 중층적으로 이해할 때 분명한 한계를 보여준다. 따라서 황동규 시의 존재론적 의미양상을 살펴보는 이 논문에서는 수평구도에서 수직구도로의 이행의 의리를 하이데거의 철학적 관점으로 살펴본 것이 보다 설득력을 지닐 것으로 여겨진다. 이런 의미에서 데뷔작 「시월」은 더 나아가 황동규의 시세계는 단순히 청춘기 시인이 정신적 방황과 외로움을 반영하는 반영하는 정신적 가출3)이 아니라, 수평적 삶을 넘어 수직적 삶의 관계를 지향하는 현존재의 '정신적 가출'이라고 할 수 있다. 이 시는 존재론적 차원에서 황동규 시의 지속성을 보여주는 좋은 예라고 할 수 있는 것이다.

---

2) 황동규, 앞의 글, p.29.
3) 황동규, 위의 글, p.25.

2. 자유 지향성과 '홀로움'의 미학

황동규는 만 20세의 비교적 이른 나이에 문단에 데뷔했다. 더욱이 그의 시 가운데 지금까지도 대중적으로 널리 알려져 있는 「즐거운 편지」는 이미 고등학교 3학년 재학 시에 쓰여졌을 정도로 그의 문학적 재능은 일찌감치 발휘되었다 할 수 있다. 그러나 그는 고등학교 재학 당시만 하더라도 문과가 아니라 음대를 선택하여 작곡을 전공하려고 했었다. 작곡가가 되기 위한 그의 노력이 시인 마종기가 개입된 우연한 '사건'[4]으로 자의반타의반 무산되었다는 것은 이미 잘 알려진 사실이다.

작곡을 포기한 이후에도 그의 음악에 대한 관심은 지속되는데, 「이것은 괴로움인가 기쁨인가」, 「어떤 개인 날」, 연작시 「소곡」과 「비가」의 초기 시편들과[5] 이후의 「쇤베르크의 '바르샤바에서 온 생존자'를 들으며」, 「봄날에 베토벤의 후기 피아노 소나타를 들으며」 등은 이러한 사정을 잘

---

4) 가령, 다음과 같은 글에서 확인된다.
　"처음엔 作曲家가 되려고 했었어요, 그래서 화성악이라든가 대위법 같은 것을 독학으로 공부하고 있었는데, 어느 날 지금은 미국에서 의사를 하고 있는 시인 馬鍾基와 음악회에 갔다가 거기서 들은 음악을 휘파람으로 불었는데 나더러 音痴라고 하지 않겠어요? 고 2때쯤인데, 그 당시는 음악에 미쳐서 <르네상스>에 개근하다시피 하고 있었는데, 작곡가의 꿈이 깨져버렸지요. 그런데 나중에 음악대 교수한테서 들은 이야기로, 音痴는 듣는 음치와 발성하는 음치가 다르다고 해요. 그러니까 작곡가가 될 수도 있었을 터인데 미리 절망해버린 거죠."(김승희, 「바퀴를 굴리는 사랑主義者:그는 누구인가?」, <문학사상>, 1979, 9).
5) 황동규의 초기 시편들은 특히, 음악과의 관련성을 직접적으로 확인할 수 있다. 이러한 사실은 시인의 다음과 같은 자전시 해설에서도 분명하게 확인할 수 있다. "지금까지 정열/겨울 노래들을 읽어온 사람들은 그 시들에 음악과 관련된 제목이나 암시가 많고, 한 작품을 소나타처럼 몇 개의 마당으로 나누고 각 마당에 각각 다른 속도를 부여하고 있는 사실에 눈길이 갔을 것이다. 내 세대의 다른 많은 사람에게도 그랬겠지만, 청소년 시절에 음악은 나에게 예술이며 종교였다."(황동규, 「'겨울 노래'에서 '슬픈 노래'로」, 앞의 책, p.88).

보여준다. 이 작품들 중 「쉰베르크의 '바르샤바에서 온 생존자'를 들으며」
와 「봄날에 베토벤의 후기 피아노 소나타를 들으며」, 또한 브람스의 가곡
제목과 푸치니의 오페라 <나비 부인>에 나오는 아리아에서 시제를 각
각 차용[6]한 「이것은 괴로움인가 기쁨인가」, 「어떤 개인 날」은 그 제목에
서부터 음악과의 관련성을 노골적으로 드러낸다. 뿐만 아니라 악장을 나
누듯 작품 번호를 매긴 「소곡」과 「비가」 연작시 등에도 '실패한 음악가
시인'[7]의 흔적이 고스란히 나타난다. 음악에 대한 시인의 관심은 보다 직
접적으로 그의 산문[8]들에서도 발견되는데, 예를 들면 고전 음악에 대한
단상을 적어놓은 「들어서 시원한 여름 音樂」은 이미 이 분야에 아마추어
의 수준을 뛰어 넘은 시인의 해박한 지식을 엿볼 수 있다.

황동규는 음악뿐만 아니라 미술 분야에도 깊은 관심을 보인다. 그의 후
기시 「죽음의 골을 찾아서」는 화가와 그림을 소재로 한 대표적인 작품이
다. 음악의 경우와 마찬가지로 회화적 요소들이 그의 시작에 있어 중요한
동력으로 작용하고 있음은 그의 산문들[9]을 통해서도 역시 확인할 수 있
는데, 이로 미루어 황동규는 시와 산문뿐만 아니라 예술 작품 일반에도
다양한 관심을 표출하고 있음을 알 수 있다.

황동규 시인이 이처럼 일반 예술 작품에 꾸준한 관심[10]을 보이는 것
은 다양한 측면에서 분석이 가능하다. 먼저 시인의 개인적 선택[11]에 따른

---

6) 황동규, 위의 글. pp.83~89. 참조.
7) 황동규, 「창고가 없는 삶」, 『황동규 깊이 읽기』, 문학과지성사, 1998, p.39.
8) 「들어서 시원한 여름 音樂」(『겨울 노래』, 지식산업사, 1979), 「창고(倉庫)가 없는 삶」
(『황동규 깊이 읽기』, 문학과지성사, 1998), 「음악과 나」(『젖은 손으로 돌아보라』,
문학동네, 2001) 등은, 고전 음악에 관한 그의 이해와 관심도를 분명하게 보여주는
글들이다.
9) 황동규, 「동서양의 틈새에서 글쓰기」, 앞의 책, p.313.
10) 이를 시인의 성장 배경 및 개인적 체험과 결부시켜 독특한 '귀족적 취미'로 성급하
게 단정 지을 수도 있다. 그러나 그의 시에 나타난 존재론적 의미를 고찰하고자 하
는 본고의 논의에서 이러한 시인의 태도는 섣불리 판단할 수 없는 중요한 자료이다.

심리적 분석, 혹은 당시의 성장 환경 등을 분석의 실마리로 삼을 수 있을 것이다. 그러나 본고는 이러한 접근들이 기본적으로 한계[12]를 지닌다고 판단된다. 왜냐하면 시인의 개인적 선택에 따른 심리적 분석은 가변성과 우연적일 수 있는 취약성이 있고, 당시 시인의 성장 환경에 입각한 분석 역시 일면적인 해석의 위험이 도사리고 있는 것이다. 따라서 여기서는 이러한 요인을 도외시하지 않으면서도, 시인의 이해에 대한 가장 객관적인 통로는 그가 남긴 작품을 통하는 것이라는 판단에서 그의 작품을 중심으로 이러한 원인을 설명해 나갈 것이다. 이 글의 목적이 궁극적으로 황동규의 시 연구라는 점을 염두에 두면 이러한 연구 접근 방법의 이유는 더욱 자명해진다.

3. 시원적 사유의 지평에서

하이데거는 고대 그리스의 '시작(詩作)하는 사유'로부터 '첫째 시원'을, 그리고 "시인 가운데 시인"[13] 횔더린의 '사유하는 시작(詩作)'에서 '또 다른 시원'을 발견한다. 단적으로 말하자면 그의 전생에 걸친 철학적 작업은

---

11) 황동규는 한 세미나 발표에서 "원래 나는 시각적인 즐거움이 배제된 폐허 서울에 살면서 청각적인 즐거움을 주는 음악을 공부하기 위해 음악대학 작곡과를 택하고 싶었"다고 회고하고 있다(황동규, 앞의 글. p.313).
12) 예술 일반에 대한 시인의 관심이 황동규 시인만의 독자적 성격으로 볼 수 없다는 점, 특히 이 문제가 극히 사소한 지적일 있다는 사실을 염두에 두면 이러한 논의가 하이데거와 황동규 시와의 관련성을 설명하기에 다소 부담스러운 것이 사실이다. 그러나 황동규 시인의 예술에 대한 관심은 일반적 수준을 넘어서는 것이므로 여기서 참조사항의 수준에서 참고로 기록하기로 한다.
13) Heidegger, M., 전광진 역, 『하이데거의 시론과 시문』, 탐구사, 1981. p.9.

궁극적으로 이 "시원적 사유"를 정신사의 지평 위로 올려 놓는 일이라고 할 수 있다.[14] 그에게 있어 시원적 사유란 존재자의 사유가 아닌 존재 사유이다. 즉 존재의 비은폐성이 왜곡되지 않은 채 드러나고 생동하는 것이다. 시원적 사유란 존재가 존재자로 대체되거나 왜곡되어서는 안 되는 것이다.

4
늙었다고 생각하면 길이 덜 미끄러워진다. 조심조심.
그러나 늙음은 사람이 향해 가는 그런 곳이 아니다.
방금 빨간 열매를 쪼러 온 허름한 새의 흰 꽁지에는
열매를 쪼는 기쁨 외에 아무것도 없다.
영원히 젊은 삶이라는 헛꿈이 사라지면
달리 늙음과 죽음이란 없다.
소리꾼에겐 마지막 소리가
대목(大木)에겐 마지막 집이 잡혀 있을 뿐.
사람은 길을 가거나 길 위에 넘어져
거기가 길이라는 것을 알려줄 뿐.
머리 위 나뭇가지들이 레이스 친 둥근 하늘을 만들고
돌고래 구름이 헤엄쳐 가고
마음 속이 아기자기해진다.
사람 하나가 어느샌가 뒤로 와 스치고 지나간다.
나보다 바쁜 사람,
메뚜기들이 바지에 달라 붙는다.

샘이 잦아들고 있는 밭귀에서 발을 멈춘다.
물이 흐르지 못하고
땅에 잦아드는 것을 보면

---

14) 하이데거의 '시원적 사유'는 소위 '전회(Kehre)'를 분기점으로 한 전·후기의 사유와 구분없이 이루어진다. 가령, 그는 『존재와 시간』을 중심으로 한 전기 사유에서도 존재와 존재자의 확연한 차이를 드러내며 시원적인 존재의 진리를 밝히고 있다.

주위가 온통 젖다 마는 것을 보면
누군가 가다 말고 주저앉는 모습,
가지 못하면 자지러드는 것이다.
주위를 한참 적시고 마는 것이다.

5
길위에 멈추지 말라.
사람들의 눈을 적시지 말라.
그냥 길이 아닌
가는 길이 되라.
어눌하게나마 홀로움을 즐길 수 있다면,
길이란 낡음도 늙음도 낙담(落膽)도 없는 곳.
스스로 길이 되어 굽이를 돌면
지척에서 싱그런 임제의 할이 들릴 것이다
임제는 이 길만큼 좁은 호타(滹沱) 물가에서
길이 되라고 할하고
채 못 되었다고 할하고
그만 길이 다 되었다고 할했다.
　　　　　　　　　　－「풀이 무성한 좁은 길에서」 부분

　　하이데거가 말하는 진정한 자유는 그 어떠한 척도 없이 제멋대로 사는
것을 의미하지 않고 그 전에 자신의 삶의 척도로 삼았던 일상적인 세계의
명령에서 벗어나 존재 자체의 요구에 따르는 것을 의미한다. '불안'에서
일어나는 자유의 경험은 현존재가 세인의 지배를 벗어나 자신의 삶을 '자
신의' 삶으로서 인수하면서도 모든 존재자들의 고유한 존재가 밝게 개시
되는 가장 보편적인 지평인 근원적 세계로 진입하는 사건이다.
　　이렇게 보면 존재의 불안의식을 강하게 표출하는 초기 시세계에서 실
존의 사실적 삶에 대한 해석과 여행과 극서정시를 통해 삶과 죽음의 본질
적 문제에 접근한 이후 다시 시인존재의 정체성에 대한 물음으로 이어지는

황동규의 시는 하나의 원환을 마련하고 있다고 할 수 있다. 이 점에서 그의 시는 시적 변화를 추구하는 동시에 존재론적 의미 차원에서 지속성을 보여준다 하겠다. 1958년 데뷔 이래 현재에 이르기까지의 그의 시적 사유는 "동일한 길 속에서의 변천이라고 압축될 만한 하이데거 사상의 길"[15]과 존재론적 차원에서 매우 유사한 양상을 보여주고 있는 것으로 여겨진다.

4. 글을 맺으며

지금까지 이 글은 하이데거의 존재 사유를 중심으로, 황동규 시에 나타난 존재론적 의미 양상에 관하여 살펴보았다. 황동규 시세계의 종합적 면모를 살펴보려는 이 논문이 존재론적 차원에서 접근 하려는 의도, 특히 이 과정에서 하이데거의 존재 철학을 이론적 근거로 도입하려는 이유는 다음의 세 가지에서 비롯되었다.

첫째, 황동규 시인의 시세계는 존재론적 차원에서 일관된 흐름을 보이고 있는데, 특히 이러한 성격은 하이데거의 철학과 연계해서 파악할 때 더욱 설득력을 지닐 수 있다. 예를 들면, 황동규의 『어떤 개인 날』과 『비가』로 대표되는 제1기 시세계는 존재의 '불안 의식'을 강하게 표출하고 있다. 또한 『태평가』에서 『풍장』 이전으로 말해지는 제2기의 시세계는 사회 현실에 관심을 보이면서 세계 내 존재로서의 시인 인식이 확산된다. 이후 제3기 시세계에서는 삶과 죽음의 문제를 선적 사유와의 연관성

---

15) 염재철, 「하이데거의 사상길 변천」, 앞의 책. p.25.

속에서 전개하고 있으며,『미시령 큰바람』이후 시기로 규정되는 제4기 시세계에서는 시인 존재의 정체성 문제를 환기한다.

여기서 알 수 있듯이 황동규 시세계는 하이데거의 존재론적 범주 안에서 끊임없는 시적 변모를 거듭하고 있다. 그의 시는 하이데거의 존재 사유와 연계될 때 변화와 지속성의 의미를 동시에 획득할 수 있는 것이다. 불안, 허무 의식, 양심, 빛, 비극적 세계관, 삶과 죽음, 시간, 시인 존재의 정체성 등, 황동규 시세계를 이해할 때 자주 동원되는 단어나 문구들이 하이데거 철학의 주요 개념들인 현존재의 불안, 니힐리즘, 양심, 빛의 철학, 존재와 시간, 수평·수직 구도 등과 일정하게 대응하고 있다는 점을 상기하면, 이러한 사실은 더욱 분명해진다.

둘째는 하이데거의 존재 철학과 선적 사유 체계 사이의 유사성과 관련된다. 황동규 시인은『풍장』연작이 시작되는 80년대 들어 禪 사상에 높은 관심을 보인다. 그로 인해 이 시기에 발표된 그의 시들은 禪적 상상력을 강하게 표출하고 있다. 그러나 이 사실이『풍장』이후의 그의 시가 하이데거 철학과 완전히 결별한다는 것을 의미하지는 않는다. 왜냐하면 현대 언어 철학의 자장 안에서 하이데거의 존재론은 禪과 불교의 유식학 또는 노장사상 등과 같은 동양 철학과 매우 유사한 사유 구조를 보이기 때문이다. 이 점은 하이데거의 '존재 생기 사건', '존재 사유' 등의 개념과 道와 禪적 '깨달음'의 본질적 의미를 환기하면 단적으로 확인할 수 있다. 또한 최근 하이데거의 존재 사유와 동양 철학, 그 중에서도 선 사상과의 비교 연구에 관한 단행본과 논문들이 자주 출판되고 있다는 사실을 통해서도 간접적으로 증명된다. 현대 철학의 담론에서 하이데거 철학과 동양 철학은 이미 존재론적 접점을 마련하고 있는 것이다. 따라서 제3기 시세계에 나타나는 황동규 시의 선적 상상력은, 이제까지 진행된 거의 대부분의 논의처럼 '시적 변모 양상'의 측면만을 부각해야 할 성질의 것이 아니다. 오히려 황동규의 시에 나타나는 선禪적 사유 체계는 하이데거 철학과의 밀접한 연관성을 보여주는 분명한 계기로 작용한다.

셋째는 황동규 시와 시론의 본질이 전반적으로 '시간성'을 매개한다는 것과 관련이 있다. 하이데거의 철학에서 존재에 관한 물음은 '시간성'에 대한 이해를 필수적으로 동반한다. 그에게 존재와 시간은 절대적으로 분리될 수 없는 근본적인 탐구 과제이다. 하이데거의 전기 주저『존재와 시간』이 존재와 존재자의 차이를 '통속적인' 시간과 '근원적 시간성'의 차이를 근거로 분석하고 있음을 고려하면 이러한 사실은 쉽게 파악된다. 따라서 황동규 시에 나타나는 '시간성'의 문제는 그의 시를 하이데거 철학과 연관해서 이해할 수 있는 한 이유가 된다. 황동규의 독특한 시론인 극서정시 이론도 이러한 '시간성'과 연관해서 생각해 볼 수 있다. 서정시는 어떤 의미에서 순간의 미학, 즉, 정지된 시간의 풍경을 지향한다. 그러나 황동규는 이러한 유형의 서정시 양식을 '거부'하고 어떤 정황이 제시되고 시적 자아가 그것을 통과함으로써 내적 변화를 경험하게 되는 극서정시 이론을 주장한다. 이는 그의 극서정시 이론이 궁극적으로 '시간'의 문제와 깊이 연관되어 있음을 보여준다.

이러한 연장선상에서 극서정시 이론이 발표된 이후의 그의 작품들은 극서정시 이론에 대한 일종의 실천적 차원의 글쓰기로 추론해 볼 수 있다. 아울러 '시간성'의 문제는 최근의 시에 올수록 더욱 부각되는 형편인데, 황동규 시인이 여전히 현재 진행형 시인이라는 점을 감안하면 그의 제5기 시세계는 '시간성'의 문제를 매개하고 전개될 가능성이 충분히 열려 있다고 추론해 볼 수 있다.

이상의 세 가지 사항이 본고가 황동규 시에 나타난 존재론적 의미 양상을 연구하는데 있어, 하이데거의 존재 철학을 이론적 배경으로 삼은 이유이다. 이에 따라 이 글은 다음과 같이 논의를 전개하였다.

먼저, 황동규 시세계의 종합적 특성을 입체적으로 탐구하기 위한 방법의 일환으로 그의 시세계를 크게 4시기로 구분하였다. 이러한 연구 접근 방법은 기존의 논자들이 행한 시기구분과 일정부분 부합할 수 있으나, 이전의 연구가 '변화'의 측면이 강조되었다면 본고는 존재론적 의미 범주 안에서 황동규 시의 '변화'와 동일성을 동시에 파악하고자 했다. 결과적으로 본고의 이러한 연구 방법은 황동규 시세계의 내적 변화 동인과 지속성의 원리를 중층적으로 이해하는데, 도움을 줄 수 있었다.

2장의 논의에서 이 글은 하이데거 철학의 주요 개념들, 즉 '존재 물음', '존재론적 차이', '현존재의 본래성 및 비본래성', '불안', 알레테이아, '실존', '존재와 시간', '근본 기분'의 의미를 상세하게 소개하고, 이후 황동규 시 분석에 그의 철학적 개념들 차용하게 된 구체적 동기를 다양한 경로를 통하여 제시하고 하이데거의 존재 사유는 황동규의 시세계를 이해하는데 있어 유효한 분석틀로 기능한다는 점을 밝혔다. 이러한 하이데거의 존재 사유와 황동규 시의 연관성에 대한 분석은 그의 시에 나타난 존재론적 의미 양상을 연구하기 위해서는 반드시 선행되어야 할 작업이었다.

3장의 논의에서 이 글은 황동규의 제1기 시세계와 제2기 시세계에 보이는 존재론적 의미를 하이데거의 '빛', '불안', '근본 기분', '현존재', '실존' 등의 철학적 용어를 매개하며 논의를 전개 하였다. 세부적으로는 시의 형식 구조와 '빛'과 '부름의 소리'의 이미지 분석 작업을 병행하였다.

우선 <황동규 시에 나타난 불안의 정체>에서 『어떤 개인 날』과 『비가』에 실려 있는 「한밤으로」, 「어떤 개인 날」, 「시월」, 「소곡」 등의 작품들을 대상으로, 이 시기의 시에 나타나는 시인의 '불안감', 고뇌, '허무의식' 등의 정체를 규명해 보았다. 황동규의 최초 시집 『어떤 개인 날』(1961)은 청춘기 시인의 고뇌, 불안, 외로움, 정열, 허무의식이 고스란히 반영되어 있어 젊은 시절 시인의 내면 의식을 엿볼 수 있다. 황동규의 제1기 시의 이 같은 성격은 하이데거 철학의 존재사유와 유사한 구조를 보인다. 특히 그의 시에 빈번하게 나타나는 '빛', '불안', '존재의 부름' 등의 시어와 이미지는 하이데거의 철학적 개념들과 직접적으로 대응되는 양상을 보인다.

다음으로는 하이데거 존재 철학의 <사실적 삶에 대한 해석>과 같은 맥락에서 『태평가』, 『열하일기』 등의 시집을 살펴보았다. 『어떤 개인 날』과 『비가』가 젊은 시절 시인 존재의 우울하고 '불안'한 내면의 기록이라면, 『평균율』1,2를 전후한 시점에서 황동규의 시는 대사회 편향적인 성격을 강하게 드러낸다. 이는 이 무렵 시인의 관심이 개인적 차원에서 사회 공동체적 영역으로, 즉 '개인 의식'에서 점차적으로 사회 역사적 현실을 다루는 '집단 의식'의 문제로 확대되고 있음을 암시한다. 이러한 상황에 대해서는 크게 두 가지 이유를 생각해 볼 수 있는데, 표층적으로는 '첫 외국행에서 대타적으로 한국인이라는 자의식을 강하게 가졌고, 귀국하고서도 박정희 3선 개헌과 유신이라는 상황에서 한국의 정치적 후진성을 통감'한 것과 무관하지 않을 것이다. 또한 심층적으로는 개인의 내면세계에 밀폐되어 존재의 불안의식을 경험한 시인이, 이후 세계 내 존재로 편입되는 과정에서 사실적 삶의 해석을 바탕으로 한 실존 상황에 대한 인식의 확산이라는 의미 부여도 가능할 것이다.

이후의 논의에서는 황동규의 '사랑시'에 대해 살펴보았다. 여기서는 「즐거운 편지」에서 「더 쨍한 사랑 노래」에 이르는 황동규의 사랑시가 그의 시의 기원이자, 영원한 지향점이며, 또한 '극적 구조'로 인해 그의 시세계의 전체적 지형에 중요한 미학적 의미를 지닐 수 있다는 점을 부각했다.

<시적 사유와 존재 사유>의 장은 70편의 『풍장』 연작시 분석을 통해 삶과 죽음의 인식론적 전환 과정을 확인했다. 1980년대 이후 동양철학에 대한 깊은 관심을 보이며 시작된, 황동규의 『풍장』은 삶과 죽음에 대한 탁월한 시적 탐구의 결과이다. 황동규 시인은 『풍장』을 통해 개체를 전체에

통합하고 자아를 세계에 확장시키는 길을 모색했다. 시인은 죽음을 삶의 시간에서 분리된 절대적 경지로 간주하지 않는다. 그에게 죽음의 의미는 삶의 중단이 아니라 삶의 완성이며, 시간의 정지가 아니라 시간의 초월이다. 시인은 『풍장』에서 죽음과 대면함으로써 오히려 더욱 풍요롭고 절실한 삶을 마주한다.

이 부근에서 이 글은 『풍장』의 주제가 삶과 죽음의 화해를 보여준다는 기존 논의의 타당성을 인정하면서도, 『풍장』의 전체 작품 하나하나가 죽음과 삶의 화해를 보여준다는 견해에 대해서는 입장을 달리한다. 다시 말해 본고의 판단으로는 무려 14년에 걸쳐 쓰여진 『풍장』 연작이 단일하고 집중적인 시인 의식의 결과로 산출된 것이라 보기에는 무리가 있는 것이다. 특히 새로운 시집을 묶을 때마다 일종의 '거듭남'과 자기갱신을 의식적으로 모색해 온 황동규의 시적 탐구를 감안한다면, 『풍장』 연작에도 어떤 의식의 층위가 있을 것으로 추론된다. 그러므로 본 논문은 『풍장』에 실린 많은 시들이 삶과 죽음의 화해에 이르는 변증법적 과정에 놓여 있다고 본다. 삶과 죽음의 진정한 화해는 『풍장』의 마지막 부분에서야 비로소 성취되는 것으로 여겨지는 것이다. 이러한 측면에서, 「풍장1」은 서시에, 「풍장70」은 종시에 해당한다고 할 수 있다. 1부에서 4부를 이루는 시편은 각각 16, 18, 18, 18편인데, 이 같은 체계의 안정성 역시 『풍장』 연작에 구성적 틀이 있음을 증거하는 것으로 간주된다.

<존재 탐구의 방법적 통로>에서는 「몰운대행」, 「미시령 큰 바람」, 「산당화의 추억」 등의 작품 분석을 통해 황동규의 여행시가 존재 탐구의 방법적 통로로써 시인 인식의 확산과 밀접한 연관성이 있음을 제시했다. 또한 그의 극서정시 이론에 나타난 '시간성'의 문제에 대해 하이데거의 '존재 사유'를 동원하여 분석했다. 다음 <존재 망각의 근원적 극복과 정신의 수직 구도> 장에서는 시인의 정체성을 새롭게 탐구하고 있는 제4기 황동규

시세계의 성격을 '존재의 자기 확인', '자유 지향성과 홀로움의 미학' 및 '시원적 사유의 지평'이라는 소주제 아래 「오미자 술」, 「외계인」 등의 작품을 세밀하게 살펴보았다. 결과적으로 이 장의 논의는 궁극적으로 앞서 전개한 연구의 최종적 귀결점으로 보아도 무방하다.

이상에서 본고가 황동규의 시세계를 4시기로 나누고, 황동규 시의 존재론적 의미를 살펴본 연구 작업은, 그의 시를 산출하게 한 복합적인 동인動因을 탐구하고, 시세계의 변모 요인의 다양한 층위와 지속성의 원리를 파악하며, 그가 추구한 문학과 삶의 방향성을 탐구하는 동시적 작업의 의미를 지니는 것으로 여겨진다. 또한 시와 철학의 문제가 1990년대 이후 한국 시사의 중심부에서 직접적으로 논의되어 온 만큼, 황동규 시에 대한 본 논문의 연구 성과는 나름의 현재적 의미를 지니게 될 것으로 판단된다. 그러나 본고의 논의는 황동규 시인이 현재에도 활발하게 활동하고 있는 시인인 만큼 이후 작품들과의 비교·대비를 통해 좀 더 구체화·정교화되어야 할 것이다. 아울러 본 연구에서 미처 다루지 못한 두시언해 및 실존주의 시들(특히 횔더린, 릴케)과의 관련성도 본격적으로 검토되어야 한다는 것을 연구과제로 남겨둔다.

시인 의식의 변모양상

– '겨울'과 '고요'의 의미 변화를 중심으로

1. 들어가는 글

이 논문은 황동규의 후기 시세계에 나타난 주요 시어 및 이미지의 분석을 통해, 시인 의식의 변모 양상 및 시세계의 종합적 특성을 살펴보는 것을 목적으로 한다.

황동규의 첫 시집 『어떤 개인 날』[1]의 한 특징은 일련의 '겨울 시편'들이 집중적으로 실려 있다는 사실이다. 500부 한정판으로 간행된 이 시집은 그간의 한국현대시사에서 청춘기 시인의 방황과 좌절, 고뇌와 불안, 존재의 허무의식을 '어둠'과 '차가움'의 이미지를 활용하여 효과적으로

---

1) 이제까지 황동규가 간행한 시집은 다음과 같다. 1)『어떤 개인 날』(중앙문화사, 1961): 2)『비가』(창우사, 1965): 3)『평균율1』(창우사, 1968): 4)『열하일기』(현대문학사, 1972): 5)『나는 바퀴를 보면 굴리고 싶어진다』(문학과지성사, 1978): 6)『악어를 조심하라고?』(문학과지성사, 1986): 7)『몰운대행』(문학과지성사1991): 8)『미시령 큰바람』(문학과지성사, 1993): 9)『풍장』(문학과지성사, 1995): 10)『외계인』(문학과지성사, 1997): 11)『버클리풍의 사랑 노래』(문학과지성사, 2000): 12)『우연에 기댈 때도 있었다』(문학과지성사, 2003): 12)『꽃의 고요』(문학과지성사, 2006): 13)『겨울밤 0시 5분』(현대문학, 2009): 14)『사는 기쁨』(문학과지성사, 2013).

보여준 것으로 평가된다. 문단데뷔 이후 시인이 쓴 첫 작품 「겨울노래」를 비롯해서 「한밤으로」, 「달밤」, 「기도」, 「얼음의 비밀」, 「눈」, 「겨울날 단장」 등으로 이어지는 '겨울 시편'들이 그 구체적 대상들인데, 이 시편들은 주로 '겨울'의 이미지를 경유하며 청춘기 시인의 우울한 내면과 전후시대의 비극적 이미지를 적극적으로 환기한다는 공통점을 지닌다. 특히 이 과정에서 황동규는 적막과 상실의 정서와 존재론적 고독감을 '고요'라는 상징시어의 제시를 통해 함축적으로 전언한 바 있다. 일찍이 김현이 겨울의 추위를 대동한 시인의 불안 의식, 즉 마음의 상처와 고요한 울음은 황동규 초기시의 생명력2)이라고 규정한 이유는 이러한 사정과 무관하지 않다. 뿐만 아니라 "겨울의식과 동토(凍土)의식"3) 혹은 "비극과 대결하려는 지적 의지"4), "낭만적 우울과 예감"5) 등 뒤따른 평가들도 동일한 맥락에서 이해6)가 가능하다.

이처럼 황동규의 초기 시세계는 여러 평자들의 지적대로 "가혹하리만큼" 겨울과 추위라는 한계 상황에 놓여 있다. 시집에 실린 대개의 시편들에는 "펑펑 눈이 오"(「한밤으로」)거나 "눈이 그쳤을 때, 바람이 불"(「얼음의 비밀」)고 있다. 그의 초기 시세계는 "도처에 등장하는 겨울, 눈, 얼음 등의 차갑고 쓸쓸한 이미지와 떠남, 쓰러짐, 막막함 등등의 우울한 몸짓과 묘하게 조화되어 일관성 있는 한 분위기를 형성"7)하고 있었던 것이다. 그러나 눈과 얼음의 이미지를 동반하며 시대의 적막감과 내면의 불안한

---

2) 김현, 「한국 현대시에 대한 세 가지의 질문」, <현대문학>, 1972. 6.
3) 김재홍, 「반복회피와 총체적 삶의 인식」, 『문예중앙』, 1983, 겨울호.
4) 김병익, 「사랑의 변증과 지성」, 『삼남에 내리는 눈』 시선집 해설, 민음사, 1975.
5) 유종호, 「낭만적 우울의 변모와 성숙」, 『악어를 조심하라고?』 시집 해설, 문학과지성사, 1986.
6) 황동규 초기시에 나타난 '겨울', '불안', '고독', '고요', '방황', '상실'의 의미를 하이데거 철학의 존재사유와 연계시켜 종합적으로 해명한 글로는 이성천의 논문을 참조할 만하다. 이성천, 「황동규의 초기시에 나타난 '불안'의 정체」, 『語文硏究』, 2005.12.
7) 이성부, 「개인의 극복」, 『문학과 지성』, 1973. 겨울호, p.822.

정서를 정열적으로 표출하던 젊은 시인의 겨울노래는, 이후의 시집들에 오면 점차적으로 잦아드는 양상을 보인다. 시집 『비가』에서 『평균율1』8), 『열하일기』, 『나는 바퀴를 보면 굴리고 싶어진다』, 『악어를 조심하라고?』, 『몰운대행』), 『미시령 큰바람』, 『풍장』을 거쳐 『외계인』, 『버클리풍의 사랑 노래』, 『우연에 기댈 때도 있었다』, 『꽃의 고요』에 이르기까지, 한국 현대시사의 독자적인 맥락을 형성한 시집을 발간하는 동안 황동규의 시세 계는 '겨울'에의 집착에서 벗어나 "그 동안에 눈이 그치고 꽃이 피어나고 낙엽이 떨어지고 또 눈이 퍼붓고"(「즐거운 편지」) 있는 균형 잡힌 사계의 감각을 대체로 유지하고 있는 것이다. 이러한 원인으로는 일단, 시간의 흐름에 따른 시인 내면의 정서적 안정이라는 측면에서 이해해 볼 수 있 다. 또한 1970년대를 전후한 대사회적 의식의 고조와 80년대부터 도입한 선(禪사상9)과 동서양 철학에의 지속적 관심 등 각 시기별로 발간된 시집의 주제적 특성과도 무관하지 않아 보인다. 특히 "죽음에로의 선주(先走)" 를 통한 삶과 죽음의 인식론적 전환을 선보인 연작시집 『풍장』의 발간은

---

8) 마종기 · 김영태와 함께 낸 3인 시집 『평균율』1, 2의 황동규 편은 『王道의 變奏』와 『열하일기』의 제목으로 각각 제시되어 있다. 『王道의 變奏』와 『열하일기』는 이후 의 시선집에서 각각 『태평가』와 『熱河日記』로 구분된다. 그런데 몇몇 평문들, 심지 어는 학위 논문조차도 이에 대한 구체적 언급이 없이 『평균율1』의 황동규 편을 『태 평가』로 기정사실화 하고 있다. 이러한 오류는 1차 자료의 확인 작업을 생략한 채, 2 차 자료(『전집』)에 전적으로 의지하는 데서 발생한 것으로 추측된다. 전집의 시인 연보에는 "1968년(31세) 시집 『태평가』를 출간한다"(하응백 엮음, 『황동규 깊이 읽 기』, 문학과지성사, 1998, pp.322~323)로 기록되어 있다. 이는 명백한 오기(誤記) 이다. 『태평가』는 마종기, 김영태와 같이 발간한 3인 공동시집 『평균율 1』의 황동 규 편이다.

9) 다음과 같은 시인의 산문 글들을 통해 이 점은 보다 직접적으로 확인할 수 있다. "80년 대 초 아직 한글로 된 서적이 서점에 출몰하기 전 나는 학교 동료인 심재룡 선생에게 서 빌린 영어판 『조주록』, 『벽암록』 들을 읽기 시작했다. <중략> 선은 어렸을 때부 터 기독교 교육을 받은 내 마음의 자물쇠들을 많이 벗겨 주었다."(황동규, 자전적 에 세이 「창고(倉庫)가 없는 삶」, 『황동규 깊이 읽기』, 문학과 지성사, 1998. pp.40~41).

시적 사유의 유연함과 시의식의 심화와 확장을 가속화한 계기[10]가 된 것으로 판단된다.

이 글의 목적은 이 지점에서 자연스럽게 견인된다. 왜냐하면 근년에 발간된 황동규의 시집들, 즉『겨울밤 0시 5분』과『사는 기쁨』에는 한동안 등장하지 않았던 '겨울(불안)'과 '고요(고독)' 등의 시어들이 다시 적극적으로 수용되고 있는 것이다. 물론 이 말은 최근에 발표된 황동규의 적지 않은 작품들이 고요한 겨울을 시공간적 배경으로 삼거나 겨울 관련 시어들과 이미지를 자주 차용[11]한다는, 단순한 사실을 지적하는 것이 아니다. 그보다도 본고가 이 시집들에서 문제 삼는 것은 초기 시세계에서 보여준 '겨울'에 대한 부정의식과는 달리, 최근 시인의 겨울은 '따뜻하고' '환한', 매우 긍정적인 시공간으로 변모해 있다는 점이다. 비유적으로 말하자면, 1958년『현대문학』지에 미당 서정주의 추천[12]을 받아 문단활동을 시작한 시인은 50여 년의 긴 시작詩作의 뒤안길에서 돌아와 이제 다시 <겨울> 앞에 서있는 형국이며, 그 <겨울>과 대면하는 시인의 모습은 이전의 불안과 초조의 정서와는 상반되게 안정적이며 평화롭다. 이는 황동규 후기 시세계의 전반적 성격을 명징하게 드러내는 중요한 단초로 파악된다. 이에 따라 본 연구에서는 먼저, 최근 황동규 시에 나타난 겨울 이미지와 주요 시어의 특징을 구체적 작품 분석을 통해서 제기하게 될 것이다. 그리고 이후의 작업에서 초기시편의 그것들과 비교함으로써 시의식의 변모 양상 및 그 변화의 핵심 동인을 살펴보고자 한다.

---

10) 이와 관련해서는 시인의 육성을 기록한 다음의 대담을 참조할 만하다.: 박주택 외, 「'시간' 속에 비친 시인의 시간」(대담), <시를 사랑하는 사람들>, 2004. 11~12.

11) 시인의 의도 여부는 확인할 길이 없으나, 황동규의『겨울밤 0시 5분』과『사는 기쁨』에 실려 있는 반 수 이상의 작품이 가을에서 겨울로 가는 길목, 혹은 겨울의 시간대를 배경으로 하고 있다는 사실은 주목을 요한다.

12) 서정주는 이 글에서 황동규를 추천한 이유로 "그의 시가 서구적 지성에 대한 깊은 이해를 가졌다는 판단"을 들고 있다. 서정주, <현대문학>, 1958, 2.

2. 시간의 풍화작용과 '극서정시'의 실천 의지

황동규의 열세 번째 시집 『겨울밤 0시 5분』에는 시간의 흐름에 따라 노화가 진행된 육체의 상태를 보여주는 시편들이 상당 분량 수록되어 있다. 이 시집에서 시인의 육체는 "더할 나위 없이 날씨 좋은날"에도 "감기 재직 중"(「사자산(獅子山)」 일지)이거나, "감기 달래며 임플란트 시작"(「토막잠」)하고, "전화 통화 도중 그 이름이 증발"(「시네마 천국」)하는 기억력의 '막장'을 경험한다. 또한 "망막이 뿌예지는 막막한 하강"을 체험하는 것도, "언제부터인가 세상의 수군수군들이 귀 방충망에 걸러지는" 듯한 난청과 발뒤꿈치의 당김과 등의 통증을 느끼는 것도 역시 시인의 몸이다. 시인 스스로가 "감각 반납(返納) 수순인가?"(「서방정토」)라고 자문할 정도로 그의 육체는 "칠십대 중반"이라는 나이에 의해 풍화작용을 겪고 있다.

칠십대 중반까지 과히 외롭지 않게 살았으니
그간 소홀했던 옛 음악이나 몰아들으며
결리는 허리엔 파스 붙이고
수박씨처럼 붉은 외로움 속에 박혀 살자.
라고 마음먹고
남은 삶을 달랠 수 있을까?
<중략>
느낌과 상상력을 비우고 마감하라는 삶의 끄트머리가
어찌 사납지 않으랴!
예찬이여, 아픔과 그리움을 부려놓는 게 신선의 길이라면
그 길에 한참 못 미치는
아이들의 웃음소리 간간이 들리는 곳에서 말을 더듬는다.
벗어나려다 벗어나려다 못 벗어난

벌레 문 자국같이 조그맣고 가려운 이 사는 기쁨
용서하시게.
　　　　　　　　　－「사는 기쁨」 부분, 『겨울밤 0시 5분』 출전

　　인간의 육체가 감각과 느낌은 물론 꿈과 상상력과 정신의 거소라는 점
을 상기할 때, 삶의 좌표가 막막한 하강 국면에 접어든 황동규의 시는 응
당 비애와 허무의 기록으로 남을 법하다. 그것이야말로 상식적 차원에서
보면 감각 반납 수순의 최종단계에 해당하는 까닭이다. 인용한 시의 표현
처럼 일상적 삶을 영위하는 인간 존재에게 "느낌과 상상력을 비우고 마감
하라는 삶의 끄트머리"는 "사납"기 마련인 것이다. 그런데 황동규의 후기
시편들은 이 같은 일상의 문법에서 벗어나 있다. 오히려 그의 시는 지금,
허무와 상실의 정서 대신 기쁨의 감정을 기록하느라 분주하다.

　　여기서 한 가지 인상적인 것은 그 벗어남의 방식이다. 이 시의 경우 그
것은 단 하나의 함축적인 문장으로 제시된다. 작품의 말미에 놓인 "용서
하시게"가 바로 그것이다. 황동규 시의 감각적인 언어 구사와 작품 운용
에 대한 관록의 묘미를 극단적으로 보여주는 이 부분은 전 5연 94행으로
이루어진 작품 전체의 행간을 다시 읽게 하는 힘을 지닌다. 부연하자면,
첫 연의 "걸리는 허리엔 파스 붙이고/수박씨처럼 붉은 외로움 속에 박혀
살자./라고 마음먹고/남은 삶을 달랠 수 있을까?"라는 함축적 질문에서부
터 마지막 연에 이르는 모든 시적 진술들은 이 한 문장과 밀접하게 연계
된다고 해도 크게 무리가 아니다. 아울러 시인의 "벗어나려다 벗어나려다
못 벗어난 벌레 문 자국같이 조그맣고 가려운 이 사는 기쁨"은 "용서하시
게"라는 독특한 어법을 통해 일상적 시간의 "벗어남"이라는 시적 의미의
진폭을 가져 온다.

환절기, 사방 꽉 막힌 감기!/꼬박 보름 동안 잿빛 공기를 마시고 내뱉으며 살다가,/체온 38도 5분 언저리에서 식욕을 잃고/며칠 내 한밤 중에 깨어 기침하고 콧물 흘리며/소리 없이 눈물샘 쥐어짜듯 눈물 흠뻑 쏟다가,/오늘 아침 문득/허파꽈리 속으로 스며드는 환한 봄 기척.// 이젠 휘젓고 다닐 손바람도 없고/성긴 꽃다발 덮어주는 안개꽃 같은 모발도 없지만/오랜만에 나온 산책길, 개나리 노랗게 울타리 이루고/어디선가 생강나무 음성이 들리는 듯/땅 위엔 제비꽃 솜나물꽃이 심심찮게 피어 있다./좀 늦게 핀 매화 향기가 너무 좋아 그만/발을 헛디딘다./신열 가신 자리에 확 지펴지는 공복감, 이 환한 살아있음!/봄에 서 꽃을 찾을까, 징하게들 핀 꽃에서/봄을 뒤집어쓰지./광폭(廣幅)으로 걷는다./몇 발자국 앞서 뜨는 까치도 광폭으로 뜬다./이 세상 뜰 때/제일로 잊지 말고 골라잡고 갈 삶의 맛은/무병(無病) 맛이 아니라 앓다가 낫는 맛?/앓지 않고 낫는 병이 혹/이 세상 어디엔가 계시더라도.

　　　　　　　　　　　　　　　　　－「삶의 맛」 전문, 『겨울밤 0시 5분』 출전

　"벌레 문 자국같이 조그맣고 가려운 이 사는 기쁨"이야말로 노년의 황동규 시인이 느끼는 삶의 '참 맛'이다. 그래서 시간의 풍화작용이 한참 진행되었음에도 황동규의 후기 시세계는 그의 시적 진술처럼 대체로 '환하다.' 도처에서 '삶의 맛'이 저절로 샘솟는다. "괜찮은 삶"에 대한 이야기가 시편에서 넘쳐난다. 젊은 시절의 시인이 "모든 것이 쓰러져버리는 이름"[13]이라고 불렀던 그 외로움이 "홀로됨을 통한 외로움의 환희", 즉 '홀로움'[14]의 정서로 승화된 지도 이미 오래이다. 그의 후기 시집들은 이러한 시적 분위기를 시시각각으로 전달한다. 이 시집들에는 일상의 삶과 마주한 노년기 시인의 '환하고', '황홀하고', '살가운' 표정이 생생하게 그려져 있다.

　인용 시의 시인은 환절기 감기에 걸려 "꼬박 보름 동안" 고생한다. 이

---

13) 황동규, 「얼음의 비밀」, 『어떤 개인 날』 출전.
14) 황동규의 '홀로움'이란 홀로된 외로움의 기쁨 혹은 환희를 지시하는 역설적 표현이다. 그의 시세계에서 이 조어는 『외계인』 발표를 전후한 무렵 집중적으로 나타난다.

상황을 그는 "38도 5분 언저리"의 체온과 "며칠 내 한밤중에 깨어 기침하고 콧물 흘리며/소리 없이 눈물샘 쥐어짜듯 눈물 흠뻑 쏟다"라고 직접적으로 제시하기도 하지만, "사방 꽉 막힌 감기!" "잿빛 공기를 마시고 내뱉으며 살다"와 같이 재치 있고 군더더기 없는 표현을 동원하여 실감나게 전달한다. '신열 가신' '오늘 아침'에 문득, 시인은 모처럼의 산책길에 나선다. 그리고 거기서 만난 개나리 생강나무 제비꽃 솜나물 꽃 매화꽃과 같은 자연 생명체의 '음성'을 들으며 "환한 봄 기척"을 감지한다.

시상의 전개가 여기까지라면, 이 시는 사실 그다지 새로울 것이 없다. 노년의 시인이 느끼는 봄의 생동감과 생명의 역동성을 세련되고 균형 있는 언어로 형상화한 시편들은 그간의 한국현대시사에 넘치고도 남을 지경이기 때문이다. 하지만 이 시의 진정한 묘미는 작품의 후반부를 읽고 난 후에야 비로소 찾을 수 있다. "이 세상 뜰 때/제일로 잊지 말고 골라잡고 갈 삶의 맛은/무병(無病) 맛이 아니라 앓다가 낫는 맛?"이라는 부분이 바로 여기에 해당한다. 이 시구에는 육체의 고통과 '앓음'을 경험한 자의 간절함과 절박함이 삶의 '양념'으로 추가되어 있는 것이다.

절실하고 간절한 삶일수록 더욱 소중하고 아름다운 법이다. 시인의 표현을 따르자면 그 삶은 최소한 '무(無)'는 아니기에, 다시 말해서 '없음'은 아닌 까닭에 어떠한 경우에도 의미가 주어진다. 황혼을 맞이한 시인에게 이때의 '삶의 맛'이란 "이 세상 뜰 때/제일로 잊지 말고 골라잡고 갈" 생의 본원적 감각에 해당하는 것이다. 결국, 현재 시인이 감지하는 '삶의 맛'이란 다름 아닌 고통과 환희, 기쁨과 슬픔, 밝음과 어둠 등으로 구조된 굴곡 있는 삶, 그 자체이다. 그것은 "이 환한 살아 있음" 또는 <살맛!>을 느끼게 하는 <모든 순간들>이다. 이처럼 작품 「삶의 맛」에는 삶의 근본 원리에 대한 시인의 '환한' 깨달음이 담겨 있다. 거기에는 시인이 체험한 살맛나는 세상의 이야기가 감각적인 언어를 동원하여 펼쳐져 있다.

이 대목이 특히 인상적인 것은 황동규 시인이 일찍이 "의식 있는 사람이 겪는 경험을 새겨놓을 수 있는 서정시"15)를 쓰고자 했던, 그리하여 작품 안에서 서정적 주체의 진정한 변화와 '기적'을 연출하고자 했던 '극서정시'의 한 장면을 투명하게 보여주는 것으로 여겨지기 때문이다. 즉, <의식의 진화>를 현상하는 극서정시 이론의 실천적 행위가 목격되는 까닭이다.

전통적인 서정시는 대상의 순간적이고 정태적인 상태의 포착을 통해 영원을 갈구한다. 서정시의 본질은 순간의 미학, 즉 정지된 시간의 풍경을 지향한다고 할 수 있다. 이에 반해 황동규 시인이 오랫동안 공들여 온 <극서정시>16)는 말 그대로 극을 내장한 서정시이다. 즉 서정시에 극적 구조를 끌어들임으로써 시적 반전이나 시적 화자의 깨달음 혹은 '거듭나기' 등과 같은 시적 변화를 유도하는 양식이다. 극서정시의 도입 이후, 황동규의 작품 세계가 극적인 구성을 통해서 시의 질적 변화를 도모하고 있었다는 것은 주지의 사실이다. 물론 이러한 변화는 그것이 단순히 시적 방법론에 국한되는 것이 아니기에 가능하다. 황동규 시인에게 '변화'는 그의 시와 삶에 동시적으로 적용되어 왔다. 일상의 곳곳에 숨어 있는 "의미 있는 일"과 "숨은 '극'을 시를 통해 발견"17)하고자 하는 그의 극서정시는 삶에 대한 통찰력과 시간의 존재론에 대한 깊이 있는 이해, 이를 통한 시인 자신의 깨달음과 거듭남이라는 실천적 의지를 동반하지 않으면 성립되기 어려운 양식이다. 이런 측면에서 극서정시 이론이 처음 도입되었던 시집 『악어를 조심하라고?』(1986) 이후의 대다수 황동규의 시는 극서정시의 '실천'이라는 측면에서 접근 가능한 것으로 판단된다.

---

15) 황동규, 『나의 시의 빛과 그늘』, 중앙일보사, 1994.: 『시가 태어나는 자리』, 문학동네, 2001, p.157.
16) 극서정시의 이론이 적극적으로 도입된 시집은 『악어를 조심하라고?』와 『몰운대행』, 『미시령 큰바람』을 들 수 있다. 특히 "서정시만으로는 양이 차지 않는다", "극(劇)적 구조를 지니고 싶다"는 『악어를 조심하라고?』 표사는 이 시기를 전후해서 시인이 극서정시 이론을 본격적으로 의식하고 있음을 보여준다.
17) 황동규, 앞의 책(1994), 참조.

3. 두 개의 '겨울'에 나타난 의식의 진화

시간에 대한 성찰[18]을 통해 의식의 진화를 겪은 시인의 '삶의 맛'과 "괜찮은 삶"의 이야기는 다음의 인용 시를 통해서도 살펴볼 수 있다.

> 바로 오른편 슬래브 문 위에 호박꽃 하나가/엽기적으로 싱싱하게 피었다./방금 꽃가루 잔뜩 묻힌 벌 하나가 기어 나와/무엇에 취한 듯 잠시 비틀거린다./나도 잠시 비틀거린다./아 날개가 있었지,/슬쩍 펼쳐 보고 벌이 날아오른다./사방에 널려 있는 저 예쁘고 흔하고 환한 잡것들!/과연 앞으로 우린 얼마나 꽃 피우고 벌 나비를 불러/삶의 맛을 제대로 축낼 수 있을 것인가?
>
> ─「저 흔하고 환한!」 부분

> 아직 햇빛이 닿아 잇는 피라칸사 열매는 더 붉어지고/하나하나 눈인사하듯 똑똑해졌다./더 똑똑해지면 사라지리라/사라지리라, 사라지리라 이 가을의 모든 것이,/시각을 떠나 청각에서 걸러지며.//두터운 잎을 두르고 있던 나무 몇이/가랑가랑 마른기침 소리로 나타나/속에 감추었던 가지와 둥치들을 내놓는다./근육을 저리 바싹 말려버린 괜찮은 삶도 있었다니!/무엇에 맞았는지 깊이 파인 가슴도 하나 있다./다 나았소이다, 그가 속삭인다./이런! 삶을, 삶을 살아낸다는 건..../나도 모르게 가슴에 손이 간다.
>
> ─「삶을 살아낸다는 건」 부분, (이상 『사는 기쁨』 출전)

---

18) 황동규의 시와 시론의 본질은 전반적으로 '시간성'을 매개한다는 사실과 직접적인 관련이 있다. 앞서 언급한 황동규의 독특한 시론 극서정시 이론도 결국에는 '시간성'과 연관해서 생각해 볼 수 있다. 시적 자아의 변화는 궁극적으로 시간의식을 매개하지 않고는 이루어질 수 없기 때문이다. 이와 관련해서 "황동규의 시세계에서 '시간성'의 문제는 최근에 올수록 더욱 부각되는 형편인데, 그가 여전히 '현재 진행형 시인'이라는 점을 감안하면, 이후 그의 시세계는 '시간성'의 문제를 매개하고 전개될 가능성이 충분히 열려 있다"고 주장한 이성천의 앞의 논문은 새삼 주목된다.

「저 흔하고 환한!」은 어느덧 '인생의 겨울'과 대면하고 있는 시인이 오랜만에 방문한 "산책길 골목"에 대한 소묘이다. 시인이 들어선 골목은 우리 주변에서 쉽게 발견할 수 있는 친숙한 장소이다. "새로 얼굴 내민 간판", "장미 하나 외롭게 피어있는 담", "담들 위로 고개 내민 꽃나무", "슬래브 문 위의 호박꽃" 등등. 그야말로 평범하고 흔한 일상의 풍경이다. 그러나 이 시에서 '흔한' 골목은 일순간 '환한' 장소로 변모한다. 시제가 지시하듯이 "저 흔하고 환한" 골목으로 거듭난다. 일상의 흔한 풍경이 갑작스럽게 환한 삶의 세계로 바뀔 수 있는 원인은 비교적 자명하다. "자기만의 길이와 폭과 분위기를 가지고 살"(「낯선 외로움」)아가는 존재를 있는 그대로 인정하고, 동행하려는 시인 마음의 의지가 발현된 것이다. 아니, 어쩌면 시인에게 저 골목은 애초부터 '환한' 골목이었을지도 모른다. 살맛나는 세상과 삶의 맛은 항상 우리 곁에 있다고, 각자가 마음먹기에 달렸다고 그간에 시인은 다수의 시편들을 통하여 독자에게 전언하고 있었기 때문이다. "사방에 널려 있는 저 예쁘고 흔하고 환한 잡것들!"처럼 자칫 모순어법으로 보일 수 있는 시구가 그의 시에서 만큼은 "삶의 맛을 제대로 축내"며 자연스럽게 어우러질 수 있는 이유도 이와 무관하지 않다. 시인에게 "삶을 살아낸다는 건" 그것이 무엇이든지 간에, 어떤 생명이든지 간에 나름의 자기 정당성과 존재의 이유를 확보하고 있다면 그 자체가 "괜찮은 삶"의 행위로 인식되는 것이다. 비록 그것이 "깊이 파인 가슴"을 지닌 존재, 이 가을이 지나면 곧 세계에서 사라질(살아질) "잡것들"일지라도 말이다. 그래서 시인은 후기 시세계의 곳곳에서 지금 이 순간에도 그들의 "괜찮은 삶"과 대면할 때에는 겸허한 마음으로 "나도 모르게 가슴에 손이 간다"라고 고백하고 있다.

일상의 곳곳에서 "이 환한 살아 있음"의 '맛'을 만끽하며 시적 사유의 원숙한 경지를 보여준 황동규 시인은 간혹 "혼잣말로, 이제 삶의 비밀은/

삶에 비밀이 없다는 것이다, 라고 타이르듯 속삭인다."(「그게 뭔데」) 또 가끔씩은 "한창 때 좀 넘겼으면 어때?"(「이 저녁에」), "꽃들의 생애가 좀 짧으면 어때?"(「살구꽃과 한때」)라며 세상을 향하여 말을 건네거나, "눈앞에 캠프파이어가 불타는 삶이 꼭 있어야 하겠나?"(「내비게이터 끈 여행」), "영원 쪽에서 보면 지금 여기도 영원"(「영원은 어디」)임을 떠올리며 자기 성찰의 시간을 보내기도 한다. 이러한 시인의 행위에는 순간적으로 "허전한 따스함"과 너그러움의 정서가 동시에 스쳐 지나가기도 한다. 다음에 제시된 시편들은 이 같은 현재 시인의 정서를 선명하게 대변한다.

> 형광등 수명이 다돼서 그런가, 새것으로 갈아야?/의자를 옮기려다 생각한다./혹시 시력 낮춘 건/졸아드는 에너지 아껴 쓰려는 몸의 지혜가 아닐까.
>
> — 「이 저녁에」 부분

> 허나 같이 살다 누가 먼저 세상 뜨는 것보다/서로의 추억이 반짝일 때 헤어지는 맛도 있겠다./잘 가거라.
>
> — 「이별 없는 시대」 부분

> 가만 인간에게 혼이 있다면/혹 저 형상을 띠지는 않을까?/찾기 전에는 있는 줄 모르고,/혼 같은 건 없다!고 대놓고 말해도 흔들림 없이/꼿꼿한 자세로 하늘 한 곳을 향해 매달려 있을.
>
> — 「혼」 부분

> 그래, 상스러움도 모시고 살자.
>
> — 「몰기교(沒技巧)」 부분, (이상 『삶의 기쁨』 출전)

그런데 이런 시적 분위기와 삶을 대하는 태도는 시인의 젊은 날과 비교할 때 매우 낯설고 이질적이다. 더 나아가 상반되기까지 하다. 서두에서 언급했듯이 청춘기 황동규의 시는 고뇌와 불안, 방황과 정열, 외로움과 허무의식19)으로 점철되어 있었던 것이다.

> 너의 집 밖에서 나무들이 우는 것을 바라본다.
> 얼은 두 볼로 불 없이 누워 있는
> 너의 마음가에 바람 소리 바람 소리.
> 내 너를 부르거든
> 어두운 뒤꼍으로 나가
> 한겨울의 꽝꽝한 얼음장을 보여다오.
>
> ─「겨울 노래」 부분, 『어떤 개인 날』 출전

인용시에서 외로움의 정서에 대한 강력한 자기 부정과 세계의 형상에서 "나무들이 우는 것"을 바라보는 시인의 태도는 이제까지 일별했던 후기 시세계에 나타난 시편들의 분위기와 많은 차이가 있다. 초기의 대다수 시편들이 외로움과 고독의 정서를 통해 시적 주체의 불안의식을 드러내는데 주력하고 있었다면, "인생의 겨울"을 맞이한 후기 시편들은 많은 경우 "외로움을 통한 혼자 있음의 환희 '홀로움'"(「버클리 시편1」)의 정서에 도달하고 있거나 "세상살이 손잡이" "그동안 너무 붙들고 살았"음을 자각하고 이제 "그만 손 놓고 살자!"(「시인의 가을」)라고 스스로에게 다짐하고 있는 까닭이다. 또한 세상을 향해 냉소를 날리는 대신에 "무언가 간절히 기다리고 있는 사람"(「겨울밤 0시 5분」)과 "세상에 헛발질해본 사람"(「늦가을 저녁 비」)을 배려하면서 그들의 삶을 다독이거나, "지금까지 바른 느낌과 따스한 느낌 가운데 하나를 고르라면/늘 바른 느낌이 윗길이라고

---

19) 황동규의 두 번째 시집 『비가(悲歌)』는 시인의 자서에 따르면 "허무주의와 싸운 기록"이자 "한 인간의, 영혼의 상태를 보여주려 한 시도이다."(황동규, 앞의 책(1994), 참조) 이에 따라 첫 시집에서 보이는 존재의 불안과 허무의식은 이 시집에 이르기까지 지속된다.

생각하며 살아왔지만/이 허전한 따스함이 지금/식어가는 마음의 실핏줄을 다시 뎁혀주고"(「묵화이불」) 있음을 이해하고 있다. 이런 측면에서 황동규의 후기 시세계에 나타나는 겨울의 이미지에는 시간의 진행을 통해 닳아가는 육체의 고통을 경험한 시인의 성숙한 의식이 절대적으로 반영되어 있음을 확인할 수 있다.

4. 불안의식의 극복과 '환한 고요'의 정체

초기 시세계와 달리 황동규의 후기 시가 보여주는 숙성된 의식, 다시 말해 시간의 질서에 대한 자각과 인생의 형성원리에 대한 깨달음, 이 과정에서 삶을 대긍정하는 시인의 자세는 아이러니하게도 육체의 고통을 경험하는 단계에서 동시적으로 발현된다. 이러한 사정은 역시 초기에 발표된 「한밤으로」와의 비교를 통해서도 확인할 수 있다.

> 너의 일생에 이처럼 고요한 헤어짐이 있었나 보라
> 자물쇠 소리를 내지 말아라
> 열어두자 이 고요 속에 우리의 헤어짐을
>
> 한시
> 어디 돌이킬 수 없는 길가는 청춘을 낭비할 만큼 부유한 자 있으리오
> 어디 이 청춘의 한 모퉁이를 종종걸음칠 만큼 가난한 자 있으리오.
> 조용하다 지금 모든 것은.
> — 「한밤으로」 부분, 『어떤 개인 날』 출전

이 시의 화자는 고요한 겨울밤을 배경으로 '너'[20]와의 이별을 준비하며 우리의 '헤어짐'에 대하여 말하고 있다. 일반적으로 헤어짐의 단어에는 슬픔과 아쉬움의 감정이 묻어나기 마련이다. 그럼에도 이 시에서 '너와 나'의 헤어짐에는 결코 그러한 정서가 스며들지 않는다. 「한밤으로」에서의 헤어짐은 '정열적인' 화자에게 새로운 출발을 의미하기 때문이다. 하지만 우리가 주목 하고자 하는 것은 이것이 전부가 아니다. 이 작품에서 우리가 얻고자 하는 정보는 '고요'의 상태이다. 「한밤으로」에서 고요는 사전적 풀이대로 "모든 소리들이 입 다문" 공간이다. "지금 모든 것은" '조용한' 시간이다. 세상의 모든 소리가 차단되고 온갖 움직임이 정지된 시공간이다. 그러므로 이 시에서 고요는 적막과 상실, 소멸과 부재의 상태를 지시한다고 할 수 있다. 그런데 황동규의 후기 시에 오면 또 다른 종류의 "이런 고요"가 등장한다.

> 이상한 마을에 왔다.
> 며칠 내 낙엽을 쓸어 담다가
> 하루아침 찬비 맞고 생(生) 몸이 된 완산 화암사
> 적묵당 툇마루에 비치는 하늘
> 가을의 끄트머리답게 너르게 밝고 캄캄한 하늘
> 무량전 처마 공포(栱包)들 일제히 고개 숙이고
> 하나같이 혀를 아래로 내려뜨렸다.

---

20) 황동규의 겨울시편들에 등장하는'너', 또는 '그대' '당신' 등과 같은 2인칭 대상에 대해서는 그간에 많은 논의가 전개되어 왔다. 특히 시인의 직접적인 해설을 곁들인 다음의 글은 참조할 필요가 있다. "「겨울노래」에서의 '너'는 性이 개재되지 않은, 同性으로 볼 수도 있는 그런 對象이었던 것 같아요. 당시의 나에겐 아마 同性愛的 要素가 있어나봐요. 性보다 더 性的인 갈망 - 그것이 늘 친구 친구를 시속으로 부르게 했고, 그것이 『어떤 개인 날』 전편에 꽉 차있는 그리움으로 나타났던 것 같아요. 人間과 人間이 만난다는 것이 중요하지 꼭 男子와 女子가 만나는 것만 중요한 건 아니니까."(김승희, 황동규 대담, 「바퀴를 굴리는 사랑主義者」, <문학사상>, 1979, 9. p.175).

고요!
생각나면 이는 바람 소리와
바람 소리에 찢기지 않는 새소리.
오래 앉아 있던 산이 상체를 들려다 말고
물들은 멈추기 싫어하는 기척을 낸다.
있는 것과 가는 것이
서로 감싸고도는 고요,
때늦은 수국과 웃자란 풀들이 마음대로 시들고
사람들이 목젖에서 끄집어내며 여미는 소리
문득 빈 말이 된다.
눈 크게 뜨고 귀 세우지 않아도
여기저기서 달라붙어오는 감각,
이 세상 것들, 우연히 지나치는 사람 얼굴의 표정 하나까지
무한대(無限大)로 살가워진다.

소리 없이 박주가리가 씨앗 주머니를 연다.
역광 속에서
촉 달린 광섬유 시침(時針)들이
섬세하고 투명하게
빛 그림자 춤을 추고 있다
　　　　　　　　　　　　－「이런 고요」 전문, 『삶의 기쁨』

　　인용한 황동규의 시에서 '고요'의 정체는 더 이상 초기 시에 보이던 적막
과 상실, 고독과 불안, 또는 텅 빈 부재의 공간을 의미하지 않는다. 그의 시
에서 이제 '고요'는 "이는 바람 소리와/바람 소리에 찢기지 않는 새소리"
가 들려오고, "오래 앉아 있던 산이 상체를 들려다 마"는 움직임이 포착되
며, "물들은 멈추기 싫어하는 기척을 내"는 풍요로운 공간이다. 그렇기
에 "이런 고요" 속에서는 오히려 "사람들이 목젖에서 끄집어내며 여미는

소리"는 "문득 빈 말이" 되기도 한다. 현재 황동규의 시편들이 환기하는 '고요'는 이처럼 우주적 질서에 따라 "있는 것과 가는 것이/서로 감싸고도 는" 조화로운 세계, 자연 생명체(박주가리)의 '씨앗'이 "역광 속에서" "섬세하고 투명하게/빛 그림자 춤을 추고 있"는 일종의 축제의 풍경을 연출하고 있는 것이다.

한편으로 근자에 황동규의 '고요'는 "환해진 외로움"(「홀로움은 환해진 외로움이니」)과 "적막, 속의 황홀"(「낯선 외로움」)과 같이 자칫 모순어법으로 보일 있는 수사들이 원활하게 소통되는 역설의 장소이다. 동시에 '침묵이 말'이 되고 말이 '빈 말'이 되며 "고요도 소리의 집합 가운데 하나가 아니겠는가?"(「꽃의 고요」)와 같은 형이상학적 물음이 거부감 없이 수용되는 "이상한 마을"이자 은유의 지대이다. 이런 차원에서 그의 '고요'는 '문득' '잠깐 동안'의 감각이 상상력을 자극하여 영원성의 의미를 생성하는 시인 특유의 '문학의 공간'으로 이해해 볼 수도 있을 것이다. 그렇다고 해서 최근 황동규의 시세계에 나타나는 "이런 고요"의 상태가 일상의 모든 질서와 경계가 허물어진 상태를 지시하는 것은 아니다. 오히려 그의 시는 「사는 기쁨」에 적시되어 있듯이 그 어느 때보다도 현실의 세계와 밀착되어 있다. 또한 앞의 제2장에서 살펴본 것처럼 "용서하시게"라는 겸양의 목소리를 내장하며 세상의 가장 낮은 자리에 내려와 있다.

그렇다면 이 의미의 전도현상을 어떻게 설명할 수 있을 것인가. 앞서 살펴본 초기 시의식과 확연한 차이를 보이는 이 문제를 단순히 세월의 흐름이라는 측면에만 기대어 이해하기는 매우 어려워 보인다. 왜냐하면 "이런 고요"의 상태와 "이상한 마을"의 풍경이 '삶의 끄트머리'에 와 있는 모든 '대가급' 시인들에게 공통적으로 발견되는 것은 아니기 때문이다. 이러한 사정은 다음의 인용 시들에서 지속적으로 확인된다.

내 핏줄에도 얼음이 서걱대지는 않나?
텔레비전 커논 채 깜빡깜빡 조는 초저녁에
잠깨어 손가락 관절 하나 꼼짝하기 싫은 새벽에
그리고 이 술병, 마저 비울까 말까 저울질하는 바로 지금!
생각을 조금 흔든다.
그래, 뾰족한 얼음 조각들이 낡은 혈관 녹 긁으며 흐르면
시원치 않겠나?

-「겨울을 향하여」 부분

뿌리 뽑혀도 남는 생각이여
나무에게도 추억이 있다고 생각 못 했던 생각이여

-「아픔의 맛」 부분

생각이 있다는 것 자체가 유머러스해진다.

-「돌담길」 부분

인용시를 통해서 무엇보다도 "눈 크게 뜨고 귀 세우지 않아도/여기저기서 달라붙어오는 감각,/이 세상 것들, 우연히 지나치는 사람 얼굴의 표정 하나까지/무한대(無限大)로 살가워진다."라는 예전 시인의 목소리를 새롭게 기억해 둘 필요가 있을 것이다. 또한 위의 인용 시편들이 공통적으로 환기하는 "생각이 있다는 것 자체가 유머러스"하다고 생각하며, "생각을 조금 흔들"어 "생각 못 했던 생각"21)을 유도하는 황동규 시의 심층적 의미를 파악해두어야 할 것이다. 삶을 대긍정하는 시인의 이 음성과 <생각들>에는 50여 년간의 사실적 삶에 대한 '깨달음'과 '거듭남'을

---

21) 황동규의 <생각 못했던 생각>은 발상의 전환 혹은 시적 인식의 태도 변화 등으로 전환하여 그 의미를 규정해도 무방하다. 그러나 이 시구는 언어를 개념화, 관념화 시키지 않으려는 시인의 의도를 함의하고 있다. 따라서 필자는 이후의 연구자들이 <생각 못했던 생각>이라는 황동규 자신의 표현을 그대로 사용하기를 제안한다.

통해 현재 그의 시가 다시금 새롭게 향하는 겨울, 그 눈꽃같이 황홀하고 얼음장처럼 투명한 마음의 상태를 명징하게 보여주기 때문이다.

5. 맺음말

이상에서 본고는 '겨울', '고요' 등의 시적 의미 고찰을 통해 황동규 후기 시세계의 전반적 특성을 검토하고자 했다. 황동규의 초기 시에서 이 시어들은 궁극적으로 청춘기 시인의 우울하고 불안한 내면 의식을 표출하는 상징 시어로 제시된다. 그리고 이 사실은 이제까지 황동규의 초기시 세계를 규정하는 중대한 요소로 평가되어 왔다. 그러나 황동규의 후기 시세계에서 '겨울'과 '고요'의 시적 의미는 상당히 변화된 양상을 보여준다. 특히 이천 년대 후반에 발표된 두 권의 시집, 즉 『겨울밤 0시 5분』과 『삶의 기쁨』에서 이 시어들은 사실적 삶에 대한 이해를 바탕으로, 세계를 대긍정하는 절대적 계기로 작용한다.

이러한 시인의식의 변화는 이제까지 황동규의 시가 축적해 온 다양한 요인들에 의해 추동된 것으로 판단된다. 시간의 진행에 따르는 시인 내면의 정서적 안정, 禪사상을 포함한 동서양 철학에의 지속적 관심과 이를 통한 깨달음의 계기 마련, 자기갱생의 시적 의지 등은 구체적 사항에 해당할 것이다. 특히 중기 시세계 이후에 시도된 시간성에 대한 적극적 성찰은 황동규 시의 변화를 주도한 핵심 동인으로 파악해볼 수 있다.

'시간' 속에 비친 시인의 시간

– 시인과의 대담

    황동규 시인과의 만남은 10월 23일 토요일 오후 2시 30분, 양재역 근처로 예정되어 있었다. 박주택 시인과 필자는 전날, 미리 두 시간 전에 만나기로 약속을 해 두었다. 이미 하루 전에도 두 사람은 인터뷰에 도움이 될만한 자료들을 함께 꼼꼼히 검토했으나, '20세기 후반 한국시의 대표적인 시인'으로 평가되어 온 황동규 시인과의 대담에 앞서 한 번 더 긴 호흡의 시간이 필요했던 것이다.

    예정보다 이른 시간에 사진 촬영을 위해 이민하 시인이 도착하고, 잠시 후 황동규 시인이 약속 장소인 '만남의 광장'으로 들어섰다. 박주택 시인은 특유의 엉거주춤한 폼으로 겸연쩍은 표정을 지으며 문단의 대선배에게 공손히 인사를 했다. "선생님과의 인터뷰에 좀 더 준비가 필요할 것 같아서 저희들끼리는 조금 일찍 만났습니다." 황동규 시인은 인사대신 알 듯 모를 듯한 미소를 건넸다. 어쩌면 이 날 황동규 시인과의 대담은 이미 그 미소에서부터 시작되었을지도 모른다(생각했던 것보다 약속 장소가 어수선했던 탓에, 근처 조용한 찻집으로 곧 자리를 옮겼다. 그리고 이내, 시인과의 본격적인 인터뷰가 진행되었다).

박주택 시인(이하 박)_ 선생님 안녕하세요. 한참을 못 뵈었습니다. 바쁘신 중에 귀한 시간 내주서서 감사합니다. 얼마 전 서울대학교에서 정년퇴임을 하셨지요. 요즘 근황은 어떠신지요.

황동규 시인(이하 황)_ 정년퇴임을 한 후 반년 간은 아무 일도 안하고 그저 책만 읽고 살았습니다. 제가 대학에 전임 자격으로 처음 간 때가 아마 1968년일 겁니다. 벌써 햇수로 36년이나 되었습니다. 문득 돌이켜보니 그동안 제 나름대로는 정신없이, 바쁘게 살아왔다는 생각이 들더군요. 그래서 학교를 그만 둔 이후에는 만사를 제쳐두고 평소에 제가 읽고 싶었던 책들을 구해서 독서만 했습니다. 여유로운 시간 속에서의 독서야말로 내가 정말 해보고 싶었던 '일'이었으니까요. 그러다가 얼마 전 국민대 문예창작학과에서 특강을 맡겨와서 요즘은 일주일에 한번씩 출강하고 있습니다. 그동안 내가 근무했던 학과(영문과)와 달리 우리 말 위주의 창작 수업이라서 그런지 재미있고, 무엇보다도 보람을 느낍니다.

박_ 선생님께서는 지금 아무렇지도 않게 말씀하고 계시지만, 선생님께 배우는 학생들의 입장에서 보면 참 좋은 기회일 것 같다는 생각이 듭니다. 최근에도 활발하게 시작 활동을 하고 계시지요. 며칠 전에도 모 계간지에 <작은 시집>으로 묶어서 발표하신 작품들을 보았습니다. 제 기억으로는 '시간 속에 시간이 비친다'라는 제목의 <시작노트>도 함께 '첨부'되어 있었던 것 같습니다만.

황_ ≪문예중앙≫ 가을호에 실린 시를 보셨군요.

박_ 예 맞습니다. 거기에 보면 선생님께서는 "시간 속에 시간이 비친다. 그 시간 속에 들어가 보자"라고 하셨는데, 개인적으로는 그 말의 의미가 정확하게 파악되지 않습니다. 우선 이 부분에 대해서 말씀해 주시지요.

황_ 복잡하게 생각할 것 없습니다. 말 그대로입니다. 내가 말하는 '시간 속에 시간이 비친다'는 것은 결국 우리 인간들의 삶은, 삶의 의미는 시간을 떠나서 존재할 수 없다는 겁니다. 그것이 통상적인 시간이든 혹은 일상적인 시간이든 말입니다. 그 시간을 떠나서는 현재 우리 삶의 의미를 찾을 수 없다는 거지요. 다시 말하자면 우리 삶의 의미는 항상 시간 속에 놓여 있다는 것입니다.

이성천 평론가(이하 이)_ 그렇다면 선생님께서 말씀하신 '시간 속에 시간이 비친다'는 의미는 결국 일상적 시간 구조 안에서 개개인이 삶의 의미를 추구해야 한다는 것인가요.

황_ 비슷한 얘기이긴 한데, 정확한 것 같지는 않습니다. 일상의 시간에서 삶의 의미를 추구한다는 차원이라기보다, 삶의 의미는 일상의 시간 속에서만 비춰진다는 거지요. 시간이 배제되어 있는 의미는 그야말로 무의미 합니다. 시인의 경우에도 우리 삶과 유리된, 너무 이상적이거나 순수한 것만을 추구하면 시를 못써요. 시는 가능하면 구체적인 삶을 매개해야 합니다. 그렇지 않으면 인간적인 시, 좋은 시가 태어날 수 없습니다. 제가 '그 시간 속에 들어가 보자'라고 한 것도 바로 이런 맥락에서입니다.

이_ 말씀을 듣고 보니 이번 신작시 「지옥의 불길」에서 "'그러면 내세도 시간 속에 있군요.'/'그렇다. 시간도 시간 속에 있다.'"라는 마지막 구절이 한층 이해가 갑니다. 이 대목도 역시 통상적인 시간의 중요성을 강조하고 있는 거군요.

황_ 그렇게 볼 수 있습니다. 조금이라도 작품을 이해하는데 도움이 되었다니 다행입니다. 다른 얘기입니다만, 그래서 저는 릴케의 문학을 별로 좋아하지 않습니다. 릴케보다는 엘리엇, 랭보, 보들레르 같은 시인들의 작품을 훨씬 좋아합니다. 그 이유도 이런 사정과 무관하지 않겠지요. 다른 시인들에 비해 릴케의 문학은 현실의 시간을 대상으로

하기보다는 일종의 '시간 속이 아닌 시간'을 노래하지 않았습니까. 그러다보니 추상적이고 관념적이고, 그래서 다소 난해하게 느껴지는 것이지요. 그래서 저는 그 동안 릴케의 작품을 많이 안 읽었습니다. 아마 조금이라도 이름이 알려진 시인들 중에 릴케의 그 유명한 소설…… 그거 뭐죠. 갑자기 생각이 안 나는데……

박_ 말테의 수기요.

황_ 아 그렇죠. 말테의 수기, 아마도 그 작품 안 읽어 본 사람은 나밖에 없을 거예요.(웃음) 그런데도 아직까지 릴케의 많은 작품들은 왠지 손이 가질 않아요. 릴케의 시집 가운데는 형상 시집을 좋아합니다. 릴케의 작품들 중 그래도 상대적으로 관념이 배제되어 있어서 그런 것 같습니다. 그래서인지는 몰라도 형상 시집 발표 이후 한동안 릴케는 시를 못 쓰잖아요.

이_ 그러니까 선생님께서 추구하는 시세계의 특질은 삶의 시간에 의한, 삶을 위한, 일종의 구체적 삶에 관한 보고서로 볼 수 있는 거군요.

황_ 어느 글에선가도 언급한 적이 있지만, 사실 일전에 발표한 「풍장」 연작시만 하더라도 죽음의 문제만을 다루는 시가 아니에요. 궁극적으로는 삶에 대한 내 나름의 시적 성찰이지요. 삶의 의미를 다양한 각도에서 조명하기 위해 죽음의 문제를 함께 제시하고 있는 것입니다. 「풍장」 연작 시편들에서 오히려 죽음은 삶의 본질에 다가가기 위한 시적 통로라고 해도 무리가 없을 것입니다.

이_ 삶의 문제를 보다 적극적으로 부조하기 위해서 죽음을 경유했다는 것인가요.

황_ 한편으로는 그렇게 생각할 수도 있겠습니다.

박_ 선생님과의 대담 중에 저는 잠시 이런 생각을 해보았습니다. 오랫동안 선생님의 작품을 읽으면서 들었던 느낌이기도 합니다만, 몇몇 평론가들의 지적과는 달리 선생님의 시는 「계엄령 속의 눈」과 같은 작품 이외에도 사회 이데올로기적인 문제를 꾸준히 반영하고 있다는 것입니다. 예전에 선생님의 작품과 관련된 비평 글들을 보면 사회적 관심의 문제는 『태평가』, 『나는 바퀴를 보면 굴리고 싶어진다』 등의 시집이 발표된, 이른바 제 2기 시들에 맞춰져 있습니다. 제 생각으로는 이것이 다른 시편들에서 직접적으로 표출하지 않았을 뿐, 정치적 무의식이라고 할까요. 어떤 방식으로든 반영 되어 있지 않았을까 하는 생각이 듭니다.

황_ 그럴 겁니다. 박시인 얘기대로 시인은 어떤 방식으로든 시대, 사회의 현실 문제에 반응하지 않을 수 없으니까요. 그렇다고 해서 모든 시인이 이런 문제들을 시적 대상으로 삼아 직접적으로 취급할 수는 없는 거겠지요. 정도의 차이도 있을 수 있을 것이고, 또 자기만의 방식으로 시대를 이해하고 해석하면서 작품 활동을 하겠지요.

이_ 마침 선생님 시의 시기 구분 문제가 언급되었으니까, 이와 관련된 질문을 드리고 싶습니다. 이제까지 선생님의 시세계를 대략 4기 정도로 나누는 것에 대해 많은 사람들이 동의하고 있습니다. 주로 변화의 측면에 무게중심을 두고 있는 글들인데요. 사실 저는 개인적인 사정으로 선생님의 시를 오래 기간 동안 차분하게 읽어 왔습니다. 그리고 이전의 연구자들과는 조금 다른 시각에서 접근해 보았습니다. 시적 변모 혹은 변화의 측면을 인정하면서도, 이와는 다른 측면에서 선생님 시에 나타난 지속성의 원리를 고려해 본 것입니다. 제 생각으로는 초기시에서 최근의 시에 이르기까지 선생님의 시세계는 존재론적 측면에서 어떤 일관성을 보이고 있다고 판단됩니다. 특히 이 경우에 하이데거의 존재 철학은 선생님 시를 이해하는 데 있어서 매우 유용한 것으로 여겨지는데요. 가령, 『어떤 개인 날』과 『비가』로 대표되는 제1기 시세계는 존재의 불안 의식이 강하게 표출되고 있습니다. 또 『태평가』에서 『풍장』이전으로 말해질 수 있는 제2기의 시세계에는 사회 현실에 관심을 보이면서 세계 내 존재에 대한 인식이 확산되고 있음을 알 수 있습니다. 이후 제3기에는 삶과 죽음의 문제를 선적 사유와의 연관성속에서 전개하고 있으며 『미시령 큰바람』이후로 규정될 수 있는 제4기 시세계에서는 시인 존재의 정체성 문제를 환기하고 있습니다. 이렇게 보면 선생님의 시세계의 특징을 존재론적 측면에 비중을 두고 지속성의 문제를 거론할 수도 있지 않을까요.

황_ 그렇게 볼 수도 있겠습니다.

이_ 특히 제 3기 시에 나타나는 선적 상상력의 문제는 하이데거의 존재론과 밀접한 연관성을 지닙니다. 또 제4기의 시세계에서 말하는 시인 정체성의 문제도 결국에는 현존재 혹은 존재 본질의 문제에 궁극적으로 닿아 있는 것은 아닐까요.

황_ 본질이란 말은 이미 고정되어 있다는 의미가 강하게 환기돼서 약간의 거부감이 생깁니다. 그래서 저는 본질이란 용어는 잘 안 쓰고 대신에 존재, 혹은 실체와 같은 개념들을 자주 사용하는 편입니다. 하이데거에게 있어서 존재란 고정불변의 실체가 아니라 끊임없이 변화하는 것이지요. 물론 시간과 결부된 것이고요. 어쨌든 그 말은 맞는 것 같습니다. 방금 이선생이 말한 내용을 제가 시를 쓰면서 일부로 의식하지는 않았겠지만, 내 시의 변화라는 것도 일종의 지속적인 자기 확인 과정을 통해서 생겨난 것이겠지요.

이_ 선생님의 첫 시집 표제작이기도 한 「어떤 개인 날」의 첫 구절인 '아무래도 나는 무엇엔가 얽매여 살 것 같다'는 그래서 저 개인적으로는 매우 상징적인 대목이라고 생각합니다. 앞으로 전개될 선생님의 운명을 예고하고 있었다는 느낌이 강하게 들거든요.

황_ 미처 생각하지 못했는데 나중에 그 작품은 다시 한번 확인해봐야겠습니다. 내가 발표했던 시라도 이제는 오래 전 작품은 자세히 기억하지 못합니다. 다만 나중에라도 시인의 운명과 관련된 문제는 좀 더 이야기해봐야 할 것 같습니다. 그나저나 우리 대담을 정리하는 분은 나중에 애 먹겠어요. 초기 시에서 최근에 발표된 작품을 이렇게 한꺼번에 다루고 있으니까 말입니다.

박_ 그래도 이번 기회에 선생님 시세계를 종합적이고 입체적으로 살펴보는 것 같아서 많은 공부가 되는 것 같습니다.

황_ 그렇다면 다행입니다. 참, 그런데 다른 문인들의 인터뷰를 보면 중간중간에 (일동 웃음) 뭐 이런 게 있던데, 오늘 우리도 그런 계기를 한번 마련해야 하지 않을까요.

일동_ …… 웃음.

(이 때, 사진 촬영으로 분주하게 움직이던 이민하 시인이 "선생님의 그 말씀이 더 재미있는데요. 나중에 꼭 기록해야겠어요"하자, 진지한 대담으로 인해 다소 경직되었던 분위기가 조금 풀어졌다. 잠시 쉬는 시간을 이용해서 다시 차를 주문하고, 곧바로 선생님과의 진지한 인터뷰를 이어갔다)

박_ 그동안 선생님께서는 첫 시집 『어떤 개인 날』(1961)에서 『우연에 기댈 때도 있었다』(2003)에 이르기까지 도합 열 두 권의 시집과 3권의 시선집을 상재하셨습니다. 또한 1998년도에는 문단 데뷔 40주년을 기념하는 전집이 간행되기도 했습니다. 전집과 함께 묶인 『황동규 깊이읽기』는 선생님 시세계의 전반을 시기별로 조망한 대표적인 글들을 묶어 놓은 책입니다. 이외에도 이미 여러 연구자들이 선생님의 시세계를 지속적으로 추적하고 있어, 혹시 오늘 선생님께 여쭙고 있는 질문들과 중복되지는 않았는지 매우 조심스럽습니다. 그럼에도 불구하고 그 동안 많이 거론되었을 법한 한 가지 질문을 또 드리지 않을 수 없습니다. 선생님의 시세계에서 매우 중요한 의미망을 형성하고 있기 때문인데요. 여행시, 혹은 기행시와 관련된 것입니다.

황_ 그렇죠. 내 시에서 '여행'은 빼놓을 수 없는 항목이죠. 초기시에서부터 그 흔적이 분명하게 나타나니까요.

박_ 요즘도 여행 자주 다니시지요. 언젠가부터 선생님의 시를 읽을 때면 여행을 통한 삶의 존재론적 인식 확장이라는 말뜻을 자주 떠올리게 됩니다. 그런데 일각에서는 여행시 일반에 대한 부정적인 견해가 있는 것도 사실입니다. 이와 관련해서, 선생님의 시세계에서 여행시는 어떤 내용을 함의하고 있습니까.

황_ 단적으로 말해서 내 시는 여행시가 아닙니다. 여행시는 풍물을 주로 소개해야 하는데 내 시에는 그런 게 없잖아요. 내 시에서 여행은 시적 자아가 새로운 경험을 통해서 자신의 삶을 어떻게 변화시키는가를 보여주는데 있어요. 다시 말하자면 일상을 떠난 시적 자아가 삶의 새로운 의미를 어떤 방식으로 만나고 발견하는가, 또 일상을 어떻게 변화시키고 있는 가의 문제에 중점을 두고 있었어요. 「기항지」만하더라도 남해안에 있는 몇 개의 항구를 돌아다니면서 느꼈던 정서를 표현한거지, 단순히 여행지의 풍경을 적은 것이 아니에요. 여행을 매개해서 당시 시적 자아의 변화의 측면에 주목하고 있는 거지요. 어떻게 보면 여행을 이용해서 새로운 시를 쓴 거지요. 시적 자아의 변화를 일으킨 거고요. 다시 말하지만 내 시는 여행시가 아닙니다. 여행을 방편으로 내 생각을 담은거지요. 만약에 이 같은 여행을 매개하지 않으면 생동감, 긴장감, 진정성 등의 문제가 좀 약해지지 않겠어요.

그래서 실제 떠나면서 내 안의 생각을 매듭짓는 것이죠.

이_ 새로운 체험을 통한 시인의식의 확산 과정으로 보아야 하겠군요.

황_ 그렇습니다. 내가 생각하는 여행시는 기본적으로 그런 것입니다. 조금 다른 각도에서 보면 '여행'에 방점이 찍혀 있는 것이 아니라, 여행을 통한 시적 자아의 변화 과정이라는 점을 환기해야 할 겁니다.

이_ 역시 시적 자아의 변화 측면과 관련이 있는 것 같습니다. 때문에 다시 시적 자아의 거듭남의 문제로 확대해서 얘기해야 하겠습니다.

황_ 아마 그래야겠지요. 어느 글에선가도 말한 적이 있습니다. 처음부터 나는 시가 그 속에서 무엇인가 일어나 시적 자아가 조금씩이나마 변하는, 거듭나게 되는, 하나의 장場이 되는 구조물이 되기를 원했습니다. 거듭 얘기하지만, 내 시가 궁극적으로 염두에 두고 있는 것 중의 하나가 '변화'이기 때문입니다. 이 점은 최근 작품은 물론이고 첫 시집 『어떤 개인 날』과 이후의 시들을 통해서도 아마 보이고 있으리라 여겨집니다. 시속에서 무엇인가 변화가 일어나는 시, 내가 이것을 적극적으로 생각하기 시작한 것은 아마도 『나는 바퀴를 보면 굴리고 싶어진다』를 전후해서 발표한 시들 일겁니다. 이후 나는 이러한 시를 극서정시라고 이름 붙였습니다. 그게 1990년대 초반 무렵일 겁니다. 이미 아시겠지만 극서정시와 관련된 세부 내용은 여러 글들을 통해 제시한 바 있습니다. 또 이후에도 자전시 해설과 같은 지면에서 작품을 곁들여가며 상세하게 밝혀 놓았고요. 비교적 나중에 간행한 『미시령 큰바람』(93), 『외계인』(97), 『버클리풍의 사랑 노래』(2000), 『우연에 기댈 때도 있었다』(2003) 등의 시집은 이러한 연장선상에서 쓰거나, 쓰였던 시들이라고 해도 무방할 것입니다. 이 시집들 대부분이 결국에는 시인의 정체성 문제와 관련해서 새로운 변화를 보여주고 있는 작품들이지요. 시인은 적어도 '외계인'처럼 세계를 새로 보는 존재가 되어야 하고, 또 남을 용서하는 존재가 되어야 한다는, 시인 존재의 문제를 집중적으로 다루고 있는 것입니다. 제 시에 빈번하게 등장하는 홀로움, 또는 허허로움의 시어들도 이 문제와 깊은 관련이 있습니다.

이_ 선생님이 방금 말씀하신 극서정시 이론을 환기하고 최근 작품들을 다시 보니 어쩌면 요즘 작품들은 극서정시 이론에 대한 일종의 실천적 차원의 글쓰기가 아닌가 하는 생각을 해보게 됩니다.

황_ 중요한 얘기입니다. 아마 꼭 극서정시 이론을 의식하고 쓴 시들은 아니었지만, 분명 깊은 관련성이 있을 겁니다.

박_ 저희가 미리 준비한 질문에는 이런 내용이 있었습니다. '선생님의 시세계는 끊임없이 변모과정을 거쳐 왔습니다. 이제 또 어떤 변화를 모색하고 계시는지 궁금합니다. 아울러 그것은 시인 정체성의 문제와 어떤 연관이 있습니까'라는 내용인데요. 이제 선생님 말씀을 들으니 이 질문은 별로 유용하지 않을 것 같습니다. 왜냐하면 선생님 시세계에서 시적 자아의 변모 과정을 포함하는 '변화', 혹은 거듭남이 갖는 의미와 중요성을 새삼 깨달았기 때문입니다.

이_ 아까 오늘 대담이 이미 입체적이고 종합적으로 전개되고 있다고 하셨으니, 질문의 체계에 관계없이 말씀드리겠습니다. 『우연에 기댈 때도 있었다』를 전후로 한 선생님의 작품에는 가상의 극적인 공간을 설정하고 불타와 예수가 많이 등장하고 있습니다. 시의 전언도 이 두 성인의 입을 통해 전달되는 듯한 느낌이 드는데, 특별히 불타와 예수를 작품에 자주 '동원'하는 이유가 있으신지요.

황_ 특별한 이유는 없습니다. 다만 그동안은 이런 형식 자체가 시 장르에서 없었기에 때문에 한번 시도해보고 싶었던 거죠. 아마 지금 이 순간에도 많은 시인들이 각자 자신만의 독자적인 시세계를 개척하기 위해 노력하고 있겠지만, 아직 그 두 성인의 만남을 시도하고 있는 시는 없을 거예요. 한국뿐만 아니라 세계적으로도 말이죠.

박_ 선생님의 시에서 사실 동양과 서양의 만남을 시도한 것은 꽤 오래되었습니다. 이미 십여 년 전에 발표하신 「겉과 속」 같은 작품이 대표적인 경우일 텐데요. 조금 더 확대해보면 동서양의 만남이라는 형식과 주제는 선생님의 시에서 오래된 화두인 것 같습니다. 가령 상징주의적으로 씌어진 『비가』 연작시는 '자전적 해설'의 지면에서도 말씀하셨지만, 제목은 릴케의 「두이노의 비가」를 연상시키면서도 군데군데 두시언해, 혹은 향가의 흔적이 발견되거든요.

황_ 아마 그럴 겁니다. 그건 말하자면 조금 길어질 수 있는데 일종의 무의식이 반영되었다고 볼 수 있을 겁니다. 니체를 만나기 전까지 저에게는 종교 체험도 소중한 삶의 영역이었으니까요.

박_ 남은 시간이 많지 않은 탓에 서둘러 질문을 드려야 할 것 같습니다. 주어진 짧은 시간동안 선생님의 시세계 전반을 살펴보는 것이 무리인줄 알면서도, 너무도 소중하고 귀한 시간이라서요. 선생님의 사랑시에 대해서 말씀을 나눠 보도록 하겠습니다. 어느 지면에선가 선생님께서는 사랑의 시인임을 자처하고 있었던 것을 본 기억이 납니다. 아마 「즐거운 편지」, 「조금만 사랑 노래」, 「비린 사랑 노래」, 「버클리풍의 사랑노래」, 「쨍한 사랑노래」 등의 시편들은 선생님의 대표적인 사랑시들 일 텐데요. 특히 저 개인적으로는 "마음 비우고가 아니라/ 그냥 마음 없이 살고 싶다'는 「쨍한 사랑노래」가 그야말로 마음에 와 닿습니다만, 혹시 최근에 쓰신 사랑 시가 있으십니까. 또 사랑시는 선생님께 개인적 경험의 차원을 넘어서 어떤 의미를 가지고 있습니까.

황_ 최근에 '사랑'을 주제로 쓴 시는 기억이 잘 안 납니다. 다만 사랑시에 대해서는 이렇게 생각합니다. 모든 서정시의 근원은 사랑시에 출발한다고 말입니다. 그래서 나는 지금도 내 사랑시에 대해 쓴 평론가의 의도와는 무관하게 사랑의 시인으로 불려지는 것을 행복한 일로 받아들이고 있습니다. 그리고 이제껏 내가 아끼는 시들 중에는 사랑시가 많습니다. 물론 아닌 것도 있지만요.

이_ 일반 독자들은 선생님의 초기 시에 매력을 느끼는 것 같습니다. 이미 잘 알려져 있지만 「즐거운 편지」를 배경으로 영화도 만들어진 바 있습니다. 그런데 선생님 시는 솔직히 말씀 드려서 일반 독자들에게는 조금 어렵게 느껴집니다. 저부터도 처음보다는 두 번째가, 또 그보다는 좀 더 여러 번 반복해서 읽을수록 시가 분명하게 들어오거든요. 저만 그렇게 느끼는 건가요.

황_ 글쎄 대답하기가 좀 곤란합니다. 왜냐하면 어떤 사람은 초기시보다도 최근에 쓴 작품들이 좋다고 하거든요. 예를 들면 『버클리풍의 사랑노래』가 제가 낸 시집 중에서 가장 좋았다고 말하는 사람도 있습니다. 아마도 이건 개인적인 차원의 문제일 것 같습니다. 독자에 관련된 문제를 말씀하셔서 생각이 났는데, 일전에 『혼불』을 쓴 최명희 작가가 제 시를 여러 편, 아니 그보다 훨씬 많은 시편들을 암송하고 있는 것을 보고 깜짝 놀란 적이 있습니다. 저하고 나이가 열 살 안팎으로 차이가 나서 감수성도 비슷했나 봅니다. 아마 이선생이 내 시를 읽는데 약간의 장애를 느낀다면, 그건 어쩌면 나하고 나이 차이가 나서 그럴 수도 있을 겁니다.(웃음) 어쨌든 동일 작품이라 하더라도 사람에 따라, 시대에 따라 느낌이 다르니까 말입니다.

박_ 선생님은 우리 시단에서 시적 순결성을 지키는 몇 안 되는 분이라고 저는 생각합니다. 마지막으로 저를 포함해서 후배 시인들에게 당부 말씀을 해주시면 고맙겠습니다.

황_ 사실 이런 질문은 서로 피하고 싶은데……. 이 문제는 짧게 얘기하지요. 저는 누가 뭐라고 해도 시인은 남의 모방하지 말고 자기만의 세계를 고집해야 한다고 생각합니다. 자꾸 남의 세계를 기웃거리게 되면 결국에는 남의 흉내 내는 것 밖에는 안 되니까요. 그러면 시인의 생명은 끝입니다. 내내 이인자 밖에 안 되는 것이지요. 그러니 '큰' 시인이든, 신인이든 자기가 쓰고 싶은 것, 자기가 느끼는 것을 쓰라고 감히 말씀드리고 싶습니다.

박, 이_ 선생님 오랜 시간 고맙습니다.

정리: 이성천(문학 평론가)

제2부

한국 현대시의 존재론적 배경

만해의 도덕적 상상력과 문학의 상관성

1. 들어가는 글

이 논문은 만해 한용운의 사상체계에 나타나는 도덕적 상상력과 문학의 상관성에 관한 의미 규명을 목적으로 삼는다.

만해 한용운(1879~1944)은 식민지 조선의 한복판에서 독립 운동가이자 종교 개혁가로서, 저명한 문인으로서 그 누구보다도 치열한 삶을 살아갔다. 그는 「조선불교유신론」을 기술하여 불교적 진리와 조선 불교의 제도 개혁 문제를 적극적으로 제기했으며, 또한 「조선독립의 서」를 통해서 알 수 있듯이 일제 강점기의 독립사상 및 실천적 방법에 있어 막중한 역할을 담당했다. 아울러 시집 『님의 침묵』과 『흑풍』 등 5편의 소설, 다수의 한시 및 시조를 창작함으로써 한국 근대문학사에서 높이 평가되기도 하였다. 이로 인해 이제까지 만해 한용운에 대한 연구는 학계의 여러 분야에서 다양한 논의가 이루어져 왔다. 그 중에서도 특히 그의 문학과 사상의 상관성에 관한 연구는 기존 논의의 중심축을 이룬다.

이 과정에서 한 가지 문제시되는 것은, 그동안 누구보다도 적극적이고 직접적인 방식으로 불교개혁운동과 독립운동을 전개했던 만해가 일제의 침략적 기운이 국가적 위기감을 고조시키던 이 시기에 시인, 소설가로서의 삶을 강행하고 있다는 점이다. 그는 왜 국가적 존립과 민족 개개인의 생사가 위태로운 시대적 상황에서 문인의 삶을 동시에 선택했는가. 어떤 이유로 만해는 고도의 상징과 비유, 역설의 시학으로 구조된 시집『님의 침묵』과 자신을 괴롭히는 대상에게 자비를 행하는 여인(『박명』), 혁명의 의지를 불태우는 남자(『흑풍』)의 이야기를 상상했는가. 통상적으로 생각할 때, 이러한 예술적 상상력의 통로를 우회하기 보다는 논설 · 사설 등의 웅변적 글쓰기가 오히려 실천적인 행동을 유도할 수 있지 않을 것인가. 또한 직접적인 불교개혁운동과 독립운동이 더 실질적인 변화를 일으킬 수 있었던 시대는 아니었던가.

본고에서는 이러한 문제제기를 통해 만해의 문학적 글쓰기가 논설, 실천적 행위로써의 불교개혁운동 및 독립운동이 서로 분리된 것이 아니라 '도덕적 상상력'을 매개로 해서 유기적인 관계를 맺고 있음을 입증하려 한다. 뿐만 아니라 그의 문학 창작 활동은 우연적이거나 다른 활동과 무관한 일종의 '선택' 사안이 아니라 그의 전체적인 삶과 활동에서 자연스럽게 어우러지는 것임을 제시할 것이다. 만해의 '도덕적 상상력'에 대해서는 이미 김우창이「한용운의 소설」이라는 평론 글에서 언급한 바 있다. 이 글에서 그는 만해의 문학과 '도덕적 상상력'을 연계한 후, 그것을 만해 '시적 사고의 원동력'이라고 설명한다.[1] 즉 만해의 문학은 도덕적 상상력에서 비롯된다는 설명이다. 그러나 만해에게 있어 도덕적 상상력은 시적 사고의 원동력일 뿐만 아니라 논설, 불교개혁과 독립운동의 원동력이기도 하다. 이는 만해 자신이 여러 지면을 통하여 이미 밝혀놓고 있는바, 여기에는 궁극적으로 도덕적 행동은 '도덕적 마음'으로부터 비롯되기에 도덕적

---

1) 김우창,「한용운의 소설」,『김우창전집1─궁핍한 시대의 시인』, 민음사, 1993, p.149.

마음을 기르는 것이 가장 근본적이라는 만해 철학의 기본 덕목과 정신이 담겨있다.

이렇게 보면 만해의 문학과 실천은 별개의 활동이 아니라 동일한 상상력이 외부로 표출된 것이라 하겠다. 개인적 측면에서 만해 내면의 도덕적 상상력은 문학과 논설이라는 '언어적' 형식으로 표출되고, 불교개혁운동과 독립운동이라는 '신체적' 형식으로 표출된다. 또한 언어로 표출된 문학은 만해 개인을 넘어서 독자의 도덕적 상상력을 자극하고 함양시키는데, 이렇게 해서 독자 내면의 상상력도 결국은 외부적 실천으로 이어지게 된다. 즉 만해의 도덕적 상상력은 그 자신의 언어적, 신체적 행위의 동인動因일 뿐만 아니라 그의 시, 소설을 읽는 독자의 마음에 변화를 일으켜 행동하게 만든다. 따라서 만해의 문학은 자기 자신의 실천을 이끄는 도덕적 마음을 닦는 수단이자, 타자들의 도덕적 상상력을 함양시키는 실천적 수단이라고 할 수 있는 것이다.

본고는 이러한 논지를 바탕으로 1장에서는 상상력과 실천의 관계에 대해 만해의 불교 철학을 중심으로 살펴볼 것이다. 그리고 2장에서는 만해의 도덕적 상상력의 형성과 그 내용에 대해 주로 『조선불교유신론』을 통해 고찰하고자 한다. 3장에서는 만해의 도덕적 상상력이 그의 문학과 실천에 어떻게 표출되고 있는가를 구체적으로 살펴볼 것인데, 이 과정에서 우리는 만해의 사상과 문학, 실천을 보다 체계적이고 일관성 있게 이해할 수 있을 것이다. 또한 윤리적 차원에서 상상력과 문학의 역할과 중요성에 대해 불교철학적으로 접근한 후, 구체적인 실례로 만해의 경우를 다룸으로써 관련 분야 논의를 심화할 것으로 판단된다.

2. 상상력과 실천의 상관성

주지하듯이 흄의 '이성은 정념의 노예'라는 단언은 사고하고 판단하며 행동하는 '이성'의 소유자로서의 인간의 위상을 새롭게 규정해 놓았다. 그의 정의 이후, 정념 혹은 감정은 인간의 판단과 행동에 있어서 더 이상 무시해도 될 만한 요소가 아니게 되었으며, 이것은 도덕의 영역에 있어서도 마찬가지로 적용되었다. 즉 도덕적 행동의 동인動因을 이성이 아니라 정념에서 찾으려는 견해들이 점차적으로 등장하게 된 것이다. 이러한 견해는 자연스럽게 '연민'과 '공감'에 주목하는 방향으로 나아간다. 가령 루소는 이성보다 연민이나 동정심의 역할을 더 중요시했으며 아담 스미스는 연민과 동정심이 도덕적 세계의 '보이지 않는 손'이라고 했다.[2] 공감이 그 자체로 도덕적인 것은 아니지만 그것이 타인의 고통에 대한 공감일 때, 그것은 도덕적 감정이라 할 수 있으며 도덕적 행동으로 이어진다. 그런데 이러한 공감과 연민의 감정을 느끼기 위해서는 '상상'의 역할이 중요하다. 주체인 <나>와 <나의 마음>을 타인과 타인의 마음이 되어보도록 함으로써 <나>의 테두리를 벗어나게 해 주는 것은 상상의 힘이기 때문이다. 이와 관련해서 흄은 '상상-타인의 고통에 대한 공감-도덕적 행동'의 관계를 다음과 같이 기술한다.

> 현존하는 것이 아니라 상상력의 힘을 통해 예감할 뿐인 고통과 쾌락을 우리는 교류를 통해 자주 느낀다. 내가 전혀 모르는 사람이 벌판에 잠들어 있는데 이 사람은 말굽에 짓밟힐 위기에 처해 있고 (바로 그때) 내가 이 사람을 본다고 가정해 보자. 나는 곧 그의 구조자가 될 것

---

2) 김용환, 「공감과 연민의 감정의 도덕적 함의」, 『철학』 Vol.76, 한국철학회, 2003, pp.175~176 참조.

이고, 이때 나는 공감의 원리 때문에 낯선 사람이 직면한 불행(sorrow)에 관심을 가지고 (그를 구조하기 위해) 행동할 수밖에 없다. 이런 사실을 말하는 것만으로도 충분하다. 공감은 인상으로 전환된 생생한 관념일 뿐이므로, 어떤 사람의 앞날에 가능하거나 개연적인 미래 처지를 생각할 때 우리는 마치 그 처지를 우리 자신의 관심사인 양 생생하게 표상함으로써 그 처지에 동감할 것이다. 따라서 우리는 우리 자신의 것도 아니고 당장은 실재할 것 같지도 않은 고통과 쾌락을 감지할 수 있다.[3]

한편, 루소는 자신의 주저 『에밀』에서 "동정은 자연의 질서에 따라 인간의 마음을 움직이는 최초의 상대적 감정"이라고 한다. 동정심을 느끼기 위해서는 이 세상에 자기가 당하는 괴로움처럼 똑같이 고통을 느끼는 존재가 있다는 것을 알아야 한다. 즉 상상력에 의해 자기 자신을 초월해서 고통 받고 있는 저 사람, 저 생물에 자신을 일치시킬 때 우리 마음은 동정심으로 동요될 수 있다.[4] 현대 철학자인 마크 존슨은 우리의 일상적 사고와 이해 대부분이 '상상적 구조(imaginative structures)'를 통해 이루어진다고까지 한다. 대부분의 인지 과정에 상상이 개입하는 셈이며, 도덕적 사고도 예외가 아니다. 그래서 그는 도덕성의 본성이 상상적이며, 이제 도덕 이론의 과제는 도덕적 상상력의 함양이라고 한다.[5]

동양철학적 '도덕'의 경우에도 애초부터 공감, 연민 등의 감정과 상상의 역할을 주시했다. 한 예로 맹자는 <희생 제물로 끌려가는 소의 고통에 공감하여, 소 대신 양을 희생 제물로 바치라고 했던 제선왕>을 향해 인仁을 행할 수 있는 좋은 자질이라고 말한다. 사실 무고하게 죽기는 소나

---

3) 데이비드 흄, 이준호 역, 『인간 본성에 관한 논고 2 — 정념에 관하여』, 서광사, 1996, p.132.
4) J. J. Rousseau, Emile, 신윤표 역, 『에밀』, 배재서관, 1992(중판), p.291.
5) 노양진, 「상상력의 윤리학적 함의」, 『범한철학』 41권, 범한철학회, 2006. 참조.

만해의 도덕적 상상력과 문학의 상관성 | 217

양이나 마찬가지이다. 그러나 왕은 두려워 떨고 있는 소를 직접 보았기 때문에 차마 소를 죽일 수 없었던 것이다. 직접 눈으로 보거나 보지 않음에 의해 상대방의 고통에 공감하거나 공감하지 않는 것은 비합리적인 태도로 여겨질 수도 있다. 그러나 맹자에 의하면 군자는 살아있는 소가 눈앞에서 죽는 것을 차마 볼 수 없고, 죽으면서 애처롭게 우는 소리를 듣고는 차마 그 고기를 먹을 수 없는 사람이다.[6] 제사와 육식 자체를 모두 금하지는 않더라도, 여전히 다른 생명체의 마음을 상상하고 고통에 공감하며 그로 인해 자신의 눈앞에서 고통 받는 모습을 '차마 보지 못하는' 것은 도덕적 인간이 가져야 할 품성인 것이다.

그렇다면 만해 사상의 바탕을 이루는 불교윤리에서 상상력과 도덕적 행동의 관계는 어떠한가. 불교의 자비慈悲는 공감과 연민의 감정이라 할 수 있으며 그 점에서 자비심을 기르라는 것은 곧 감정적 변화를 요구하는 것이다. 하지만 전체적인 불교 윤리 이론에서는 감정적 변화뿐만 아니라 지적 각성도 함께 요구하고 있다. 타인의 고통에 대한 공감과 연민이 온전하려면 무아無我를 깨달아 타인으로부터 구분되는, 하나의 독립적 실체로서의 자아가 존재하지 않음을 아는 지적 각성도 있어야 하기 때문이다. 역으로 그러한 자아가 존재하지 않는다는 지적 각성은 타인의 고통을 내 고통처럼 감정적으로 느낄 수 있을 때, 단지 머리로가 아니라 몸과 마음에 완전히 체화되는 것이다. 그래서 무아無我에 대한 지혜와 타인에 대한, 나아가 나와 타인의 구분조차 없는 자비는 상호보완적이다.

그런데 지적 각성은 경전과 논서를 읽고 설법을 듣고 생각함에 의해서 도달할 수 있겠지만 연민과 공감 등의 감정은 그것들만으로는 부족하다. 하지만 불교가 우리의 윤리적 행동이 단지 지적 차원의 판단에 의해서만이 아니라 자비심에서 우러나오는 것이기를 요구하면서, 그 자비심이

6)『맹자』-「양혜왕장구상」7.

후천적으로 길러질 수 없는 것이라고 한다면 불교 윤리나 수행론은 무의미해질 것이다. 악한 사람은 아무리 노력해도 선한 사람이 될 수 없으며, 선한 사람은 원래 선한 품성을 타고난 것이어서 단지 자연적 본능에 따라 행동하는 것일 뿐이기 때문이다. 따라서 불교 윤리는 지적 차원에서뿐만 아니라 감정적 차원에서도 마음이 전환될 수 있으며 그것이 수행에 의해서 가능하다는 것을 제시해야만 온전한 윤리 이론으로 성립할 수 있다.

불교에서 행동, 즉 업(業, karma)은 신업身業, 어업語業, 의업意業으로 나누어지는데, 각각 신체적 행동, 언어적 행동, 정신적 행동을 가리킨다. 정신적 행동은 정신적인 사고 작용을 의미한다. 그런데 이 세 가지 행동은 모두 의지[思]에서 비롯된다.[7] 상대방을 주먹으로 때리는 것은 상대방을 때리려는 의지의 신체적 표출이다. 상대방에게 욕을 하는 것은 욕을 하려는 의지의 언어적 표출이다. 반대로 넘어진 사람을 일으켜 세워주거나 격려의 말을 건네는 것도 그렇게 하려는 의지가 신체적, 언어적으로 표출된 것이다. 흔히 불교를 마음의 종교, 혹은 마음의 철학이라고 하는 것은 이처럼 불교가 행동에 있어서 우리 마음에 일어나는 의지를 가장 근본적인 것으로 보기 때문이다. 따라서 어떤 의도로 행동을 하느냐에 따라 겉으로는 동일해 보이는 행동에 대해서도 도덕적 평가는 달라질 수 있다. 덕이 높은 승려가 강을 건너려는 여자의 손을 잡아주는 것과 아직 미혹한 승려가 여자의 손을 잡는 것은 겉으로는 동일한 행동으로 보이지만 도덕적으로는 다른 평가가 내려질 수 있다. 그렇다고 해서 불교가 행위의 결과를 무시하고 동기만을 따지는 것은 아니다. 사실 선과 악을 판단하는 절대적인 신神의 존재를 상정하지 않는 불교에서 선, 악은 그 자체로 정해져 있다기보다는 좋은 결과를 초래하는 것, 좋지 않은 결과를 초래하는 것으로 규정된다. 덕이 높은 승려가 탐심貪心에 의해서가 아니라 도와주려는 의도로

---

7) 의업을 의지와 동일시하고, 신업과 어업을 의지에 의한 행동으로 보는 경우도 있다.

여자가 강을 무사히 건너게 해 주었을 때, 행동의 원인인 의지나 행동의 결과가 모두 도덕적으로 선한 셈이다. 한편으로 죽이려는 의도를 가지고 동물을 죽일 때와, 죽이려는 의도는 없었지만 우발적인 실수로 동물을 죽게 했을 때의 도덕적 평가도 같을 수는 없다. 그런데 의지와 행동은 순환적이어서 마음의 전환을 어렵게 만든다. 12연기에 의하면, 무명無明을 조건으로 해서 행行이 일어난다. 여기서 무명은 무지를 비롯한 번뇌를 가리키고 행行은 업을 의미한다. 따라서 바꾸어 말하면 번뇌에 의해 의지와 행동이 일어난다는 것이다. 그런데 12연기의 뒤따르는 지支들은 그러한 의지와 행동이 다시 번뇌를 형성하고 그 결과 고통을 겪는 과정을 보여준다. 즉 행行 이후에 식識, 명색名色, 육입六入, 촉觸, 수受, 애愛의 과정을 거쳐 일어나는 취取는 다시 번뇌를 의미하기 때문이다. 게다가 무명으로부터 노사老死에 이르는 12연기는 일회적이지 않고 수레바퀴처럼 순환한다. 즉 번뇌가 의지·행동을 일으키고 이러한 행동이 다시 번뇌를 형성하며, 이렇게 형성된 번뇌가 다시 의지와 행동을 일으킨다.

　그렇다면 어떻게 해야 쳇바퀴 같은 악순환에 변화를 일으킬 수 있는가? 경전을 읽고 설법을 들어 연기의 실상을 아는 것만으로도 변화가 일어날 수 있다. 순환성과 연기의 과정에 대한 통찰은 그 자체로 연기의 과정에 변화를 일으키는 변수가 된다. 하지만 오랫동안 익힌 몸과 마음의 습관은 쉽게 없어지지 않는다. 결국은 과거와 다른 행동을 해보고 과거와 다른 마음 상태가 되어보며, 그것이 쌓이고 쌓여야 완전히 바뀔 수 있을 것이다. 그런 점에서 불교가 계율에 의해 비도덕적 행동[不善業]들을 제한하고 도덕적 행동[善業]들을 권하는 것도 이런 차원에서 다른 행동, 다른 마음이 되어보도록 제어하는 것이라 할 수 있다. 그렇지만 가장 근본적인 변화를 일으키려면 의지를 일으키는 마음 자체가 변해야 한다. 번뇌 중에서 가장 근본적인 것은 탐(貪: 탐욕), 진(瞋: 증오), 치(癡: 무지) 삼독심三毒心

인데, 아직 깨닫지 못한 범부의 마음 상태는 삼독심三毒心의 상태이다. 살생이나 도둑질 등의 행동을 하지 않도록 하기 위해서는 애초에 그러한 행동을 일으키려는 마음이 안 드는 것이 가장 효과적이다. 그런 면에서 탐욕이나 증오의 마음이 사라지도록 하는 것이야말로 개별적인 행동 하나하나에 대한 제한과 처벌보다 더 효과적이다. 따라서 불교의 수행은 근본적으로 그 삼독심을 제거하는 방향으로 진행된다.8) 그런데 탐, 진, 치는 지성적 차원의 것과 감정적 차원의 것으로 나누어진다. 전자를 견혹見惑이라 하고 후자를 수혹修惑이라 하는데, 각각 지성적 이해에 의해서 끊어지는 지성적 번뇌와 반복적 수행에 의해서 끊어지는 감정적 번뇌를 의미한다. 사실 마약 중독자들도 마약이 그들에게 해롭다는 것을 모르는 것은 아니다. 하지만 마약이 해로우며, 끊는 것이 옳다고 결심해도 끊기 어려운 것은 몸과 마음의 갈망이나 오랫동안의 반복적 습관이 지적 이해와 판단을 넘어서기 때문이다. 따라서 번뇌를 완전히 끊기 위해서는 지적 이해 이후에도 몸과 마음에 배어있는 성향과 습관을 없애기 위한 반복적 수행이 필요하다. 왜냐하면 수혹은 단지 이번 생에서 형성된 번뇌가 아니라 과거 오랜 세월의 전생을 거치면서 형성된 선천적 번뇌이기 때문이다.

소위 소승불교9)는 삼독심의 소멸에 주력했다. 소승불교에서도 자비를 무시한 것은 아니지만 깨달음과 자비를 별개로 보는 측면이 강했다. 그들이 도달하고자 하는 이상적 인물상도 붓다가 아니라 아라한이다. 붓다는 아주 오랜 세월에 걸친 전생의 선한 행동들에 의해 상상을 초월할 정도의 큰 자비심을 가진 인물로 숭앙되지만 소승불교의 승려들은 그들이 이러한 경지에까지 오를 수 있다고 생각하지도 않고, 목표로 하지도 않는다.

---

8) 108번뇌라는 말에서 알 수 있듯이 번뇌는 그 외에도 있으나 탐, 진, 치가 가장 근본적인 번뇌이기 때문에 여기서도 삼독심을 위주로 설명하겠다.

9) '소승불교'는 대승불교에 의해 붙여진 폄칭이다. '테라바다 불교'나 '아비달마불교'로 칭하는 것이 더 적절하지만 관행에 따라 '소승불교'로 칭한다.

물론 그들이 이상으로 삼는 열반의 경지는 곧 삼독심이 사라진 상태라는 점에서 비도덕적 행동으로부터 벗어난다는 것은 분명하다. 하지만 열반이 적극적인 도덕적 행동까지 의미한다고 볼 수는 없다. 반면에 대승불교의 이상적 인간상은 붓다나 보살이다. 그들은 단지 탐·진·치의 소멸만을 목표로 하지 않고 자慈·비悲·지智를 적극적으로 계발한다. 비도덕적인 마음의 소멸에 그치지 않고 적극적으로 도덕적 마음을 기르고 실천에 옮기는 것을 이상으로 삼는 것이다. 아직 깨닫지 못한 범부의 마음, 소승불교의 이상적 인물상인 아라한의 마음, 대승불교의 이상적 인간상인 붓다/보살의 마음의 차이를 다음과 같이 표로 나타낼 수 있다.

	지성적 차원	감정적 차원
범부의 마음	탐(貪), 진(瞋), 치(癡)	
아라한의 마음	무탐(無貪), 무진(無瞋), 무치(無癡)	
붓다/보살의 마음	자(慈), 비(悲), 지(智)	

그런데 탐·진·치에도 지성적 차원과 감정적 차원이 있으므로 후자를 끊기 위해서는 감정의 변화를 도모하는 수행이 필요하다. 또한 탐·진·치가 소멸한 소극적 마음이 아니라 붓다나 보살의 자·비·지가 활성화된 마음이 일어나기 위해서는 적극적으로 도덕적 감정을 불러일으키는 수행이 필요하다. 즉 소승불교에서 감정적 변화를 위한 수행은 부정적 감정의 억제에 초점이 맞춰지는데, 대승불교에서는 감정적 변화를 통해 긍정적 감정을 활성화시키려 한다. 그만큼 점점 지적 이해 차원을 뛰어넘는 수행이 불교 윤리에서 중시되었으며 나아가 '분별'하는 지적 이해가 깨달음에는 도리어 장애가 될 수도 있다고 보게 되었다. 이렇게 불교의 도덕적

수행은 점점 비도덕적 의지와 행동을 억제하고 도덕적 의지와 행동을 강화하는 방향으로 나아갔고, 궁극적으로는 후자의 의지와 행동이 거의 본능적이고 즉각적인 것이 되는 것을 지향한다. 즉 자연스러운 연민과 슬픔, 기쁨으로부터 도덕적 의지와 행동이 일어나도록 하는 것이다.

그렇다면 어떻게 마음, 특히 마음의 감정적 측면을 변화시킬 수 있는가? 과거의 경험이 현재의 상태에 영향을 준다는 점은 누구나 동의할 것이다. 과거에 공부를 많이 하면 현재 시험에 합격할 수 있고, 과거에 훈련을 많이 하면 대회에서 우승할 수가 있다. 과거에 당한 사고가 현재의 장애 상태의 원인이 되기도 하고, 현재에 통증을 일으키기도 한다. 그러나 이런 직접적 인과관계 외에도 과거의 경험은 우리에게 심리적 잔상을 남김으로써 현재와 미래에 영향을 미친다. 예컨대, "자라보고 놀란 가슴 솥뚜껑보고 놀란다."라는 속담은 일상적인 경험에 두루 적용할 수 있는 말이다. 과거가 영향을 주는 경우에, 물리적 손괴損壞나 육체적 외상外傷의 경우는 동일하다 하더라도 그것에 대한 느낌이나 평가에 따라 이후의 공포나 의지, 행동은 사람마다 다르다. 즉 사건에 대한 심상心象과 느낌이야말로 이후의 의지와 행동에 영향을 미치는 것이다. 하지만 과거에 실제로 일어났던 사건만이 현재와 미래에 영향을 주는 것은 아니다. 실제로는 일어나지 않은 일에 대한 상상도 영향을 줄 수 있기 때문이다. 상상이 과거의 경험에 준하는 심상과 느낌을 일으킨다면 과거에 실제로 일어났던 일이 그랬던 것과 마찬가지로 상상도 이후의 의지와 행동에 영향을 미칠 수 있을 것이다. 그래서 강한 상상은 우리 의지와 행동에 영향을 미칠 수 있다. 과거의 경험과 사고에 따라 반복적으로 순환하는 윤회의 수레바퀴에 상상력이 개입하면 그만큼 과거의 영향력이 약화되고 변화가 일어날 수 있다. 그리고 우리는 불교에서 실제로 상상력을 활용해서 마음을 변화시키고 있음을 확인할 수 있다. 이에 대해서는 선정 수행과 불교 문학 두 가지 측면에서 살펴볼 수 있다. 먼저 첫 번째 경우의 예로 부정관不淨觀 수행이나 사무량심四無量心 수행을 들 수 있다. 부정관 수행은 수행자가 탐욕을 제거하기 위해 닦는 것이다. 수행자는 자신의 신체 일부분이 백골이 되는 것을 상상하기 시작해서 마침내는 백골이 온 천하에 가득한 것을 상상한다. 이러한 상상은 자신과 타인의 몸에 대한 애착을 비롯해서 아름다운 색깔과 형태 등에 대한 집착을 벗어나도록 한다. 이 과정에 의해 삼독심 중 탐심이 제거될 수 있는데, 탐심의 제거는 적어도 그것에 의한 비도덕적 행동은 일어나지 않도록 한다.

반면에 사무량심 수행은 보다 적극적으로 도덕심을 기르는 수행이다. 이것은 자(慈, maitrī), 비(悲, karuṇa), 희(喜, muditā), 사(捨, apekṣā)의 네 가지 마음이 무한히 넘치는 것을 상상하는 것이다. 자무량慈無量을 닦는 과정에서 수행자는 먼저 자신이 누리는 즐거움이나 붓다, 보살, 성문, 독각 등이 누리는 즐거움을 떠올리며 모든 중생이 그러한 즐거움을 누리는 것을 상상한다. 만약 수행자가 번뇌가 많아서 이러한 상상을 원활하게 할 수 없다면 대상을 친한 이, 친하지도 않은 이, 원수로 나누고 친한 이와 원수를 각각 정도에 따라 세 부류로 나누어 가장 친한 이에 대한 상상부터 시작한다. 사실 아무리 악한 사람이라 하더라도 자신에게 가장 소중한 사람들, 예를 들어 부모님이나 자녀, 애인 등의 행복이야 바랄 수 있을 것이다. 그들이 즐거움을 누리는 것에 대한 상상이 완전해지면 조금씩 덜 친한 이를 대상으로 해서 상상하며 마침내는 그 과정이 가장 원수에게까지 이르도록 한다. 그리고 이러한 상상이 가장 친한 이나 가장 원수인 자에게 동등하게 일어나게 되면 점점 한 동네, 한 나라로 상상의 범위를 넓혀서 온 세상에 대해 그러한 마음이 한량없이 넘치도록 한다. '비무량悲無量'은 모든 중생이 괴로움을 벗어나는 것을 상상하는 것이고, '희무량喜無量'은 모든 중생이 즐거움을 얻고 괴로움을 벗어나는 것에 대해 기뻐하는 마음을 상상하는 것인데 수행 과정은 '자무량'을 닦는 과정과 동일하다. 마지막으로 '사무량捨無量'은 모든 유정들에 대해 평등한 마음이 되는 것을 상상하는 것으로, 닦는 과정에서 친하지도 않고 원수도 아닌 이에 대한 상상부터 시작한다. 이것은 '자비희'의 마음을 닦는 과정에서 모든 이를 공정하고 평등하게 대하는 마음이 없어지지 않도록 균형을 잡는 것이라 할 수 있다.[10] 그러나 부정관을 한다고 해서 실제로 자신이 해골로 변하거나 온 세상에 해골이 넘치는 것은 아니다. 사무량심 수행을 하고 있는 그 순간 실제로 나와 가장 친한 이가 붓다가 누리는 것과 같은 즐거움을 누리는 것도 아니다. 하지만 상상을 활용한 수행은 마음을 변화시키는 데 효과가 있다. 부정관에 의해 탐심이 억제되면 탐심에 의한 비도덕적 의지도 안 나타나고 그에 따라 비도덕적 행동을 하지 않게 된다. 사무량심 수행에 의해 공평무사함을 동반한 자비심이 길러지면 도덕적 의지가 발현되고 그에 따라 도덕적 행동을 하게 된다.

불교문학에서도 상상력의 활용을 볼 수 있다. 주로 붓다의 전생에 얽힌 이야기들을 전하는 전생담[11]들은 그 자체로 동화나 소설, 우화와 같은 것들로서 기존에 인도에서 전래되던 이야기가 불교 내로 편입되거나 각색된 경우도 있다. 또한 현생의 마음 상태나 행동습관이 이미 오랫동안의 전생에서부터 익숙해진 것이라는 점을 알려준다. 이와 더불어 전생담 중에는 굉장한 자비심과 '자비행'을 묘사하는 이야기들이 있다. 예를 들어 붓다의 전생에 얽힌 이야기 중에는 전생에 큰 나라의 왕자였던 붓다가 굶주린 호랑이에게 몸을 보시한 이야기도 있다. 그밖에도 설법 중에 비유나 묘사를 사용해서 문학적 표현을 하는 경우가 많다. 예를 들어 보리수나무 아래에서 깨달은 붓다에게 범천왕이 세 번 설법을 간청할 때 붓다는 사람

---

10) 『아비달마구사론』-「분별정품」 참조.
11) 『자타카』, 『본생경』은 이러한 전생담들을 전하는 경전이다.

들을 연꽃의 이미지에 빗대어 생각하고 설법을 결심한다. 즉 수면 아래에 완전히 잠겨 있는 연꽃들과 반쯤 잠겨있는 연꽃들이 있는 것처럼 조금만 이끌어주면 깨달음을 얻을만한 사람들도 있다.[12]

초기 경전인 『숫타니파타』는 "소리에 놀라지 않는 사자와 같이, 그물에 걸리지 않는 바람과 같이, 물에 때묻지 않는 연꽃과 같이, 코뿔소의 외뿔처럼 혼자서 가라"는 구절처럼 비유와 은유를 적극적으로 활용하고 있다. 감각적 욕망을 버리라든가 정진하라는 등의 자칫 무미건조한 도덕적 훈화처럼 들릴 수 있는 내용도 "번뇌의 화살을 뽑아라"나 "코뿔소의 외뿔처럼 혼자서 가라"는 문학적인 표현에 의해 청자나 독자의 상상력을 자극하면서 감정적 변화까지 유도하고 있다. 예를 들어 '번뇌'는 가슴에 화살이 박혔을 때의 고통에 대한 상상과 맞물리면서 화살을 뽑고 싶은 열망, 곧 번뇌를 없애야겠다는 열망을 자극할 것이다. 그런데 『숫타니파타』에서는 선정수행과 문학이 결합된 예도 볼 수 있다. 아래에서는 마치 사무량심 수행을 하고 있는 동안의 수행자의 상상을 문학으로 표현한 것처럼 보인다.

> 동물이거나 식물이거나, 길다랗거나 커다란 것이나, 중간 것이거나 짧은 것이거나, 미세하거나 거친 것이거나, 보이는 것이나 보이지 않는 것이나 멀리 사는 것이나 가까이 사는 것이나, 이미 생겨난 것이나 생겨날 것이나, 살아있는 모든 님들은 행복하라. 서로가 서로를 속이지 말고 헐뜯지도 말지니, 어디서든지 누구든지, 분노 때문이든 증오 때문이든 서로에게 고통을 주지 말라. 어머니가 하나뿐인 아들을 목숨 바쳐 구하듯, 이와 같이 모든 님을 위하여 자애로운, 한량없는 마음을 닦아라. 그리하여 일체의 세계에 대하여 높은 곳으로 넓은 곳으로 장애 없이, 원한 없이, 적의 없이, 자애로운, 한량없는 마음을 닦아라.

---

12) 『장아함경』 - 「대본경」 참조.

서있거나 가거나 앉아있거나 누워있거나 깨어있는 한, 자애의 마음을
굳게 가져라.[13]

이처럼 불교 초기경전은 풍부한 비유와 은유, 우화나 소설 같은 이야기
들을 담고 있는데, 석가모니 붓다의 입멸 후에는 경전에 대한 해석과 이
론화 작업이 이루어지면서 철학적, 이론적 논서 위주의 저술이 많이 집필
되었다. 이러한 작업은 불교라는 종교가 성립하는 과정에서 불가피한 것
이긴 하지만 초기경전만큼 독자의 감정까지 움직이기에는 부족한 면이
있었다. 그러한 상황에서 한편으로『반야경』,『금강경』,『유마경』 등의
다양한 대승경전이 저술되는데, 이것들은 경전이라고 이름하기는 하지만
사실상 석가모니 붓다의 언행에 대한 기록이 아니라 새로운 문예창작물
이다. 또한 초기경전들은 문학적인 면이 있다 하더라도 석가모니 붓다나
그 제자들이 실제로 했던 설법과 행동들에 기초하고 있는데 반해 대승경
전들은 훨씬 과감한 상상에 기초하여 이야기를 창작하고 있다. 가령『유
마경』은 병석에 누운 유마거사의 병문안을 둘러싼 이야기인데, 붓다의
제자들과 보살들이 유마거사로부터 이전에 곤란을 겪었던 에피소드들과
병문안을 가서 나눈 이야기들로 구성되어 있다.『화엄경』<입법계품>
은 선재동자가 53인의 스승으로부터 가르침을 받는 구도 여행담이다.

실제적인 경험과 행동이 우리의 마음을 변화시키도록 기다린다면, 그
것은 불교적 표현대로 시작 없는 때로부터 형성된 마음이기 때문에 그만
큼 무한한 시간이 걸린다 해도 힘들거니와 삼독심과 행동의 악순환은 우
리를 과거의 경험과 행동에 속박시킬 것이다. 그러나 상상은 무한한 시간
의 속박을 뛰어넘고 악순환을 역전시킬 힘이 있다. 도덕적 상상력은 마음
에 자비와 같은 도덕적 감정을 불러일으키며 이로써 도덕적 의지가 발현

---

13) 인용문은 전재성 번역(『숫타니파타』, 한국빠알리성전협회, 2005(개정본), pp.136~
137).을 따르되, 법정 스님 번역(이레 출판사, 2005)을 참조해서 약간 수정했다.

되도록 하고 그 의지에 따라 도덕적 행동을 하게 한다. 아직 하지 않은 선한 행동, 아직 품어보지 않은 선한 마음에 대해 마치 그것이 실제로 일어난 일처럼 현실감 있게 상상할 때 그것은 과거의 것만큼이나 강하게 의지 형성에 영향을 줄 수 있다.

3. 만해의 도덕적 상상력의 형성과 내용

만해 한용운의 『님의 침묵』에서 우리는 『숫타니파타』 등의 불교 경전들에서 보았던 것과 같은, 도덕적 감정들을 불러일으키는 표현들을 발견할 수 있다. 그것은 만해의 내면에서 이루어지던 도덕적 상상력이 언어적 형식을 통해 외부로 표출한 것이다. 그렇다면 만해 내면의 도덕적 상상력은 어떻게 형성되었고 어떤 내용을 지니고 있는가. 조선은 유교 국가였으며 그로인해 만해는 어린 시절 서당에서 한학을 배우는 등 유교적 가정, 사회 환경에서 성장했다. 신동 소리를 들을 정도로 어린 나이부터 특출했고 의병에 참가하기도 할 정도로 그는 지력이 뛰어났을 뿐만 아니라 의협심이나 정의감도 대단했다. 만해는 결혼해서 아이까지 둔 상태에서 출가해 불교 승려의 길을 걷는다. 당시 조선은 중국과 일본을 통해 서양사상과 개화사상이 유입되던 시대였고 만해는 이러한 사상에 대해 매우 개방적이었다. 그는 주로 양계초의 저작을 통해 간접적으로나마 서양 철학, 서양 사상을 받아들였다. 따라서 만해는 불교뿐만이 아니라 동양사상, 개화기에 도입된 근대사상과 일본과 중국을 통해 유입된 서양사상의 영향을 받았다.

그렇지만 이 중에서 만해 사상의 토대를 이루는 것은 단연코 불교이다. 그는 다른 사상들을 불교와의 조화 속에서 포용하거나 불교개혁과 독립운동 등의 실천에 활용하고 있다. 만해는 서양철학에서 불교사상과 부합하는 점을 찾지만 "철학이 동서고금에 있어서 금과옥조로 삼아온 내용이 역시 불경의 주석 구실을 하고 있는 데 불과함은 논할 필요도 없는 일이겠다"[14]라고 함으로써 자신의 사상적 토대가 불교임을 명백히 하고 있다. 만해에게 석가모니 붓다야말로 '철학의 대가'로 인식되었던 것이다. 또한 그는 다른 종교들은 "예수교의 천당, 유태교가 받드는 신神, 마호멧교의 영생永生"[15] 등처럼 미신이 많지만 불교는 그렇지 않고, 오히려 중생이 미신에서 헤어나지 못함을 두려워한다고 하면서 불교의 종교적 우월성을 말한다.

이처럼 그 스스로 철학적, 종교적으로 가장 뛰어나다고 보는 불교 사상을 만해는 어떻게 해석하고 있는가. 그는 「조선불교유신론」에서 불교 사상을 '평등주의'와 '구세주의', '자유주의', '세계주의'라는 보다 일반적인 개념으로 표현하고 있다. 만해는 중생구제와 자비를 목표로 하는 대승불교를 자신의 자상과 실천의 바탕으로 삼고 있는데, 이것은 그가 불교를 '구세주의'로 보는 것과 연결된다. 그는 대승경전 중에서도 『유마경』을 중시해서 스스로 번역과 강의를 할 정도였다. 『유마경』에서는 재가신자인 유마거사가 보살들과 성문승들을 능가하는 자비를 설하고 있으며, 세속과 열반을 이분법적으로 구분하지 않는 태도를 보여준다. '중생이 아프니 나도 아프다'는 『유마경』의 구절은 나와 별개로서의 타인에 대한 동정이 아니라 근본적으로 나와 남을 구분하지 않음에서 비롯되는 동체대비同體大悲의 자비를 잘 보여주고 있다.

---

14) 「조선불교유신론」(이하 유신론으로 약칭), 『한용운 전집2』, 불교문화연구원, 2006 (이하 전집으로 약칭), p.42.
15) 「유신론」, 『전집2』, p.36.

만해는 「조선불교유신론」에서 『화엄경』의 "나는 마땅히 널리 일체 중생을 위하여 일체 세계와 일체 악취 중에서 영원토록 일체의 고통을 받으리라", "나는 마땅히 저 지옥 · 축생 · 염라왕 등의 처소에 이 몸으로써 인질을 삼아 모든 악취의 중생을 구속하여 해탈을 얻게 하리라" 부분을 인용한다. 불교의 참모습은 고통 받는 중생을 외면하고 자기만의 수행에 집중하는 것이 아니라 고통 받는 중생을 구하는 것을 바로 자신의 수행으로 삼는 것이라고 보고 있는 것이다. 이것은 곧 승속僧俗을 나누지 않고 대중 속에서 그들을 구제하는 것이 참불교라는 인식으로 이어진다. 고통 받는 중생이 있는 곳이라면 그곳이 곧 불교가 있어야 하는 곳이다. 이러한 불교관은 「조선불교의 개혁안」에서 보살에 대해 "지옥 중생을 제도하기 위하여 지옥에 들어가며, 아귀를 제도하기 위하여 아귀도에 들어가며, 일체 중생을 제도하기 위하여 고해苦海 화택火宅에 침륜沈淪 생사生死하느니"라고 묘사한 대목에도 나타난다.[16] 또한 만해는 불교를 평등주의로 보면서 "항상 생각이 불평등의 연유에 미칠 때마다 마음에 근심이 일어 눈물을 짓지 않는 때가 없는 것이 나의 심경이다"라고 불평등한 현실을 안타까워하고 있다. 그러나 표면적으로 나타나는 불평등한 현상과 달리 중생은 본래 차별 없이 평등하다. 따라서 나의 자유와 다른 사람의 자유가 "수평선처럼 가지런하게" 되어야 하며 "각자의 자유에 사소한 차이"[17]도 없어야 한다.

평등은 국가와 국가, 인종과 인종 간에도 적용되는 원리이다. 그래서 만해는 "자국과 타국, 이 주洲와 저 주, 이 인종과 저 인종을 논하지 않고 똑같이 한 집안으로 보고 형제로 여겨, 서로 경쟁함이 없고 침탈함이 없어서 세계 다스리기를 한 집을 다스리는 것 같이 함"[18]을 이르는 세계

16) 「조선불교의 개혁안」, 『전집2』, p.167.
17) 「유신론」, 『전집2』, pp.44~45.
18) 위의 글, p.45.

주의를 주장한다. 그리고 "실현성 없는 공론에 지나지 않는다 해도 이후 문명의 정도가 점차 향상하여 그 극에 이르는 날이 오면 장차 천하에 시행될 것"[19]임을 확신한다. 그는 이상의 '구세주의', '세계주의', '평등주의', '자유주의'가 불교의 <주의>이며, 미래는 평등하고 자유롭고 세계가 동일하기 때문에 '불교의 세계'가 될 것이라고 낙관한다. 이처럼 그가 자신의 사상의 뿌리를 불교에 두고 다른 종교와 철학들 사이에서 불교가 가장 탁월함을 공언한다. 하지만 그의 내면이라는 토양에는 불교뿐만 아니라 다른 사상의 씨앗도 뿌려졌음을 부인할 수는 없을 것이다. 또한 이것이 만해 사상 자체나 불교적 의의를 떨어뜨린다고 할 수는 없다. 불교는 각 나라, 지역에 전달될 때마다 그 나라, 지역의 문화, 사상과 결합하면서 조금씩 다른 색채를 띠게 되었다. 우리나라의 경우도 예외가 아니고, 도교나 유교의 영향을 불교 사상이나 문화에서 찾는 것은 어려운 일이 아니다. 가령 조선시대에도 불교가 유교·도교의 영향을 받거나 그것을 유교, 도교와 통합하려는 노력이 있어왔다. 예를 들어 서산대사 휴정은 『선가귀감』을 집필하는 등 뛰어난 선사, 불교 승려로서 유·불·도를 통합하려고 했다. 그는 임진왜란 때 직접 승병을 이끌기도 했다는 점에서 만해의 적극적인 실천 이력과 비교될만한 인물이다. 또한 서산대사는 혁혁한 공을 세워 나라를 구한 후에는 높은 관직을 사양하고 입산수도해 승려로서의 삶에 충실했다는 점에서 구국의 노력이 명예나 부귀 등의 세속적 동기에 의한 것이 아니었음을 보여준다. 또한 만해가 번역하고 강의를 덧붙인 『채근담』도 다름 아닌 명나라 홍응명이 유·불·도를 융합해서 저술한 책이다.

조선인으로서의 만해의 사상에도 유교적 충절의식의 영향이 보인다. 승려의 결혼을 허용하자는 주장에도 유교적 윤리의식이 반영된 것으로

---

19) 위의 글, 같은 곳.

보인다. 만해는 승려의 결혼 금지가 시공을 초월한 절대적 계율이 아니라 방편적인 것이기 때문에 시대 상황에 따라 허용할 수 있다고 본다. 그러면서 승려의 결혼 금지가 윤리와 국가에 해롭다고 한다. 자손을 낳지 않는 것은 불효보다도 더 큰 죄이며 사람들로 조직되는 국가의 존립을 위태롭게 하기 때문[20]이다. 만해는 이처럼 불교 외의 다른 사상에도 유연한 자세를 취하고 "파괴 없는 유신은 없다"라며 과감하게 불교의 구습을 파괴하려 하지만 어디까지나 중심에는 그가 파악한 불교의 <주의>인 구세주의, 평등주의, 세계주의, 자유주의가 있다. 그리고 이것들은 자유, 평화, 평등, 자비, 열반, 진여, 불성佛性 등의 불교 내외의 수많은 개념들과 연결된다. 그러므로 만해는 모든 사람, 모든 생명들이 차별 없이 자유롭고 평등하며 고통스럽지 않은 세상으로서의 불교의 세계, 진리가 구현된 세계를 마음에 그리고 있다고 할 수 있다. 그 세계는 아직 한 번도 도래해 본 적이 없으나 그가 마음으로 상상할 수 있으며 반드시 도래해야만 하고 도래할 것이 분명하다고 믿는 세계로서 그의 '상상'의 힘이 이미 '마음' 안에 건설한 세계이다.

만해는 「조선불교유신론」에서 어느 한 사물이라도 마음 밖에 독립해 있는 것은 존재치 않으며 모든 것은 마음이 만든 것이라고 한다. "국토에 본디 예토穢土 · 정토淨土의 구분이 있는 것은 아니며, 다만 마음에 더럽고 청정한 차이가 있을 뿐"[21] 이라든가 "같은 국토건만 문병 온 대중은 보고 예토라고 하고, 유마힐(유마거사)은 보고 정토라 하게 마련"[22]이라는 대목 혹은 "예토와 정토의 차이는 보는 이의 눈에 가림이 있고 없고의 차이에 달려있다. 그리고 이렇게 가림이 있고 없는 것은 마음의 밝고 밝지

---

20) 위의 글, p.84.
21) 위의 글, pp.52~53.
22) 위의 글, p. 57.

못함에 있는 것"23)이라는 부분은 이 점을 우회적으로 보여준다. 따라서 만해는 '내 마음이 정토'라고 하고, 경전을 인용해서 '중생의 마음이 보살의 정토'라고 하고 있다. 결국 만해가 상상하는 세계가 도래하는 것은 우리 마음에 달려있는 셈이며, 어떤 의미에서는 그러한 마음 상태 자체가 이미 구원이라 할 수 있다. 그리고 이것은 기존의 마음을 없애고 새로운 마음을 품는 것이 아니라 본래 우리 마음의 청정한 바탕을 깨달아 그 바탕을 가리고 있던 탐·진·치를 닦아내는 것이다. 그래서 만해는 다음과 같이 말한다.

> 마음과 부처와 중생이 셋이면서 기실은 하나인데, 누구는 부처가 되고 누구는 중생이 되겠는가. 이는 소위 은 상즉상리(相卽相離)의 관계여서 하나가 곧 만, 만이 곧 하나라고 할 수 있다. 부처라 하고 중생이라 하여 그 사이에 한계를 긋는다는 것은 다만 공중의 꽃이나 제2의 달과도 같아 기실 무의미할 뿐이다.24)

따라서 붓다, 진리, 진여, 열반, 평화, 자유, 평등 등등 그가 도래하기를 염원하는 것에 대한 상상은 모든 '가림'이 없어지고 밝아진 자기 마음에 대한 상상이기도 하며, 그러한 밝음을 간직하고 있는, 즉 불성佛性을 지니고 있는 중생의 마음에 대한 상상이다. 그 청정한 불성을 간직한 채로 고통을 겪고 있는 중생에 대한 상상이다. 그리고 강한 상상으로 마음에 이상理想을 그리는 그 순간, 세계는 마음 밖에 따로 있는 것이 아니기에 그는 이미 자유, 평화, 평등의 세계에 있다고 할 수 있다. 그런 의미에서 그가 그리는 자유, 평등, 평화의 이상향의 세계는 이미 현재現在하는 세계이다.

---

23) 위의 글, 같은 곳, 참조.
24) 위의 글, p. 41.

4. 만해의 문학과 실천

일반적인 생각으로는 도저히 좁혀질 수 없을 것만 같은 붓다와 범부중생, 아직 도래하지 않은 이상 세계와 이미 도래한 세계를 동시에 상상할 때 우리는 그 대상을 무엇이라고 할 수 있겠는가. 붓다이자 범부이며, 미래이자 현재이고, 아직 오지 않은 것이자 이미 와있는 것, 이러한 역설적 대상에 우리는 결국 어떠한 '이름'도 붙이지 못할 것이다. 이름을 붙이는 순간 그 외의 다른 것들은 배제될 것이기 때문이다. 붓다, 진리, 열반, 중생, 평화, 평등, 자유 등등에서 하나의 개념에 대상을 국한시키면 상상은 거기서 멈출 것이다. 그것들을 좋은 것, 가치 있는 것으로 규정하고 그와 반대되는 것들은 포용하지 못할 것이다. 따라서 그것이 아무리 좋은 뜻을 품고 있다 하더라도 언어는 참모습을 그대로 드러낼 수 없다. 이렇게 '최고의 도道는 말이 끊어진 경지'이며 '유마는 한 번 침묵'했을 뿐이다.[25] 언어적 규정은 자칫 현상세계를 이분법적 잣대로 불평등하게 판단하고 왜곡할 우려가 있는 까닭이다. 그러므로 만해는 그 하나이면서 여럿이며, 같으면서도 다른 상상의 대상을 다만 '님'이라고 말한다. '님'은 말이되, 불평등을 초래하는 규정지음을 벗어나는 말이다. 만약 '님'을 '붓다'로만 규정짓는다면, '중생'은 님이 될 수 없을 것이며, '중생'으로만 규정짓는다면 '붓다'는 님이 될 수 없을 것이다. 그러나 단지 '님'이라고 함으로써 붓다'님'과 중생'님'은 만해의 마음에 공존할 수 있다. 불교 선사들은 간혹 설법이나 질문에 대한 답변 대신 '할喝'이라고 외마디 소리만을 친다. 구지 선사는 어떠한 질문을 받아도 다만 손가락 하나만을 들어보였을 뿐이다. 유마거사는 불이不二의 법문에 깨달아 들어가는 것이 무엇이냐는

---

25) 위의 글, p.57.

질문에 침묵으로 답할 뿐이다. 선사들의 '할' 소리, 구지 선사의 손가락 하나, 유마의 침묵에 해당하는 것이 바로 만해의 '님'이다. 따라서 그의 도덕적 상상력은 언제 어디서나 화두처럼 '님'을 상상하며 내면의 상상은 『님의 침묵』이라는 시집과 『박명』, 『흑풍』, 『죽음』, 『철혈미인』이라는 소설들을 통해 언어로 표현되고 있다. 불교적으로 표현하면 도덕적 상상력이 어업語業을 이끄는 의지로 작용한 것이다. 만해는 "님만 님이 아니라 긔룬 것은 다 님"(「군말」)이라고 하며, "어디든지 자기의 생각하는 바"[26]가 '님'이라고 한다. 이렇게 만해의 '님'은 시적 화자와 소설의 주인공에 의해 다양한 대상으로 화현化現한다.

하지만 왜 그는 불교개혁과 독립운동이라는 직접적 실천을 하기에도 모자란 시간을 들여 문학 창작을 한 것일까. 실천에 직접적 도움을 주기 위해서는 시, 소설을 쓰는 것보다는 논설에 집중하는 것이 더 효율적이지 않을 것인가.

도덕적 행동을 하기 위해서는 도덕적 의지가 선행해야 한다. 그리고 도덕적 의지가 발현하기 위해서는 마음에 탐 · 진 · 치가 적고 자 · 비 · 지가 많아야 한다. 궁극적으로는 탐 · 진 · 치가 소멸하고 자 · 비 · 지의 마음으로 완전히 전환하는 것이 대승불교 윤리의 이상이라고 할 수 있다. 그런데 1장에서 보았듯이 마음의 변화는 지성적 차원뿐만 아니라 감정적 차원에서도 이루어져야 한다. 그런 면에서 논설이 지성적 차원의 변화를 도모한다면, 시와 소설이라는 예술형식은 감정적 차원의 변화를 유도할 수 있다.

불교의 도덕적 이상은 단지 <가난한 사람, 고통 받는 사람을 도와주어야 한다>라는 식의 의식만으로는 부족하다. 불교의 도덕적 행동은 "어머니가 외아들을 생각하고 아끼는"(『숫타니파타』), 그런 절실하고 진정성 있는 마음에서 우러나오는 것이어야 한다.

---

26) 「박명」, 『전집6』, p.70.

갓난애가 기어 우물에 떨어졌을 경우, 친소(親疏)·은구(恩仇)를 가리지 않고 누구나 가서 건져 줄 것이다. 건지기 시작할 때, 반드시 건지고 안 건지는 득실(得失)을 다 알고 나서 건지는 것은 아니다. 다만 그런 광경을 대할 때 갑자기 마음에 억제할 수 없는 충동이 생겨서 건지는 줄 의식하지 못한 채 건지는 것이다. 또 형수가 물에 빠졌을 경우, 누구나 손을 내밀어 끌어낼 것인바, 손을 처음 내밀 때 반드시 형수에 대해 지켜야 할 예의와 손을 내밀어 끌어내는 행동이 어느 쪽이 가볍고 어느 쪽이 무거운지를 다 알고 나서 손을 내미는 것은 아니다. 다만 그 광경을 목도했을 때, 갑자기 마음에 억제할 수 없는 충동이 생겨서 손을 내미는 것을 의식하지 못한 채 손을 내밀게 되는 것이다.[27]

이상적인 도덕적 행동은 그것이 예의에 맞는 것인지 그른 것인지, 상대가 친구인지 원수인지 따지기도 전에 '마음에 억제할 수 없는 충동'이 생겨서 '의식하지 못한 채'로 도움을 주는 것이다. 따라서 논설에 의한 계몽과 지적 가르침은 우리를 지적 판단에 의해 도덕적 행동으로 이끌기는 하더라도 이러한 상태에까지 이르도록 할 수는 없는 것이다. 외적으로 나타나는 행동 이전에 "심신을 수성修省함이 만사의 근본"[28]이다. 만해는 "사람의 행위는 자기의 사상을 실현하는 것이다. 그러므로 한 생각이 잘못되면 모든 행위가 다 잘못된다."[29]라고 한다. 그런데 막상 행동하려고 하는 순간에 마음을 닦으려고 하면 이미 늦는다. 행동하지 않을 때에도 고요한 가운데에서 마음을 닦아야 한다.

바쁜 때에 행할 일을 먼저 한가한 속에서 검토하고 살펴보아 충분한 계획을 정하면 그릇된 행동이 드물고, 활동할 때에 일어나는 상념(想念)을 미리 고요한 가운데 닦아 가져서 지향(志向)을 확립하면 비도

---

27) 「유신론」, 『전집2』, pp.66~67.
28) 『정선강의 채근담』, 전집4, p.18.
29) 위의 글, p.20.

(非道)의 마음이 스스로 그친다. 이에 반하여 일을 한가한 때에 먼저 점검치 아니하고 갑자기 급한 일을 당하면 황망 전도하여 과오가 생기고, 상념을 미리 고요한 가운데 조심하여 가지지 아니하고 갑자기 행동할 때를 당하면 정욕(情欲)이 산란하여 비도(非道)의 마음이 발생한다.[30]

"활동할 때에 일어나는 상념을 미리 고요한 가운데 닦아 가진다."라는 구절에서 우리는 만해가 직접적 실천 이전에 도덕적 상상력으로 자신의 마음을 닦았음을 알 수 있다. 또한 불교선사들은 선시禪詩를 지어 참선을 통한 깨달음의 경지를 표현하기도 하는데, 만해 또한 참선을 게을리 하지 않았으며 선시를 썼다. 그렇다면 『님의 침묵』도 선시와 연장선상에 있다고 보아야 할 것이다. 만해의 시, 소설 창작은 그 자체로 만해 자신의 마음을 닦는 과정이기도 한 것이다.

그렇다면 왜 만해는 개인의 마음 수양, 참선에 그치지 않고 독자를 대상으로 하는 문학작품을 창작하고 출판했는가. 만해는 스스로 문학의 역할과 중요성에 대해 분명하게 인지하고 있었다. 그는 「역경(譯經)의 급무」에서 어려운 한문으로 쓰여진 팔만대장경에 대중의 접근이 어려운 점을 지적한다. 그는 구소설의 대부분은 불교도의 저작이라고 하며 『별주부전』은 『별미후경』에서 취재한 것이고, 『적성의전』은 『현우경』 중의 선사 태자 입해품을 번역한 것이라고 한다. 그 외의 소설도 "소설의 주인공이 불공의 결과로 탄생되었다든지, 또는 주인공의 성공이나 피화避禍가 고승 도사의 지시로 되었다든지 하는 등의 불교 신앙에 관련"된 것이라고 한다.[31] 불교가 탄압받던 조선시대에도 불교를 대중들에게 알린 것은 어려운 한문 불경이 아니라 바로 이러한 구소설이었다. 또한 부녀나 어린아이들도

---

30) 위의 글, pp.20~21.
31) 「역경(譯經)의 급무」, 『전집2』, p.225.

쉽게 접근할 수 있는 형태로 불교를 전달하는 것이 중생구제라는 불교 본연의 목적에도 합치한다. 아무리 좋은 가르침, 좋은 글이라도 그것이 범부 중생에게 전달되지 못한다면 소용이 없을 것이다. 불교의 가르침을 전달하고 그것을 듣고 보는 사람들의 마음을 변화시킬 수 있다면 그것이 가장 좋은 방편이다.

그러나 단지 불교를 포교해서 교세를 확장하려는 목적 때문에 그가 시나 소설을 쓴 것은 아니다. 어디까지나 불교가 지니고 있는 <주의>, 사상의 내용이 전달되는 게 중요한 것이며, 그러한 전달이 곧 중생을 구제해 주리라고 믿었기에 그는 문학이라는 형식을 통해서라도 전달하려는 것이다. 예를 들어 불교가 사람들에게 가르치려고 하는 것이 '자비'라면 꼭 그것이 일반 민중들이 접근하기도 어려운 한문 논서의 형태로 있어야 할 필요가 없다. 쉽게 읽힐 수 있는 시나 소설의 형태로 '자비'라는 내용을 전달해도 되는 것이다. 더 나아가 바로 그러한 '자비심'이 들게 하고, 나아가 '자비로운 행동'을 하게 만드는 것이야말로 불교의 궁극적인 목표라 할 수 있다.

궁극적으로 문학은 이러한 역할을 할 수 있다. 붓다의 설법 형태를 취하지 않더라도, 만해는 『박명』에서처럼 순영이라는 인물을 통해 한량없는 자비심과 자비행을 묘사할 수 있고 독자의 마음을 움직일 수 있다. 중요한 것은 탐·진·치의 마음이 자·비·지의 마음으로 전환하는 것이며 그것이 가능하도록 마음을 닦아가는 것이다. 그 방편이 경전의 독송인지, 참선인지, 계율을 지키는 것인지 여부 자체가 중요한 것이 아니다. 자비심을 기르기 위해 사무량심 수행이나 자비관 등의 표현을 꼭 알고 그 이론적 과정을 습득할 필요는 없다. 문학 작품을 통해 보다 더 많은 사람이 동일한 효과를 얻는다면 그것이 가장 좋은 방편이다. 이것은 곧 문학을 통해 만해 개인의 도덕적 상상력이 독자에게 전이되고 독자의 마음을 변화시키는 과정이기도 하다. 이를 다음과 같이 도식화할 수 있다.

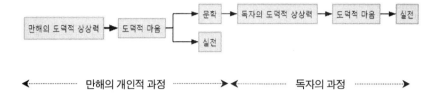

만해의 도덕적 상상력 → 도덕적 마음 → 문학 → 독자의 도덕적 상상력 → 도덕적 마음 → 실천 / 실천

◀········· 만해의 개인적 과정 ·········▶ ◀········· 독자의 과정 ·········▶

우리는『님의 침묵』을 통해 만해가 독자의 마음을 자연스럽게 자비를 닦는 방향으로 이끌어가고 있음을 확인할 수 있다. 자비慈悲는 본래 자(慈, maitri)와 비(悲, karuṇā)의 합성어로서 maitri는 우정, 선의善意를 의미하고 karuṇā는 슬픔, 연민을 의미한다. ≪님의 침묵≫에서 자비는 '사랑'과 '슬픔'이라는 말로 나타나고 있다.

> 사랑도 사람의 일이라 만날 때에 미리 떠날 것을 염려하고 경계하지 아니한 것은 아니지만 이별은 뜻밖의 일이 되고 놀란 가슴은 새로운 슬픔에 터집니다. 그러나 이별을 쓸데없는 눈물의 원천을 만들고 마는 것은 스스로 사랑을 깨치는 것인 줄 아는 까닭에 걷잡을 수 없는 슬픔의 힘을 옮겨서 새 희망의 정수박이에 들어부었습니다.
> 　　　　　　　　　　　　　　　　　　　　　－「님의 침묵」 부분

시「님의 침묵」에는 사랑−이별−슬픔−희망의 역학관계가 나타나 있는데 이러한 관계가 시집『님의 침묵』 전체를 관통하고 있다. 사랑의 반대는 분명 슬픔이 아니다. 물리적으로는 이별했을지 몰라도 슬픔은 물리적 이별을 극복함으로써 사랑을 회복하기 때문이다. 슬픔과 함께 '님'은 화자의 마음에 여전히 남아있다. 그래서 슬픔은 사랑이 유지되도록 하며 님을 잊지 않도록 하여 재회의 희망으로 작용할 수 있다. 보살은 중생의 아픔을 자신의 아픔으로 여긴다. 보살에게는 나와 너의 구분이 없기 때문이다. 자무량심 수행에서 보았듯 보살은 모든 중생이 즐거움을 누리기를

바라고 그러한 상태를 상상한다. 또 비무량심 수행에서 보았듯 보살은 모든 중생이 괴로움에서 벗어나기를 바라고 그러한 상태를 상상한다. '사랑'과 '슬픔'은 중생의 안락을 바라고 고통에서 벗어나기를 바라는 마음, 보살의 자심慈心과 비심悲心에 일치한다. 그리고 사랑과 슬픔 때문에 보살은 중생을 위해 행동한다. 그래서 만해의 '슬픔'은 한恨의 정서를 지닌 조선의 민중에 호소력을 가지면서도 한恨과는 다르다. 만해의 '슬픔'은 불교에서 고통 받는 중생의 괴로움에 슬퍼할 뿐만 아니라 적극적으로 고통을 없애주는 윤리적 행동을 감행하게 하는 비심悲心을 의미하는 것이기 때문이다. 그래서 '슬픔의 힘'은 '새 희망'의 동력이다. 만해는 "저리고 쓰린 슬픔은 힘이 되고 열이 되어서 어린 양과 같은 적은 목숨을 살어 움직이게 합니다. 님이 주시는 한숨과 눈물은 아름다운 생의 예술입니다"(「생의 예술」)라고 한다.

또한 슬픔도 분노와는 다르다. 만해는 「당신을 보았습니다」에서 능욕하려는 장군에게 "항거한 뒤에 남에게 대한 격분이 스스로의 슬픔으로 화化하는 찰나에 당신을 보았습니다"라고 하고 있다. 부당하게 억압받는 상황에 분노하는 것은 자연스러운 인간의 심정이다. 하지만 분노에 머문다면 만해는 혼란한 시대 여타의 투사들과 다를 바가 없다. 타인, 타국에 대한 증오와 분노는 자, 타의 구분을 전제로 한 것이다. 단순히 남이 아니라 나이기 때문에, 타국이 아니라 자국이기 때문에 더 우월하고 더 소중하다고 여기고 상대에 대해 분노한다면 상황이 역전되었을 때 어제의 능욕당한 자는 오늘의 능욕하는 자가 될 수도 있다. 따라서 지켜야 할 대원칙은 자·타 구분 없는 '평등'이며, 우리는 나를 억압하는 상대에 대한 분노와 복수심을 승화시켜 평등이 깨진 상황 자체를 슬퍼해야 한다. 분노가 슬픔으로 승화되어야 불평등, 부자유한 상황에서 벗어나려는 항거는 훗날 스스로 타자, 타국을 억압함으로써 또 다른 불평등이 일어나지 않도록 한다.

만약 만해가 조선의 독립 자체만을 목적으로 했다면 그의 시는 보다 분노를 자극하는 투쟁적 문체로 쓰여졌을 것이다. 하지만 만해의 도덕적 상상력은 어느 한 나라의 독립을 뛰어넘어 세계 전체의 평화와 평등, 자유를 그리며 바로 그러한 상상에 다른 사람들이 동참하도록 하고 있다. 즉 '국가 이기주의'가 아니라 만국이 평등하고 자유로운 '세계주의'를 구현하고자 하며 그것이 불교의 <주의>이자 만해의 '님'의 참된 모습이다.

한편, 대승불교의 가르침대로 지혜와 자비는 떨어질 수 없다. 지혜는 무아無我를 깨달아 모든 이원성이 사라지는 평등의 진리를 가르쳐주며, 자비는 평등이 실현되도록 한다. 보살은 깨달음을 통해 중생에 대한 사랑과 슬픔을 품으며, 사랑과 슬픔을 통해 깨달음에 이른다. '우주와 인생의 근본문제를 해결하는 대철학은 눈물의 삼매에 입정'(「고대」)하는 것이며 '슬픔의 삼매에 아공(我空)'(「슬픔의 삼매」)이 된다. 또한 만해는 소설을 통해 자신의 도덕적 상상력을 구현하는 이상적 인간상을 그리기도 한다. 만해가 그리는 인간상은 단지 불교뿐만 아니라 유교와 개화기 서양 근대 사상의 영향도 받은 인물로 보인다. 만해의 소설들은 시에 비해 더욱 유교적 색채가 보이며 비교적 슬픔보다는 분노, 투쟁의 정서가 보이기도 한다.『박명』에서 순영은 표면적으로는 유교윤리에 충실한 열녀의 표상으로 보인다.『죽음』의 영옥은 남편을 죽인 원수에게 복수하고 자신도 자살하는데, 이것은 구시대적 일부종사를 연상시키며 불의에 대한 적개심과 강한 복수심이 소설을 지배하고 있다.『흑풍』의 왕한과 콜난이 복수를 결심하는 동기는 유교적 충절과 신의, 정조, 효도에 입각한 것이다. 그 과정에서 그들은 폭행과 살인도 저지른다.

이처럼 만해의 문학에는 유교적 정조관념이나 충효사상이 반영되어 있는 것으로 보이며, 특히 시보다는 소설에서 이러한 영향의 흔적이 두드러진다. 하지만 만해는 그러한 해석을 우려라도 하는 듯이 소설 속에서 불교를 직, 간접적으로 언급하거나 등장인물들의 생각이나 행동에 대해 불교적 해석을 덧붙인다. 즉 보은報恩이나 복수를 불교의 인과응보, 업보 사상으로 해석한다. 예를 들어 순영의 행동에 대해 신여성들은 유교적 열녀관에 따른 행동으로 비판하지만 만해는 이것이 불교적 보살행임을 설명한다. 또한 원수에 대한 통쾌한 복수라든가 불의한 사람에 대한 폭력행사를 정당화하는 듯 하다가도 만해는 종국에는 불교의 자비를 가장 상위에 있는 윤리로 묘사하기도 한다. 가령 『흑풍』에서 콜난이 죽어가면서 불교 선사를 청하는 대목에서 만해는 다음과 같이 쓰고 있다.

> 정공 선사는 사람의 살고 죽는 것은 뜬구름이 일어났다 없어졌다 하는 것과 같아서 족히 믿을 것이 못 된다는 것을 말하고, 착한 인연을 지으면 착한 과보를 받고 악한 인연을 지으면 악한 과보를 받는 것이어서, 왕한이 지성을 죽인 것은 전세의 업원(業冤)으로 그리 된 것이요, 콜난이 왕한을 죽이려고 한 것은 왕한이 지성을 죽인 업보이므로, 이 다음은 또 왕한이 또 콜난에게 원수를 맺게 될 것이다. 그러면 미래제(未來際)가 다하도록 업원이 끊길 사이가 없는 것이므로, 저 사람은 나에게 원수를 맺더라도 나는 저 사람에게 은혜를 베풀 것이라는 것을 말하였다. 또 착하고 악한 것이 한 생각의 차이이므로 콜난이 왕한을 사랑한 것도 한 생각이요, 왕한을 죽이려고 한 것도 한 생각이라, 한 생각은 능히 지옥을 변화시켜 천당을 만들 수도 있고, 천당을 변화시켜 지옥을 만들 수도 있는 것이므로, 지금이라도 한 생각을 돌려서 착한 마음을 먹고 부처님을 생각하면 죽더라도 극락으로 갈 것이고, 죽은 아버지도 제도(濟度)할 수 있다는 것을 말하였다.[32]

이로써 만해는 불교 외의 다른 사상의 영향도 반영하여 이상적 인간상들을 그려내지만 궁극적으로는 무한한 자비심과 자비행으로 원수까지도

---

32) 「흑풍」, 『전집5』, p.267.

용서하는 인간상을 가장 이상적인 인물로 보았다고 할 수 있다. 그리고 이것은 단지 겉으로 드러난 행동만이 아니라 그러한 행동을 하는 인물의 내면까지 주목하는 것이다.

일전에 권영민은 만해의 소설은 인간 심성의 본질을 구현하려는 의도를 가지고 있다며, 주인공들은 주관성의 한계에 갇혀서 자기와의 싸움에 더 큰 의미를 부여한다고 한다고 지적했다.[33] 이는 매우 타당해 보인다. 사실 만해는 바로 그러한 이유에서 문학 창작을 한 것이다. 그에게 있어서 문학은 행동의 동인動因이 되는 마음을 변화시키기 위한 방편이다. 단지 결과로서의 '독립'이나 '개혁'만이 중요한 것이 아니다. 조선을 포함한 모든 나라, 모든 사람, 모든 생명의 평화와 자유, 평등을 바라는 마음에서 독립과 개혁을 하는 것과 조선 외의 다른 나라, 다른 사람들을 해치고 억압하려는 마음에서 독립과 개혁을 하는 것은 다르다. 궁극적 목표는 세계가 한 형제처럼 모두 자유롭고 평화롭게 지내는 상황이기 때문에 독립운동이라는 실천의 동기는 불교의 세계주의, 자유주의, 평등주의, 구세주의에 입각한 것이어야 한다. 따라서 행동은 단지 겉으로 나타나는 모습으로만이 아니라 행위자 내면의 도덕성까지도 요구하는 것이어야 한다. 그런 면에서 만해의 주인공들은 자기와의 싸움을 하는 것이다.

또한 만해의 삶에서 문학만을 떼어낸다면 주관성의 한계에 그친 것으로 보일 수 있다. 하지만 전체적인 삶을 본다면 그의 문학과 실천이 내적, 외적 균형을 이루고 있음을 알 수 있다. 만해의 도덕적 상상력이 문학이라는 형식을 통해 언어적으로 표출되고, 다시 신체적 행동을 통해 직접적인 실천으로 나타난다. 또한 그의 문학은 독자도 도덕적 상상력에 동참하도록 하며, 나아가 동일한 마음에 의해 직접적 실천으로 나아가도록 유도한다.

---

33) 권영민, 「한용운의 소설과 도덕적 상상력」, 『문학사와 문학비평』, 2009, pp.147~149 참조.

동일한 도덕적 상상력이 신체적 행동으로 이어져 만해는 항일 투쟁 조직인 '만당'의 영수로 활동했고 1919년 독립선언을 연설하고, 형무소에서조차 「조선 독립의 서」를 작성할 정도로 적극적으로 그가 상상하는 세계를 만들기 위한 실천을 했다. 그 밖의 불교 단체들의 결성과 참여, 잡지들의 창간과 출판, 불교 대중화를 위한 실천 등등 그는 개인적으로도 최선을 다해 행동했으며 더 많은 사람들이 실천하도록 유도했다. 단지 논설과 단체의 결성, 연설에 의해서 뿐만이 아니라 문학 창작을 통해 사람들의 마음까지 움직이려고 한 것이다.

5. 결론

실제로는 주변에 존재하지 않는 대단히 자비로운 인물들에 대한 상상, 지금 존재하지 않는 평화로운 나라에 대한 상상, 전쟁과 갈등 없이 모든 사람들이 평안하고 행복한 상태에 대한 상상은 과연 무의미한 공상에 불과할까. 실제로 있었던 일에 대한 회상, 지금 경험하고 있는 것뿐만 아니라 있어야만 할 것에 대한 상상도 마음을 변화시키며 나아가 행동을 변화시킬 수 있다. 강한 상상은 과거가 영향을 미치듯 우리 마음에 영향을 미칠 수 있는 것이며, 그렇게 영향 받은 마음이 미래를 만들어가는 것이다. 상상력은 상상하는 자의 마음에 변화를 일으키고 이 변화된 마음이 의지로서 작용해서 이전과 다른 행동을 하게 된다. 그런 면에서 마음을 움직이는 강한 상상이야말로 윤회의 수레바퀴 방향을 돌릴 수 있는 힘, 강물을 거슬러 올라갈 수 있는 힘이 있다. 그래서 과거가 끊임없이 반복적으로 현재화하던 과정은 역전하여 상상 속의 미래가 현재화하게 한다.

우리가 만약 과거의 경험에 의해 주조된 자신의 마음의 테두리 안에 갇혀있다면 도덕적 행동은 불가능하거나 조악한 정도에 불과할 것이다. 하지만 감히 범접할 수 없을 것 같은 경지의 자비심이나 그러한 인물들에 대해 상상하는 것, 이상적인 세계에 대해 상상하는 것은 자신의 경험의 한계를 뛰어넘어 마음을 고양시키며 도덕적 의지를 강화시킨다. 또한 상상에 의해 나 아닌 타인의 고통에 공감하고 연민을 느끼며 자비심의 범위를 조금씩 넓혀갈 때 우리의 도덕적 행동의 범위와 강도도 더 넓고 강해질 수 있다. 비록 그 결과가 처음부터 무한한 자비심과 행동이 아니라 하더라도 적어도 범부의 삼독심으로부터 보살의 자비심 쪽으로 조금씩 변화될 수 있으며, 이에 따라 의지도 행동도 달라질 수 있는 것이다.

조각가는 조각을 하기 전 마음에 자신이 완성할 조각 작품을 미리 상상할 것이다. 그러한 과정을 거치더라도 실제 조각 과정은 그가 구상하고 의도했던 것을 완전히 구현하지 못할지도 모른다. 그렇지만 미리 마음에 그려보지 않는다면 만족스러운 작품을 기대할 수 없다. 자유를 빼앗기고 평화가 깨진 상태에서 평화로운 세계를 만들기 위해서는 어떻게 해야 할까? 지금 우리에게 없는 자유와 평화를 마음에 미리 그릴 때 그것을 창작하는 사람과 그것을 읽는 사람은 마음에 만족스러운 심리를 미리 느낌으로써 바로 그 순간에도 마음의 평안을 누릴 수 있다. 이런 점에서 상상에 의한 구원은 미래뿐만 아니라 현재에도 일어나고 있다고 말할 수 있다. 또한 상상하는 자는 그것을 현실화하기 위해 노력할 힘을 얻으며 자유와 평화를 잃은 현실세계를 자신이 상상한대로 만들기 위해 실제적인 실천을 하게 된다.

만해 개인의 경우도, 독자들의 경우도 근본적으로 도덕적인 행동은 도덕적 마음으로부터 나온다. 불교의 개혁이나 조선의 독립이라는 외형적 결과만이 중요한 것이 아니다. 그러한 결과를 초래하는 행동이 탐 · 진 · 치가 아니라 자 · 비 · 지의 마음에서 비롯된 것일 때 약육강식의 세계, 불평등한 세계가 아니라 한 집안, 한 형제처럼 자국과 타국, 이 인종과 저 인종이 어울리는 자유 · 평등 · 평화의 세계가 도래할 수 있다.

만해의 문학과 실천은 불교, 유교, 개화기 서양 근대 사상 등의 영향으로 형성된 만해 내면의 도덕적 상상력이 언어와 신체로 표출된 것이다. 하지만 이것은 개인적 차원에서 그치지 않고 사회적 차원으로 확장된다. 문학은 그것을 읽는 독자의 마음을 변화시키고 행동을 위한 의지를 일으키도록 하며 실천은 사회를 변화시킨다. 개인의 상상은 많은 사람들의 상상을 유도하며 결과적으로 우리 마음에 삼독심이 사라지도록 하고, 평화롭고 자유로운 사회, 나라를 만들기 위한 행동을 하게 만든다. 만해의 '님'에 대한 상상은 '님'을 그리는 시, 소설로 이어지고 '님'을 만나기 위한 실천으로 이어진다. 그의 시와 소설은 더 많은 사람들의 마음에 잃어버린 '님'에 대한 그리움을 불러일으키며 다시 만나기 위한 행동으로 나아가도록 하는 것이다.

안함광 초기 비평의 자의식과 발생론적 배경

1. 서론

이 논문은 1930년대 발표된 안함광 초기 비평의 자의식과 그 발생론적 배경을 살펴보는 것을 목적으로 한다.

안함광은 김기진, 임화, 김남천, 권환, 한효, 안막, 백철 등과 함께 일제강점기 프롤레타리아문학 계열을 대표[1]하는 특출한 문예이론가의 한 사람이다. 뿐만 아니라 그는 1945년 월북한 후, 황해도 예술연맹 위원장, 황해도 임시인민위원회 총무부장, 북조선 문예총 조직사업 제1서기장, 임시인민위원회 교육국 문화부장, 민주조선사 대리주필, 북조선 문학동맹 위원장 등 주요 직책을 역임하며 이 시기 북조선의 문예이론을 실질적으로 주도한 핵심 인물이기도 하다. 이 과정에 이르기까지 그가 담당했던 논쟁들, 즉 백철과의 농민문학론을 비롯해서 창작 주체를 둘러싼 창작방법론과 동반작가론, 해방직후의 민족문학론 및 한효와 함께 본격적으로

---

1) 이 논문이 일부의 선행연구들과 달리 안함광을 일제강점기 사회주의계열의 문학단체인 카프(KAPF)를 대표하는 문인이 아니라, 프롤레타리아문학 계열을 대표하는 문인으로 취급한다는 점을 우선적으로 주목하기 바란다.

문제를 제기한 '고상한 리얼리즘론'(1947)은 한국근대문예비평사의 큰 성
과로 기록된다. 특히 1950년대부터 김일성 종합대학의 교수로 재직하던
그가 간행한 『조선문학사』(1956)는 북한 최초의 문학사로 알려져 있다.

이처럼 1930년대 "우리 비평계의 최대 과제이었던 창작방법논쟁"[2]에
서부터 두 번의 『조선문학사』(1956, 1964)의 집필 및 출간에 이르기까지,
안함광의 문학적 행보는 북한 문학사, 더 나아가 한국근현대문예비평사
에서 매우 큰 비중을 차지한다. 또한 1967년 김일성 주체사상에 반대하다
가 숙청당할 때까지 카프 중심의 프롤레타리아 문예이론과 북한문학의
교두보를 그의 문학론이 직·간접적으로 마련하고 있었다는 사실은 거듭
강조되어도 지나침이 없다. 특히 1960년대의 북한 문단에서 그가 발표한
'천리마 시대'와 '혁명적 대작' 관련 평문들은 현재까지도 북한문학의 오
래된 '전통'으로 자리 잡고 있다.

그럼에도, 그간의 남북한문학사에서 안함광의 문학세계에 관한 체계
적이고 종합적인 연구 작업은 다소 더디게 진행된 측면이 없지 않다. 이
러한 원인에는 몇 가지 분명한 이유가 있다. 첫째는 월북과 숙청이라는
정치적 상황으로 인해 그동안의 남북한 문학사에서 공히, 한동안 소외의
지대에 놓여 있었다는 점. 둘째, 1988년 월북문인 해금조치 이후에도 이
용악, 백석, 임화, 김남천, 이기영 등의 주요 문인들에 비해 상대적으로 호
명도가 낮았던 탓에 적극적인 연구 작업이 계속 미루어지고 있었다는 점.
셋째, 북한문학에 대한 관심이 고조된 90년대 이후에 들어서도 그의 문학
은 전체적인 틀에서 조망되기보다는 농민문학 논쟁, 동반작가논쟁, 카프
해소−비해소파 논쟁 등 비교적 지엽적인 논쟁사와 연계되어 단편적으
로 언급되었다는 점 등이 그것이다. 다행히도 현재에는 몇몇 선구적인
연구자들에 의해 그에 대한 문학사적 소외현상과 소극적인 연구태도가

2) 김윤식, 「우리 비평의 근대적 성과」, 『한국현대문학사』, p.265.

어느 정도 극복되고 있는 형편3)이다. 특히 1990년대 후반에 간행된 평론 선집4)은 안함광의 비평에 대한 연구 작업을 가속화하는 계기가 되었던 것으로 평가된다.

이 글은 1930년대 초반에 발표된 안함광의 평론을 '비평적 자의식'의 측면과 연계하여 검토함으로써, 궁극적으로 그의 문학에 대한 새로운 논의의 가능성을 타진하고자 한다. 안함광 비평의 성격에 대해서는 앞서 언급했듯이 이미 얼마간의 선행연구가 축적되어 있다. 그러나 본고의 판단에 의하면 이들 논의의 일부분은 1930년대 안함광의 문단사적 위치, 즉 카프와 안함광의 실질적 관계를 간과함으로써 결과적으로 적지 않은 한계를 노출하고 있다. 특히 안함광 비평의 핵심적 개념으로 파악되는 '조선적 현정세' 또는 '조선적 특수성'의 발생 배경과 이와 관련된 그의 비평적 자의식을 분석한 작업은 별로 없는 실정이다. 이에 따라 본 연구에서는 그 간에 잘 다루어지지 않았던 안함광의 초기 평론 두 편을 중심으로, 주요 개념의 발생론적 배경 및 그의 비평적 자의식의 분화과정을 살펴보고자 한다. 이 과정에서 본고는 선행연구를 적극적으로 수용하면서도 한편으로는 안함광 문학론의 이해와 해석의 과정에서 나타난 몇 가지 문제들을 비판적으로 검토하게 될 것이다. 이와 같은 본고의 논의는 궁극적으로 1960년대 말까지 전개되는 안함광 비평의 전모를 종합적으로

---

3) 안함광 비평에 관한 선행연구로는 다음의 논문 및 저서를 주목할 만하다. 김재용, 「안함광론─카프 해소·비해소파의 이론적 근거」, 『1930년대 민족문학의 재인식』, 한길사, 1990. : 이현식, 「1930년대 후반 안함광 문학론의 구조」, 『민족문학사연구』, 1994. : 권유리야, 「안함광 리얼리즘 미학의 전개 양상 연구」, 『문창어문논집』, 1999. : 이상갑, 「전향과 친일, 그리고 저항─안함광의 경우」, 『민족문학사 연구』, 2003. : 우대식, 「해방기를 중심으로 한 안함광의 리얼리즘과 시비평 고찰」, 『한국문예비평연구』, 2010. : 이도연, 「안함광 비평 연구」, 『동아시아문화연구』, 2011. : 김영민, 『한국근대문학비평사』, 소명, 2006.
4) 김재용, 이현식 편, 『안함광 평론 선집』 전5권, 박이정, 1998.

파악하기 위한 예비적 작업의 일환이다. 물론, 이러한 작업은 최종적으로 안함광 문학의 온전한 이해에 도달하고자 하는 선행연구자들의 목표와 일치한다.

2. 카프와의 공개 논쟁을 통한 문단에의 진입

1930년대 안함광의 비평이 전 조선 문단의 관심을 끌게 된 직접적인 계기는 1931년 8월부터 12월 사이에 ≪조선일보≫와 『비판』지에 발표 된 「農民文學 問題에 對한 一考察」(≪조선일보≫, 1931. 8. 12~13), 「農民文學 問題 再論」(≪조선일보≫, 1931. 10. 21~11. 5), 「農民文學의 規定 問題」(『비판』, 1931. 12) 등[5] 이른바 '농민문학론' 관련 평문들에서 비롯된다. 향후 "신의주고보 수석 졸업자"(≪동아일보≫, 1927. 3. 8)[6]이었던 백철과의 치열한 논쟁을 예고한 이 글을 통해서 그는 당시 프롤레타리아문학 진영에서 주목 받는 신진평론가로 자리 잡게 된다. 하지만 당시 안함광은 동년 3월 ≪조선일보≫에 「朝鮮 푸로 藝術運動의 現勢와 混亂된 論壇」(1931. 3. 19~3. 29)을 발표하면서 이미 본격적인 문단 활동을 시작한 바 있다.[7] 그럼에도 이제까지의 논의들은 적지 않은 경우, 안함광

---

5) 이하 본고에서 제시된 안함광의 글은 원전 텍스트의 표기 방식을 따르기로 한다. 다만 원전 인용이 아닐 경우에는 김재용 · 이현식이 엮은 『선집』과 임규찬 · 한기형이 편한 『카프비평자료총서』전7권(태학사, 1990)의 표기 방식을 따르기로 한다.
6) 김윤식, 『백철연구』, 소명, 2008, pp.17~18.
7) 여기서 '본격적'이라는 용어는 그 의미를 어떻게 이해하느냐에 따라 관점의 차이가 있을 수 있다. 가령 일부의 연구는 안함광의 본격적인 문단활동을 그가 「農民文學 問題에 對한 一考察」을 ≪조선일보≫에 발표한 1931년 8월로 보고 있다. 그러나 본

문학의 출발점을 농민문학론 관련 평문으로 기정사실화하고 연구를 진행한 경향이 없지 않다.

이 같은 연구의 '쏠림' 현상은 1930년대 초반 당시 카프 진영이 그들의 이데올로기를 농민문학론으로 집약시켰다는 문학사적 사실, 이로 인해 농민문학론은 카프뿐만 아니라 전 조선 문단의 관심을 유도하고 있었다는 것, 이 농민문학론 논쟁의 한 가운데 안함광이 놓여있었다는 점 등에서 말미암는다. 이에 따라 그간의 연구들도 안함광의 농민문학론을 논의의 출발점에 두고 최우선적으로 다룰 수밖에 없었던 것이다. 가령, "안함광은 「농민문학에 대한 일고찰」(조선일보, 1931. 8)을 시작으로 본격적인 평론의 길로 들어섰다."[8] 혹은 "안함광은 한국문학사에서 1930년대에 '농민문학론'과 '창작방법론'으로 큰 족적을 남겼다. 안함광은 1931년 「농민문학문제에 대한 일고찰」이라는 농민문학론을 제기함으로써 백철과의 치열한 논쟁을 펼쳐 나가게 된다."[9]와 같은 진술들은 대표적인 사례에 해당한다.

연구자는 시기적으로 이보다 빠른 「朝鮮 푸로 藝術運動의 現勢와 混亂된 論壇」(1931. 3)을 그의 비평의 출발점으로 상정하고자 한다. 이러한 본고의 주장은 단순히 안함광 비평의 출발점을 재조정하는 데에 목적이 있지 않다. 그보다도 이 문제의 본질은 이후에 전개되는 안함광 비평의 전체적 성격과 밀접하게 연관된다.

8) 우대식, 앞의 글, 197쪽. 한편, 우대식은 안함광의 초기 대표 평론인 「農民文學 問題에 對한 一考察」을 「농민문학에 대한 일고찰」로 적고 있다. 뿐만 아니라 주목할 만한 비평서인 김영민의 『한국근대문학비평사』(소명, 2006)와 안함광 문학연구에 있어서 획기적인 전환점을 마련한 것으로 평가되는 『안함광 평론 선집』도 부분적으로 동일한 오류를 범하고 있다. 이보다 앞서 임규찬, 한형기가 의욕적으로 간행한 『카프비평자료총서』 전7권(태학사, 1990)도 마찬가지다. 물론 이는 편집 과정의 사소한 오기로 보인다. 그러나 후속 연구자들의 각별한 주의가 필요하다는 점에서 지적해두기로 한다. 소화 6년 그러니까, 1931년 8월 12일에서 8월 13일에 「農民文學 問題에 對한 一考察」의 제목으로 ≪조선일보≫에 게재된 이 글의 하단에는 염상섭의 『삼대』 191~192회가 연재중이다.

9) 박태상, 「두 개의 암초에 맞선 실험적 항해」, 『한국문예비평연구』 제32집, 2010, p.20.

본 연구자는 안함광의 농민문학론과 그것이 지닌 문학사적 의미(망)에 대한 이 같은 평가들을 부정할 생각이 전혀 없다. 또 그의 농민문학론의 핵심을 '조선적 특수성'을 고려하며 이해해야 한다는 주장에 대해서도 전적으로 공감한다. 다만 이 지점에서 본고가 문제 삼고자 하는 것은 이들의 논의와는 별도로 '조선적 특수성', 또는 '조선의 현정세'와 같은 독자적 개념을 이끄는 안함광의 비평적 자의식이 어떤 배경에서 생성되었는가. 그것은 1930년대의 문단 상황과 어떻게 관계되는가. 아울러 이 개념과 연계된 의식의 단초는 과연 안함광의 「農民文學 問題에 對한 一考察」을 비롯한 일련의 '농민문학론' 글에서 처음 발견되는가, 등이다.

이제까지의 선행논문들은 안함광의 비평에서 '조선적 특수성'이라는 개념을 중요하게 다루면서도 이 개념이 도입되기까지의 과정에 대해서는 크게 관심을 두지 않은 듯하다. 그러나 안함광의 초기 비평의 근본적 성격, 혹은 그의 '경험의 특수성' 같은 비평 개념을 견인하기 위해서는 무엇보다도 비평적 자의식의 생성 과정을 눈여겨보아야 한다는 것이 본고의 판단이다. 선행연구들과 달리[10], 본고가 안함광의 「朝鮮 푸로 藝術運動의 現勢와 混亂된 論壇」을 그의 비평의 실질적 출발점[11]으로 간주하고 우선적으로 논의를 전개하고자 하는 이유도 바로 이러한 사정과 무관하지 않다. 왜냐하면 이 글에는 안함광 비평의 초기 형성과정과 그것의 이론적 배경을 진단해볼 수 있는 중요한 요소들이 들어 있기 때문이다.

---

10) 필자가 확인한 바로는 안함광의 비평을 다룬 주요 논문들 중, 이 문제를 대상으로 집중적인 논의를 전개한 글은 거의 발견할 수 없었다.
11) 「朝鮮 푸로 藝術運動의 現勢와 混亂된 論壇」 보다 시기적으로 앞선 것으로는 「계급문학의 자유성 – 김성근 씨를 박함」(《조선일보》, 1930. 11. 8~11. 13)을 들 수 있다. 그러나 이 글은 특정 문인을 향하고 있으며, 또한 그 주요 내용이 「朝鮮 푸로 藝術運動의 現勢와 混亂된 論壇」에 재론되고 있다는 점에서 안함광 비평의 실질적 출발점으로 보기에는 무리가 있다.

薄弱한 理論的 根據 밋헤서 中傷만을 위한 空然한 論鋒을 휘두루기 전에 먼저 文藝運動과 實際 運動과의 聯關性의 問題 文藝運動 그 自體의 特殊性 問題 밋 푸로레타리아 文藝의 樣式 問題 等에 關하여 좀 더 着實한 硏究가 잇기를 바란다.

—「朝鮮 푸로 藝術運動의 現勢와 混亂된 論壇」, ≪조선일보≫,
1931. 3. 25.

이에서 그들과 有機的 關係에 잇서서만 發展될 朝鮮 푸로 文藝運動도 그 展開에 잇서서 必然的으로 不利와 困難할 點이 만케 된 것을 認識치 못하는 배는 아니다. 하나 이것이 캅푸派의 過去에 잇서서의 怠慢과 誤謬의 合理化的 行動의 辯護가 못 된다는 것쯤은 筆者의 饒舌을 不得하고라도 氏의 그 聰慧의 正當한 階級的 判斷이 잇슬 배가 아닌가?/ 이에서 우리는 論의 推理에 依하여 氏의 階級 戰士답지 안흔 '가라구리'를 發見하엿다./ 大衆이 氏 等의 怠慢의 痛罵할 째 氏는 泰然이 小섁르의 合法紙에서의 撤去가 絶對로 文壇의 沈滯가 아니고 오히려 意識的 飛躍이라 말하얏다. 그러면 意識的인 大衆으로의 積極的인 活動이 잇느냐고 大衆이 쏘다시 問責할 째 氏는 오직 客觀的 條件의 不及이라는 曖昧한 말로 그 責任을 轉嫁식히려 하니 이 얼마나 矛盾에 極한 欺瞞的 言說의 籠絡이며 自體 誤謬의 合理化의 論法이랴!/ 거듭 말하거니와 우리 藝術運動의 質的 發達은 섁르조아 機關紙에서가 아니라 우리 藝術을 農村으로! 工場으로! 가지고 드러가는 데서만 企圖할 수 잇는 것이 事實이나 그러타고 이 命題가 絶對로 氏 等의 過去에 잇서서의 怠慢을 辯護할 性質의 것이 아니라고 筆者는 確信한다./ 이러케 생각하면 이러케 생각하는 편의 誤解이겟는가? 氏의 親切한 敎示를 빈다.

—「朝鮮 푸로 藝術運動의 現勢와 混亂된 論壇」, ≪조선일보≫,
1931. 3. 28.

안함광의 「朝鮮 푸로 藝術運動의 現勢와 混亂된 論壇」은 '우익측'의 김성근과 절충파 양주동, '좌익측(카프파)'의 박영희를 공히 비판하고 있는

평문이다. "계급예술의 필연성을 거부하려는 초계급 예술의 정력적 대변자" "신진 김성근"은 "'문예의 자유성'이라는 개념의 정체를 구명하지" 못하고 있다는 것, "좌파에게 대한 항의"하는 양주동은 "문예운동과 실제운동과의 연관성의 문제, 문예운동 그 자체의 특수성 문제 및 프롤레타리아 문예의 양식문제 등에 관하여" "박약"하고 무지하면서도 좌파 문인들을 함부로 "문책"하려 했다는 것, 좌파 중진 박영희는 "階級 戰士답지 안흔 '가라구리(가라구리: 가라쿠리(からくり). 계략. 짝짜꿍이―필자 주)"를 내세우며 자신을 포함한 "카프파의 과거에 있어서의 태만과 오류의 합리화적 행동의 변호"를 지속적으로 일삼고 있다는 것 등은 이 글의 요지에 해당한다.

표층적 차원에서 보면, 분명 안함광의 이 글은 일견 우익과 좌익, 중간의 절충파가 노출한 1930년 문단의 문제점을 전체적으로 지적하는 것으로 보인다. 그러나 이 글에서 안함광이 지적하는 문제들은 이미 카프의 결성시기부터 1930년대에 이르기까지 전개되었던 프롤레타리아 문예이론의 상식적 차원의 수준을 넘어서지 못한다. 다만 여기에다 그는 "조선의 현세(現勢)", 즉 "朝鮮의 現實 情勢에 立脚"하여 1930년대의 프로문예운동의 전반적 문제를 당시 문단에서 주목받던 세 명의 문인을 지목하여 피상적으로 언급하고 있을 뿐이다.

그보다도, 이 글에서 안함광의 목적은 사실 다른 데 있었다. 다름 아닌 당시 프로문예운동의 실세 박영희와의 '공개 논쟁'이었다. 이 글에서 그는 다른 두 명보다도 박영희를 집중적으로 공격한다. 이 글의 제목이 "조선 프로문예운동의 현세와 혼란된 논단"이며, 여기서 프로문예운동을 대표하는 당사자가 박영희라는 점, 그래서 다른 두 명의 문인과는 달리 박영희에게는 "氏의 친절한 교시를 빈다."와 같은 자극적 문장을 통해 그의 답변을 적극적으로 유도하고 있다는 점은 이 사실을 우회적으로 입증한다.

결국 이 글을 통해서 안함광은 박영희에게 공개적인 논쟁을 요청하는, 일
종의 비평적 '선전포고'를 하고 있었던 셈이다.

한편, 이 사실은 곧 당시의 안함광이 카프 진영 전체에 대해 공개적인
논쟁을 요구하는 것과 동일한 차원에서 이해될 수 있다. 다음에 소개될
권환과 안함광의 글은 이 점을 분명하게 보여준다. 이 글들에는 카프를
향한 안함광의 또 다른 '도전장'이 다시, 공개적으로 던져져 있다.

1) 그래서 맑스는 이렇게 말하였다.

"인간은 경우(境遇)의 생산물이다." 그러므로 변화한 인간은 다른
경우와 변화한 교육과의 생산물이라고 하는 유물론적 교의는 경우도
인간에 의해서 등변화(等變化)되는 것과 교육자 자신이 교육받지 아
니하면 안되는 것을 망각한 것이다./ 경우의 변화와 인간의 활동의 변
화와 합치는 ××적 실천으로서만 파악할 수 있으며 또 합리적으로 이
해할 수 있다.

"철학자는 세계를 다만 여러 가지로 해설했을 뿐이다. 그러나 중요
한 문제는 세계를 ××<변혁>하는 것이다."

― 권환, 「유물변증법의 왜곡화」(上), ≪동아일보≫, 1931. 1. 20,
임규찬, 한기형 편, 『카프비평자료총서4』, p.231.

2) 그러기 째문에 맑스는 이미 ≪포이헬밧하에 關한 諸 테―제≫
中에서 말한다.

"人間은 環境 밋 教育의 産物이고 그러기 째문에 變化된 人間은 別
樣의 環境 밋 教育의 産物이라는 것을 가르치는 唯物論은 環境은 正히
人間에게 依하여 變化된다는 것을 그리고 教育者 自身이 教育을 밧지
안흐면 아니 된다는 것을 妄覺하고 잇다."

"哲學者는 世界를 여러 가지로 解釋한다. 하나 問題는 世界를 ××
하는 데 잇다."
　　　　　　　　　　－「朝鮮 푸로 藝術運動의 現勢와 混亂된 論壇」, ≪조선일보≫,
　　　　　　　　　　　　　　　　　　　　　　　　　　　　　　　1931. 3. 27.

　안함광의 「朝鮮 푸로 藝術運動의 現勢와 混亂된 論壇」에서 박영희 관
련 부분은 같은 해 ≪동아일보≫에 발표된 박영희의 「조선프롤레타리아
예술운동의 작금(昨今)－특히 1931년을 전망하면서」를 비판한 것이다.
박영희는 「조선프롤레타리아 예술운동의 작금(昨今)」에서 1930년 조선
프로예술운동의 성과와 한계를 카프의 '조직'과 '예술제작상'의 측면에서
각각 논평하고, 이후 1931년 프로문예의 방향성을 제시한다. 이 과정에서
그는 지난 해 "투쟁 가운데서 두 가지 과오를 지적"하며 그 가운데 하나로
권환의 '소론'을 언급한다. 권환의 이 글이 "조직과 예술의 관계를 명확히
분석 규명치 못하였고 과거를 논하여 현재를 진전시키는데 있어서 과거
의 비판을 청산파적 경향에 흐르게 한 경향에 흐르게" 했다는 것이다.
　박영희가 '소론'으로 지목한 권환의 글은 그 내용과 주제를 고려해볼
때, 1930년 9월 2일에서 9월 16일까지 ≪중외일보≫에 게재한 「조선 예
술운동의 당면한 구체적 과정」을 가리키는 것으로 추정된다. 그렇다면
권환의 이 글은 결코 '소론'이 아니다. '소론'이라는 박영희의 평가와는 달
리 그 분량부터가 만만치 않다. 뿐만 아니라 그 내용의 깊이에 있어서도
"극히 간단한 보고" 정도였던 박영희의 글과는 애당초 비교가 되지 않는
다. 안함광의 말마따나, 오히려 「조선프롤레타리아 예술운동의 작금(昨
今)」이 발표된 이후, 박영희 "씨에게로 방사된 논시가 그 양에 있어서 적
지 않았다"(「朝鮮 푸로 藝術運動의 現勢와 混亂된 論壇」, ≪조선일보≫,
1931. 3. 28. 4면).
　사정이 이렇다보니, 권환은 보름 후 같은 지면에서 반론을 제기한다.

「유물변증법의 왜곡화－자기 오류의 합리화를 경계화」(≪동아일보≫, 1931. 1. 20.~21)가 바로 그 글이다. 부제에서 알 수 있듯이 권환의 이 글은 박영희의 주장이 "유물변증법을 왜곡"하고 있으며, 결국 그것은 "자기 오류의 합리화"를 가장하고 있다는 것을 주장한 내용이다.

박영희와 권환 사이에서 벌어진 이 같은 공방은 '조직과 예술론'이라는 구체적 내용을 매개하며 구카프계와 소장파 세력의 대결을 보여준다는 측면에서 충분히 흥미롭다. 나아가 이들의 공방은 1930년대 무렵 카프의 헤게모니 쟁탈전과 무관하지 않다는 측면에서 유효한 의미를 지닌다. 하지만, 이 지점에서 본고의 일차적인 관심은 이 같은 사항들에 있지 않다. 이 부근에서 본 연구자가 주목하는 것은 안함광이 박영희를 비판하는 내용과 그 방식이다. 그것은 이전에 권환이 박영희를 비판하는 방식과 매우 닮아 있는 것이다. 아니, 안함광은 권환이 보여준 비판의 방식과 그 내용을 고스란히 '답습'하고 있다. 그렇다면 이 사실은 무엇을 의미하는가. 안함광은 무슨 이유로 동일한 내용, 똑같은 방식으로 박영희를 비판하고 있는가.

우선, 인용문 1) 의 권환의 글과 2) 의 안함광의 글이 한 개의 마르크스의 테제를 공통적으로 차용한, 동일한 성격의 내용이라는 점을 염두에 두기로 하자. 인용문 1) 은 권환이 박영희의 주장을 반박하는 부분이다. 여기서 권환은 "그래서 맑스는 이렇게 말하였다."의 도입부에서 보이듯이 마르크스의 견해를 빌려와 자기주장의 정당성을 확보한다. 그가 주장한 내용의 핵심은 "의식이 존재를 결정하는 것이 아니고 존재가 의식을 결정하는 것"이라는 유물사관의 근본 명제를 인정하면서도 한편으로 "인간의 '의식적 노력'을 부인해서도 안 될 것"으로 요약된다. 이는 "주관적 의식은 객관적 존재에 의존되지 않으면 아니된다"라는 내용을 기계적으로 반복하며 지금은 "일정한 시기가 아니"라고 주장한 박영희의 견해와 정면으로 충돌하는 것이다.

마르크스의 원론적 '교시'차원에서 보면, 이 둘의 논쟁에서 권환의 견해가 한층 더 타당성을 지니고 있음은 명백해 보인다. 그러나 본고의 최종적 관심은 거듭 강조하지만, 이 둘 중 누가 현실을 더 정확하게 진단하고 있는가의 문제에 있지 않다. 본고가 주의하는 대목은 이런 권환의 반론이 안함광의 글에서 동일한 형식과 내용으로 '재현'되고 있다는 사실이다. 그것도 보다 구체적이고 세밀하게, 동시에 권환의 글마저도 교묘하게 비판하면서 말이다.

인용문 2) 에서 알 수 있듯이 안함광은 권환과 마찬가지로 마르크스의 근본 명제를 빌려와 박영희를 공격한다. 그런데 이때 안함광은 박영희의 글을 비판하는 한편, 권환이 마르크스의 명제를 고의적으로 '표절'하고 있다는 사실을 우회적으로 드러낸다. 즉, 권환이 마르크스의 "포이에르바하에 관한 테제"를 마치 자신의 독자적 견해인 양 사용하고 있다는 사실을 은근히 부각하고 있는 것이다. 가령, 권환이 마르크스의 "말"이라며 "인간은 경우(境遇)의 생산물이다."와 같이 단 한 문장만 직접인용으로 처리하고 나머지 내용은 주석도 달지 않은 채 자기화 시킨 것에 대해, 안함광은 이 부분을 "포이에르바하에 관한 테제"를 직접 인용해 보임으로써 권환의 표절 혐의를 강하게 암시한다. 특히 직접 인용한 대목은 행을 나누어 제시함으로써 <권환의 글은 마르크스의 명제를 표절한 것이다>라는 내용을 더욱 가시화한다. 아울러 권환이 소개한 마르크스의 그 "말"이란 "포이에르바하에 관한 테제"라는 사실을 구체적으로 명시한다거나, 그 자신이 권환의 글에 재차 논평을 가함으로써 이론적 우월감마저 보이기도 한다. 이처럼 안함광은 박영희와 권환을 '무지의 경지'로 몰아붙이며 공격의 대상으로 삼고 있었던 것이다.

그렇다면 안함광은 왜 이처럼 박영희와 권환을 직·간접적으로 비판하고 있는 것일까. 「朝鮮 푸로 藝術運動의 現勢와 混亂된 論壇」이 문단에 내놓은 자신의 실질적 최초의 글임에도, 무엇 때문에 그는 생면부지의 문사들 혹은 당대의 카프를 대표하는 주요 논객들과의 일전을 적극적으로 유인하고 있는 것인가.

서둘러 말하자면, 이 사실은 당시 안함광의 문단적 위치와 밀접한 관련이 있다. 그리고 그것은 이 시기의 안함광이 카프의 주요 구성원이 아니었다는 사실과 직결된다. 「朝鮮 푸로 藝術運動의 現勢와 混亂된 論壇」의 결말 부분에 적혀 있는 "이에서 나는 카프파 제씨에게 말한다"라든지, "그러면 우리는 앞날에 있어서 카프파 제씨들의 활기찬 진출이 있을 것을 굳게 믿으며"라는 맨 마지막 문장은 이 시기만 해도 안함광이 '카프의 제씨'와 긴밀한 유대적 관계가 아니었다는 것을 여실히 증명한다.

이렇게 볼 때, 결국 안함광은 "카프파 제씨들"을 자극하고, 그들과의 전투적 논쟁을 통해 프롤레타리아문학 진영의 중심부로 진출하고자 했던 것으로 판단된다. 그에게 있어 공개 논쟁의 요구는 카프 중앙 무대에의 진입을 타진하는 일종의 의도된 행위였다. 뿐만 아니라 마르크스이론으로 무장한 자기의 존재감을 확실하게 드러낼 수 있는 결정적 계기로 인식되고 있었다. 이 과정에서 그가 "朝鮮의 現實 情勢에 立脚"과 같은 내용을 도입함으로써 기존 논자들과의 변별지점을 확보[12]하고자 했음은 물론이다. 그의 실질적 최초 평문 「朝鮮 푸로 藝術運動의 現勢와 混亂된 論壇」은 이런 안함광의 비평적 자의식을 동반하고 있었던 것이다.

---

12) 물론 해방공간에 이르기까지 안함광의 비평을 이끄는 핵심적 개념항인 <조선적 특수성>, 즉 '식민지 조선의 구체성'과 이 글에서 말하는 <조선의 현정세>는 그 개념과 의미에 있어서 현격한 차이를 보이는 것이 사실이다. 이에 따라 의미의 과 잉부여라는 정당한 비판이 생겨날 수도 있다. 그럼에도 본고가 위험을 감수하면서까지 이 부분을 문제 삼는 이유는, 안함광 비평의 '문학사적 맥락'에 대한 이해와 함께 초기 비평의 자의식에 대한 분석이 동반될 때, 보다 심도 깊은 연구가 가능할 것으로 판단되기 때문이다. 이 주제에 관해서는 추후의 작업을 통해 지속적으로 해명해 나가기로 한다.

3. '안과 밖'의 경계에 선 비평적 자의식

1930년대 초반의 안함광이 카프의 주요 구성분자가 아니었다는 사실은, 이외에도 다양한 각도에서 포착할 수 있다.

> 해주 <연극공장> 안함광
>
> 아직까지 조선의 연극운동에 대한 논의는 그의 전부가 중앙무대(경성)에 있어서의 연극을 대상으로 하였던 것으로서 지방적으로 대두하는 연극운동에 대하여는 전혀 무관심한 태도를 취하여 왔던 것이다. 이는 물론 경향을 통하여 조선의 연극운동이라는 것이 다른 예술 부문의 활동에 비하여 극히 삭막한 현상을 정로하고 있으며 따라서 지방의 연극운동이라는 것이 괄목할 만한 정도에까지 발전되지 못 한 곳에 연유되는 바도 있겠지만 또 하나는 그의 지방적 대두에 대한 중앙인들의 무의식과 그 현대의 발생적 기반을 싣지나 않았는가 생각된다. 이에서 필자는 금●(수●) 해(該) 지방에 조직된 『연극공장』의 상모(相貌)를 ●니 세상에 선명하여 대중의 ●당(●當)한 계급적 비판을 기다리려 하며 현금 조선연극운동에 대한 소감의 일단을 극히 간단히 ●●하고자 한다.(중략)
>
> ― 《조선일보》, 1931. 5. 9~10, 『선집2』, p.238.

이 글은 「朝鮮 푸로 藝術運動의 現勢와 混亂된 論壇」을 쓴 직후, 1931년 5월에 안함광이 발표한 「無産演劇運動의 促進」이다. 시기적으로 보면 그의 농민문학론이 발표되기 직전, 그러니까 동년 3월에 발표된 「朝鮮 푸로 藝術運動의 現勢와 混亂된 論壇」과 역시 동년 8월에 게재된 「農民文學 問題에 對한 一考察」의 꼭 중간에 끼어 있다. 그럼에도 이 글은 이제까지의 연구에서 「朝鮮 푸로 藝術運動의 現勢와 混亂된 論壇」과 마찬가지로 거의 주목을 받지 못했다. 농민문학론과 달리 당시 조선 문단의 '큰 주제'와 일정한 거리를 두고 있었고, 더욱이 시와 소설이라는 '주력' 장르가 아닌 '연극운동'에 한정된 평문[13]이기 때문이다. 그러나 이 글은 초기 안함광 비평의 자의식을 엿볼 수 있다는 점에서, 특히 "조선의 현정세"에 관한 문제의식을 동반하며 카프 진영을 향한 그의 문제제기가 본격화되고 있다는 측면에서 새롭게 주목을 환기한다.

이 글에서 먼저, 안함광이 자신의 이름 옆에 "해주 <연극공장>"이라는 단체 소속임을 병기[14]하고 있다는 점을 눈여겨 볼 필요가 있다. 이는 이 시기 안함광의 문단사적 위치를 암시하는 대목이기 때문이다. 실제로 1931년을 전후한 무렵의 카프의 조직표에는 그 어디에서도 안함광의 이름을 발견할 수가 없다. 그리고 이 사실은 문학사의 실증적 자료들이 구체적으로 뒷받침한다. 가령, 볼세비키화 논쟁이 고조되는 1930년 4월 카프의 기관지였던 조선지광사에서는 중앙위원회를 개최하고 중앙위원, 보선, 회칙개정, 조직개편 등의 안건을 상정한다. 그 결과 카프는 일대 조직개편을 단행하게 된다. 이 과정에서 박영희, 임화, 윤기정, 송영, 김기진, 이기영, 한설야, 권환, 안막, 엄흥성이 중앙위원회 소속으로, 송영, 박세영, 홍양식, 신응식이 서기국 책임자로, 김기진과 권환, 박영희, 이기영, 윤기정이 각각 기술부와 교양부와 출판부와 조직부의 책임자로 임명된 것은 이미 잘 알려진 사실이다. 또한 이러한 조직 속에서 기술부 아래 연극부(김기진, 신응식, 안막)와 음악부 등 5부를 두고 각 책임자 및 부원을 명기하고 있음은 주지의 내용이다.

---

13) 아울러 이 글은 앞으로의 안함광 연구가 시와 소설에 관한 그의 비평뿐만 아니라, '연극운동'과 관련된 평문들을 반드시 포함해야 한다는 필요성을 일러준다는 점에서 일정한 의미를 지닌다. 이런 측면에서 안함광이 ≪비판≫지에 발표한 몇몇 시편들에 대해서도 재고가 요청된다.

14) 『선집』은 이 사실을 분명하게 밝히고 있는데, 본 연구에 매우 적절한 정보를 제공하고 있다. 『선집』 2권, p.238.

카프는 1931년 1월 ≪동아일보≫에서 박영희가 조직의 재편성을 요구
함으로서 1931년 3월 27일 확대위원회를 개최하여 카프를 재조직하려
했다. 이러한 카프의 재조직 움직임은 '강령 불온' 등의 이유로 총독부에
의해 저지되었으나, 그 재개편의 계획안은 마련되었다. 이때 카프가 조직
한 계획안은 안막과 김기진 등의 회고에 의해 이후 우리 문학사에 공식
적[15])으로 전해진다. 예를 들면 <조선프롤레타리아예술동맹 중앙위원
회> 서기국 서기장에는 윤기정, 서기 임화, 작가동맹 책임자에는 이기영
과 박영희, 소설반에는 박영희, 김남천, 김기진, 송영, 한설야, 이론반에는
임화, 권환, 안막, 한설야, 시반에는 다시 임화, 권환, 박세영, 이찬, 영화동
맹 책임자는 윤기정과 한설야, 미술동맹 책임자는 임화와 강호 등이 포함
되어 있다.[16])

한편, 여기서도 알 수 있듯이 안함광의 존재는 1930년대 카프 조직표의
어디에도 보이지 않는다. 다만 1931년 <조선프롤레타리아예술동맹 중앙
위원회>의 조직 개편안에는 미미하지만 그의 당대적 '위치'를 추정할 수
있는 하나의 실마리가 주어져 있기는 하다. 이 글이 1931년의 계획안에 각
별한 주의를 기울이는 이유도 바로 이 때문인데, 이 계획안에는 1930년에
감행했던 조직 개편안에서는 논의되지 않았던 동맹소속의 각 지부 <연
극극장>이 새롭게 구성되고 있는 것이다. 즉 "동맹 소속 청복극장: 김기
진, 안막, 임화, 김남천, 이규설, 신영, 이귀례, 남궁은(기타 개성에 대중극
장, 해주에 연극극장, 평양에 마치다극장을 둔다)."[17])의 조항이 그것이다.
이 사실은 재차 강조되어야 마땅한데, 왜냐하면 이 시기 안함광의 비평적

---

15) 안막, 「조선프롤레타리아예술운동 역사」. 『사상월보』, 1932년 10월 : 김기진, 「조선
    에 있어서 프롤레타리아 예술운동의 과거와 현재」, 『사상월보』, 1932년 10월 참조.
16) 이상과 같은 카프의 조직개편론과 관련된 내용은 김영민의 책이 상세하다. 김영민,
    앞의 책, pp.212~217.
17) 안막, 앞의 글, 참조.

태도 및 자의식을 엿볼 수 있는 기회를 제공하기 때문이다.

　이 지점에서 특히 놓치지 말아야 할 것은 안함광 스스로가 카프의 소속으로 활동하게 되었다는 사실에 대하여 많은 의미를 부여하고 있다는 점이다. 그가 여타의 글과는 달리(유일하게)[18] 이 글을 통해 자신의 소속을 표나게[19] 내세우고 있는 원인도 이러한 사정과 무관해 보이지 않는다. 불과 2개월 전만 해도 프롤레타리아문단의 소외지역에서 "카프파 제씨들"(박영희, 권환 등)과의 공개 논쟁을 요청하던 그가 이제 카프의 구성원으로서의 소속감을 내세우는 복합적인 심리구조를 보여주고 있는 것이다. 이러한 안함광의 복합적 심리 양상은 그가 농민문학논쟁과 동반작가논쟁, 또 창작방법논쟁에 이르기까지 지속되는 것으로 여겨진다. 그렇다면 이 사실을 또 우리는 어떻게 설명해야 할까.

　　즉 이 문제에 있어서는 필자의 요설을 기다릴 것도 없이 조선에는 우금 진정한 의미로서의 프로연극운동이 존재하지 못하였다는 것을 독자 제군은 찰지(察知)하리라고 믿는다. 민중은 농업지대에 있어서의 농업공황과 공장지대에 있어서의 경제공황으로 말미암아 암로(暗路)에서 몸부림을 침에도 불구하고 조선의 연극운동은 의연 삭막한

---

18) 안함광은 이 글 외에도 연극운동과 관련된 비평 글을 남기고 있다. <속고(續稿)>라는 부제를 붙여 1932년 9월 ≪비판≫ 지에 발표한 「조선 프로 연극운동의 신전개」는 그 중의 하나이다. 이 글에서도 안함광은 "조선의 현정세", "조선의 현실 문제", "조선에 있어서의 객관적 정세(검열, 기타의 난관)와 같은 문제들을 지속적으로 제기하고 있다.

19) 안함광이 동반자작가 논쟁이 진행되는 시기까지도 "카프의 맹원이 아니었던 것으로 보는" 뚜렷한 문제의식을 지닌 연구자로는 김영민이 있다. 본고는 김영민의 이 같은 논의에 크게 도움을 받았음을 밝혀둔다. 다만 그는 "근래에 씌어진 일부 자료에는 당시 안함광이 <카프>의 해주지부에 가입했던 것으로 기술되어 있으나, 그 진위는 확인할 수 없다."(339쪽)라며 다소 유보적인 입장을 취한다. 하지만 이 글이 확인하였듯이 안함광은 적어도 1931년 5월경에는 이미 해주지부 <연극공장>에 소속되어 있었다.

경지에서의 탈출이 없다. 최대한도의 반동적 역할을 빈번히 수행하는 영리적 지방 순회극단을 제하고는 극이라는 존재조차 인지할 수가 없는 형편이다. 이와 같이 조선에는 아직까지 이동극단적 활동이나 노동자 농민 극단에 의한 활동이라는 것은 말할 것도 못되거니와 인텔리 층에 있어서의 대중과의 영합을 의도하는 공연적 활동이란 것도 그 존재를 시인하기에 극히 곤란할 것이다.

- 위의 글, p.239.

안함광은 카프에 소속되었다할지라도, 그의 문단사적 위치는 여전히 '해주지부'라는 카프의 <외곽>에 머무를 수밖에 없었다. 다시 말해서 그는 카프라는 조직을 가운데 두고 <중앙과 지부=내부와 외부=안과 밖>의 시선을 취할 수밖에 없었던 것이다. 그가 1930년대 비평의 곳곳에서 프롤레타리아문예운동의 현세적 당위성을 크게 강조하거나, 카프의 존재를 인정하면서도, '중앙무대(경성)'에 대한 비판을 멈추지 않는 것은 이러한 그의 비평적 자의식과 결부된 것으로 여겨진다. "중앙무대(경성)에 있어서의 연극을 대상으로 하였는 것으로서 지방적으로 대두하는 연극운동에 대하여는 전혀 무관심한 태도를 취하여왔던 것이다."의 대목이라든지, "조선에는 우금 진정한 의미로서의 프로연극운동이 존재하지 못하였다" 등의 인용 글은 이러한 사정을 분명하게 보여준다. 이 무렵 안함광은 <중앙과 지부=내부와 외부=안과 밖>의 경계 지점에 서 있었던 것이다. 이 <중앙과 지부=내부와 외부=안과 밖>의 경계의식, 그것이 바로 1930년대 초 안함광의 비평적 자의식의 핵심 구성 요소이었던 것이다.

공황의 범람! 이것이 현금 사회의 현상이다. 산업발달의 불균형가 생산과잉으로부터 초래된 세계의 이 경제 공황은 살인적 영향으로서 세계 도처에 미만된 물결을 일으키고 있다. 그러면 이와 같이 혼란된 국제정세의 부대적 관계에 있어서의 조선의 연극 운동이란 어떠하였는가. 여하한 성질로서 어떠한 방면을 향하여 극 자체가 가지고 있는 아지테이션의 역할을 얼마만큼이나 수행할 수가 있었던가?(중략)/ 이러한 조선의 현정세에 입각하여 우리는 순수한 계급적 이데올로기로 일관된 지방의 제동지들로서 『연극공장』이라는 집단을 조직하였으니 우리는 이를 통하여, 가, 시대가 요구하는 새사회건설을 위하여, 특히 ××××적 문화를 위하여 나가며, 나. 배부된 임무를 수행할 기술자의 양성을 기도하려 하는 것이다. (중략)

이러하기 위하여서는 현조선의 정세로는 카프 연극부의 생산한 활동을 기대하지 아니할 수 없게 된다. 즉 지방극단의 창립 및 그의 조직적 기술적 지도자의 파견, 뉴스의 발적 등등에 있어서 좀 더 활동의 기축을 개척하여 주었으면 한다. 이리하여서만 조선의 연극운동도 그 본래의 역할을 다할 수가 있을 것이다.

— 위의 글, pp.238~241.

이 과정에서 그가 카프의 '중앙무대'를 비판하는 주요 비평적 주제 혹은 매개물로 활용한 것이 "조선의 현 정세" 혹은 "현조선의 정세"였음을 짐작하는 일은 어렵지 않다. 이 글에서 그는 현 단계 "조선의 정세"를 "국제 정세의 부대적 관계"에서 파악한 후, "조선의 연극 운동"이 노출한 문제점과 카프 경성지부의 지도력을 문제 삼는다. 그리고 이어서 "지방극단의 창립 및 그의 조직적 기술적 지도자의 파견, 뉴스의 발전 등등에 있어서 좀 더 활동의 기축을 개척"할 것을 요청한다. 이 대목이 특히 눈길을 끄는 것은, 이 같은 안함광의 논리 전개 방식이 기존의 「朝鮮 푸로 藝術運動의 現勢와 混亂된 論壇」과 별반 차이가 없다는 점이다. 이 글에서도 그는 여전히 상식적 차원, 또는 원론적 수준의 프롤레타리아문예이론을 전개하며 카프의 '중앙'을 향해 일종의 문학적 '시비'를 걸고 있는 것이다. 물론 이 때 그의 글이 "조선의 현정세" 혹은 "朝鮮의 現實 情勢에 立脚"이라는 내용을 지속적으로 동반하고 있음은 명백하다.

이렇게 볼 때, 이제까지 살펴본 두 편의 글, 즉 「朝鮮 푸로 藝術運動의 現勢와 混亂된 論壇」와 「무산연극운동의 촉진」은 모두 "조선의 현정세"를 매개하며 "생활 체감으로부터 나온 문예가"를 양성하고, "순연한 경제적 관계에 의거하여 추출된 생활감정으로부터 그들 의식의 종국적 목적을 위하여 문예라는 무기를 이용"하자라는 내용을 공유하고 있음을 알 수 있다. 동시에 이 글들은 "문예운동과 실제운동과의 연관성의 문제, 문예운동 그 자체의 특수성 문제 및 프롤레타리아문예의 양식문제"와 "조직적 기술적 지도자의 파견"과 "뉴스의 발전" 등의 내용을 그 내부에서 상호 교차시키고 있음을 알 수 있다. 그런데 이 경우, 후자에 놓여 있는 안함광의 주장들은 그의 다음에 이어지는 글들 즉, '농민문학론'의 주요 견해들과 일정한 연계성을 보여준다. 가령, "농민문학론은 내발적이라기 보다는 외부에서 주어진 자극에 의존해 일어난 것으로 다분히 저널리즘적인 측면이 많았다"라는 김윤식의 지적[20]과 "이 논의는 하리코프대회에서 채택된 일본을 위한 결의로부터 시작"되었으며, "이러한 하리코프대회의 성과를 인정하면서 가장 먼저 농민문학의 필요성을 들고 나온 이론가가 안함광"[21]이라는 김영민의 평가는 「무산연극운동의 촉진」에서 제시된 "뉴스의 발적"에서 그리 먼 곳에 놓여 있지 않다. 또한 농민문학론이 노동자와 농민의 제휴를 전제로 한 프롤레타리아문학의 구상이라는 사실 역시도, "우리 예술운동의 질적 발달은 부르조아 기관지에서가 아니라 우리 예술을 농촌으로 공장으로 가지고 들어가는 데에서만 기도할 수 잇는 것"의 구절과 중복된다.

이런 측면에서 안함광의 초기 두 편의 평문과 이후 농민문학론을 비롯한 그의 대다수 비평 글은 개념의 구체성과 이론적 깊이의 차이는 노정하고

---

20) 김윤식, 앞의 책, p.150.
21) 김영민, 앞의 책, p.292.

있을지라도, 어떤 층위에서는 사유의 일관성 및 지속성을 지닌다고 볼 수도 있을 것이다. 이러한 우리의 추론이 가능하다면, 앞의 두 글은 카프의 <중앙과 지부=내부와 외부=안과 밖>의 경계에 선 안함광 비평의 자의식, 또는 <조선의 현정세>라는 개념이 심화/확대되기 이전의 예비적 현상을 보여준다고 하겠다.

4. 결론

이상에서 본고는 1930년대 발표된 안함광 초기 비평의 자의식과 그 발생론적 배경을 의미와 한계성을 중심으로 살펴보았다.

본고의 일차적인 문제의식은 안함광 비평의 주요 개념으로 평가되는 <조선적 특수성> 혹은 <경험적 구체성>이 생성, 전개되는 과정에 대한 이해에 있었다. 이를 위해 본 연구자는 1930년대 안함광의 문단사적 위치를 우선적으로 파악하고자 했다. 구체적으로 언급하면, 해주지부 <연극공장> 소속 안함광과 카프 경성지부의 관계에 대한 고찰이었다. 이 과정에서 연구자는 안함광의 초기 비평이 카프를 대표하는 주요 논객들, 즉 박영희와 권환과의 논쟁을 의도적으로 유도하고 있다는 점을 확인했다. 그리고 이러한 배경에는 카프의 <중앙과 지부=내부와 외부=안과 밖>의 경계에 선 자가 느끼는 이중적 심리가 직ㆍ간접적으로 작용하고 있음을 분석했다.

이런 안함광의 초기 비평적 자의식은 그간의 적지 않은 선행연구들이 다소 소홀히해온 두 편의 평문, 즉「朝鮮 푸로 藝術運動의 現勢와 混亂된

論壇」과 「무산연극운동의 촉진」을 통해서 견인할 수 있었다. 이에 따라 논문에서는 후속 연구자들이 이 두 편의 평문은 물론 기타 장르까지 체계적으로 탐구할 것을 제의하였다.

한편, 이상의 논의를 통해 결과적으로 이 논문은 1930년대 초반 안함 광의 비평적 자의식은 경계에 선 자가 느끼는 이중의 압박에서 벗어나지 못했으며, 이는 향후 전개되는 그의 농민문학론과 동반작가논쟁을 비롯한 창작방법논쟁에 적지 않은 영향을 끼치고 있다는 견해를 제시했다. 이때 남는 과제는 이상에서 분석한 안함광의 비평적 자의식이 다음에 오는 그의 문학적 행보에 끼친 영향관계를 구체적이고 체계적으로 고찰하는 일이다.

『청록집』에 나타난 해방기의 현실수용 감각과 전통의 창조

1. 들어가는 글

이 논문은 『청록집』에 나타난 해방기의 현실수용 감각과 전통의 창조에 대해 살펴보는 것을 목적으로 한다.

이제까지 한국근현대문학사는 1930년대 후반에 등장한 '청록파' 시인들을 가람, 지용, 상허의 맥을 잇는 전통주의 문학의 계보에 위치시켜왔다. 특히 1946년 『청록집』을 간행한 이후 이들의 시세계는 근대적 "자연의 발견"[1] 혹은 '자연파[2]'라는 수사를 동반하며 전통 서정시의 한 전범으로 인식된다. 일찍이 김동리와 서정주에 의해 각각 부여된 이 같은 언표는 '순수', '전통', '리리시즘'과 같은 단어의 의미를 환기하며, 현재까지도 청록파의 시세계를 이해하는데 일종의 시금석으로 작용하고 있다. 가령, 청록파의 토속적이고 전원적인 자연 취향과 사회/역사/현실에 대해

---

1) 김동리, 「자연의 발견—三家詩人論」, 『예술조선』 3, 1948. 4.
2) 서정주, 『한국의 현대시』, 일지사, 1969, p.24

직접적인 반응을 보이지 않은 점에 주목한 김용직[3)]의 연구와 이러한 그들 시의 성격을 이른바 '문장' 파의 연장선상에서 이해하고자 한 김윤식의 경우[4)]는 대표적인 사례에 해당한다. 이외에도 청록파 시에 나타나는 자연을 유교적 전통과 한시漢詩적 발상으로 파악한 여타의 논의들이 여기에 포함된다.

본고는 일단 이들의 논의를 적극적으로 수용하고자 한다. 특히 해방기 시사의 전체적인 의미 윤곽을 제시하며 『청록집』의 시세계를 고찰한 김용직의 선구적 연구와 전통주의 시학을 체계적으로 정리하며 『청록집』의 문학사적 위상을 제시한 김윤식의 견해는 이 글의 논의 과정에서 각별히 유념하는 바이다. 그러나 한편으로 본고는 일부의 선행연구가 『청록집』에 나타난 뚜렷한 자연지향성 또는 자연의 '과잉'을 지적하며 그들의 시세계를 동시대의 현실과 절연된 '맹목적' 순수의 영역으로 분류하는 데에는 동의할 수 없다. 본고가 판단하기에 이러한 지적은 『청록집』에 투영된 중층적 의미, 즉 해방기의 청록파 시에 나타난 자연 공간의 시대사적 특수성을 배제하고, 이들의 자연을 단선적 시각으로 파악한 결과물로 여겨진다.

『청록집』에 수록된 39편의 작품들 중 일부는 1939년에서 1945년 사이에 쓰여졌다. 그러나 김용직의 지적대로 이 시집은 "8·15 이후에 간행된 시적 성과로 보는 것이 타당하다."[5)] 해방 문단에서 『청록집』의 주요 시적 공간인 '자연'이 꾸준히 언급되는 근본적인 이유도 이러한 사정과 무관하지 않다. 일제의 식민 지배로 인해 상실된 고향의 회복은 해방 이후

---

3) 김용직의 글은 청록파의 '자연적' 특성과 함께 이들의 언어 감각이나 기법의 문제를 종합적으로 분석하고 있다는 점에서 주목을 요한다. 김용직, 『해방기 한국시문학사』, 민음사, 1989, pp.279~282.
4) 김윤식, 『한국근대문학사상 비판』, 일지사, 1978.
5) 김용직, 위의 글, p277.

문학의 가장 뚜렷한 주제였고, 고향 상실을 경험한 피지배 민족에게 청록파 시인들이 제시한 자연은 정신적 고향의 대체공간으로 존재하는 까닭이다.[6] 이렇게 보면 청록파 시인들의 자연 친화적 태도는 단순히 현실 일탈 혹은 초역사주의에의 지향으로 볼 수 없다. 그것은 궁극적으로 당시 사회 참여와 정치적 활동에 경사된 문단에 대한 <적극적> 견제의 의미를 함유한다. 『청록집』의 '자연'은 본질적인 삶의 영역 회복이라는 차원에서 이 시기의 새로운 국가의 건설이라는 당면과제 못지않게 중요한 것으로 파악된다.

이러한 문제인식의 연장선상에서 이 글은 『청록집』에 나타난 자연 공간의 분석을 통해 박두진, 박목월, 조지훈 시인의 해방기 수용 감각을 구체적으로 살펴보고자 한다. 이 과정에서 본고는 이들 개별 시인의 시적 경향을 고찰하는 한편, 『청록집』을 통해서 공유된 시대감각의 접점에 대해서 논의하게 될 것이다. 아울러 이후의 논의를 통하여 이들의 자연에 중첩된 전통의 시대적 좌표와 그 의미에 대하여 고찰해보고자 한다.

2. 해방기 문단 이원화의 결과물로서의 '자연'과 '전통'

근대 이후 한국문학사에서 등장하는 '자연'과 '전통'은 어떤 의미에든지 사회와 역사의 산물이며, 따라서 시대적 함의를 띠지 않을 수 없다. 청록파의 문학적 소재로 나타나는 자연과 전통 역시 해방기라는 특정한 시대와

6) 본고와 유사한 시각을 보여주는 논문으로는 정한모의 글이 있다. 그러나 정한모의 이 글은 청록파의 시세계를 다소 단순화해서 이해하려는 경향이 없지 않다. 「청록파의 시사적 의의」, 『현대시론』, 민중서관, 1973.

연관된 표상으로 읽어낼 수 있으며, 이러한 관점의 고찰은 청록파에 대한 기존의 의미 부여에 대해 새로운 관점을 제시할 수 있을 것이다.

해방기 문단은 임화 중심의 문학가동맹文學家同盟과 우익 자유주의 문인들의 청년문학가협회(靑年文學家協會, 이하 청문협)로 이원화된다. 두 단체는 모두 민족문학 건설이라는 명제를 내세웠지만 각각 사회주의와 자유민주주의 이데올로기를 표명하면서 대립하고 있었다. 시 장르에 있어서도 이들의 대립은 극명하게 나타났는데, 특히 '「凝香」 사건'[7]을 통해 서로에 대한 정치적 폭력이 가시화되기도 했다.

문학가 동맹의 정치적 활동에 맞서 집결된 청문협은 서로 이념적 대립 속에서 활동하게 되는데, 『청록집』의 발간(1946. 6)은 청문협 진영에 고무적인 일이었다. 민족진영 문학단체로서 청문협이 지닌 과제 즉 질적으로 높은 수준의 작품을 창작하고 계급문학과의 대결상태에서 스스로의 위치를 굳혀야하는 상황 앞에서[8] 『청록집』은 문학적 완성도를 지닌 중요한 성과였기 때문이다. 『청록집』의 출간 배경을 고려할 때, 이 작품집은 김동리와 조연현을 필두로 한 청문협의 기본적 사상의 토대와 무관하다고 볼 수 없다. 청문협의 대표적 필자였던 김동리는 「민족문학의 당면과제로」에서 문학이 개념, 공식, 파당의 편에 설 수 없으며, 순수한 정신을 토대로 세계사 속에서 유의성을 가지는 휴머니즘에 민족문학이 서야함을

---

7) 이미 잘 알려져 있듯이 '「凝香」 사건'은 元山 문학가동맹 編 시집 「凝香」에 대해 북조선 문학 예술 총동맹 중앙 상임 위원회가 이 시에 대해 퇴폐적 경향이라는 것, 투쟁·건설 정신이 없는 것, 현실을 직시하지 못한 애상·한탄·공상 등 절망적 경향이 나타나기 때문에 응징을 가하기로 결의한 것을 말한다. 이러한 정치적 폭력의 원인은 문학가동맹이 자체적인 민족문학의 길을 모색하기보다는 소련 문단의 철저한 추수주의에 빠져있었기 때문인 것으로 보인다. 전후 소련의 상황을 해방기 문학에도 그대로 적용할 것을 촉구한 문학가동맹의 '「凝香」 사건'은 해방 공간의 한국 공산주의 이데올로기가 지닌 취약성을 단적으로 드러내는 사건이기도 하다(김윤식, 「해방후 시단논쟁」, 『한국현대시론비판』, 일지사, pp.326~328).

8) 김용직, 『해방기 한국 시문학사』, 민음사, 1989, pp. 64~66.

주장한다.9) 민족문학 건설이라는 시대적 과제 앞에서 문학의 순수성을 내세우는 김동리의 견해는 관념적이라는 비판을 받기도 했는데, 그의 이러한 문학적 지향을 실체화해 보여준 것 한 사례가 『청록집』이라고 볼 수 있다. 따라서 『청록집』은 자연과 전통미를 소재로 삼아 순수 서정의 세계를 그려내고 있지만, 그들이 감각적으로 그려낸 '자연'과 '전통'의 세계 안에는 해방기라는 혼란과 갈등이 내재함을 간과해서는 안 된다.

해방 이후 양분화 된 문단 상황에서 김동리, 서정주를 중심으로 활동했던 우익 민족문학 진영은 문학의 사회 참여나 현실 개입보다는 민족이나 전통과 같은 관념에 호소함으로써 문학적 순수성을 주장하고자 했다.

> 순수문학이란 한마디로 말하면 문학 정신의 본령정계(本領正系)의 문학이다. 문학 정신의 본령이란 물론 인간성 옹호에 있으며 인간성 옹호가 요청되는 것은 개성 향유를 전제한 인간성의 창조 의식이 신장되는 때이니 만치 순수문학의 본질은 언제나 휴머니즘이 기조 되는 것이다. <중략>
> 우리가 목적하는 민족문학이 세계 문학의 일환으로서의 민족문학인 것처럼 우리의 민족정신이란 것도 세계사적 휴머니즘의 일환인 민족 단위의 휴머니즘으로 규정될 것이며 이러한 민족 단위의 휴머니즘을 세계사적 각도에서 내포하고 있는 것이 오늘날 순수문학의 문학 정신인 것이다.
> – 김동리, 「순수문학의 진의」 부분, ≪서울신문≫, 1946. 9. 15.

그러나 그들이 말한 문학의 순수성 역시 해방기의 이원화된 정치적 태도의 일환이라는 점으로부터 완전히 자유로울 수는 없다. 김동리가 해방직후 청문협의 입장을 옹호하면서 밝힌 "민족 단위의 휴머니즘을 세계사적 각도에서 내포하고 있는 것이 오늘날 순수문학의 문학 정신"이란 주장처럼,

---

9) 김용직, 앞의 책, pp.71~74.

우익 문학 진영이 주장했던 것은 결국 '과학주의', '계급주의'와 대결하는 '휴머니즘'과 '민족문학'의 이념적 수사인 것이다.10)

순수문학이 지향했던 청문협 진영의 문학적 지향에 맞게 『청록집』에서 해방기는 '자연'이라는 비세속적 세계를 통해 감각적으로 형상화된다. 또한 이들이 추구한 순수 세계로서의 '자연'은 '전통'이라는 삶의 양식과 만나 '옛 것'은 '민족적인 것=순수한 것'이라는 일종의 도식을 시적으로 보여준다. 이러한 생각은 김동리의 자연관에서 벗어나지 않는다. 김동리는 서구적 근대에 대한 대립물로써 '동양'을 설정하고 동양이 가진 '자연'이라는 육체가 서구적 근대의 파국에 맞서는 길이라고 지적한 바 있다. 또한 이러한 자연관이 해방 후 문단의 혼란기에서 순수문학의 정통성을 지키는 방법이라 생각했다.11) 따라서 해방기 『청록집』에 표출된 '자연'은 '전통'이라는 것과 별개의 것이 아니라 자연적인 것이 곧 전통적인 것 그리고 그것이 곳 순수한 것인 동시에 민족적인 것으로 인식되었던 것이다.12)

---

10) 이와 관련해서는 이광호의 글을 참조할 만하다. 「문학의 호명─문학의 자율성을 둘러싼 이론의 이데올로기」, 『문학과 사회』, 2001년 여름호. p.1090.

11) 김동리, 「신세대의 정신」, 『문장』 16호, 1940. 5.

12) 한국 시문학사에서 자연시의 전통이 이어지고 있다는 것은 새로운 논의는 아니다. 이러한 자연시의 전통이 청록파로 계승되고, 청록파의 자연시가 이후 문학사에 영향을 미쳐왔다는 것 또한 일반적인 논의이다. 그러나 김진희는 『청록집』에 나타난 '자연'의 정전화 연구를 통해 『청록집』의 '자연'이 조선 시대의 유가적 이념이 지배하는 남성적 공간의 원리를 벗어나 외로움이나 그리움 등의 정서를 토영시킨 유토피아적 환상의 공간으로 상상되고 있다는 점에서 이전의 문학사에서 볼 수 없었던 개성적인 신자연, 신고전의 환상공간이라는 '자연'의 전통을 창조했다고 지적하고 있다(김진희, 「『청록집』에 나타난 '자연'과 정전화 과정 연구」, 『한국근대문학연구』 제18호, 한국근대문학회, 2008, pp.32~33). 김진희의 연구는 청록파가 보여준 '자연'의 표상이 지닌 특질을 밝혀냄으로써 청록파가 새로운 '자연' 표상을 창조하고 있음을 증명하고 있다는데 의의를 지닌다. 이에 대해 본 논의는 소재로써 '자연'과 '전통'을 분리하여 『청록집』을 살피고 있다는 점에서 논의의 차이를 지닌다. 앞선 논의들이 『청록집』의 자연 표상에 관해 주목했다면, 본 연구는 자연과 전통이

따라서 청록파에게 '자연'은 순수한 민족과 전통을 상기시키기 위한 대상 세계로 더더욱 감각적으로 형상화되어야하는 세계였다. '자연'이 특정한 목적과 구체적인 표상을 지니기보다는 그것 자체의 순수성이 초월적인 삶의 근원으로 자리잡도록 '자연'이 표출되어야 했다. 왜냐하면 그러한 '자연'의 순수성과 초월성이 김동리가 지적한 바대로 서구적 근대 또는 새로운 이데올로기와 맞설 수 있는 대립물로 기능할 수 있었기 때문이다.

여기서 전제가 되어야 할 것은 '자연'과 '전통'이 사회적 산물로써의 인식이라는 점이다. 1930년대 모더니즘 문학의 부흥 이후 이미 우리 문학사에서 '자연'은 근대적 개인에 의해 '재발견'되었다고 평가되고 있다. 풍경의 대상이자 향유의 대상인 문화기호로 인식되기 시작한 것이다.13) '전통' 역시 근대 국가 이후 민족주의적 역사 만들기 과정을 통해 끊임없이 발견되는 대상으로 인식되고 있다. 이러한 관점을 보여준 대표적 연구로 김춘식은 자연을 근대적 구성물로 전제하고 청록파의 의미를 규명한 바 있다. 그는 청록파의 상징적 의미가 '식민지적 근대와 자연, 전통의 근대적 발견'이라는 문학사적인 주제 하에 있다고 보고, 청록파의 시를 '근대성과 전통'의 상호 관계를 통해 밝히고자 한다.14)

'자연'과 '전통'의 발견과 창조는 시대적 상황이나 담론으로부터 상호 영향을 미치며 형성된다. 따라서 『청록집』의 시대적 의의 역시 이러한 상호 작용의 맥락 안에서 규명되어야 할 것이다.

라는 두 영역의 소재가 연관됨으로써 이들이 궁극적으로 지향하는 시정신의 시대적 의미를 밝히고자 하기 때문이다.
13) 권채린, 「한국 근대문학의 자연 표상 연구」, 경희대 박사학위논문, 2010, p.3.
14) 김춘식, 「근대적 감각과 '발견'되는 자연–청록파와 박두진」, 『현대문학의 연구』 vol.37, 한국문학연구학회, 2009.

3. 초월적이고 비세속적인 '자연'으로의 동화

무엇보다 『청록집』 전체에서 두드러지는 특징은 시집 전체를 관통하는 자연의 순수성과 정적이고 관조적인 태도이다. 박목월 박두진, 조지훈의 시세계는 각각의 시적편차를 드러내면서도, 『청록집』을 통해 공통된 입장을 보여준다. 이라는 시집의 시대적 의미 차원에서 볼 때 더 주목할 만한 것은 이들이 보여주는 공통적 태도이다.

그것은 바로 『청록집』의 '자연'이 세속과 동떨어진 곳에 위치한다는 점이다. 사회적이고 정치적인 현실로부터 괴리되어 '외딴' 곳에 위치하는 '자연'이란 공간은 그 안에 인간을 내포하고 있으면서도 비세속적인 분위기로 일관한다.

> 가) 松花가루 날리는/외딴 봉오리//윤사월 해 길다/꾀꼬리 울면//산직이 외딴 집/눈 먼 처녀사//문설주에 귀 대이고/엿듣고 있다
> — 박목월, 「閏四月」 전문

> 나) 산이 날 에워싸고/씨나 뿌리며 살아라 한다/밭이나 갈며 살아라 한다//어느 짧은 山자락에 집을 모아/아들 낳고 딸을 낳고/흙담 안팎에 호박심고/들찔레처럼 살아라 한다/쑥대밭처럼 살아라 한다//산이 날 에워싸고/그믐달처럼 사위어지는 목숨/그믐달처럼 살아라한다/그믐달처럼 살아라한다
> — 박목월, 「산이 날 에워싸고」 전문

> 다) 닫힌 사립에/꽃잎이 떨리노니//구름에 싸인 집이/물소리도 스미노라.//단비 맞고 난초 잎은/새삼 치운데//볕 바른 미닫이를/꿀벌이 스쳐간다.//바위는 제 자리에/옴찍 않노니/푸른 이끼 입음이/자랑스러라.//

아스럼 흔들리는/소소리 바람//고사리 새순이/도로르 말린다.

— 조지훈, 「山房」 전문

위 세 편의 시에 제시된 것처럼 청록집에 나타나는 자연의 이미지는 순수하고 비세속적인 자연이지만, 인간과 괴리된 자연 그 자체는 아니다. 여기서 자연은 끝없이 인간의 삶에 자연다움을 강요하는 인공적 자연으로써 일종의 삶의 태도와 자세에 대한 메시지를 던진다. 가령, 「윤사월」에서 박목월은 외딴 집에 머무는 눈먼 처녀의 모습을 한 폭의 수묵화처럼 담담하게 그려내고 있다. 이 시는 '눈 먼 처녀'라는 대상을 통해 단순하고 고즈넉한 풍경을 그리고 있지만, 보지 못하는 이 처녀가 귀기울이는 소리가 무엇인가를 통해 작가의 의도를 드러낸다. 장님인 처녀에게 소리로만 분간할 수 있는 이 세계는 매우 혼란스럽고 위험한 곳일 것이다. 시인은 이 작품에 눈 먼 처녀가 꾀꼬리 우는 소리에 귀기울이는 장면을 설정함으로써 하나의 순수한 공간을 탄생시킨다. 여기서 '외딴 집'은 시어가 환기하듯이 복잡한 세상과 괴리된 곳으로 사회적 질서보다는 '꾀꼬리 소리'와 같이 자연의 소리가 지배하는 곳이다. 이러한 자연 공간의 특성은 인용된 나) 의 시를 통해 더욱 고조된다. 「산이 날 에워싸고」에서 '산'은 서정적 주체인 '나'에게 삶의 순리가 무엇인지를 일깨워주는, 거부할 수 없는 세계로 상정된다. 이 시의 화자는 '산'에 둘러싸여 있다. 화자에게 '산'은 씨를 뿌리고 농사를 지으면서 아들 딸을 낳고, 성하다가 사그라지는 그믐달처럼 자연의 이치에 순응하며 사는 삶은 산 곧 자연이 내게 일깨워주는 바이다. 그것이 곧 자연의 원리이자 인간의 숙명처럼 그려지고 있다. 나) 시에서 '나'를 에워싼 산의 계시는 비록 시적 자아가 느끼는 것이지만 이 시는 자연의 원리가 '나'를 압도하는 듯한 분위기를 표출하고 있다.

가) 와 나) 가 지배적인 자연의 목소리를 드러내고 있다면, 다) 시는 좀 더 정적인 '山 房'의 정취를 묘사한다. 그러나 정적인 장면 속에서 인간의 거주지인 '山 房'은 자연과 완전히 동화되어 인간의 세속적인 삶과 멀어진 초월적인 자연 공간으로 포섭되어 있다. 여기서 '산'은 인간의 삶과 동떨어져있는 원시적 자연이 아니라 인간의 삶을 정화하는 공간으로서의 자연이다.

『청록집』 전체에 흐르는 '자연'은 인간에게 삶의 태도와 회복해야 할 세계를 일깨워주는 이상향적 세계이다. 이 이상향이란 다소 추상적이고 관념적인 가운데 신성하고 초월적인 세계로 묘사되는데, 비교적 박목월의 시에서 구체화된 모습이 나타난다.

> 아랫도리 다박솔 깔린 山 넘어 큰 山 그 넘엇 山 안보이어 내마음 둥둥 구름을 타다.// 우뚝 솟은 山, 묵중히 업드린 山 골골이 長松 들어섰고, 머루 다랫 넝쿨 바위 엉서리에 얼켰고 샅샅이 떠깔나무 옥새풀, 우거진데 너구리, 여우, 사슴, 山토끼 오소리 도마뱀, 능구리等, 실로 무수한 짐승을 지니인,// 山, 山, 山들! 累巨萬年 너히들 沈黙이 흠뻑 지리함즉 하매,// 山이여! 장차 너희 솟아난 봉우리에, 업드린 마루에, 확 확 치밀어 오를 火焰을 내 기다려도 좋으랴?// 피ㅅ내를 잊은 여우 이리 등속이 사슴 토끼와 더불어 싸리ㅅ순 칡순을 찾아 함께 즐거이 뛰는 날을 믿고 길이 기다려도 좋으랴?
>
> — 박목월, 「香峴」 전문

'산'으로 대유되는 자연의 세계는 동물들을 등장시킴으로써 화자가 추구하는 이상향을 표출하고 있다. 장엄하고 숭고한 생명의 터전인 '산'에 살아가는 여러 동물들은 해방기의 혼란한 사회에 대한 우화적 표현이라 할 수 있는데, 여기서 화자는 다양한 습성을 지닌 동물들 열거함으로써 해방기의 다양한 이견으로 얽히고설킨 시대를 풍자한다. 여기서 인간 사회에 대한 풍자는 "피ㅅ내를 잊은 여우 이리 등속이 사슴 토끼"와 같은 표현처럼 먹이사슬이라는 숙명적 대립 구도에 놓여 있는 해방기에 대한 인식을 보여준다. 공존할 수 없는 관계에 놓인 갈등 상황을 풀어나갈 수 있는 유일한 방법은 '산'이 지닌 "확 확 치밀어 오를 火焰"이다. 화자는 인간 사회의 갈등을 풀어갈 수 있는 유일한 대안으로 '자연'이 지닌 초월적인 힘을 제시한다. 그러한 '자연'만이 모두가 "더불어 싸리ㅅ순 칡순을 찾아 함께 즐거이 뛰는 날"이라는 이상향에 다가갈 수 있는 것임을 말하고 있다.

『청록집』전체를 관통하는 '자연'의 스펙트럼 안에는 각 작가 개인의 시세계와 이상향이 반영되어 있겠지만, 해방을 전후하여 창작되고 해방 직후 발표된 시집인『청록집』의 시세계에 초점을 두면 '자연'은 해방기의 혼란과 갈등을 보다 근원적인 생명의 근원성에 입각시키려는 의도를 지니는 대안적 공간이라 하겠다.

이것은 김진희의 지적대로 애상성과 슬픔의 정서로 가득한 여성적인 원리가 지배하는 유토피아적 공간[15]이라기보다는 동일성의 원리를 확고하게 주장하는 지배적인 성향의 이상향에 가깝다. 물론 박목월과 조지훈의 경우 비교적 정적이고 관조적인 태도를 보이지만, 그들이 보여주는 세계로부터 닫힌 폐쇄적인 공간성은 '자연'을 하나의 완벽한 이상향으로 설정하고 있다. 그렇기 때문에 '자연'이라는 완벽한 세계로의 동화는 관조적이지만 절대적인 태도를 지닐 수밖에 없다.

'자연'의 완벽성은 그 자체가 생명의 근원이라는 당위적인 태도를 만들어낸다.『청록집』에 나타난 자연은 식민지시기에 발견된 '고향'으로서의 자연이라기보다 감각적인 표현을 통해 생명성을 강조하는 근원지이며, 또한 이를 통해 인간 사회가 정화될 수 있는 공간이다. 정제된 언어와 고도로 절제된 이미지 또는 자연의 숭고함과 장엄함은 사회적 갈등과 혼란

---

15) 김진희, 앞의 글.

으로부터 배제된 듯이 보이지만 끝없이 인간의 삶을 동화시키고자 욕망하는 자연이다.

> 어서 너는 오너라 별들 서로 구슬피 헤여지고 별들 서로 정답게 모이는날, 흩어졌던 너이 형 아우 총총히 돌아오고, 흩어졌던 네 순이도 누이도 도라오고, 너와 나와 자라나던, 막쇠도 돌이도 북술이도 왔다.// 눈물과 피와 푸른빛 기빨을 날리며 너는 오너라. ……비둘기와, 꽃다발과 푸른빛 기빨을 날리며 너는 오너라……// 복사꽃 피고, 살구꽃 피는 곳, 너와 나와 뛰놀며 자라난 푸른 보리밭에 남풍은 불고 젖빛 구름 보오얀 구름속에 종달새는 운다. 기름진 냉이꽃 향기로운 언덕, 여기 푸른 잔디밭에 누어서, 철이야 너는 너는 닐 닐 닐 가락 맞춰 풀피리나 불고, 나는, 나는, 두둥싯 두둥실 붕새춤 추며, 막쇠와, 돌이와, 북술이랑 함께, 우리, 우리, 옛날을, 옛날을, 딩굴어 보자.
>
> — 박두진, 「어서 너는 오너라」 부분

위 시에서는 자연에의 동화가 보다 직접적이고 강렬하게 표출되고 있다. 해방의 기쁨과 환희를 노래하는 위 시에서 헤어졌던 별들이 모이듯이 삶의 공동체가 다시금 형성되고, 화자는 해방과 함께 구성된 이 '우리'로 지칭된 공동체가 자연과 하나가 되어 "옛날을, 옛날을, 딩굴어 보자"고 촉구한다. "어서 너는 오너라"의 강렬한 어조에서 풍기듯이 자연과 하나되는 삶의 공동체를 촉구하는 화자의 열망은 매우 분명하고 단호하다. 자연과 동화되는 이 공동체는 표면적으로는 구체적인 사상과 이념이 배제된 듯한 인상을 주지만, '옛날'이라는 의미 안에는 근대화하는 조선인들에게는 새로운 사상인 계급 이념이나 사회주의 이념을 배제하고 민족과 전통이라는 관념화된 세계를 보다 토착적인 본연의 세계로 인식하는 태도가 배태되어 있다.

4. 신성화된 '전통'의 미적 가치

미당 서정주는 청록파 시인들이 표출한 '자연'이 각각의 특징을 지니고 있다고 지적한 바 있다. 박목월의 경우 '신라의 風月道的 자연'이 계승되고 있고, 조지훈의 경우 '禪味'와 '망국민의 비탄' 그리고 '고전적인 취미'가 깃들어 있으며, 박두진은 '기독교적 취향이 농후'한 것으로 가름하였다.16) 하지만 서정주의 지적은 각 시인의 시세계를 반영한 비평이지만, 청록집이 지니는 시대적 의미망에 대해서는 논의하지 못하고 있다. 서정주의 지적은 각 시인들이 지닌 '자연'이 그 이면에 현실 세계에 대한 갈망과 의지의 표현을 담고 있음을 지적하고 있지만, 『청록집』의 시세계가 왜 자연과 더불어 전통적 가치와 이미지로 회귀하고 있는지에 대해서는 충분히 설명하지 못한다.

청록파에게 '자연'이 이원화된 현실을 통합할 수 있는 힘을 지닌 대안적 세계라면, 이 초월적이고 신성화된 자연에 구체적인 삶의 양식이 어우러진 모습을 보여줄 수 있는 것이 전통이다. 여기서 감각적으로 형상화된 전통은 자연과 인간 세계의 이상적인 조화를 보여주는 일종의 환상이다. 그래서 전통은 가까운 과거보다는 구체적 근거를 알기 어려운 고대로 거슬러 간다.

> 여기는 慶州/ 新羅千年……/타는 노을//아지랑이 아른대는/머언 길을//봄 하로 더딘날/꿈을 따라 가며는//石塔 한채 돌아서/鄕校 門하나/丹靑이 낡은대로/닫혀 있었다
>
> — 박목월, 「春日」전문

---

16) 서정주, 『한국의 현대시』, 일지사, 1969, pp.24~26.

위 시는 단순한 시각적 이미지를 통해 신라의 고도古都를 환기시키며, 전통적 아름다움을 회화적으로 형상화하고 있다. 특히 이 시는 "石塔 한 채 돌아서"라는 짧은 동선을 제시함으로써 단조롭지만 역동적인 감각을 통해 눈앞에 펼쳐질 고도의 풍경을 상상하게 한다. 이 시야말로 자연 배경과 경주라는 고도의 모습이 분리불가의 상태로 잘 어우러져 전통의 미적 가치가 자연과 하나의 풍경으로부터 나오고 있음을 보여준다. '자연'은 고대의 역사와 만나 구체적인 삶의 양식인 전통을 만들어내는 데 이르고 있다.

전통의 가치는 그것이 지닌 아름다움이 '자연'이라는 절대적 세계와 동화된 세계라는 데서 미적 가치를 발휘한다. 즉 전통 그 자체로 아름다움을 지니는 것이 아니라 전통이 자연과 분리가 불가한 대상이라는 점에서 초월적이고 비세속적인 자연과 동일한 신성함을 지니게 된다. 이와 같은 전통의 미적 가치는 조지훈의 시에서 극대화된다. 조지훈은 「古風衣裳」, 「僧舞」, 「舞鼓」와 같은 작품에서 전통적인 소재를 대상으로 아름다움을 표출한다.

> 가) 하늘로 날을 듯이 길게뽑은 부연끝 풍경이 운다.//처마끝 곱게 느리운 주렴에 半月이 숨어//아른 아른 봄밤이 두견이 소리처럼 깊어가는 밤//곱아라 고아라 진정 아름다운지고//파르란 구슬빛 바탕에//자지빛 호장을 받힌 호장저고리//호장저고리 하얀 동정이 환하니 밝도소이다.//살살이 퍼져나린 곧은 선이//스스로 돌아 곡직을 이루는 곳//열두폭 기인 치마가 사르르 물결을 친다. <중략> 나는 이 밤에 옛날에 살아//눈 감고 거문고ㅅ줄 골라보리니//가는 버들이냥 가락이 맞추어//흰 손을 흔들어지이다.
>
> ─ 조지훈, 「古風衣裳」 부분

나) 벌레 먹은 두리기둥 빛 낡은 丹靑 풍경소리 날러간 추녀 끝에는 산새도 비들기도 둥주리를 마구 쳤다. 큰나라 섬기다 거미줄 친 玉座 위엔 如意珠 희롱하는 雙龍 대신에 두마리 봉황새를 틀어 올렸다. 어 느 땐들 봉황이 울었으랴만 푸르른 하늘 밑 鰲石을 밟고 가는 나의 그 림자. 패옥소리도 없었다. 品石 옆에서 正一品 從九品 어느 줄에도 나 의 몸둘 곳은 바이 없었다. 눈물이 속된줄을 모르량이면 봉황새야 九 天에 號哭하리라.

— 조지훈, 「鳳凰愁」 전문

가) 는 전통미가 고조된 대표적인 시편이다. 전통적인 복장을 갖춘 여성의 모습을 시각적으로 묘사한 이 시에서 화자는 전통 의상을 입은 여인의 모습을 통해 '옛날'을 환기하며 미적 감각을 과거와 연결시킨다. 말 그대로 고풍미古風美라는 것이 창조되는 것이다. 여기에는 시각적인 의상의 모습을 넘어서서 옛 것 즉 민족적 전통에 관한 신성화된 가치가 내포되어 있다. 전통적인 것은 곧 파괴하거나 변형시킬 수 없는 근원적인 것을 의미하기 때문이다. 조지훈이 시를 통해 묘사한 전통 의상을 입은 여인의 모습은 이러한 전통의 신성성을 보여주는 하나의 증거가 된다. 위 시에서 묘사한 여인의 모습을 상상을 통해 환기할 수 있고, 거기에서 미적 감흥을 공유하는 이들에게 실제의 전통 의상은 이제 신성한 가치를 지니는 민족의 전통으로 기억된다. 특히 해방기라는 역사적 격변기에 있어서 이러한 전통의 창조는 민족적인 가치를 실체화하는 중요한 지표이기도 했다.17)

---

17) 홉스봄에 따르면 근대 민족 국가 형성기에 많은 전통들이 창조되었다. 사회가 급속히 변형되면서 낡은 재료들을 이용하여 새로운 사회 체제를 유지하는데 필요한 전통들이 발명되었다. '만들어진 전통'은 특정한 가치와 행위 규준을 반복적으로 주입하여 자동적으로 과거와의 연속성을 내포한다(에릭 홉스봄 외, 박지향, 장문석 역,『만들어진 전통』, 휴머니스트, 2004, pp.20~26 참조).

이와 같은 맥락에서 보면 『청록집』에 나타난 '전통'에 관한 미적 감수성 역시 본래부터 있었던 것이 아니라 본래 있었던 소재들을 통해 새로운 시대의 이념과 체제를 반영하고 있다는 결론을 도출할 수 있다. 즉 전통 의상이나 전통적 소재들은 과거와의 연속성을 드러내고, 거기에 담긴 화자의 감수성이나 의도 역시 오래전부터 지속되어 온 것으로 수용되는 효과를 지니는 것이다.

그러나 전통적 소재에 대한 조지훈의 시각은 단순하지만은 않다. 그는 구체적이고 시각적인 전통적 소재로 사용하여 전통에 대한 미적 취향만이 아니라 또 다른 주제의식을 드러낸다. 「봉황수」는 사대주의로 얼룩진 역사를 비판적으로 바라보면서 현재의 국권상실에 대한 죄책감을 표출하는 시이다. 역사에 대한 비판적 통찰을 통해 "큰나라 섬기다 거미줄 친 玉座"와 같이 망국의 원인과 "如意珠 희롱하는 雙龍 대신에 두마리 봉황새를 틀어 올렸다"라는 결과를 고궁의 한 풍경을 통해 스케치하듯 보여주고 있다. 이 시에서 해방기라는 시대적 배경은 직접적으로 나타나지 않지만 고궁에서 봉황새 틀어 올려 진 왕좌를 보며 사대주의에 빠진 역사를 비판하는 화자는 망국의 현실을 이미 자각하는 주체이다. 주체성을 망각한 과거와 국권을 상실한 당대를 동시에 교차시키면서 화자는 부끄러움과 죄의식을 느낀다. 「봉황수」는 조국애와 민족 주체성을 강조한 작품으로 평가되기도 하지만, 여기서 더욱 주목할 것은 전통적인 소재를 비판적 시각으로 포착하고 있다는 점이다.

여기에서 조지훈이 지닌 전통에 대한 역동적 시각이 표출된다. 전통은 오래전부터 유지되어 온 하나의 가치이기도 하지만, 거기에는 인간의 삶의 흔적이 또한 각인되어 있다. 신성화된 전통을 뛰어넘는 것은 전통적 소재를 미적 대상으로 또는 역사적 반성의 대상으로 삼는 인식 주체인 것이다. 또한 이러한 화자의 역사적 반성에서 주목할 것은 그가 전통을 민족의 역사라는 것과 연관시키고 있다는 점이다. 민족 단위의 운명 공동체가 지녀온 과거를 반추하는 화자는 이미 근대 체제를 수용하는 근대적 개인이며, 따라서 이러한 화자를 통해 형상화된 자연과 전통은 특정한 사회와 역사 안에서 형성된 산물임을 알 수 있다.

요컨대 조지훈은 전통적 소재를 통해 전통의 미적 가치와 함께 민족의 주체성을 동시에 노래한다. 이 두 주제는 상이해보이지만 전통의 미적 가치와 민족 주체성을 동일선상에 놓여 있다. 민족 주체성이 지켜지지 않으면 전통이 지닌 순수한 아름다움 역시 지속될 수 없기 때문이다. 따라서 「봉황수」에 나타난 왕의 옥좌는 타락한 유물에 불과한 것이다.

박목월과 조지훈에 비해 박두진은 전통에서 나아가 근원적인 인간의 삶에 대해 노래한다. 박두진은 특정한 전통적 소재를 사용하지 않지만 그의 시에는 흰 색의 이미지가 주로 등장한다. 흰 색의 이미지는 그의 종교적 색채를 보여주기도 하지만 동시에 전통적 색채를 환기하는 것이기도 하다.

> 가) 흰 장미와 백합꽃을 흔들며 맞으오리니 반가워 눈물 머금고 맞으오리니 당신은 눈 같이 흰 옷을 입고 오십시오. 눈 위에 활작 햇살이 부시듯 그렇게 희고 빛나는 옷을 입고 오십시오.
> — 박두진, 「흰 薔薇와 白合꽃을 흔들며」 부분

> 나) 부여안은 치맛ㅅ자락 하얀 눈 바람이 흩날린다. 골 이고 봉우리고 모두 눈에 하얗게 뒤덮였다. 사뭇 무릎까지 빠진다. 나는 예가 어디 저 北極이나 南極 그런데로도 생각하며 걷는다.// 파랗게 하늘이 얼었다. 하늘에 나는 후- 입김을 뿜어 보다 스러지며 올라간다 고요- 하다. 너무 고요하여 외롭게 나는 太古! 太古에 놓여있다.// (중략) 나는 눈을 감어 본다. 瞬間 번뜩 永遠이 어린다. ……人間! 지금 이 땅우에서 서로 아우성치는 수많은 人間들- 人間들이 그래도 滅하지 않고 오래

오래 세대를 이어 살아갈것을 생각한다.// 우리 族屬도 이어 자꾸 나며 죽으며 滅하지 않고 오래 오래 이 땅에서 살아갈것을 생각한다.// 언제 이런 雪岳까지 왼통 꽃동산 꽃동산이 되어 우리가 모두 서로 노래치며 날뛰며 진정 하로 和暢하게 살어볼 날이 그립다. 그립다.

— 박두진, 「雪岳賦」부분

 '흰 장미', '백합', '흰 옷'은 순결함의 상징인 동시에 민족적 상징이다. 가) 시에서 화자는 '흰 옷'을 입고 도래하는 당신을 환영하는 벅찬 심정을 노래한다. 이로부터 민족의 순결성을 도출할 수 있는데, 이는 식민지 상황에서 그가 꿈꾸었던 해방에 대한 이미지이기도 하다. 그에게 해방이란 민족의 순결성을 되찾는 것이자 구원자적 존재를 맞이하는 일이다.

 이렇게 관념적이지만 보다 직접적인 태도로 유토피아적인 민족의 운명을 노래하는 태도는 나) 시에서도 나타난다. 이 시 역시 "하얀 눈 바람이 흩날"리는 겨울 설악산을 통해 흰 색의 심상을 강조한다. 눈 덮인 설악산에 올라 자연과 동화되는 듯한 취흥에 빠진 화자인 '나'는 보편적 존재로서 태고의 인간에 대한 상념에서 시작해서 '우리 族屬'의 미래를 꿈꾸고 있다. 민족의 유토피아를 염원하는 화자의 태도는 낙관적인데, 여기에는 밑바탕을 이루고 있는 것은 인류 전체에 대한 휴머니즘적 정서이다. 즉 이 시는 김동리가 언급했던 것처럼 순수 문학의 본질로써 휴머니즘 정신 위에 민족의식을 드러내고 있는 작품이라 하겠다. 눈 덮인 설악산이 환기하는 장엄하고 순결한 이미지와 함께 인류애와 민족애를 동시에 표출하고 있다는 점에서 해방기 청문협이 지향한 문학적 방향을 실체화한 작품인 것이다.

5. 맺음말

이제까지『청록집』은 해방기라는 시대적 상황으로부터 자유로운 문학적 자율성을 지닌 작품으로 인식되어 왔다. 이에 대해 이광호는 문학의 자율성에 관한 가장 일반화된 오해가 보수적인 '순수문학론'의 이념과 동일시하는 경향이라 지적했다.[18] 그 대표적인 경우가 김동리가 보여준 순수문학론이라 할 수 있다. 그런데

해방기 청문협 진영에 속해있던 청록파 시인들 역시 이러한 시대적 담론으로부터 자유로울 수 있었던 것은 아니다. 그들이『청록집』을 통해 보여준 자연과 전통의 세계는 사회 현실로부터 차단된 순수한 서정을 노래하는 것으로 이해되어 왔지만, 사실 그들의 작품 안에는 김동리가 주장했던 '순수문학'에 대한 편향성이 내재되어 있다는 점을 부인할 수는 없다. 이런 전제 하에 본 논의는『청록집』에 나타난 '자연'과 '전통'이라는 소재를 분석하여 그들이 보여준 자연을 매개로 한 해방기의 감각적 수용이 전통미를 통해 민족과 연결되어 있음을 고찰하였다.

청록파에게 '자연'은 비세속적인 공간으로 초월성을 띠는 세계이다. 그것은 자연이 근원적 생명성을 지닌 공간이기 때문이다. 그들의 시에서 나타나는 자연은 주로 관조적이고 정적인 세계이지만 그 안에는 역동적 생명성이 내재해 있다. 그래서 자연은 완벽한 세계로 형상화된다. 이와 같은 자연은 인간의 삶을 귀의하게 만들고 동화시키고자 하는 욕망을 내재한 자연이다.

이러한 자연에 동화된 삶의 양식이 바로『청록집』에 나타난 '전통'이다. 전통을 소재로 한 시들은 자연과 분리 불가한 대상으로 자연의 원리에

---

18) 이광호, 앞의 글, p.1089.

동화된 삶의 양식을 보여준다. 따라서 전통적인 것 역시 자연과 마찬가지로 비세속적이고 신성화된 가치를 지닌다.

『청록집』에 그려진 감각적인 자연의 세계는 '전통'이라는 삶의 양식을 자연적 세계로 동화시키면서 '옛 것'은 곧 민족적이고 순수한 것으로 동일화한다. 그리고 이러한 세계 안에서 인간의 삶이 회복될 수 있다는 가능성을 보여준다. 이를 종합해보면 『청록집』에는 '해방'이라는 시대적 사건이 순수한 민족의 세계를 이루는 것이 되어야한다는 바람이 담겨 있다고 하겠다. 그러나 이러한 바람을 문학의 순수성이라 치부한 청문협 진영의 입장에는 문학의 순수성에 대한 스스로의 오해가 자리 잡고 있었던 것으로 보인다. 전통을 중시하는 민족문학은 곧 순수문학이라는 도식은 어쩌면 계급 혁명을 통해 민족문학을 구축하고자 했던 좌익 문학 진영의 의도와 마찬가지로 이미 정치적인 판단에 문학을 대입시킨 것과 다르지 않기 때문이다.

『청록집』은 해방기를 수용하면서 비세속적 공간으로서의 자연이라는 세계를 감각적으로 창조해냈다. 그리고 이때의 자연은 민족적인 것은 순결한 것이라는 전통을 창조해내는 토대가 되었다. 이미 알려진 바와 같이 청록파의 자연은 이후 문학에 많은 영향을 끼치며 이른바 '자연시'의 정전으로 자리잡아왔다. 그런데 이 과정에는 해방기 문학 담론의 영향 관계가 거의 삭제되어 있는 듯하다. 『청록집』에 나타나는 '자연'과 '전통'이 시대적 상황과 별개로 보편화된다면, 문학의 순수성과 자율성 문제 또한 편향된 채로 남아있게 될 것이다.

만주국 국책이념의 문학적 투영 양상에 관한 논의

– 재만 시인 심연수와 윤해영의 작품을 중심으로

1. 들어가는 글

이 논문은 일제강점기 재만 조선인 문학에 나타난 만주국 국책이념의 문학적 투영 양상에 관한 논의를 살펴보는 것을 목적으로 한다.

일제 강점기 적지 않은 숫자의 식민지 조선인들은 만주를 제2의 고향 혹은 새로운 삶의 터전으로 인식하고 이주를 감행했다. 여기에는 몇 가지 분명한 이유가 있다. 우선 만주라는 공간의 역사 지리학적 특성을 들 수 있다. 현재 만주는 중국의 영토로 귀속되어 있지만, 수백 년 전까지만 해도 그곳은 고조선, 부여, 고구려, 발해 등으로 이어지는 조선의 역사가 살아 숨 쉬는 장소였다. 또한 지리적으로도 조선과 육로로 교통할 수 있는 근접거리에 위치한 까닭에 19세기[1]는 물론 20세기에 들어서도 조선인의

---

1) 김찬정은 조선인의 만주 정착을 '근대 이주'라는 점을 강조했을 때, 1860년경으로 본다. 김찬정, 「만주로 건너간 조선민족」, 박선영 역, 『만주란 무엇이었는가』, 소명, 2013, p.497.

만주 생활은 합법/비합법적으로 지속될 수 있었다. 하지만 이 시기의 조선인들이 만주로 이주하게 된 근본적인 원인은 당시의 정치·경제·사회·문화적 상황과 보다 직접적으로 연계된다. 봉건사회의 잔재와 식민지 근대의 왜곡된 제도에 의한 이중의 착취로 인해 새로운 농토를 찾아나서는 민중들이 광활한 만주의 토지를 희망의 지대로 이해하였다는 점, 일제에게 **빼앗긴** 국권을 회복하기 위한 자주독립 투쟁과 항일운동의 상징적 발원지로 만주가 각인되어 있었다는 점, 무엇보다도 1930년대 일제가 대륙 침략 정책의 일환으로 '꼭두각시' 국가 만주국을 건립하였으며, 이 과정에서 일본인은 물론 조선인에 대한 강제이주정책2)을 본격적으로 실시하였다는 점 등은 대표적인 요인으로 꼽을 수 있다.3) 뿐만 아니라 문학(문화)적 차원에서 보면, 1941년 총독부가 공식적으로 선언한 모국어 사용 금지 조항이 예외적으로 허용되는 유일한 공간이 만주였다는 사실도 다수4)의 조선 문인들을 만주로 향하게 하는 결정적 이유로 작용했다.

이처럼 일제 강점기 조선인의 만주 이주 배경은 실로 복잡하고 중층적인 의미망 속에 놓여 있다. 그리고 그것은 일제 말기의 재만 조선인 문학과 관련지어 논의할 때 훨씬 더 복잡한 양상을 띠게 된다. 이 시기의 재만 조선인 문학 연구는 1932년 일제에 의해 강제로 수립된 만주국의 정책이념과 지배 담론에 대한 정치한 이해와 동시대 문인들의 주관적 체험의 영역에 대한 고려 없이는 한 치의 접근도 용납하지 않는 까닭이다. 그만큼 이 시기 대다수의 재만 조선인 문학은 만주국이라는 그 왜곡된 역사적

---

2) 일제는 1934년 9월 '조선인 이주대책의 건'을 각의에서 결정하였으며, 만주개척민으로 보내진 조선인 농민의 수는 '만선척식공사'의 통계에 따르면, 종전까지 대략 25만 몇 정도로 추정된다. 김찬정, 위의 논문, 참조.

3) 김기훈은 1880년대에 1만 명 정도였던 조선인들이 1910년에 20만 명, 1944년에는 무려 170만여 명 정도에 이르는 것으로 파악한다. 김기훈, 「만주의 코리안 디아스포라」, 『만주, 동아시아 융합의 공간』, 소명, 2008, p.198.

4) 오양호는 일제강점기 중국에서 창작활동을 한 문인의 숫자를 대략 30여명으로 추정한다. 오양호, 『한국문학과 간도』, 문예출판사, 1988, p.46.

실체와 의식·무의식의 차원에서 밀접하게 연관되어 있는 것이다.

1990년대 이후 한국과 중국 학계에서 본격화된 재만 조선인 문학 연구5)가 좀처럼 합의점을 찾지 못하고 있는 것도 근본적으로 이러한 사정에서 기인한다. 현재 재만 조선인 문학에 관한 연구는 양질의 차원에서 상당한 결과물을 축적하고 있다. 그럼에도 이들 연구자들은 세부 논의의 차원에서는 심각한 불협화음을 내고 있는 것이 사실이다. 초창기의 연구 작업에서 보여지듯이 "40~45년대의 한국문학사는 간도 중심으로 다시 써야 한다"6)라는 주장과 "일본 군부의 허수아비인 만주 제국의 정책 수행에 이바지 하는 문학이 중심점을 이루고 있었다면, 그것은 망명문학이 아니라 친일(황도)문학이거나 적어도 그것과 백 보 오십 보의 문학이라 부를 수 있다"7)라는 주장 사이의 현격한 거리, 아울러 이후의 연구 작업에서 제기된 "1930년대 후반에서 광복 이전까지의 재중 조선인 문학은 오히려 당대 한국문학보다 더욱 다양하고 활발하게 전개된다. 적지 않은 창작 항일가요와 극·산문들, 그리고 이주 조선인의 간고한 삶과 항일 투쟁을 진실하게 반영한 강경애·심연수·김조규의 작품들은 그 한 예"8)라는 입장과 "기존 선행연구의 평가와는 달리 최소한 「대지의 젊은이들」을 발표할 무렵의 심연수 시인은 왕도낙토王道樂土, 오족협화五族協和 등과 같은 일제의 왜곡된 통치 이념에 담긴 역사적 사실을 인지하지 못했거나, 현실인식의 치열성이 확보되지 못한 것으로 판단된다. 따라서 그간에

---

5) 한국 학계에서 재만 조선인 문학에 대해 최초의 관심을 보인 학자는 오양호이다. 오양호는 70년대 후반부터 만주문학에 대한 연구를 시작한 이래 『한국문학과 간도』(문예출판사, 1988), 『일제강점기 만주조선인 문학연구』(문예출판사, 1996) 등의 연구 성과를 내었으며, 최근에는 『「만주시인집」의 문학사 자리와 실체』(역락, 2013)를 발표함으로써 재만 조선인 문학에 대한 연구 작업을 지속하고 있다.
6) 오양호, 「간도 연구의 의의와 민족사적 재인식」, 『중앙일보』, 1982. 11. 11.
7) 김윤식, 『안수길 연구』, 정음사, 1986, p.46.
8) 정덕준, 「서문」, 『중국 조선족 문학의 어제와 오늘』, 푸른사상사, 2006.

심연수의 시세계를 시종일관 민족시인 혹은 저항시인으로 규정해왔던 다수의 논문들은 전면적으로 재검토"[9] 할 것을 주장한 논문의 극단적 차이는 구체적 사례에 해당한다. 이와 같은 상반된 관점은 최근까지도 이 분야의 연구를 대표해 온 전공자들에 의해 반론과 재반론의 끊임없는 순환을 겪으며 지속되고 있다. 근자에 거듭 강조된 "만주에서 성립된 문학은 결코 '망명문학'이거나 '민족문학'이라고 섣불리 규정할 수 있는 성질의 것은 아니다"[10]라는 선언적 문구와 "만주이민문학을 문학자체로 심도 있게 고찰할 때, 우리가 방치하고 있는 1940년대의 한국문학사는 새로운 관점에서 그 기술이 가능할 것이다. 백철이『조선신문학사조사』에서 '암흑기'로 명명하고, 임종국이 그걸 '친일문학기'로 확대 기술한 지난 시대의 정신사는 이제 코페르니쿠스적 전환을 할 때가 되었다"[11]와 같은 예민한 반응은 이를 단적으로 보여준다.

사정이 이렇다보니, 선행연구들은 이 시기에 발표된 동일한 작품에 대해서도 뚜렷한 입장 차이를 노정한다. 본고에서 주로 다루고자 하는 시 장르와는 별도로 소설 작품을 예로 들어 보이면, 현경준의「유맹」과 이기영의『대지의 아들』(1939~1940), 황건의「제화」(1941)와 안수길의「벼」(1941),「목축기」(1943),『북향보』(1941), 이효석의「벽공무한」(1941)에 대한 각각의 상이한 평가들[12]은 이 점을 분명하게 입증한다. 이와 같이 결코 짧지 않은 기간 동안 학계에서 활발하게 논의되어 온 재만 조선인

---

9) 이성천,「재만 시인 심연수 시 연구에 나타난 몇 가지 문제」,『어문연구』제70호, 2011. 12, p.373.
10) 조진기,『일제말기 국책과 체제 순응의 문학』, 소명, 2010, p.33.
11) 오양호,『「만주시인집」의 문학사 자리와 실체』, 역락, 2013, p.15.
12) 이들 작품을 국책문학에 혐의를 두고 비판적 견지에서 바라본 연구자로는 김윤식(앞의 책), 조진기(앞의 책), 정호웅(『문학사 연구와 문학교육』, 푸른사상, 2012) 등을 들 수 있다. 이와는 상반된 견해를 제시한 연구자는 방민호(「이효석과 하얼빈」,『현대소설연구』35집, 2008. 6), 차성연(「현경준의『유맹』연구」,『한국문학논총』, 2009. 12), 장춘식(『일제강점기 중국의 한인 이주문학』, 산과글, 2011) 등이 있다.

문학 연구는 아직까지도 최종적인 합의점을 도출하지 못하고 있는 것이다.

이 글의 목적은 이 지점에서 자연스럽게 견인된다. 본고는 현재 재만 조선인 문학 연구에 나타난 이 같은 핵심 견해의 대립적 현상이 기본적으로 일제강점기라는 시대 현실의 특수성과 만주국 지배정책의 상관성에 관한 인식론적 차이에서 비롯된 것으로 판단한다. 뿐만 아니라 개별 작가 작품에 대한 연구자들의 각기 다른 평가기준 및 접근 방식이 그 결정적 차이를 가져온 것으로 본다. 이에 따라 본고에서는 논쟁의 중심부에 놓여 있는 몇몇 재만 시인의 작품을 대상으로 하여 그들의 시편에 나타난 만주국 국책이념의 투영 양상 및 그 전반적 특성을 우선적으로 살펴보고자 한다. 심연수, 윤해영 등이 그 대상일진대, 이 과정에서 본고는 작가 작품론과 관련된 일부 선행연구의 문제점을 비판적으로 검토하게 될 것이다. 이러한 본고의 작업은 궁극적으로 재만 조선인 문학의 종합적 이해에 도달하기 위한 예비적 작업임을 미리 밝혀두는 바이다.

2. 의미의 과잉과 민족문학사적 관점의 한계

초기 재만 조선인 문학[13]과 관련된 개념 및 용어의 사용은 이 분야의 주요 논쟁들과 마찬가지로 학자들에 따라 입장을 달리한다. 이민문학, 망명문학, 재중조선인 문학, 재만 조선인 문학, 중국조선족 문학, 조선족문학

---

13) 일제강점기 만주와 간도를 중심으로 활동하던 문인들이 생산한 작품을 지칭하는 용어는 다양하다. 이에 대해 필자는 '조선족'이라는 용어 자체가 중국 정부 수립 이후에 부쳐진 것이고, 1940년대 당시의 문인들이 '재만'이라는 용어를 사용했던 것을 이유로 들어, 재만 조선인 문학이 비교적 적당한 것으로 제시한 바 있다. 이성천, 앞의 논문, p.370.

등이 그것들인데, 이 용어들은 개념적 속성과 외연에 따라 각각의 특성이 규정되었다. 그러나 현재는 한국과 중국의 학계가 공히 큰 틀에서 어느 정도 일치된 견해를 보여준다. 가령 이민문학, 망명문학, 재중조선인문학, 재만 조선인 문학이라는 용어를 사용하는 경우에는 일제강점기 동안 중국 및 만주에서 발표된 '조선인'의 문학을 파악하려는 관점이 강하게 드러난다. 또한 중국조선족문학, 조선족문학이라는 개념 속에는 1949년 국가 수립 이후, 정부의 정책에 따라 연변조선족 자치주 정부를 세우고 행정과 사법 분야에서 자치권을 행사해 온 소수 민족으로서의 중국 '조선족'의 문학을 한민족적 문학사의 전체적인 맥락에서 다루려는 의도가 엿보인다.14)

> 일제강점기 재중 조선인 문학이 한국문학사에 있어서나 중국조선족의 문학사에 있어서나 다 중요한 부분임은 의심할 바 없다. 한국문학의 입장에서 볼 때 재중 조선인 소설의 창작에는 현대문학사에서 중요한 위치를 차지하는 작가들이 상당수 참여하고 있고 또한 일제말 암흑기에도 한글 소설을 꾸준히 창작 발표했다는 측면에서 문학사의 한 공백을 메꾸는 작업이 될 것이며, 중국 조선족 문학의 입장에서 볼 때는 현대소설사 수립의 기초를 다지는 것이 되기 때문에 그 의의는 자못 중요한 것이다.15)

중국조선족문학과 조선족문학은 "주로 중국의 조선족 연구자들이 사용하는 표현"이다. 인용 글에서 확인되듯이 이러한 표현에는 "자기문화중심주의에 의한 편견을 극복"하고 한민족문학사의 "정립 가능성을 모색"하려는 의지가 담겨 있다. 아울러 여기에는 "상당한 편차가 있다 하더라도,

---

14) 중국조선족 학계에서는 정덕준이 이 용어에 대해 참고할 만한 논의를 전개하고 있다. 정덕준, 앞의 책, pp.22~25.
15) 장춘식, 앞의 책, p.11.

광복 이전의 간도 등지에 살던 조선인과 중국 건국 이후에 중국 소수민족으로 자리를 잡은 중국조선족이 서로 완전히 분리할 수 없는 하나의 문화적 공동체"16)라는 인식이 반영되어 있다.

문제는 중국조선족 학계에서 발표된 일부 연구의 경우 일제강점기 만주문학에 대해 다소 우려할 정도의 애정과 자긍심을 보이고 있으며, 이로 인해 의미의 과잉부여 현상이 나타난다는 것이다. 보다 과감하게 지적하자면, 현재 중국조선족 학계의 연구자들은 현대문학사 '수립의 기초', 즉 문학사의 기원에 대한 일종의 강박증과 집착증을 노출하는 경향이 없지 않다. 더욱이 이들 중 몇몇의 견해는 작가작품에 대한 구체적 분석을 매개하지 않은 상태에서 내려진 평가라는 점, 그로 인해 자칫 문학사의 왜곡을 범할 수 있다는 측면에서 문제의 심각성이 더해진다. 예를 들면 다음과 같은 글이 여기에 해당한다.

> 1930년대 후반에서 광복 이전까지의 재중 조선인 문학은 오히려 당대 한국문학보다 더욱 다양하고 활발하게 전개된다. <중략> 이주 조선인의 간고한 삶과 항일투쟁을 진실하게 반영한 강경애, 심연수, 김조규 등의 작품들은 그 한 예이다.

> 망국의 설움과 향토애, 독특한 예술적 개성이 돋보이는 『연길로 가는 길』(김조규)은 이 시기 문단에 또 하나의 끈질긴 생명을 불어넣고 있으며, 심연수, 박귀송, 김달진, 조학래 등의 작품들도 이 시기 조선인 문단을 풍성하게 장식한다.17)

위의 인용에서 본고가 조심스럽게 이의를 제기하는 대목은 "항일투쟁을 진실하게 반영"하고 "조선인 문단을 풍성하게 장식한" 시인으로 묘사된

---

16) 장춘식, 『해방 전 조선족 이민소설 연구』, 민족출판사, 2004, p.2.
17) 정덕준, 앞의 책, p.58.

심연수 관련 부분이다. 주지하듯이 심연수는 이천 년대 들어 한국과 중국 조선족 학계에서 집중적인 조명을 받고 있는 시인이다. 이전까지 양국의 문학사에 거의 등장하지 않았던[18] 심연수의 문학에 대해 이처럼 연구의 활성화가 이루어진 이유는, 이 무렵 시인의 동생인 심호수를 통해 대량의 육필 원고가 발굴되었다는 점, 이를 바탕으로 중국연변인민출판사에서 『20세기 중국조선족문학사료전집 제1집 심연수 문학 편』을 간행[19]하였다는 사실에서 비롯된다. 이후 심연수의 문학에 대한 연구는 급속도로 전개되었으며, 이천 년대 초반에는 <심연수문학상>이 국내에 제정되었을 정도로 현재 그의 문학사적 위상은 매우 높아진 상태이다.

　『20세기 중국조선족문학사료전집 제1집 심연수 문학 편』을 참조하여 심연수가 생산한 시의 편수만을 기준으로 따진다면, 인용문의 언급대로 그를 "이 시기 조선인 문단을 풍성하게 장식한" 시인으로 선정해도 크게 무리가 없을 것이다. 1940년대 초반에 그는 무려 삼백 편에 가까운 시를 창작하고 있기 때문이다. 그러나 "항일투쟁을 진실하게 반영한" 시인으로 심연수를 꼽을 경우에는 사정이 많이 달라질 수밖에 없다는 것이 본고의 판단이다. 왜냐하면 그가 『만선일보』에 발표한 시편들에는 당시 만주국의 국책이념과 지배 논리에 침윤된 시인의식의 흔적이 상당 부분 발견되는 까닭이다.

---

18) 이천 년대 이전까지만 하더라도 한국과 중국학계에서 심연수의 이름은 <만선일보 색인과 인명>을 소개한 극소수의 논문을 제외하면 거의 언급되지 않는다.

19) "2000년 7월에 간행된 『20세기 중국조선족문학사료전집』은 한민족 이주 100년을 맞이해서 중국조선족의 민족문화유산을 정리하기 위해 기획 출판한 것으로 알려져 있다. 「심연수 문학 편」은 이 중 제1집에 수록되었으며 이후 2004년 중국조선민족문화예술출판사에서 『20세기 중국조선족 문학사료전집 심연수 문학 편』(2004. 3. 1)이 재차 간행된다." 이성천, 앞의 논문, p.364.

동으로는 태평양의 조향(潮香)호
서으로는 홍안령(興安嶺) 넘는 억센 서람(瑞嵐)
대지에 뛰노는 건아야말로
우리들 이 땅의 새 일꾼일세.

몸바치자 우리들은 동양 평화에
동아의 첫동이 이제야 트는구나
매일 임무는 많다고 하나
단련된 몸 마음은 강철 같도다.

배우자 힘쓰자 대지에서
王道樂土의 젊은이여
五族協和가 빛나는 곳에
솜씨야 빛나거라 역사에 남기자.
        ─「대지의 젊은이들」(1940. 4. 3) 전문

 이 논문의 도입부에서 제시하였듯이 현 단계 재만 조선인 문학 연구의
대립적 현상은 일제강점기라는 시공간적 특수성과 만주국 지배정책의 관
계성에 대한 인식론적 차이, 혹은 작가작품에 대한 연구자의 접근 방식
및 미학적 가치판단 기준의 편차에서 발생한다. '친일문학의 성격 규명'
과 그것의 '내적 논리'를 파악하는 과정에서 '협력과 저항'이라는 극단적
이분법을 지양하고 '내부적 차이'에 주목할 것을 요구한 김재용의 탁발
한 견해[20]와 이를 '역사철학의 맥락'에서 비판적으로 논구한 류보선의
논문,[21] 선행 논의를 체계적으로 검토하고 만주국 지배정책에 대한 이해의
필요성을 적극적으로 제기한 조진기의 종합적 사유[22]를 추후 친일문학

---

20) 김재용, 『협력과 저항』, 소명, 2003, 참조.
21) 류보선, 「친일문학의 역사철학적 맥락」, 『한국근대문학연구』 제7집, 2003, 참조.
22) 조진기, 앞의 책, 참조.

및 만주문학을 다루는 연구자들이 각별히 유념해야 하는 이유도 바로 이 때문이다.

한 가지 명백한 사실은 이들 연구가 각각의 고유한 방식으로 독자적인 방법론을 마련하고 있으면서도 일제와 만주국의 정책이념을 의도적으로 선전·홍보한 문학의 경우에는 공통적으로 국책문학 또는 친일문학으로 진단하고 있다는 점이다.

그렇다면 왕도낙토王道樂土와 오족협화五族協和라는 만주국 건국이념의 노골적 명시, 1940년 일제가 공식적으로 표방한 "동양 평화" 정신과 "동아" 신질서의 형성을 위해 "젊은이"의 "몸바침"을 선전선동하고 있는 위의 작품은 어떠할 것인가. 이 작품을 앞에 두고 심연수 시인을 여전히 "항일투쟁"과 1940년대 "조선인 문단을 풍성하게 장식한" 민족 시인으로 평가할 수 있을 것인가. 물론 인용시 한 편만을 놓고 심연수 시인의 작품세계 전체를 이른바 국책문학으로 섣불리 속단할 수는 없을 것이다. 더욱이 이 논문은 심연수 문학세계의 전반적 특성을 상세하게 규명23)하려는 데 궁극적 목적이 있지 않다. 다만 이 지점에서 본고가 분명히 해두고자 하는, 아주 단순한 사실은 만주국의 국책이념이 선명하게 반영되어 있거나 그것에 동화된 작품들은 어떠한 경우에도, 특정한 이유 없이 항일문학·반일문학의 차원으로 격상시켜서는 안 된다는 점이다. 그것이 비록 민족사적 관점에서 한민족 문학사의 기원을 수립하려는 순수한 의도에서 비롯된 것일지라도 말이다. 거듭 강조하는 바, 만주국 지배 논리의 문학적 '침투' 현상을 외면한 채, 서둘러 미학적 의미 부여를 시도한 연구들은 종국에 양국 문학사의 심각한 왜곡을 불러오는 까닭이다. 이런 측면에서

---

23) 심연수 문학 연구에 나타난 전반적 오류에 대해 적극적으로 문제를 제기하고, 실증적 차원에서 비판적 논의를 전개한 글로는 다음의 논문을 참조할 만하다. 이성천, 「재만 시인 심연수 문학연구에 나타난 몇 가지 문제」, 『어문연구』 제70호, 2011. 12.:「재만 시인 심연수 문학의 실증주의적 고찰」, 『국제어문』 제60집, 2014. 3.

"중국에서 이 시기 문학을 다루고 있는 경우에는 대체로 저항문학의 하나로 지적되고 있다"라거나 "중국 측의 주장은 중국 조선족 문학의 위상을 확립하려는 의도와 무관하지 않겠지만, 작품의 실상을 왜곡하고 있다는 비판 또한 피할 수 없다"라는 조진기의 지적[24]은 매우 타당하다고 하겠다.

3. 민족적 형식에 대한 집착과 오류

　중국 학계의 재만 조선인 문학 연구를 지속적으로 살피다보면 간혹, 흥미로운 사항을 발견할 수 있다. 그것은 이 분야의 주된 논의가 어떤 특정한 주제의식 혹은 유사계열의 어휘들을 반복적으로 재생산하며 전개되고 있다는 사실이다. 예를 들면 항일의지, 현실인식, 저항담론 등의 문학적 표출과 민족, 조국, 고향, 억압, 투쟁과 같은 단어들의 잦은 활용[25]이 그것이다. 이 시기 문학이 일제강점기의 만주국이라는 시공간적 특수성을 배경으로 한다는 점, 중국조선족 학계가 크게 보아 문학과 현실의 함수관계를 포착하려는 문학사회학적 연구방법론 또는 사회주의적 사실주의 창작방법론에 바탕을 두고 있다는 점, 앞선 제2장에서의 논의처럼 '민족문학사적' 관점에서 자주 접근을 시도하고 있다는 사정을 고려해보면 이러한 현상은 그리 새삼스러운 일이 아닐 것이다. 오히려 이 사실은 재만 조선인

---

24) 이 논문이 시 장르를 중심으로 중국 쪽 선행연구의 오류를 점검하고 있다면, 조진기는 『중국 조선족 문학통사』(조성일 외, 이화, 1997)와 『위만주국시기 조선인문학과 중국인문학의 비교』(김장선, 2004)를 대상으로 김창걸, 신서야, 한찬숙, 박영준, 현건, 안수길 등의 작가에게 내려진 "자주성과 민족성을 추구했다"는 중국 학계의 성급한 평가에 대하여 이의를 제기하고 있다. 조진기, 앞의 책, pp.36~37.
25) 물론 이 점은 한국 학계의 경우에도 예외로 볼 수 없다.

문단의 문학사상사 혹은 정신사의 전모를 일시에 파악할 수 있게 해준다는 점에서 긍정적인 요소로 수용할 수도 있다. 하지만 문제는 이들의 연구가 상기한 주제의식과 어휘들에 과도하게 집착하거나 밀착될 때 또 다른 위험에 노출될 가능성을 내포한다는 점이다. 논의의 효율적 전개를 위해 다시 심연수 문학 연구를 예로 들기로 한다.

> 심연수는 일제강점기라는 암흑기에 한글로 시를 쓴 저항의식을 가진 민족 시인이다. 그는 발굴 당시부터 윤동주와 쌍벽을 이룰 수 있는 민족 시인이라는 평을 듣는 일제강점기 시인으로 새롭게 떠오른 혜성과도 같은 존재이다. 심연수는 일제강점기라는 우리 민족시사의 공백기였고 암흑기였던 시대에 수백 편의 주옥같은 작품을 남겼다.[26]

> 일본어가 국어로 강요되던 암담한 현실 속에서 한글로 된 저항시를 쓴다는 것은 아예 상상조차 하기 힘든 것이다. 재만조선 시인인 심연수는 간도에서 일본에서 전통장르인 시조 형식을 활용하는 등 불굴의 정신으로 한글로 작품을 창작하였다. 작품 속에서 끊임없이 조국애와 민족애를 구현하고 저항적 의지와 승리의 희망을 제시하였다는 것은 그 의미가 深遠하다. <중략> 민족문학의 전통을 보존하려는 노력은 민족시인이라는 심연수의 위상확립에 일조를 한다. 왜냐하면 심연수의 전체작품 중에서 민족적 정서와 조국애가 가장 강하게 나타나는 작품들은 역시 수학여행 중에 지은 기행시조들이기 때문이다.[27]

> 심연수는 만주나 용정에 대한 사랑의 노래를 많이 썼는데, 그 중에서 많은 작품이 시조의 형식으로 창작되었다. 그가 시조 형식을 채택한 것은 시조야말로 조선인으로서의 정서를 제대로 드러낼 수 있는 장르라고 생각했기 때문일 수 있다. 그의 시조 대부분이 조국을 방문했을 때 창작되었다는 사실도 이와 같은 맥락에서 볼 때 특별한 의의

---

26) 김해응, 「책머리에」, 『심연수 시문학 연구』, 한국학술정보, 2006.
27) 위의 책, pp.20~34.

를 갖게 된다. 시기적으로 보면 심연수의 시조 창작은 시조부흥운동
에 영향을 받았을 개연성이 크다.[28]

인용문은 '저항의식', '조국애', '민족시인', '전통장르', '시조 양식' 등의
키워드를 주축으로 심연수 문학의 특성을 규정하고 있다. 이를 간략하게
정리하면, 심연수는 "일본어가 국어로 강요되던 암담한 현실 속에서 한글
로 된 저항시"를 쓴 "민족시인"이며 "조선인으로서의 정서를 드러낼 수
있는 장르"인 시조를 차용하여 "조국애와 민족애를 구현하고 저항적 의
지와 승리의 희망을 제시하였다는 것", 그러므로 그는 일제강점기의 대표
적 시인으로 추대되는 "윤동주와 쌍벽을 이룰 수 있는", "혜성과도 같은
존재"라는 내용이다. 그런데 이 같은 진술은 작품의 외부, 내부적 차원에
서 다양한 반론이 제기될 여지가 있다. 먼저, 역사적 사실 및 전기적 진실
과 관련하여 두 개의 작품 '외적인' 문제를 짚어내기로 하자. 하나는 "일본
어가 국어로 강요되던 암담한 현실 속에서 한글로 된" 시를 창작했다는
대목인데, 이는 연구자의 명백한 착오이다. 일제강점기 만주국의 특수한
정치 · 사회 · 문화적 환경에 대한 온전한 이해를 부분적으로 결여하고
있는 것이다. 1932년 3월1일에서 1945년 8월 18일까지 13년 5개월간 존
속했던 만주국은 공식이념의 하나로 "민족협화", "오족협화"를 내세운다.
문학뿐만 아니라 역사, 정치, 사회, 철학 분야의 다양한 만주국 전문가들
이 한결같이 지적하고 있듯이, 이는 만주 공간의 역사적 이질성, 즉 만주
족, 한족, 조선인, 몽고인, 일본인뿐만 아니라 오로첸, 골다, 허저족 등 십
여 집단의 혼재를 의식한 면이 있다. 당시 하얼빈만 하더라도 50개 이상의
민족 집단, 45개의 언어가 혼재하고 있었던 것이다.[29] 만주국이 왜곡된

28) 류하(Liu, Xia), 「윤동주와 심연수의 시의식 연구」, 전남대 박사, 2012, p.57.
29) 한석정, 노기식 편, 『만주, 동아시아 융합의 공간』, 소명, 2008, p.6.

이데올로기인 오족협화의 수행을 위해 개별 민족의 언어를 거의 제한하지 않았다는 사실은 당시 만주국에서 간행된 조선 문인들의 여러 작품 및 작품집이 한글로 게재되어 있다는 사실에서 직접적으로 확인할 수 있다. 이와 아울러 이 시기 만주 문단을 대표하는 『만선일보』를 통해서도 보다 쉽게 증명된다.

만주국의 국책이념을 충실히 수행해낸 신문이 바로 『만선일보』였음은 주지의 사실이다. 『만선일보』는 1937년 일본에 의해 지금의 신경(장춘)에서 간행되던 『만경일보』와 용정의 『간도일보』를 통합하여 창간한 일종의 만주국 기관지이다. 이 신문은 만주국의 건국이념과 국책사업에 대한 홍보를 전적으로 담당하고 있었다. 일찍이 김윤식이 이 시기 문학을 국책문학으로 규정하고자 했던 결정적인 이유도 이 같은 『만선일보』의 친일적인 성격과 무관하지 않다.30) 『만선일보』는 관동군에 의해 조정된 만주국의 이념을 가장 효과적으로 홍보하고자 했던 친일 어용 신문이었던 것이다. 그런데 여기서 간과하지 말아야할 중요한 사실은 오족협화의 전략적 수행차원에서 『만선일보』는 조선어 사용을 허용하고 있었다는 점이다. 따라서 이 시기에 심연수 시인이 한글로 된 시를 창작하였다는 것을 이유만으로 그를 '저항시인'으로 규정하고자 한 일체의 논의에는 동의하기 어려워진다.

다른 하나의 문제는 "우리 민족시사의 공백기였고 암흑기였던 시대에 수백 편의" 작품을 남겼다는 부분에 놓인다. 지금까지 알려진 바로는 심연수가 지면을 통해 발표한 작품은 1940년 『만선일보』 학생 투고란에 게재한 5편이 유일하다. 나머지 "수백 편"의 작품은 그로부터 육십 년 후인 2000년 초에 용정에서 발견31)된 것이다. 그런데 이 문제는 결코 간단하게

---

30) 김윤식, 앞의 책, 참조.
31) 심연수 원본 자료의 발굴 경로에 관해서는 다음의 글을 참조할 것. 이상규, 「재탄

지나칠 사안이 아니다. 왜냐하면 일제강점기 '작품 발표의 실제성 여부'는 시대적 한계성과 결부되어 <재만 조선인 문인들의 해방이후 공개된 '미발표 원고'를 어떻게 볼 것인가>라는 보다 큰 차원의 논의를 별도로 요망하기 때문이다. 이 점은 장편 『북간도』의 작가 안수길과 『재만조선시인집』(1942)의 편저자 김조규 등에 관한 연구가 아직까지 현재진행형일 수밖에 없는 원인과도 근본적으로 유사한 측면이 있다. "처음부터 원작과 개작이 확인되는 경우에는 별다른 문제가 없지만 일제 말기에 쓰인 작품을 해방 후 작품집을 묶는 과정에서 의도적으로 '흠결지우기'를 통하여 최초의 작품에 드러나고 있는 친일문학적 요소를 제거해버리는 경우가 있음에 유의할 필요가 있다."라는 조진기의 문제제기는 이러한 연장선상에서 여전히 유효하다.

> 國都(국도)의 얼굴에는 웃음이 넘쳤어라
> 街頭(가두)에 가고 오는 五族(오족)의 웃음소리
> 이 아니 王道樂土(왕도낙토)가 다른 데 없으이다
>
> 大同街(대동가) 아스팔트 남으로 뻗쳤으니
> 南方(남방) 瑞祥(서상) 들어 옵시사 이 나라 서울
> 大滿洲(대만주) 도읍터에 吉祥(길상)이 내리소서.
> — 「신경」(1940. 5. 19) 전문

심연수가 "시조 형식을 채택한 것은 시조야말로 조선인으로서의 정서를 제대로 드러낼 수 있는 장르"이고 전통 장르인 "시조 양식의 활용"은 "불굴의 정신"의 표상, 즉 심연수를 "저항의식을 지닌 민족시인"으로 인식하게 한다는 선행연구의 내용은 본고의 세 번째 문제제기의 근거가 된다.

생하는 심연수 선생의 문학」, 『20세기 중국조선족 문학사료전집 제1집 심연수 문학편』, 중국조선민족문화예술출판사, 2004.

인용 시는 기존의 논자들이 "민족적 정서와 조국애가 가장 강하게 나타나는 작품"으로 평가하는 '문제의' "수학여행 중에 지은 기행시조"이다. 심연수는 동흥중학교를 졸업할 무렵 경성과 평양을 거쳐 하얼빈을 둘러보는 수학여행을 떠난다. 17일간(1940. 5. 5.~5. 22)의 여정으로 짜여 진 이 기간 중에 그는 무려 70여 편의 시조를 창작한다. 위의 시는 제목과 창작 일자에서 암시되듯이 여행의 후반부에 쓰여진 작품이다. 하지만 작품의 어디에서도 인용문의 논자들이 주장한 "민족적 정서와 조국애"를 발견하기는 어려워 보인다. 대신 이 시에는 만주국의 지배 논리에 동화된 시적 화자의 모습이 그려져 있다. 2연의 "이 나라 서울"에는 "南方(남방) 瑞祥(서상) 들어 옵시사"의 구절과 "大滿洲(대만주) 도읍터에 吉祥(길상)이 내리소서."의 시구에서는 오히려 만주국의 번창을 기원하는 시적 전언이 명징하게 느껴지기까지 하는 것이다. 물론, 거듭 반복하지만 이 글은 심연수 시 자체의 한계점을 지적하는데 그 최종 목적이 놓여 있지 않다. 논문의 궁극적 의도는 재만 조선인 문학에 반영된 만주국의 국책이념에 관한 '논의들'을 재고하는 것이다. 그런데 여기서 살펴보았듯이 소수 중국 쪽의 연구자들은 구체적 작품분석을 매개하지 않은 상태에서 입도선매 식 관점을 제시하거나 만주국 국책이념의 문학적 투영 양상을 충분히 고려하지 않은 채 논의를 전개하고 있는 것으로 여겨진다. 그리고 이 점은 미처 언급하지는 못했으나, 국내연구자들의 경우에도 예외가 아닌 것으로 판단된다. 따라서 앞으로의 연구에서는 새로운 논의의 확산을 위해서라도 이러한 연구방법 및 접근 태도는 지양되어야 할 것이다.

한편, 시조양식을 적극적으로 차용하면서도 저항담론이나 민족의식과는 거리가 먼 작품은 이 시기의 재만 문단에서 적잖이 발견할 수 있다. 여기에 두 편의 시를 소개함으로써 이제까지의 주장의 타당성과 논의의 종합을 확보하기로 한다.

일송정 푸른 솔은 늙어 늙어 갔어도
한줄기 해란강은 천년두고 흐른다.
지난날 강가에서 말달리던 선구자
지금은 어느 곳에 거친 꿈이 깊었나

용드레 우물가에 밤새소리 들릴 때
뜻깊은 용문교에 달빛고이 비친다.
이역하늘 바라보며 활을 쏘던 선구자
지금은 어느 곳에 거친 꿈이 깊었나

용주사 저녁종이 비암산에 울릴 때
사나이 굳은 마음 깊이 새겨 두었네
조국을 찾겠노라 맹세하던 선구자
지금은 어느 곳에 거친 꿈이 깊었나

－「선구자」전문

오색기 너울너올 낙토만주 부른다
백만의 투사들이 너도나도 모였네
우리는 이 나라의 복을 받은 백성들
희망이 넘치누나 넓은 땅에 살으리

송화강 천리언덕 아지랑이 행화촌
강남의 제비들도 봄을 따라 왔는데
우리는 이 나라의 흙을 맡은 일꾼들
황무지 언덕 우에 힘찬 광이 두르자

끝없는 지평선에 오설금파 굼실렁
노래가 들리누나 아리랑도 흥겨워
우리는 이 나라의 터를 닦는 선구자
한 천년 세월 후에 여화만세 빛나리

－「낙토만주」전문,『반도사화와 낙토만주』, 만선학회사, 1943.

저항과 협력, 친일과 반일이라는 주제의식의 극단적 대립을 보여주는 위의 시들은 아이러니하게도 동일 시인의 작품이다. 첫 번째 인용시의 시제가 환기하듯이 이 시편들의 창작자는 가곡 「선구자」의 작가로 일반 대중들에게도 잘 알려져 있는 윤해영이다. 이제까지 한국과 중국조선족 학계에서는 재만 시인 윤해영의 작품세계에 대한 괄목할 만한 연구 성과를 양산해왔다. 대표적인 논자로는 이 분야 연구의 선구적 위치를 점하는 오양호를 우선적으로 꼽을 수 있다. 오양호는 『만주시인집』(1942)에 수록된 「오랑캐 고개」 및 『반만사화와 낙토만주』(1943)에 게재된 「낙토만주」와 「척토기」 등 윤해영의 주요 시편을 살피면서 이 작품들과 「선구자」를 비교 분석[32]했다. 이 과정에서 그는 이들 작품이 「선구자」와 마찬가지로 "4음4보"격의 운율을 바탕으로 하면서도 주제적 차원에서는 "반민족적 시의식"을 내장하고 있다는 사실을 적시한다. 이외에도 「해란강」, 「발해고지」, 「사계」 등의 작품에 대해서 "민족적 허무주의"에 빠져 있다는 견해를 내놓는다.

오양호의 논문은 실증적 자료를 바탕으로 논지를 전개하고 있다는 점에서 매우 의미 있는 작업으로 평가된다. 특히 그가 「선구자」와 「낙토만주」가 동일하게 4음4보격의 율격양식을 차용하면서도 주제적 측면에서는 정반대의 자리에 놓여 있다고 분석한 내용은 이 장의 주제와 부합하여 시사 하는바가 크다. 아울러 같은 지면에서 부연한 「만주 아리랑」의 분석도 본고의 논의에 힘을 실어준다. 여기서 그는 이 작품이 우리 고유의 민요양식으로 구성되어 있음에도 "젖꿀이 흐르는 기름진 땅에/五族의 새살림 평화롭네//븨였던 곡간에 五穀이 차고/입담배 주머니에 쇠소리 나네//보아라 東方에 이 밤이 새면/격앙가 부라며 萬사람 살리"와 같이 만주국의 국책이념에 적나라하게 노출되어 있음을 강조한다. 이러한 그의 작업은

---

32) 오양호(1996), 「한 先驅者의 안타까운 終末－윤해영론」, 앞의 책, 참조.

민요나 시조와 같은 민족적 양식을 적극적으로 경유한 창작주체가 곧, 민족시인 혹은 저항시인이라는 이분법적 사유를 미연에 차단해 줄 수 있는 것이다. 다만 본고는 그가 「선구자」와 「낙토만주」를 분석하면서 언급한 "4음4보격"의 율격양식이 과연 그 변형성과 확장성을 인정하더라도 "한국의 기층문화에 뿌리를 두고 있는 민요 가락"[33]으로 볼 수 있을 것인지에 대해서는 다소간의 의문이 생긴다. 2음보나 3음보로 구조된 민요와 달리, 4음보격의 시조나 가사(양반가사)를 지배 계층의 전형적인 율격으로 파악하려는 견해들이 우리 학계에는 여전히 존재하기 때문이다

4. 맺음말

이상에서 논문은 일제강점기 재만 조선인 문학에 나타난 만주국 국책이념의 문학적 투영 양상에 관한 논의를 살펴보았다. 재만 조선인 문학은 만주국의 정책이념과 근본 사상에 대한 정치한 이해 없이는 접근하기가 매우 어렵다. 그만큼 대다수의 재만 조선인 문학은 의식/무의식적으로 만주국의 국책사상 및 지배 이데올로기의 문제와 밀착되어 있다. 1990년대 이후 한국과 중국 학계에서 본격화된 재만 조선인 문학 연구가 양질의 차원에서 상당한 결과물을 축적했음에도 세부 논의의 차원에서 심각한 불협화음을 내는 것도 이러한 사정과 무관하지 않다.

본고는 이 같은 대립 현상이 기본적으로 일제강점기라는 시대적 특수성과 만주국의 지배정책에 대한 인식론적 차이에서 비롯된 것으로 파악했다.

---

33) 오양호(2013), 앞의 책, p.88.

뿐만 아니라 작가 작품에 대한 연구자들의 접근 태도와 방법론의 차이에서 발생한 것으로 진단했다. 이에 따라 본고는 논쟁의 중심부에 놓여 있는 심연수, 윤해영 등 주요 재만 시인의 작품을 우선적으로 검토하고 그들의 시편에 나타난 만주국 국책이념의 투영 양상 및 그 전반적 특성을 살펴보았다. 그리고 이후의 작업에서 이들 작가작품론과 관련된 선행연구의 문제점을 비판적으로 제기하였다. 이 과정에서 논문은 중국조선족 학계의 연구자들은 작품 분석 과정에서 의미의 과잉부여라는 오류를 범하고 있으며 이는 문학사의 기원에 대한 일종의 강박증과 집착증에서 비롯됨을 확인했다. 뿐만 아니라 일부의 연구가 주제의식의 반복과 민족적 형식에 대한 집착으로 인하여 심각한 한계를 노출하고 있음을 비판적으로 제시하였다.

한편, 이러한 본고의 작업은 궁극적으로 재만 조선인 문학의 종합적 이해에 도달하기 위한 예비적 작업의 일환이었다.

재만 시인 심연수 문학의 실증주의적 고찰

1. 서론

이천 년대 이후 중국과 한국 학계에서는 일제강점기에 활동했던 재만 시인 심연수(1918. 5. 20~1945. 8. 8) 문학에 대한 논의를 꾸준히 거듭해 왔다. 한·중 양국에서 불과 십 여 년 사이에 발표된 9편의 석·박사 학위 논문과 100여 편이 넘는 연구논문 및 평론, 신문기사를 포함한 산문 글의 숫자는 이 점을 분명하게 반영한다. 그간에 중국조선족문학사와 한국문학사에서 거의 알려지지 않았던 심연수 문학과 그에 대한 연구는 이천 년대부터 현재에 이르기는 동안 가히 기하급수적으로 늘어난 상태인 것이다. 이전까지 중국조선족문학사는 물론 한국문학사에서 단 한 차례도 본격적으로 소개[1]되지 않았던 심연수 문학이 이처럼 연구의 활성화를 맞이한

---

1) 한국현대문학사에서 심연수 시인의 이름을 최초로 호명한 연구자는 오양호인 것으로 보인다. 오양호는 『일제강점기 만주 조선인 문학연구』(문예출판사, 1996, pp.161~165)에서 1939년 12월 1일부터 1940년 9월 23일까지 <만선일보>에 문예란에 발표된 201수의 시작품과 시인을 검토하면서 심연수 시인을 처음으로 언급하고 있다. 하지만 오양호의 이 글에서 심연수가 차지하는 비중은 거의 없다고 해도 무방하다.

근본적인 이유는 다음의 몇 가지 사실에서 비롯된다. 첫째, 이천 년대 들어 중국 조선족 문학계를 대표하는 김룡운이 심연수 시인의 동생 심호수 씨를 통해 대량의 육필 원고를 '발굴'하였다는 점,2) 둘째, 곧 이어 2000년 7월 <중국조선민족문화예술출판사>가 한민족 이주 100년을 맞이해서 중국조선족의 민족문화유산을 정리하기 위해 출판 기획한『20세기중국조선족문학사료전집』의 제1집으로 육백 여 페이지에 이르는『심연수 문학 편』을 단행본으로 간행하였다는 점,3) 셋째, 중국 연변 내 다수의 문예 잡지와 출판사가 "심연수 문학"을 특집으로 다루거나 신문이 대대적으로 기사화하였다는 점,4) 넷째, 한국의 주요 신문들이 이에 가세하였다는 점5), 다섯 째, 무엇보다도 시인의 고향인 강원도 강릉 지역을 중심으로 <심연수선양사업위원회>가 조직되어 선양사업6)을 주도하며 논의의 활성화를 유도하였다는 점 등이 그것이다. 그 결과, 현재 심연수 시인은 중국과 한국 학계에서 공통적으로 '윤동주'에 버금가는 민족시인 혹은 저항시인으로 평가되고 있다. 가령, "암흑기의 민족의 별", "일제 암흑기의

여기서도 오양호 교수는 심연수 시인을 '비전업 문인', '문학지망생, 혹은 '기타 무명 시인'으로 매우 간략하게 소개한다.
2) 심연수의 육필 원고는 동생인 심호수가 땅 속에 묻어 간직하고 있다가 2000년 초 세상에 공개한 것으로 알려져 있다. 이와 관련된 내용은『20세기중국조선족문학사료전집』제1집『심연수 문학 편』의「발간사」에 비교적 상세하게 기록되어 있다.
3)『20세기중국조선족문학사료전집』제1집『심연수 문학 편』은 수정 · 보완되어 2004년 3월 1일에 재차 간행된다(2004년 간행된 이 책은 이하『심연수 편』으로 약함).
4) 이 시기 심연수 문학을 본격적으로 다룬 중국 연변의 문예지와 신문은 아래와 같다.『문학과 예술』,『연변문학』,『도라지』,『은하수』, <연변일보>, <흑룡강 신문>, <연변 라지오텔레비죤신문>. 이명재,「민족시인 심연수 문학론」,『심연수 편』, p.535 참조.
5) 당시 심연수 시인과 유고 발굴을 소개한 한국의 신문 및 방송은 다음과 같다. <조선일보>, 2000. 1: <한겨레신문>, 2000. 8. 16: <강원도민일보>, 2000. 8.16 기사외 다수: <대한매일>, 2001. 4-연재, 이외에도 시인의 고향인 강원지역에서 발행되는 신문은 근자에까지 심연수 문학과 관련된 기사를 매년 보도하고 있다.
6) 심연수선양사업위원회가 주관하는 "심연수 문학상"은 대표적 사례에 해당한다.

대표적인 저항 시인", "문단에 솟아난 또 하나의 혜성", "저항시인 윤동주와 雙璧을 이룰지도 모르는 시인"[7]이라든지 "민족시인 심연수의 유고들은 바로 식민지시대 한국문학의 보류였던 연변 조선족 자치주에서 이루어진 작품들로서 문학사적인 의미가 더욱 짙은 연구 대상"이자 "작품 실적이나 삶의 발자취 및 문학사적 위상 면에서도 결코 윤동주에 못지않은 문학의 실체"[8]와 같은 국내외의 호의적인 평가들은 이 같은 사실을 단적으로 보여준다. 현 단계 심연수 시인은 최소한 이들 연구자의 논의에서만큼은 "윤동주와 쌍벽을 이루는" "또 하나의 詩聖"으로 거듭난 지 오래인 것이다.

본 연구자는 선행연구가 축적한 이 같은 결과에 대해 학계에 처음으로 본격적인 이의를 제기한 적이 있다.[9] 이 글에서 필자는 시인의 '전기적 사실과 시적 진실'의 모순성, '기행시조 연구에 나타난 문학사적 왜곡', '시 해석에 나타난 의미의 과잉과 의도적 오류의 문제', '<일본대학> 졸업일자와 학병 문제의 실증적 고찰'을 각 장의 소제목으로 제시하며 기존의 심연수 문학연구가 노정한 심각한 오류와 한계에 대해 집중적으로 검토했다. 하지만 필자의 문제 제기가 있은 이후에도 심연수 문학과 관련된 후속 논의들은 논리적 모순과 의도적 왜곡의 혐의가 짙은 주요 선행연구의 큰 틀에서 벗어나지 못하고 있다. 오히려 이들 연구자들은 앞선 논의를 무분별하게 수용하며 반복적으로 재생산하고 있는 실정이다.

본고의 목적은 이 지점에서 자연 발생한다. 금번 논문에서 필자는 이제까지의 선행연구가 노출한 논리적 모순과 한계, 실증적 자료 확보의 미숙성,

---

7) 김룡운, 「문단에 나타난 또 하나의 혜성」, 『20세기중국조선족문학사료전집』, 연변인민출판사, 2000,
8) 이명재, 「민족시인 심연수 문학론」, 『심연수 편』, p.534.
9) 졸고, 「재만시인 심연수 문학연구에 나타난 몇 가지 문제」, 『어문연구』 70호, 어문연구학회, 2011.12,

더 나아가 연구자의 불성실한 태도 등에 대해 순차적으로 검토하고자 한다. 텍스트 해석과정에 나타난 선행연구의 오류, 시인의 전기적 사실과 관계된 역사적 모순, <일본대학> 졸업일자의 실증적 고찰 등은 그 세부 내용에 해당한다. 다소간 중복 논의의 위험성에도 불구하고 본고가 이 연구를 감행하는 이유는, 무엇보다도 기존에 첨예한 쟁점이 되어 왔던 핵심 사안들을 일시에 해소할 수 있는 새로운 '자료'를 확보했기 때문이다. 특히 본고가 비판의 대상으로 삼은 이른바 "선행연구" 목록에는 필자 본인의 논문도 포함된다는 점을 미리 밝혀두는 바이다. 이런 측면에서 본 연구는 자기비판 또는 자기 수정의 의미를 함의한다. 뿐만 아니라 거듭 강조하는 바, 본고의 이러한 작업은 심연수 문학의 온전한 이해에 도달하고자 하는 선행연구자들의 목표와 궁극적으로 일치한다.

2. 시작품에 나타난 대동아 전시체제의 총동원제와 문학사의 왜곡

심연수 문학을 연구하는 논자들은 최근에까지 그의 전기적 사실 및 행적과 관련해서 다음의 몇 가지 항목을 지속적으로 주목해왔다. 예를 들면 1918년 5월 20일 강원도 강릉군 경포면에서 태어나기는 했으나 일찌감치 간도로 이주하여 유년기를 그곳에서 보내고, 일본 유학을 한 후 1945년 8월 15일 광복 직전 28세에 요절한 시인의 생애가 일제강점기의 양심적 지식인을 대표하는 윤동주의 그것과 유사성을 보인다는 것, 간도 용정에 위치한 동흥중학교 재학시절 소설가 강경애에게 직접적으로 문학수업을 받았다는 것, 일본 유학시절 동기생 이기형과 몽양 여운형을 만났다는 것, 습작시절부터 노산 이은상을 '공경'하여 죽기 직전까지 그의 시조집을 간직하였으며, 이런 영향으로 시조형식의 작품을 많이 생산하였다는 것, 일제의 학병 징집을 피해 7월로 예정된 <일본대학>의 졸업식에 참가하지 않고 1943년 7월 만주 용정으로 되돌아왔다는 것 등이다. 시인의 생애사와 행적에 관한 내용은 주로 동생 심호수의 회고와 시인을 기억하는 지인들의 증언을 바탕으로 재구되었다. 특히 심연수 문학의 '우수성'과 민족의식 및 반일사상을 강조하는 대다수의 논문들은 면밀한 작품 분석을 통해 이 사실을 유추하기 보다는 '기억과 증언'을 환기함으로써 논의를 이어간 혐의가 없지 않다. 그리하여 결과적으로 심연수 시인을 습작기부터 간도 용정에서 소설가 강경애에게 본격적인 문학수업을 받았으며, 전통 장르인 시조형식을 적극적으로 차용한 민족 시인이었고, 일제 학병을 적극적으로 거부하는 등 투철한 반일의식과 저항의식을 보유한 제2의 윤동주로 '기록'하고 있다.

필자는 이전의 논문에서 소문과 추정, 구술과 기억의 파편들이 재구한 이 같은 사실을 무조건 부정하고자 하는 것은 아니지만, 이들의 주장이 나름의 설득력을 지니기 위해서는 이 시기 시인의 내면을 드러내주는 작품 분석이 동반되어야 함을 지적하였다. "문학 연구가 한 개인의 전기적 사실에 국한되는 것이 아니라면, 그 어떤 연구방법론도 작품에 대한 이해에서 출발"해야 함에도, 이들의 연구는 "기억과 소문, 추정과 연구자의 심증을 바탕으로 그의 문학작품을 재단하는 듯한 인상"[10]을 강하게 받았기 때문이다. 그리하여 필자는 우선적으로 심연수가 1940년대에 발표한 시편 「대지의 젊은이들」과 기행시조 「신경」을 세밀하게 분석한 후, 이 과정에서 심연수의 일부 시편에는 당시 만주국의 건국이념과 일제의

---

10) 졸고, p.369.

통치사상에 동화된 시적 화자의 모습이 보이며, 이 사실은 기존 선행연구의 평가와는 달리 최소한 이 무렵의 심연수 시인은 왕도낙토王道樂土, 오족협화五族協和 등과 같은 일제의 왜곡된 통치 이념에 담긴 역사적 사실을 인지하지 못했거나, 현실인식의 치열성이 확보되지 못했음을 주장했다. 그리고 그간에 심연수의 시세계를 시종일관 민족시인 혹은 저항시인으로 규정해왔던 다수의 논문들은 전면적으로 재검토되어야 함을 요청한 바 있다.

여기서 필자가 이전의 연구를 재론하는 이유는, 그럼에도 불구하고 이후에 전개된 심연수 문학 연구가 여전히 '기억과 증언'으로 재구된 시인의 전기적 사실에 크게 의존하기 때문이다. 따라서 이 장에서는 심연수의 또다른 작품 분석을 통해 그의 시에 나타난 역사의식 및 만주국 국책이념의 수용 양태를 구체적으로 살펴보기로 한다. 아울러 현재 진행되는 심연수 문학 연구의 근본적인 문제점을 파악해보기로 한다.

> 가을은 좋은 때/끝없이 푸른 하늘에/가벼이 뜬 조각구름/더욱이나 좋을세라//淡靑의 하늘 아래/익어 가는 가을 原野/굶고서 보아도 배부를/가을의 마음.//황금으로 성장할/그의 몸이기에/헤쳤던 가슴을 여미고/님을 찾아 들길로//맑아져 내리는 시내에/보드랍게 잡혀지는 물무늬에도/어딘가 사늘한 맛이/흐르고 있지요.//석양에 비쳐진/눍게 구름 아래/잠자리 찾는 갈가마귀 떼도/떠드는 가을의 소리//어둠에 싸여지는/밭두렁 지름길에/새 뿔 나는 소를 끌고/애쓰는 가을의 아들//묽게 어둔 가을밤/버석이는 수수대에/소리 듣고 짖는 개도/가을의 守護兵.//지새는 가을 밤/사늘한 새벽하늘/서릿발 진 이슬에/黎明은 깨어 간다.//하늘 곧게 오르는/아침 연기에/정신 나는 가을이/소리 없이 여물어 간다.
>
> ─「대지의 가을」 전문[11]

---

11) 황규수, 『일제강점기 재만조선시인 심연수 원본대조시전집』, 한국학술정보, 2007.

가을은 좋은 때/끝없이 푸른 하늘에/가벼이 뜬 조각구름/더욱이나
좋을세라//淡靑의 하늘 아래/익어 가는 가을 山野/굶고서 보아도 <u>배부</u>
<u>른</u>/가을의 마음.//<u>단풍</u>으로 성장할/그의 <u>몸이길래</u>/헤쳤던 가슴을 여미
고/님을 찾아 <u>산과 들로</u>//맑아져 내리는 시내에/보드랍게 <u>잡혀진</u> 물무
늬에도/어딘가 <u>싸늘한</u> 맛이/<u>흐르고 있다</u>//석양에 빛어진/눌게 구름 아
래/잠자리 찾는 갈가마귀떼도/<u>떠도는</u> 가을의 소리//어둠에 싸여지는/
밭두렁 지름길에/새 뿔 나는 소를 끌고/애쓰는 가을의 아들//묽게 어둔
가을밤/<u>벅석이는</u> 수수대에/소리 듣고 짖는 개도/가을의 수호병/지새
는 가을 밤/서늘한 새벽하늘/서릿발 진 이슬에/여명은 <u>깨어난다</u>.//하늘
<u>곧게 오르는/아침 연기 그 기대에다/달아올려라 힘차게/이 땅의 일군</u>
<u>총동원 신호를.</u>

—「대지의 가을」(이본) 전문12) (밑줄 필자)

심연수 작품세계의 주목할 만한 특징은 작품 창작일자가 비교적 뚜렷
하게 제시된다는 것이다. 이 점은 그의 일기문 및 편지글은 물론 많은 양
의 시작품과 몇몇 소설, 희곡 등 장르 전반에 걸쳐 공통적으로 나타나는
현상이다. 그런데 이 사실은 심연수 시세계의 시기별 주제적 유형을 고찰
하는 데 매우 유효한 시사점을 던져준다. 주지하듯이 한 시인의 가치체
계, 특히 민족의식이나 항일의식과 같은 시인의식의 문제는 단 기간 내에
폭넓은 변화를 보이기 어려운 까닭이다. 또한 심연수 작품 창작일자의
'선명성'은 기존의 선행연구가 반복해 온 주제의식의 단절성, 작품 해석
과정에서 보이는 의미의 과잉, 의도적 오류와 같은 제반 문제를 해결해
줄 수 있을 것으로 기대된다.

인용시는 근자에 시인의 고향인 강릉에서 개최된 <제7회 심연수 전
국시낭송대회>13)에서 낭송14)된 작품으로, 1940년 9월 17일에 창작된

<hr>

12) _____, 『비명에 찾는 이름』, 아송, 2010.
13) "민족시인 심연수 시인의 문학정신을 기리"(<강원도민일보>, 9. 11일자 기사)기
위한 <심연수문학제>의 일환으로 열리는 <심연수 전국시낭송대회>는 2013년

것으로 알려져 있다. 여기서 위의 작품을 소개하는 이유는 심연수의 시편들에는 '이본'이 제법 많이 존재한다[15]는 단순한 사실을 지적하려는 것이 아니다. 무엇보다도 '이본 연구'를 통해 1940년대를 관통하는 심연수 시세계의 주제적 특성과 시인의 '일관된' 현실인식, 나아가 당대 만주국의 국책이념이 그의 시에 어떤 방식으로 나타나고 있는가를 밝히는 데 목적이 있다. 특히 이런 접근방식은 지금까지 심연수의 시세계를 항일정신, 민족의식, 순수 서정, 자연 친화, 낭만성, 귀농의식 등으로 의미를 부여하며 긍정적으로 평가해 온 기존의 논의를 전면적으로 거부하는 의미를 지닌다.

이 시에서 논의의 단초는 '총동원'이라는 단어에 놓여 있다. 일제는 1937년 중일전쟁을 일으키면서 국가체제를 본격적인 전시체제로 전환한다. 이 시기 일제는 전시국가총동원령(1938)을 발동하고 태평양전쟁(1939)을 일으키면서 근로보국대, 국민징용령, 조선민사령개정을 통한 창씨개명, 조선사상범예방구금령, 전쟁수행을 위한 조선미곡증산 5개년계획을 발표한다. 이에 따라 국민개로운동 등 일련의 식민정책은 내선일체, 황국신민화, 대동아공영권의 실현을 위해 강제되었다. 그 결과 1940년대에 이르면 정치, 경제, 사회, 문화 등 모든 부문이 전쟁수행을 위해 총동원체제로 돌입한다. 이 과정에서 산업력의 확충과 그것을 지탱할 철과 석탄 등의 안정적 공급은 전쟁의 승리를 위한 최대의 요건이 되었다. 뿐아니라 장기전, 대소모전으로 점차 전쟁의 형태가 전환된 이상, 교전국에

10월 5일 현재 제8회를 맞이한다. 주최는 강릉시이고, 주관은 강릉 mbc와 심연수선양사업회이며, 후원은 강원문화재단과 한국시인협회이다. 이 행사에서 여전히 심연수 시인은 윤동주에 버금가는 저항시인으로 규정되고 있다.

14) 제7회 심연수 전국시낭송대회는 황규수가 편찬한『비명을 찾는 이름』(아송, 2010)에 수록된 70편의 작품을 낭송의 대상 작품으로 제시했다. 황규수의 이 책에는 두 번째 인용한「대지의 가을」이본이 실려 있다.

15) 도합 320여 편의 작품 중, 이본으로 보이는 작품은 120편이다.

의존하지 않고 자원과 식량을 상시적으로 확보해두는 것은 필수조건이된다. 그것은 바로 자급자족권의 형성이라는 과제와 직결되었다. 그러한관점에서 볼 때 일본에게 그것은 만주 이외에는 달리 구할 곳이 없었다. "지나 자원을 등한시하는 자는 실로 신의 나라 일본의 파멸을 의도하는자"[16]라는 이 무렵 일본군 장교의 발언은 이러한 총동원체제의 상황을함축적으로 전언한다.

일제 총동원체제의 국책사업은 농촌지역에서도 예외가 아니었다. 1940년 『인문평론』 창간 1주년 현상모집이 '생산소설'과 관련된 것이었으며, "농촌이나 광산이나 어장이나를 물론하고 씩씩한 생산 장면을 될수 있는 대로 보고적으로 그리되 그 생산장면에 나타나 있는 국책이 있으면 그것도 고려할 것"이라는 '생산문학' 권장 광고는 이를 입증한다. 이처럼 일제말기의 총동원체제, 이로 인한 농민 수탈과 식량 생산 장려의 모순은 국가와 민족과 지역을 초월하여 동아시아 전체에서 실현되고 있었던 것이다.

이렇게 볼 때, 일본의 총력제체제가 일차적으로 감행되고 있었던 만주지역에서 "이 땅의 일군 총동원 신호를" "힘차게" 달아 올리려는 「대지의가을」의 시인 의식은 많은 것을 환기 한다. 그것은 심연수의 이 시가 1940년 4월과 5월에 각각 창작된 또 다른 작품들, 즉 「대지의 젊은이들」 (4.3)과 「신경」(5.19)의 연장선상에 놓여 있으며, 궁극적으로 이 사실은이 시기 심연수의 작품들이 만주국의 국책이념과 지배정책에 동화되어있음을 암시하기 때문이다.

한편 일전에 필자는 「신경」을 논의하면서 다음과 같은 입장을 밝힌바있다. 새로운 논의를 위해 요약해서 옮겨 놓기로 한다.

---

16) 야마무로 신이치, 윤대석 역, 『키메라, 만주국의 초상』, 소명, 2009 참조.

「신경」이 심연수의 초기 작품이고, 따라서 이 시기 시인의 역사의 식과 현실인식의 치열성이 확보되지 않았다는 점을 감안하면, 위의 시편 그 자체를 두고 새삼스럽게 문제 삼을 것도 없다. 그러나 이 시를 포함한 심연수의 기행시조를 두고 '민족시인', 또는 '저항시인'이라고 평가하는 선행 연구자들의 주장은 결코 가볍게 지나칠 사안이 아니다. 왜냐하면 다음의 대목에 오면 이러한 선행 연구들은 더욱 더 심각한 문제를 노출하기 때문이다. "그렇다면 우리는 한 가지 중요한 사실을 발견할 수 있었다. 바로 노산의 뒤를 이어 계속 전통장르의 시조를 창작해 간 사람은 바로 심연수라는 것이다. 심연수의 기행시조들은 바로 1940년 암흑기에 쓰여진 것이기 때문이다. 즉 시조문학의 맥을 이은 심연수의 기행시조는 근대시조사에서도 공백기를 채울 수 있는 중요한 위치를 차지할 뿐만 아니라 민족문학의 전통을 보존하려는 노력은 민족시인이라는 심연수의 위상확립에 일조를 한다. 왜냐하면 심연수의 전체작품 중에서 민족적 정서와 조국애가 가장 강하게 나타나는 작품들은 역시 수학여행 중에 지은 기행시조들이기 때문이다." 이 대목에서 보이듯이 이 글의 논자는 "심연수의 전체작품 중에서 민족적 정서와 조국애가 가장 강하게 나타나는 작품들은 역시 수학여행 중에 지은 기행시조들"로 규정한다. 또한 당시 심연수 시인이 "기존 창작형식인 자유시를 쓰지 않고 시조 형식을 취"하는 이유를 "심연수 본인의 민족 정체성 확인을 위한 자발적인 추구라 할 수 있었다."라는 주장을 반복적으로 제기한다. 그리고 급기야는 심연수 시인을 인용문에서처럼 "바로 노산의 뒤를 이어 계속 전통장르의 시조를 창작해 간 사람"으로 평가 한 후, "시조문학의 맥을 이은 심연수의 기행시조는 근대시조사에서도 공백기를 채울 수 있는 중요한 위치를 차지할 뿐만 아니라 민족문학의 전통을 보존하려는 노력은 민족 시인이라는 심연수의 위상확립에 일조를 한다."라고 강조한다. 이 과정을 통해서 인용 글이 도달한 지점은 다름 아닌, 문학사의 왜곡이다. "『근대시조선』에 실린 시조들과 비교해 봐도 작품성에서 별반 차이를 느낄 수 없다."라는 이 글의 주장에는 노산 이은상과 가람 이병기 등의 시조세계와 만주국의 왜곡된 지배 이데올로기를 내장한 심연수의 「신경」을 대등한 것으로 파악하고자 하는 어떤 불합리한 의도가 숨겨져 있는 것이다. 동시에 습작시절 심연수 시인이 창작한 70여 편의 기행시조와 『근대시조선』을 동격으로 간주함으로써, 그를 '민족시조시인'의 맥을 잇는 적자로 추대하거나 혹은 한국근현대시조사의 근거 없는 계보학적 지형도 그리기를 시도하여, 궁극적으로는 심각한 문학사적 왜곡을 범하고 있는 것이다.17)

이 논문을 준비하는 과정에서 필자는 하나의 난관에 봉착했다. 그것은 최근까지 경남지역에서 쟁점이 된 노산문학관 건립 및 폐지사건과 관련된다. 간략하게 언급하면, 이천 년대 들어 경남 마산시는 노산문학관을 추진했고, 이는 곧 뜻있는 시민단체들의 반발에 부딪혔으며, 결국에는 노산문학관의 간판을 마산문학관으로 변경했다는 내용이다. 이 과정에서 문제가 된 것은 여러 가지가 있겠으나 그 중의 쟁점 사안은 노산 이은상의 친일행적과 관련된다. 노산이 일제강점기의 대표적 친일잡지 『조광』의 주간이었다는 점, 아울러 만주국의 기관지 <만선일보> 간행에 깊숙이 개입하고 있었다는 것 등이 그것이다. 물론 노산 이은상의 친일 여부에 관한 세부적 논의는 본고의 관심사가 아니다. 다만 이 지점에서 논문이 지적해두고 싶은 것은 심연수의 시조양식의 차용과 노산을 향한 그의 "맹목적 숭경"18) 그 자체를 두고 체계적인 논의를 생략한 채, '민족시인 심연수'와 같은 '당위적' 명명작업으로 이어지는 일은 차단되어야 한다는 사실이다.

---

17) 졸고, pp.375~376 참조.
18) 심연수의 일기문(1940. 3. 28.)에는 노산에 대한 그의 "맹목적 숭경"심이 기록되어 있다, 그가 어떤 과정을 통해 1940년대 <만선일보>의 노산을 알게 되었는가의 문제, <만선일보>와 노산과 심연수의 상관성은 추후의 과제로 남긴다.

3. '기억과 증언'의 한계와 사실적 삶의 이해

심연수의 생애사를 검토한 다수의 연구논문들이 시인의 동생 및 주변 지인들의 증언에 크게 의존하였다는 사실은 아무리 강조해도 지나침이 없다. 왜냐하면 이 점이야말로 심연수 시인의 현재적 위상을 마련하는데 직간접적인 영향[19]을 끼친 것으로 판단되기 때문이다. 그런데 만약 그 무수한 "기억과 증언"들이 실제 사실과 다르다면, 현재 알려진 시인의 전기적 사실이 잘못된 기억과 착각이 만들어낸 무책임한 결과라면 심연수 문학의 위상은 어떻게 변모할까.

이 장에서 본고는 실증적 자료의 제시를 통해 선행연구의 실증적 한계와 오류, 더 나아가 연구자의 불성실한 연구 태도를 문제 삼기로 한다.

중학교 때 문예반장이었던 그는 키도 크고 미남인데다 운동도 좋아하였다고 한다. 소설가 강경애가 직접 그의 문학공부를 지도하였다 (강경애의 남편인 장하일이 동흥중학교 교무주임으로 있었다).[20]

혈기있는 문학소년이었던 심연수는 창작과 동시에 동흥중학교 교무주임이었던 장하일의 부인인 강경애와 교유하는 인연도 맺었다.[21]

위의 내용은 심연수가 동흥중학교 재학 당시 소설가 강경애와 교유하였으며, 그로부터 문학수업을 사사했음을 기록한 선행연구의 한 부분이다.

---

19) 한 예로 심연수의 일제 강점기 행적과 전기적 사실이 왜곡되었다는 필자의 문제제기가 있은 직후, <동아일보>(2012. 1. 19)에서 기사화 한 적이 있다. 당시 필자의 이런 주장에 대해 심연수선양사업위원회 측은 "동생 심호수 씨의 진술에 따른 것"이라고 소극적으로 답변했다.

20) 김해웅, 『심연수 시문학 연구』, 2007, p.26.

21) 유하, 「윤동주와 심연수 시의식 연구」, 전남대 박사, 2012, p.33.

심연수의 동홍중학교 시절을 다룬 논문들, 평문과 신문기사는 물론 가장 최근(2012)에 발표된 박사학위논문에 이르기까지 거의 대부분의 글은 강경애와의 인연을 직접적으로 암시하고 있다.

그런데 필자는 최근에 심연수의 전집을 검토하면서 다음과 같은 새로운 자료, 시인의 편지를 발견했다.

> 존경하는 강선생님 존전
> 拜啓
> 의람히 올리는 글이 오나 용서하옵고, 받아주심을 바라나이다. <u>저는 선생님을 뵈온적이 없나이다. 벗을 통하여 알았나이다.</u> 얼마나 수고하십니까? 물론 不備한 촌학교 일 것이오매, 여러 선생님들이 하는 일 더 어렵겠지요. 추위와 어둠에 떨고 있는 어린이들 머리 속에 따뜻하고 명랑한 생활의 진리를 넣어 주십시오. 다만 그것이 저희들의 가장 큰 바람입니다.
> <중략>
> 저는 비록 일개의 서생을 벗어나지 못한 몸이오나 쓰라린 世波를 겪었고 또 현재도 그렇고 앞으로도 그러하기 신의를 갖고 있는 벗을 찾았나이다. 참으로 그 바람에 충만한 환희를 현해탄을 사이 둔 저쪽에서 만나게 되엿나이다.
> <중략>
> <u>우리는 성별을 초월한 立場에서</u> 힘있는 벗을 찾아야만 萬事를 무난히 넘길 줄로 아나이다.
> 여가 계시오면 하교 던져 주시면 고맙겠나이다. 오늘 실례 많이 하엿나이다.
>
> 시월 스무나흗날 초당에서
심수련 上書
>
> * 존경하는 강선생님 渡東하기 전 사이 있으면 한번 찾아뵈올질 모르겠나이다.
> －「존경하는 강선생님 존전」, 부분, pp. 418~419(밑줄 필자).

심연수는 무려 254편에 이르는 시 이외에도 「농향」을 비롯한 네 편의 소설과 일기문, 서간문, 기타(만필, 평론, 수필, 감상문, 기행문) 등 다수의 작품을 남기고 있다. 특히 1940년 1월부터 12월까지의 일상을 기록한 일기문과 40여 편에 가까운 편지글은 심연수의 문청시절과 일본 유학시기의 생활상을 이해하는데 적지 않은 도움을 준다. 이로 인해 일부 연구의 경우에는 심연수의 소설과 일기문 및 서간문을 대상으로 별도의 논의[22)를 전개하기도 했다.

위의 인용문은 심연수 시인이 <일본대학>에 진학한 후 방학을 맞아 용정의 집에 머물면서 쓴 서간문으로 여겨진다. "신의를 갖고 있는 벗을" "현해탄을 사이에 둔 저쪽에서 만나게 되었"다는 것, 일본으로 건너가기 전, 즉 "渡東"하기 전에 "한번 찾아" 뵙겠다는 내용 등이 이를 증명한다. 그렇다면 여기서 "강선생님"이란 누구일 것인가. 편지의 내용으로 보아 '강선생님'은 "성별을 초월"해야 하는 존재이므로 필시 여성일 것이다. 또한 그는 "不備한 촌학교"에서 여러 선생님들과 함께 지내는 교사이며, 극존칭의 '拜啓'(절하고 아뢴다)와 '上書'(웃어른에게 올리는 글)를 사용해야만 하는 연장자이고 주위의 존경을 받는 인물이다. 이 모든 상황을 종합해 볼 때, 편지에 등장하는 '강선생님'이 당시 만주 용정의 동흥중학교에 있었으며, 당대의 명망 있는 소설가로 활동하던 강경애일 것으로 추론해볼 수 있다. 그런데 중요한 사실은 편지의 발신인인 심연수(심수련)는 수신자인 "존경하는 강선생님"을 이전에 단 한 번도 만난 적이 없다는 사실이다. "저는 선생님을 뵈온적이 없나이다. 벗을 통하여 알앗나이다."의 구절은 이를 명확하게 보여준다. 이렇게 보면 결국 심연수는 일본 유학시절

---

22) 시 장르 이외에 심연수의 소설을 검토한 대표적인 논문은 오양호의 「심연수 소설 연구」(『현대소설연구』, 2007)를 들 수 있으며, 일기문 만을 텍스트로 취한 것으로는 우상렬의 「일기를 통해 본 심연수 및 그 시세계」(『한국시문학』, 2006)가 있다.

당시까지도 강경애와 일면식이 전혀 없었음을 알 수 있다. 그렇다면 동흥중학교 시절의 심연수가 강경애를 통해 문학수업을 받았다는 이제까지의 주장은 당연히 재고되어야 한다. 역사적 실증 자료는 분명, 기억과 증언의 '기록'에 앞설 수밖에 없는 까닭이다.

4. 실증주의적 연구를 통한 심연수 문학 재고

편지글과 일기문 등 여타 장르에 대한 세밀한 검토 작업의 필요성은 일본 유학 시절의 전기적 사실을 논의하는 과정에서도 필수적이다.

> 열혈의 청년 심연수는 마침내 1943년 7월 13일 세계2차 대전으로 인해 6개월 앞당겨 대학 졸업을 마치게 된다. 그는 일본 지바현 등지에서 일제의 학병강제징집을 피해 숨어 지내다가 그해 겨울 라진항을 거쳐 귀향하고, 다시 귀가 며칠 후 일제의 강제 징집을 피하기 위해 공무원증을 위조하여 유년시절에 몸담았던 녕안현 신안진으로 피신하게 된다.[23]

> 심연수는 1943년 7월 일본대학을 졸업하고, 용정으로 돌아온 심연수는 학도병 징발을 피해 신안진으로 간다.[24]

심연수의 시에 나타나는 항일, 반일 정신을 꾸준하게 포착하려는 일부의 연구는 그 한 증거로 시인이 "일제의 학병강제징집을 피해 다니다가

---

23) 엄창섭, 최종인 공저, 『심연수 문학연구』, 푸른사상사, 2006, p.84.
24) 최종인, 「심연수 시문학 연구」, 관동대 박사, 2006, p.68.

1943년 7월 13일 졸업을 하고 그해 겨울 나진항을 거쳐 만주 용정으로 귀환"한다는 사실에 주목한다. 이후 학병을 거부한 시인이 녕안현 신안진 등지에서 소학교 교사로 근무하면서 학생들의 민족혼과 반일사상, 독립의식을 깨우치고, 결국 그것이 원인이 되어 두 차례 유치장에 구속된다는 것이다. 가령 위의 인용 글은 대표적인 예시에 해당한다. 이러한 논자들의 견해에 대해 필자는 두 가지 이유를 들어 적극적으로 반론을 펼친바 있다. 하나는 일본대학의 졸업일자 문제이고, 다른 하나는 학병과 관련된 사안이다. 그런데 필자는 심연수 문학연구를 지속적으로 수행하는 과정에서 본인의 논의에 부분적인 오류가 있음을 발견했다. 그리고 그것의 확인 작업은 <일본대학> 교무처에서 찾아 낸 몇몇 심연수 관련 중요자료의 확보를 통해서 가능할 수 있었다. 이 지점에서 다소 긴 인용이 될지라도, 이전 필자의 견해를 옮기어 자체 오류 부분을 해소하기로 한다.

첫째는 일본대학 문예부의 졸업일자의 문제이다. 심연수 시인의 1943년 일본대학 문예부 졸업일자를 언급한 연구 논문들은 대부분 시인의 졸업일자를 7월 13일로 못 박고 있다. 그러나 필자가 이 글을 준비하는 과정에서 일본대학 교무처에 직접 문의한 결과, 1943년 7월 13일에는 그 어떤 졸업식도 일본대학에서 진행된 바가 없다. 뿐만 아니라 당시 일본의 다른 대학들도 7월에는 졸업식을 거행하지 않았다. 1943년 당시 일본의 주요 대학들의 졸업식은 대부분이 9월 25일 혹은 26일에 거행된 것이다. 가령 9월 25일에 졸업식이 있었던 대학교는 동경대학, 메이지 대학 등이었으며, 9월 26일에는 와세다 대학의 졸업식이 진행된 것으로 파악되었다. 물론 심연수가 다녔던 일본대학의 졸업일도 다른 대학과 마찬가지로 9월 25일이었다. 이러한 사실을 놓고 보면 기존의 심연수 문학 연구자들은 실증적인 연구 측면에서도 분명한 한계를 보이고 있는 것으로 간주된다. <중략>
이 장에서 본고가 역사적 사실과 실증적 접근의 차원에서 두 번째로 문제 삼는 부분은 심연수 시인의 '학병 거부' 문제이다. 본고가 심연수 시인의 일본대학 졸업 일자를 중요시하는 이유도 궁극적으로 이 것과 관련이 있다. 기존의 연구에 따르면 심연수 시인은 1943년 7월 13일 일본대학을 졸업하고 일제의 강제징집을 피해서 만주 용정으로 돌아온 것으로 알려져 있다. 그런데 여기서 한 가지 의문이 드는 것은 일제의 학병제도 시행시기이다. 김윤식 교수가 여러 지면을 통해서 거듭 밝히고 있듯이, 일제가 조선학생의 징병유예를 폐지하고 재학징 집연기임시특례법을 공포한 것은 1943년 10월 2일이며, 이후 학병제 를 강제 실시한 날짜는 1943년 10월 20일이다. 그리고 징집영장은 같 은 해 11월 8일에 발부되었다. 그렇다면 여기서 우리는 한 가지 이상 한 점을 발견할 수 있다. 일제가 징병제를 실시한 날짜가 1943년 10월 20일이라면 1943년 7월에 일본 대학을 졸업한 심연수 시인이 '학병 징발을 피해' 다녔다는 선행 연구는 논리적으로 모순이다. 시기적으로 보아 심연수가 졸업할 무렵인 7월은 학병제가 실시되지 않았으며, 1943년 7월에 졸업한 심연수 시인에게 적어도 동년 11월 8일까지는 강제징집 영장이 통보되지 않은 것이다. 따라서 이 문제와 관련해서 도 선행 연구자들의 보다 구체적이고 다각적이면서도, 논리적인 접근 태도가 요구된다고 하겠다.[25]

여기서 필자가 이전의 글을 다시 수록하는 이유는 여러 차례 언급했듯이 「재만시인 심연수 시 연구에 나타난 몇 가지 문제」의 자체 오류를 스스로 인정하고, 이와 관련된 새로운 논의를 개진하기 위함이다. 이 대목을 논 의할 당시 필자는 졸업일시와 학병문제에 지나칠 정도로 민감하게 반응 한 탓에 실증적 자료 확보를 위한 노력에 다소 소홀했고, 시 장르를 제외 한 여타 장르의 1차 자료를 꼼꼼하게 분석하지 못한 측면이 있다. 이에 따 라 위의 글은 결과적으로 적지 않은 착오를 범하게 되었다. 예를 들면 졸 업 일시의 경우에는 각 단과대별로 날짜가 달랐음에도 불구하고 이전 의 논문에서는 당시 일본 주요 대학의 졸업일자인 9월 25일로 단언했다.

---

25) 졸고, 위의 논문, pp.381~382.

하지만 필자가 직접 <일본대학> 졸업식 일정을 소개한 소화 18년(1943년) 9월 10일자 발행 <일본대학신문 411호> 자료를 다시 분석한 결과, 각 단과대 별로 졸업일시가 다름을 확인할 수 있었다. 법문과와 상경과는 9월 26일, 의학과와 치과는 9월 21일, 공학과의 학부는 9월27일, 전문부는 9월20일, 심연수가 다닌 예술과의 문예부는 9월 13일 오전 10시였다. 따라서 필자는 이전 논문에서 졸업식이 7월이었다는 선행 논의에 대한 9월 졸업식 주장의 타당성은 유지할 수는 있으나, 13일을 25일로 제시하는 한계를 노출한 것을 시인하지 않을 수 없다. 다음에서 <일본대학 신문> 411호(소화 18년, 9월 10일자)의 실증 자료를 제시하기로 한다.

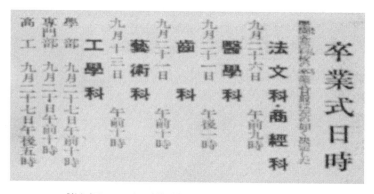

첨부자료<1> 일본대학 신문 411호(소화 18년, 9월 10일자)

한편 학병문제와 관련해서도 약간의 수정이 불가피하다. 그렇다고 해서 심연수 시인이 1943년 7월 일본대학 졸업을 앞두고 학병징집을 피해 만주로 숨어들었다는 주장을 되풀이 해온 기존 논의에 동의한다는 것은 결코 아니다. 필자는 이들 연구에 대해 일제가 재학징집연기임시특례법을 공포한 것은 1943년 10월 2일이며, 학병제를 강제 실시한 날짜는 1943년 10월 20일이고, 징집영장이 발부된 것이 11월 8일이라는 역사적 사실을 들어 1943년 7월에 일본 대학을 졸업한 심연수 시인이 '학병 징발을 피해' 다녔다는 주장이 논리적으로 모순임을 밝혔다. 학병일자와 관련된 이러한 본인의 주장에는 변함이 없다. 다만 당시 이 과정에서 필자는 사실적 자료를 확보하지 못한 탓에 세부적인 논의를 유보하였다. 뿐만 아니라 학병세대 당사자인 김준엽의 자서전 내용, 즉 "1943년 여름 방학을 고향에서 지내고 동경으로 돌아 왔는데 9월 초에 개학이 되자 조선인 전문 대학생들도 학병으로 징집한다는 소문이 파다하였다. <중략> 재빠른 조선인 학생 가운데는 학병을 피하기 위하여 고향으로 일찌감치 돌아가 만주나 깊숙한 산속으로 숨어버리기도 했다."[26]라는 진술을 바탕으로 심연수의 경우에도 이 사실을 확대, 적용해볼 것을 제안하며 다각적 논의의 가능성을 열어 두었다. 그런데 필자는 심연수의 또 다른 서간문을 통해 심연수 시인이 "1943년 7월 13일 대학 졸업을 마치고 일본 지바현 등지에서 일제의 학병강제징집을 피해 숨어 지냈"다는 기존 논자들의 견해가 근거 없음을 재차 확인했다. 이들의 주장과 달리 심연수 시인은 적어도 8월 21일까지는 동경에 상주하고 있었던 것이다. 필자는 심연수의 편지글을 여기에 제시함으로써 필자를 포함한 '선행연구'의 문제점을 일시적으로나마 봉합하고자 한다.

> 호수 앞
> <전략>
> 오늘이 開學이다 開學도 마지막 開學인 것 같다. 그렇지만 또 학교는 있다. 學校가 없는 바는 아니다. 그 동안 편지가 없어서 답답하였겠고나. 電報도 받았다. 편지 없는 것은 便安할 때이다.
> 졸업식은 九月 十三日쯤 된다. 하나, 곧 갈는지는 疑問이다. 누가 붙들어서가 아니라 떠나기 어려울 것이다. 金錢 實定도 있고 해서 몇 달

---

26) 김준엽, 『장정1-나의 광복군 시절』 전4권, 나남, 1987, pp.24~25. 참조.

더 있을지는, 될 수 있는대로 速히 나가 집일을 돕고 싶으나 할 수 없다. 만일 집에서 그만한 準備가 있어서 보내준다면 問題가 없으나 그렇게까지 할 必要는 없고, 있는 김에 몇 달 더 있으면 어떠하니. 집에서는 기달릴 것이다. 할 수 없는 일이다.

　이번은 이만 끝인다.

一八月 二十一日 형 씀[27]

위의 편지글은 심연수 시인이 2000년대 심연수 문학의 '발원지'로 알려진 동생 심호수 씨에게 보낸 것이다. 여기서 주목할 것은 편지를 쓸 무렵의 심연수 시인은 '마지막 개학'을 맞이하고 있다는 것, 졸업식은 기존에 논의되어 온 것처럼 7월 13일이 아닌, 9월 13일로 예정되어 있다는 것, 또한 다수의 선행연구자들이 주장한 "학병강제징집을 피해" 7월 말 경 만주로 숨어들어갔다는 사실과는 무관하게 그는 8월 21일까지 동경에 머무르며, 용정의 집에 생활비를 부탁했다는 것 등이다. 그간에 심연수 문학의 '전공자'들이 이 편지글을 발견하지 못한 이유는 여전히 의문으로 남는다. 다만 필자를 비롯한 상당수 연구자가 일기와 서간문 등의 자료를 체계적으로 분석하지 않았다는 점은 명백하다. 이 논문이 선행연구에 대한 비판이면서 동시에 자기비판 또는 자기 수정의 의미를 함의한다고 한 것은 이런 사정에서 기인한다.

심연수의 편지글 발견을 계기로 필자는 적극적으로 자료 확보에 나선 결과, 1943년 일본대학의 졸업 앨범과 졸업생 명부록名簿錄 및 <전문부 예술과창작>과의 명단을 추가로 구할 수 있었다. 이 자료에는 심연수 본명 혹은 미스모토(三本義雄)로 창씨개명 한 시인의 이름이 또렷하게 기록되어 있다. 논문에 첨부함으로써 후속 논의의 진전을 기대하기로 한다.

---

27) 『심연수 편』, p.412.

첨부자료<2> 졸업 앨범-심연수 시인(우측 두 번째)

첨부자료<3> 소화18년 9월 9일자 졸업생 명부록(우측 위쪽에서 열 번째)

첨부자료<4> <일본대학예술학부졸업생 명부>
(가운데 오른쪽 맨 하단이 미스모토(三本義雄))

5. 맺음말

 이상에서 본고는 재만 시인 심연수 문학에 나타난 선행연구의 오류를 검토하고, 실증주의적 연구 방법에 따른 새로운 논의의 가능성을 타진해 보았다. 주지하듯이 이천 년대 들어 심연수는 한국과 중국 학계에서 공통적으로 조명을 받고 있는 시인이다. 그럼에도 이제까지의 연구는 논리적 모순과 실증적 고찰의 미숙 등 여러 측면에서 많은 한계를 안고 있다. 특히 이 점은 선행 논의를 맹목적으로 반복, 답습해 온 연구자들의 태도와 무관하지 않다. 또한 '선양사업'을 목적으로 한 일부 연구자들이 그간에 "심연수 문학"을 '독점'하고 있었다는 점, 이로 인해 다소 무리한 논리 전개가 이루어졌다는 사실과도 밀접하게 연관된다. 따라서 앞으로의 논의는 사실적 자료를 바탕으로, 보다 공개된 장에서, 체계적이고 객관적으로 진행되어야 할 것으로 판단된다.

 한편, 최근 전개되는 심연수 문학 논의는 그의 시에 '세계동포애'가 강하게 나타난 사실을 지적한다. 실제로 심연수 시세계에는 "보편적 세계주의나 철학적 보편주의"로 해석될 가능성을 보여주는 작품들이 다수 포진해 있다. 하지만 세계동포애와 관련해서 그의 시를 다룰 때에는 다음과 같은 사실을 각별히 유념할 필요가 있다. 만주국 지배정책의 하나인 오족협화, 왕도낙토 사상은 기본적으로 각 민족 사이의 경계를 지우고, 민족 이전의 인간에 대한 관심을 우선시 한다. 사회 역사적으로 규정되는 범주 이전의 '인간'이라는 명제 앞에서, 개인과 종족 사이의 차별은 무화될 수밖에 없다. 모든 사람은 인간이란 동일 범주 속의 동등한 개체로 존재하는 것이다. 그러나 이것은 만주를 지배하기 위해 일제가 고안한 조작된 이데올로기에 불과하다. 이러한 허구적 관념은 제국주의의 탄압으로부터 독립을 지향하는 민족주의와 민족자결주의에 대항적으로 형성된 혐의를 지울 수 없기 때문이다. 뿐만 아니라 여기에는 반일, 배일의 근간이 되었던 민족의식을 암암리에 없애려는 불순한 의도가 들어 있다. 그러므로 이후의 연구에서 심연수 시에 나타나는 세계동포애의 문제는 복합적이고 중층적인 의미망 안에서 견인되어야 할 것이다. 이와 관련된 구체적 논의는 추후의 과제로 남겨두기로 한다.

중국 조선족 문학에 나타난 '고향'과 '민족'의 표상

— 해방기와 건국시기 리욱의 시세계를 중심으로

1. 서론

한국 문학의 확대된 범주 안에서 재조명된 재외동포문학은 2000년대 이후부터 현재까지 꾸준히 그 연구 성과를 축적해오고 있다.[1] 재외동포 문학은 단순히 한국 문학의 주변부적 산물이 아니다. 그것은 그 자체로 고유한 정체성을 간직한 문학적 세계를 구축한다. 동시에 그것은 한국 문학과의 친연성을 내재한 중의적 성격을 지닌다. 이러한 진술이 가능한 이유는 무엇보다도 재외동포문학이 이주 체험을 통해 획득한 디아스포라적 경험 때문이다. 20세기에 진입하면서 한국 사회가 역사적으로 겪은 강제 이주와 피난의 경험들은 실제로 이주를 체험한 재외동포들에게 현실적 이탈과 정착의 문제를 넘어서 의식의 '절합'을 제공했다. 그리고 재외동포 들이 겪은 이러한 의식의 절합은 '고향' 또는 '민족'과 같은 생득적 관념이

---

1) 이와 관련된 포괄적인 논의는 윤여탁의 글을 참조할 것, 윤여탁, <세계화 시대의 한 국문학> 제155호, ≪국어국문학≫, 국어국문학회, 2010, pp.29~30.

해체되고 재구성되는 문학적 형상 과정을 통해 투명하게 나타난다.

재외동포의 디아스포라적 경험을 고려할 때, 이들 문학에 나타나는 '고향'과 '민족'은 한국 문학에 나타난 그것들의 표상과 교차하되, 결코 동일화될 수 없는 특수성을 내포한다. 이주의 경험을 지닌 재외동포에게 고향과 민족은 자기 정체성의 기원적 표상이기도 하지만, 새로운 현실을 개척하고 낯선 지대에 정착하기 위해 변형되어야 하는 이중적 표상으로 제시되고 있는 것이다.

중국 조선족 문학의 경우, 중국의 건국 이후에는 당국의 정치적 이념을 문학적으로 적극 수용하는 모습을 띠게 된다. 이러한 과정에서 변화된 현실에 대한 수용은 민족과 고향의 표상을 변형시키면서 과거와의 매개점을 찾고자 한다. 그러나 이제까지 발표된 재외동포문학 관련 논문들은 많은 경우에, 이들의 문학에 나타난 '고향'과 '민족'의 표상을 기존의 한국 문학에 나타난 표상들과 동일한 것으로 이해하고자 했다. 특히 일제 강점기라는 특수한 시기에 형성된 간도 지역 문단과 그것을 토대로 성립된 중국 조선족 문학2)의 경우에는 민족 정서의 동질성이라는 측면을

---

2) 중국 연변에서 간행된 조선족 문학사에서는 19세기 중반에서 20세기 초엽에 중국 동북 지방에 이주한 조선인들을 중국 조선족 문학의 초창기로 간주한다. 따라서 중국 건국 이전 형성된 간도 문단도 중국 조선족 문학사로 편입된다(전성호, ≪중국 조선족 문학 예술사 연구≫, 이회문화사, 1997, pp.15~36 참조, 조성일 · 권철, ≪중국 조선족 문학 통사≫, 이회문화사, 1997, pp.11~20참조). 그러나 이런 견해와는 달리 중국 건국 이후부터를 중국 조선족 문학사의 출발로 간주하는 경우도 있다. 정덕준의 견해가 대표적인 예에 해당하는데, 그는 "'중국조선족'이라는 개념은 광복 이후 중국에서 법적으로 규정한 중국 내 소수민족으로서의 명칭"이라는 점을 지적하면서, 중국의 건국을 기점으로 그 이전의 문학을 '재중 조선인 문학' 그 이후를 '중국 조선족 문학'으로 구분한다.(정덕준, ≪중국 조선족 문학의 어제와 오늘≫, 푸른사상, 2006, pp.22~31참조.) 한편, 중국 조선족 문학의 범주와 기점은 중국이라는 국가적 범주 안에 있으면서 동시에 조선인이라는 민족적 정체성을 토대로 삼고 있기 때문에 기점에 대한 서로 다른 의견이 존재한다. 본 논의는 국가라는 개념을 기준으로 문학적 범주를 설정하는 데서 나타난 이러한 견해 차이보다는 실제 작품이

크게 부각시켜 해석해 온 경향이 없지 않다.3)

　이 글은 이러한 문제의식의 연장선상에서 출발한다. 이에 따라 본고가 중점적으로 살펴보고자 하는 것은 중국 조선족 문학에서 고향과 민족의 표상은 어떠한 양상으로 변형 · 수용되었는가 하는 점이다. 이 과정에서 본고는 중국 조선족 문학에 새로운 정체성 확립이 요구되었던 1940~50년대 해방기 이후부터 중국 건국시기까지 창작된 리욱4)의 시를 대상으로

표출하는 정체성의 분열과 형성 등 변화 양상을 살피고 분석하는 것이 하나의 범주로 개념화될 수 없는 디아스포라의 경험을 이해하는 방법이라는 관점을 견지하면서 해방 이후부터 중국 건국 시기까지 작품들을 살펴보고자 한다.

3) 오양호는 한국인의 정서 속에 자리 잡은 간도, 만주는 "단순한 지리적 공간이 아닌 민족의 어떤 정서와 맞닿아 있"다고 지적하는데, 여기서 '민족'은 조선인이라는 종족적 동질성을 말하는 개념으로 사용되고 있다(오양호, <1940년대 재만조선족문학 연구의 문제점>, 《한국문학논총》 제30집, 2002, p.3). 이러한 견해는 조선족 문학을 조명할 때 일반적으로 나타나는 관점이다. 한편 권기호는 구체적인 작품을 분석하면서 조선족에게 정치 현실적 조국과 정서적, 혈통적 조국이라는 이원성이 있음을 지적한다. 그는 조국이 정치 현실적 조국을 노래한 것이라면 "고향 이미지는 한반도와 접목된 이미지이며 멀리는 고구려와 발해와 관련된 내면속에 흐르는 순수한 조국의 이미지"라고 논했다(권기호, <중국 주재 조선족 시인의 시 유형 연구>, 《어문학》 제62집, 한국어문학회, 1998, p.250). 이러한 관점에는 민족을 종족적 동질성과 정신적 동질성을 가진 집단으로 바라보고, 그러한 민족 관념이 재외 동포들에게도 적용되고 있다는 시각이 내재되어 있다.

4) 일제 식민지 시기 간도 문학의 대표자이자 해방 이후 중국조선족문학의 토대를 일군 리욱(李旭, 본명은 李章源, 1907~1984)은 중국조선족 문단을 대표하는 시인이다. 아명은 리수룡이었고, 해방 전까지는 학성(鶴城), 월촌(月村), 단림(丹林), 산금(汕琴), 월파(月波) 등의 필명을 사용하다가 해방 이후 리욱이란 이름으로 활동하였다. 서정시와 서사시, 한시를 비롯하여 소설, 수필, 문학 이론, 번역에 이르기까지 리욱이 남긴 다양한 창작물은 그가 중국조선족 문학의 토대를 닦고 발전시켜 온 장본인임을 보여준다. 리욱은 1907년에 러시아 블라디보스톡 신안촌(고려촌)에서 태어났고, 1910년에 길림성으로 이주하여 유년시절을 보냈다. 만주 지역 일대에서 저명한 한문학가인 조부와 부친의 영향을 받아 어린 시절에 중국과 조선의 고전을 익히며 성장했다. 중학교 2학년에 다니다가 생활고로 학업을 중퇴하고 시창작에 매진했던 리욱은 1924년 17세 되던 해에 처음으로 서정시 《생명의 례물》을 《간도일보》에 발표한 후, 여러 편의 서정시와 단편 소설 <파경>을 세상에 내놓았다. 그는

삼아 논의를 전개하게 될 것이다.[5] 이러한 본고의 논의는 재외동포문학에 나타나는 문학적 표상을 한국문학과의 지속성 혹은 동일성 측면에서 편협하게 이해하고자 했던 선행 연구의 한계를 극복할 수 있을 것이다. 더 나아가 중국 조선족 문학이 지닌 고유성과 특수성의 원리를 폭넓게 밝히고자 하는데 그 의의를 찾을 수 있다.

간도 지역의 진보적 신문 ≪민성보≫의 기자로 일하다가 일제의 탄압이 거세지면서 기자 생활을 그만두고 야학에서 농민들에게 글을 가르치고 계몽사상을 일깨우기도 했다. 이후 1937년부터 ≪조선일보≫의 간도특파원으로 있었고, ≪조광≫, ≪조선지광≫ 등의 신문과 잡지에 활발히 시를 발표하여 문단의 주목을 받기 시작했다. 리욱은 1942년에 시인 김조규와 함께 당시 만주에서 활동하던 시인들의 작품을 모아 ≪재만조선시인집≫을 간행하는 등 중국조선족 문단의 결집을 도모하는데 기여했다. 해방 이후에는 지금의 필명인 리욱으로 활동하였고, <간도예문협회>의 문학부장, <동라문인동맹>의 시문학분과 책임자, <연길중소한문회협회> 문학국장, 문예지 ≪불꽃≫의 편집 등을 맡아 예술단체를 정비하고 중국조선족문단의 기틀을 다지는데 일조했다. 이와 함께 교육에도 열정을 쏟은 리욱은 연변대학 건교 사업에 참가하였고, 연변사범학교에서 교직생활을 하면서 끊임없이 창작열을 불태운 시인이었다. 1947년에 첫 시집 ≪북두성≫을 시작으로 1949년 ≪북륙의 서정≫을 출간하면서 활발히 작품 활동을 전개했다. 1956년에 중국작가협회에 가입하면서 중국 문학과 조선족 문학의 가교 역할을 했고, ≪연변의 노래≫(1957), ≪장백산하≫(1958) 등 중국어로 된 시집을 출간했다. 1957년에는 리욱 시창작의 최고봉이자 중국조선족 시사에서 대표작으로 꼽히는 서사시 ≪고향 사람들≫을 내놓으면서 시대와 역사에 대한 관심을 구체적으로 보여주었다. 리욱은 ≪고향 사람들≫ 외에도 중국어로 쓴 서사시 ≪장백산의 전설≫(1958)과 생애 마지막까지 집필했던 서사시 ≪풍운기≫를 남겼다. 1951년 말부터는 연변대학 교수로 있으면서 평생을 교육자이자 시인으로 그리고 중국 조선족 사회의 대표적인 지식인으로 기억되고 있다(20세기 중국조선족문학사료전집 편집위원회, <작가 연보>, ≪20세기 중국조선족 문학사료전집─제2집 리욱 문학편≫, 연변인민출판사, 2002, pp.605~608 참조, 권철, <건국전 리욱의 시세계>, 연변대학교 조선문학연구소, ≪김조규·윤동주·리욱≫, 보고사, 2006, pp.374~384 참조).

5) 본 논문에서 인용한 작품은 ≪20세기 중국조선족 문학사료전집─제2집 리욱 문학편≫(20세기 중국조선족문학사료전집 편집위원회, 연변인민출판사, 2002)의 표기를 따르되, 중국어 간자는 한자로 바꾸어 표기하였다.

2. 새로운 정체성으로서의 '고향'과 '민족'의 표상

일반적으로 고향은 출생과 성장의 근원적 장소이자 정신적 기원이며, 정체성의 뿌리로 여겨지는 장소이다. 고향은 구체적인 유년기의 기억뿐만 아니라 세대의 흔적을 담고 있다는 점에서 추상적 공간과는 달리 실제적인 장소로 인식된다.[6] 또한 고향에 대한 애착은 공통적인 인간의 감정이며, 고향에 대한 애착 특히 토지에 대한 애착은 정착민뿐만 아니라 유목민들에게도 나타나는 근원적인 정서이기도 하다.[7] 하지만 고향에 대한 이 같은 감정은 마음이나 관념 속에서 규정된 지리적 개념으로 상상되고 인식된 공간 개념이라는 점에서 심상지리(imaginative geography)[8]의

---

6) 장소(place)는 인식의 범주나 추상적인 의미를 띠는 공간(space) 개념보다는 집단적, 개인적 삶과 구체적인 연관을 맺고 상호 작용하며 의미를 획득하는 실존의 거주지를 말한다. 직접적이고 개인적인 경험이라는 측면에서 장소는 사건이 일어나는 단순한 배경의 의미를 넘어 특정한 의미를 생산하는 역할을 하기도 한다. 장소는 물리적이고 추상화된 공간과 달리 구체적인 경험들과 결부되어 기억되는 곳이기 때문이다. 이-푸투안은 경험을 기준으로 '공간'과 '장소'를 구분하는데, "무차별적인 공간에서 출발하여 우리가 공간을 더 잘 알게 되고 공간에 가치를 부여하게 됨에 따라 공간은 장소가 된다"고 말한다(이-푸 투안, 구동회 · 심승희 역, 《공간과 장소》, 대윤, 2007, pp.15~22.)

7) E. J. 홉스봄, 강명세 역, 《1780년 이후의 민족과 민족주의》, 창비, 1994, p.94.

8) "심상이란 어떤 사물의 이상적 표상으로, 사물로부터 멀어진 거리에서 사물이 지배하는 기억의 윤곽"(김태준, <고향, 근대의 심상공간>, 《한국문학연구》 제31집, 동국대학교 한국문학연구소, 2006, p.11)인데, 이러한 심상은 지리에 대해서도 적용된다. 따라서 심상 지리는 어떤 공간에 대하여 "상상되고 인식된 공간 개념"(신재은, <이문구 소설에 나타난 토포필리아의 수사학>, 《한국문학이론과 비평》 제52집, 2011, p.231)을 다루는데, 이푸-투안과 랠프의 공간이론이 이러한 측면에서 공간과 장소를 논의한다. 이푸-투안은 《공간과 장소》에서 인간의 육체가 공간감과 장소감을 형성하는 토대라고 간주하고, 인간이 경험을 통해 낯선 추상적 공간(abstract space)을 친밀하며 의미로 가득찬 구체적 장소(concrete space)로 인식하게 되며, 이때 비로소 그 장소에 대한 느낌, 즉 장소감(sense of place)을 가지게 된다고 본다(이푸-

영역에 있는 것이지, 실제 지리가 갖고 있는 본질은 아니다. 다시 말해 고향에 관한 자연물과의 유대나 사람들과의 유대는 생득적인 것이 아니라 문화적으로 습득되는 일종의 구성물인 것이다. 따라서 고향이라는 특별한 장소에 대한 인식은 항상 동일하게 나타나지 않는다. 역사적 · 문화적 환경에 따라 형성되는 산물로써의 고향은 각 시대와 집단에 따라 서로 다르게 표상되어 왔다. '고향'은 실정적 실체로서 존재하는 것이 아니라 구성되고 이야기되는 것에 의해 드러나는 공간인 것이다.[9]

한국 문학에서 자기 기원과 정체성의 근원지로서 '고향'에 관한 인식은 근대화 과정에서 나타난 도시라는 기표에 대항하며 나타났다.[10] 즉 '고향'이라는 특별한 장소의 표상은 '고향'이라는 장소 상실을 보여주는 기표로 등장한 것이다. 장소 상실의 경험은 '고향'으로 대표할만한 장소의 표상들을 만들어내는 방식으로 그 경험을 드러낸다. 따라서 장소 상실의 경험을 전제로 나타난 '고향'과 같은 장소의 표상들은 현재 결핍된 장소에 대한 욕망이나 환상 등을 반영하게 된다. 실제로 1920년대 조선의 식민지 시기 문단에서는 '조선'으로 표상되는 고향과 향수를 다룬 시작품들이 집중적으로 등장하여 근대시의 주조 가운데 하나로 부상하기도 했다.[11]

투안, 구동회 · 심승희 역, ≪공간과 장소≫, 2007, 대윤, pp.6~8 참조). 랠프는현상학적 관점에서 장소와 무장소성을 논한다. 랠프에 따르면 장소는 "인간이 세계에 존재하는 데 근본적인 속성"이며 "개인이나 집단에게 있어 안정과 정체성의 원천"이다. 따라서 의미 있는 장소를 경험하고 창조하고 유지하는 것은 인간의 실존에 매우 중요하다. 그는 현대 사회가 장소의 경험과 정체성이 약화되는 무장소성을 나타내고 있는데, 이러한 경향은 인간의 실존적 삶을 뿌리 뽑힌 삶으로 만든다고 지적한다(에드워드 랠프, 김덕현 · 김현주 · 심승희 역, ≪장소와 장소상실≫, 논형, 2005, pp.34~36).

9) 나리타 류이치, ≪'고향'이라는 이야기 도시공간의 역사학≫, 한일비교문화세미나 역, 동국대학교출판부, 2007, p.28.

10) 신재은, <이문구 소설에 나타난 토포필리아의 수사학>, ≪한국문학이론과 비평≫ 제52집, 2011. p.230.

11) 1920년대 이후 나타난 한국 근대시의 '조선으로의 회귀'는 세계의 중심으로서 서

일제의 식민지배는 조선이라는 정치적 공동체의 해체를 강요한 사건이자 근대적 질서를 강압적으로 이입하는 과정이었다. 이러한 현실의 변화 즉 근대적 질서의 도래는 조선 내부에 거주하는 이들에게 근대를 향한 열망과 함께 일종의 박탈감을 안겨주는 사건이었던 것이다.

한편 식민지 근대화와 함께 진행된 조선인들의 이주는 실제적인 장소의 박탈이 이루어졌다는 점에서 고향이라는 장소 상실의 극단적 경험이라 볼 수 있다. 그러나 이주자들의 경우 조선 내부에서 나타난 '고향' 표상과 동일한 양상을 나타내지는 않는다. 재외 동포들에게 있어 식민지 근대와 함께 도래한 '고향'에 대한 표상은 고향 상실이라는 결핍된 욕망을 내재하고 있지만, 그것 못지않게 중요했던 것은 그들에게 주어진 현실 즉 제2의 고향을 개척해야하는 상황 앞에서 그들이 지닌 균열된 고향 표상을 접합시킬 수 있도록 새로운 의미의 고향을 재구성하는 것이었다. 중국 조선족의 경우 해방 이후 중국 건국 시기까지 정치적 격변을 경험하면서 그들은 새로운 현실에 재빨리 적응해야하는 상황에 처하게 된다. 이들에게는 전세대의 흔적을 간직한 자기 기원으로서의 '고향'과 현실적 거주지로서 제2의 '고향'이라는 장소 사이의 균열을 어떻게 접합시킬 것인가의 문제가 중요하게 대두했던 것이다.

재외 동포 문학을 논의할 때 자주 중요한 논의의 전제로 등장하는 것은 동질적 민족이라는 범주이다. 국가적으로 다른 범주 안에 있는 재외 동포

양 대 주변으로서 동양이라는 근대적 이분법에 근간한 로컬리티의 위계(hierarchy)나 이를 통해 형성된 심상지리의 탈구축(deconstruction), 또한 조선의 재영토화(reterritorialization)를 의미하는 것이기도 하다. 당시 문학자들이 조선이라는 지역에서 발견한 것은 근대 문명 세계가 상실하고 망각한 어떤 가치였고, 이러한 가치는 조선을 혈연의 공동체로서 조선인의 아이덴티티가 온존하는 역사의 공간이자 근대적 체제로 편입되지 않은 공간으로 표상된 것이다(구인모, <한국 근대시와 '조선'이라는 심상지리>, ≪한국학연구≫ 제28집, 고려대학교 한국학연구소, 2008, pp.154~176).

문학을 한국 문학과 연관 지을 수 있는 범주가 바로 민족이기 때문이다. 민족은 일반적으로 하나의 정치적 공동체 안에서 오랜 동안 동일한 역사적 경험을 공유해 온 사회적·문화적 공동체를 말한다. 그런데 한국 사회에서 민족은 혈연과 지연의 유대를 지닌 한 핏줄로 인식되는 경우가 많다. 특히 한국 사회는 '단군'으로 표상되는 순혈주의적 민족의 기원을 수용하며, 정치적 공동체보다 더 본질적인 유대를 지닌 공동체로 받아들이는 경향을 지닌다. 또한 민족은 전통과 역사라는 것을 통해 뒷받침되면서 불변하는 본질적 정체성으로 여겨지기도 한다. 그러나 각 공동체의 역사와 사회적 경험의 차이는 민족 개념이 역사적 경험을 통해 형성되고 해체되는 사회적 산물임을 증명한다. 서구 사회에서 이루어진 민족과 민족주의에 관한 학문적 접근은 민족이라는 공동체에 대한 인식이 근대 국가의 형성과 함께 나타나기 시작했으며, 국가주의 이데올로기를 통해 확산된 관념이라는 점을 시사한다.[12][13]

---

12) 근대 세계의 형성과 함께 떠오른 '민족(nation)'이라는 개념은 언어, 문화, 영토, 종교 등의 객관적 요소에 기반한 종족 또는 인종과 부합하는 민족과는 달리 사회, 역사적 상황에 따라 구성된 정치적 목적의식이 강한 집단이다. 근대 세계 체제가 민족 국가(nation-state)의 형성과 전개 과정에서 성립된 데서도 알 수 있듯이, 민족이란 개념은 근대성과 밀접히 결부되어 있다. 근대 세계 안에서 '민족'은 근대 세계 체제의 패러다임으로 작용하며 모든 영역을 넘나들며 사상, 이론에 결부되어 존속했다고 해도 과언이 아니다. 요컨대 '민족'은 근대라는 새로운 시대의 이념으로 떠올라 근대 세계를 뒷받침할 지식 체계를 구성하는 담론의 역할을 하며 성장해 온 것이다. 서구의 민족 이론은 일반적으로 독일, 동유럽을 중심으로 한 인종 중심적 경향의 객관주의적 민족 이론과 프랑스 혁명을 계기로 나타나 민족을 근대화의 산물로 규정하는 프랑스, 캐나다, 미국을 중심으로 한 주관주의적 민족 이론으로 나누어진다. 전자는 한국의 민족 개념과 같이 객관적 요소를 민족의 실체로 인정하려는 경향을 보인다. nation으로서의 민족은 후자의 견해에 가깝다. 대표적인 논자는 한스 콘, 케두리 등의 영미학파들이 중심을 이룬다(임지현, 《민족주의는 반역이다》, 소나무, 1999, pp.22~23).
13) 민족에 관한 논의들은 1983년에 이르러 중요한 전환점을 맞이한다. 베네딕트 앤더슨(B. Anderson)의 《상상의 공동체》, 어네스트 겔러(E. Gellner)의 《민족과 민족

한국 사회에서도 민족에 대한 개념과 민족주의에 관한 용어는 오랜 기간 뜨거운 논쟁의 대상이었다. 특히 일제의 식민지배와 한국 전쟁 그리고 독재 정치와 그에 대한 저항, 민주화 운동이라는 격동의 역사를 겪으며 민족과 민족주의의 위상은 각 시대의 지배적 이념을 이루었다 해도 과언이 아니다. 한국 사회에서 민족에 대한 인식은 세계사적 지평에서 보아도 매우 각별한 것으로 여겨졌는데, 그러한 이유는 홉스봄도 지적했듯이 한국의 민족은 거의 동질적인 종족으로 구성되었고 이 종족과 정치적 충성이 연계된 역사를 지니고 있다는 사실[14]에 기인한다. 그래서 민족의 기원을 고대로부터 찾고자 하는 견해도 제기되고 있다. 하지만 그런 견해들이 전제하는 민족의 개념은 근대의 형성과 함께 대두된 nation으로서의 민족과는 달리 종족적 객관 문화를 근거로 제시하려는 경향이 강하고, 지배계층과 피지배계층의 간극에 주시하지 않고 민족 공동체를 설정하고자 한다는 점에서 근대적 민족과 부합하지 않는다. 그럼에도 이와 같은 관점을 대체적으로 용인하는 한국 사회에서 민족은 반만년의 역사와 문화를 공유해 온 공동체로 인식되는 경우가 빈번하다.

그러나 실제로 한국 사회에서도 민족이라는 용어가 빈번히 등장하게 된 것은 1910년 이후이다.[15] 그 이전에 사용되었던 백성이나 인민이라는

주의≫, 에릭 홉스봄(E. Hobsbawn)의 ≪만들어진 전통≫이 이때 출간되면서 민족주의 연구는 새로운 국면으로 나아갔다. 새로운 민족주의 연구의 경향은 역사 현상의 근본주의를 해체하고, 역사 현상을 인간 정신과 그 범주들의 구조물로 파악한다는 것이다. 그 결과 이 새로운 경향의 민족주의 연구들은 민족의 영원성을 강조하는 민족주의 주장을 와해시키고, 언제나 다시 새롭게 정의될 수 있고 새로운 내용으로 채워질 수 있는 민족 개념의 유연성과 다양성을 강조한다. 이들의 연구는 민족 국가 안에서 절대화되고 신성화된 민족을 상상되고 만들어진 관념으로 봄으로써 이데올로기화된 민족주의를 비판적으로 다루고 있다(한스 울리히 벨러, 이용일역, ≪허구의 민족주의≫, 푸른역사, 2007, p.30~33).
14) E. J. 홉스봄, 강명세 역, 앞의 책, p.94.
15) 권보드래, <근대 초기 '민족' 개념의 변화>, ≪민족문학사연구≫ 제33집, 민족문

용어는 지배계층의 관점에서 본 피지배계층 집단에 가까운 의미를 지닌다. 따라서 백성이나 인민을 모두 민족과 동일시하는 것은 계급적 차이를 배제하는 것이 되고, 민족은 초계급적 이념으로 지배 담론에 기여하게 된다. 1910년 이후 민족의 등장은 일제의 식민지배라는 상황에서 벗어나기 위한 독립 투쟁과 관련되어 있다. 타민족이자 지배민족으로 나타난 일본이라는 외부에 대항하여 모든 구성원에게 독립 의지를 고취하고, 독립 투쟁의 정당성을 호소하기 위해 민족이 호명되었던 것이다. 독립을 위한 투쟁의 길에는 양반이나 평민이 따로 있을 수 없었던 것이다. 민족은 있으나 국가는 상실한 식민지 기간 동안 민족은 일제에 의해 수탈당하는 우리 자신과 동일시되면서 그 실체를 의심할 수 없는 것으로 인정되어왔다. 그러다가 드디어 해방을 맞이하게 되었고, 그에 잇따른 한국 전쟁으로 야기된 분단은 민족과 국가를 분리하게 되는 계기를 가져온다. 한 민족 두 국가라는 상황은 한국 사회에서 민족은 국가보다 선행하는 것임을 재확인시킨 셈이다. 민족과 국가가 일치하지 않는 한국 사회의 특수성은 우리 사회가 nation으로서의 민족을 받아들이기 어려운 이유이다.

이와 같이 한국 사회에서 민족은 국민이라는 공동체보다는 종족적 동질성을 지닌 공동체라는 의식이 강하다. 이 같은 관점은 재외 동포 문학을 바라볼 때도 적용되어 나타난다. 국가적 범주보다는 민족적 범주라고 할 수 있는 한국 문학의 관점에서 재외 동포 문학을 볼 때, 우리가 중요하게 여기는 것은 소속된 정치적 공동체가 아니라 그들의 종족적 기원이다. 언어와 문화는 바뀌었어도 동질적 혈연은 변함이 없다고 상상하며 작동되는 동포애는 종족적 동질성을 띤 민족이라는 범주에 재외 동포들을 편입시킨다.

학사학회, 2007, pp.201~208.

그러나 한국 문학과 교차점을 지니되 동일화될 수는 없는 재외 동포 문학을 논의할 때, 민족의 범주는 좀 더 면밀히 검토되어야 한다. 국가적 범주를 초월하여 종족적 동질성만을 민족의 범주로 제한하면 재외 동포들의 디아스포라 경험을 이해할 수 없게 된다. 디아스포라는 과거 영토로부터의 '단절'과 과거의 정체성을 '지속'하는 것이 아니라 새로운 정체성의 구축이라는 점에서 의미를 지닌다. 따라서 재외 동포들의 디아스포라는 문화적 동질성과 기원적 장소인 고향에 대한 그리움과 같은 데서 나타나는 것이 아니라 그들이 새로운 현실을 개척해가는 가운데 창출해내는 '민족'과 '고향'의 표상 안에서 종족적 공동체로서의 동질감이 아니라 새로운 정치적 공동체를 향한 지향을 발견해낼 때 이해할 수 있는 경험이 된다. 따라서 재외 동포 문학에 대한 연구는 nation으로서의 민족 개념을 통해 접근해야 할 필요성이 있다. nation으로서의 민족은 재외 동포들이 지닌 현실적 상황의 변화와 적응 과정을 수용할 수 있는 개념이기 때문이다.

고향과 민족은 정체성을 형성하는 데 주요한 지표가 되는 요소이다. 그런데 고향과 민족은 한 번 부여되면 바뀌기 어려운 생득적인 관념처럼 여겨져 왔고, 이러한 관점이 재외 동포 문학을 조망할 때도 개입되어 왔다. 그러나 고향과 민족은 현재의 욕망과 요구에 따라 재구성되며 변화할 수 있는 관념이다. 본 논의는 고향과 민족 개념의 유연성은 재외 동포들의 디아스포라 경험을 드러내는 보다 적합한 태도라는 것을 전제로 작품을 분석하고자 한다.

3. 추상적 공간에서 세대의 기억을 지닌 장소로 변화하는 '고향' 표상

　시인 리욱의 삶에는 여러 장소의 고향이 있었다. 이주 1세대인 그의 할아버지의 고향인 조선으로부터 시작하여, 그의 아버지가 빈곤으로부터 벗어나기 위해 이주했다가 리욱의 출생지가 된 러시아 신안촌, 그리고 다시 돌아와 리욱이 유년을 보낸 길림성은 그에게 모두 '고향'으로 인식된다. 리욱이 처한 이러한 상황은 이산자로서 그가 갖는 디아스포라적 경험들을 드러내는 한 지표이기도 하다. 국가의 경계를 넘나드는 월경의 경험은 국가와 인종과 민족의 차별 속에서 이방인으로 존재해야하는 경험이면서 동시에 새로운 문화와 이데올로기에 적응하기 위해 동일화되는 경험이다. 이러한 이산의 과정에서 혼성적인 정체성이 형성된다.

　리욱의 시에서는 여러 층위의 고향 표상이 나타난다. 해방과 중국 건국이라는 역사적 계기를 기준으로 볼 때, 고향 표상은 추상적이고 보편적인 이미지에서 삶과 역사의 장소로 구체성을 획득하며 변모해간다. 고향이 추상적인 공간에서 친밀한 장소로 이행하는 과정은 그가 실존적 삶의 과정 속에서 특정한 장소와의 유대를 통해 삶의 의미를 획득해가는 과정을 보여준다. 고향은 구체적 경험의 장소로 되었을 때 비로소 실존 공간[16]으로 수용되는 것이다.

　이런 관점에서 본다면, 재외 동포 문학에서 나타나는 고향 표상은 한국 근대문학 내부에서 나타난 고향 표상과 동일한 것일 수 없다. 고향의

---

16) 실존 공간이란 한 개인이 문화 집단의 구성원으로서 세계를 구체적으로 경험하는 과정에서 드러난다. 상호 주관적인 실존 공간은 집단의 모든 구성원들에게 적용되며, 누군가가 경험하기를 기다리는 수동적인 공간이 아니라 인간의 활동에 의해서 지속적으로 창조되고 만들어지는 공간이다(에드워드 랠프, 앞의 책, pp.47~48).

지리적 장소가 조선이라는 먼 조국이라 하더라도 그가 그 장소를 통해 무엇을 기억하는가에 따라 고향은 전혀 다른 장소일 수 있는 것이다. 리욱의 시에서는 해방이라는 역사적 사건을 계기로 서로 다른 고향 표상이 나타난다. 먼저, 일제의 침략으로 만주국의 통치가 이루어지던 시기 리욱시의 고향은 구체적 경험이 배제된 추상적 공간으로 이미지화된다.

① 땅은 生命입니다./ 땅과 運命을 함께하는 어머니/ 보금자리인 듯 땅을 가꿉니다.// 해없는 白晝에도/ 별없는 暗夜에도/ 한많은 나날 땅은 如舊했습니다.// 땅은 故鄕입니다./ 긴긴 밤의 惡夢에서도/ 飢寒을 달래던 보리고개에서도// 荒凉할수 없습니다./ 枯瘠할리 없었습니다./ 땅은 사랑과 希望이었습니다.// 땅은 搖籃입니다./ 종자의 心房心曲 ―/ 어머니의 따스한 한품입니다.// 한숨속에 黎明이 밝았던들/ 수천년 땅은 차분하였습니다./ 짓밟혀도 무난했습니다.// 땅은 乳房입니다./ 凍土도 향긋했으며/ 어머니 心琴도 甘露水였습니다.// 땅은 불씨를 품었길로/ 봄우뢰를 渴望했습니다./ 어머니의 땅은 한숨결입니다.

― <땅>전문, 1941.

② 나는/ 밤이면/ 蒼空을 우러러/ 별을 보는 習性을 가졌다.// 별은/ 情답고/ 寂寥하고/ 幽遠하여/ 밤하늘은 고향같기도 하다.// 별은 함박꽃처럼 피여나는/ 호젓한 이 밤에/ 萬年夢에 파묻혀서/ 恍惚한 神話를 속삭이느니/ 이제 별은/ 나의 가슴속 적은 湖水에로/ 푸른 鄕愁를 묻고 내려/ 고이 잠든다/ 고이 잠든다.

― <별> 전문, 1942.

위의 두 편의 시에서 나타나는 고향은 '땅', '生命', '搖籃', '乳房' 그리고 '별'과 동일시된다. 각 시는 땅과 별이라는 소재를 통해 근원적 정서의 토대로서의 고향을 환기시킨다. 먼저 인용시 ① 에서 '땅'은 생명의 모태로서 어머니인데, 영원한 모태인 어머니와 대비되어 나타나는 것이 역사적 시련이다. '한많은 나날', '한숨속에 黎明이 밝았던들/ 수천년 땅은 차분하였습니다./ 짓밟혀도 무난했습니다'에서 나타나듯이 역사적 시련은 일시적으로 이 땅을 스쳐가지만 '땅은 불씨를 품었길로' 봄을 갈망하며 새로운 생명을 기약한다. 이 시에서 두드러지는 '땅'의 영원성과 생명성은 고향이 실제적인 장소라기보다는 이상향적 장소라는 것을 보여주는 장치이다. 즉 여기서 고향은 실제적 장소로서의 의미보다는 생명의 근원지라는 보다 추상화된 맥락을 지닌다. 이푸-투안에 따르면 이러한 고향 표상은 보편적으로 나타나는 현상이기도 하다. 어느 곳에서나 인간 집단이 자신의 고향을 세계의 중심으로 여기고, 자신들이 중심에 있다고 믿는 마음, 다시 말해 자신의 집이 천문학적으로 결정된 공간체계의 중심에 있다는 믿음17)은 여러 문화권에서 나타난다. 위 시에도 이러한 상상이 반영되어 있는데, 우주의 중심으로서의 고향과 영원한 생명의 근원지인 땅의 관계는 동일시되면서 시의 화자가 거주한 '땅' 즉, 제2의 고향에 이상적인 고향의 의미를 부여하게 하는 전제가 된다.

인용시 ② 에서는 '밤하늘'과 '고향'이 동일시되면서, 화자가 느끼는 적요한 밤의 서정이 '향수'로 표현되고 있다. 곧 이 시의 화자에게 '고향'은 특정한 지리적 장소라기보다는 정서적 안정감을 부여하는 막연하고 추상적인 이상 세계인 것이다. 따라서 '향수' 역시 특정한 장소가 아닌 이상향적 공간에 대한 갈망이라 할 수 있다.

이민 3세대인 리욱에게 조선은 심리적으로 매우 먼 고향이다. 게다가 일제의 통치체제가 만주국의 건설로 이어지면서 간도 지역 역시 고향으로 간주될 수 없는 상황이었다. 리욱 시에 나타난 추상적인 이상향으로서의 고향 표상은 이러한 현실의 고향 부재를 말해준다. 자기 기원의 본질이며 생명이 시작되는 최초의 장소라는 보편적 이미지를 띠고 있는 고향은

---

17) 이푸-투안, 앞의 책, p.239.

삶의 경험과 괴리된 공간으로써 현실의 부재 즉 식민지 상황 하에서의 박탈과 상실감을 반영한다.

해방 이후 조선족 시문학은 새로운 시대적 요구에 부응하는 문학 작품의 창작이 활성화된다. 특히 시문학과 극문학이 두드러진 성과를 달성하였다고 평가되기도 하는데, 이 때 출간된 리욱의 ≪북두성≫은 이 시기의 대표적인 시집 중에 하나이다. 조선족 문학사에서는 당시의 시문학이 "해방된 인민들의 민족적 감격과 희열, 당과 모주석에 대한 경모의 정을 토로하였고 근로 인민들의 창조적 노력과 토지개혁, 정권 건설 등"18)을 노래하며 벅찬 현실을 다각적으로 반영하고 있다고 논한다.

일제의 식민지배 이후 새로운 사회 건설을 향한 이상과 열망은 구체적인 미래에 대한 목표 설정을 부과했다. 이를 계기로 리욱의 시들이 보여주었던 보편적 이미지들로서의 고향 표상은 구체적 삶의 조건들과 만나 새로이 창출되며 특수성을 표출한다. 추상적인 이미지들은 점차로 구체적 장소에 대한 인식으로 바뀌고, 실제적 지리로서의 장소와 그곳의 자연은 삶과 깊은 유대를 형성해나가기 시작한다. 이러한 과정은 고향에 대한 표상이 향수와 같은 결핍된 것에 대한 욕망에서 현실로 이행하고 있음을 보여준다.

①노래와 한숨,/ 그리고/ 피와 눈물이 아롱진 생활보!/// 너의 이름이/ 귀여워 두만강!/ 서러워 두만강!/// 오!/ 생활의 강!/ 력사의 강!/// (중략) 두만강,/ 너는/ 내 어린 시절 놀이터,/ 엎드러 모래성 쌓던 놀이터!/// 그리고 내 젊은 시절 고생터,/ 소금토리 등에 져/ 나르던 고생터!/// 그 한 때/ 이주민이/ 이 땅으로/ 낫과/ 호미,/ 그리고/ 쪽박을 차고/ 밤도와 이동할 때/ 너는/ 얼마나 목메여 울었느냐!/// (중략) 그렇게/ 너 두만강은/ 망명객을 사귀였고/ 가난뱅이도 친했나니// 두만강, 너는/ 투쟁의 강!/

---

18) 조성일 · 권철, ≪중국 조선족 문학 통사≫, 이회문화사, 1997, pp.233~234.

친화의 강!// 천년전/ 너의 두 겨드랑이에/ 낯 설은 두 겨레가 정답게 살아왔고/ 한 세기동안이나/ 로예령을 동서에 병풍 두르고/ 푸른 소매와/ 흰 소매가/ 서로 읍하였다// 아!/ 고려와/ 녀진의 분쟁도/ 너의 물결에 사라졌고/ "명안"의 억누름과/ "토문"의 말성도/ 너의 물결에 사라졌어라.// 너는 인제/ 내 노래의 원천으로 되었어라/ 인민이 주인된 형제나라/ 너는 그 기슭을 누비며/ 행복을 실어오는구나.

— <내 두만강에 묻노라> 부분, 1947.

② 류순 칠순,/ 할아버지 할머니 이야기는/ 역시 그들의 류순, 칠순/ 할아버지 할머니적 이야기였다.// 아득한 그 시절/ 푸른 하늘에 별이 총총하던 밤/ 이야기는 세월처럼/ 기나긴 이야기는/ 재밀재밀 하기도 하였지만/ 무시무시 하기도 하였다// 기사년에 류진에 큰 흉년이 들어서/ 남녀로소 샛섬을 건너는 적/ 도문강은 주검을 싣고/ 목이 베였느니라는…/ 이깔나무에/ 까마귀 울었느니라는…// 월강죄는 무서워도 하나 둘 한떼 두떼/ 주린배를 안고/ 높은산을 넘어서/ 남강 북강 서강이라는 곳/ 진동나무속 귀틀집 막사리에/ 솔광불을 켜고/ 묵은데를 떠서/ 감자씨를 박았단다./ 보리씨를 뿌렸단다.// (중략) 그처럼/ 고달프게 고달프게도/ 천번 다루어 밭이/ 만번 다루어 논이 된줄/ 농군이야 모르랴마는/ 제것 될줄/ 꿈엔들 생각했으랴/ 오늘에야 진정 옛말이지/ 이것 두고 하는 말이/ —옛말이구나.

— <옛말> 부분, 1948.

③ 할아버지/ 두만강 건너 산지/ 3년 넘은 어느해 이른봄/ 아버지/ 강동가 3년만에/ 로씨야땅 태생으로/ 내 돌맞은 늦가을/ 제2고향이라고/ 노새타고 돌아온 뒤/ 어느새 산천도/ 두세번 변하였구나.// 내 초등과 4학년/ 문풍지 윙윙 울던/ 어느해 겨울날 저녁/ 할아버지의 의병이야기와/ 흰 수염과/ 위의(威儀)가/ 어렴풋이 듣긴다 보인다.// 3·1 운동바람에/ 토벌대에 붙잡혀/ 망아지허리에서 총살될번한/ 아버지의 음성과/ 기벽과/ 옷깃이/ 력력히 듣긴다 보인다.// 이렇게 자라/ 나는 도리여 나약하고 비겁하여/ 예수앞에 무릎을 꿇어보았고/ 총칼앞에 머리를 숙여보았고/ 황금앞에 손을 저어도 보았다.// 그러나 리성은 세

월과 함께/ 세월처럼 새로와/ 마침내 기도를 끊었고/ 아침을 버렸고/ 허욕도 버렸나니// 이동안 거울속에/ 나의 청춘은 시들어갈것만같애/ 분노만을 일과로 삼았다.// 그러매로/ 나의 노래는/ 꽃 떨어진 아침/ 날진 저녁에/ 눈물과 한숨을 바꾸어/ 화가 심장에 스며서 흘렀다./ 화가 심장에 솟구쳐 흘렀다./ 다음 세대를 그려보았다.

— <3대> 전문, 1948.

위에서 인용한 세 편의 시에서 두드러지는 것은 구체적인 역사의 등장이다. 이제 리욱의 고향은 할아버지의 이주사로부터 시작하여 정착의 과정에서 겪은 시련과 항일 운동사가 깃들인 역사적 장소로 구체화된다. 위 시들이 공통적인 배경으로 삼고 있는 장소인 두만강은 "내 어린 시절 놀이터,/ 엎드려 모래성 쌓던 놀이터!// 그리고 내 젊은 시절 고생터,/ 소금토리 등에 져/ 나르던 고생터!"로 삶의 경험이 축적된 장소로 나타난다. 경험은 추상적인 공간에 안정적 정서와 가치를 부여함으로써 실존적 거주지인 장소로 인식케한다. "대상 또는 장소에 대한 경험이 총체적일 때, 즉 적극적이고 반성적인 정신을 통해서, 그리고 모든 감각을 통해서 이루어질 때, 대상과 장소는 구체적인 현실성을 얻는다."[19] 두만강은 구체적인 현실의 장소이며, 이는 리욱에게 고향이 추상적 공간에서 구체적 장소로 인식되고 있음을 말한다. 여기서 중요한 변화는 이주민 3세대인 리욱에게 이제 고향은 조선이라는 먼 공간이 아니라 지금, 여기의 현실로 대치되고 있다는 사실이다.

인용시 ② 에서 잘 보여주는 것처럼 할아버지가 겪은 월경越境의 경험은 3세대인 리욱의 시 속에서 전세대의 역사로 남는다. 이주자가 겪은 시련이 '옛말'이 되고, 이제 시인이 그려보는 것은 "다음 세대"가 이어갈 미래이다. 위 시들은 과거의 이야기이지만, 그것은 과거와 현재 미래를

---

19) 이푸-투안, 앞의 책, p.38.

중개하는 역할을 한다. 전세대의 역사는 '나'의 정체성의 토대가 되는 이야기들인 것이다. 이로써 고향 표상은 민족이라는 새로운 관념을 향해 나아간다. 고향이 자기 기원으로서의 장소에 대한 욕망이었다면, 민족은 구체적인 정체성을 확립하고자하는 집단적 욕망이 만들어내는 관념이다. 민족이라는 운명 공동체는 과거에 대한 동일한 기억을 토대로 공동의 미래를 지향하게 한다.[20] 민족을 근대적 산물로 이해하는 서구의 민족 개념을 잘 보여주는 르낭에 따르면 "민족은 하나의 영혼이며 정신적인 원리"임을 지적한 바 있다. 민족을 구성하는 정신적 원리는 과거에 현재라는 두 축 위에 있다. "한쪽은 풍요로운 추억을 가진 유산을 공동으로 소유하는 것이며, 다른 한쪽은 현재의 묵시적인 동의, 함께 살려는 욕구 각자가 받은 유산을 계속해서 발전시키고자 하는 의지"[21]이다

일제의 통치 하에서 리욱의 시가 그려낸 추상적인 고향은 해방 이후 전세대의 역사적 경험을 간직한 기억의 장소로 구체화된다. 또한 전세대의 기억을 지닌 이 땅은 미래의 세대가 이어갈 장소이기도 하다. 장소를 통해 전승되는 세대의 기억과 흔적은 바로 공동의 정체성을 구축하는 새로운 토대이며, 이는 곧 민족적 기억을 창출하는 원동력이 된다. "민족국가의 형성과 역사적 기억은 서로 밀접하게 관련되어 있고" 역사적 기억은 "집단적 정체성 확립에 기여"[22]한다. 이주의 시련을 견디며 땅을 일구고, 항일 운동을 통해 항일 전쟁에 승리한 이주민의 역사는 곧 새로운 근대 국가의 역사 주체인 민족이 등장했음을 의미한다.[23]

---

20) 에르네스트 르낭, 신행선 역, 《민족이란 무엇인가》, 책세상, 2002, p.81.
21) 위의 책, p.80.
22) 알라이다 아스만, 변학수·백설자·채연숙 옮김, 《기억의 공간》, 경북대학교출판부, 2003, p.99.
23) 위의 책, pp.97~99.

4. 정치적 이상과 결합된 공간과 장소 그리고 '민족' 의 발견

해방 이후 조선족들이 거주하던 동북 지역은 중국 국민당과 중국 공산당의 내전으로 혼란스럽다가 1949년에 이르러 중국 공산당의 승리로 중국 인민 공화국이 설립되자 조선족은 길림성, 흑룡강성, 요녕성을 민족 구역 자치주로 인정받는다. 해방 이후부터 중국 건국 전까지의 시기에 리욱은 '만주예문협회'의 문학부장, '연길중쏘문화협회'의 문학국장 등으로 일하면서 예술단체를 정비하고, 본격적으로 마르크스주의를 공부하고 있었다.[24] 이와 같은 전기적 사실은 리욱이 중국 공산당이 주축이 되어 건설하고자 하는 사회에 대한 정치적 이상향을 지니고 있었음을 짐작하게 한다. 그의 작품 가운데 <홍군전사의 묘>, <당에 드리는 노래> 등은 그의 정치적 지향을 보다 직접적으로 표출한다. 그러나 리욱의 작품 세계에서 눈여겨볼만한 점은 새로이 탄생하는 국가의 한 구성원으로서 표출하는 정치적 이상이 특정한 공간을 환기하면서 점차적으로 장소에 대한 인식으로 변모하고 있다는 데에 있다.[25]

---

24) <작가 연보>, ≪20세기 중국조선족 문학사료전집−제2집 리욱 문학편≫, 연변인민출판사, 2002, pp.605~608.

25) 이는 중국 조선족과 사상적 친연성을 가지고 있는 북한문학의 경우와는 다소 또 다른 양상을 보여준다. 해방 이후의 북한문학은 평화적 민주 건설 시기(1945. 8~1950. 6), 위대한 조국해방전쟁시기(1950. 6~1953. 7), 전후복구건설과 사회주의 기초건설을 위한 투쟁시기(1953. 7~1960)의 세 단계로 전개된다. 각 단계는 '사회주의적 리얼리즘'의 창작방법론을 따르면서도 다시 주제별로 분류되는 데 특히, 해방 직후의 북한 시문학은 해방을 맞이하여 '사회주의 조국'을 건설하는 당면과제의 필요성을 선전하고 인민들의 동참을 유도한다. 주제별로는 해방시, 사회주의 체제 찬양시, 친소 및 국제적 연대의 시 등으로 분류된다. 한편 "토지는 밭갈이하는 농민에게'라는 구호는 이 시기 북한 문학의 한 면모를 투명하게 보여준다. 이성천, <북한문예지「조선문학」의 유형적 특성 고찰−2000년대 이후 발간 잡지를 중심으로>, ≪어문연구≫ 제64호 2010. 6. 참조.

① 나는 이 거리의 군상을 사랑한다/ 일어서는 정신을 사랑한다./
내 청춘을 아로새긴 포석우에/ 꿈이 무지개인양 황홀하면/ 할아버지
무덤을 빚은 뫼에는/ 별이 등불처럼 찬란한 까닭이다// 도란대는 사람
들의 조수가 넘치는/ 생의 밀림―/ 의욕의 푸른성!/ 립체,/ 립체,/ 립체/
의욕과 기지와 광화속에/ 물체는 오돌진/ 리상을 따라 전진한다// (중
략) 오오, 일어서는 이 거리우에는/ 뽀얀 안개 자욱하고/ 노란 달이 흐
르더니/ 이제 풀려서 뛰쳐일어난 이 거리는/ 머리에 새 투구를 쓰고/
손에는 새 방패를 들었다

― <일어서는 거리> 부분, 1946.

② 푸른 바다 긴 항로/ 싸움의 길,/ 승리의 길.// 길은 고되여/ 물결이
사납고/ 암초가 숨어쳐도/ 동라는 울어울어// 한배의 사람들/ 같지 않
은 일손들/ 일직선에 움직여/ 눈은 먼 수평에 오르나니// 거울을 쳐들
라/ 하냥 붉은 신호를 울려/ 남은 싸움 련달아 돋우어라.// 오직 미쁜
마음으로 가슴벅차게 자랑하자/ 아름답고 기름진 땅이 얼마냐/ 지혜
롭고 용감한 사람이 얼마냐.// (중략) 길은 평탄치 않아/ 물길이 사납고/
암초가 숨어쳐도/ 세기의 등대는 밝아/ 꽃언덕은 가까와 가까워

― <등대> 부분, 1949.

위 시들은 해방 이후 리욱이 지닌 새로운 사회를 향한 이상과 열정을
드러낸다. 리욱이 지닌 새로운 사회에 대한 기대와 열망은 "이 거리의 군
상"에 대한 애정과 함께 청춘의 꿈을 환기시키고, 여기에 "할아버지 무
덤"이라는 객체를 끌어들임으로써 과거를 연결시킨다. 할아버지가 환기
하는 과거는 생존을 위한 이주자의 투지와 함께 항일 운동의 역사 등 조
선족들이 겪은 역사적 경험들의 응축이다. 그러나 보다 중요한 것은 그러
한 경험들이 "리상을 따라 전진"하는 이 순간을 통해 구성된 과거라는 점
이다. "머리에 새 투구를 쓰고/ 손에는 새 방패"를 든 군중들이 공유하는
과거의 역사적 경험은 그들이 새로운 사회의 이상을 노래할 때 비로소

"등불처럼 찬란"하게 빛난다. 결국 시의 화자가 이 거리의 군상을 사랑하는 까닭은 그들이 하나의 이상을 향해 전진하기 때문이다.

인용시 ② 에서 이러한 기대감은 더욱 고조된다. 화자는 "승리의 길"로 함축되는 정치적 이상향이 "아름답고 기름진 땅"과 "지혜롭고 용감한 사람"들의 결합으로 도래한다고 노래한다. 다시 말해 "꽃언덕"이라는 이상향은 영토적 유대를 토대로 한 구성원들인 "한배의 사람들" 즉 운명공동체가 도달해야하는 미래인 것이다. 중국 건국 시기에 조선족 사회가 인식한 민족(nation)은 한국 사회에서 형성된 민족 개념이 종족적인 동질감을 바탕으로 혈연적 유대를 강조하는 것과 달리 정치적 유대를 강조한다. 그들에겐 민족을 구성하는 여러 요소 가운데 정치적 이상과 영토적 유대만이 가능했고, 문화와 언어, 종교 등 종족적 측면에 있어서의 차이는 부인할 수 없는 측면인 것이다.

위 시들에서 본 바와 같이 정치적 이상을 향한 운명 공동체에 관한 표상은 여전히 추상성을 벗어나지 못한다. 이에 대해 리욱이 추상성을 극복하는 시적 방법은 자신이 거주한 공간에 대한 애착이다. 건국 이후 조선족 자치주가 된 동북 지역 특히 연길은 시인의 구체적인 경험이 각인된 장소이다. 지금까지 같은 장소에 살아왔다 하더라도 조선족 자치주라는 제도 안에서 한 개인의 경험들은 재구성된다. 현재의 정치적 규정 속에서 한 개인은 경험의 주체, 서사의 주체로 등장하며 그 지역에 대한 새로운 심상지리를 형성하게 된다.

연길은/ 로동하는 사람들의/ 조수가 넘치는/ 사랑스러운 거리요.// 내 벌써/ 하루 일을 마치고/ 돌아오는 길에/ 5월 동풍이 따스한데// 공원다리를 넘어/ 우리 집은/ 큰 길에 비껴 앉아/ 수양버들로 주렴 드리우고.// 뜰 앞 화단에는/ 봄비에/ 봉선화가 피고/ 붕어도 노니오.// 저녁에 식상에 모여앉으면/ 숭늉냄새가 구수하고/ 말없는 풍속도 아름답소.// 가로수에/ 석양이 빨갛게 서리면/ 의례 나서는 길에/ 선걸의 이야기 시작하오.// 〈 매- 〉는 양,/ 〈 뛰뛰- 〉는 자동차,/ 보다 나팔 불고 북치는/ 대오의 행진을 즐기오./ 중앙 로타리/ 련란등이 반짝 켜지면/ 흥겨운 멜로디가 들려오고/ 안해는 부녀회로 가는데// 젊은이나 늙은이/ 낮에 가던 길을/ 영화관과 구락부로/ 바꾸기로 하오.// 나는 아담한 서재/ 꽃갓 전등밑에서/ 금인듯 옥인듯/ 고전들을 뒤지는데.// 이렇듯/ 일을 보고 살아서/ 늙을줄 모르는/ 아름다운 시절이요.// 하여 나는/ 로동하는 사람들의/ 조수가 넘치는/ 이 거리를 사랑하오.

— <사랑하는 거리> 전문, 1954.

리욱에게 연길은 익숙한 공간이지만, 중국 건국 이후 사회주의 체제 하에서 조선족 자치주인 연길은 새로운 장소로 형상화되고 있다. 위 시에는 화자가 사랑하는 거리 연길의 풍경이 감각적으로 묘사되는데, 실제 생활공간인 연길에서의 삶의 경험이 담겨있기 때문이다. 화자의 시선에 포착된 것은 하루 일과를 마친 사람들의 저녁 풍경이다. 이 시에서 연길이라는 장소는 현대적인 도시 감각을 띠고, 사람들은 잘 정비된 사회체제 속에서 저녁시간을 제 나름의 취미활동으로 활기차게 보낸다. "로동하는 사람들"은 이제 전통적인 향토애를 기반으로 맺어진 유대가 아니라 사회주의 체제 위에서 유대관계를 맺은 구성원들임이 분명해진다.

위 시는 연길이라는 장소에 대한 애착을 통해 간접적으로 사회주의 체제의 이상적 사회상을 그려내고 있다. 이러한 이상적 사회상은 연변조선민족 자치구 2주년을 기념하며 발표한 <연변 찬사>에서도 잘 나타난다.

이 땅의 심장!/ 이 거리 연길은 우리 자치의 아름다운 성시!/ 정부와 대학, 신문사, 방송국, 극장, 공원 그리고 공장과 의원, 백화점이 우뚝 우뚝 서 있으며/ 길은 새로 아스팔트로 포장되고 새 고층건물이 군데

군데 일어섰다./ 이 모든 시설의 점과 선, 면이 이 땅 방방곡곡에 뻗치여 운동하고 호흡하고 생장한다.// 나는 오늘도 꽃테를 두른 게시판을 보나니……/ 우리 사회주의공업화의 길에서 로동은 영예로운 일로 되여/ 그 눈부신 기록은……산량을 넘쳐내고……질량을 높이고……창안을 낸것들이다./ 그것은 힘의 시, 힘의 그림, 힘의 춤!/ 모두 무럭무럭 자라는 이 거리의 운율이다!/ 이 골목 길에서 나는 모범과 영웅들의 가슴에 번쩍이는 훈장을 볼 때 마다 진정 도로 젊어만 진다!/ 그렇다 이 거리에 내 귀한 청춘이 깃들었으니 나는 이 거리를 나의 살과 뼈처럼 사랑하리라!// 아! 이땅 유구한 력사를 머리우에 인 모아산 산상봉에 아침 해발이 우런히 솟아 해란강 물결을 타고 유유히 흐른다!/ 이 건설의 씩씩한 아침, 나는 무디였던 붓끝을 다시 가다듬어 소리 울리는 한폭 그림을 치거니// 아아!/ 이 나라 태양아래 산은 푸르고 물은 맑아라/ 모아산은 장백의 숨은 줄기 돌출한 고봉이다!/ 해란강은 천지의 숨은 줄기 재현과 옥류이다!/ 모아산에 푸른 솔이 우거지고 해란강은 온 비늘이 뛰면 정녕 이 땅에는 행복의 조수가 넘치리라.

– <연변 찬사> 부분, 1954.

이제 연길이라는 장소는 그 모습이 더욱 선명해진다. 현대적인 도시의 모습을 갖춘 연길의 풍광은 "사회주의공업화의 길"을 위한 노력의 성과물이기도 하다. 건국 이후 짧은 시간 동안 조선족 자치주가 일궈낸 성과는 정치적 이상을 매개로 중국과 조선족 사회의 유대를 공고히 만들어 거대한 운명공동체인 민족을 상상하게 하는 접합점이다. 따라서 연길에 대한 시인의 애정은 곧 민족주의적 감정[26]을 동반한다. 연길에 대한 각별한

---

26) 한스 콘(Hans Kohn)에 따르면 근대적 맥락에서의 민족이란 개개인의 충성을 민족국가에 바쳐야 한다는 심리상태인 민족주의에서 도출되는 개념이다. 한스 콘은 민족(nationalities)을 구성하는 가장 본질적인 요소는 생동하는 적극적인 소속 의사라고 말한다. 이 의사는 국민의 대다수를 고무하고 있고 나아가서는 국민전체를 고무할 것을 요구하는 하나의 심리상태 곧 민족주의(nationalism)이다(한스 콘, 차기벽 역, ≪민족주의≫, 삼성문화재단출판부, 1974, pp.10~11).

장소애(topophilia)는 그의 순수한 경험을 통해서 형성되는 것이 아니라 그의 삶에 조건 지워진 정치적, 사회적 현실 안에서의 경험을 통해 나타난다. 요컨대 리욱 시의 장소애는 민족주의의 토대 위에서 형성된 것으로 볼 수 있다.

위 시에서 등장하는 '해란강', '모아산', '두만강' 같은 지명들은 리욱 시에 자주 등장하는 지명들이다. 산과 강은 민족의 기상, 민족의 모태를 환기하는 상징물로 민족이라는 공동체를 상상하게 만드는 자연물이다. 실제로 자연물이라는 실제가 민족을 결정하는 지표가 될 수는 없다. 르낭이 "민족은 토지라는 외형에 의해 결정된 집단이 아니라 역사의 깊은 분규의 결과로 생긴 정신적 원칙이며 영적인 가족으로서의 집단"27)이라 말했듯이, 지리는 그 자체가 아니라 심상을 통해 상상되고 인식된다. 연길이 현실의 삶의 모습을 보여주는 장소라면, 자연 대상을 지칭하는 이 이름들은 현재의 삶을 과거와 미래로 연결시키고 전세대와 다음 세대를 현세대와 매개하는 역할을 한다.

지금까지 살펴본 바에 따르면 리욱 시에서 고향과 민족은 서로 분리될 수 없는 개념으로 나타나고 있다. 정치적으로 안정적 지위를 차지하지 못한 해방기에는 추상적 공간으로서의 고향 표상을 보이다가 건국 시기로 들어서면서 정치적 제도 안에서 안정된 이후 보다 구체적인 장소들을 자신의 고향으로 인식하고, 그것을 바탕으로 민족이라는 정치적 공동체의 유대를 발견해나간다.

---

27) 에르네스트 르낭, 앞의 책, pp.78~79.

5. 결론

이제까지 본고는 재외 동포 문학이 지닌 특수한 정체성의 형성이란 측면에서 중국 조선족 작가 리욱의 시문학에 나타난 고향과 민족 표상을 살펴보았다. 리욱은 이주자 3세대라는 점에서 조선이라는 조국에 대한 그리움보다는 현실적 조건 안에서 고향과 민족을 발견하고자 했던 시인이다. 그의 시에 나타난 고향과 민족은 종족적 동질감과 유대를 나타내는 조선, 조선인이 아니라 중국이라는 국가 체제 안에서 구체성을 획득해가는 새로운 장소이며, 새로운 공동체이다.

일제의 통치와 중국 국민당과 공산당의 갈등 등 해방기의 혼란이 리욱 시에서 추상적인 고향 표상을 만들어냈다면, 건국 시기로 접어들면서 점차적으로 리욱은 구체적인 장소들을 시 속으로 끌어들이고 삶의 경험들을 제시한다. 그리고 같은 공간 안에서 경험을 나눈 사람들의 유대를 강조하며, 특정한 장소들을 형상화해 나간다. 그러나 공간 자체가 그들에게 유대감을 부여하는 것은 아니다. 건국 이후에 정치적 이상을 매개로 갖게 되는 소속감이야말로 장소에 대한 새로운 인식을 낳게 하는 원동력이라고 할 수 있다.

동북 지역이 조선 자치 구역으로 제정된 이후 리욱의 시는 장소와의 강고한 유대를 통해 민족 표상을 구체화해나간다. 리욱 시에는 그가 살고 있는 조선 자치주인 연변의 풍광과 함께 그 장소에 대한 각별한 애정이 자주 표출되는데, 리욱이 보여주는 장소애는 민족주의적 태도 안에서 발생한 경험에서 비롯된 것으로 파악된다. 구체적인 장소와 민족주의의 결합은 중국인들과의 언어와 문화적 차이 등 종족적 괴리를 넘어 정착자로서, 개척자로서 새로운 공동체의 주체가 되기 위한 토대라는 점에서 의의를 지닌다.

리욱 시에 나타난 고향과 민족 표상들은 그것이 사회적·역사적·정치적으로 구성되는 관념임을 보여준다. 그가 지속적으로 한글 창작을 해왔다는 점이나 조선족이 중국 사회에서 자기 나름의 정체성을 유지하고자 한다는 점이 그들이 한국 사회와 동일한 고향, 민족 표상을 지니고 있음을 말하는 것은 아니다. 재외 동포들의 디아스포라적 경험은 문학적 표상들을 보다 유연한 관점에서 고찰할 때 그것이 지닌 특수한 정체성들을 드러낼 수 있을 것이다.

『주체문학론』 이후 북한시의 동향

1. 서론

이 논문은 김정일의 『주체문학론』 발표 이후에 전개된 북한시의 흐름을 총체적으로 살펴보는 것을 목적으로 한다. 북한에서 김정일이 1992년에 간행한 『주체문학론』은 십여 년의 세월이 흐른 현재까지도 여전히 북한 문예창작방법의 <교범>으로 기능한다. 근래에도 북한의 시인 작가들은 이 "불후의 고전적 로작"을 기반으로, "추호의 동요 없이" 당과 운명을 같이하는 혁명가[1]의 역할을 충실히 수행하고 있다. 이 점은 반세기에 걸쳐 누계累計 700호(2006년 4월호 기준)[2]를 넘어선 북한의 공식적인 문예 월간지≪조선문학≫을 통해서 직접적으로 확인할 수 있다. 1946년에 창간된≪문화전선≫을 기원[3]으로 삼은 이 잡지에는 현재 『주체문학론』

---

1) 김정일, 『주체문학론』, 조선로동당출판사, 1992, pp.3~21 참조.
2) ≪조선문학≫은 2006년 4월에 발행 700호를 맞이했다. 이에 따라 이 잡지의 특집란에는 김병훈의 「≪조선문학≫잡지가 걸어온 영광에 찬 로정을 돌이켜보며」, 최학수의 「생활과 투쟁의 교사, 창작의 요람 ≪조선문학≫잡지」, 오영재의 「≪조선문학≫잡지는 문학의 저수지이며 얼굴」 등의 글이 실려, 이 잡지가 북한에서 차지하는 위상에 대하여 소상하게 밝히고 있다.

에서 제기된 세부적 조항들, 예를 들면 "로동계급의 수령형상을 창조하는 것은 수령형상창작집단뿐 아니라 모든 창작집단과 작가의 공동의 임무이며, 전당적, 전사회적 과제이다"[4]와 같은 창작 기본 지침을 변함없이 사수하는 작품들이 주로 실려 있다. 특히 근자에는 매월호마다 「주체문학의 대강」이라는 난을 따로 마련하여 『주체문학론』의 주요 내용들을 거듭 강조하고 있는 실정이다. 그런데 『주체문학론』에서 제시한 창작 지침들은 사실, 따지고 보면 그리 새로운 것이 아니다. 이제까지 북한 문학은 시기별, 현안별로 약간의 차이점을 노정하고 있을 뿐, 당과 인민과 수령을 중심으로 하는 북조선 사회주의 체제와 김일성 · 김정일 부자의 권력 유지를 위한 강력한 도구, 또는 반제반미의 사상적 무기로 우선적으로 기능해왔기 때문이다. 따라서 김정일의 『주체문학론』과 이를 바탕으로 창작된 작품들은 궁극적으로 북한 문학의 '오래된 전통'인 당의 공식적인 지배 이데올로기를 재생산하는 일종의 체제 종속적 문학 담론의 연장선상에 놓여 있다고 할 수 있다. 단지, 오늘날 북한 문예창작이론의 전통은 주체문학론이라는 이름으로 새롭게 호명되고 있을 뿐이다. 이러한 사실은 북한 문학이 여전히 전통적 혁명 정신을 근간으로 하고 있으며, 그 혁명의 기본정신, 다시 말해 "주체 조선의 정신은 세기와 세기를 이어 계승"되고 있음을 보여준다. 이즈음에도 북한 문학은 시기별 정책 과제 및 통치 방식에 민감하게 반응하며, 김일성 부자의 우상화 작업, 반제반미 사상의

---

3) 이와 같은 사실은 다음의 진술을 통해 확인할 수 있다. "오늘에 짐작되는 것이지만 ≪문화전선≫, 그 이름은 위대한 수령 김일성 동지께서 주체35(1946)년 5월 24일 북조선 각도 인민위원회, 정당, 사회단체 선전원, 문화인, 예술인 대회에서 하신 연설 불후의 고전적 로작 <문화인들은 문화전선의 투사로 되어야 한다>에서 옮겨온 것이었다. …(중략)… 그 가르침을 따라 ≪문화전선≫은 ≪문학예술≫, ≪조선문학≫으로 700호 발행에 이른 것이다." 김철, 「≪조선문학≫ 잡지 발행 700호에 부치여」, ≪조선문학≫, 2006, 4월호, p.50.
4) 「주체문학의 대강」, 위의 책, p.22.

강화 등과 같은 전통적 주제의 반복적 테두리에서 벗어나지 못하고 있는 것이다.

한편, 전통적 주제의 공동화公同化 현상은 심층 차원에서 북한의 권력 구조에 별다른 변화가 없음을 암시한다. 실제로 21세기 북한의 권력 체계 는 김일성 주석 사후에도 별다른 변화를 감지할 수 없다. 1994년 7월 김 일성 사망 이후, 한때 일부 북한 연구가들 사이에서는 북한의 권력 개편 이 조심스럽게 예견되기도 했다. 그러나 십여 년의 시간이 흐른 현재까지 도 근본적인 변화의 조짐은 발견되지 않고 있다. 오히려 북한은 김일성 사후 3년 동안을 유훈통치기간(1994~1997)으로 정하는 등, 당과 수령을 정점으로 한 기존의 '우리식 사회주의'5) 통치 체제를 지속적으로 강화해 왔다. 1990년대 이후 북한의 권력 체계에서 유일한 변화가 감지된다면, 그것은 김일성 사후 국가 주석의 빈자리를 김정일 체제로 메우고 있다는 사실뿐이다. 그러나 국가 권력의 세습이라는 측면에서 김정일 체제란 곧 김일성 시대의 연장을 의미한다. 실제로 북한은 김일성 사망 직후부터 "'김정일이 곧 김일성이다'라는 공식 구호가 사회 전반에 내면화되어"6)있 다. 또한 본격적인 김정일 시대로 돌입한 이후에도 '김일성 민족'이라는 인식이 북한의 인민 대중들 사이에 깊숙이 각인되어 있다. 이러한 사실들 은 김일성 사망 이후에도 그의 영향력이 북한 사회에 지속적으로 작용하고 있음을 단적으로 입증하는 것인데,7) 이로 인하여 북한은 남한의 경우와

---

5) 곽승지에 따르면 북한에서 통용되는 '우리식 사회주의'는 1978년 12월 15일 김정일 의 연설, 「당의 전투력을 높여 사회주의 건설에서 새로운 전환을 일으키자」에서 처 음 사용되었다. 곽승지, 「북한의 '우리식 사회주의' 성격에 관한 연구」, 동국대학교 박사학위 논문, 1997, pp.55~57.
6) 홍용희, 「'주체문학론'의 정립과 시대정신의 요청─최근 북한 시의 특성과 동향」, <문학사상>, 2002, 11, p.46.
7) 이러한 사실은 여러 경로를 통해서 분명하게 확인된다. 특히 '죽은 김일성의 영향력 이 전 사회를 지배하던'(김동훈, 「체제의 위기와 돌파구로서의 문학─'유훈통치기' 북한문학의 동향」, http://my.netian.com/~ksskdh/sub_nk.htm) 북한의 유훈통치기

달리 김정일 체제로 진입한 이후에도 기존의 권력구도에서 탈피하지 못했다고 잠정적으로 평가할 수 있다.

21세기 들어서도 북한의 권력 구조가 근본적인 차원에서 변화하지 않았다는 사실은, 어떤 면에서 당 정책 노선의 기본 방향이 일관되게 유지되고 있음을 의미한다. 즉 당, 수령, 주체사상을 기반으로 시대별 현안에 부응하는 북한의 정책이 이 시기에도 꾸준하게 제시되고 있는 것이다. 가령, 붉은기 사상, 고난의 행군, 강성대국과 선군정치 등은 이 과정에서 견인된 것들이다. 붉은기 사상과 고난의 행군은 1995년 대홍수 사건을 전후로 극심한 식량난과 경제적 어려움에 직면한 북한이 "수령이 높이 치켜들었던 붉은 기" 혁명 정신과 김일성의 항일 유격대 활동에서 기원한 '고난의 행군'8) 정신을 사상적으로 강화함으로써 현실의 위기를 극복하려는 의도에서 정책적으로 제시되었다. 또한 "군대를 혁명의 기둥으로 튼튼히 세우고 그 위력으로 경제건설의 눈부신 비약을 일으키는 것"을 목표로 한 사회주의 강성대국론과 선군정치 사상도 이러한 북한의 정책 결정 과정과 무관하지 않다. 이 정책들은 모두 당, 수령, 주체 사상에 기반을 두면서도 각 시대의 심각한 현실적 문제들을 직접적으로 제기하고 있다는 측면에서 21세기 '북한식' 정책노선의 한 전형을 보여준다.

최근 북한의 주요 정책들은 체제 종속적인 북한 문예의 성격상 이 시기 문예이론과 창작방법론에 적극적으로 수용된다. 이 무렵의 북한 문학은 붉은기 사상, 고난의 행군, 강성대국과 선군정치 등 각각의 정치적 과제에

는 극단적인 예에 해당한다고 할 수 있다.

8) 김일성의 항일 유격대가 1938년 11월에서 1939년 2월까지 북부 국경 일대를 다시 진출하는 과정을 혁명 역사에서는 '고난의 행군'으로 기록한다. 고난의 행군 정신이란, 그 때 김일성을 수령으로 한 혁명의 사령부를 목숨으로 지키기 위해 싸운 항일 유격대원들의 혁명에 대한 무한한 충실성과 불요불굴의 투쟁 정신을 말한다. 노귀남, 「김정일 시대의 북한문학」, 김종회 편, 『북한 문학의 이해 2』, (청동거울, 2002.) p.150 참조.

민감하게 반응하며 이것들을 주제로 한 작품들이 주를 이루고 있다. 특히 1990년대 후반부터는 '선군정치'가 북한의 핵심 정치 이념으로 제기되는 까닭에 선군정치의 시대정신을 형상화하는 작품들이 속출한다. 아울러 북한 문학의 오래된 주제인 김일성 부자 우상화 작업의 문학적 표출도 이 시기 들어 한층 강화되어 나타난다. 이는 '선군정치시대'의 북한 문학에 뚜렷하게 나타나는 주목할만한 현상이다. 이에 따라 이 논문에서는 김정일의 『주체문학론』이 간행된 1990년대 이후의 북한 시의 대략적인 흐름을 주요 작가 및 작품 분석을 통해 구체적으로 살펴보기로 한다.

2. 선군정치시대의 시적 형상

선군정치는 단적으로 말해서 군대를 중시하고 이를 통해 선대의 혁명 위업을 완성해 나가자는 북한식 통치 이데올로기이다. 1998년을 전후로 북한은 선군정치를 국내외에 공식적으로 표명9)한다. 그리고 2006년 최근까지도 이에 입각한 통치 방식을 선택하고 있다. 북한이 이처럼 선군정치를 적극적으로 표방하는 이유는 무엇보다도 경제 위기와 체제 모순의 한계를 "혁명적인 군인 정신"으로 극복하고자 하는데 있다. 1998년 이후 북한은 그동안 지속되어 온 식량난과 경제 위기에서 어느 정도 벗어나고

---

9) 북한에서 군대의 위상을 강조한 글은 1997년 <혁명적 군인 정신을 따라 배울데 대하여>에서 가장 먼저 발견된다. 김정일의 이 글은 혁명적 군인 정신을 북한의 당원과 인민들이 따라 배워야 할 투쟁 정신이며 '오늘의 난관을 뚫고 승리적으로 전진하기 위한 사상 정신적 양식'으로 밝히고 있다. 그러나 현 단계 김정일의 핵심 정책이념으로 제시된 선군정치의 공식화는 1998년 이후로 보는 것이 일반적이다.

있기는 하나, 국가 차원에서 근본적인 문제를 해결할 수는 없었다. 이에 따라 체제 붕괴의 국가적 위기를 사상 강화로 돌파하게 되는데, 이것이 바로 인민군대를 전위로 삼아 혁명적 동지 의식을 강조한 '선군정치'로 제시된 것이다. 최근 북한에서 '선군정치는 만능의 정치방식'[10]으로 인식된다.

> 고립과 압살 봉쇄의 쇠사슬을/우리 과연 무엇으로 끊었더냐/그처럼 어려운 <고난의 행군>을/무엇으로 이겨 냈더냐/그러면 말해 주리 선군혁명의 총대가/장군님 틀어쥐신 백두산 총대가//그 총대에 받들려/내 조국은 강성대국으로 일떠서나니/제국주의 무리가 악을 쓰며 발악해도/총대로 승리하는 김정일 조선으로/새 세기에 더욱 빛을 뿌리나니//아, 장군님 높이 모셔/세상에 존엄 높은 백두산 총대여/김일성민족의 넋으로 추켜 든/무적필승의 총대가 우리에게 있어/혁명의 최후승리는 밝아 오리라!
>
> – 리동수, 「백두산 총대」 부분

 북한의 문예정책이 당의 정책에 복속된다는 점을 감안하면 선군정치가 공표 된 이후 적지 않은 북한 문학 작품들이 선군정치 이념을 표방하고 있음을 추측하기란 그리 어려운 일이 아니다. 정치적 이념과 미학적 실천을 동일시하는 북한 문학의 특성상 현 체제 북한의 지도 이념으로 자리 잡은 선군정치를 형상화하는 문학 작품은 이미 어느 정도 예견된 것이다. 현재 북한에서 선군정치를 문학적으로 형상화한 것이 바로 선군혁명문학[11]이다. 선군혁명문학은 '총대'를 중시하는 선군정치의 시대정신이 반영된 것으로서, "선군영장이신 우리 당과 인민의 위대한 령도자 김정일 동지에 대한 절대적인 숭배심을 간직하고 그이의 사상과 령도에 충실할 때", 또한 "위대한 장군님과 영원한 혁명동지로 될 때" "빛나는 성과를

---

10) <로동신문>, 2003. 1. 3일자 사설 6면.
11) 노귀남, 「선군 혁명의 문학적 형상」, <문학과 창작>, 2001, 7, p.67.

담보할 수 있다."12) 인용시는 이러한 선군 혁명 문학, 즉 '총대' 문학의 모범적 사례에 해당한다.

인용시에서 우선적으로 주목되는 것은 '총대'라는 시어의 빈번한 사용이다. 이 시에서 총대는 작품 전체를 이끌어가는 핵심 단어이자 동시에 각각의 연을 연결하는 매개어로 기능한다. 이에 따라 위의 시는 총대의 시어를 중심으로 재구될 수 있는데 이를 내용 순으로 살펴보면, 1)제국주의자들의 '고립과 압살 봉쇄의 쇠사슬을' 끊은 것은 '선군 혁명의 총대'이고, 2)'장군님 틀어쥐신 백두산 총대'이며, 3)'세상에서 존엄 높은 백두산 총대'이다. 그리고 4)'그 총대에 받들려' '혁명의 최후 승리는 밝아'온다로 정리된다. 여기서 총대는 북한 혁명 역사상 최악의 시련기로 꼽히는 1990년대 중 후반의 '고난의 행군' 기간을 비롯하여 현실의 모든 문제를 해결하는 '무적 필승'의 대상으로 인식되고 있다. 또한 이 시에서 그것은 북한 인민대중들에게 혁명의 '찬연한' 승리를 보장하는 '최후의' 수단이기도 하다. 이런 이유로 시적 화자는 '총대'의 중요성을 전 10연으로 구성된 이 시에서 반복적으로 강조하고 북한의 인민대중들에게 '혁명의 수뇌부'를 총대 정신으로 지켜 나가자고 격앙된 어조로 주장한다. 그렇다면 이 시의 화자가 그토록 신뢰하고 소중하게 받아들이는 총대란 무엇인가. 아울러 혁명의 최후 승리를 장담할 수 있는 근거로서의 총대 정신이란 무엇인가. 위의 시에서 '총대'란 작품 전반에 산재되어 있는 '군복', '총', '권총' 등의 시어들이 환기하는 의미와 마찬가지로 궁극적으로 군대를 지칭한다. 즉 총대란 김일성·김정일 부자의 '사상과 령도'에 따르는 인민군대를 말하며, 총대 정신이란 군대를 중시하고 이를 바탕으로 혁명적 동지의식을 발휘해 현 북한의 체제를 결사옹위하자는 굳은 결의에 다름 아니다. 결과적으로

12) 「조국해방전쟁승리 50돐을 맞는 올해를 선군혁명문학의 성과로 빛내이자」, <조선문학>, 2003, 1, p.6.

이 시는 총대를 '총동원'하여 현재 북한에서 군대의 중요성을 새삼 확인하고 북한 인민대중들로 하여금 혁명적 군인 정신을 계승하기를 당부하고 있다. 이 점에서 이 시는 전형적인 '총대문학, 혹은 '선군혁명문학'이라고 할 수 있다.

군대를 우대하고 총대를 위주로 혁명의 과업을 완수해 나가려는 시적 주제의식은 선군 혁명문학론의 두드러진 특징이다. 이런 의미에서 선군 혁명문학은 『주체문학론』 이후 북한 시에 나타난 새로운 유형이라 할 것이다. 그러나 위의 시에서 살펴보았듯이 김일성·김정일 부자에 대한 우상화 작업을 함께 수행하고 있다는 점에서, 한편으로 선군혁명문학은 이제까지 북한 문학의 왜곡된 '전통'이라 할 수 있는 수령형상문학의 연장선에 놓여 있다고 할 수 있다. 이러한 사실은 ≪조선문학≫에 게재된 작품들의 면면을 통해서도 다양하게 확인된다. 가령, 가장 최근에 확인된 작품으로는 「선군길에 부치어」(2006. 1월호), 「철령의 선군전설」(2006, 6월호), 「병사의 길동무」(2006. 6월호) 등이 있는데, "장군님과 내 운명 하나로 이어준/군가는 영원한 병사의 길동무/아 군가를 부르며 한생을 빛내리"(「병사의 길동무」)의 대목은 그 좋은 예에 해당한다. 이들 작품은 제목에서 암시되듯 '총대 문학'과의 연관성을 분명하게 드러내면서도, 동시에 당과 김일성 부자에 대한 맹목적인 충성심을 빼놓지 않고 기록하고 있다.

> 쌓이고 쌓인 그리움이/화산처럼 분출하는 땅/한없이 열렬한 그 뜨거움이/병사의 총창 우에 담겨져 있어/더 밝아지고/더 억세여 지고/더 무거워 진 나의 조국//기쁘게 받으십시오/총대로 안아 올린 아름다운 이 강산/총대로 가꾼 조국의 아름다운 모습//아버지가 집을 떠나 먼길을 갈 때/맏자식에게 집을 맡기듯이/병사의 어깨 우에 맡긴 민의 집/백두산 총대우에 맡긴 사회주의 집/이 집을 지킨 자랑으로 하여/병사는 긍지로 가슴 부풀게 아닙니까
>
> — 박해출, 「병사의 인사」 부분

위의 시는 외국 방문을 마치고 돌아온 김정일을 맞는 한 병사의 감회를 적어놓은 작품이다. 총 8연으로 구성된 이 시에서 특히 주목을 요구하는 대목은 위의 인용 부분이다. 병사의 '쌓이고 쌓인 그리움'을 뒤로하고 김정일은 연말에 러시아와 중국을 방문하고 돌아온다. 인용시는 이런 김정일의 정치 일정을 '아버지가 집을 떠나 먼 길을 가'는 것에 비유하고 있다. 이 시의 화자가 김정일을 아버지에 비유하고 있다는 사실은 북한이 '김일성 민족'을 자처하고 있음을 염두 해둘 때, '수령형상'이라는 북한 문학의 특수한 성격을 고려할 때 그다지 특이할만한 현상은 아니다. 그런데 여기서 한 가지 흥미로운 점은 이 시에서 시적 화자로 등장하는 '병사'의 가계적 신분이 '맏자식'으로 상정되고 있다는 것이다. 이 점은 최근 북한에서 군대가 차지하는 위상을 분명하게 보여주는 중요한 단서로 작용한다. 선군정치시대의 김정일 체제에서 구심적 역할을 해나가야 할 대상이 군대임을 이 시는 새삼스럽게 확인 시켜주고 있는 것이다. "맏자식에게 집을 맡기듯이/병사의 어깨 우에 맡긴 인민의 집/백두산 총대 우에 맡긴 사회주의 집". 이 집은 다름 아닌 '선군혁명문학'이라는 명패를 단 오늘날 북한 문학의 현 주소인 것이다.

3. 수령형상문학의 분산과 전이

북한의 공식적인 문예지 ≪조선문학≫을 지속적으로 살피다보면 북한 문학의 특성과 관련된 한 가지 흥미로운 사실을 발견할 수 있다. 그것은 이 잡지가 매 시기 북한의 정치적 당면 과제를 우선적으로 반영하면서도,

한편으로는 월月별 단위로 형성된 하나의 공통 주제를 반복하고 있는 것이다. 예를 들어 이제까지 간행된 ≪조선문학≫ '4월호들'에는 시대별 당의 정책 방침을 노골적으로 표출한 작품들과 함께 김일성의 가계에 초역사적 의미를 부여한다거나 혹은 사회주의 조국 건설에 헌신적으로 이바지한 김일성의 업적을 찬양하는, 이른바 '수령 형상화 문학' 작품들이 집중적으로 실려 있다.13) 또한 1980년대 이후의 5월호 잡지들은 한동안 광주민주항쟁이라는 남한의 특정 사건을 매개하여 '북한식 사회주의' 체제의 우월성과 반제반미사상을 강조한 작품들로 구성된다. 그것뿐만이 아니다. '조국해방전쟁시기' 인민군들의 영웅적 활약상과 전투적 혁명 정신을 시화한 작품 유형은 주로 ≪조선문학≫ 6월호를 통해 꾸준하게 소개되고 있다. 이 같은 사실은 그동안 북한 문학이 미학적 자율성의 측면과는 무관하게 시기별 당의 정치 사업에 철저하게 종속되어 선전 선동의 기능에 바탕을 두고 전개되어 왔음을 단적으로 보여준다. ≪조선문학≫ 각 월호에 나타난 월별 주제의 주기적 반복 현상은 북한 문학을 획일적, 도식적, 단선적, 전체적으로 규정할 수 있는 한 단서를 우리에게 제공하고 있는 것이다.

> 1) 총대에 어린 열혈의 뜨거움으로/총대에 비낀 정의로움으로/멸적의 서리발우에 불같은 사랑이 흐르는/탄생의 봄/아름다운 총대의 봄모습이여//그 총대로 우리 수령님/광복의 봄을 이 땅에 안아오셨고/그 총대를 드시고 우리 장군님/이 땅에 선군의 봄을 화창히 꽃피우시나니
> — 신문경, 「총대의 봄」 부분

---

13) 김정일의 『주체 문학론』에 따르면 북한에서 '수령을 형상화하는 문학은 송가문학과 백두산 전설에서부터 시작'된다. "우리나라에서 수령을 형상화하는 문학은 송가문학과 백두산 전설에서부터 시작되었다. 혁명 송가 『조선의 별』은 우리나라에서 처음으로 로동계급의 수령을 노래한 혁명적인 가요이다", 김정일, 앞의 책, p.127.

2) 나는 가슴치며 굽어본다/저 위험천만한 길로/우리 장군님 이 산상에 오르셨단 말인가/전화의 그 날 이 고지 병사들에게 콩나물 콩까지 보내주시던/어버이 수령님의 그 사랑 안으시고//오르시여/이 산악의 끝까지 오르시여/병실의 온돌도 짚어보시고/흰김서린 취사장도 다 돌아보신/자애로운 어버이 우리 장군님//자욱자국 펼쳐 가신 사랑을 안고/한치한치 새겨 가신 은정을 안고/굽이굽이 뻗어 오른 저 길은/우리 장군님 이 산정에 휘휘 감아놓은/영원한 사랑의 혈맥이 아닌가//이 산의 흙은 흙이 아니다/이 산의 돌은 돌이 아니다/햇빛으로 내리는 장군님 사랑을 안고/장엄하게 솟아오른 1211고지/영웅의 고지/오, 이 고지는/선군조선의 위력을 떨치며 솟아 빛나는/백두령장 김정일 장군님의 사랑의 고지이다/승리의 고지이다

— 문동식, 「령장의 고지」 부분

위의 인용시들은 대개가 김일성이 태어난 달인 4월을 맞아 생전에 그가 지녔던 인민에 대한 자애심과 인간주의적인 면모, 탁월한 지도력을 적극적으로 조명하고 있다. 이 시들에서 김일성은 "한치의 간격도 없이 인민과 꼭 같으신 그이/인민을 그리도 아끼고 사랑하시고/인민을 위해 한평생 다 바쳐오신/인민의 자애로운 어버이"(「인민의 영원한 고향집」)로 '변함없이' 그려진다. 여기서 한 가지 유의할 사항은 1990년대 이후, 이와 같은 '김일성 수령 형상화 작품' 계열의 시편들에는 '자주' 김정일의 모습이 투사되어 있다는 것이다. 이 점은 특히 근자에 들어 보다 분명하게 표출되는 양상을 보이는 바, 이는 김일성 사망 이후 북한의 인민 대중들 사이에 '김정일이 곧 김일성'이라는 인식이 점차적으로 확산되고 있다는 점, 아울러 현재 북한의 실질적 최고 지도자가 김정일이라는 사실 등과 무관하지 않은 것으로 여겨진다.

인용한 1)의 시 「총대의 봄」은 시제에서 환기되듯이 '총대정신'을 강조한 작품이다. 전 8연으로 구성된 위의 시는 7연을 기점으로 전반부는

김일성이, 후반부에는 김정일이 등장하여 '침략과 압제에는 총으로만 대답'한다는 총대 철학의 '절대의 진리'를 되새기고 있다. 이 시에서 김일성은 '자주적 총대의 첫 대오'를 결성하여 '광복의 봄을 이 땅에 안아 오신' 존재로, 김정일은 '그 총대를 드시고' '이 땅에 선군의 봄을 화창히 꽃 피운' 존재로 묘사된다. '반일 인민 유격대' 시절 '이 세상 모든 불의를 향해 터친' 김일성의 총대 정신은 '세월이 흘러도 변하지 않을 절대의 진리로' 김정일에 의해 '오늘도 선언'되고 있는 것이다. 이는 궁극적으로 과거 김일성의 혁명 철학이 오늘날 김정일에 의해 일관되게 유지, 계승되고 있음을 암시해준다. 아울러 이 시에서 총대철학은 김일성·김정일 부자가 '개입'되어 있다는 사실 하나만으로도 혁명적 정통성과 현재적 의미를 부여받을 수 있다.

총대 철학을 배경으로 김일성·김정일 부자가 '공존'하고 있는 시적 장면은 2) 의 인용 시에서도 발견된다. 2) 의 시「령장의 고지」에서 병사들에 대한 김일성 '어버이 수령님의 그 사랑'이 고스란히 '백두령장 김정일 장군님'에게 '전수'되는 것은 결코 우연이 아니다. 당연하게도 김일성 사후의 북한에서 김정일은 곧 김일성이기 때문이다. 인용 시는 '50년대 파편들이 아직도 밟히는', '1211 고지'를 방문한 김정일의 모습에, '전화의 그 날 이 고지 병사들에게/콩나물 콩까지 보내주시던' 김일성의 모습을 중첩시킴으로써 이 점을 효과적으로 부각하고 있다. 이 시에서 1950년 전쟁 당시 '영웅의 고지 1211 고지'는 김정일 체제로 들어선 지금, '백두령장 김정일 장군님의/사랑의 고지이다/승리의 고지이다'로 새롭게 명명된다.

김일성에 이어 김정일 개인숭배가 본격화 된 1980년대 이후, 북한이 '존엄 높은 김일성 민족'이며 '김정일 장군님의 나라'(「백두 삼천리벌의 봄」)라는 인식은 현재 북한 문학에 나타나는 보편적인 현상이다. 그만큼 지난 이십 여 년 간 김정일은 정치·경제·사회·문화의 모든 영역에서 확실한 입지 기반을 구축해왔다. 이에 따라 반세기 동안 김일성에게 집중되었던 '수령 우상화'의 문학적 작업도 차츰 김정일에게로 분산, 전이되는 양상을 보인다.

    1) 수수한 차림으로/그렇게도 조용히/그이께서 당중앙위원회에 들어서신/그날로부터/그날로부터 40 성상//전변의 세월이였다/승리의 세월이였다/백두에서 휘날려온 그 붉은 기폭이/내 조국의 푸른 하늘가에/더 높이 더욱 세차게 휘날려온…//그이 아니셨다면/그 누구도 헤치지 못했으리/력사의 방향타를 틀어잡으시고/대를 이어 활짝 열어오신/조선의 길 주체의 한 길//위대한 김정일 동지/오직 그이께서만이/천리혜안의 예지로 먼 앞날을 내다보시며/강철의 담력으로 첩첩시련을 쓸어버리시며/자욱자욱 위대한 헌신으로/빛나는 오늘을 안아오셨나니
                        – 김송남, 「40성상은 말한다」 부분

    2) 그 날!/그 순간!/우리 어버이께서는/차디찬 대지의 강설 그 손에 다 걸어 안으시고/자신의 온기를 대지에 다 부어주시였나니/…중략…/이 나라의 가장 살기 좋은 고장으로 꾸리시려/준엄한 이 세월에/자신의 넋을 바쳐 가시는/어버이 장군님/…중략…/그 어느 사적지의 이름 없는 강사가/감자를 먹으니/얼굴이 달덩이처럼 되였더라는/자랑겨운 소박한 이야기도/기쁘게 들어주신 어버이 장군님
                        – 박정애, 「백두 삼천리 벌의 봄」, 부분

김정일은 만 22세이던 1964년 봄 김일성 종합대학 경제학부 정치경제학과를 졸업한 후, 이 해 6월 19일 곧바로 <조선 로동당 중앙위원회 조직지도부 호위과> 지도원으로 공식적인 업무를 시작한다. 이후 그는 조선로동당 문화 예술부 부장, 당의 선전 선동부 부장, 조선노동당 비서, 정무원 총리, 정치국 상무위원회 위원 등의 자리를 두루 거치면서 1973년 이래 20년이 넘는 후계자 수업을 받고, 드디어 1990년대 북한 최고 통치자의

위치에 오르게 된다.14) 지난 2004년은 김정일이 정치에 입문한 지 꼭 40년이 되는 해이다. 김일성 통치 시대가 그러했듯이 김정일 체제를 완성하려는 북한이 이 '역사적' 순간을 절대 놓칠 리가 없었다. 그로 인해 2004년 6월만큼은 《조선문학》 '월별 주제', 즉 조국 해방전쟁 시기의 인민 영웅들의 전투적 혁명정신을 형상화 한 작품들 대신에 '40성상 하루같이 낮과 밤을 이어오신' 김정일의 '고귀한 헌신'(최정용, 「내 마음의 영원한 불빛」)을 기록한 작품들로 가득 차 있다. 이 잡지에 게재된 총 18편의 작품 가운데 무려 12편이 '마흔 해의 령마루에서/우리 당의 혁명 실록에 백승으로 아로새겨진'(오필천, 「마흔해의 령마루에서」) 김정일의 정치적 일대기를 직간접적으로 언급하고 있다는 사실은 이러한 사정을 반영한다.

1) 의 인용 시는 지난 40성상星霜 동안 '력사의 방향타를 틀어잡으시고' '조선의 길 주체의 한 길'을 걸어온 김정일의 업적을 찬양한 작품이다. 인용 시에 따르면 사십 년 전 김정일은 '수수한 차림으로/그렇게도 조용히' '당중앙위원회에 들어'섰다. 그리고 '그 날로부터 40성상', 김정일은 '그이 아니셨다면/그 누구도 헤치지 못했'을 '위대한 새 시대를 펼'쳐 왔다. 이 시에서 '전변의 세월'과 '승리의 세월'이었던 40성상星霜은 김정일의 정치적 업무 능력에 대해 다음과 같이 평가하고 있다. "아 40 성상은 말한다/이 세월우에 내 나라 반만년 력사의 위대한 시대가 살고/이 세월우에/김일성 조선의 천만년 미래가/주체의 이름으로 빛발친다고!……". 김송남의 「40성상은 말한다」는 이처럼 김정일의 정치 입문 시기부터 현재까지의 행보를 비교적 소상하게 제시하며 역사적 의미를 역설한다. 이 시에서도 역시 김정일은 '천리 혜안의 예지로 먼 앞날을 내다보시며' '총대 중시의 수령님 뜻을' 유지·계승하는 절대적 존재로 일관되게 그려지고 있다. 특이한 점은 이 시가 전반적으로 김정일에 대한 감회를 회고하는데 중점을

---

14) 김학준, 『북한 50년사』, 동아출판사, 1995. 참조.

두면서도, 궁극적으로는 북한의 미래 문제를 강조하고 있다는 사실이다. 가령, "걸으시는 한자욱 한자욱에/우리식 사회주의의 운명이 실려있고/맞고 보내시는 날과 달에/우리 조국의 미래 천만년이 이어져 있"다고 표현하는 대목은 여기에 해당한다. 미래 북한의 운명이 '오로지' 김정일에게 달려있다는 인식은 최근 북한 문학에 나타나는 두드러진 특징이다. 이는 <김일성 통치시대-김일성·김정일 공동 통치시대-김정일 통치시대>로 이어져 온 북한 정치사에서 김정일의 현재적 위상을 더욱 강화하려는 의도로 파악된다.

이런 관점에서 접근 할 때, 2)의 인용 시는 더욱 문제적이다. 전 61행으로 구성된 박정애의 장시 「백두 삼천리 벌의 봄」은 김정일의 헌신적 노고와 인간적인 면모를 노래한 작품이다. 이 시에서 시인은 김정일 '장군님의 무한한 애국의 그 세계'를 자연 사물과 연계하여 생동감 있게 제시한다. 그러나 이 시에서 우리가 우선적으로 강조해 둘 것은 '호칭' 변화의 문제이다. 그동안 김일성에게만 제한적으로 사용되었던 '어버이'라는 호칭이 이 시에서 보이듯, 언제부턴가 북한에서 김정일에게도 확대, 적용되고 있는 것이다. 북한 사회에서 김일성·김정일을 지시하는 호칭의 문제가 그리 간단하지 않은 사안[15]임을 감안하면 이는 결코 간과할 수 없는 중대한 사건이다. 김정일이 '어버이'의 호칭을 획득했다는 사실은, 바야흐로 그의 존재가 김일성과 동등한 반열에 놓여 있음을 상징적으로 의미하기 때문이다. 1990년대 이후 북한 시에 나타난 이 같은 호칭 변화의 문제는 현재 김정일의 위상을 극단적으로 보여주는 좋은 사례인 동시에, 앞으로

---

15) 북한에서 김일성, 김정일 부자에 대한 호칭의 문제는 매우 중요한 사안으로써, 일종의 역사적 의미를 지닌다. 신형기와 오성호에 의하면 북한 문학작품에서 김일성에게 '영도자'라는 표현을 가장 먼저 쓴 시기는 1946년 8월이다. 이 무렵 북조선예술 총동맹이 펴낸『우리의 태양』에는 박세영의 시 「햇볕에 살리라」가 실려 있는데, 여기서 처음 발견된다(신형기, 오성호,『북한문학사』, 평민사, 2000, p.19).

김정일 형상화 작업과 관련된 북한 시의 전개 방향을 예고하기에 충분한 것으로 판단된다.

4. 정치 이념과 미학의 실천적 양상

주지하듯, 북한은 사회 전체가 혁명 구호로 구조화 된 구호의 나라[16]이다. 북한 사회 구석구석에서 쉽게 발견되는 혁명 구호는 김일성 주체 사상과 '북한식' 사회주의적 교양을 인민 대중에게 직접적으로 전달하는 방법적 통로이자, 동시에 인민 대중들을 강력하게 통제하는 일종의 사회적 기제이다. 아울러 북한에서 혁명 구호는 사회 역사적 전환기마다 제기된 당의 정치사상과 이념을 단적으로 보여주는 상징적 기표로 작용하기도 한다. 따라서 현 단계 북한 체제에서 혁명 구호가 지니는 기능과 역할의 중요성은, 단순히 그것이 겉으로 드러난 일시적 사회 현상의 차원을 넘어 사회 내부의 구조적 질서와 밀접하게 연관된다는 점에서 아무리 강조해도 결코 지나치지 않다. 현재 북한에는 당 차원에서 제시한 구호가 아니라 인민들 스스로 만들어 낸 것이어서 북한 당국이 매우 자랑스럽게 선전하는 혁명 구호가 하나 있다. "당이 결심하면 우리는 한다"가 바로 그것인데, 이 간단한 혁명 구호는 당의 정책과 인민의 실천이 수직적 관계에 놓여있는 북한의 사회 구조를 압축적으로 보여준다. 또한 이 혁명 구호를

---

16) 북한을 '구호의 나라'라고 지칭할 때, 단순히 그것은 겉으로 드러난 일시적 사회 현상만을 의미하지 않는다. 북한의 혁명구호는 단선적이고 표층적인 차원을 넘어 사회 내부의 구조적 질서와 밀접하게 연관된다. 이와 관련된 내용은 다음의 글을 참조할 것(이성천, 「혁명구호와 시적 주제의 상관성」, 『문학수첩』, 2003, 가을).

통하여 우리는 당의 정책 지침이 곧바로 문예 정책에 반영되는 북한 문학의 체제 종속적 성격을 재차 확인할 수 있는 것이다.

앞서 언급했듯이, 북한의 문학은 정치적 이념과 미학적 실천을 동일시하는 양상을 보인다. 인민 대중들의 혁명적 사상 감정 유발을 궁극적 목표로 삼는 북한 문학의 특성상, 각 시기별 당의 '결심'은 곧바로 문학 작품의 주제에 적극적으로 수용된다. 이에 따라 북한에서 발표된 대부분의 작품들에서는 주제의 공동화公同化 현상이 목격된다. 특히 <조선문학>에 실린 작품들은 매 시기별로 제기된 당의 정책 사업에 민감하게 반응하며 조선 노동당의 공식적인 기관지로서의 역할을 수행하는 데 충실하게 이바지하고 있다. 이런 측면에서 잠정적으로 북한 문학은 예술 본연의 창조적 목소리를 담고 있기보다는 당 정책 지침을 강박적으로 반복하는 '에코의 문학'이라고 할 수 있을 것이다.

당의 '결심'을 강박적으로 실천하는 북한 문학의 획일적 성격은 김일성 주석에 대한 추모, 조국 광복을 기념하는 내용을 순차적으로 다루는 다음의 작품에서도 뚜렷하게 나타난다. 이 작품은 수령 형상화 작업 및 북조선 사회주의 체제의 정당성 확보, 반제 반미 사상 등과 결부된 21세기 북한의 핵심정책을 일정하게 반영하고 있다.

1.
<전략>…… 얼마나 많은 침략의 무리가/얼마나 악착하게 밀려들었던가/오늘의 노병— 그 날의 젊은 병사들/고향을 지켜 자신의 존엄을 지켜/무자비한 강철의 총대가 되었다/원쑤격멸의 불이 되었다//지금도 눈앞에 헌헌한 격전장/피의 뒤섞임/금시 눈앞에 보여 오는/쓰러진 전우의 감지 못한 눈동자/그것으로 더 무거워진 억센 주먹으로/침략자들의 정수리에 철추를 내렸다/오 그것이 전쟁이었다

2.

　<중략>……못 잊을 전승의 환희여/고지에 터진 만세 소리/부둥켜 안은 전사들의 포옹/이겼다는 그 말이 가슴에 부풀어 터질 것만 같은/이 땅, 이 하늘에 가득찬 격정//길가에 딩구는 돌멩이에서도/승리라는 그 말이 튕겨나고/들에 핀 한송이 꽃도/승리라고 속삭이는/아, 이 승리가 우리의 것이다//위대한 강철의 령장/우리의 김일성 동지의 령도아래/인민은 승리한 인민이 되었다/조국은 승리한 조국이 되었다/그날부터 전승의 새 력사가/이 강토우에 굽이쳐 흘렀다/아, 우리는 승리하였다!

3.

　전쟁과 승리!/떼여놓고 부를 수 없다/만약 전쟁이 강요된다면/오직 승리만으로 끝나야 하는/그것이 우리의 신념이기에//우리는 전쟁을 이긴 민족/이제 다시/또 전쟁이 있다해도/다 이겨야 할 우리/다 이기고야 말 민족//승리는 어길 수 없는 우리의 전통!/전쟁은 침략자들의 것이여도/승리는 영원히 우리의 것이다

— 리명근, 「전쟁과 승리」 부분

　인용한 시는 '조국해방전쟁 승리 50돌'을 기념하여 창작된 작품이다. 전 3부의 장시 형태로 쓰여진 위의 시는 대략 과거 '조국해방전쟁'의 역사적 의미(1부)— 승리한 전쟁의 현재적 의미(2부)— '또 다시'(미래) 발발할지도 모르는 전쟁에 대한 승리의 확신(3부)을 중심 내용으로 전개되고 있다. 이를 구체적으로 살펴보면, 먼저 1부에서는 전쟁 당시 인민군의 활약상을 회고하며 '조국해방전쟁'의 역사적 의미를 중점적으로 부각하고 있다. 이 시에서 '침략의 무리가' '악착하게 밀려들었던' '조국해방전쟁'은 '정의와 부정의의 대결'로 규정된다. 2부에서는 '아 우리는 승리하였다'의 시구에서 드러나듯 '조국해방전쟁'을 승리한 전쟁으로 평가하고 전쟁 승리의 감회와 현재적 의미를 적고 있다. '이제', '다시', '만약', '앞으로' 등 미래 시간의 의미를 환기하는 부사어를 총동원하고 있는 3부에서는 '이제

다시 또 전쟁이 있다'면 혹은 '만약 앞으로 전쟁이 강요된다면/오직 승리로 끝나야' 한다며 전쟁 승리에 대한 당위성을 직접적으로 표출한다. 또한 '승리는 어길 수 없는 우리의 전통/전쟁은 침략자들의 것이여도/승리는 영원히 우리의 것이다'의 부분에서 확인되듯 승리에 대한 확신이 적극적으로 표명되고 있다. 이 시는 1, 2, 3부의 첫 행에 각각 전쟁!, 승리!, 전쟁과 승리! 등의 핵심 시어를 명기하여 이 같은 내용을 효과적으로 전달하고 있다.

여기서 한 가지 주목할 점은 이 시의 독특한 전개 방식이다. 이 시는 과거의 역사적 사실을 상기하고 그것을 현재적 상황으로 치환하여 앞으로 닥칠 현실 문제와 결부시키고 있다. '오, 그것이 전쟁이었다' '아 우리는 승리하였다', '승리는 영원히 우리의 것이다'의 순으로 각 부의 마지막 행에 제시된 시구가 이를 증명한다. 그렇다면 첫 행과 마지막 행의 의도적 배치에서 강조된, 이 같은 시상 전개 방식은 무엇을 의미하는가. 이에 대한 해답은 현재 북한이 처해 있는 현실 상황을 염두에 두면 쉽게 얻어진다. 현재 북한 사회는 핵 문제와 관련된 미국의 강경 대응 방침으로 인해 심각한 국가적 위기를 맞고 있다. 이로 인해 올 해 북한은 전쟁의 불길한 조짐이 한때 위험 수위에 육박했다. 이러한 현실에서 북한이 내부적으로 할 수 있는 일은 인민 대중들의 반제 반미 사상을 한층 고양하고, 인민 대중을 전승 불패의 혁명 정신으로 재무장시키는 것이다. 결국 위의 시는 '미제'의 침략 전쟁으로 규정된 역사적 사건의 환기를 통해 전통적 혁명 정신을 강화함으로써 현실의 위기 국면을 타파하고자 하는 데 그 목적이 있다.

과거의 역사적 사건을 매개로 현실의 난관을 극복하고자 하는 이 같은 창작 방법은 북한 문학에 나타나는 중요한 특징 가운데 하나이다. '붉은기 사상'과 '고난의 행군' 시기로 명명되는 1990년대 중반의 적지 않은 북한 문학 작품들이 항일 무장 투쟁 시기의 혁명 정신과 연계하여 쓰여졌다는 사실은 이를 입증하는 좋은 예에 해당한다. 북한 문학은 이후에도 이러한 창작 방법을 꾸준하게 따르고 있는데, 최근에는 북한이 당면한 정치적 과제를 반영하듯 '미제'와 관련된 역사적 사건들이 자주 등장하고 있다.

한편, 고향과 부모에 대한 그리움을 형상화하거나 결혼, 이사와 같은 일상적 소재들을 시적 대상으로 한 몇몇 예외적 시편들이 발견된다. 이 시들은 월별 특성을 강조한 작품들과 소재, 제재적 측면에서 일정한 편차를 보이고 있다. 그러나 이 시들은 김일성·김정일 부자에 대한 찬양 및 북조선 사회주의 체제 옹호, '미제국주의'에 대한 강한 적대감을 시적 주제로 설정하고 있다는 점에서 결과적으로는 앞서의 시들과 크게 변별되지 않는다.

> 먼 출장지에서 돌아오는 저녁/열려진 대문가로 들어서는 듯/나는 고향산천이 시작되는 여기/수리령 고개를 넘어선다//얼마나 자주 이렇게 다녀오더냐/했어도 올적마다 다급해지는 걸음/저녁 밥짓는 연기 냄새에조차/가슴 이리 두근거려지는 곳이여//반가와라 어데선가 어슴푸레 소영각소리/성큼해서 날 넘겨보는 강냉이 이삭들/향기 뿜내는 반룡골 배밭을 흔들며/방목지에서 넘어오는 저녁염소울음소리//고래 등마냥 웅크린 포전머리 풀거름엔/노래만큼 일이라던 그 얼굴도 짚이여온다/그 사이에도 회관무대는 비우지 않았을/용섭이, 명복이, 세근이, 창숙이//그리웠노라 이 순간 맞이하는 그 모두/오이랭국에 땀들이던 논밭을 바래우고/송이버석 자래우려 솔숲을 흔드는 산촌바람/평온한 저녁가에 벌써 나는 밤새의 퍼덕임
>
> — 리진협, 「내 고향아!」 부분

위의 시는 북한의 주목받는 젊은 신진 시인 리진협의 「내 고향은!」의 일부이다. 「우리 가꾼 고향은」, 「잊지 않으리라」, 「흥, 좋을사 이 아니 흥인가」,

「불이났네」 등의 작품으로 우리에게 알려진 리진협은 현재 북한 시단에서 특유의 개성과 내밀한 정서를 바탕으로 독자적인 시세계를 구축한 시인으로 평가받고 있다. 이제까지 그의 시에 내려진 "시로 씌여진 동화 세계", 또는 "서정시다운 서정시" 등의 찬사[17]는 이러한 평가를 뒷받침한다. 리진협의 시가 간직한 시적 개성과 내밀한 서정성은 인용 시에서도 쉽게 확인할 수 있다. 출장지에서 고향으로 돌아오는 노동자의 벅찬 감회를 그린 위의 시는 기존 북한의 경직화된 시들과는 달리 낭만적 정서의 분위기를 한껏 연출하고 있다. 특히 '이삭', '배밭', '염소울음', '풀거름' 등의 친근한 자연 소재들의 출현은 이 시의 서정성을 심화하는데 일조한다. 인용 부분만 놓고 보면 이러한 설명은 별 무리가 없어 보인다. 그러나 인용 부분 다음에 이어지는, "아 선군길 굽이굽이 우리 장군님!/야전복자락에 품어안아 지켜주신 그 모두/잃었다면 내 정말 가을비 오는 타향의 저녁/꿈길처럼 눈물로써 그리워했을 이 고향길//그러안노라! 이 저녁 더더욱 치미는 마음/백번다시 마주해도 참다운 사회주의 품아/그러안으면서도 그러안으면서도 멀리서처럼/아아! 몸부림쳐 불러오는 사랑아, 내 고향아"의 시 후반부에 이르면 사정은 전혀 달라진다. 이 지점에서 이 시는 이제까지 북한 시의 한계로 지적되어 온 주제의 상투성과 도식성 등의 문제점이 한꺼번에 노출되고 있는 것이다. 리진협의 이 시가 비록 나름의 시적 서정을 간직하고 북한 시의 새로운 가능성을 보여주고 있기는 하나, 기존 북한시의 치명적 약점을 극복하지 못하고 있다는 사실은 지적하지 않을 수 없다. 북한시의 극미한 변화가 감지되는 현재, 북한의 유망한 젊은 시인에게 당의 '결심'에서 비껴선 작품을 기대하는 것은 여전히, 아직은 무리인 것으로 판단되는 것이다.

---

17) 류만, 「시인은 누구나 시를 쓰고 있다. 그러나……」, 《조선문학》, 2002, 9, p.14.

5. 결론

지금까지 본고는 김정일의『주체문학론』이 발표된 이후, 1990년대 북한시의 흐름을 주요 작가작품을 매개하여 구체적으로 살펴보았다. 이를 종합적으로 정리하면 다음과 같다.

북한에서 1992년에 간행된 김정일의『주체문학론』은 현재에 이르기까지 북한 문예창작방법론의 절대적 규준으로 작용한다. 특히 최근에는 북한의 공식적인 문예월간지 ≪조선문학≫에「주체문학의 대강」이라는 별도의 난을 마련할 정도로,『주체문학론』에서 제기된 창작 지침들이 한층 강화되는 실정이다. 이는 1990년대 이후에도 북한문학이 교조적, 획일적, 도식적, 전체주의적 성격에서 탈피하지 못했음을 단적으로 입증한다. 이런 측면에서 1990년대 이후의 북한시는 기존의 '전통적' 창작 방법에서 크게 벗어나지 못했다고 할 수 있다.

앞에서도 언급했듯이 선군혁명문학은 선군정치를 문학적으로 형상화한 것이다. 1990년대 중반 이후 북한 사회는 선군정치를 적극적으로 표방한다. 이러한 사실은 1990년대의 북한 사회가 직면한 국가적 위기상황과 밀접하게 관련된다. 가령 붉은기 사상, 고난의 행군, 강성대국 등은 이 시기 북한의 위기상황을 상징적으로 드러내주는 정치적 테제들이다. 주지하듯이 붉은기 사상과 고난의 행군은 1995년 대홍수 사건으로 인해 극심한 식량난과 경제적 어려움에 처한 북한이 김일성 부대와 빨치산의 혁명정신을 사상적으로 강화함으로써 국가적 위기를 극복하려는 의도에서 정책적으로 제시된 것이다. 또한 군대를 혁명 사상의 근간으로 하여 경제건설의 눈부신 비약을 목표로 한 사회주의 강성대국론과 선군정치 사상도 이러한 북한의 정책 결정 과정에서 비롯되었다. 이러한 북한의 정책들은 정치적 이념과 미학적 실천을 동일시하는 북한문학의 특성상, 이 시기 북한시에 고스란히 반영되어 있다. 그리고 이 점은 북한문학의 전형적 성격을 단적으로 보여주는 것으로 파악된다. 1990년대 이후 북한 시는 1967년 북한에서 제기된 유일 주체 사상에 근거를 두면서도, 한편으로는 각시대의 현실 문제를 직접적으로 제기하는 붉은기 사상, 고난의 행군, 강성대국과 선군정치 등 각각의 정치적 과제에 민감하게 반응하고 있는 것이다. 특히 1990년대 후반부터는 '선군정치'가 북한의 핵심 정치 이념으로 제기되는 까닭에 선군정치의 시대정신을 형상화하는 작품들이 속출하고 있다. 아울러 북한 문학의 오래된 주제인 김일성 부자 우상화 작업과 반제반미사상의 문학적 표출도 이 시기 들어 한층 강화되어 나타나는데, 이는 1990년대 이후 북한의 시문학에 두드러지게 나타나는 특징이라고 할 것이다.

참고문헌

제1부

1. 기본 자료

「시집」

황동규, 『어떤 개인 날』, 중앙문화사, 1961.

황동규, 『비가』, 창우사, 1965.

황동규, 『평균율』, 창우사, 1968.

황동규, 『평균율 2』, 현대문학사, 1972.

황동규, 『나는 바퀴를 보면 굴리고 싶어진다』, 문학과 지성사, 1978.

황동규, 『악어를 조심하라고?』, 문학과 지성사, 1986.

황동규, 『몰운대행』, 문학과 지성사, 1991.

황동규, 『미시령 큰바람』, 문학과 지성사, 1993.

황동규, 『풍장』, 문학과 지성사, 1995.

황동규, 『외계인』, 문학과 지성사, 1996.

황동규, 『버클리풍의 사랑 노래』, 문학과 지성사, 2000.

황동규, 『우연에 기댈 때도 있었다』, 문학과 지성사, 2003.

황동규, 『꽃의 고요』, 문학과 지성사, 2006.

황동규, 『겨울밤 0시5분』, 현대문학, 2009.

황동규, 사는 기쁨』, 문학과 지성사, 2013.

「시선집 및 전집」

황동규, 시선집 『삼남에 내리는 눈』, 민음사, 1975.

황동규, 시선집 『열하일기』, 지식산업사, 1982.

황동규, 시선집 『견딜 수 없이 가벼운 존재들』, 문학과 비평사, 1988.

황동규, 『황동규 시 전집1, 2』, 문학과 지성사, 1998.

「시론집 및 기타」

황동규, 시론집 『사랑의 뿌리』, 문학과 지성사, 1976.

황동규, 문학선집 『풍장』, 나남, 1984.

황동규, 자작시 해설집 『나의 시의 빛과 그늘』, 중앙일보사, 1994.

황동규, 자작시 해설집 『시가 태어나는 자리』, 문학동네, 2001.

황동규, 산문집 『겨울 노래』, 지식 산업사, 1979.

황동규, 산문집 『젖은 손으로 돌아 보라』, 문학동네, 2001.

황동규, 「11월의 본 베를린 기행」, 「동서문학」, 1995. 봄.

황동규, 「시작노트」, 「현대문학」 1994. 7.

황동규, 「인도를 찾아서」, 「현대문학」 1995. 4.

황동규, 「황동규 에세이」, 「현대문학」, 2001.11~2002. 5

황동규, 「절망후의 소리-김수영의 「꽃잎」」, 「심상」, 1974. 9.

황동규, 「정직의 공간」, 『달의 행로를 밟을지라도』, 시집 해설, 민음사, 1976.

황동규, 「양심과 자유, 그리고 사랑」 『김수영의 문학』, 민음사, 1983.

황동규, 「미당 문학상 수상 소감」, 「중앙일보」, 2002. 10. 5.

2. 학위 논문

강명성, 『황동규 시의 극적 특성 연구 』, 부산대 석사학위논문, 2002.

강웅순, 『황동규 시 연구』, 경원대 석사학위논문, 2001.

강웅순, 『황동규 시 연구』, 경원대 박사학위논문, 2004.

김영계, 『황동규 시 연구』, 중앙대 석사학위논문, 1998.

도명희, 『황동규 시의 신화적 상상력 연구』, 동국대 석사학위논문, 2002

박은희, 『황동규의 詩에 나타난 눈(雪)의 이미지 연구』, 고려대 석사학위논
　　　문, 1992.

송지영, 『황동규 『풍장』에 나타난 시간성 연구』, 명지대 석사학위논문, 1996.

송태미, 『황동규 시 연구』, 경희대 석사학위논문, 2000.

신대철, 『시에 있어서의 시간 문제』, 연세대 석사학위논문, 1976.

원종임, 『황동규 시 연구』, 동덕여대 석사학위논문, 1999.

유지현, 『황동규 시 연구』, 고려대 석사학위논문, 1992.

이승직, 『한국 현대시의 禪적 상상력 연구』, 중앙대 석사학위논문, 2000.

이연승, 『황동규 시의 화자 연구』, 이화여대 석사학위논문, 1995.

이유정, 『현대시에 나타난 禪詩적 성격 연구』 동국대 석사학위논문, 2000.

정재헌, 『황동규 시의 죽음 모티프 연구』, 동아대 석사학위논문, 2000.

최영원, 『황동규 시 연구』, 숭실대 석사학위논문, 1995.

3. 평론 및 소논문

고형진, 「현실적 삶의 질곡과 불교적 상상」, 「문학정신」, 1992. 2.

고형진, 「삶과 문학의 치열성, 그리고 끊임없는 시적 갱신의 여정」, 「작가세계」, 1992. 여름.

권오만, 「황동규론 試考」, 국제대 논문집 제7집.

권오만, 「삶과 죽음의 깍지끼기」, 「현대문학」, 1996, 2.

김강태, 「견딜 수 없는 존재의 가벼움 읽기」, 「현대시」, 1996. 8.

김동원, 「경계지우기, 그리고 세상 바꾸기」, 「현대시」, 2003. 4.

김병익, 「사랑의 변증과 지성」, 시선집 『삼남에 내리는 눈』 해설, 민음사, 1975.

김승희, 「바퀴를 굴리는 사랑주의자: 그는 누구인가?」, 「문학사상」, 1979. 9.

김용직, 「시의 변모와 시인」, 『문학과 지성』, 1971. 여름.

김용직, 「노린 바와 드러나는 것들」, 「동서문학」, 1991. 가을.

김용직, 「이 달의 화제」, 「현대문학」, 1994. 8.

김우창, 「내적 의식과 의식이 지칭하는 것」, 시선집 『열하일기』 해설, 지식산업사, 1982.

김우창, 「오늘의 한국시」, 「예술과 비평」, 1985, 봄.

김인환, 「조그만 사랑 노래」, 「문학과 비평」, 1988, 겨울.

김인환, 「시인의 삶도 소중한 문화」, 「시사저널」, 1994. 3. 24.

김재홍, 「반복회피와 총체적 삶의 인식」, 「문예중앙」, 1983. 겨울.

김재홍, 「자유로의 귀환」, 『한국 현대시인 비판』, 시와 시학사, 1994.

김재홍, 「우리 시의 넓이와 깊이」, 「문학사상」, 2003. 5.

김정웅, 「불 담은 얼음 같은 시인」, 「문학정신」, 1986. 11.

김종길, 「시인과 현실과의 거리」, 「문학과 지성」, 1972. 가을.

김주연, 「역동성과 달관」, 시집『몰운대 행』해설, 문학과 지성사, 1991.

김준오, 「선시와 존재의 가벼움」, 「현대시」, 1991. 9.

김준오, 「서정양식과 정신주의 시」, 「문학정신」, 1992, 2.

김춘식, 「들켜버린 존재」, 「문학동네」, 2000, 여름

김 현, 「한국 현대시에 대한 세 가지의 질문」, 「현대문학」, 1972. 6.

김 현, 「시와 시인을 찾아서」, 「심상」, 1974. 9.

김 현, 「시와 방법론적 긴장」, 시집『나는 바퀴를 보면 굴리고 싶어진다』
　　　해설, 문학과 지성사, 1978.

김 현, 「고통의 시 1, 2」, 『우리 시대의 문학』, 문장, 1980.

김 현, 「의미 없는 세계에서 살기」, 「현대문학」, 1984. 8.

남진우, 「한 삶의 끝, 한 우주의 시작」, 시집『풍장』해설, 문학과 지성사,
　　　1995.

남진우, 「동심원적 상상력의 변주」, 『숲으로 된 성벽』, 문학동네, 1999.

도정일, 「문학적 신비주의의 두 형태」, 『시인은 숲으로 가지 못한다』, 민
　　　음사, 1994.

문혜원, 「비극적 세계와 개인의 삶」, 「외국문학」, 1989. 겨울.

박덕규, 「탐색하는 지성과 서정적 인식」, 「현대시세계」, 1992. 3.

박목연, 「끊임없이 새로움을 찾아가는 시인의 삶, 시인의 시」, 「문학사상」,
　　　1991. 6.

박이문, 「왜 하이데거는 중요한가」, 「세계의 문학」, 1993. 여름.

박주택, 이성천, 「시간 속에 비친 시인의 시간」(대담), 「시를 사랑하는 사
　　　람들」, 2004. 11, 12월호

박찬국, 「하이데거의 니체 해석에 대한 비판적 고찰」, 『철학 연구』, 1997,
　　　가을호.

박혜경, 「선험적 낭만성으로부터 긍정적 초월의 세계관으로 이어지는 긴
　　　여정」, 「오늘의 시」, 1995. 하반기.

서준섭, 「1960년 이후 한국 모더니즘 시의 전개」, 『감각의 뒤편』, 문학과
　　　지성사, 1995.

신상희, 「기술 시대의 자연에 대한 하이데거의 숙고」, 『몸의 현상학』, 철
　　　학과 현실사, 2000.

성민엽, 「황동규『악어를 조심하라고?』」, 「동아일보」, 1985. 4. 26.

성민엽, 「난해한 사랑과 그 기법」, 「작가세계」, 1992. 여름.

성민엽, 「시간과 싸우는 법」, 「문학과 사회」, 2000. 여름.

신대철, 「황동규의 '돌을 주제로 한 다섯 개의 흔들림'」, 「심상」, 1975. 1.

오규원, 「황동규의 '탈'」, 「현대시학」, 5권 4호

오생근, 「사랑과 반역을 꿈꾸는 시와 시간」, 『문학의 숲에서 느리게 걷기』,
　　　문학과 지성사, 2003.

유종호, 「낭만적 우울의 변모와 성숙」, 시집『악어를 조심하라고?』해설,
　　　문학과 지성사, 1986.

유중하, 「생사장, 그 길」, 「실천문학」 1992. 봄.

윤재근, 「황동규론」, 「현대시학」, 1978, 11.

윤재웅, 「고통의 언어, 아름다움의 언어」, 『현대문학과 선시』, 불지사, 1992.

이경호, 박철화, 「수동적 깨달음으로부터 능동적 깨달음에 이르기까지」
　　　(대담), 「문학정신」, 1990. 4.

이광호, 「시적 어조와 사회적 상상력」, 「문예중앙」, 1988. 봄.

이광호, 「기행의 문법과 시적 진화」, 『위반의 시학』, 문학과 지성사, 1993.

이광호, 「시간 밖으로의 한 순간」, 시집『외계인』해설, 문학과 지성사, 1997.

이광호, 「극적인 사랑의 담화」, 「시와 시학」, 1998. 가을.

이남호, 「길 위의 시, 그 가벼운 행로」, 「현대시세계」, 1989. 봄.

이남호, 「무거움에서 가벼움으로」, 「현대문학」, 1989, 2.

이남호, 「현실에 대한 관찰과 존재에 대한 통찰」, 「문학과 사회」, 1991. 가을.

이동수, 「하이데거 시간 개념의 정치적 함의」, 『몸의 현상학』, 철학과 현실사, 2000.

이동하, 「체험과 상상력」, 『집 없는 세대의 문학』, 정음사, 1985

이문재, 「득도의 상태는 유지하지 않겠다」(대담), 「작가세계」, 1992. 여름.

이문재, 「설렘과 갱신」, 「현대문학」, 1997. 8.

이성부, 「개인의 극복」, 「문학과 지성」, 1973. 겨울.

이숭원, 「삶의 풍광 속에 죽음 길들이기」, 「한국문학」, 1995, 겨울.

이승하, 「70년대의 우리시 2: 산업화 시대의 시인들」, 「현대시학」, 1992. 5.

이유경, 「우리에의 반어들」, 「문학과 지성」, 1976. 겨울.

이재호, 「현실 인식과 꿈의 정체」, 『한국 현대시 연구』, 민음사, 1989.

이형기, 「현대시와 禪詩」, 『현대문학과 禪詩』, 불지사, 1992.

이태동, 「恨의 극복을 위한 시학 상,하」, 「현대문학」, 1992.

장석주, 「사랑과 고뇌의 확대와 심화」, 「월간문학」, 1979. 3.

장석주, 「투명함과 잉잉거림」, 한국문학, 1989.

장석주, 「존재에서 생성으로 탈주하기」, 「시와사람」, 2005, 봄.

정과리, 「여행/유배와 망명」, 시선집 『견딜 수 없이 가벼운 존재들』 해설, 문학과비평사, 1988.

정효구, 「황동규 시의 연극성」, 「작가세계」, 1992. 여름.

정효구, 「시-혼자 가는 길」, 「작가세계」, 1996. 봄.

조영복, 「조임과 풀림의 상상력」, 『1970년대 문학연구』, 예하, 1991.

조지훈, 「현대시와 선의 미학」, 『조지훈 전집』 제3권, 나남, 1996.

진형준, 「서로 떨어져 모여 살기」, 「문학사상」, 1988. 12

최동호, 「사람과 사람 사이에서 숨쉬는 시들」, 「문학사상」, 1989. 11

최동호, 「개구리와 투구게의 시학」, 「오늘의 시」, 1991. 상반기.

최동호, 「한산시가 선시와 현대시에 미친 몇 가지 영향」, 「비교문학」, 1994, 12.

최동호, 「한국 현대 시사」, 『한국 현대문학 50년』, 민음사, 1995.

최동호, 「전통과 시인의 비평적 정열」, 『삶의 깊이와 시적 상상』, 민음사, 1995.

최하림, 「문법주의자의 성채」, 「창작과 비평」, 1979. 봄.

최하림, 「시를 찾아서, 시를 위하여」, 「창작과 비평」, 1995, 겨울.

하응백, 「두 개의 역설」, 「시와시학」, 1993. 여름.

하응백, 「꿈속의 자재(自在)」, 시집 『미시령 큰바람』 해설, 문학과 지성사, 1993.

하응백, 「『미시령 큰 바람』 그 이후: 시인의 초상」, 「오늘의 시」, 현암사, 1995. 하반기.

하응백, 「우수 속에서 걷기」, 시집 『비가』 재간 해설, 문학동네, 1996.

하응백, 「『풍장과 더불어—황동규의 초상」, 『문학으로 가는 길』, 문학과 지성사, 1996.

하응백, 「황동규 시의 변화—시기 구분 문제와 관련하여」, 「시와 시학」 1998. 가을.

하현직, 「이미지와 자세의 친화력」, 「현대시학」, 1986. 9 ~ 12.

홍신선, 「지성, 차디찬 불꽃」, 「현대문학」, 1980. 4.

홍신선, 「술과 불」, 「시와 시학」, 1998. 가을.

홍정선, 「풍장, 죽음에 대한 경이로운 인식」, 「현대문학」, 1995, 11월호.

황정산, 「다시, 풍자인가 해탈인가」, 「문예중앙」, 1991. 가을.

황치복, 「죽음과 시간의 형이상학」, 「현대비평과 이론」, 1996, 봄여름.

황현산, 「황동규의 『풍장』에 대하여」(대담), 「문학과 사회」, 1995. 겨울.

4. 단행본

강영안, 『우리에게 철학은 무엇인가』, 궁리, 2002

구연상, 『공포와 두려움 그리고 불안』, 청계, 2002.

권영민, 『한국 현대 문학사』, 민음사, 1993.

길희성 외, 『오늘에 풀어보는 동양 사상』, 철학과 현실사, 1999.

김상환, 『예술가를 위한 형이상학』, 민음사, 1999

김상환, 장경렬 외, 『문학과 철학의 만남』, 민음사, 2000.

김성곤, 『탈구조주의의 이해』, 민음사, 1988.

김우창, 『심미적 이성의 탐구』, 솔, 1992

김욱동, 『모더니즘과 포스트모더니즘』, 현암사, 1992.

김용직 외, 『한국 현대 시사의 쟁점』, 시와시학사, 1991.

김인환, 『20세기 한국 비평의 비판적 검토』, 2003.

김재홍, 『한국 현대 시인 연구』, 일지사, 1986.

김재홍, 『현대시와 열린 정신』, 종로서적, 1987.

김재홍, 『현대시와 역사의식』, 인하대 출판부, 1988.

김재홍, 『한국 현대문학의 비극론』, 시와시학사, 1993.

김재홍, 『한국 현대 시인 비판』, 시와시학사, 1994.

김재홍, 『한국 현대시의 사적 탐구』, 일지사, 1998.

김재홍, 『생명, 사랑, 자유의 시학』, 동학사, 1999.

김종두, 『하이데거에 있어서 존재와 현존재』, 서광사, 2000.

김종회, 『위기의 시대와 문학』, 세계사, 1996.

김종회, 『문학과 전환기의 시대』, 민음사, 1997.

김준오, 『한국 현대 장르 비평론』, 문학과 지성사, 1990.

김준오, 『시론』, 삼지원, 1997.

김진석,『초월에서 포월로』, 솔, 1994.

김진석,『탈형이상학과 탈변증법』, 문학과 지성사, 1992.

김진석,『니체에서 세르까지』, 솔, 1994.

김형효,『구조주의의 사유체계와 사상』, 인간사랑, 1989.

김형효,『하이데거와 마음의 철학』, 청계, 2001.

김형효,『노장 사상의 해체적 독법』, 청계, 2003.

김형효,『원효에서 다산까지』, 청계, 2004.

김형효,『하이데거와 화엄의 사유』, 청계, 2002.

김형효,『한국 낭만주의란 무엇인가』책세상, 2001.

남진우,『미적 근대성과 순간의 시학』, 소명, 2001.

박이문,『시와 과학』, 일조각, 1975.

박이문,『철학 전후』, 문학과 지성사, 1993.

박이문,『문학과 철학』, 민음사, 1995.

박정호 외,『현대 철학의 흐름』, 동녘, 1996.

박찬국,『하이데거와 윤리학』, 철학과 현실사, 2002.

박찬국,『하이데거와 나치즘』, 문예출판사, 2001.

소광희,『존재와 시간 용어 해설』, 까치, 2003.

소광희,『시간의 철학적 성찰』, 문예출판사, 1996.

소광희,『존재와 시간 강의』, 문예출판사, 2000.

신상희,『시간과 존재의 빛』, 한길사, 2000.

심재룡,『동양의 지혜와 선』, 세계사, 1990.

심재룡,『동양의 지혜와 禪』, 세계사, 1992.

안정오,『비트겐슈타인』, 인간사랑, 2001.

오규원,『현대 시작법』, 문학과 지성사, 1995.

오세영,『한국 현대시의 행방』, 종로서적, 1988.

이기상,『하이데거의 實存과 言語』, 문예출판사, 1991.

이승종,『비트겐슈타인이 살아 있다면』, 문학과 지성사, 2000.

이승훈,『한국 현대 시론사』, 고려원, 1993.

이승훈,『모더니티란 무엇인가』, 문예출판사, 1995.

이승훈,『모더니즘 시론』, 문예출판사, 1995.

이원섭, 최순열 엮음,『현대문학과 선시』, 불지사, 1992.

이진경 외,『철학의 탈주:근대의 경계를 넘어서』, 새길, 1995.

이진우,『포스트 모더니즘의 철학적 이해』, 서광사, 1993.

이효걸, 김형준 외,『논쟁으로 보는 불교철학』, 예문서원, 1998.

장경렬외 편역,『상상력이란 무엇인가』, 살림, 1997.

최동호,『삶의 깊이와 시적 상상』, 민음사, 1995.

최원식,『문학의 귀환』, 창작과 비평사, 2001.

하응백 엮음,『황동규 깊이 읽기』, 문학과 지성사, 1998.

한계전 외,『한국 현대 시론사 연구』, 문학과 지성사, 1998.

한국 도가 철학회 편,『노자에서 데리다까지』, 예문서원, 2001.

한국하이데거학회 편,『하이데거의 철학세계』, 철학과 현실사, 1997.

한국하이데거학회 편,『하이데거의 언어 사상』, 철학과 현실사, 1998.

한국하이데거학회 편,『하이데거와 근대성』, 철학과 현실사, 1999.

한국하이데거학회 편,『하이데거와 자연, 환경, 생명』, 철학과 현실사, 2000.

한국하이데거학회 편,『하이데거 철학과 동양사상』, 철학과 현실사, 2001.

한국하이데거학회 편,『하이데거의 예술 철학』, 철학과 현실사, 2002.

5. 국외 저서 및 번역서

Basalla, G., 김동광 역, 『기술의 진화』, 까치, 1996.

Beguin, A., 이상해 역, 『낭만적 영혼과 꿈』, 문학동네, 2001.

Berman, M., 윤호병, 이만식 역, 『현대성의 경험』, 현대 미학사, 1994.

Blanchot, M., 박혜영 역, 『문학의 공간』, 책세상, 1998

Bollnow, O. F., 『삶의 철학』, 경문사, 1979.

Calinescu, M., 이영욱 외 역, 『모더니티의 다섯 얼굴』, 시각과 언어, 1993.

Clark, T., MARTIN HEIDEGGER, New York, 2002.

Edward, C., 김종욱 역, 『불교 사상과 서양 철학』, 민족사, 1993.

Ellul, JacQues 박광식 역, 『기술의 역사』, 한울, 1996.

Fann, K. T., 황경식, 이운형 역, 『비트겐슈타인의 철학이란 무엇인가』, 서
광사, 1997.

Faulkner, P., 황동규 역, 『모더니즘 Modernism』, 서울대 출판부, 1987

Heidegger, M., 소광희 역, 『시와 철학』, 박영사, 1975.

Heidegger, M., 박찬국 역, 『니체와 니힐리즘』, 철학과 현실사, 2000

Heidegger, M., 서울 문학과 사회 연구소 역, 『시간과 존재』, 청하, 1986.

Heidegger, M., 신상희 역, 『동일성과 차이』, 민음사, 2000.

Heidegger, M., 이기상 역, 『기술과 전향』, 서광사, 1993.

Heidegger, M., 전광진 역, 『하이데거의 시론과 시문』, 탐구사, 1981.

Heidegger, M., 전양범 역, 『존재와 시간』, 시간과 공간사, 1992.

Heidegger, M., 최상욱 역, 『세계상의 시대』, 서광사, 1995.

Hempel, H. P., 이기상, 추기연 옮김, 『하이데거와 선』, 민음사, 1995.

Herrmann, F. W., 이기상, 강태성 옮김, 『하이데거의 예술철학』, 문예출판
사, 1997.

Hinchliffe, A. P., 황동규 역,『부조리 The Absurd』, 서울대 출판부, 1987.

Höffe, O., 이진우 외 옮김,『철학의 거장들 4』, 한길사, 2001.

Kristeva, J., 김인환 역,『시적 언어의 혁명』, 동문선, 2000.

Levinas, E., 강영안 역,『시간과 타자』, 문예출판사, 1996.

Merleau-Ponty, M., 권혁민 역,『의미와 무의미』, 서광사, 1999.

Merleau-Ponty, M., 오병남 역,『현상학과 예술』, 서광사, 1983.

Pattison, G., The Later Heidegger, New York, 2000.

Paz, O., 김홍근 · 김은중 옮김,『활과 리라』, 솔, 2001.

Poggeler, O., 이기상, 이말숙 공역,『하이데거 사유의 길』, 문예출판사, 1993.

Raymond, M., 김화영 역,『프랑스 現代 詩史』, 문학과 지성사, 1995.

Steffney, J., 김종욱 편역,『서양 철학과 선』, 민족사, 1993.

Wallerstein, I. M., 백승욱 옮김,『우리가 아는 세계의 종언』, 창작과 비평사, 2001

Zizek, S., 이수련, 역,『이데올로기라는 숭고한 대상』, 인간사랑, 2002.

제2부

1. 기본자료

『맹자』

『채근담』

『청록집』, 을유문화사, 1946.

『한용운 전집 2』, 불교문화연구원, 2006.

『한용운 전집 5』, 불교문화연구원, 2006.

『한용운 전집 6』, 불교문화연구원, 2006.

「로동신문」, 2003. 1. 3일자 사설 6면.

『21세기 중국 조선족 문학사료전집 제1집』(심연수 문학 편), 연변인민출
　　판사, 2000.

『21세기 중국 조선족 문학사료전집 제1집』(심연수 문학 편), 중국조선민
　　족문화예술출판사, 2004.

20세기 중국조선족문학사료전집 편집위원회, 『20세기 중국조선족 문학사
　　료전집─제2집 리욱 문학편』, 연변인민출판사, 2002.

김정일,『주체문학론』, 조선로동당출판사, 1992.

조선작가동맹 중앙위원회,『조선문학』(1990년~2006년)

2. 논문 및 평론

곽승지,「북한의 '우리식 사회주의' 성격에 관한 연구」, 동국대학교 박사학
　　위 논문, 1997.

권기호,「중국 주재 조선족 시인의 시 유형 연구」,『어문학』제62집, 한국
　　어문학회, 1998.

권보드래, <근대 초기 '민족' 개념의 변화>,『민족문학사연구』vol.33, 민
　　족문학사학회, 2007.

권유리야,「안함광 리얼리즘 미학의 전개 양상 연구」,『문창어문논집』36,
　　1999.

권채린,「한국 근대문학의 자연 표상 연구」, 경희대 박사학위논문, 2010.

김동리,「신세대의 정신」,『문장』16호, 1940.5.

김동리,「자연의 발견-三家詩人論」,『예술조선』3, 1948. 4.

김승희,「『청록집』과 탈식민지화의 저항」,『한국문학이론과 비평』33집,
　　한국문화이론과 비평학회, 2006. 12.

김진희,「『청록집』에 나타난 '자연'과 정전화 과정 연구」,『한국근대문학
　　연구』제18호, 한국근대문학회, 2008.

김춘식,「근대적 감각과 '발견'되는 자연 -청록파와 박두진」,『현대문학의
　　연구』vol.37,한국문학연구학회, 2009.

김태만, <재중 코리안 디아스포라의 트라우마>,『중국현대문학』제54

집, 한국중국현대문학학회, 2010.

김태준, <고향, 근대의 심상공간>, 『한국문학연구』 제31집, 동국대학교 한국문학연구소, 2006.

노귀남, 「선군 혁명의 문학적 형상」, 「문학과 창작」, 2001, 7.

류보선, 「안함광 문학론의 변모과정과 리얼리즘에 대한 인식」, 『관악어문 연구』 제15집, 1990.

류보선, 「친일문학의 역사철학적 맥락」, 『한국근대문학연구』 제7집, 2003.

류지연, 「자기극복의 의지-시인 이육사와 심연수의 시적 비교」, 『한국문 예비평연구 제19권, 한국현대문예비평학회, 2002.

박태상, 「두 개의 암초에 맞선 실험적 항해」, 『한국문예비평연구』 제32집, 2010,

신재기, 「안함광의 '주체건립론' 비판」, 『한국문예비평연구』 제4집, 1999.

신재은, <이문구 소설에 나타난 토포필리아의 수사학>, 『한국문학이론 과 비평』 제52집, 2011.

오양호, <1940년대 재만조선족문학 연구의 문제점>, 『한국문학논총』 제 30집, 2002.

유 하, 「윤동주와 심연수 시의식 연구」, 전남대 박사, 2012.

윤여탁, <세계화 시대의 한국문학> 제155호, 『국어국문학』, 국어국문학 회, 2010.

이광호, 「문학의 호명-문학의 자율성을 둘러싼 이론의 이데올로기」, 『문 학과 사회』, 2001년 여름호.

이도연, 「안함광 비평 연구」, 『동아시아문화연구』 제50집, 2011.

이상호, 「청록파 연구」, 『한국언어문화』 제28집, 한국언어문화학회, 2005.

이성천, 「재만시인 심연수 문학연구에 나타난 몇 가지 문제」, 『어문연구』 70호, 어문연구학회, 2011. 12.

이성천, 「혁명구호와 시적 주제의 상관성」, 『문학수첩』, 2003, 가을.

이현식, 「1930년대 후반 안함광 문학론의 구조」, 『민족문학사연구』 제5
　　집, 1994.

임헌영, 「심연수의 생애와 문학」, 『교단문학』, 2001, 봄호.

장사선, 「안함광의 해방 이후 평론 활동 연구」, 『한국현대문학연구』 제9
　　집, 2000.

장사선, 「안함광의 해방이전 문학론 연구」, 『동서문화연구』 제6집, 1998.

장일구, <도시의 서사적 공간 형상>, 『현대소설연구』 제35집, 한국현대
　　소설학회, 2007.

최종인, 「심연수 시문학 연구」, 관동대 박사, 2006.

허형만, 「심연수 시의 의미와 특성」, 심연수문학국제심포지엄, 2001. 8. 8.

홍용희, 「'주체문학론'의 정립과 시대정신의 요청 − 최근 북한 시의 특성과
　　동향」, 『문학사상』, 2002, 11.

3. 단행본

권영민, 「한용운의 소설과 도덕적 상상력」, 『문학사와 문학비평』, 2009.

김영민, 『한국근대문학비평사』, 소명, 2006.

김용직, 『해방기 한국 시문학사』, 민음사, 1989.

김우창, 「한용운의 소설」, 『김우창전집1 − 궁핍한 시대의 시인』, 민음사,
　　1993.

김윤식, 김현, 『한국문학사』, 일지사, 1973.

김윤식, 『한국근대문학사상사』, 한길사, 1984.

김윤식, 『한국근대문예비평사연구』, 일지사, 1985.

김윤식,『안수길 연구』, 정음사, 1986.

김윤식,『한국현대시론비판』, 일지사. 1986.

김윤식,『한국현대문학사상사론』, 일지사, 1992.

김윤식,『일제말기 한국인 학병세대의 체험적 글쓰기론』, 서울대출판부, 2007.

김윤식,『백철연구』, 소명, 2008.

김윤식,『이병주와 지리산』, 국학자료원, 2010.

김재용,『협력과 저항』, 소명, 2003.

김재용,『재일본 및 재만주 친일문학의 논리』, 역락, 2004.

김종회 편,『북한 문학의 이해 2』, 청동거울, 2002.

김준엽,『장정1-나의 광복군 시절』, 나남, 1987.

김학준,『북한 50년사』, 동아출판사, 1995.

김해응,『심연수 시문학 연구』, 한국학술정보, 2006.

노양진, 「상상력의 윤리학적 함의」,『범한철학』 41권, 범한철학회, 2006.

류만,『조선문학사(1926-1945)』, 사회과학출판사, 1992.

목원대학교 국어국문과 엮음,『북한문학의 이해』, 국학자료원, 2002.

박선영 역,『만주란 무엇이었는가』, 소명, 2013.

서울시립대학교 인문과학연구소,『한국근대문학과 민족-국가담론』, 소명, 2005.

서정주,『한국의 현대시』, 일지사, 1969.

신형기, 오성호,『북한문학사』, 평민사, 2000.

심연수,『21세기 중국조선족 문학사료전집 제1집』, 중국조선민족문화예술출판사, 2004.

엄창섭, 최종인,『심연수 문학 연구』, 푸른사상사, 2006.

엄창섭,『민족시인 심연수의 문학과 삶』, 홍익출판사, 2003.

엄창섭,『심연수 시문학 탐색』, 제이앤씨, 2009.

연변대학교 조선문학연구소, 『김조규·윤동주·리욱』, 보고사, 2006.

오세영, 『20세기 한국시 연구』, 새문사, 1989.

오양호, 『「만주시인집」의 문학사 자리와 실체』, 역락, 2013.

오양호, 『일제강점기 만주조선인문학연구』, 문예출판사, 1996.

오양호, 『한국문학과 간도』, 문예출판사, 1988.

윤세평, 『해방전 조선문학』, 조선작가동맹출판사, 1958.

이명재, 「시인 심연수 문학론」, 『한국학연구』(중국연변과기대 편), 태학
　　　사, 2001.

이명재, 『한국현대 민족문학사론』, 한국문화사, 2003.

이종석, 『조선로동당 연구』, 역사비평사, 1995.

임지현, 『민족주의는 반역이다』, 소나무, 1999.

장춘식, 『일제강점기 중국의 한인 이주문학』, 산과 글, 2011.

전성호, 『중국 조선족 문학 예술사 연구』, 이회문화사, 1997.

정덕준, 『중국 조선족 문학의 어제와 오늘』, 푸른사상, 2006.

정진석, 『인물한국언론사』, 나남, 1995.

정한모, 「청록파의 시사적 의의」, 『현대시론』, 민중서관, 1973.

정호웅, 『문학사 연구와 문학 교육』, 푸른사상사, 2012.

조성일·권철, 『중국 조선족 문학 통사』, 이회문화사, 1997.

조진기, 『일제말기 국책과 체제 순응의 문학』, 소명, 2010.

최승호, 『서정시의 이데올로기와 수사학』, 국학자료원, 2002.

한석정 외, 『만주, 동아시아 융합의 공간』, 소명, 2008.

한석정, 노기식 편, 『만주, 동아시아 융합의 공간』, 소명, 2008.

황규수 편, 『심연수 원본대조 시전집』, 한국학술정보, 2007.

4. 국외서적 및 번역서

나리타 류이치, 『'고향'이라는 이야기 도시공간의 역사학』, 한일비교문화
　　　세미나 역, 동국대학교출판부, 2007.

나카미 다사오 외, 박선영, 역, 『만주란 무엇이었는가』, 소명, 2013.

데이비드 흄, 이준호 역, 『인간 본성에 관한 논고 2 - 정념에 관하여』, 서광
　　　사, 1996.

알라이다 아스만, 변학수·백설자·채연숙 역, 『기억의 공간』, 경북대학교출
　　　판부, 2003.

야마무로 신이치, 윤대석 역, 『키메라, 만주국의 초상』, 소명, 2009.

야마무로 신이치, 윤대석 역, 『키메라, 만주국의 초상』, 소명, 2009.

에드워드 랠프, 김덕현·김현주·심승희 역, 『장소와 장소상실』, 논형, 2005.

에르네스트 르낭, 신행선 역, 『민족이란 무엇인가』, 책세상, 2002.

에릭 홉스봄 외, 박지향, 장문석 역, 『만들어진 전통』, 휴머니스트, 2004.

이푸-투안, 구동회·심승희 역, 『공간과 장소』, 대윤, 2007.

일본 역사교육자협의회 편, 송완범 외 역, 『동아시아 역사와 일본』, 동아시
　　　아, 2005.

한스 울리히 벨러, 이용일 역, 『허구의 민족주의』, 푸른역사, 2007.

한스 콘, 차기벽 옮김, 『민족주의』, 삼성문화재단출판부, 1974.

E. J. 홉스봄, 강명세 역, 『1780년 이후의 민족과 민족주의』, 창비, 1994.

J. J. Rousseau, Emile, 신윤표 역, 『에밀』, 배재서관, 1992.

저자 이 성 천 ▰▰▰▰▰▰▰▰▰▰▰▰▰▰▰▰▰▰▰

서울 출생. 경희대학교 국어국문학과를 졸업하고 동대학원에서 박사학위를 받았다. 2002년 <중앙일보> 신인문학상 평론부문에 「알리바바의 서사, 혹은 소설의 알리바이」가 당선되어 문단에 데뷔하였다. 저서 및 편저로 『시, 말의 부도』, 『위반의 시대와 글쓰기』, 『한국 현대소설의 숨결』(공저), 『작품으로 읽는 북한문학의 변화와 전망』(공저), 『안회남 단편집』, 『강신재 단편집』, 『박세영 시선집』, 『박봉우 시선집』, 『안함광 평론선집』, 『한국현대 소설의 얼굴』 전18권(공편) 등이 있다. 현재 경희대학교 후마니타스 칼리지에 재직 중이며, 계간 <시와시학>, <시에>의 편집위원으로 활동하고 있다. 2009년 제10회 젊은평론가상, 2012년 시와시학 평론상, 2013년 경희문학상 평론상을 수상했다.

현대시의 존재론적 해명

초판 1쇄 인쇄일	2015년 8월 10일
초판 1쇄 발행일	2015년 8월 11일

지은이	이성천
펴낸이	정진이
편집장	김효은
편집/디자인	김진솔 우정민 박재원
마케팅	정찬용 정구형
영업관리	한선희 이선건 최재영
책임편집	우정민
인쇄처	월드문화사
펴낸곳	국학자료원 새미 (주)
	등록일 2005 03 15 제25100−2005−000008호
	서울특별시 강동구 성안로 13 (성내동, 현영빌딩 2층)
	Tel 442−4623 Fax 6499−3082
	www.kookhak.co.kr
	kookhak2001@hanmail.net

ISBN	979−11−86478−38−7 *93800
가격	32,000원